FRANÇOIS CÉRÉSA

Passionné depuis toujours par le monde littéraire, c'est à l'âge de dix-neuf ans que François Cérésa entame sa carrière d'écrivain, avec des poèmes d'amour, publiés à compte d'auteur. Une formation universitaire des plus éclectiques, le cours Simon, puis les petits boulots qui se succèdent – représentant, chauffeur, livreur, mannequin, peintre – lui assurent la liberté et le temps d'exercer sa passion. En 1978, il entre au *Nouvel Observateur*, et se voit rapidement nommé coresponsable des pages télévision du journal. Auteur de nombreux romans dont *La Vénus aux fleurs*, prix Paul Léautaud, *La femme aux cheveux rouges*, prix Charles Exbrayat, *Les amis de Céleste*, prix Joseph Delteil, ou encore *Les trois hussards*, François Cérésa se voit confier, par Plon, en 1998, le projet d'écrire une suite des *Misérables*, défi qu'il relève avec enthousiasme.

Aujourd'hui, il est journaliste au *Figaro*.

COSETTE
ou
le temps des illusions

DU MÊME AUTEUR
CHEZ POCKET

– MARIUS OU LE FUGITIF

FRANÇOIS CÉRÉSA

COSETTE
ou
le temps des illusions

PLON

ISBN 2-266-12678-4

À Louis Nucera.

I

À Paris, depuis les événements de 1832, les journées avaient quelque chose de désespérément monarchique et constitutionnel. Les dimanches et lundis étaicnt jours de liesse. Dans l'après-midi, d'innombrables véhicules suivaient la rue Saint-Honoré, contournaient la place Vendôme, et formaient une longue file de la Bastille à la Madeleine jusqu'aux Champs-Élysées. Les femmes du monde demandaient leur calèche et s'en allaient sur le boulevard des Italiens. Elles admiraient, en passant au coin de la rue du Helder, juste au-dessus de l'armurier Devisme, les membres du futur Jockey Club. Accoudés à leur balcon, ils fumaient le cigare, tout en contemplant la foule avec ce flegmatique mépris qui sied aux gants jaunes. Les gants jaunes, c'étaient les dandys. Ou encore les lions, les fashionables. Une race à part. Un peu plus loin, par les fenêtres du Café de Paris, des gentlemen sonnaient furieusement dans des cors de chasse. C'était l'hallali. Élégantes et grisettes n'avaient qu'à bien se tenir. La dérision se trouvait un sens.

La vie de Marius Pontmercy, elle, en manquait. Il ne savait plus quoi faire pour distraire sa jeune épouse. Ou plutôt, était-ce lui au contraire qui était atteint de ce mal dont il croyait Cosette affligée.

Nous étions en septembre 1833. Jean Valjean était mort depuis deux mois ; Cosette avait du mal à s'en remettre. Et comme un fait exprès, un nouveau coup du sort avait frappé le couple. Le grand-père de Marius, Luc-Esprit Gillenormand, venait de s'éteindre dans sa quatre-vingt-douzième année. Avec la mort du cousin Théodule en Algérie, cela faisait beaucoup. Marius accusa le choc. Après les obsèques, où il avait retrouvé un ami de l'époque des barricades, Frédéric Rivolier, étudiant en médecine et journaliste, il se rendit compte que la cohabitation avec sa tante était devenue impossible. Cosette en souffrait. Loger rue des Filles-du-Calvaire sous le même toit que cette vieille bique dévote et atrabilaire n'était plus vivable.

Et là, brusquement, en voyant tout ce beau monde, il estimait avoir droit lui aussi au bonheur et à l'opulence. Contre toute attente, n'avait-il pas reçu en héritage deux cent mille francs de son grand-père ? Avec les six cent mille francs laissés par Jean Valjean, il était à la tête d'un joli magot.

Une idée avait germé dans son esprit. Il héla un fiacre qui le mena aux Invalides. Puis il emprunta la rue de Babylone et fit le détour jusqu'à la rue Plumet. Le cœur battant, il resta en arrêt devant cette petite maison à un seul étage qui lui rappelait tant de délicieux souvenirs. Il y avait retrouvé Cosette quand elle habitait encore avec Jean Valjean. Ils avaient échangé des serments d'amour éternel dans le minuscule jardin où seul manquait le balcon de Juliette pour que lui, Marius, fût Roméo.

Un écriteau accroché à la grille annonçait que la maison était à vendre ou à louer. Il fallait s'adresser à monsieur Henri de la Roche-Dragon. On le trouverait dans la même rue, un peu plus loin.

Henri de la Roche-Dragon habitait l'hôtel de Montmorin, après la Révolution propriété du général Rapp, brillant vainqueur de la garde impériale russe à Austerlitz. C'était un jeune homme un peu vain, à la cravate aussi futile que l'esprit.

— Désirez-vous louer ou acheter ?

— Acheter, répondit Marius.

— Sous quel nom ?

— Le mien : baron Marius Pontmercy.

Le jeune aristocrate se rengorgea. Dans le faubourg Saint-Germain, on ne vendait pas à n'importe qui.

— Voulez-vous voir la maison ?

— Avec plaisir.

Henri de la Roche-Dragon emmena Marius sur place et lui ouvrit le portail.

— Je vous laisse, baron. Et j'espère que nous deviendrons amis.

Marius tressaillit. La large grille était toujours la même, scellée à deux piliers tordus couronnés d'un fronton d'arabesques. À travers la végétation qui s'entortillait autour des barreaux, on pouvait voir le jardin dévoré par les ronces et les mauvaises herbes. Au bout, le petit pavillon apparaissait tel un coquillage au fond de la mer, beige et scintillant, cerné par des murailles de lierre et de vigne vierge. Rien n'avait changé. Janissaires fidèles, deux marronniers se tenaient au garde-à-vous, laissant par endroits percer les rayons du soleil dans un poudroiement de lumière. Ici, dans ce quartier fleur de lys que le drapeau tricolore de Louis-Philippe effrayait, au milieu des complots légitimistes et des libertinages illégitimes, la beauté semblait avoir élu domicile. C'était le Nouveau Monde dans un temple de mandarin. La main de Dieu sur un éden citadin.

Marius ne souhaita pas prolonger la visite. Il était décidé à acheter. En agissant ainsi, il voulait honorer la mémoire de Jean Valjean et faire à Cosette un présent qui, tout en lui rappelant les douces saveurs du passé, la porterait résolument vers l'avenir. Cette maison serait la leur. Le refuge de la lumière.

Sans prévenir Cosette, Marius acheta donc la maison et fit entreprendre des travaux. Sur les conseils de Henri de la Roche-Dragon, il confia le chantier à deux entrepreneurs fort réputés : messieurs Lespinasse et Sanglars. Le premier excellait dans l'art des jardins, le second dans les vieilles pierres. Tout fut exécuté en quinze jours. Résultat : l'ordre régnait, le charme subsistait. Le petit banc de pierre avait été poncé, les treillages des murs recloués. Deux statues représentant Psyché et Cupidon veillaient sur le petit banc où, naguère, Marius et Cosette s'étaient déclaré leur flamme. Marius avait peu de goût pour les allégories, mais ce clin d'œil mythologique le ravissait. En outre, les murs et les grilles avaient été remis à neuf, ainsi que tout ce qui composait l'essentiel du jardin. Mortier, paille de fer, peinture, faucilles, cisailles et binettes n'avaient pas été de trop pour redonner du lustre à cet enclos de fées et d'elfes taquins que Charles Perrault, pour son inspiration, n'eût point désavoué. Dans la maison elle-même, Marius ne toucha à rien. Il en laissait le soin à Cosette.

Les travaux terminés, il l'emmena rue Plumet.

— Où allons-nous ?

— C'est une surprise.

Avant de monter dans le fiacre, Marius banda les yeux de Cosette. Elle éclata de rire. Pourquoi cette subite attention qui la changeait de ses sautes d'humeur, de ses colères froides, de ses prostrations soudaines ? Car leurs rapports s'étaient dégradés depuis deux mois.

Les rues sentaient le cuir et le lilas. Nombre de passants tournaient le regard vers le fiacre transportant monsieur et madame Pontmercy. Elle était si fraîche, Cosette, si juvénile avec ses nattes blondes enroulées en corbeille, sa pèlerine amarante à manches roses et ses escarpins vernis. À l'opposé de toutes ces dames qui s'habillaient chez Herbault ou mademoiselle Touche, elle confectionnait elle-même ses tenues. Une fois seulement elle avait autorisé Marius à l'emmener au Palais-Royal et à lui offrir une robe de soirée d'un beau marine soyeux, avec un décolleté et une berthe de dentelle tendue sans plis. Elle l'adorait, et la mettait chaque fois qu'ils allaient au théâtre.

En attendant, avec son rien de tulle et de taffetas, elle ressemblait à une princesse palatine se rendant à une fête des Mille et Une Nuits. Les brides flottantes de son bonnet de mousseline tourbillonnaient autour de son visage comme une sorte d'auréole impalpable. Elle était ravissante.

On arriva enfin. Marius aida Cosette à descendre du fiacre et dénoua son bandeau. En découvrant la grille et le jardin, Cosette resta sans voix.

— Mais…

— Tu es chez toi, interrompit Marius.

Et il la poussa devant lui.

Cosette ouvrit le portail d'une main hésitante. Le jardin, exhalant des senteurs poivrées et lavandées, rayonnait à l'exemple d'une scène de théâtre où se seraient égaillés une multitude de bayadères et de doux génies aux écorces brunes. Sur la pointe des pieds, ainsi que ces ballerines dont on admirait la grâce et la sautillante légèreté à l'Opéra et aux Bains-Chinois, Cosette se dirigea jusqu'au petit banc. Marius la suivit.

— C'est toi ? demanda-t-elle en montrant du doigt les statues.

— C'est nous, rétorqua-t-il un peu sèchement.

Psyché et Cupidon s'effleuraient du doigt comme Dieu et Adam dans *La Création du monde* de Michel-Ange.

— J'aimerais que ta main reste éternellement dans la mienne, dit-elle. La voilà, notre création.

Marius l'enlaça et déposa un baiser sur le berceau de sa nuque et ses cheveux follets. Elle sentait le thé vert et le linge propre.

Soudain Cosette sembla s'affaisser. Marius la rattrapa au dernier moment.

— Qu'as-tu ? demanda-t-il aussitôt.

— Je ne sais pas… Des nausées, des étourdissements…

— Tu as toujours quelque chose, lâcha-t-il, un peu agacé.

Il essayait de lui faire plaisir et elle, elle trouvait le moyen d'avoir ses vapeurs. Toujours à minauder. Tiens, c'était comme son prénom. Depuis deux mois, comme si elle reniait le prénom de Cosette, elle se faisait appeler Euphrasie. Il est vrai que ce prénom figurait sur son état civil (Euphrasie Fauchelevent), mais Marius le trouvait ridicule. Et maintenant, sa réaction devant cette maison. L'orgueil étant souvent une version de l'humilité, et l'humilité le thème de l'orgueil, il avait le sentiment d'avoir légué un peu de son âme à cette maison. Cosette s'en rendait-elle compte, au moins ? N'était-ce pas un superbe cadeau ? Le cadre n'en était-il pas magnifique ?

Seulement, comme en peinture, pour que l'exposition fût réussie, il ne manquait plus que le tableau. Et c'était là tout le problème.

Marius prit Cosette par la main et l'attira vers la maison. La jeune femme se laissa faire. Son mari allait-il lui revenir ? Pourquoi se braquait-il ainsi ? Pourquoi se passionnait-il pour tout ce qui n'était qu'apparence ? Une maison pouvait-elle combler le vide que cause un certain désenchantement ?

L'ennui, c'est qu'en fréquentant le monde de l'argent et des lettres, Marius y avait pris goût. Il n'aspirait même plus qu'à une chose : y être admis.

Au regard de Marius, Cosette incarnait tout ce que l'habitude fait poindre dans la vie quotidienne. Elle était une épouse, il était un mari, et cette évidence trop bien installée lui répugnait. Allait-il, à l'instar de ses nombreuses relations, choisir une maîtresse, pour vivre d'amour et d'eau croupie, médiocrement, en laissant faire la vie sans la faire ? Allait-il devenir une de ces âmes boiteuses, repues de fatuité, d'ignorance et de passe-droit, et prêtes à lécher les bottes de ce gouvernement qui, de l'avis général, n'était qu'une entreprise de spéculateurs à l'usage des ahuris ?

En achetant cette maison, il s'était rassuré. Et en éludant la raison essentielle de ses doutes, il se sentait irréprochable. Mais quand ses pensées le rassérénaient, ses actes les démentaient aussitôt. Ce paradoxe justifiait parfois le malaise qu'il éprouvait à ne pas faire le jour même ce qu'il reportait au lendemain. Le pire, c'est qu'il n'avait rien à reprocher à Cosette. C'eût été tellement plus commode de trouver un coupable. Un coupable à ses vertiges d'abstraction, un bouc émissaire, une explication réconfortante à ce qu'il était bien en peine d'expliquer lui-même.

Rien cependant ne remettait en cause l'amour qu'il portait à Cosette. Elle restait sa flamme, sa petite fille. Même s'il la trouvait enfant gâtée, trop protégée qu'elle avait été par Jean Valjean, n'avait-il pas renoncé à sa carrière juridique pour elle ? Ne s'essayait-il pas à la critique dramatique au *National* ? Ne signait-il pas dans une revue qui attaquait *Le Journal des débats*, dévoué à la monarchie de Juillet, et *Le Revenant*, vendu à la cause légitimiste ? Ne commençait-il pas à se faire un nom ? N'avait-il pas rencontré La Fayette chez Armand Carrel, le vieux combattant libéral, et Thiers en personne, baptisé Mirabeau-mouche, attendu qu'il était petit de taille et très éloquent ?

Il voulait offrir une autre image de lui. Trop de fâcheux obséquieux dans cette rutilante société ne valaient pas les brosses dont ils se servaient pour faire briller leurs souliers. Il y avait tant de choses à dire. Et Marius avait tant de choses à dire à Cosette qu'il ne disait pas et ne dirait sans doute pas, étreint par cette maudite pudeur. Pourquoi ne le devinait-elle pas ?

Cosette ne devinait pas, elle subissait. Marius la rabrouait sans ménagement, excédé par ce qu'il estimait être de la commisération, car les gens qui souffrent ou croient souffrir s'irritent parfois de la compassion que leur prodigue autrui. Elle souriait alors tristement, mesurant combien la mélancolie a parfois besoin d'enthousiasme. L'enthousiasme de Marius à exacerber la sienne n'était peut-être que le signe d'un malaise passager. Pour combien de temps ?

Cosette aurait pu s'éloigner de Marius. Elle était jeune et désirable. Mais quand elle entendait parler de séparation, tout son être s'y opposait avec une rapidité d'imagination qu'on n'attendait nullement de son apparente lenteur. Cosette avait été gratifiée d'un don magnifique : en harmonie avec la vie, elle ne consentait jamais à la division et au désordre des sentiments. Cette faculté s'appelle tout simplement l'amour de la vie. Le regard qu'elle appliquait aux êtres humains avait la puissance d'une lumière qui pénètre et traverse tout. Dans ses souffrances et ses faiblesses passées, peut-être oubliées, ou tout simplement enfouies, elle avait puisé la force que Dieu y avait cachée. Et celle que son père lui avait inculquée.

Elle sentait bien que Marius fuyait. Tandis que le jeune homme frileux rêvait, le bourgeois de vingt-trois ans s'empressait de le réchauffer avec des placements à revenu fixe. Marius plaçait, spéculait, thésaurisait. La rente d'État n'était-elle pas à soixante-quinze francs ?

— C'est toi le bourgeois, remarquait Cosette d'un air moqueur.

Il s'emportait. Et comme il avait honte de lui-même, il arguait de sa générosité. Avait-il oublié de convier Frédéric Rivolier à souper une fois par semaine ? De se rendre au théâtre avec Cosette au moins deux fois par semaine ? De l'inviter à deux reprises au restaurant, une fois au Véfour, une autre aux Trois-Frères-Provençaux ?

Cosette ne le démentait pas. Elle essayait au contraire de le rassurer. Et puisqu'il s'était lancé dans le journalisme, elle l'encourageait. Il devait beaucoup à Armand Carrel, qui relisait parfois le compte rendu de ses critiques théâtrales, et à Frédéric Rivolier, qui avait été l'instigateur de cette rencontre.

— Tu as de la chance, Frédéric est un ami fidèle, lui disait-elle.

Pendant une bonne partie du mois d'octobre, Cosette s'occupa de la décoration et de l'agencement de la maison. Sa grâce et son émotion imprégnèrent très vite l'atmosphère des deux chambres du premier et des deux pièces du rez-de-chaussée. Pour se faire aider, elle avait engagé une solide servante du nom de Madeleine.

Marius ne put cacher son admiration. Il constata avec quel soin Cosette avait œuvré, bannissant l'opulence et le clinquant, choisissant des rideaux de damas grenat et brochés pour leur chambre, installant le plus simplement du monde un lit à baldaquin d'où surgissaient ici et là des bouquets de lavande, posant les chandeliers en argent de son père sur la cheminée du salon, décapant les trumeaux des deux chambres pour laisser apparaître la chaude couleur miel du hêtre, transformant le vert céladon de son boudoir en bleu ciel tourmaline. C'était magnifique. La toilette, comme au temps de Jean Valjean, était en porcelaine du Japon. Cosette avait récupéré la commode en laque de Coromandel, placée religieusement entre les deux fenêtres de leur chambre. La pièce étant lambrissée à hauteur d'appui, une table ronde à dessus de marbre Sainte-Anne jouxtait la commode ; et sur cette table, déployés en roue de manège, des tournesols et des immortelles jaillissaient d'un broc en porcelaine de Tournai, donnant à l'ensemble cette touche de grâce et de gaieté que les femmes, avec deux fois rien, savent insuffler aux choses les plus anodines. Enfin, quatre tapisseries d'Aubusson, achetées rue du Temple, d'un beau rouge cerise, avec bouquets fleuris polychromes et nœuds de rubans, apportaient tant à leur chambre qu'au salon cette note rubescente qui, selon les croyances populaires, conjure le mauvais œil.

Lorsque tout fut achevé, Cosette demanda son avis à Marius.

— Je n'aurais pas mieux fait, répondit-il avec cette manie de tout ramener à lui.

Il la félicita néanmoins pour les couleurs et les nuances.

— Tous les bleus sont en harmonie, comme le bleu de tes yeux. Quand tu es triste, il y a du saphir, quand tu es joyeuse, de la tourmaline. En tout cas, ce sont des pierres précieuses.

Cosette baissa les yeux en rougissant. Quand il se fendait d'un compliment, c'était un compliment rare. Parfois elle n'en doutait plus : y avait-il un homme sur terre qui aimât davantage sa femme ?

Après l'installation, il ne résista pas à l'envie d'en rajouter. Ardent, noble, généreux, fier, exalté, digne jusqu'à la dureté, mais aussi lunatique, froid, versatile, capricieux, lyrique jusqu'à l'emphase, il faisait partie de ces jeunes gens pour qui trop n'est jamais assez. La surenchère lui donnait l'impression d'absoudre ses manques. Aussi acheta-t-il une armoire en acajou à deux portes, des chaises Louis XV, une commode en palissandre et un cartel Louis XV de forme violonnée, avec mécanisme à verge du XVIIe siècle, sonnerie des quarts, au passage et au tirage.

— Était-ce vraiment nécessaire ? lui demanda Cosette quand tout ce mobilier fut livré en provenance du faubourg Saint-Antoine.

Marius répondit avec dans la voix une inflexion chaloupée qui exprimait un certain mécontentement, voire un sentiment de vexation :

— Tout est nécessaire à notre bonheur, l'essentiel comme le superflu, et le superflu encore plus que le nécessaire.

Cosette craignait ce superflu. Mais le train de vie, d'après Marius, devait refléter les signes intérieurs de richesse. Pour masquer son désarroi, il avait peur de manquer.

Cosette, elle, ignorait les calculs. Son bon sens, non moins qu'un instinct raisonnable, la mettait en garde contre les spéculations de l'esprit. Elle avait gagné cet équilibre au contact des petites gens, même si avec son père, l'immense Jean Valjean, elle n'avait jamais manqué de rien.

— C'est pour cela que tu te comportes parfois comme une petite chose, lui reprochait Marius. Oui, une petite chose. Que fais-tu de l'amusement, de la fantaisie ?

Sans doute. Mais Cosette ignorait la jalousie, ce vice de la possession, et la cupidité, ce vice de la jalousie. Ce cœur simple était une âme généreuse. Contrairement à Marius, elle ne cherchait pas à briller. Il lui fallait surtout assumer ce qu'il n'assumait pas : la gestion des choses quotidiennes, les responsabilités administratives, les soucis matériels.

— Et pourquoi ne m'amuserais-je pas ? fit-elle remarquer un jour à Marius qui la traitait encore de petite bourgeoise trop gâtée.

— Eh bien, vas-y ! Sans moi, tu es perdue !

— Tu serais peut-être surpris, insinua-t-elle.

— Avec Frédéric ? C'est ça ?

Cosette n'avait pas répondu. Fuir ou échapper aux contingences n'était pas une solution. Rien ne lui apparaissait plus pernicieux que d'imaginer un monde à l'aune de son image et de ses ambitions. Elle s'en était rendu compte en lisant certains ouvrages de Pascal, Benjamin Constant et Jean-

Jacques Rousseau prêtés par Frédéric. Inutile d'attendre d'être vieux pour comprendre qu'un romantique aigri de vingt ans ne peut donner autre chose qu'un cynique repu à quarante. En ce sens, elle redoutait le pire pour Marius. Et elle n'avait pas tort. Car maintenant qu'ils étaient installés, qu'allait-il se passer ?

Ce soir-là, le Théâtre-Français affichait complet. Henri de la Roche-Dragon accompagnait Marius et Cosette. On y jouait une reprise, *Les Trois Quartiers*, créée initialement en 1827. Le sujet semblait d'actualité, puisqu'il s'agissait de rendre compte d'une lutte qui n'était pas encore celle des masses, mais qui y ressemblait diablement. Sous la Restauration, comme aujourd'hui sous Louis-Philippe, les divisions étaient profondes entre la noblesse, la bourgeoisie et le peuple. La comédie, car c'en était une, ne pouvait manquer de chercher et de trouver, dans ces perpétuels conflits d'orgueil et d'intérêts, des sujets de tableaux ou d'esquisses. Selon Marius, l'intrigue de cette pièce était artificielle. L'idée de promener de la rue Saint-Denis, quartier populaire, à la Chaussée-d'Antin, quartier financier, et au faubourg Saint-Germain, quartier aristocratique, un personnage falot en quête d'un mariage avantageux, qui, à mesure qu'il se savait devenir plus riche, élevait proportionnellement ses prétentions, n'était pas une idée en soi.

— Sujet puéril qui a au moins le mérite d'être d'une confondante simplicité, confia Marius à

Cosette, mettant le doigt sur un phénomène dont il ignorait qu'il allait le toucher de plein fouet.

Et elle semblerait d'autant plus prémonitoire, cette histoire, que le héros de la pièce de messieurs Picard et Mazères était sans cesse remorqué par une sorte de dandy désœuvré, amusant parasite, complaisant factotum, dont le ton changeait selon la condition même de ses interlocuteurs. Un cynique qui se fichait à la fois du peuple, des nobles et des bourgeois.

Ce soir-là, une série d'incidents émaillèrent la représentation. Pendant les deux premiers actes, beaucoup de quolibets fusèrent à l'adresse des auteurs. Et pendant le troisième acte, un individu gesticula avec feu dans l'avant-scène.

— Qui est donc ce grossier personnage ? demanda Cosette à Henri de la Roche-Dragon.

Le jeune aristocrate se pencha vers sa voisine. Avec un sourire à la fois gêné et malicieux, il répondit dans un murmure :

— C'est un agitateur charmant que je me flatte de compter parmi mes amis, madame la baronne. Dites-lui blanc, il répondra noir, dites-lui noir, il répondra blanc. Il a l'esprit de contradiction, et rien ne lui déplaît plus que les grands engouements populaires qui sont la marque des médiocres.

Marius avait prêté l'oreille aux louanges de monsieur de la Roche-Dragon. Cette description lui plaisait, il n'aurait su dire pourquoi.

Dans le théâtre, le parterre finit par s'impatienter et crier :

— À la porte !

Le personnage décrit par Henri de la Roche-Dragon répliqua :

— Je demande cinquante mille francs pour les auteurs !

Rires, hurlements, sifflets. L'homme insista et répéta sa proposition avec force.

— Mais pourquoi ? lui criait la claque qui avait fini par croire à quelque fantaisie d'un admirateur frénétique qu'elle espérait faire tourner au profit de l'ouvrage.

L'autre, debout, gesticulant, flanqué d'un personnage pomponné et maniéré, tenait bon. Il rétorqua d'une voix de stentor :

— Parce que si ces messieurs Picard et Mazères avaient une fois cinquante mille francs, ils ne se sentiraient plus obligés d'écrire de si mauvais ouvrages !

Au sortir du théâtre, Marius avait tenu à rencontrer ce sémillant orateur, doté d'un non moins sémillant humour.

— Attendons-le ici, accepta Henri de la Roche-Dragon en montrant les arcades du Palais-Royal. Il devrait arriver d'un moment à l'autre. Tel que je le connais, il va prendre un fiacre pour se rendre à Idalie.

Pendue au bras de Marius, Cosette arborait une robe de soirée qui mettait en valeur un décolleté s'allongeant en pointe sur la ceinture. En guise de chapeau, elle portait un turban de velours noir garni d'une plume tombante, qui allait à merveille avec sa pèlerine à manches bleues. Elle était resplendissante.

Ce fut l'avis immédiat du nouvel arrivant. Lorsqu'il apparut en compagnie du personnage pomponné, son regard étincela. D'ordinaire, il ignorait les femmes avec application, promenant au-dessus de sa cravate une figure inexpressive, se contentant de poser et de plastronner, cherchant à se faire désirer pour ce qu'il montrait de moins désirable. Mais là, en présence de cette jeune femme qui n'avait pas vingt ans et dont les cheveux blonds embaumaient le citron et le thé vert, il se fendit d'un baisemain.

— Marquis Amédée d'Iguerande, lâcha-t-il avec morgue.

— Comte Louis de Vergne, dit à son tour son compagnon.

— Le baron et la baronne Pontmercy ! déclara Henri de la Roche-Dragon avec emphase.

Marius et Amédée d'Iguerande échangèrent une poignée de main qui, en d'autres circonstances, aurait eu quelque chose de déplacé. Dans le monde fashionable, un hochement de tête suffisait. Mais l'intervention du marquis pendant la représentation valait bien une poignée de main.

Celui-ci s'éventait avec un gant.

— Ainsi vous êtes des intimes de monsieur de la Roche-Dragon ? demanda-t-il d'un air absent.

— Si fait, répondit Marius qui s'empressa d'enchaîner sur ce que lui inspirait la pièce.

Le marquis fit mine de s'intéresser aux propos de Marius, qui ne l'intéressaient pas du tout, et observa du coin de l'œil Cosette, qui semblait le fasciner. D'où surgissait donc cette ravissante jeune femme qu'il voyait pour la première fois, et dont les grands yeux bleu porcelaine, sous l'arc audacieux des sourcils, devaient affoler les hommes ? La baronne Pontmercy ? Voilà bien un nom qu'il entendait pour la première fois.

Cosette nota que le marquis, de peur sans doute de se décoiffer, n'avait pas eu la courtoisie de se découvrir. Ce bellâtre pommadé semblait bien sûr de lui. Et bien hautain. Et bien ridicule. Il n'y avait qu'à voir son gros nœud de cravate se refléter dans ses souliers brillants. On sentait qu'il ne visait qu'à déconcerter. Il se tenait légèrement déhanché, avec un rien de déprimant dans le regard. Mais surtout, et c'est ce qui avait frappé Cosette, il émanait de ce grand jeune homme blond une dérangeante impression de brutale domination.

En croisant le regard de la jeune femme, il déclara d'un air prétentieux :

— Pour être pertinent dans l'élégance et élégant dans la pertinence, il suffit d'un je-ne-sais-quoi.

Ce je-ne-sais-quoi résonna de séduisante façon aux oreilles de Marius, sous le charme. Il acquiesçait à tout ce que disait Amédée avec une obséquiosité gourmande, prêtant de l'humour et de la grandeur à ses propos les plus insignifiants.

— Le baron Pontmercy possède aussi ce « on-ne-sait-quoi », précisa Henri de la Roche-Dragon. Il vient d'acheter une charmante maison dans le faubourg Saint-Germain.

L'œil du marquis frisa.

— Ah oui ?

Et de proposer immédiatement :

— Nous feriez-vous l'honneur de nous accompagner dans un de ces petits bals dont le quartier regorge ?

Marius, sans demander son avis à Cosette, accepta avec transport. Il avait enfin l'occasion de devenir un homme du monde. Henri de la Roche-Dragon, pour sa part, déclina l'invitation, prétextant une impérative séance de bouchonnage matinal.

— Dans mes écuries j'ai cinq chevaux, dont une belle jument aubère et un superbe anglais balzan. Il faut que je m'en occupe. À ce propos, cher baron, si vous faites l'acquisition d'un cheval, je me ferai un plaisir de lui offrir l'hospitalité.

— Je vous en remercie.

Cosette, Marius, Amédée d'Iguerande et Louis de Vergne se retrouvèrent donc à l'Idalie, un bastringue souterrain du passage de l'Opéra. Ce repaire malfamé favorisait les mœurs légères accompagnées de rhum et de regards torves. On y dansait le chahut. Tard dans la soirée, les vauriens de Belleville s'en donnaient à cœur joie. On était en pleine liesse. Louis de Vergne, lui, ne dansait pas. Petit et fragile, plein d'esprit et d'aphorismes, le visage poupin vieilli prématurément, la chevelure éparse annonçant une calvitie précoce, il entreprit tout de suite Cosette sur mademoiselle Mars qui, selon lui, avait pris de l'embonpoint, et sur lord Herbert, un Anglais très fat assis deux tables plus loin, que l'on surnommait « Air bête ». Ce jeune homme aimait cancaner. Lorsque Cosette lui signala que Marius écrivait au *National*, il fit éclater ses doigts en un bouquet appréciateur :

— Le journal d'Armand Carrel ? C'est formidable. Mon ami Stendhal y a collaboré avant d'être nommé consul à Civitavecchia et de s'occuper du service financier des troupes françaises débarquées à Ancône.

Cet efféminé ne semblait exister qu'à travers l'existence des autres. Sensible aux travestis qui venaient le saluer de façon quelque peu démonstrative, il cita encore Victor Cousin, dont il partageait la définition de l'homme, « un univers en abrégé », et quelques mondains ici présents, tels Alfred de Maussion, le don Juan des étrangères, et Charles de Mornay, le Casanova des femmes mûres.

— Tout cela est enivrant, chère baronne, vous ne trouvez pas ?

— Absolument…

Ces commérages indifféraient Cosette. Elle entendait Louis de Vergne sans l'écouter. Elle portait surtout son attention sur Marius et le marquis, d'autant qu'une créature aux cheveux de jais se vautrait sur les genoux d'Amédée, effleurant parfois la joue de Marius dans un grand éclat de rire sonore. Le marquis flattait d'une main gourmande le décolleté de la créature. Voyant l'œil désapprobateur de Cosette, il en rajoutait. Il finit par déclarer :

— L'adultère ? Je le tiens pour nécessaire. La compromission ? Salutaire. La charité ? Un cache-misère. La vertu ? Le pire des vices. La générosité ? De l'égoïsme notoire. La bravoure ? La bêtise déguisée en ignorance. La noblesse ? Elle n'existe plus. Les républicains ? Ils veulent prendre la place de quelque chose qui n'existe plus. Le peuple ? On le laisse crever, mais gare au jour où il s'éveillera. Notre roi ? Un triste sire. Et vive la nation !

Et il partit d'un énorme fou rire, tapant du poing sur la table, repoussant d'un geste de reître la créature dépoitraillée qui l'encombrait.

— Voyez-vous, baron, la raison n'est pas raisonnable, poursuivit-il en guettant dans le regard de Marius l'effet qu'il produisait. Je vous heurte ? Eh bien, tant pis. Je fus moi aussi disciple de Rousseau et de Babeuf, coudoyant l'indulgence et la mansuétude, brassant les grandes idées révolutionnaires. Tout cela pour quoi, je vous le demande ? L'homme est un chien que l'on siffle, dont il faut botter le derrière, et qui retourne toujours à son vomi. Voilà la vérité. À nous de ne croire en rien et de profiter de tout. La république des jouissances, baron !

Tout ce ramage, loin de rebuter Marius, lui rappelait ce temps où lui aussi honnissait les bourgeois, la noblesse et l'injustice, les institutions et le pouvoir, tous ces hommes en noir qui faisaient main basse sur la France à coups de processions et de jubilés. Aujourd'hui, terminé. Il n'en avait cure. En entendant Amédée, il entendait un frère. Un double des plaisirs immédiats. Un modèle pour vivre enfin.

Comme Cosette s'impatientait, il paya pour tout le monde. Et tandis que la musique devenait assourdissante, un jeune homme en tenue de soirée se présenta au marquis. Ses yeux lançaient des éclairs.

— Monsieur, contrairement à ce que vous semblez croire, tout ne doit pas être permis dans la vie. Vous êtes un mal élevé. Non content d'offenser les auteurs de la pièce de théâtre, vous avez offensé une jeune fille chère à mon cœur qui se trouvait dans la distribution.

Louis de Vergne murmura à l'oreille de Marius :

— Je crois que cette jeune fille est passée dans le lit du marquis. C'est même elle qui nous a invités ce soir.

Et le jeune homme souffleta Amédée.

Celui-ci, en dépit de son ivresse, s'éjecta littéralement de son fauteuil. Écumant de rage, vexé d'avoir été giflé devant Cosette, il siffla entre ses dents :

— Monsieur, vous allez me rendre raison de ce geste. Demain matin huit heures à la barrière de Clichy.

— À vos ordres, monsieur, ironisa le jeune homme. Monsieur ?…

— Marquis Amédée d'Iguerande, ancien lieutenant dans l'armée d'Algérie sous les ordres du comte de Bourmont. Pour ne pas vous servir, monsieur.

— Les armes ?

— L'épée.

— Vos témoins ?

Amédée se tourna vers Marius et Louis de Vergne.

— Baron, puis-je compter sur vous ?

— Je suis votre obligé, marquis.

Marius trépignait en son for intérieur. Et encore plus lorsque le jeune impudent déclina son identité. Il s'agissait d'un jeune carliste du nom de Thédore Bigarrat, ardent partisan de la duchesse de Berry, qui, avec un mélange de respect pour soi-même, d'importance mystérieuse et de dédain provocateur, opinait du menton lorsque le marquis d'Iguerande avait cité son passé militaire et ses témoins.

— Eh bien, soit. À demain, messieurs.

La soirée ne s'éternisa pas. Pressé par Cosette, Marius prit congé de ses nouveaux amis qui, peu tourmentés par l'imminence de ce duel, poursuivirent leurs agapes.

— Je déteste cet homme, dit Cosette dans la rue.

— Et moi je le trouve remarquable, rétorqua Marius.

Pendant ce temps, dans le bastringue, le marquis disait à Louis de Vergne :

— Ce Marius peut nous servir. Il faudra lui présenter Clémence. Et cette charmante baronne n'aura plus qu'à me tomber dans les bras.

Le lendemain matin, bien que sermonné par Cosette, Marius se rendit à la barrière de Clichy. Le jeune Bigarrat était déjà là, assisté de ses deux témoins et d'un médecin. Marius les salua. Puis, dans l'instant qui suivit, Amédée d'Iguerande arriva en compagnie de Louis de Vergne et d'un inconnu. Il était blafard et d'humeur morose.

— Venons-en au fait, dit-il en confiant sa redingote et son chapeau à l'inconnu, un être matois et bossu qu'il présenta comme son intendant.

On étudia le terrain. Comme la terre était humide et glissante, on choisit un terrain voisin.

C'était derrière une usine, du côté de l'île Saint-Ouen.

Les deux adversaires tombèrent en garde. Après trois ou quatre passes, ils se fendirent en même temps. L'épée du marquis traversa l'aine du jeune Bigarrat.

Ses témoins arrêtèrent le combat en s'écriant :

— Il y a un blessé !

— Deux ! railla Amédée en montrant la zébrure rouge sur son avant-bras.

Le médecin accourut pour constater la blessure du jeune carliste. C'était assez grave. Pendant ce temps Marius tendit son mouchoir à Amédée qui, après l'avoir inspecté d'un œil méfiant, le lui rendit.

— Je vous remercie, mon ami, mais mon sang ne supporte que la soie ou la batiste.

Les témoins du blessé étendirent celui-ci sur un brancard de charrette et le transportèrent jusqu'à l'usine. Il perdait son sang en abondance. Il va sans dire qu'on ne pouvait l'amener en voiture à Paris. On craignait l'hémorragie. Il fallait l'opérer sur place. Dans l'usine, des ouvriers l'installèrent sur un matelas. Ils avaient déjà commencé leur travail depuis deux bonnes heures. Quatorze heures par jour pour un salaire de deux francs. Un autre monde.

— Tout ce que l'on n'a pas envie d'être, lâcha le marquis en jetant un regard méprisant à ces hommes maigres et en haillons.

Puis, à l'adresse de Marius :

— Donnez donc votre mouchoir à ce paltoquet. Son sang, lui, doit bien supporter le coton.

Les témoins du jeune carliste s'indignèrent :

— Monsieur, s'il vous plaît ! Notre ami n'avait jamais tenu une épée de sa vie !

Amédée d'Iguerande esquissa une moue à la fois désolée et fataliste.

— Vous m'en voyez bien marri, messieurs. Mais moi, ce que je tiens, ce sont mes engagements !

Depuis ce jour, Amédée et Marius ne se quittèrent plus. Les dés en étaient jetés. Le Paris de tous les plaisirs allait leur ouvrir les bras.

Un mois s'écoula ainsi. Les deux nouveaux amis fréquentaient le Café de Paris, Tortoni, la salle d'armes de lord Seymour, le marché aux chevaux, les bons faiseurs du boulevard et du Palais-Royal. Amédée renouvela la garde-robe de Marius et l'initia à l'escrime. On les voyait dans tous les endroits à la mode, parés de casimir noir, de velours et de broderies, pérorant à longueur de journée. Marius admirait cet ami providentiel à la tête large et carrée, à la fois puissante et innocente, où luisaient de grands yeux bleus, inquiétants et délavés, mal abrités par des cils trop clairs. Amédée supportait ce garçon anxieux et fébrile si généreux de son argent, dont le regard passionné, noir et brillant, s'accordait à la chevelure ondulée aux reflets d'aile de corbeau. Le baron et le marquis faisaient la paire, l'un dieu noir et l'autre diable blond en quelque sorte.

— Et comment se porte madame la baronne ? demandait parfois Amédée.

— Elle cultive son jardin, répondait Marius en singeant son ami.

— Euphrasie serait donc rousseauiste ? C'est positivement fascinant.

Amédée avait un tic de langage d'une absurde préciosité : il accolait l'adverbe « positivement » à bon nombre de ses phrases, même quand le sens en était négatif, ce qui était souvent le cas.

— Euphrasie ? Vous plaisantez, marquis. Le vrai prénom de ma femme est Cosette. D'ailleurs, elle aime coudre.

— C'est une femme d'intérieur ?

— Hélas ! oui.

— Quel gâchis !

Et les deux hommes éclataient de rire. L'émotion étant le comble du vulgaire, ils n'excellaient que dans l'art de déplaire. Seules comptaient la négligence et l'indifférence. L'enthousiasme, l'admiration et tous les sentiments qui pouvaient rompre la glace dont ils s'enveloppaient leur étaient interdits.

— Il faut refuser de s'étonner, affirmait Amédée.

— Et l'amour, qu'en faites-vous ? lui demandait Marius, intrigué par l'hostilité qu'il affichait à l'encontre de ce sentiment.

Amédée le considérait bizarrement, comme si un souffle soudain le détournait du cours de sa pensée.

— L'amour est une chose poisseuse, baron. Les femmes que l'on aime sont des statues, celles avec qui l'on couche sont des catins. J'en ai tiré les conséquences qu'il valait mieux déshabiller les catins que les statues.

Marius était épaté. D'autant qu'Amédée avait le même avis sur le travail. Mais Marius n'en avait pas pour autant renoncé à sa carrière au *National*. Et qui plus est, il ne sortait pas le soir.

— La crainte de froisser madame la baronne ? raillait Amédée.

— Une certaine idée du mariage..., tentait de se justifier Marius, soudain mal à l'aise.

Le marquis hochait la tête.

— Comme vos idées républicaines ? Nul n'est parfait, mon cher. Mais ce qui est grave, ce n'est pas d'être républicain, légitimiste ou bonapartiste, c'est d'avoir des idées.

Marius et Amédée se rendaient chaque jour à la salle d'armes de lord Seymour, un hôtel particulier situé à l'angle de la rue Taitbout et du boulevard, juste au-dessus du Café de Paris. Trois grandes salles avaient été aménagées. Elles étaient dotées de cabinets de toilette et d'un personnel stylé. L'entrée était décorée de deux cygnes d'argent si merveilleusement ciselés qu'on les croyait vivants. Des colonnes d'où pendaient des rideaux de satin bleu pâle doublés de blanc les encadraient. En somme, les anciennes couleurs de la France. Celles des Bourbons.

— Un jour, vous aurez peut-être la chance tricolore de gagner un assaut, ironisait souvent Amédée.

Marius fulminait. Il perdait toujours. L'intendant d'Amédée, tout de noir vêtu, ne manquait pas d'accompagner les deux hommes. Il s'appelait

Louis-Désiré et le marquis, pour le remercier de son dévouement, ne trouvait rien de mieux que de lui dire qu'il était indésirable. L'intendant étouffait un rire gêné. Il adulait son maître.

Ce jour-là, Marius et Amédée se livrèrent à leurs assauts rituels. On était à la fin de l'année, il régnait une atmosphère de fête.

D'abord, ils se saluèrent. Pour saluer, Amédée combinait simultanément un brusque retrait d'épaules et un avancement du cou suivi d'oscillations saccadées. Marius l'imitait avec maladresse. Louis-Désiré comptait les points.

— En garde, marquis.

— À vos ordres, baron.

Il y eut un frottement d'épées, un simple cliquetis. Aucun coup ne fut porté. La position des mains, passant de tierce en sixte sous l'effet des mouvements de poignet, faisait penser à un spectacle de marionnettes. Soudain Amédée en profita pour faire deux passes rapides et porter une attaque après une prise de fer sur le bras tendu. Marius ne recula pas. Il se contenta de tendre son épée. Les deux jeunes gens firent un coup fourré.

— Pas mal, apprécia Amédée en opinant du chef. Les cours de Roussel et Bertrand ont, semble-t-il, porté leurs fruits. Vous progressez doucement, mon cher.

Marius pâlit. En dépit de toute l'admiration qu'il avait pour son ami, il prenait parfois ombrage de son affectation crispante.

— Mon bon Louis-Désiré, dit alors le marquis en effleurant la bosse de l'intendant avec la lame de son fleuret, allez donc quérir une carafe de punch pour deux valeureux guerriers qui, tels

Achille et Hector, n'ont pas encore trouvé le moyen de s'estourbir.

Louis-Désiré, dont le beau visage glabre et cireux faisait penser à un masque mortuaire, s'exécuta séance tenante.

Quelques instants plus tard, il revint avec une aiguière en argent et deux coupes de cristal. Le maître des lieux faisait bien les choses.

— Eh bien, portons un toast à lord Seymour, notre hôte, qui a eu la riche idée d'ouvrir cette salle d'armes pour y accueillir ses amis, fit Amédée en levant son verre.

Marius l'imita. Fleuret sous le bras, le front étoilé de sueur, il but d'un trait cette boisson qui faisait fureur dans les salons de l'Opéra et du Palais-Royal.

Puis les deux hommes se remirent en garde. Par souci de provocation, ils n'avaient ni masque ni plastron.

Cette fois, l'échange fut rugueux.

— Je vous ai touché ! s'exclama Marius en rompant.

— Je ne crois pas, mon cher. C'est moi qui vous ai touché. Votre avis, Louis-Désiré ?

L'intendant ne se prononça pas.

— Recommençons ! s'excita Marius.

— Si vous voulez, dit Amédée. Mais je suis trop rapide pour vous.

Entre le martèlement des talons sur le parquet et les lames qui s'entrechoquaient, l'échange fut de nouveau très ardent. Les escrimeurs étaient animés chacun du même désir de vaincre. Puis, tout à coup, Amédée pivota sur place, moulina exagérément et se fendit à fond, presque au ralenti, comme pour humilier son adversaire. Résultat : la pointe de son fleuret était calée sur le cœur de Marius. Une botte imparable.

— Vous êtes mort, lâcha-t-il sans autre expression sur le visage que celle du devoir accompli.

Il revint en garde de trois quarts, tendit son fleuret à Louis-Désiré et ôta son crispin.

— Vous êtes encore trop fort pour moi, admit Marius. Mais un jour, je gagnerai.

Les deux hommes se rhabillèrent. Et tandis qu'ils se rhabillaient, Amédée se tourna vers Marius et lui demanda :

— Au fait, à l'occasion de ces tristes fêtes de fin d'année, seriez-vous des nôtres ce soir ? Après une réception ennuyeuse à l'hôtel Ney, nous devons faire la tournée des bals et des cabarets. Mon bon Louis-Désiré s'est occupé de tout.

L'intendant adressa un sourire poli aux deux jeunes gens.

Marius parut embarrassé. Que ferait-il de Cosette ?

— J'accepte avec joie, finit-il par se décider.

— Rendez-vous à huit heures et demie à l'hôtel Ney, dit Amédée.

Puis, l'œil lourd de sous-entendus :

— Viendrez-vous avec votre charmante épouse ?

Marius se rembrunit.

— Je crains que non, répondit-il d'un ton sec. Cosette n'aime pas s'amuser.

Amédée esquissa un geste guilleret qui, chez lui, procédait du dépit. Mais il était patient. Avec le plan qu'il échafaudait, n'aurait-il pas l'occasion de revoir très bientôt l'exquise et superbe baronne

Pontmercy, pour laquelle il nourrissait des sentiments jusqu'alors inconnus de lui ?

Encore troublé par l'invitation d'Amédée, Marius sortit du Café de Paris vers trois heures. Il venait de boire un bishop, autrement dit une infusion de vin et de citron, dans ce temple de l'élégance qui valait en quelque sorte un brevet de boulevardier. Après le départ d'Amédée et de son intendant, il avait aperçu Arago, Dumas, Roqueplan et Musset en grande discussion. Le romantisme se républicanisait dans la dentelle. Il fallait bien suivre son temps.

Une fois sur le boulevard, tout rutilant avec ses nouveaux trottoirs, ses grosses bornes et ses deux rangées de grands arbres, Marius attaqua le pavé d'un pas décidé. L'air était léger, la fraîcheur hivernale dégageait des fragrances d'orange et d'amande douce. Canne à la main et chapeau claque sur le côté, le jeune homme passa près du Café Anglais, du café Riche et de Tortoni, dont les trois marches légendaires étaient envahies par des jeunes gens aux habits à reflets sanguins. Joyeux et poudrés, ils parlaient de leur future soirée aux bals Mabille et Valentino. Marius lança un regard appuyé aux prestigieuses tablées installées autour du glacier. Si seulement quelqu'un pouvait le reconnaître ! Sa mise devait y être pour quelque chose. Il lui manquait un cheval, des éperons et cet habit bleu zéphyr qui faisait fureur chez les habitués du boulevard. Il faudrait y remédier au plus vite. Il serra sa canne contre lui et poursuivit son chemin. Dans ce monde qui lui ouvrait les bras, il ne parvenait pas à se situer. Impossible d'être ambitieux avec dérision ou dérisoire avec ambition. Il ne savait plus qui il était, où il allait. Il portait l'amertume en sautoir. Il éprouvait de la colère contre lui-même. Marius était un déçu.

Un déçu de quoi ? De tout. Cette évidence le harcelait. Mâchoires serrées, tête rentrée, il marchait en songeant à la mort de son beau-père. Il avait la sensation d'être en chute libre. Même s'il refusait d'en convenir, le jeune républicain aux idées généreuses avait changé. Il subissait de plein fouet le contrecoup de ces événements auxquels il avait participé et qui ne cessaient de le tourmenter. Tout revenait à la surface. La mort d'Enjolras, de Grantaire, d'Éponine, de Gavroche. Et puis le suicide de Javert. Et puis la disparition de Jean Valjean et de son grand-père. Constat accablant. Aussi, par son refus de toute autorité, de toute règle – sinon celle de se rebeller contre l'inéluctable –, se prenait-il pour une fin et un tout. Quand il disait religion, humanité, Dieu, infini, il parlait de son propre cœur et son cœur, où il voulait tout mettre, était un chaos. Voilà pourquoi la rencontre d'Amédée avait été providentielle. Il avait trouvé un modèle. Un homme revenu de tout et qui ne voulait rien. Un aristocrate libertaire et désaffecté. Un complice.

Marius quitta le boulevard et marcha en direction de l'Opéra. Quand on a du temps à tuer, on marche. Ou alors on se tue. On se tue à ne rien penser. Mais Marius pensait. Beaucoup trop. Et mal. Par exemple, et même en flânant, il savait qu'il éviterait soigneusement les quartiers des faubourgs Saint-Antoine ou Saint-Denis. Surtout de jour. Il éviterait tout simplement les souvenirs. Les siens. Le café Musain et les barricades de juin 1832. Le spectre de ses amis tués au combat ou lâchement fusillés par la troupe. La misère. Les ateliers sombres, les fabriques louches, les commerces illicites, les esclaves au travail. Quand vous lui rendez visite, à la misère, elle vous regarde d'un drôle d'air. Elle ne pointe même pas un index accusateur sur vous. Inutile. C'est une odeur qui vous prend, parce que c'est toujours par les odeurs que tout arrive, les naissances comme les agonies. Après, longtemps après, vous l'avez encore dans le cœur, cette odeur. Tenace. C'est ce qui était arrivé à Marius. Un relent de misère. Et de culpabilité.

Le jeune homme pressa l'allure. Il pensait trop. Mais un marcheur qui ne pense pas, fût-il soumis à une kyrielle de choses extravagantes, n'est pas un vrai marcheur. Le marcheur guette, scrute, contemple, pense, médite. C'est le voyeur des pas comptés. Il aime le rond du pavé, le pas des chevaux, les grisettes qui s'esclaffent, les nuages qui jouent à cache-cache avec le soleil, l'histoire de toutes ces histoires qui s'attachent au fronton des maisons, les chanteurs des rues, l'aveugle qui joue du clavecin, les porteurs d'eau et les vendeurs de cartons, les marchands de mouron et les polisseurs de cuivre, les crieurs et les chiffonniers, les jésuites et les porteurs de parapluies. Le marcheur aime sa solitude, ses pensées contradictoires et foisonnantes, son tourbillon d'images inépuisables, sa fierté de condottiere.

Mais la marche n'efface pas tout. À l'instar de ces romantiques qu'il méprisait, Marius se sentait isolé, méconnu, étranger parmi ses semblables, persécuté et maudit, agent aveugle et sourd de mystères funèbres. Naturellement, il y avait la politique. Ses engagements passés. Mais à présent ? La France avec Soult à la présidence du Conseil ? C'était la France de la trahison et du profit. Soult avait trahi l'Empereur, le roi Louis XVIII, et persécuté ses anciens camarades, les demi-solde.

Marius eut un haut-le-cœur. Son père, le colonel Pontmercy, héros de Waterloo, était mort par la faute d'hommes tels que Soult. Sans compter les autres. Les maréchaux félons, tous arrivistes et opportunistes. Des prédateurs impénitents.

Marius jongla avec sa canne, la fit glisser le long de sa main et en assena un coup sur le parapet du pont de la Concorde. Où était donc passé l'aigle d'Austerlitz et de Wagram ? Avec Thiers à l'Intérieur et Guizot à l'Instruction publique, la France était celle des médiocres et des spéculateurs !

Il reprit son souffle. Cette hargne l'épuisait.

De l'autre côté, il aperçut les quais de la rive gauche. Il allait repiquer vers les Tuileries et emprunter le Pont-Neuf pour se rendre dans le quartier Latin. La rive gauche, le faubourg Saint-Germain… Il secoua la tête en souriant. Une satisfaction dans ce fatras de déceptions consenties : il avait quitté la rue des Filles-du-Calvaire pour la rue Plumet.

Après avoir dépassé ces Tuileries où se pavanait bourgeoisement Louis-Philippe, et tandis que des officiers de l'infanterie de ligne à pantalon garance déambulaient le long de la Seine, Marius arriva en vue du Pont-Neuf. Une foule importante s'y pressait. La statue équestre de Henri IV, ralliant peu de monde à son panache, semblait être la risée d'ouvriers en blouse et casquette qui prenaient la direction de la Cité. L'époque était plus au panaché qu'au panache.

Marius traversa le pont et s'engouffra dans la rue Dauphine où avaient été expérimentés les premiers réverbères. Aujourd'hui, grâce au préfet Rambuteau, l'éclairage au gaz était presque généralisé dans la capitale. On lui devait aussi la mise en place d'un vrai réseau d'égouts, de bornes fontaines, de rues pavées, de trottoirs surélevés et d'urinoirs.

Avant d'arriver rue de l'Ancienne-Comédie, Marius jeta un coup d'œil circonspect à une vieille maison avec cour et ferronnerie où, d'après Frédéric Rivolier, des agitateurs de la Société des droits de l'homme, dont Barbès et Blanqui, conspiraient contre le gouvernement.

Marius esquissa un sourire équivoque. Toute cette agitation le laissait de marbre. L'insurrection ratée de juin 1832 et la mort de ses amis l'avaient guéri de tout engagement. Et meurtri au plus profond de son âme. À quoi bon militer dans un rang ou dans l'autre, puisque le bon bourgeois, flatté par monsieur Guizot et les siens, sortait toujours vainqueur de ces déplorables escarmouches opposant républicains et légitimistes ?

Après avoir remonté la rue de l'Ancienne-Comédie, il décida de boire un café glacé à la Taverne, place de l'École-de-Médecine. Ce qui l'horripilait, c'était sa propre indécision. Il ignorait ce qu'il voulait faire. Tout et rien, et peut-être rien avant tout. En enviant le succès des autres.

Au carrefour de l'Odéon, il avisa un fiacre qui prenait la direction de la place de l'Odéon. Son sang se figea. Dans le fiacre, il crut reconnaître Cosette. Et à côté d'elle, Frédéric Rivolier. L'ami Frédéric.

Tétanisé, interdit, abasourdi, et sans doute tout cela à la fois, il se frotta les yeux et courut jusqu'à la rue de Condé. Trop tard. Le fiacre avait disparu.

La surprise laissa place à la colère. Ainsi il avait vu juste ? Cosette le trompait avec Frédéric ?

Assis à la terrasse de la Taverne, il enrageait. Puis il s'en voulut. N'était-il pas un dandy ? Un être détaché et méprisant de tout ? Il commanda un café et se félicita d'avoir accepté l'invitation d'Amédée. Puis il dirigea son regard vers la faculté. Des étudiants chantaient et prônaient la révolution permanente. Ils promettaient aux bourgeois de chaudes journées de manifestations et d'émeutes.

Marius les fusilla du regard. Frédéric était, comme eux, étudiant en médecine. Il s'assombrit de nouveau. Dire qu'il nourrissait ce traître, ce buveur, ce révolutionnaire à la manque ! Et Cosette ? Les larmes lui montèrent aux yeux. Comment pouvait-elle ?... Ah ! mais elle ne perdait rien pour attendre ! Elle verrait un peu !

Il se gourmanda de nouveau. Au lieu de ruminer, il préféra songer à Amédée et à un avenir de festivités. Ce qu'il n'avait jamais vu auparavant, il le découvrirait bientôt. Il souhaitait donner un sens à sa vie. Eh bien, il lui donnerait des sens ! Rien n'est plus plaisant pour certaines âmes hantées par des idées noires que de contempler leurs propres défauts. Il avait eu des remords en pensant à Cosette ? Eh bien, il n'en aurait plus ! Lui aussi jouirait de ces soirées folles où, entre les trottoirs couverts d'une cohue bigarrée, hurlant de joie, soufflant dans des cornets, des voitures de toutes sortes, landaus à bancs, tilburys et fiacres vernis, déversaient leur flot de trépidants noceurs. À lui coquines et dépravées ! Il courrait aux Variétés, au cirque Franconi, au Vaudeville, à Idalie, à l'Ambigu, au cirque Olympique, aux bals de la porte Saint-Martin, à ceux du boulevard du Temple et de la rue Saint-Lazare ! Et avec qui ? Avec Amédée, Louis de Vergne et Henri de la Roche-Dragon ! Une vie infernale et enivrante, et encore plus enivrante qu'infernale. Et il dépenserait tout son argent. Comme un vrai dandy. Le cœur léger et le regard lourd. Sans un regret.

Il termina son café et paya. Puis, tandis qu'il se levait, il aperçut Frédéric. Son regard se voila. Tout son corps fut saisi de tremblements. Le pire, c'est que Frédéric l'avait reconnu et se dirigeait vers lui.

— Marius ? Que fais-tu là ?

— Tu vois, je t'attendais…

Ses mains s'agitaient fébrilement. Frédéric prit une chaise et s'installa à côté de lui.

— Cela tombe bien, j'aspirais à te voir, déclara-t-il avec un sourire forcé.

— Et à quel sujet ?

— Au sujet de ta femme.

Marius eut l'impression de prendre un coup de poignard. Puis, pensant à Amédée, il affecta un ton débonnaire, teinté d'ironie.

— Tu passais donc là par hasard ?

— D'une certaine façon, oui.

— Et d'une autre façon ?

Frédéric s'accouda sur la table et commanda un pot de vin avec de la limonade. Il considéra Marius d'un air chagriné.

— Que t'arrive-t-il, Marius ?

Marius observa Frédéric des pieds à la tête. Un habit bleu boutonné très haut, un gilet blanc et une cravate rouge légèrement dénouée. Quelque chose de résolu dans son attitude corrigeait ce qu'il y avait de trop voyant dans sa tenue. À la fois journaliste polémique à *La Tribune* et futur médecin, Frédéric faisait un peu plus que son âge. Il avait vingt-six ans et portait la tête haute et fière. Ses cheveux roux et bouclés encadraient un front large et ouvert. Ce fils de républicain, républicain lui-même, que Marius avait connu lors des événements de juin 1832, et qui avait réussi à fuir la barricade de la rue de la Chanvrerie lorsque la troupe l'avait investie, avait un regard rempli de douceur et de dignité. Son sourire plein de charme et de finesse laissait voir des dents d'émail que la teinte de sa moustache rendait éblouissantes. Des favoris châtains, tirant sur le rouge, descendaient jusqu'à son menton à fossette. Jusqu'à présent, il avait été un ami d'une extrême délicatesse. Juste un peu soiffard, disait Cosette en souriant. Lorsqu'il était convié à dîner rue Plumet, il apportait régulièrement une bouteille de chambertin.

« Le vin préféré de l'Empereur ! » proclamait-il, excipant sans relâche de sa fidélité aux idées révolutionnaires.

Était-ce pour culpabiliser Marius, pour le gagner à ses idées, ou tout simplement pour le sortir de sa torpeur ? En tout cas, il constatait que Marius n'était plus le même, qu'il paraissait amer et désemparé. Comment s'étaient-ils revus ? Le plus simplement du monde, aux obsèques du grand-père de Marius. Frédéric, qui détestait le journal royaliste *La Quotidienne* mais le consultait régulièrement, avait vu le nom de Gillenormand dans la rubrique nécrologique. Il s'était souvenu que ce nom en cachait un autre, celui d'un jeune homme fougueux et acquis aux idées libérales : Marius Pontmercy. Aujourd'hui, enthousiasmé par les positions d'Auguste Blanqui, qui avait pris le parti des ouvriers pendant la révolte des canuts à Lyon et parlait de défense du prolétariat, Frédéric était membre de la Société des droits de l'homme. Il était de toutes les réunions, de la rue Dauphine à la rue du Monceau, écrivant des articles incendiaires contre les rois, s'attirant les foudres du gouvernement et des légitimistes. Comme il vouait un véritable culte aux chefs montagnards de la Convention, il réclamait le suffrage universel, le droit d'association et de véritables réformes à l'intention du monde ouvrier qui était touché de plein fouet par la crise économique.

— Que t'arrive-t-il ? redemanda-t-il en voyant Marius perdu dans ses pensées.

— Rien. Ou plutôt si, il m'arrive ce qui devrait arriver à n'importe quel individu sensé. Je veux vivre, profiter de ce dont je n'ai jamais profité, être le maître des dérisions dans un monde où chacun de vous, les exploitants comme les exploités, les bourgeois comme les ouvriers, les nobles comme les roturiers, ne sont que les valets des illusions. Je veux être sceptique, ironique, insolent, faire de ma vie une œuvre d'art. Je veux afficher ma singularité par une morgue qui abhorre la trivialité bourgeoise, je veux dire fermement non à tout ce qui dit béatement oui, je veux manger, boire et m'habiller Buckingham, quand tous les autres n'aspirent qu'à se vêtir, s'alimenter et étancher leur soif de médiocre façon.

Frédéric but son verre goulûment. Il s'en resservit un autre. Puis il contempla son ami avec effroi.

— Vaste programme. Mais tu te trompes, Marius.

— Et vous, les purs, vous ne vous trompez pas ? Tout ce qui est pur est trompeur, et tout ce qui est trompeur est destructeur, car au nom de la pureté, vous supprimez tous ceux qui ne sont pas au niveau de cette pureté. Voilà votre singularité.

Frédéric écarta les mains en signe d'impuissance.

— Notre singularité ? Et la tienne ? Tu copies ces messieurs de la haute, comme Gautier, Musset et Sue qui, par leur mépris provocateur, n'en ignorent que plus les souffrances du peuple.

Il but son autre verre et posa la main à plat sur la table.

— De toute façon, je ne parlais pas de politique. Je te parlais de ta vie. La pureté, tu l'as chez toi, elle se nomme Cosette.

— Et alors ?

— Alors par tes sautes d'humeur, tu la déroutes, et par tes absences, tu la rends malheureuse.

Marius étira le cou avec dédain. En quoi cette réalité banale regardait-elle Frédéric ?

— Dis-moi, tu sais beaucoup de choses, lâcha-t-il, légèrement exaspéré.

— Je ne sais rien, je devine. Je n'aurais pas l'indélicatesse de me mêler de votre vie privée, même si je revendique la qualité d'ami fidèle, mais Cosette dépérit. Je le vois à son teint, à son regard. Elle n'a pas la faiblesse de se plaindre. Elle souffre tout simplement.

Était-ce le médecin ou l'amant qui parlait ? Marius faillit s'emporter. Comment Cosette pouvait-elle être sensible à ce donneur de leçons ?

— Toutes les femmes souffrent, dit-il en imitant Amédée. Elles souffrent parce qu'elles manquent d'originalité, de fantaisie, et surtout d'indépendance.

— La tienne ressemble à de l'indifférence.

Marius prit un air triomphant.

— C'est Cosette qui t'a fait cet aveu tout à l'heure ? Ne mens pas, je vous ai vus dans un fiacre !

Frédéric accusa le coup. Oui, il était avec Cosette. Mais pas pour les raisons qu'insinuait Marius.

— Ton Amédée d'Iguerande déteint sur toi de façon déplorable, dit-il en terminant le pot de vin et la limonade.

Marius cette fois s'emporta :

— Déplorable ? Tu oses dire cela ? Toi qui passes une grande partie de ton temps à boire et à tenir des propos fumeux avec des révolutionnaires de pacotille ? Toi qui vois Cosette en cachette ? Et c'est moi qui suis déplorable ?

Il se racla la gorge et poursuivit :

— Sache que dans la vie, on choisit ses amis. Et moi, j'ai choisi Amédée d'Iguerande !

Frédéric fut secoué d'un rire nerveux.

— C'est un mauvais ami pour toi, et de surcroît, il n'est pas aussi gentleman qu'il y paraît.

— Que veux-tu insinuer ?

— J'insinue qu'il courtise ta femme et que tu ne t'en aperçois même pas, aveuglé par l'idiote admiration qu'il t'inspire.

Marius se leva et tapa du poing sur la table.

— C'en est trop ! Prends garde, Frédéric !

Et il quitta la Taverne sans un regard pour son ami, le laissant interdit et malheureux, et sans doute encore plus malheureux qu'interdit.

Marius marchait d'un pas leste. Au souvenir de la question d'Amédée : « Viendrez-vous accompagné de votre charmante épouse ? » il se rembrunit. Qu'était donc allé inventer Frédéric au sujet d'Amédée ? Avait-il vraiment inventé ? Cette idée lui déplaisait. Deux sentiments s'agitaient en lui : une subite aversion à l'encontre de Frédéric, une soudaine confusion à l'égard d'Amédée.

Lorsqu'il poussa la grille de la rue Plumet, il aperçut Cosette qui lui tournait le dos. Elle taillait des rosiers sur l'espalier du jardin d'hiver. Ce jardin, elle l'avait créé de toutes pièces. Seule Madeleine l'avait aidée.

Marius trouva Cosette superbe. Une femme n'est jamais plus charmante pour son mari, se dit-il, que lorsqu'elle a quelque tort à dissimuler. Il avança tout doucement, cueillit une rose et vint la planter dans la chevelure de Cosette. Surprise, la jeune femme se retourna, le teint pâle. Elle tenait un sécateur.

— Toi ?

Elle ouvrit les bras et couvrit Marius de baisers. Mais il la repoussa. Ces si séduisantes câlineries étaient-elles inspirées par le remords ?

— Ce soir j'ai rendez-vous avec le marquis d'Iguerande dans un prestigieux hôtel particulier du quartier, dit-il en grinçant des dents. Je serai donc absent pour le souper. À ce propos, on devrait vraiment supprimer du calendrier ces stupides fêtes de fin d'année.

— Lesquelles ?

— Celles de Noël et de ce jour maudit qui nous fait tomber d'une année dans l'autre.

— Ce soir, je n'avais prévu que nous, murmura Cosette en posant le sécateur.

— Cette soirée est capitale pour mon avancement, mentit Marius. Nous deux, ce sera pour un autre soir.

Cosette le regarda longuement.

— Un autre soir, je ne serai peut-être pas là.

Cet après-midi-là, un vent violent s'engouffrait dans les ruelles du faubourg Saint-Denis. La lueur blafarde des réverbères se reflétait dans des flaques de sang au milieu des pavés inégaux. Un homme coiffé d'un chapeau en peau de chat marchait le dos voûté. Il avait bien une soixantaine d'années. Cou de vautour, front inégal, raviné, creusé, ridé, moustache grise et collier mal taillé, le nez aigu comme un bec, il se pinça les narines en passant près d'un troupeau de moutons. Là, on abattait sur place. Le sang des animaux égorgés refluait dans les ruisseaux, et l'on voyait stationner des tombereaux dans lesquels s'accumulaient des débris organiques de toutes sortes. Le pire, c'était l'odeur. À toutes les heures du jour, un peu comme à l'époque des rues de l'Écorcherie et de la Triperie, on tuait à tour de bras. Le sang ruisselait. Il caillait à vos pieds.

L'homme à chapeau de chat ronchonna :

— Bon Dieu, dire que l'Empereur a fait bâtir cinq abattoirs à Paris, Montmartre, Ménilmontant,

Villejuif, Grenelle et Roule, et qu'on nous empoisonne encore !

Le Dabe des greffes s'était fait respecter par son âpreté au labeur. Et par la scrupuleuse opiniâtreté de sa fourberie. Aimable avec les riches, intraitable avec les pauvres, il ne reculait devant aucune exaction pour tirer un profit, comptant sur son audace et son hypocrisie pour assurer l'impunité de ses forfaits.

— Tiens, tiens, marmonna-t-il en voyant des chats se battre autour d'une vieille tranche de couenne, ils sont là, mes mignons.

Pour réussir, il s'était livré et se livrait encore à un odieux commerce. La nuit venue, il attirait les chats avec du mou et de la valériane. Il les capturait et les tuait en leur enfonçant un petit stylet dans la nuque. Il avait commencé seul ; toute une bande désormais le secondait. Il vendait la chair dix sous aux gargotiers, et la peau quinze sous aux tanneurs. En moins de six mois, il avait amassé un beau petit magot. Et comme les affaires prospéraient, il avait acheté un rez-de-chaussée rue Aubry-le-Boucher, non loin de l'église Saint-Merri. Un atelier où l'on peignait la laine. Le personnel ? Des enfants âgés de sept à quinze ans. Pour la plupart, des orphelins que le Dabe des greffes avait dénichés à proximité du Pont-au-Change et à qui il faisait miroiter des jours meilleurs. Quelques-uns de ces enfants, tous des garçons, lui avaient été fournis par un complice dont l'activité se résumait à ces quelques mots terribles : voleur et marchand d'enfants.

— On en fera des escarpes de première, disait-il au Dabe des greffes. Ils apprennent d'abord à travailler, à obéir, à se priver ; ils apprendront ensuite à mentir, à voler, à tuer.

Voilà pourquoi les plus hardis de ces enfants chassaient les chats avec des lacets et des appâts de tous genres, les vidant à même la rue et les écorchant à l'atelier. Les plus faibles, eux, restaient sur le métier. Chacun sa spécialité.

Le Dabe des greffes, autrement dit le maître des chats, remontait donc la rue Saint-Denis. Il prenait un malin plaisir à s'arrêter près des immeubles, à guetter, à observer la pauvreté. Avec son carrick noir à collet fourré et son chapeau en peau de chat, il inspirait la crainte. Quelques mois plus tôt, lors de son installation dans le quartier, on l'avait vu à plusieurs reprises en compagnie de ce dangereux dandy nommé Lacenaire. Ils étaient sur un coup de fausse monnaie. Et puis Lacenaire avait été emprisonné à la Force après avoir purgé quelques mois à Bicêtre. Son crime ? Avoir volé des couverts en argent dans un restaurant.

Lacenaire, avant d'être expédié à l'ombre pour treize mois, avait recommandé au vieux filou un ami de sa connaissance, un certain Alexandre Tixier, qui faisait office d'homme à tout faire. Ce Tixier, que l'on surnommait Jésus, ne déparait pas dans l'aréopage du Dabe des greffes – toute une clique d'assassins, de souteneurs, de voleurs et d'anciens bagnards.

Le Dabe des greffes s'enfonça dans le goulet étroit de la rue Greneta. Primesautier, il visita quelques immeubles, puis une courette abandonnée où de petits malheureux avaient coutume de jouer. Dans l'enceinte, il fut assailli par une meute d'enfants étiolés et contrefaits, à l'aspect pâle et terreux, sales et puants, qui lui demandèrent l'aumône.

— Du vent, racaille ! Du vent ou je vous écorche !

Terrorisés, les enfants détalèrent pour regagner leurs tanières. Leurs tanières, c'étaient les gravats, les appentis, l'intérieur de conduits de cheminée hors d'usage, avec de la paille et des fanes de pommes de terre pour litières.

Le vieux eut un mauvais sourire. Il brandit sa canne et s'écria encore :

— Et que je ne vous y reprenne pas ! Sauf si vous voulez manger à votre faim et dormir dans un vrai lit !

Puis, d'une voix plus charmeuse :

— Avec moi, terminé la misère, mes petits. Vous connaissez l'adresse, n'est-ce pas ? Allez, à bientôt, mes petits.

Pour le commun des mortels, la misère et la dégradation apparaissaient d'autant plus cruelles qu'elles contrastaient scandaleusement avec les folles prodigalités d'une petite société brillante et oisive, dont les revenus et le capital s'évaporaient en élégances, en mondanités, en fêtes, en repas pantagruéliques. On avait de quoi se révolter. Seulement le Dabe des greffes n'était pas le commun des mortels. Le spectacle de ces enfants qui mouraient de faim le réjouissait, la misère le déridait. C'était son gagne-pain.

Après avoir jeté un coup d'œil derrière lui, le Dabe des greffes poussa une grosse porte flanquée de deux écussons de cuivre. Un passage couvert conduisait à une sorte de buanderie qui renfermait des lapins.

— Au cas où, on ne sait jamais, disait le Dabe des greffes. Je me méfie des délateurs comme de la peste. Si les cognes viennent chez moi, je leur montrerai mes lapins. On ne pourra pas m'accuser de tromper sur la marchandise.

L'immeuble se composait d'un rez-de-chaussée occupé par un débit de vin, de la buanderie à lapins et de trois étages surplombant une remise. Quand on continuait tout droit, on arrivait dans une petite cour privée d'air et de lumière, où s'amoncelaient toutes sortes d'immondices. Le Dabe des greffes occupait deux chambres au troisième étage, avec vue sur cette cour, ainsi que sur la remise du rez-de-chaussée. Une vraie prison.

Il sortit un trousseau de clés et ouvrit la porte de la remise. Il émit un petit soupir de contentement. Le spectacle de sa honteuse réussite lui mettait du baume au cœur. Les cloisons laissaient apercevoir des lattes vermoulues, une grosse lucarne à crémaillère occupait la partie déclive de la toiture, des chandelles projetaient une lumière pisseuse sur des établis tachés de graisse. Par terre, le plancher disparaissait sous un amas de paille pourrie, de haillons sordides, d'os rongés, d'amas de bourre lanice, de suint, de miches, de flocons, de peaux sanguinolentes, de caisses remplies de têtes de chats. Les tripes restaient dehors. Il n'empêche que l'odeur était indescriptible. Un mélange d'urine, d'exhalaisons intimes, de déjections de toutes sortes. Sur la gauche de la lucarne, à six pieds du sol, s'élevait une sorte de mezzanine en bois, tordue et oblongue, à laquelle on accédait par une échelle de meunier. On ne pouvait pas y tenir debout. Fixée au nu de la bordure de la mezzanine, une cloison portait en son centre un hublot en forme d'œil-de-bœuf. Les enfants se glissaient par ce hublot pour aller dormir.

— Alors, ça fournit ? lança le Dabe des greffes à la cantonade.

Personne ne leva la tête. Une dizaine d'enfants travaillaient. Au fond, assis sur un fauteuil à bascule, un vieillard surveillait l'atelier. Un infirme qui ne bougeait pas, ne parlait pas, n'entendait pas. Seulement il voyait. Et son travail consistait précisément à voir. Ou plutôt à dénoncer. On l'appelait le Pointeur. Le seul mouvement dont il était animé consistait à lever la main et à pointer un index accusateur en direction d'un contrevenant.

Et là, justement, alors que le Dabe des greffes venait d'arriver, le Pointeur leva sa main grillagée de rides et pointa son index crochu, pourvu d'un ongle démesurément grand et noir, en direction d'un petit qui somnolait sur son ouvrage.

Retentit alors une épouvantable voix de rogomme :

— Encore l'arsouille ! Attends la danse que je vais lui passer !

Un gros rouquin surgit de la pénombre. Carré, trapu, velu comme un ours, il avait la figure plate, le nez camus, des yeux de cochon, les jambes courtes, un ventre proéminent. C'était le contremaître. On l'appelait le Rouget, parce que avant d'être peigneur de laine, il avait été ferrailleur, spécialisé dans le cuivre, et que son teint d'apoplectique disparaissait sous des taches de rousseur. Ce masque de Vulcain terreux devenait d'un rouge éclatant sous l'empire de la colère. La bouche incisée dans le mou de la figure, à tel point qu'on la croyait disparue dans l'entonnoir d'un cou puissant, il n'était jamais rasé de frais. Une sale trogne.

Sans même saluer le Dabe des greffes, il se rua sur le petit peigneur de laine. Comme celui-ci se montrait maladroit pour capturer les chats, le Dabe des greffes l'avait placé à la manutention. Il avait tout juste sept ans. Raclant, cardant, maniant sans relâche le peigne et la raclette, le petit travaillait de quatre heures du matin à dix heures du soir et ne gagnait même pas deux francs par jour. Il essayait de bien faire, mais le sommeil le dominait et il s'assoupissait à la tâche. Chaque fois, le Pointeur levait son index et le Rouget intervenait pour lui flanquer un revers de la main sur le nez. L'enfant était exsangue.

— Monsieur Rouget, je vous demande pardon, disait-il tout gentiment, d'un air de s'excuser, j'ai tellement sommeil…

Des petits malheureux comme ça, il y en avait plein la capitale. Leur sort était peu enviable. Rien qu'à Paris, on ne comptait pas moins de quatre-vingt-dix infanticides par an. Un enfant sur deux mourait dans les quartiers ouvriers. Quand ils ne mouraient pas à la naissance, on les abandonnait ou on les poussait à la rapine. Il faudrait attendre 1841 pour que la loi interdise l'emploi d'enfants de moins de huit ans et le travail de nuit pour les moins de treize ans.

Rouget se posta devant le petit peigneur de laine.

— Alors, sale vaurien, tu dors encore debout ? Tu devrais remercier le Pointeur, il va t'éviter une diminution de salaire !

Comme les revers ne suffisaient pas, il se munissait d'une grosse corde et en distribuait des volées à ceux qui tiraient au flanc.

— Tiens donc !

Le coup fut assené avec une telle violence que le petit s'effondra.

La voix du Dabe des greffes grinça :

— Eh, doucement, le Rouget ! C'est mon gagne-pain que t'abîmes, là !

— Celui-là, il faudra le renvoyer, fit le rouquin en lançant un regard courroucé.

Le vieux ébaucha un vague geste de la main.

— On en reparlera, Rouget. Je suis là pour autre chose.

Mais le rouquin n'en démordait pas :

— Entre ce maudit Raphaël et l'autre, là, le Gail, avec sa mâchoire de cheval, insolent et mauvais esprit, faudra prendre des mesures !

Le vieux réajusta son bonnet en peau de chat et déclara :

— Les mesures, c'est moi qui les prends, Rouget. Le Gail, c'est un bon écorcheur. Quant à Raphaël, il apprendra à peigner.

Tandis qu'il disait cela, celui qu'on appelait le Gail avait abandonné son travail pour secourir Raphaël. Il l'aida à se relever puis il brava du regard le Rouget et le Dabe des greffes.

Le Gail était un garçon de quatorze ans maigre et charbonneux, pourvu d'une énorme mâchoire, avec des yeux brillants comme de la braise, qui laissaient supputer une sauvage énergie morale et une incroyable force physique. Ses mains, c'étaient des pinces. Quand il attrapait un chat, il lui brisait instantanément la nuque avant de le peler en deux temps trois mouvements, comme un vulgaire carrelet. Par-dessus son bourgeron gris, si commun chez les ouvriers, il portait un gilet en peau de chat à longs poils bruns.

Il enroula son bras autour des épaules de Raphaël.

— Ça roule, môme ?

Le petit pleurnichait. Il avait une grosse boursouflure en travers du visage.

Le Gail s'adressa alors au Rouget :

— Si tu veux me taper, vas-y, Rouget. Mais je te préviens, le Dabe des greffes t'en voudra. Et de là à ce qu'on vous mette au court-bouillon dans la Seine, toi et ton daron, il n'y a pas loin.

Le Rouget étouffa un juron. Parler ainsi de son père, le Pointeur, le mettait dans des colères terribles. Il serra la corde, la brandit et la fit tournoyer dans l'air pour frapper le Gail. L'adolescent recula en baissant la tête. Il savait qu'il n'était pas de force à se mesurer au rouquin.

— Lâche ça si tu ne veux pas que je te crève ! rugit une voix qui venait de l'entrée.

C'était un jeune homme brun à fière allure. Tout le monde avait reconnu Jésus. Mais le Rouget était hors de lui.

— Ah ! le voilà, lui ! hurla-t-il en faisant tournoyer sa corde. Viens donc que je te désosse, frime d'altèque !

Tous les enfants arrêtèrent le travail. Le Pointeur ne savait plus où donner de l'index. Le jeune homme qui avait fait irruption dans l'atelier tenait un gourdin. Il avait le teint d'un brun velouté transparent, la tournure athlétique, des cheveux noirs séparés par une raie au-dessus de la tempe, et une tache de vin sous l'œil gauche. Et, ce qui provoquait l'admiration des enfants, il portait à l'annulaire un anneau d'or où figurait un serpent avec des quinquets d'émeraude. Vêtu d'une blouse bleue et coiffé d'un bonnet de loutre, il jeta un coup d'œil à cette sinistre salle où, hormis les peaux, les établis et la laine, on pouvait reconnaître un fourneau, un baquet, des tasses ébréchées et un broc. Il s'avança. La lueur blafarde d'une chandelle déposa un étrier de lumière frémissante sur son visage. Sa lèvre inférieure était agitée d'un mouvement spasmodique.

— Alors, t'aboules ? cria encore l'autre pour le provoquer.

Croyant le moment favorable à l'attaque, il s'élança. Les enfants retenaient leur souffle, le Dabe des greffes regardait la scène d'un œil torve, réussissant à donner à sa figure de fouine une expression de chagrin pervers.

Rouget s'arrêta pile devant le jeune homme. Il le défia du regard et s'esclaffa :

— Ah ! c'est qu'il me ferait peur, le petit Jésus !

Puis, joignant le geste à la parole, il abattit sa corde sur Jésus en grognant. Le jeune homme exécuta une brusque retraite du corps et assena un coup de bâton sur le bras du Rouget. Celui-ci poussa un rugissement qui glaça d'effroi l'assemblée.

— Saigne-le ! cria le Gail.

Jésus prit Rouget au collet et le poussa rudement contre l'unique fenêtre de la pièce. Il avait lâché son bâton. Un couteau à manche de corne et lame aiguë brillait dans sa main.

— Avise-toi encore de me menacer et je te ferai un tel dessin sur la fiole que même ton père ne pourra pas te reconnaître.

Le Dabe des greffes rompit enfin le silence qu'il s'était imposé :

— J'aime ces franches ambiances de camaraderie, mes petits. Tu vois, Rouget, Jésus est un susceptible. La moindre bisbille, et il est prêt à s'aligner avec toi. Lacenaire ne m'avait pas menti. Jésus peut nous être d'une aide précieuse.

Le Rouget regarda le Dabe des greffes par en dessous.

— Il m'a cassé le bras, Dabe…

Un ricanement accueillit cette constatation plaintive.

— Tu en avais un de trop, Rouget ! Quand on a deux bras gauches, on se laisse aller. Pas vrai, Jésus ?

Jésus acquiesça silencieusement et rangea le couteau dans sa blouse. Ce surnom de Jésus lui venait de Lacenaire lui-même. Avant d'aller en prison, Lacenaire, qui avait exercé le métier de chanteur, s'était pris d'amitié pour ce jeune homme brun qui prisait la poésie de François Villon et les livres de maître Rabelais. Le chanteur exploite la crainte qu'ont certains bourgeois de voir divulguer des passions contre nature. Il dresse à cette fin de jeunes gens, dits Jésus, qui lui fournissent l'occasion de constater des flagrants délits sous de faux insignes de sergents de ville et de commissaires de police. Un sale métier qui s'exerce salement. Mais où des sommes parfois considérables sont en jeu.

Donnant à ses traits fuyants une douloureuse expression d'affliction, le Dabe des greffes agita sa canne devant lui, comme pour signifier qu'on avait assez joué.

— Rouget, j'ai besoin de toi. Il me faut cinq ou six filles pour ce soir.

Le rouquin se massa le bras et demanda avec une rage concentrée :

— Belles ?

— Tout juste. À dix heures et demie au Clan Destin.

— Tu les auras.

— Et moi ? demanda Jésus.

— Toi, tu me surveilleras tout ce petit monde de la haute. Pour fêter l'année 1834, ce sera un balthazar.

Le Clan Destin se trouvait un peu plus haut dans la rue Aubry-le-Boucher. Cette rue, lors des journées insurrectionnelles des 5 et 6 juin 1832, avait vu l'érection d'une monstrueuse barricade. Une rue sombre et vétuste. Le Clan Destin, dont le nom résultait d'un assez mauvais jeu de mots, réunissait tout le rebut de la population parisienne. La police ne s'y risquait guère. Au hasard des soirées ou des nuits, puisque l'on pouvait y dormir à raison de trois sous, on y rencontrait toutes sortes de malandrins. Des voleurs à la carouble, qui officiaient avec de fausses clefs ; des voleurs à la fourline, qui tiraient bourses, montres ou mouchoirs ; des charrieurs, qui se rendaient chez les changeurs pour leur voler des pièces à l'effigie du roi après se les être fait montrer ; des scionneurs, qui entouraient d'une corde le cou de leur victime pendant qu'un complice la barbotait ; enfin, des vantarniers, qui volaient la nuit par les fenêtres avec une échelle de corde.

Le Clan Destin était un tapis-franc. Un estaminet, une taverne où l'on pouvait boire, manger, danser le chahut, cette hideuse mêlée qui s'apparente à un tapage, à un remue-ménage réunissant souteneurs et catins, et où le maître de cérémonie, l'ogre, s'activait à la vitesse d'un météore, réécrivant sans cesse le palimpseste de la débauche avec des débordements de Sardanapale jamais repu. C'était un peu comme chez Dénoyez ou Franconi. Mais en plus sordide.

Ce Clan Destin occupait le rez-de-chaussée d'un immeuble. Cinquante ans plus tôt, il avait abrité une confrérie de jardiniers : la confrérie Saint-Fiacre. Les temps avaient changé. Il était encore question de fiacre, mais d'un tout autre tonneau.

Au-dessus de la porte d'entrée se balançait une lanterne. Quand le Dabe des greffes pénétra dans cette grande salle au plafond barré de solives grisâtres, éclairée par une lampe à double courant d'air et à réservoir supérieur inventée par monsieur Quinquet, il inspira une grande bouffée d'air vicié. Puis, avisant une grosse femme qui s'affairait autour de ses chaufferettes, il s'écria :

— Alors, la Béquille, le ragoût est prêt ?

— Plutôt deux fois qu'une, Dabe des greffes ! Du lapin comme tu l'aimes !

Secouée d'un rire nerveux qui ressemblait à un glapissement, la grosse femme agita une grande spatule sur laquelle fumait une tête de chat. Elle avait la voix rauque, d'imposants bras rouges et de la barbe au menton. Un gros chat noir se lovait à ses pieds.

— Toi tu m'aimes, hein, mon Démon ? T'es bien le seul, va.

Le Dabe des greffes s'avança vers la cuisine :

— Tu ne vas pas me les empoisonner au moins ?

La Béquille le fustigea du regard et posa sa spatule. Le teint enflammé par les fourneaux et la trop grande consommation de vin rouge, elle portait un bonnet marron et un châle croisé sur la poitrine. Elle délaissa sa cuisine et fit quelques pas en direction du Dabe des greffes, qui était ouvert à toutes propositions. Si on l'avait baptisée la Béquille, c'est qu'elle boitait exagérément.

— Les empoisonner ? demanda-t-elle en s'essuyant les mains dans sa robe de laine caca d'oie, dont le bas, dépourvu d'ourlet, laissait apparaître des pieds noirs et verruqueux, rompus à fouler le sol en terre battue imprégné de charbon de bois. Les empoisonner ? Pour le nouvel an ? Et ça, tu l'as vu ? Tu as vu comment j'ai préparé mes tables, vieux grigou ?

Le Dabe des greffes étendit le regard sur la salle très basse, écrasée au fond par la présence d'un buffet scellé au mur par de fortes pattes cerclées de fer. Il y avait dix tables dressées, cinq à gauche, cinq à droite, des mesures d'étain, un gros bouquet de fleurs séchées sur le buffet. Dans le prolongement de la cuisine, à côté d'un comptoir noirci par la fumée, on apercevait un escalier en bois, au pied duquel avait été déposée une brassée de paille. L'accès au dortoir bénéficiait de ce tapis improvisé. L'invite était très claire.

— Superbe, apprécia le Dabe des greffes. On va les plumer, tous ces gants jaunes.

Puis, d'un air insidieux, le sourire en coin :

— Et la Miauleuse ?

La Béquille posa les mains sur les hanches.

— Elle est plus cossarde qu'une couleuvre, cette pierreuse. Elle aboulera sur le tard, comme d'habitude.

Là-dessus, elle retourna à ses fourneaux. La Miauleuse, c'était pour ainsi dire la deuxième femme du mari de la Béquille. Ce ménage à trois amusait tout le monde. Sauf la Béquille, qui enrageait d'être reléguée aux tâches subalternes.

Six hommes, dans la pénombre, trinquaient en silence. Le Dabe des greffes les épiait, et tout en les épiant et en parlant, il semblait méditer. Pas des escarpes, ceux-là, se dit-il. Plutôt des ouvriers. Il n'y avait qu'à voir leurs casquettes, les blouses douteuses dont ils étaient affublés. En plus, ils s'observaient en chiens de faïence. Engourdis, harassés de fatigue, muets devant leur verre. Ils fumaient la pipe, et quand ils ne la fumaient pas, ils buvaient. Avec des gestes lourds et empesés. Qu'avaient-ils donc fait toute la sainte journée ? Découpé du cuivre ? Vaporisé le coton ? Satiné des bronzes ? Aminci le fer ? Amenuisé le bois ? Tissé l'acier ? Festonné le cristal ? Tressé des harnais et des galons ? Ou encore ourdissaient-ils quelque complot fugitif, de ces révoltes trop bien entretenues par le malheur, les privations, l'eau-de-vie et le pain sec ? Des idées de fronde ne circulaient-elles pas dans tous ces esprits stimulés par des cœurs qui battaient au sein de maisons où suintait la famine, de cabarets désespérément pouacres, de rues sans âme qui semblaient ne mener nulle part ? Tout bruissait de mille plaintes étouffées. Ce besoin de procréation matérielle qui, commune à tout travailleur, avait déjà valeur de lassante habitude, pour ne pas dire d'esclavage résigné, était ressenti à présent comme une douleur lancinante et incurable, sans espoir de changement ni d'amélioration. On s'éteignait du regard. Cela ne pouvait plus durer.

Le Dabe des greffes tapota le sol du bout de sa canne. Ce geste n'induisait aucun sentiment de commisération, mais plutôt d'agacement. Quand donc ces loqueteux allaient-ils débarrasser le plancher ?

Soudain, une voix le détourna de ses pensées :

— Tiens donc, le voilà déjà, celui-là !

L'homme qui s'était exprimé ainsi et qui venait d'entrer dans la gargote était le mari de la Béquille. On l'appelait Parfait-Amour, par analogie à une boisson frelatée. Grand, solide, frisé comme un trouvère, énormes sourcils et petits favoris, il était revêtu d'un spencer à la couleur indéterminée, tant la crasse et la boue y avaient déposé d'abominables strates. Autrefois il avait été menuisier dans le faubourg Saint-Antoine. Il était réputé pour ses escaliers à vis et en limaçon.

— La volée, c'est ma spécialité, disait-il souvent.

Il avait d'ailleurs conservé un petit atelier place d'Aligre, dans le quartier des artisans. Faire chanter le chêne sous le riflard, le bouvet ou la varlope, le distrayait des vicissitudes d'une existence parfois compliquée. Personne ne l'ignorait, cet homme d'âge mûr au nez en pied de marmite et à la faconde inépuisable, par ailleurs une vraie force de la nature, exerçait le double métier de tenancier et de séducteur, préférant sans doute le deuxième au premier, car il oubliait tous ses calculs et ses gestions lorsque le démon de la luxure obscurcissait ses pensées.

Mais depuis quelque temps, sa passion n'était plus dévolue qu'à l'amour de la Miauleuse.

Nul n'ignorait que cette beauté de tout juste vingt ans avait amadoué Parfait-Amour par ses langoureux jeux de paupières et ses gestes voluptueux. Un savant dosage. Mais il se murmurait surtout qu'elle avait des ambitions. Des pharamineuses. Elle se voyait déjà en lieu et place de la Béquille. Avec les cordons de la bourse et la direction des affaires. Sans compter que la hardiesse de ses mimiques se doublait d'un caractère de feu. Un soir d'octobre, n'avait-elle pas sérieusement rossé la Béquille, lors d'une querelle dont on peut deviner la nature, sous les yeux de Parfait-Amour ? Subjugué par l'animale impétuosité de cette furie au regard chargé d'électricité sensuelle, celui-ci était resté interdit et pantelant dans son coin.

Au premier coup d'œil, rien ne semblait prédisposer la Miauleuse à de tels débordements. C'était une beauté sauvage, certes, mais de format modeste et aux traits angéliques. Son casque de jais surmontait un visage au front saillant, un nez droit et court dont les narines se dilataient sous la moindre émotion, une bouche impertinente où apparaissait une foule de dents blanches. Le bras était mince, la taille bien prise, la gorge abondante. Tout en grâce et en finesse. Le seul défaut, car il y en avait un, et de taille, résidait dans un terrible strabisme divergent qui offrait un non moins terrible démenti à cet idyllique portrait. Ses yeux, au demeurant d'un beau noir profond, roulaient dans tous les sens, semblables à des billes d'ébène. C'est bien simple, on ne savait jamais dans quelle direction ils pointaient.

— Eh bien justement, faisait remarquer la Béquille, si on ne sait pas, c'est qu'elle n'ose jamais vous fixer, la carne. Une vraie langouste.

Il n'en reste pas moins que la Miauleuse, qui répondait au doux nom de Clotilde Lepetit, ne manquait pas d'attiser les convoitises. Ses tenues, déjà, respiraient l'impudeur. Elle arborait presque tous les jours une jupe rouge et volante qui laissait découvrir ses cuisses tressées de fuseaux musculeux. En haut, elle portait des vestes d'homme semblables à celles des officiers de cavalerie anglais, blanches, noires ou rouges, jamais boutonnées, sur des chemises de dentelle blanches, ouvertes jusqu'au nombril, qui mettaient en valeur son cou potelé et sa poitrine saillante.

Parfait-Amour la prit par la main et déclara :

— C'est ma petite caille qui fera le service.

À ce même moment, tandis que les six ouvriers se levaient pour partir, un homme à l'habit noir entra dans la gargote. Le vieux s'avança aussitôt vers lui. Les deux hommes se serrèrent la main.

— Ah ! je t'attendais, dit le Dabe des greffes, il y a des détails à régler.

L'homme en noir ressemblait à un inspecteur de la sûreté. Sans quitter son haut-de-forme, il répondit d'un ton sec :

— Épargne-moi tes jérémiades. Tes amis seront payés en temps et en heure. N'ont-ils pas touché un acompte ?

— Si fait, mon ami. Mais ils voudraient être rassurés, parce que…

— Parce que quoi ? le coupa l'autre. N'oublie jamais que tu me dois tout, Tardier. Tes nouveaux papiers, ta situation, tout le reste.

Tardier, c'était le vrai nom du Dabe des greffes.

— Je n'oublie pas, mon ami, dit ce dernier en se penchant de travers.

Puis, montrant le comptoir du bout de sa canne :

— Tu prends quelque chose ?

— Pas le temps. Je voulais simplement m'assurer que tout était prêt et que ce jeune homme nommé Jésus sera là ce soir.

— Il sera là, mon ami, il sera là.

— Dans ce cas, nous n'avons plus rien à nous dire.

La soirée à l'hôtel de Roure, ancienne demeure du maréchal Ney, rue de Lille, s'annonçait comme des plus fastueuses. Marius n'en doutait pas. Une fin d'année se fête dignement. On y sentait encore l'empreinte du comte d'Orsay, car ce dernier y avait aussi habité quelques années durant. Ruiné, il vivait désormais dans la brumeuse Londres, à Seamor Place, promenant sa nostalgie aux abords de Saint James' Square, dans un traîneau en forme de dragon, tiré à un train d'enfer par un cheval café-au-lait couvert d'une peau de tigre. Contrairement à Brummell, marionnette stupide et figée – une poupée de cire selon Alfred de Vigny –, Alfred d'Orsay s'était révélé le plus parfait gentleman qu'on eût jamais rencontré. Il avait été à la fois brillant, aimable, enjoué, spirituel, séduisant et chaleureux. Aujourd'hui les Trois Glorieuses avaient glorifié l'argent au détriment du nom. L'aigle et le lys avaient disparu. Il ne restait plus que le franc.

Bref, l'hôtel de Roure, où dix-huit ans plus tôt, sir Robert Wilson était venu annoncer à la duchesse d'Elchingen la condamnation à mort de son mari, le Brave des braves, avait de quoi faire pâlir tous les commensaux, tant l'assemblée était brillante, tant le décor était somptueux. Il ouvrait sur la rue par un péristyle à colonnes qui lui donnait grand air. Sur le côté, une loge de gardien ; en face, une avenue d'arbres garnie de flambeaux, puis des jardins qui s'étendaient jusqu'au quai pour se terminer par une terrasse. Bon nombre d'invités circulaient dans les allées bordées de cyprès, se dégourdissant les idées comme ils pouvaient, à grands coups d'allusions moqueuses et désobligeantes, le tout assorti de mots anglais. Le marquis de Lilliers, propriétaire des lieux, qui louait à présent son hôtel à un affairiste affublé d'un titre à rallonge, le chevalier Aurélien Malartic Dupartel, connu pour avoir fait fortune en fournissant du matériel à l'armée d'Espagne puis d'Algérie, n'était pas là.

En revanche, le chevalier Dupartel, à la fois souple et indolent, lisse et placide, honorait ses hôtes de sa présence. Cet homme corpulent au visage bourbonien, encadré par des favoris noirs comme de l'ébène et un collier de barbe soigneusement frisé, était de ceux que l'on appelle dans le vieux style un pédant, et dans la langue populaire un navet.

— C'est surtout un rat et un cocu, dit Amédée à Marius. Ce n'est pas pour rien qu'il a l'oreille de Guizot. Mais que voulez-vous, il faut bien compenser. Ce grippe-sou méprisé sait contenir le mépris qu'il inspire par la vulgarité de sa richesse et la crainte qu'il suscite. Entre nous, je vous recommande son épouse.

Marius rit de bon cœur en avisant la petite femme aux yeux vifs désignée par Amédée, qui agitait les bras tel un sémaphore. Le ton haut et la taille basse, elle paraissait posséder tous les arguments de la frivolité.

— Je vous laisse, mon ami, dit alors Amédée. L'observation de ces insectes rares enchantera, à n'en pas douter, l'entomologiste scrupuleux que vous semblez être.

Marius suivit le conseil d'Amédée. Il s'employa à observer ces gens étouffés par la nécessité de ne rien faire et par le hasard d'être bien nés. Et en cette soirée de la Saint-Sylvestre, il avait vu ce qu'il pressentait déjà, à savoir que certains mondes n'évitaient plus de se confondre.

Il y a encore deux ans, la société du faubourg Saint-Germain et celle du faubourg Saint-Honoré, autrement dit la vieille noblesse et la noblesse d'Empire, se mêlaient déjà assez aisément, mais répugnaient à fréquenter la troisième, celle de la Chaussée-d'Antin, formée de gens nouveaux, enrichis dans les affaires.

Aujourd'hui, ce fossé n'existait plus. Le grand monde et la haute finance hantaient les mêmes lieux. Il n'était pas de millionnaire dont les filles ne pussent épouser des princes si elles en émettaient le désir. L'ostracisme s'éloignait. Duchesses et marquises disposaient des mêmes toilettes, des mêmes façons et des mêmes tics que les galantes des grands boulevards. Les hommes, aristocrates ou non, ne se divertissaient plus aux dépens du souverain des bourgeois, qui s'en allait bourgeoisement à pied, sa femme au bras et son parapluie à la main. Ou alors en douce. Comme ce soir à l'encontre du chevalier Dupartel. À l'image des Anglais, on exagérait ses articles de mode, depuis le nœud de cravate jusqu'aux cordons des souliers. Brummell avait fait des émules. On portait du linge brodé, du satin multicolore, des chaînes d'or, une frisure ébouriffée, les sourcils rasés. D'aucuns ressemblaient à des pommes cuites sortant d'un compotier. Il va sans dire qu'on ne pouvait guère démêler chez ces gens le faux du vrai. Qui était marquis, qui était roturier, c'était la question. Cette fête permettait d'échanger ses impressions sur les grooms, le bottier anglais Gay, les tilburys, les clubs, le sport, l'Indian Tea Warehouse, la boxe anglaise. Une anglomanie qui, comme toutes les modes, était bien la chose la plus ridicule du monde.

Debout près d'Eugène Sue qui racontait son expérience d'aide-chirurgien sur un navire de la marine royale en 1827, Amédée d'Iguerande buvait sa flûte de champagne à petites gorgées. La comtesse Marie d'Agoult, à ses côtés, semblait le dévorer du regard. Avec son habit noir mêlé de boutons de pierreries, sa cravate blanche et sa toque de velours noir à torsade d'argent, le marquis faisait concurrence à Eugène Sue sanglé dans un habit d'amateur de courses de chevaux. Le cou perdu dans une ample cravate de soie blanche et carmin, si ample qu'on y eût trouvé de quoi faire une chemise de nuit, il rappelait un lévrier empaillé. Mais le bel Eugène avait aussi de larges épaules, des yeux d'un bleu splendide et des favoris admirables.

— Moi, je n'ai servi que six mois, fit remarquer Amédée. J'étais allergique à la carrière militaire. Que voulez-vous, je ne sais pas obéir.

Eugène Sue hocha la tête malicieusement.

— Mon cher marquis, l'armée tue et rend triste. Demandez donc son avis à Vigny. Mais que ferait-on sans elle ?

— Comme le comte de Bourmont à Waterloo : on filerait à l'anglaise.

Ce propos de Louis de Vergne, flanqué de Henri de la Roche-Dragon et d'un autre ami nommé Robert d'Androisy, lancé d'une voix fluette provoqua l'hilarité générale.

Causeur infatigable que le lacis de ses hâbleries

n'effrayait guère, Eugène Sue adressa une bourrade à Louis de Vergne, ce qui n'était pas du meilleur goût, et raconta comment il se montrait aux Champs-Élysées dans son phaéton à quatre places, ce qui était du dernier chic. Puis il embraya sur les chevaux, car il était bon cavalier, s'étonnant que personne ce soir ne portât d'éperons.

Amédée d'Iguerande baissa les yeux avec une dédaigneuse lassitude. Retrouver ses propres défauts chez autrui, fût-il un ami, l'exaspérait.

Il quitta le groupe sans rien dire, pour se diriger vers la salle adjacente, où l'on dansait la valse et le galop. Des couples exécutaient des pas chassés. Au passage, le marquis prit une autre flûte. Il fallait en profiter. En général, dans les bals du faubourg Saint-Germain, on ne se croyait pas obligé de faire grands frais. Mais ce soir, la maîtresse de maison, Éléonore Dupartel, qu'Amédée avait eu la faiblesse de séduire un an plus tôt, et la force d'éconduire six mois plus tard, avait bien fait les choses. Le champagne coulait à flots, un buffet dressé croulait sous les glaces, les terrines et les gâteaux, l'argenterie de Mortimer et les porcelaines de Sèvres circulaient joyeusement de main en main.

Amédée d'Iguerande, droit comme un I, inspecta le boutonnement de son pantalon à la Brummel sur son coude-pied. Il esquissa une petite moue satisfaite. Pour tout dire, il s'impatientait. Son intendant l'ayant fait prévenir que tout était fin prêt au Clan Destin, il cherchait du regard son ami Marius. Comme toujours, il avait besoin d'un généreux donateur qui ne regarderait pas à la dépense. Le baron Pontmercy en avait le profil.

Il suffisait de le corrompre un peu, de lui donner le goût des chairs accueillantes et ambrées, de l'abonner aux plaisirs des orgies romantiques. Tiens, à ce propos, Clémence était-elle passée à l'offensive ?

Amédée se hissa sur la pointe des pieds et fouilla du regard la salle. Pas de Clémence. Il fraisa les lèvres en signe d'agacement. Clémence était le maillon indispensable de son plan. Pendant que l'une s'occuperait de Marius, lui s'occuperait de l'autre. Cette petite Cosette qui désirait qu'on l'appelât Euphrasie ne le laissait pas indifférent. Il lui avait même écrit une lettre. Très respectueuse, il va de soi. Mais quand même. En se liant d'amitié avec le mari, il entendait gagner les faveurs de l'épouse. Il avait toujours opéré ainsi. Son cynisme était sans limites.

Il consulta sa montre, constatant que c'était l'heure où, d'ordinaire, il arrivait dans ces soirées, afin de produire une immense sensation. Les contredanses duraient alors jusqu'au matin. Mais ce genre de sensation n'était pas pour ce soir. Ce soir, il y en avait une autre en perspective.

Non loin du perron, il héla Louis de Vergne, qui discutait avec une Anglaise en tenue chamarrée.

— As-tu vu notre ami le baron ?

— Pas depuis mon arrivée, répondit Louis de Vergne en époussetant l'épaule de son ami.

Il prit un air gêné :

— Au fait, je ne te l'ai pas dit, mais Eugène tient à tout prix à nous accompagner. Il n'a jamais vu de tapis-franc.

Amédée réfléchit un moment.

— Sue le fat de quinine, comme l'ont surnommé des jeunes gens pleins d'esprit ? Soit. Votre stupide maladresse a encore fait mouche, mon cher Louis. Et je suppose que monsieur Sue sera accompagné de Marie d'Agoult, cette sotte romantique qui se pique d'attirer chez elle Rossini et Chateaubriand ? Six pouces de neige sur vingt pieds de lave, comme on dit d'elle ?

— On ne peut rien vous cacher, cher ami. La grande prêtresse des soirées de l'hôtel de Mailly-Nesle viendra en effet, même si elle se sent de plus en plus attirée par monsieur Liszt.

— Je vois d'ici les sérénades. Bon, nous serons donc une quinzaine. Eh bien tant mieux. Plus on est de fous, plus on rit, comme disent les sots. Ce cher Marius doit être diverti.

Il tapota affectueusement la joue de son ami et lui conseilla de s'occuper d'Eugène Sue et de la comtesse d'Agoult.

— Le baron montera dans mon tilbury avec Clémence et cette petite Anglaise que vous m'avez présentée.

— Mais je croyais que…

Amédée l'interrompit :

— Mais si, mais si, elle acceptera. Je compte sur votre tact naturel. Allez, dépêchez-vous !

Dehors, entre les allées éclairées par des flambeaux fixés à des piquets, au beau milieu de bouquets de buis taillés en carrés de grenadiers, des jeunes gens jouaient à se poursuivre avec de stridents éclats de voix. Non loin d'eux, la lumière hachée des flambeaux éclairait un jeune homme, un vrai jeune homme, chose plutôt rare à Paris en ces temps de dandysme exacerbé, qui portait royalement ce merveilleux manteau de passions et d'audaces que l'on nomme la jeunesse. Il marchait lentement, les mains derrière le dos.

Marius était soucieux. Il s'en voulait de traiter Cosette aussi mal. Mais une force étrange lui enjoignait de ne point regretter ce qu'il avait fait, ou plutôt, ce qui a plus d'effet aux yeux de l'être aimé, de ne pas s'abaisser à lui dire ses regrets. Trop d'orgueil. Trop d'amour-propre. Et il était d'autant plus soucieux que sa cohabitation, maintenant très distante, avec Cosette, puisqu'ils faisaient chambre à part (Marius occupait la petite chambre contiguë à la leur), l'entretenait dans une exaspération perpétuelle. Exaspération devant la réserve avec laquelle elle se comportait, quoique toujours souriante et loyale. Exaspération de se sentir coupable. Exaspération de se faire mal tout en faisant mal. Pour se justifier, il pensait mentir à Cosette et à lui-même dans le but à la fois sublime et sacrificiel d'éviter les drames et d'exciter la réalité afin de la rendre plus folle et plus belle. Hanté par la mort, ce qui n'est qu'une façon sournoise de ruser avec la vie pour un jeune homme de vingt-trois ans, il pensait que tout devait finir dans l'infini. C'est ce qu'il avait expliqué à Cosette. Et elle de lui répondre :

— L'infini ? Quel infini ? Celui qui consiste à m'abandonner ?

Elle lui avait tendu un objet.

— C'est un cristal de roche. Une sorte de talisman. Il paraît qu'on peut y trouver toutes les lumières. Moi, il n'y en a qu'une qui m'intéresse : toi. Mais fais attention qu'elle ne s'éteigne pas.

Il avait pris la pierre sans répondre et il était parti en claquant la porte.

Trop de pensées confuses l'assaillaient. Il fouilla la poche de sa redingote, en sortit le cristal et l'étudia scrupuleusement. Était-ce vraiment magique ? Tout à coup, il se demanda ce qu'il faisait là ce soir. Où allait-il ? Obtiendrait-il un jour réparation de cette absence de joie de vivre dont il souffrait ? Fallait-il être un pessimiste réjoui comme le prônait Amédée ou un optimiste aigri à la manière de tous les pantins de cette soirée ?

« J'ai traité Cosette comme le dernier des derniers », se dit-il en levant les yeux vers le ciel.

Il passa le pouce sur le cristal et le remit dans sa poche. Ses lèvres tremblèrent. Et s'il rentrait rue Plumet pour prendre Cosette dans ses bras, se confondre en excuses et lui dire combien il l'aimait ?

Il baissa la tête et tourna résolument les talons. C'est alors qu'il tomba nez à nez avec une jeune femme.

— Pardon, dit-il en l'effleurant.

La jeune femme était sortie de la pénombre telle une ensorceleuse.

— Vous me semblez bien mélancolique, monsieur, dit-elle en restant devant lui et en inclinant la tête sur le côté. Je vous ai espionné une bonne partie de la soirée. Vous n'avez pas bu de champagne, vous n'avez pas dansé la valse, et maintenant vous errez comme une âme en peine.

Serais-je indiscrète en vous demandant ce qui vous tracasse ainsi ?

Marius resta muet. Cette femme toute de noir vêtue le fascinait. Puis, son regard s'enflamma brusquement, donnant à son visage une sorte de beauté cruelle qui effraya l'inconnue.

— Je suis désolée, monsieur, je vous laisse.

Marius étendit la main en direction de la jeune femme.

— Non, je vous en prie…

En disant cela, il se mêla à son insatisfaction une bouffée de volupté qui l'étonna lui-même.

Un superbe sourire illumina le visage de la jeune femme. Sous cette lumière vacillante, le vert de ses yeux fendait ses paupières et ses lèvres avaient un éclat orangé.

— Vous êtes belle, dit Marius dans un souffle.

Elle eut un rire silencieux.

— Je dois avouer que vous m'avez fait un peu peur, monsieur Pontmercy.

— Vous connaissez mon nom ?

— Amédée m'a parlé de vous. Je suis Clémence de Lavely.

Marius s'inclina légèrement. La lumière faisait miroiter sur les feuillages serrés des écailles luisantes. Les yeux de la jeune femme se dessillèrent et Marius put y lire, dans leur éclat d'émeraude, un étonnement teinté d'amusement.

— Ce soir, il fait particulièrement doux, dit-elle. J'aime la douceur dans la vie comme dans les sentiments. Et vous ?

— Surtout dans les sentiments, fit Marius.

Elle acquiesça silencieusement.

Marius s'approcha d'elle. Il lui prit la main et

la baisa d'un air de dire que les amis de ses amis étaient aussi les siens.

— Je vous trouve bien empressé, monsieur Pontmercy.

Reprenant d'une main ce qu'elle lui donnait de l'autre, elle lui lança un regard appuyé. Ce regard profond et langoureux pouvait passer pour irrésistible, car il se nuançait tantôt de candeur, tantôt de cette turbulente alacrité qui trouble l'esprit des hommes.

— Je crois que nous allons passer une partie de la soirée ensemble, dit Clémence avec un sourire qui adoucissait son menton étroit et imprégnait le reste du visage d'une suavité savamment dosée, en dépit de la ligne dure et droite du nez, de l'arc sensuel mais égoïste des lèvres, de la pesanteur des maxillaires.

Puis elle ajouta :

— Depuis longtemps je cherchais un homme tel que vous.

Marius ressentit une sorte de légèreté qui le grisa.

— Tel que moi ?

Clémence éclata de rire.

— Et si nous faisions quelques pas ?

Elle posa sa main sur celle de Marius, la retira aussi vite, et fit une sorte de pirouette sur le côté. Elle rit de nouveau, et ils marchèrent en direction de la maison, côte à côte.

Marius s'imposait de ne pas accélérer son allure, inhalant avec délice le parfum de Clémence, qu'il devinait être un subtil mélange de lys et de chèvrefeuille.

— Je crois que notre ami Amédée nous a

réservé une surprise, dit-elle en réglant son pas sur celui de Marius.

Puis, posant délicatement la main sur l'avant-bras de ce dernier :

— Tenez, je l'aperçois justement qui vient à notre rencontre.

Le marquis s'immobilisa et croisa les bras. Attendant que le couple fût devant lui, il demanda sur un ton provocateur :

— J'ai le dos tourné et on en profite ?

Marius bafouilla des excuses, invoquant le hasard des rencontres et l'obscurité des lieux. Clémence se tourna vers lui :

— C'est en effet l'obscurité qui nous a réunis, dit-elle en pouffant. Et c'est peut-être elle qui nous séparera.

Amédée mit un poing sur la hanche et leva l'autre main en faisant osciller un index taquin :

— C'est du joli, baron. Et moi qui vous cherchais depuis une bonne heure pour vous présenter des gens de qualité.

La ligne délicate des sourcils de Marius se brisa.

— Je suis confus, marquis. Je n'avais pas bien compris, je…

Amédée l'interrompit :

— Allons bon, je plaisantais, Marius ! Ce qu'il peut être impressionnable, ce garçon ! Clémence, je compte sur vous pour le prendre sous votre aile protectrice et le dessaler quelque peu. Pour ma part, je renonce à cette tâche, voilà deux mois que j'échoue lamentablement.

— Vous savez bien que vous pouvez compter

sur moi, répondit Clémence en lui vrillant un sourire de connivence.

Et c'est ainsi qu'ils s'acheminèrent jusqu'au perron de la maison pour récupérer leurs effets. Mais quand Clémence et Marius allèrent vers le salon, Amédée les arrêta d'un geste bref.

— Non, pas par là, mes amis. Dispensons-nous de ces assommantes amabilités d'usage. Mon tilbury s'impatiente, et mon petit doigt me dit qu'une charmante Anglaise m'y attend. De surcroît, Eugène et Robert m'ont défié à la course. Le premier arrivé faubourg Saint-Denis !

— Nous ne saluons pas la maîtresse de maison ? s'étonna Marius, canne et chapeau à la main.

— Qu'il est mignon, fit Clémence en posant la tête sur l'épaule du jeune homme.

Amédée, lui, leva les yeux au ciel.

— Je vous le dis, Clémence, il est incorrigible.

Puis, à l'adresse de Marius :

— Saluer qui, mon cher baron ? Cette sotte pommadée et son rapiat de mari ? Un vrai gentleman doit filer à l'anglaise.

Marius en prit bonne note. Il suivit Clémence et Amédée, et tous trois traversèrent le jardin pour regagner le tilbury d'Amédée, où s'alanguissait une jeune femme rousse à demi cachée par une capote en étoffe piquée. Amédée ne daigna même pas lui dire un mot ; il se contenta de lui pincer la joue, de prendre sa cravache et d'adresser un clin d'œil complice à Marius. Il cingla la croupe du cheval, et l'attelage s'ébranla.

La course fut perdue par Amédée qui, beau joueur, avait indiqué le meilleur parcours à ses adversaires. Il arriva en troisième position. Les premiers furent Eugène Sue et Robert d'Androisy, puis Louis de Vergne et Henri de la Roche-Dragon. Ils n'attendirent pas le marquis pour investir le cabaret. Pendant ce temps, alors que le tilbury du marquis ralentissait, on entendit un cri perçant.

Amédée et Marius sautèrent de la voiture en même temps. C'est alors qu'ils découvrirent deux garçons à terre : l'un d'eux était presque un adolescent, hirsute et pourvu d'une énorme mâchoire de cheval ; l'autre un enfant, pieds nus et couvert de haillons. L'enfant paraissait le plus touché.

— J'ai mal, se lamentait-il, couché en chien de fusil, massant sa jambe. J'ai mal et j'ai froid…

Une bise mordante soufflait dans ce ramassis de ruelles sombres, comprimées entre les rues Saint-Denis et Saint-Martin. La voiture n'avait fait qu'effleurer ces deux malheureux. Mais cela avait suffi pour les projeter en arrière et précipiter leur chute sur le pavé.

Marius se pencha sur l'enfant. Celui-ci, malgré la saleté et les croûtes qui parsemaient sa petite figure ronde, avait la blondeur de l'or fin. Marius écarta les pans de sa cape et s'agenouilla.

— Montre-moi un peu ça.

L'adolescent à mâchoire de cheval, lui, s'était déjà dressé sur ses jambes.

— Laissez-le ! protesta-t-il avec véhémence. On se débrouillera bien sans vous ! Avec les riches, c'est toujours le même truc !

— Quel truc ? intervint Amédée.

— Vos sales manières ! Pour mieux nous humilier !

— Peste ! fit Amédée, je n'ai jamais rien vu de plus hargneux que cet affreux petit morpion, et je pense, sauf correction, qu'il a le diable au corps.

Puis, à l'adresse de Clémence et de la petite Anglaise :

— Avez-vous entendu, mesdames ? C'est ce qu'on appelle le peuple.

Pendant ce temps, Marius examinait le petit blond. Il n'avait qu'une écorchure au genou. Mais il était encore sous le choc. Et il grelottait de froid.

— Tu trembles, mon petit ?

Marius ôta alors sa cape avec un mouvement leste, si leste que l'enfant se protégea le visage, comme s'il s'allait prendre une avalanche de coups.

— Mais non, n'aie pas peur..., balbutia Marius, bouleversé par la détresse de cet enfant. Comment t'appelles-tu ?

Craintif, l'enfant consentit à baisser les bras et à se dresser sur son séant.

— Raphaël, monsieur.

— C'est un beau nom, ça, Raphaël. Tiens, prends ce manteau, je te le donne. Et prends cela aussi. Tu pourras t'acheter des souliers.

Il lui glissa cinq sous dans la main et le recouvrit de sa cape.

Amédée d'Iguerande pointait la main en direction de Marius.

— Vous ne cesserez jamais de m'étonner, baron. Cette racaille ne vaut pas le sol que l'on foule. Mais après tout, c'est votre problème. Lorsque vous en aurez fini, rejoignez-nous au Clan Destin. C'est un peu plus loin sur la droite, rue Aubry-le-Boucher.

L'énoncé de cette adresse eut l'effet d'un coup de tonnerre sur Marius. Toujours agenouillé, il faillit perdre l'équilibre et tomber sur Raphaël. Deux ans plus tôt, un autre enfant avait succombé non loin d'ici, rue de la Chanvrerie, devant une autre barricade. Il s'appelait Gavroche. Et voilà que cet enfant étendu sur le pavé, pratiquement au même endroit, ressemblait comme un frère à tous ces petits miséreux que Marius avait rencontrés.

— Je vous rejoins, parvint-il à articuler en entendant des éclats de rire et le bruit des pas qui attaquaient le pavé.

Il tourna enfin la tête et suivit du regard des ombres qui dansaient dans le goulet sombre de la venelle. Puis il se releva soudainement. L'adolescent à mâchoire de cheval l'observait sans rien dire. Le petit Raphaël leva les yeux et vit le visage de ce jeune homme fier et généreux qui lui rappelait celui de Jésus. Ce jeune homme-là venait de lui donner de l'argent et son manteau. Il ne l'oublierait jamais. C'était la première fois qu'on lui prodiguait tant de gentillesse et d'attention. Et comme l'enfant qu'il rêvait d'être, qu'il était mais que l'on n'avait jamais considéré comme tel, il tendit ses petites mains rouges et glacées à ce jeune homme-là. Marius prit l'enfant dans ses bras, le souleva de terre et le pressa contre sa poitrine. Puis il le reposa et fouilla de nouveau ses poches.

— Tiens, Raphaël, prends aussi ces deux francs, tu t'achèteras une blouse et des pantalons.

Raphaël enfouit l'argent dans sa poche et alla se réfugier auprès de son compagnon.

— T'as vu, Gail, il m'a encore donné des sous, le monsieur qui ressemble à Jésus.

— Jésus ? fit Marius. Je suis flatté.

Le Gail eut un sourire en coin. Il avait enfilé une casquette et semblait défier Marius du regard.

— Alors comme ça vous allez au Clan Destin, monsieur ?

— Si fait, mon garçon.

— Vous êtes un ami du Rouget ?

— Je n'ai pas l'honneur de connaître ce monsieur.

— Eh bien tant mieux. Ou alors tant pis si vous mentez. Parce que le Rouget, si vous voulez que je vous dise, c'est la plus belle ordure que la terre ait jamais portée.

Le Gail tourna les talons, puis s'enroula avec le petit Raphaël dans la cape de Marius. Il prit l'enfant par la main, puis il se retourna et lança d'une voix caverneuse :

— Et bien le merci, monsieur !

Marius agita sa canne en signe d'ultime salut. Il pivota sur place et, canne sur l'épaule, marcha jusqu'au carrefour. Là, à l'amorce de la rue Aubry-le-Boucher, il s'aperçut que la pluie s'était mise à tomber. Une pluie fine et poisseuse. Il pensa au petit Raphaël et se demanda comment on pouvait laisser traîner un enfant de cet âge à des heures pareilles. En passant près d'une porte cochère où un panneau de guingois annonçait que la manufacture de coton était située au fond de la cour, il croisa un groupe de femmes et d'enfants qui sortaient. Ni les femmes ni les enfants ne firent attention à lui. Maigres, sales et décharnées, les femmes marchaient pieds nus en plein pavé boueux. Faute de parapluie, elles portaient renversé sur la tête leur tablier ou leur jupon de dessus. Des paniers vides se balançaient à leurs bras. Les enfants, non moins sales, non moins hâves, les suivaient en décrivant des cercles. Mieux abrités que les femmes par leurs vêtements rendus imperméables par le gras de l'huile des métiers tombé sur eux pendant qu'ils travaillaient, ils brandissaient le morceau de pain qu'ils avaient économisé tout au long de cette journée de travail qui ne s'achevait que maintenant.

— Avec la pluie, ça se ramollit ! s'écriaient-ils. Après quinze heures à marner, c'est rudement bon !

Marius s'arrêta. Il repensa à son ami Frédéric Rivolier et à ses idées généreuses. Son visage, léché par les gouttes de pluie, demeura impassible. Rien ne laissait deviner le moindre sentiment de révolte ou d'indignation. Comme si l'horreur en lui se pétrifiait.

Laminé par cette idée saugrenue que tout sentiment de culpabilité ressemble à une façon de s'approprier un événement, il poursuivit son chemin jusqu'à l'estaminet.

« L'horrible chose que d'ouvrir les yeux », murmura-t-il sans donner une autre expression à ses traits que celle de la mélancolie.

Dès qu'il eut poussé la porte du Clan Destin, des rires fusèrent.

Ces glapissements résonnèrent à ses oreilles

comme l'infernal comprimé de toutes les aberrations amères et dédaigneuses de son époque. Tant mieux. Pour oblitérer ce qu'il avait vu, il allait s'efforcer, dans le plus grand détachement, de singer tristement cette inconsciente bonne humeur. Il ne s'aveuglerait plus sur la dimension qu'il croyait avoir. La débauche lui ouvrait les bras ; elle piétinerait ses mystères.

Pendant toute la soirée, Marius but jusqu'à se dégoûter de sa propre bouche. Lorsque les douze coups de minuit retentirent à l'église Saint-Merri, il ôta sa redingote et se mêla aux danseurs qui hurlaient et tapaient des pieds. La gargote était pleine à craquer. Marius enlaça Clémence au débotté, Henri de la Roche-Dragon et Robert d'Androisy renversèrent sur une table deux coquines amenées par le Rouget, Eugène Sue baisa la main de Marie d'Agoult, Amédée pressa contre lui la petite Anglaise, Louis de Vergne regarda Amédée en applaudissant mollement. Et puis tous les autres. La cour d'Amédée, des nobliaux, deux jumeaux en arlequins qui butinaient trois filles de joie, des petits gars des faubourgs, des pythonisses à tête de Gorgone, des inconnus aux manières de vauriens. La plupart, travestis en ouvriers, juraient comme des charretiers, car le juron est au travailleur ce que le soupir est à l'oisif. C'était bon, c'était gratuit. On s'embrassa même à pleine bouche. Le débraillé et les haleines n'indisposaient plus. Bien sûr, le civet de lapin avait été servi froid et le vin rouge, tiédasse. Peu importait.

Dans cet intérieur noirci par la fumée où s'égayaient des créatures de cauchemar, la cacophonie des sons se mêlait à celle des voix, prêtant à ce lieu de perdition une atmosphère délétère qu'exacerbait encore la présence d'une étrange vestale, brune et tapageuse, à la bouche peinturlurée, juste vêtue d'une tunique rouge, qui montrait son ventre et ses fesses à qui voulait les voir.

— Croupionne, la Miauleuse ! hurlaient des excités qui n'avaient rien à voir avec la bande du marquis.

Accoudé au comptoir, Parfait-Amour roulait un œil furibond. Répondant aux insanités des excités par d'autres insanités, il se sentait relégué au rang de simple spectateur.

Devant le comptoir, il y avait un orchestre. Trois belles têtes d'assassin et un nain au faciès de gargouille qui jouaient de la flûte, du violon, de l'orphéon et de la clarinette. Une jeune paralytique les accompagnait à la basse, cramponnée à son fauteuil, se lovant parfois de façon obscène autour de son instrument. Un concert inaudible. Pour le service, la Béquille était secondée par deux coquines dépoitraillées, qui parasitaient les tablées avec des roulades de catins. Pour faire rire l'assistance, elles soufflaient dans leurs mamelles en les manipulant du tranchant de la main.

Là-bas, au fond de la salle, près du buffet et de l'escalier, trois hommes observaient la scène avec intérêt. Le Dabe des greffes, entouré de Jésus qui jouait avec son couteau et de Rouget qui avait le bras en écharpe. Le Dabe des greffes n'avait pas quitté des yeux Marius : à l'arrivée du jeune homme, il s'était presque cabré sur sa chaise.

— Qu'est-ce qui t'arrive ? s'était enquis Jésus en maintenant le dossier de la chaise.

— Rien, mon petit, rien du tout. J'avais cru voir une vieille connaissance.

Puis, sardonique, il avait enchaîné avec aisance, comme pour lui-même :

— Une vieille connaissance qui a encore le charme de la jeunesse. Maintenant je comprends.

— Tu comprends quoi ? avait demandé le Rouget.

— Ce serait trop long à expliquer, mon ami. Mais regarde plutôt tous ces gants jaunes, ils ont bouffé du chat et ils n'y ont vu que du feu. Ils font de ces bonds !

Et il avait coulé un regard entendu à l'homme en noir qui, assis dans la pénombre près du comptoir, affectant d'être ulcéré par les soupirs salaces de cette alcôve aux relents d'écurie, de friture et d'entrejambes, n'en oubliait pas pour autant de répondre aux coups d'œil de son complice.

Quelques instants plus tôt, alors que Rouget et Jésus s'étaient absentés momentanément, l'homme en noir en avait profité pour passer près du Dabe des greffes et lui glisser à l'oreille :

— Alors, tu as vu ?

— J'ai vu.

— Heureux de le retrouver ?

— Très.

Et l'homme en noir était retourné à sa place.

Le vieux avait cogité. La ressemblance entre Marius et Jésus était frappante. Même prestance, même expression dure et brutale dans le regard, tempérée par un nuage de tristesse. Pas trait pour trait, naturellement. Plutôt une allure générale.

Le Dabe des greffes se demandait ce qui germait dans l'esprit de l'homme en noir.

— Tu l'as connu où, celui-là dont on ne voit jamais la frime ? lui demanda le Rouget.

— C'est une longue histoire. Disons qu'il m'a remis le pied à l'étrier quand j'ai débarqué à Saint-Malo.

Le Rouget s'étonna. Le Dabe des greffes n'était pas du genre à s'étendre sur son passé.

— Saint-Malo ?

— Un homme comme moi avait de l'avenir aux Amériques. Je devais y partir. Et puis j'ai été la victime d'une entourloupe.

Le Rouget s'esclaffa :

— Toi qui vendrais des brodequins à un cul-de-jatte ?

— Tu me connais mal, Rouget. Je suis un innocent égaré dans un monde de marlous et de canailles sans foi ni loi. Autrefois, j'ai fait la guerre. Sergent décoré à Waterloo, mon bonhomme. J'ai même tenu une auberge.

Le Rouget ricana.

— Tu vas me faire pleurer, Dabe des greffes. Mais tout cela ne me dit pas comment tu es en cheville avec l'inconnu en noir.

— Tu es trop curieux, Rouget. Même que tu aimerais bien prendre ma place, hein ? Ça viendra peut-être, qui sait. Seulement en attendant, dis-toi qu'il te manque les épaules. Oh, pas la force, ça non, tu l'as, la force, tu l'exerces même sur des enfants sans défense. Ce qui te manque, c'est la cervelle. Mon ami, lui, il en a. Il est de la même trempe que moi. Et quand je l'ai rencontré pour la première fois dans un cabaret de Saint-Malo, on s'est tout de suite compris. Il m'a prêté de l'argent en échange de menus services. Entre nous, c'est toujours à charge de revanche. Il y a un équilibre, Rouget. Pas comme toi. Toi, tu fais partie des opaques. Tu es toujours en déséquilibre.

Il marqua un temps d'arrêt. Puis, d'un air sûr de lui :

— Vois-tu, ce petit marquis et ses amis sont très friands de plaisirs. Tous les plaisirs. C'est ça, les riches. Quand on est faible, on a besoin de sensations fortes. On croit qu'on existe enfin. Seulement toi, Rouget, tu es faible et pauvre. Alors tu as besoin d'un chef comme moi pour exister. Un chef qui sait offrir aux riches des sensations fortes. La preuve.

Le Dabe des greffes étendit une main souveraine au-dessus de cette assemblée hétéroclite qui s'adonnait aux plaisirs de la boisson et de la danse, et qui en attendait d'autres, plus fiévreux, moins avouables. Puis, sur un ton cassant assez inhabituel chez lui :

— Encore une chose, Rouget. Pour ta gouverne, sache que ce petit Raphaël que tu as pris en grippe m'a été confié par mon ami. Il m'a chargé d'en faire un escarpe de haute graisse. Alors qu'il meure à l'ouvrage comme ce p'tit Louis il y a trois mois, ce serait mal vu. Tout notre gentil commerce s'effondrerait. Et mon ami te le ferait payer cher. Un accident est si vite arrivé… On se comprend ?

Rouget baissa les yeux en signe de soumission. La direction des affaires n'était pas près de changer de mains.

Pendant ce temps, Marius était revenu s'asseoir.

Eugène Sue inscrivait des notes sur un carnet. Marie d'Agoult, installée à ses côtés, le dévorait du regard.

— Il écrit, dit-elle à Marius d'un air de confidence. Il consigne tout. Et vous, monsieur, écrivez-vous ?

— Je n'ai pas ce défaut, madame. Ma perversion est telle que la dissimulation de mes vices n'en est que plus ingénieuse.

Marie d'Agoult prit un air pincé. Eugène Sue cessa d'écrire et leva les yeux sur Marius qui le regarda avec un mélange d'estime et de complicité malicieuse.

Et il reprit son ouvrage.

Pas mécontent de son effet, Marius se tourna vers Clémence et, légèrement poseur, lui offrit un visage tourmenté dont les yeux s'échappaient vers le fond de la gargote.

— Vous me plaisez, dit-il en hoquetant.

— Vous aussi, murmura-t-elle.

Et ses lèvres vinrent se plaquer contre celles de Marius. Le baiser sembla s'éterniser. Une ardeur inhabituelle s'empara du jeune homme qui, malgré les exhortations de sa conscience, serra les poings et frotta le sol du bout des talons. L'ivresse lui donnait des impulsions de chèvre-pieds.

— Vous êtes belle, Clémence, vous êtes charmante…

Les mots s'entrechoquaient dans sa bouche pour affluer dans le plus grand désordre. Clémence répondait à cet enthousiasme en divaguant du regard, en caressant le torse de Marius d'une main précise. Dans cette ambiance irréelle où tout s'agaçait dans la bascule amoureuse, elle disait n'importe quoi.

— Je te veux, Marius. Tu t'occuperas de moi ? Tu me gâteras ?

Près du comptoir, devant les musiciens, entre les tables, retentissaient de grands cris plaqués d'accords interminables. On buvait à même le goulot, on s'aspergeait de vin rouge, on s'enlaçait avec d'affreux râles de lubricité. Le nain faisait tournoyer sa flûte, tout occupé qu'il était à offrir sa hideuse virilité à la paralytique, qui l'avait embouché sans hésiter. Les quelques voyous présents applaudissaient, pleins de burlesque concupiscence. Deux d'entre eux se livraient même à de répréhensibles pratiques, au spectacle du nain et de Robert d'Androisy qui, avec sa tête de saint Sébastien criblé de flèches, fourrageait sous les jupons d'une drôlesse.

Assis à côté de Clémence, Marius s'échauffait à la vue du spectacle. Il se déniaisait d'un seul coup. Quelle horreur, se disait-il. Mais quelle folie aussi.

Soudain, il se leva et bondit comme un diable.

— L'ambroisie ! s'écria-t-il en levant les bras au ciel. Je ferai tourner pour l'éternité les tables de cet insolite souvenir !

À présent il distinguait mal les ombres maudites prises dans cette tourmente. Le plafond montait et descendait. Il crut voir Amédée dévaler l'escalier en compagnie de la petite Anglaise, le nain tomber sur la paralytique, des escarpes se battre dans un coin, une reine déchue lui tendre les bras, des pitres pathétiques s'accrocher aux rondeurs des serveuses.

— Je dois payer, décréta-t-il.

— Bonne idée ! lui lança de loin Amédée qui ne se souciait plus de son élégance naturelle.

Marius prit sa redingote, se dirigea en oscillant vers le comptoir et tomba sur Parfait-Amour.

— Bonsoir, mon brave, déclara-t-il. Dites-moi combien je vous dois.

Parfait-Amour passa une langue gourmande sur ses lèvres.

— Si j'ai bien fait le compte, trois cents francs, monsieur.

Marius sortit un billet de mille francs et le remit à l'aubergiste.

— Gardez tout, dit-il en oscillant dangereusement.

La Béquille, aux aguets, subtilisa le billet des mains de son mari.

— Pour ceux qui turbinent ! s'exclama-t-elle.

Là-bas, le Dabe des greffes n'avait pas bougé. Il avait parfaitement compris que l'on parlait argent du côté du comptoir. Mais il était patient. La répartition des gains, ce serait pour plus tard. D'autant qu'il avait expressément recommandé à la Béquille de récupérer le billet.

— Et en douceur, avait-il précisé. Parce que ton homme, avec sa Miauleuse, il n'a plus ses esprits.

En la personne de Marius, il tenait un beau pigeon à plumer. Et peut-être même une revanche. On pouvait compter sur lui, il arrangerait tout de main de maître.

— J'ai envie de cette mignonne, dit Marius en montrant du doigt la Miauleuse, sans se douter de ce qui se tramait à l'autre bout de la salle.

Il se précipita sur la jeune femme qui s'agitait autour de lui avec des gestes provocants. Il la prit dans ses bras et la fit tournoyer.

— Aïe ! je crains les ennuis, fit Amédée qui, le dos au comptoir, vit le visage de Parfait-Amour s'empourprer.

Ni une, ni deux, celui-ci se rua sur le couple et les sépara violemment. La Béquille, dans son coin, caressait son chat en souriant. Elle avait déjà récupéré les mille francs, elle allait peut-être récupérer son homme. D'une pierre deux coups.

— Ici, contrairement à ce que vous semblez croire, tout n'est pas à prendre, monsieur ! tonna Parfait-Amour.

— J'ai une idée, dit Amédée en s'interposant entre Marius et l'aubergiste. Cette affaire doit se régler à la lutte.

— Vous avez raison, dit Parfait-Amour en retroussant ses manches. Nous, les gens du peuple, on ne pratique pas le duel. C'est réservé aux riches.

La Miauleuse, ravie de ce qu'elle avait provoqué, s'éloigna en chaloupant, les bras en l'air, vers la table du Dabe des greffes.

L'hercule enserra Marius entre ses bras puissants. Marius ne se débattit même pas. Il donnait l'impression de danser sur le pas de l'ours.

— Notre ami a encore besoin de leçons de savate et de boxe anglaise, confia Amédée à son intendant. Je vais être obligé d'intervenir pour le tirer de ce mauvais pas. N'est-ce pas la meilleure façon de se faire valoir auprès de sa charmante épouse ?

Louis-Désiré opina respectueusement du bonnet.

— Je crois en effet que la baronne Pontmercy a un faible pour vous, monsieur le marquis.

— Tu crois ?

— Je ne crois pas, j'en suis sûr. On ne trompe pas un homme qui a vécu, monsieur. Si je puis me permettre, la baronne Pontmercy doit s'ennuyer avec un homme tel que son mari. Et une femme qui s'ennuie est une femme conquise.

Amédée d'Iguerande ôta sa redingote d'un geste impérial. Un sourire où l'émotion se mêlait à la fatuité crispait ses lèvres. Il avait le sentiment que ses jambes fléchissaient sous lui et que son intendant devait entendre combien son cœur battait tumultueusement. Pourquoi un homme de son envergure s'était-il épris de cette petite Cosette qui n'en avait aucune ?

« Vous savez bien que vous tombez toujours amoureux des femmes de vos amis, lui répétait souvent Louis de Vergne. Avec moi, vous n'aurez pas cette chance. »

Amédée lança alors un regard à Marius qui, l'œil vitreux, n'offrait aucune résistance. Puis, d'une voix de tribun de la garde nationale :

— Cela suffit, aubergiste ! Ne voyez-vous pas que vous êtes en train d'étouffer l'homme qui vous a payé ? Je vous somme de le lâcher !

Jésus, qui était venu lui aussi à la rescousse, s'arrêta net. Il consulta du regard le Dabe des greffes et regagna sa place.

Parfait-Amour, desserrant son étreinte, finit par libérer Marius que Clémence et la Béquille saisirent sous les bras pour l'amener jusqu'au comptoir.

— Si tu veux te mesurer à moi, je suis ton homme ! lança le marquis en décrivant un cercle autour de lui.

Parfait-Amour le considéra d'un œil surpris.

— Eh bien, vas-y, viens m'assommer !

Cette fois, il y avait du monde au parterre. On se bousculait même carrément. Eugène Sue en première ligne, beau pirate à l'abordage, flanqué de sa mécène de comtesse ; puis Louis de Vergne, Henri de la Roche-Dragon, Robert d'Androisy et la petite Anglaise. Ces curieux voulaient voir comment se battait un aristocrate autrement qu'avec une épée.

Comme il l'avait fait avec Marius, Parfait-Amour tenta d'enrouler les bras autour de son adversaire, de façon à l'immobiliser et à le jeter à terre. Mais, évitant la prise de l'aubergiste, qui ne trouva que le vide, Amédée lui décocha un coup de pied dans les reins. L'autre accusa le coup. Vif comme l'éclair, Amédée doubla la mise, avant de se lancer sur l'aubergiste, de l'attraper à la gorge et de le jeter contre le comptoir.

Parfait-Amour trébucha, ébranlé par cette main de fer qui l'avait saisi au collet. Mais il se raffermit aussitôt :

— Bon Dieu !

Rageur, il s'élança sur Amédée, dont l'aspect ne laissait pas supposer l'agilité qu'il déployait.

— Taïaut ! s'écria Amédée pour narguer l'aubergiste.

Il s'écarta et évita encore la charge de Parfait-Amour. Au passage, il allongea la jambe avec dextérité, et son adversaire s'étala dans les tables. Il se releva, aidé par des spectateurs, puis revint à l'attaque en rugissant comme une bête.

Cette fois Amédée se servit de ses poings, comme il le faisait dans les salles de lord Seymour où les gants de boxe voisinaient avec des cigares rangés dans des boîtes de chêne parfumées de laurier et de vanille. Un direct dans le plexus, un autre sur la tempe, suivis d'un crochet à la pointe du menton. L'aubergiste s'immobilisa, agitant ses poings dans le vide. Un voile noir obscurcissait sa vue. Il pivota sur place et s'effondra de tout son poids.

— Vive le marquis ! Encore mieux que Milord l'Arsouille !

Des cris fusèrent, doublés d'applaudissements. Amédée épongea son visage et leva les bras en direction de ses amis. Il récupéra sa redingote, et, à son intendant tapi dans l'ombre, il déclara :

— Pourquoi restes-tu caché ?

— Par humilité, monsieur le marquis.

Amédée renoua sa cravate :

— Ce que tu me fais faire, mon bon Louis-Désiré ! La prochaine fois, trouve-nous une adresse plus reposante.

— J'étais certain que celle-là vous plairait, monsieur.

— Certes, et à la réflexion, je compte bien y revenir. Mais il faut ménager notre cher baron. Comment va-t-il, au fait ?

Il alla prendre des nouvelles de Marius qui, toujours soutenu par Clémence et la Béquille, les yeux révulsés et la lippe baveuse, tenait des propos incohérents. Dans sa torpeur, il comprit vaguement qu'Amédée lui avait sauvé la mise.

— Je… je vous dois une fière chandelle, balbutia-t-il.

Le marquis, après avoir exécuté son salut ordinaire, donna à ses traits charmants une expression de douloureuse modestie. Puis, à l'adresse de Clémence :

— Nous allons le raccompagner, ma chère.

— Pourquoi pas chez moi ? suggéra celle-ci sur un ton enjoué. L'état du baron nécessite la plus extrême attention.

— Je n'en attendais pas moins de vous.

Il se coiffa de son chapeau, s'enroula dans sa cape et se dirigea vers la sortie.

L'air frais dégrisa Marius. Dans le tilbury d'Amédée, il fouilla sa poche et ne trouva pas le cristal de Cosette.

— Vous avez perdu cet objet ? lui demanda Clémence en brandissant la pierre. Si vous voulez le récupérer, il faudra venir le chercher ici ! s'exclama-t-elle en bombant le torse.

Et elle glissa le cristal dans son corsage.

Marius n'avait ni la volonté ni l'énergie de contrer les désirs de Clémence. Une fois chez elle, rue Transnonnain, il se laissa faire comme un enfant. Clémence l'entraîna dans sa chambre et l'installa sur une sorte de causeuse.

— Moi aussi j'aime les pierres, dit-elle en enlevant sa mante et son chapeau. Je veux que tu me combles, mon petit baron.

Tout en parlant, elle se déshabillait devant lui, lascivement, en ondulant du bassin, jusqu'à être entièrement nue. Elle ne conserva que ses escarpins.

— Tiens, je te rends ta pierre, dit-elle en mettant le cristal dans la main de Marius. Mais en échange, je veux des baisers et plein de cadeaux.

Marius admira la beauté de ses formes sur lesquelles la lumière clignotante d'une bougie animait des ombres et des lueurs mouvantes. Clémence avait les seins hauts et piriformes, des cuisses fermes et fuselées, les hanches en amphore. Lui se dévêtait lentement. Quand il ne lui resta plus que sa chemise, sa soif d'être à lui était si grande que Clémence l'arracha elle-même, la déchirant à pleines mains. Puis elle le conduisit jusqu'au lit et murmura :

— Tu es à moi, Marius Pontmercy. Rien qu'à moi.

Pendant les semaines suivantes, Marius continua de fréquenter assidûment tous les lieux en vogue ou malfamés de la capitale. Il affirmait que sa déchéance était ce qu'il réussissait le mieux. Il n'avait pas tort.

— L'esprit s'enorgueillit parfois de ses propres ruines, lui avait dit un soir Louis de Vergne.

Marius avait souri : il trouvait Louis de Vergne sentencieux.

Le matin du jour de l'an, lorsque Marius était rentré de chez Clémence de Lavely, la table était encore dressée dans la salle à manger de la maison rue Plumet. À la place de Marius, fichée entre une flûte et un verre à vin, une petite carte signée Cosette. On pouvait y lire en toutes lettres : « Bonne année, lumière de ma vie. » Marius n'avait pas eu le cœur d'aller retrouver Cosette. Il avait gagné sa chambre et sangloté en silence. Sa lumière ressemblait aux ténèbres. Les sentences de Louis de Vergne n'étaient pas si déplacées.

Sur les conseils d'Amédée, Marius s'initia à la boxe et se perfectionna à l'escrime. Il n'était rien de sa réalité qui ne fût au rebours de son apparence. Clémence l'accompagnait partout, belle comme un Clouet, le couvrant de ces sourires attendris qui trahissent les élans prémédités. Il lui avait déjà offert un collier de perles, une pèlerine en cachemire, un feutre à bord baissé et garnitures de soie. Elle était comblée.

— Je vous aime tant, disait-elle à Marius, estimant avoir tous les droits, puisqu'elle avait tous les besoins.

Inspirant d'autant plus le désir qu'elle le contentait moins, ce qui était bien calculé, Clémence se targuait de toujours dire la vérité ; elle entendait seulement par là qu'elle faisait rarement de mensonges inutiles. Elle n'aimait que le brillant. Tout le reste était simulation.

Lorsque Marius lui avoua qu'il n'était qu'un nouveau riche, elle rétorqua que seul le mot riche lui importait. Elle souriait alors, sans jamais trop de sincérité, car l'expérience lui avait enseigné que tous les hommes sont désagréables quand ils sont satisfaits. Et pour lui le souvenir du bonheur d'avoir rencontré Clémence était plus précieux que le bonheur même d'être avec elle, car le présent lui échappait et il ne vivait vraiment que dans le passé.

— Comment saurions-nous nous aimer, puisque nous sommes heureux ? lui dit-il un soir au Café de Paris.

Il n'avait pas tort. Il ne l'écoutait pas, elle ne le comprenait que rarement. À cela près, ils s'entendaient à merveille.

Un matin, entre la rue Duméril et le boulevard de l'Hôpital, au marché aux chevaux, Marius acheta un alezan marqué d'un éclat de neige sur le front, la tête hautement portée, les antérieurs rageurs. Il rêvait d'imiter ces élégants que l'on voyait à Auteuil, au rond de Mortemart ou au Champ-de-Mars. Il était devenu tellement frivole que son sérieux déconcertait Clémence.

— Je ne veux plus que vous me mentiez, lui dit-elle.

Marius prit une mine effarée.

— Mais je ne vous mens pas, ma chère. J'ai seulement des sincérités différentes, paradoxales et successives. Comment appelez-vous cela ?

— De la duplicité, Marius. Je veux que vous m'aimiez vraiment.

— Je vous aime.

— Je ne vous crois pas, Marius. Vous allez trop vite en besogne.

— Si je vais vite, c'est que la vie n'est qu'une succession de moments brefs qui traînent en longueur. Je ne fais qu'accélérer le processus.

Clémence s'anima :

— C'est bien ce que je vous reproche. On a l'impression que vous me considérez comme une pauvre chose, et que cette pauvre chose doit céder séance tenante à tous vos caprices. Je ne retrouve plus la sincérité et la délicatesse que vous me témoignâtes lors de notre première entrevue.

Marius, tout en payant quatre cents francs au marchand de chevaux, puisque le harnachement à l'anglaise était compris, adressa un sourire en biais à Clémence.

— Vous faites sans doute allusion à cette première nuit que nous passâmes chez vous au moment du jour de l'an ?

Clémence le fustigea du regard.

— Vous vous rendez presque aussi désagréable que votre modèle et ami Amédée, baron. Mais avec moins de panache.

— Je ferai mieux la prochaine fois, se contenta de répondre Marius en se frappant le front comme un homme qui a oublié l'essentiel.

S'il n'était pas insensible aux charmes de Clémence, Clémence n'éprouvait aucun amour pour lui, seulement une sorte d'affection maternelle qu'elle s'expliquait mal. Faussement passionnée, faussement gaie, elle était d'un âge qui lui permettait de se prêter plutôt que de se donner.

— Vous êtes un enfant, finit-elle par dire. Pour avoir du caractère, il ne suffit pas de copier sur ses amis. Croyez-en une femme qui a atteint la trentaine.

Ils prirent un fiacre et l'incident fut clos.

La journée, donc, Marius se partageait entre la fréquentation de Clémence, qui l'incitait à se distraire de son amertume, et celle de la salle d'armes de lord Seymour. Sa tenue était impeccable. Sous son manteau, il était vêtu d'un pantalon noir dessinant une jambe nerveuse, aux attaches fines. Son pied élégant était chaussé d'un bas de soie à jours et d'un escarpin verni sans talon. Son frac noir laissait passer les extrémités d'un gilet de piqué blanc. Son cou jouait à l'aise dans une cravate de satin noir, et sa tête, dont les cheveux ondulaient naturellement, était coiffée d'un chapeau-claque. On ne pouvait douter que ce pantalon boutonné au-dessus de la cheville, collant tel un maillot tricoté, que ce frac à la coupe élégante et aux basques retombant avec grâce, que ce gilet de piqué anglais à boutons d'or ciselé, sortaient du magasin d'un tailleur en renom du boulevard de Gand. C'était cela le vrai chic.

Il se sentait encore plus chic paradant à cheval sur le boulevard, fier de son alezan, de ses éperons, de sa housse de velours rouge, et de sa canne à bout recourbé, tenue droite sur la cuisse comme un mousqueton de cavalerie. L'anglomanie était de bon ton et faisait renoncer à la savante équitation française, aux chevaux mis au bouton, à tout l'art de la haute école. Pour adopter cettc manière anglaise, ou plutôt sa parodie, Marius avait le corps ployé en deux, les jambes en avant du quartier de la selle, très écartées. Il était tout bonnement ridicule. Pour parachever le tableau, il lisait *Le Journal des haras*, où travaillait le fameux docteur Véron, grand viveur devant l'Éternel, et retrouvait Amédée, Louis de Vergne, Eugène Sue et d'autres amateurs de turf lors de courses au clocher, à des matches de toutes sortes, avec des poules et des épreuves privées. On pariait des sommes folles. De deux cents à cinq cents francs. Et Marius payait.

Le Jockey Club venait de naître, suivant la création de la Société d'encouragement pour l'amélioration des races de chevaux de France. Y figuraient les noms de lord Seymour et d'Eugène Sue. Vers la fin janvier, Marius caressa le projet d'y adhérer. Il suffisait de payer quatre cents francs la première année, trois cents les années suivantes.

— Des sommes dérisoires, jugea Marius qui, au fur et à mesure que le temps passait, jonglait avec l'argent sans se soucier de l'avenir. N'est-ce pas votre avis, très cher ?

— Bien sûr que si, lui assura Eugène Sue, stipulant que l'atmosphère du cercle était très gaie et qu'on s'y livrait de bon cœur à toutes sortes d'excentricités et de mystifications.

Tout cela semblait très drôle. Marius s'impatientait. Un jour, au Café de Paris, Eugène Sue lui apprit qu'Alfred de Musset, malgré les efforts du prince Belgiojoso et du comte d'Alton-Shée, n'avait pas été admis au Jockey Club.

— C'est positivement désopilant, déclara-t-il en singeant Amédée.

Il se réjouissait des malheurs endurés par ce petit romantique souffreteux qui fricotait avec la trop vénéneuse George Sand et qu'il considérait comme un larbin du romantisme plein de bienveillance onctueuse.

— Romieu et moi-même sommes les seuls hommes de lettres à être acceptés au Jockey Club, ajouta Eugène sur un ton hésitant.

Marius cessa de sourire. Il se considérait lui aussi comme un homme de lettres.

— Ce qui veut dire ?

— Que vous vous casserez le cou avec beaucoup d'esprit, mais pas avec les membres du Jockey Club, cher Marius.

Marius prit ombrage de ce refus. L'argent ne pouvait donc pas tout résoudre ? Il se jura d'en rajouter dans l'excès, et de vouer aux gémonies le respect, cette forme nuancée de l'exaltation.

— Je suis bien d'accord avec vous, approuva

Amédée qui, lui aussi, se vit refuser l'entrée au Jockey Club. Nous allons pulvériser tous ces médiocres et devenir insultants de décontraction.

Pour ce faire, Amédée et ses amis firent feu de tout bois. On les voyait partout. Au bal des Variétés, où cassandres et poissardes faisaient la queue devant les guichets ; aux théâtres de la rive gauche, où ils assistaient à des spectacles calamiteux que Marius prenait un malin plaisir à éreinter dans les colonnes du *National*. Un soir, à l'Odéon, Amédée provoqua un scandale en introduisant une jeune femme seulement vêtue de son boa et de ses gants. Marius ne goûta que modérément le piment de cette farce douteuse : la jeune femme n'était autre que Clémence.

— Tu as aimé ma tenue ? lui demanda-t-elle le soir même, chez elle, en lui coulant un regard où l'insolence se nuançait d'une sorte d'orgueil.

— Absolument, répondit Marius qui s'efforça de ne pas s'emporter. À cette occasion j'ai pu remarquer vos jambes, tellement fines que vous pourriez prendre un bain de pieds dans un fusil à deux coups. Est-ce l'âge ou simplement un régime miracle ?

Ce soir-là, Marius rentra très vite rue Plumet, laissant son cheval dans l'écurie de son illustre voisin, Henri de la Roche-Dragon. L'art d'être désagréable lui convenait parfaitement.

Marius délaissait Cosette et la politique. Il évitait avec précaution son ami Frédéric, croisant parfois dans les couloirs du *National* Armand Carrel, à qui il prédisait, non sans une insupportable grandiloquence, un bel avenir au sein du parti républicain. Armand Carrel, vrai libertaire dans l'âme, haussait les épaules. Décidément, pensait-il, ce jeune homme avait bien changé.

Début février, Marius et ses amis écumèrent d'autres lieux, même si, invariablement, ils terminaient la soirée à Idalie ou dans les bals de l'Opéra. Après une brève intrusion à la barrière du Maine, avec ses guinguettes et son cabaret très à la mode, le bal Tonnelier, réputé pour son salon de deux cents couverts, son jardin et son orchestre qui jouait d'entraînants quadrilles, ils échouèrent dans les petits théâtres du boulevard de Belleville.

Obéissants et consciencieux, Louis de Vergne, Robert d'Androisy, Henri de la Roche-Dragon et Marius suivaient le pas. Amédée menait la danse. Ce cornac providentiel savait s'improviser grand ordonnateur des réjouissances.

Un soir, au café Riche, Marius se confia à Louis de Vergne :

— Amédée possède tout ce que j'aime. Une passion pour la liberté qui m'enchante, une libération de mœurs à laquelle je souscris, une insolence dans l'expression qui me réjouit.

Louis se chargea de nuancer son enthousiasme :

— Méfiez-vous, Marius. Je connais bien Amédée, c'est un capricieux. Quand on est misanthrope à son âge, c'est que l'on a trop aimé les gens. À présent, il les aime moins.

— Seriez-vous jaloux, Louis ?

Devant l'insolence tranquille de cette question en forme d'apostrophe, Louis n'avait pas bronché.

— Mon cher Marius, répondit-il, l'amour

n'existe que chez les adolescents ou les oisifs. Les premiers parce qu'ils n'ont rien à perdre, les seconds parce qu'ils n'ont plus rien à gagner. Mais je suis bien incapable de vous dire où se situe notre ami Amédée.

— Vous l'aimez ?

— J'ai cette faiblesse. Le plus drôle, c'est qu'il peut compter sur moi comme je ne peux pas compter sur lui.

— Très drôle, apprécia Marius. Mais je crois que l'amertume vous égare, Louis.

Le soir même, Amédée convia ses amis à Idalie, dans ce bastringue souterrain de l'Opéra où venaient boire des souteneurs, des prostituées et des vendeurs de contremarques. Quand Amédée conviait ses amis, convoquant le ban et l'arrière-ban de ses relations crapuleuses, on savait qu'il allait payer. Une fois n'était pas coutume.

Eugène Sue était de la fête, flanqué d'une jeune femme brune aux cheveux noirs tendus comme des fouets, dont la coupe du visage et l'éclat du regard trahissaient l'origine orientale.

— Elle s'appelle Rebecca, comme dans un roman de Walter Scott, et notre belle langue lui est étrangère, confia tout de suite Eugène Sue à Amédée.

Le marquis commanda un punch et dit sur un ton grinçant :

— De cette façon vous éviterez ces préliminaires qui suent l'ennui, mon cher.

Le bel Eugène hocha la tête, assez perspicace pour avoir noté le jeu de mots désobligeant, mais assez homme du monde pour ne pas relever le gant et se réjouir d'une impertinence qui, pour une fois, n'émanait pas de lui.

— Je vois que vous êtes en verve, cher marquis. Mais tenez, voilà monsieur de La Battut qui arrive, je suis sûr qu'il appréciera l'ineffable portée de vos persiflages.

L'homme qui venait d'entrer dans le bastringue, suivi d'une flopée de jeunes gens à la mode, ne risquait pas de passer inaperçu.

— Bonjour, les hommes et tant pis si je me trompe ! s'écria-t-il d'une voix enrouée.

C'était un grand gaillard à l'allure canaille et à la mise voyante, coiffé d'un chapeau exagérément penché sur l'oreille, qui découvrait une touffe de cheveux roux doré. Il attira une table à lui, la plaqua contre celle d'Amédée et de ses amis, salua Eugène Sue et s'assit bruyamment. Tandis qu'Amédée l'étudiait des pieds à la tête, l'air moqueur, l'homme entreprit Eugène à grand tapage, évoquant les prochaines fêtes de Mardi gras avec de démonstratifs effets de voix.

Marius se pencha discrètement vers Louis de Vergne.

— Qui est cet olibrius ?

Louis de Vergne mit la main devant sa bouche.

— C'est le roi du carnaval, le prince des relations crapuleuses, le dieu du peuple et des escarpes.

— Mais encore ?

— Charles de La Battut, voyons. Le lord Seymour du pauvre. Milord l'Arsouille.

Marius fixa un peu plus son attention sur ce phénomène. Les pouces suspendus à son gilet multicolore, il pérorait sur messieurs Thiers et

Guizot comme s'il se fût agi de vieilles connaissances. Il prédisait la révolution pour bientôt, tantôt lissant sa moustache rouge entre le pouce et l'index, tantôt effleurant sa cravate rose attachée par une épingle grosse comme un bouchon de carafe, sa redingote courte à grands carreaux et son pantalon bleu ciel à bandes de velours noir. Un vrai pantin. Sans compter ce tic qui sillonnait son visage.

— Qui veut se mesurer à moi au bras de fer ? finit-il par demander d'une voix puissante, après avoir épuisé tous les sujets politiques.

Eugène Sue, adressant un clin d'œil à son Orientale, tapa du poing sur la table :

— Je relève le défi !

— Moi aussi, ajouta Amédée.

Il y eut un vacarme ahurissant, des cris, des bravos, des applaudissements. La foule bigarrée ressemblait fort peu à la cohue ravie et guindée qui se pressait aux bals de l'Opéra. C'était du vrai peuple.

— Il n'est pas un des pâles voyous de Paris qui n'ait juré d'avoir rencontré plus de mille fois monsieur de La Battut dans tous les cabarets de la capitale et qui ne se figure l'avoir applaudi un soir de carnaval, confia Louis de Vergne à Marius. Le problème, c'est qu'on le confond avec lord Seymour.

Marius posa de nouveau son regard sur La Battut. Toujours chapeauté, un cigare au bec, le rouquin avait ôté sa redingote et vidé d'un trait son verre de punch. Après quoi il mordit le verre jusqu'à le faire éclater en morceaux.

— Bras nus ! lança-t-il à Eugène Sue.

Il fit subir le même sort à un autre verre et, du revers de la main, forma sur la table deux tas coupants : il étala le premier à gauche du bras droit d'Eugène Sue, le deuxième à gauche de son bras droit.

— Prêt ?

— Prêt, répondit Eugène Sue sous le regard sombre de Rebecca.

Lorsque les deux protagonistes se mirent en position, on entendit une sorte de clameur générale s'élever du groupe des spectateurs. Eugène Sue soufflait comme une forge. Il poussa, força ; en vain.

Le halètement scandé des spectateurs s'accéléra. C'était comme un roulement de tambour. Puis, tout à coup, La Battut poussa un rugissement de bête. Bien droit, sans s'aider du corps, la main gauche à plat sur la table, il abattit d'un coup l'avant-bras d'Eugène Sue sur la pile de verre brisé. Ce dernier poussa un cri de douleur. Il fit un bond en arrière et, hébété, contempla son avant-bras strié de rouge.

— Bravo ! Bravo ! crièrent les badauds qui avaient cessé de haleter.

Dépité mais bon perdant, Eugène Sue félicita La Battut et tendit son bras à Rebecca, qui s'empressa de le panser à l'aide d'un grand voile transparent.

La Battut était rouge pivoine. Amédée s'installa à son tour en face de ce taureau au visage sanguin et se mit en position. Les halètements reprirent. En dépit d'une plus grande résistance, le marquis finit par céder sous la pression. Il y eut de nouveaux bravos, de nouveaux hurlements. La Battut salua ses troupes en roulant des épaules et en commandant à boire. Mais il se massait le bras à hauteur du biceps, comme si celui-ci était ankylosé.

— Je veux bien essayer aussi, proposa Marius à qui la faiblesse de La Battut n'avait pas échappé.

Ses amis échangèrent un regard complice. « Ce pauvre baron s'est déjà fait rosser au Clan Destin par l'aubergiste, et voilà qu'il en redemande », avaient-ils l'air de murmurer.

Les deux hommes s'installèrent. Marius, avant de placer son bras, observa son adversaire en souriant. Celui-ci avait un corps trapu, un peu voûté, un dos qui menaçait de rompre les barreaux de la chaise, les épaules massives, des mains d'étrangleur, un faciès de mauvais prêtre. Sa respiration était lourde et la sueur perlait sur son front. Marius avait noté que La Battut se tenait bien droit au moment de l'effort, trop droit, position qui devait favoriser l'apparition de crampes, et surtout qu'il n'engageait jamais le combat en premier, ce qui lui permettait à la fois de tester et de fatiguer son adversaire. Marius attaquerait donc en force. Il avait le bras sec, le geste audacieux, une redoutable tonicité musculaire.

L'affaire fut réglée en un tournemain, c'est le cas de le dire. La Battut ne s'attendait pas à une poussée aussi fulgurante. Il ressentit une douleur brûlante à l'épaule et lâcha prise instantanément. Aucun son ne sortit de sa bouche lorsque son avant-bras fut cisaillé par les éclats de verre. Les badauds se turent. Un silence d'alcôve nimba la salle.

La Battut examina son bras, récolta un peu de sang sur le bout de l'index, et le lécha avec un ravissement sauvage.

— Décidément, je préfère le rhum !

Cette déclaration pour le moins extravagante fut accueillie par de gros éclats de rire.

Puis, après s'être assuré que les amis de Marius vaquaient à leurs affaires, rigoleurs et cancaniers, La Battut coula à son vainqueur un regard où l'admiration se nuançait d'une sorte de défiance.

— Alors, lui demanda-t-il au milieu d'un invraisemblable brouhaha, Horace a vaincu Curiace ?

— Pardon ?

— Non, je plaisantais. Mais vous, mon ami, laissez-moi vous dire que vous n'êtes pas des leurs.

Puis, s'adressant justement à ces autres :

— Messieurs, je vous propose d'aller jouer au Palais-Royal ! La fortune nous y attend !

Les membres éméchés de cette vaillante troupe déferlèrent donc dans les huit salles de jeu de la galerie de Valois, au-dessus du café Borel, où ce reître de Blücher, quelques années plus tôt, avait perdu 1 500 000 francs en une soirée. Grisé par ce grand train, Marius courut d'une salle à l'autre, où l'on ne comptait pas moins de six tables de roulette. Il gagna deux cents francs au biribi et La Battut la même somme au trente-et-quarante.

Puis, par peur de cette nuit qui n'en finissait pas, Amédée, La Battut et les autres se rendirent au café des Aveugles, endroit insolite s'il en était, où des provinciaux à têtes de pharmaciens, devant un orchestre de cinq musiciens atteints de cécité, s'adonnaient à de fébriles attouchements.

Vers deux heures du matin, La Battut se leva, droit comme un I, et annonça qu'il allait quitter les lieux. Dans le même temps, et non sans une certaine élégance, il convia ses amis à le retrouver une semaine plus tard pour la descente de la Courtille.

— Vous serez mes invités du Mardi gras ! lança-t-il à la cantonade. Et quand on est l'invité de Milord l'Arsouille, on a le droit de monter dans son carrosse ! Je compte sur vous !

Puis, à la dérobée, en direction de Marius :

— J'insiste, vous n'êtes pas des leurs, monsieur. Heureux d'avoir fait votre connaissance. Et à vous revoir au carnaval.

Marius le regarda s'éloigner avec une terrible gêne. Qu'entendait par là ce prophète paillard dont la lèvre inférieure, à l'énoncé de cet aveu, s'était affaissée en grimaçant ?

Il croisa les jambes, les décroisa, goûtant dans son irritation une sorte de volupté dépravée. Depuis un certain temps, même s'il éludait le problème, il se posait et se reposait les mêmes questions, à la fois soulagé et furieux de voir son instinct atrophié par toutes ces spéculations de l'esprit. Mais il y revenait toujours. « C'est donc cela qui excite tant ces gens ? se disait-il. Goûter les plaisirs défendus au contact de tout ce que la vie a enfanté de plus vil et de plus bas sur terre ? Copier leurs rites, leurs coutumes, leurs habitudes pour consentir avec ravissement à se mettre à leur niveau ? Imiter leur langage, partager leurs écuelles, s'enivrer avec eux pour se donner la fugace impression d'appartenir à leur monde, de retenir toutes les leçons de cet enseignement méphitique et faisandé ? »

— À quoi pensez-vous ? lui demanda Amédée. Auriez-vous le spleen ? L'amour de Clémence vous manquerait-il ?

Marius fit palpiter ses narines, comme si quelque chose de grandiose allait sortir de sa bouche.

— Je crois plus à la passion qu'à l'amour, déclara-t-il. Mais plus encore à l'amitié qu'à la passion.

Amédée eut une petite moue satisfaite. Sa main s'attarda sur celle de Marius.

— Et que faites-vous de Clémence, grand malheureux ? Savez-vous qu'elle vous aime ?

Dans l'intime recherche de son confort et de ses ajustements, il pensait que la solidité des relations entre Marius et Clémence garantissait son train de vie. Une garantie qu'il ne voulait pas voir s'envoler.

— Cosette aussi m'aime, protesta Marius comme s'il se défendait.

Amédée frappa dans ses mains d'un air consterné.

— L'un n'empêche pas l'autre, cher ami ! Et si ce n'est que cela, je m'occuperai de consoler votre charmante épouse, afin de la rassurer sur la profondeur de vos sentiments.

Il avait parlé du bout des lèvres, le corps rejeté en arrière, avec une réserve faite à la fois de pudeur et de dissimulation. Marius n'osa pas croiser le regard de son ami. Il repensait à ce que lui avait dit Frédéric Rivolier.

Janvier 1834 était glacial. Pendant ces longues semaines d'hiver où les journées ressemblaient de plus en plus à des nuits, Cosette s'occupait du mieux qu'elle pouvait de sa solitude. Vis-à-vis de Marius, qu'elle voyait si peu, elle s'attachait à travestir son inquiétude en sollicitation affectueuse. Elle ne le heurtait pas, ne le brusquait jamais, ne le désapprouvait que dans le but de ménager sa santé et de le protéger de lui-même. Quand il la rembarrait avec cet air de se mettre sciemment dans son tort, elle voulait croire à un égarement passager. Si elle ne choisissait pas la voie des victimes, c'est qu'elle s'interdisait de sombrer ou de laisser déborder son dépit. Étrangement, en découvrant les faiblesses de Marius, elle découvrait les siennes. La partie de son enfance la plus misérable lui revenait parfois par bribes, mettant au jour la terrible insouciance de son adolescence, où l'avait confinée son père. Il avait voulu la protéger. La protéger de la vanité des hommes, de la cruauté amère avec laquelle ils se montrent volages, égoïstes et envieux, de cette médiocrité si souvent proche du renoncement, familière de la trahison et de la promotion.

Pour la peine, Cosette était restée crédule. Avec un mari tel que Marius, une autre femme aurait pris un amant. Mais Cosette n'était pas une autre femme. Mille occasions insignifiantes la divertissaient de ce qu'elle craignait de prendre pour de la rancœur. Cette belle jeune femme de vingt ans voyait peu à peu son rêve se briser mais tenait encore bon au milieu de la tempête. Les souvenirs lui enjoignaient de ne pas renoncer. Celui d'un père merveilleux, juste parmi les justes, qu'elle avait eu tort, à un moment donné, de délaisser un peu ; et celui d'un mari tout aussi merveilleux, icône même de l'amour, Daphnis fier et orgueilleux, peut-être même un peu trop fier et un peu trop orgueilleux, qu'elle continuait d'idéaliser et d'idolâtrer. Pour tout cela elle se battrait. Avec ses moyens, qui se résumaient à ceux d'une jeune femme sans doute fragile, mais débordante de volonté et d'énergie, et avec l'aide du hasard, qui est parfois la logique de Dieu. Ce que lui avait légué son père, ce bien inestimable, elle le garderait. Oui, elle garderait la droiture, la probité, la rectitude. C'est tellement facile de devenir méprisable.

La jeune femme trouvait refuge dans la religion et les bonnes œuvres. N'y a-t-il pas toujours plus défavorisé que soi ? Elle se rendait tous les jours à Saint-Sulpice pour assister aux vêpres. Le curé de la paroisse, l'abbé Rillet, était un excellent homme. Pendant l'épidémie de choléra de 1832, il avait sauvé bon nombre de vies humaines. On disait qu'il avait sillonné les berges de la Seine avec une charrette à bras pour venir en aide aux malheureux qui voulaient se suicider. Le préfet de police lui-même, monsieur Gisquet, lui témoignait toute son estime.

« Un être d'exception, disait-il à ses collaborateurs. Je serai toujours disponible pour lui à n'importe quelle heure du jour ou de la nuit. »

Cet être d'exception fascinait Cosette. Parfois elle lui faisait part de son envie de se retirer dans un couvent. Lorsqu'elle fléchissait ainsi, il la réconfortait.

Un jour, alors qu'elle se trouvait dans le confessionnal, elle s'adressa à celui qu'elle croyait être l'abbé Rillet.

— Mon père, dit-elle, c'est moi, la baronne Cosette Pontmercy. Je voudrais vous demander conseil, mais je dois…

Elle ne termina pas sa phrase. Une voix sèche en même temps que marquée par l'émotion lui signifia qu'elle se trompait d'interlocuteur.

Cosette sortit du confessionnal. Ce qu'elle vit d'abord, ce fut une ombre se découpant sur le dallage de l'église. Une ombre noire, massive, presque menaçante. Une ombre dont le chapeau à large bord, les basques de la redingote et l'énorme canne semblaient démesurés. Puis elle leva les yeux. Un homme au visage austère se tenait devant elle. Elle faillit le traiter d'imposteur.

— Mais qui êtes-vous, monsieur ?

En voyant l'abbé Rillet arriver à grandes enjambées, l'homme se tint coi. Tout en rondeur et en gracieuses circonlocutions, l'abbé le présenta à Cosette.

— Monsieur Verjat ne faisait que ramasser la chasuble qui traînait là, expliqua-t-il. Vous savez bien que je suis tête en l'air. Et monsieur Verjat, lui, est grandement ordonné et méticuleux.

Cosette serra la main de cet homme à la barbe grise et à la redingote brune.

— Monsieur Verjat m'est donc d'une aide précieuse, poursuivit l'abbé. Il donne des cours de droit pénal à nos jeunes étudiants et s'occupe même de l'administration de la paroisse. C'est bien simple, Dieu m'en est témoin, je ne peux plus me passer de ses services.

Plus tard, dans la sacristie, tandis que Verjat s'était éclipsé, l'abbé Rillet raconta à Cosette que cet homme avait connu de grands malheurs et qu'il avait choisi dorénavant de vivre en fonction de son instinct raisonnable, ce qui signifiait tout et rien à la fois. Il habitait au 10 de la rue Garancière, dans une maison ayant appartenu à Ambroise Paré. L'actuel propriétaire, un certain Victor Baltard, qui séjournait en Italie après avoir obtenu le Grand Prix d'architecture, lui en louait une partie.

— Auparavant, sur mes conseils, il s'est rendu à Paray-le-Monial, un village lumière du Brionnais, en Bourgogne, où il a vécu en anachorète. La contemplation l'a rapproché des voies du Seigneur et familiarisé avec les coutumes bénédictines. Parfois, pour le taquiner – mais je n'y arrive jamais – je lui dis qu'il était espion comme on est prêtre et qu'il pourrait être prêtre comme on est espion.

Cosette parut surprise.

— Monsieur Verjat n'est donc pas un homme d'Église ?

— Non, mais il pourrait l'être. Il a occupé jadis un haut poste dans l'administration judiciaire. Disons qu'il s'est converti comme saint Paul à Damas. Lui qui a passé une bonne partie de sa vie à veiller et surveiller, il n'aspire plus qu'à méditer et se recueillir. Sa vision des choses, parfois excessive, ne peut laisser indifférent. Pour tout vous dire, l'humilité de cet homme ne cesse de me surprendre. À maintes reprises je l'ai encouragé à écrire ses Mémoires, il s'y est toujours refusé, comme s'il ne voulait plus rien partager avec les vivants. À ma connaissance il n'a ni femme ni enfant, aucun ami, et son nom même est un nom d'emprunt. Mais cet homme est bon.

Cosette songea à son père. Après son entretien avec l'abbé, le destin réservant toujours de drôles de surprises, elle tomba sur monsieur Verjat à la sortie de l'église. Ils parlèrent de la Bourgogne, du Cantique des Cantiques, des gens qui changent de vie. Monsieur Verjat, d'ordinaire si froid et cassant avec les gens, se montra disert et très affable. Cosette et lui firent quelques pas entre l'église et le séminaire sulpicien. En passant près d'une échoppe, Verjat offrit une orange et un sucre d'orge à cette jeune femme dont les grands yeux bleu porcelaine ne laissaient pas de le perturber.

Ils prirent congé l'un de l'autre en fin d'après-midi, après s'être promis de se revoir le lendemain. Mais, juste avant de se quitter :

— Madame la baronne, il faut que je vous avoue une chose, dit Verjat de cet air grave qui impressionnait tant ses interlocuteurs.

Son regard noir, incisif et profond, fit à la jeune femme l'effet d'une vrille.

— Dans l'église, lorsque vous avez prononcé votre nom, j'ai ressenti un grand trouble. Il m'a rappelé un passé que je croyais enfoui et révolu. Pontmercy est un nom qui ne m'est pas inconnu.

— Et comment le connaissiez-vous ?

— Plus tard je vous le dirai.

Les jours suivants, monsieur Verjat ne dévoila rien à Cosette de ses sous-entendus. Cosette et lui se rendaient au jardin du Luxembourg où la jeune femme parlait de son père. Le regard de Verjat s'intensifiait à l'évocation d'un détail ou d'un autre. Il ne répondait presque jamais aux questions de Cosette et baissait la tête avec une résignation ostentatoire lorsqu'il croisait d'autres promeneurs. Près de la sortie du théâtre de l'Odéon, vers la rue de Vaugirard, il achetait régulièrement deux oranges à un marchand ambulant et en offrait une à Cosette. Après l'avoir pelée avec des gestes précis et méticuleux. Pour se livrer à cette opération, il s'aidait d'un couteau pliant à manche de corne et ôtait la peau de l'orange en une seule et zigzagante épluchure. Une fois, alors que Cosette faisait allusion aux hommes de devoir, il s'entailla le pouce et se mit presque en colère :

— Rien de pire que les gens qui se réclament de la probité, de la conviction ou du sens du devoir. La quête de pureté absolue est dangereuse, madame la baronne. Ces exigeants accomplissent en son nom sincèrement et avec une candeur machiavélique leur sinistre et fanatique mission. Jusqu'à engendrer tous les excès. Saint-Just, Torquemada et Fouquier-Tinville sont passés par là.

— Il y a quand même la fidélité, objecta Cosette.

Verjat, achevant de peler l'orange, s'esclaffa.

— Il n'y a pas de fidélité chez ces gens-là, madame la baronne. Ils tueraient père et mère dans le dessein de faire triompher leurs idées. Tenez, une anecdote. Vous connaissez l'église Saint-Sulpice ? Eh bien, c'est dans cette pièce montée que se marièrent Camille et Lucile Desmoulins, avec pour témoin leur ami Maximilien

Robespierre. Quelques années plus tard, en 1794, l'ami Robespierre envoya Camille à l'échafaud, parce qu'il pensait que la nation était souveraine et que Camille, trop indulgent, trop ami de Danton à ses yeux, n'était plus fidèle à ces préceptes. Voilà la fidélité de ces gens-là.

Puis, affreusement pâle, il tendit l'orange à Cosette.

— Certains volent un pain et sont condamnés à trente ans de galère et d'autres volent trente millions de Français et sont condamnés à tous les honneurs. Je sais ce dont je parle.

Cosette, impressionnée par ce ton de Commandeur, se réfugiait dans une attitude à la fois d'attente et de conciliation, mangeant ses quartiers d'orange en silence. Sur sa figure ravissante, se peignaient la crainte et la stupeur. S'arrêtant brusquement, elle se tourna vers monsieur Verjat et lui demanda :

— Pourquoi faites-vous allusion à des expériences que vous avez eues et que vous n'expliquez jamais ? Tromperiez-vous votre présent avec votre passé, monsieur Verjat ?

Impassible, Verjat croisa les mains derrière le dos.

— Les bons rêvent de ce que font les mauvais, madame la baronne. Que voulez-vous, nous sommes tous doubles. C'est un privilège pour l'artiste et une malédiction pour le commun des mortels. Il faut savoir s'en accommoder.

Cosette ne lâcha pas prise.

— Pourquoi répondez-vous parfois à côté des questions, monsieur Verjat ?

Verjat décroisa les mains et prit délicatement

Cosette par le bras. Sans doute pour ne pas avoir à affronter son regard et son sourire désarmant, il l'entraîna vers la sortie du jardin.

— Que voulez-vous savoir ? demanda-t-il sur un ton paisible. C'est terrible, ça, de savoir. Eh bien, dans la vie, nos paroles sont des improvisations et nos actes des étourderies qui finissent par devenir des habitudes. La fatalité étant la distraction des dieux, je me distrais, moi, en éludant aujourd'hui des questions que je ne posais jamais par le passé. Ne sommes-nous pas dans la main de l'improbable, ma chère Cosette ?

Pour la première fois, Verjat avait appelé Cosette par son prénom. La jeune femme en fut heureuse et se jura de ne plus l'importuner à l'avenir avec des questions auxquelles il répondait par des pirouettes.

— C'est drôle, vous savez toujours ce dont vous parlez, et moi jamais, fit-elle néanmoins remarquer.

Verjat, du coin de l'œil, avait vu la bouche vermeille et frémissante de la jeune femme laisser apparaître deux rangées de perles humides. Cette Cosette à la ténacité exemplaire lui plaisait. Il avait enfin souri.

Revigorée par ses discussions avec monsieur Verjat, Cosette se sentait mieux. Dans la maison de la rue Plumet, elle disposait ici et là ce que l'on pouvait interpréter comme autant de preuves d'amour, et qui semait le trouble dans l'esprit de Marius. Il pouvait s'agir de compositions florales en forme de cœur, de chemises de nuit enlacées sur une patère, les manches intimement liées, ou de ce petit mot placé entre deux verres le soir du jour de l'an. Et puis le cristal de roche. L'autre jour, elle l'avait pris dans la poche de Marius, empaqueté dans un papier de soie et remis à sa place. Entre la pierre et le papier de soie, elle avait glissé un petit mot : « Une partie de mon cœur est contenue dans ce cristal, Marius. Conserve-le auprès de toi. Le cristal a des vertus magiques. »

Marius n'avait fait aucun commentaire. Mais Cosette savait qu'il conservait le cristal dans la poche de son pantalon ou de son gilet. Même si le silence lui faisait peur, elle croyait en l'éternité de leur amour.

Frédéric Rivolier, qui rendait visite à Cosette deux fois par semaine, de préférence en fin de matinée, conseillait à la jeune femme de ne pas se montrer trop modérée.

— Il faut réagir, Cosette. La modération n'est pas le signe d'une nature humaine vigoureuse. Avec la modération, qui est familière de l'attente, on s'installe peu à peu dans la monotonie, on accepte de laisser faire la vie et de ne pas la faire.

Ce matin-là, la jeune femme se sentit piquée au vif.

— Ne vous en faites pas pour moi, Frédéric. Vous me connaissez, ma modération reste ténue et passagère.

Cosette entretenait avec Frédéric des liens qu'aucune ambiguïté amoureuse ne venait entacher. Elle appréciait sa franchise, sa vitalité et même son entrain par trop épicurien ; il lui arrivait de le gourmander gentiment pour ses excès de boisson et de zèle révolutionnaire. Elle le traitait alors de polisson et de jacobin, ce qui le faisait rire aux éclats.

Un jour, vers la fin de l'automne, il lui souffla l'idée de créer un jardin d'hiver près de la maison. Cosette trouva l'idée excellente. Avec l'aide d'un vieux jardinier et de Madeleine, sa femme de chambre, elle allait se mettre à l'ouvrage.

— Je veux prouver à Marius que je ne suis pas si gourde et si inactive qu'il le croit, confia-t-elle à Frédéric. Une fois, il a même prétendu que j'étais une petite chose.

— Vous n'êtes rien de tout cela, Cosette. C'est lui qui vous a reléguée dans ce rôle.

Cosette l'avait toisé sévèrement.

— Ne soyez pas injuste avec Marius, Frédéric, c'est votre ami. Il n'a peut-être pas tout à fait tort. Il me prend pour une petite fille gâtée, bourgeoise et sans fantaisie, parce que je lui ai trop exposé cette image de moi. Je ne parviens sans doute plus à le surprendre. Le jour où je l'ai supplié de ne plus m'appeler Cosette mais Euphrasie – mon vrai prénom –, il s'est moqué de moi méchamment. Il m'a traitée de godiche prétentieuse.

Frédéric leva les yeux au ciel.

— Pour une fois, je suis d'accord avec lui. Cosette, c'est très joli, je ne vois pas pourquoi vous voulez changer pour un prénom de coquette et d'intrigante.

Puis, d'un air plus sérieux :

— Marius vous idéalise tellement qu'il ne sait plus comment s'y prendre pour vous parler le plus simplement du monde. Tenez, vous devriez le rendre jaloux.

Légèrement de profil, une main sur la hanche et l'autre dans les cheveux, Cosette sourit d'un air mutin.

— J'y ai pensé.

Il éclata de rire.

— Trêve de plaisanterie, reprit Cosette. Les hommes sont si naïfs et vaniteux. Un jour, qui sait, je vous montrerai la lettre que m'a adressée le marquis d'Iguerande. Tout cela parce qu'il a cru, le soir où je le vis pour la première fois, que je lui souriais avec intention. Quel fat !

— Ah ! celui-là, ne m'en parlez pas ! gronda Frédéric. Quand je pense que Marius est tombé sous la coupe de ce pantin ridicule, tellement infatué de sa personne !

Cosette, après avoir pivoté sur place, montra du doigt la tonnelle au fond du jardin, tapissée de clématites :

— Le marquis d'Iguerande me fait penser à cette herbe aux gueux. Mais c'est surtout un fieffé hypocrite, qui se prévaut de l'amitié de Marius.

Frédéric tapa du talon.

— Marquis d'Iguerande ? Bigre ! on se demande bien d'où vient ce marquisat ! Croyez-moi, si d'aventure l'occasion se présente, je moucherai ce gant jaune comme il le mérite !

Un matin, Frédéric vint rue Plumet avec à la main un rhododendron en pot. Il resta posté à l'entrée du jardin d'hiver et parcourut l'ensemble du regard. C'était une construction en forme de voûte, touffue et verdoyante, avec des parois vitrées et un treillage composé de carrés et de losanges verts. Cosette en était fière. Qui pourrait affirmer encore, à la vue de ce merveilleux ouvrage, que la baronne Pontmercy était une petite chose qui ne savait rien faire de ses dix doigts ?

À l'extérieur du jardin d'hiver, une quantité incroyable de plantes sarmenteuses, essentiellement du lierre et des rosiers, serpentaient le long des treillages. À l'intérieur, la serre était divisée en deux par une palissade de bambous et de citronniers offerts par Frédéric, ainsi que par une rangée de camélias émaillés de fleurs blanches et pourpres. Une sorte de bergère en osier était placée sous un figuier au feuillage d'un beau vert lustré.

Frédéric salua Cosette et Madeleine de loin, puis entra tout à fait dans la serre. En avisant Cosette, son tablier et ses doigts pleins de terre, il replia le bras derrière lui d'un air catastrophé.

— Ma chère, vous allez bientôt avoir des mains de terrassier, lui fit-il observer sur le ton de la plaisanterie.

— C'est pour moi ? demanda Cosette en voyant le rhododendron.

— Pour votre jardin.

Cosette sauta au cou de Frédéric et l'embrassa sur les deux joues.

— De grâce, économisez un peu vos forces, s'écria le jeune homme en faisant mine de se protéger. Qui voulez-vous surpasser ?

Puis, sur un ton plus sérieux :

— Je vous rappelle que nous avons encore une visite à faire. Vous n'avez pas oublié ?

Cosette commençait déjà à replanter le rhododendron dans un grand pot.

— Non, je n'ai pas oublié, Frédéric. Mais que voulez-vous, je me contente de suivre les préceptes de monsieur Voltaire : je cultive mon jardin. C'est vous qui m'en avez conseillé la lecture.

— Certes oui, mais tout de même.

Puis, à voix basse :

— Depuis deux mois, vous êtes rassurée au moins ?

— De ne pas avoir le choléra ou de ne pas être enceinte ?

Cosette avait posé la question sur un ton anodin. Dieu sait pourtant qu'elle s'était fait un sang d'encre lorsque les premiers symptômes étaient apparus : fièvre, crampes, nausées, vomissements. Frédéric l'avait tout de suite rassurée ; l'évolution spontanée de la maladie était mortelle en douze à trente-six heures :

— En 1832, il y eut 20 000 morts à Paris, plus de 100 000 dans toute la France. Casimir Perier et le général Lamarque ont été les premières victimes de ce fléau. Je me souviens, les gens aéraient leurs maisons et les désinfectaient au Crésyl.

Cosette avait eu la force de plaisanter :

— Vous avez une drôle de façon de me rassurer !

Puisque ce n'était pas le choléra, c'était un enfant. Comme elle ressentait un grand abattement, Frédéric l'avait emmenée en toute hâte chez un médecin de sa connaissance, près du théâtre de l'Odéon, le jour où Marius les avait surpris ensemble dans un fiacre.

— Et il est allé se figurer je ne sais quoi, déclara Frédéric.

— Je ne lui ai rien révélé, affirma Cosette. Et pourtant j'ai de nouveau des nausées.

Frédéric pirouetta sur les talons, singeant les courtisans des Tuileries.

— Ce n'est peut-être plus pour les mêmes raisons.

— Que voulez-vous dire ? lui demanda Cosette.

Il fit un pas en avant, caressa le vernissé d'une feuille de citronnier, et répondit enfin :

— Nous avons rendez-vous la semaine prochaine avec le docteur Taburin, Cosette. C'est un homme de science éminent, attentif et scrupuleux, qui demeure rue Taitbout. Nous pouvons le voir en toute discrétion.

Puis, après avoir consulté sa montre, il se donna une tape sur la cuisse.

— Je dois vous quitter, Cosette.

— Déjà ?

— J'ai une réunion rue Dauphine.

— Encore vos complots ?

Frédéric eut un sourire de circonstance.

— Ce ne sont pas des complots, Cosette. Il en va de l'avenir de la France. Toutes ces inégalités ne peuvent plus durer.

— Sans doute, mais faites attention à vous, mon ami.

Frédéric baisa la main que lui tendait Cosette, et salua Madeleine, qui s'affairait autour de bégonias aux calices jaunes.

— Vive la République ! s'exclama Frédéric d'un air gouailleur.

Cosette enfila des gants de peau et hocha la tête d'une mine attendrie en voyant Frédéric disparaître derrière la grille.

— Je m'inquiète pour lui, dit-elle à Madeleine. Il est si entier, si généreux de sa personne et de ses idées.

Madeleine planta ses cisailles dans la terre et s'essuya les mains dans son tablier à carreaux.

— Bah ! monsieur Rivolier est un homme avisé, madame la baronne. Il est comme tous les jeunes gens de son âge, il a besoin de s'enflammer pour une cause. Mais depuis les Trois Glorieuses, on a bien vu que tout ça ne donnait pas grand-chose. Il ne se passera rien.

— Dieu vous entende, Madeleine. Il y a tellement de rumeurs alarmantes. Et puis toutes ces violences. Vous avez vu, ce député de gauche qui fut carbonaro, fondateur du *Populaire* et sympathisant des théories socialistes, un certain monsieur Dulong je crois, eh bien, il a été tué en duel par le général Bugeaud d'une balle en plein front.

Madeleine haussa les épaules.

— Moi, ce Bugeaud, j'affirme qu'il mange à tous les râteliers. Comme les autres. Hier bonapartiste, aujourd'hui royaliste. Et demain ? La politique est une mauvaise chose, madame la baronne. Une friture de mauvaises graisses à l'usage des malhonnêtes, sauf votre respect. Que chacun s'occupe de ses affaires, et tout ira pour le mieux.

Il n'y avait rien à ajouter. Tout était dit.

Les journées de Cosette étaient bien organisées.

Madeleine et elle passaient une bonne partie de la matinée à planter, arroser, sarcler, bêcher, biner, bouturer, poser des tuteurs. Elles allaient et venaient dans les allées, légères et pétillantes, armées d'arrosoirs et de sécateurs, chaussées de sabots à lanières, soignant les arbres tropicaux plantés dans les encaissements de terre de bruyère, et les fleurs qui s'épanouissaient dans les bordures des massifs. Çà et là, on reconnaissait des tulipes, des narcisses, des roses de Noël, des amaryllis, du mimosa, des jacinthes et même des cyclamens. Une floraison multicolore.

Au début des travaux, Marius avait persiflé.

— À part les ergotages, les femmes ne sont pas capables d'édifier quoi que ce soit, disait-il à Cosette d'un air moqueur.

On avait l'impression qu'il considérait les occupations de sa femme avec une sorte de commisération, comme si le début et la fin de tout ce qui se décidait dans cette maison lui était échu.

Un jour, sans doute étonné par le travail accompli, il déposa à l'entrée de la serre un palmier dans son pot d'argile rouge. Il n'avait fait aucun commentaire. C'est justement ce que lui reprochait Cosette.

— Tu n'as rien à dire ? lui demanda-t-elle un peu sèchement.

Il répliqua en grinçant :

— Les gens parlent trop, on ne devrait communiquer que par écrit.

Cosette communiquait donc par écrit avec Marius. Mais il ne répondait pas. Que pouvait-elle faire de plus ? « Je finirai par me lasser, pensait-elle. Et là… »

Alors que Cosette se préparait, la clochette de la grille retentit.

— Qui cela peut-il être ? demanda Madeleine en rangeant sur une étagère de bois son plantoir et sa griffe sarcleuse.

Cosette la dispensa d'aller ouvrir, lui demandant d'aller plutôt brosser son manteau, car c'était l'heure de se rendre rue du Bac, où elle s'acquittait de ses bonnes œuvres auprès des sœurs des Filles de la Charité.

— J'y vais, Madeleine.

Cosette mit un châle sur ses épaules et se rendit elle-même au portail du jardin. Et là, quelle ne fut pas sa surprise lorsqu'elle reconnut le marquis d'Iguerande en personne, qui attachait les rênes de son alezan aux grilles du jardin.

— Quel bon vent vous amène ? dit aussitôt Cosette sans perdre contenance. Vous n'êtes donc pas avec mon mari ?

— Votre mari le baron devient imbattable à l'escrime, madame. Il se perfectionne tous les jours et semble aussi prendre goût à la boxe, ce sport on ne peut plus viril qui nous vient d'Angleterre. Il va devenir un rude gaillard.

Cosette n'avait toujours pas ouvert le portail. Elle s'approcha de la grille, là où Amédée semblait l'attendre. Il caressait le front de son cheval, qui secouait la tête et faisait tinter son mors. Regardant Cosette, il sourit d'un air affecté, replaça son chapeau claque avec grâce, arrangea ses cheveux, et, la canne à gland sous le bras et la tête entre deux barreaux, il fixa un regard impudent sur la jeune femme.

— Figurez-vous que je passais par là, alors je me suis dit : mon cher Amédée, il serait tout à fait inconvenant de ne pas aller saluer la femme de ton meilleur ami. Je ne vous importune pas, au moins ?

Cosette, sans un mot, mais comme pour expliquer ce qu'elle faisait, tendit ses mains encore gantées.

— Et serait-il possible de voir ces charmantes mains sans ces affreux gants de travail ? demanda Amédée ne doutant pas un instant de sa témérité.

Cosette ôta un gant et passa la main entre deux barreaux. Cette main qui embaumait le cuir, blanche et dénudée tout à coup, troubla le marquis. Il l'essuya avec un mouchoir de soie parfumé et la baisa avec autant de respect qu'il avait mis de goujaterie à l'essuyer. Après quoi il prit un autre mouchoir, de batiste celui-là, pour se frotter le front.

— Avais-je la main sale ? minauda Cosette.

Le marquis étira le cou d'un air gêné.

— Veuillez m'excuser, mais ce cheval se montre tellement vigoureux qu'il m'occasionne parfois d'insupportables sueurs froides. C'est positivement rageant.

Puis il se hissa sur la pointe des pieds, tourna la tête à gauche et à droite, pour tenter d'apercevoir à travers les branchages la forme du jardin d'hiver.

— Voilà donc l'ouvrage dont m'a tant parlé Marius, dit-il sur un ton laudatif. C'est positivement superbe. Peut-on l'admirer de plus près ?

— Mais comme il vous plaira, marquis.

Cosette fit entrer Amédée et l'accompagna jusqu'au jardin d'hiver. Ils pénétrèrent ensemble dans l'édifice végétal et Cosette, après avoir posé son châle, alla directement s'asseoir dans la bergère en osier.

— Admirez donc, monsieur, fit-elle d'un ton sec. Peut-être vous sera-t-il loisible à l'avenir d'être un peu moins sectaire sur les travaux que peuvent entreprendre les femmes et qu'elles mènent à terme aussi bien qu'un homme.

Amédée eut l'air outré.

— Oh ! mais je n'ai jamais rien prétendu de pareil, se défendit-il en faisant mine de s'extasier sur toutes ces verdures qui, pour lui, n'avaient pas plus d'importance que les salades d'un potager. Votre mari le baron prend trop au pied de la lettre mes confidences. Et si vous estimez que mon influence sur lui n'est guère bénéfique, alors rien qu'un mot de votre part, et je vous fais le serment de ne plus le voir.

Cosette étendit le bras sur le dossier de la bergère.

— Allons, monsieur, pas de grands mots ni de serments inutiles, je m'interdis d'intervenir en quoi que ce soit dans la vie de mon époux, même si j'estime qu'il accorde beaucoup trop de temps à des gens et à des choses qui ne le méritent pas. Je connais Marius, il finira par se rendre compte lui-même de la vacuité de certaines activités. En ce sens, je devrais plutôt vous remercier.

Amédée se crispa légèrement, puis, après avoir soigneusement étudié les alentours, se dirigea vers Cosette. La température de la serre, tiède et humide, obligeait à se vêtir légèrement. Cosette portait donc une jupe longue d'un beau rouge carmin, piquée de motifs noirs, et une chemise blanche à col mousquetaire.

— Pour jardiner, on ne suit pas la mode, fit-elle observer ironiquement.

Mais cette tenue pour le moins cavalière semblait exercer une réelle fascination sur Amédée dont les manières, on ne le sait que trop, n'étaient pas moins cavalières. Il s'arrêta à deux pas de la bergère et contempla la jeune femme qui, à demi allongée, une jambe repliée sur l'autre, un bras sur le dossier, jouait d'un air distrait avec le collier de perles grises qui pendait à son cou. Elle était souverainement belle sous la couronne opulente de ses cheveux dorés.

Amédée se cantonna dans un silence émerveillé. Il admirait la bouche de Cosette, ce timide sourire qui imprimait à tout son visage une sorte de nostalgie. À vingt ans, elle avait le sentiment d'en avoir cent. Quel âge, cependant, donner à l'ovale parfait de son visage, aux reflets de cette chevelure et aux épanouissements hardis de cette gorge ?

Mais ce qui semblait hypnotiser Amédée, c'était le deuxième bouton de chemise dégrafé, cette légère échancrure, d'où jaillissait le galbe d'un sein. Et quel sein ! Amédée n'en avait jamais vu de si charmant, de si harmonieux. Lui qui méprisait de toute sa hauteur les cuistres qui faisaient assaut d'idées et de culture, toutes ces extases de la médiocrité, il songea immédiatement à une baigneuse d'Ingres, et même à cette Liberté guidant le peuple peinte par Delacroix. Ce sein dont l'extrémité framboisée échappait à son regard l'attira irrésistiblement lorsqu'il aperçut une goutte rouler sur son contour, semblable à une perle de rosée.

— Madame, dit-il d'une voix qui se fêlait, j'aimerais avoir le talent d'Alfred de Musset pour dire combien vous irradiez ce lieu insolite de votre éclatante beauté.

Cosette ramena le bras vers elle et, d'un geste rapide, referma le bouton qui avait échappé à sa vigilance. Une légère rougeur avait coloré ses pommettes. Bien sûr, elle était flattée. Bien sûr, elle se sentait désirable. Et le temps d'un court instant, elle douta d'elle-même, de Marius, de tout ce qu'elle avait bâti. Après tout, puisque son mari ne la regardait plus, pourquoi ne céderait-elle pas aux attentions d'Amédée, comme ça, par jeu, ainsi que le lui avait conseillé Frédéric de façon tellement sibylline ? C'eût été de bonne guerre. Ce monde qu'elle côtoyait ne lui avait-il pas enseigné que l'homme commençait par aimer l'amour et finissait par aimer une femme, ce qui était tout le contraire chez une femme ? Mais tromper Marius, elle s'y refusait. Elle répugnait à jouer à ce jeu dangereux. Délaissée par Marius, courtisée par Amédée, elle avait l'intuition au fond d'elle-même que le premier n'était pas au courant de ce qu'échafaudait le second. Certes Marius sortait, s'absentait, prétextait mille raisons pour s'adonner, disait-il, à des occupations d'importance capitale, mais il revenait toujours. Voilà pourquoi le regard de Cosette lui était encore réservé. Et sûrement pas à cet Amédée trop convaincu de son charme, assez retors pour trahir ses amis et conduire sans relâche les intrigues nécessaires à ses succès.

— Oui, madame, j'ai cette audace, poursuivit Amédée, j'eusse aimé écrire un poème qui vous fût destiné.

Cosette croisa les bras et joignit les genoux, de façon à s'asseoir bien droite.

— Vous voulez dire… comme dans votre lettre ? insinua-t-elle.

Empêtré dans ses grandes jambes qui, pour une fois, ne lui donnaient pas l'allure d'un escrimeur, le marquis, rouge de confusion, ce qui ne lui ressemblait pas, fuit le regard de Cosette et éleva sa canne pour en contempler le pommeau.

— Je suis fou, madame, je n'aurais jamais dû. Faut-il me jeter à vos pieds pour implorer votre pardon ?

Cosette éclata d'un rire strident.

— Pour être encore plus ridicule, monsieur ? Ne croyez-vous pas que votre réputation de séducteur en pâtirait ?

Amédée détourna les yeux et fit claquer sa canne sur le sol, vexé. Pourquoi ne trouvait-il jamais la parade aux piques acérées de cette petite mijaurée aux fausses allures de grande dame ? D'habitude il affirmait la fière indépendance de son caractère en se roulant sur des ottomanes à dossier arrondi, en faisant cliqueter ses éperons au nez de ses admiratrices ébaubies, et en rabaissant ces mêmes admiratrices par les propos à la fois ironiques et désobligeants qu'il leur tenait. Mais là, rien du tout. Il se sentait comme un petit garçon réprimandé. Mis au piquet.

— Vous avez raison, dit-il avec une fausse

bonne humeur, cette lettre était ridicule. Au reste, tout était ridicule.

Ses mains se joignirent et ses talons pivotèrent.

Cosette, elle, songeant à la teneur de cette lettre, à sa redondance, à ses pleins et ses déliés qui l'empêcheraient toujours d'agréer un paon de cette nature, se leva et ébaucha un sourire bienveillant.

— Je dois vous quitter, mon ami.

Cet attendrissement humiliant dans le ton et la voix irrita encore davantage le marquis. Il fit quelques pas dans la serre, effleurant une plante grasse du bout de sa canne, écartant les pétales d'un camélia d'un geste saccadé. Et il repensa à sa lettre. Il la connaissait par cœur.

« Madame,

« Aurai-je un jour l'insigne félicité de revoir vos traits autrement que d'après mes souvenirs ? Ne voulant pas mériter le reproche d'en user trop librement avec vous, oui, je le confesse humblement, je nourris l'impertinent espoir de vous rencontrer de nouveau, ne fût-ce qu'un traître instant. Peut-être serez-vous irritée à tout jamais contre moi de ce caprice séraphique, car je vous considère comme un ange égaré dans nos sphères terrestres, mais je n'ai d'autre excuse à faire valoir que celle de la folie. Comme je vous l'écrivais quelques lignes plus haut, ma lettre vous paraîtra sans doute par trop insolente, parce que sincère, et par trop égoïste, parce que ne tenant pas compte de votre sincérité. Les femmes que l'on croise de nos jours sont souvent volages et capricieuses, porteuses d'armes terribles et de sentiments dérisoires. J'appartiens à ce monde, il est vrai, mais daignerez-vous jeter les quelques sous de l'aumône et de la mansuétude dans le chapeau suppliant d'un pauvre diable que votre beauté a bouleversé ?

« Votre dévoué ami et serviteur,

« Amédée d'Iguerande. »

Non, franchement, cette lettre était parfaite, il n'y avait rien à retirer ou à ajouter. Amédée n'en doutait pas. Il s'arrêta près de la porte vitrée et attendit Cosette. Il la laissa passer devant lui et s'inclina.

— Les anges du ciel n'ont pas toujours des ailes, mais ceux de l'enfer ont parfois mauvais vouloir et froideur, déclara-t-il d'une voix haut perchée.

Cosette eut un geste vague et répondit :

— Voyez ces clématites, marquis. En les regardant tout à l'heure, un ami et moi, nous avons pensé à vous.

Le visage d'Amédée s'éclaira.

— À moi ?

— Nous remarquions qu'elles étaient très vivaces et qu'elles s'accrochaient partout.

Amédée étouffa un juron. C'en était trop. Et d'abord, qui était cet ami dont elle parlait ?

— Le rouquin que j'ai aperçu tantôt, avec une tournure de palefrenier ?

Cosette, qui marchait vers la maison, s'arrêta et lui fit face.

— Un ami de Marius, marquis. Un véritable ami.

— Un ami que vous voyez en cachette de Marius ?

— Ne soyez pas vulgaire, marquis. Votre plus belle qualité devrait être la clémence. Une clémence sans bornes pour la vie et vos semblables.

Amédée faillit répliquer qu'il en connaissait une, de Clémence, une dont cette petite écervelée serait bien marrie d'apprendre l'existence, et que cette Clémence-là coulait même des moments heureux avec son faquin de mari. Mais il se retint. Aucun son ne sortit de sa bouche. Cette Cosette l'exaspérait. À présent, il la voyait telle qu'en elle-même. Tour à tour folâtre et triste, chaste et passionnée, pudique et provocante. Une vraie petite dinde, habile néanmoins à désorienter les tirs. Seulement elle avait allumé dans son cœur, fût-il sec et étriqué, un feu inextinguible. Alors pour cette raison, et uniquement pour cette raison, il se jura qu'elle serait un jour à lui. Il ne savait pas comment. Mais il l'aurait.

— Adieu, marquis ! lui lança Cosette avec un petit signe de main désinvolte.

Amédée, sans répondre, agita sa canne dans sa direction. « C'est cela, adieu, mon ange, se dit-il en trépignant intérieurement. Mais crois-moi, on se retrouvera plus tôt que tu ne penses. »

Et il marcha d'un pas alerte jusqu'au portail, se mit en selle et repartit pour la rive droite.

Cosette, donc, comme tous les jours, se prépara à sortir et demanda à Madeleine d'aller acheter une flûte à un sou, de préparer le dîner, qui se composerait d'un consommé et d'une poularde au riz, et de dresser le couvert.

— Pour deux, madame ?

— Pour deux, Madeleine.

Même quand Marius ne dînait pas là, ce qui arrivait très souvent, Cosette faisait dresser son couvert. Comme pour conjurer le mauvais sort.

Elle avait pris l'habitude de s'habiller simplement pour se rendre rue du Bac et à Saint-Sulpice. Il lui arrivait d'emprunter le quai d'Orsay et de passer devant la maison qui avait été celle de d'Artagnan, ou de rattraper le jardin du Luxembourg, où elle se promenait avec mélancolie.

En marchant, car elle accomplissait ce trajet à pied, elle songea non pas au pathétique godelureau qu'était Amédée d'Iguerande, mais à Frédéric Rivolier. Comme elle lisait parfois *Le National*, où officiait Marius, elle se tenait au courant de l'actualité politique. Elle avait lu que la Société des droits de l'homme s'était mise en rapport avec les confréries et les associations ouvrières, jusqu'alors étrangères à la politique. Son président Godefroy Cavaignac n'y allait pas de main morte pour fustiger le gouvernement. Dans un manifeste qu'il avait fait circuler à travers toute la capitale, il déclarait vouloir pénétrer le monde ouvrier des idées républicaines, et y recruter des soldats pour la bataille révolutionnaire. Il prédisait des émeutes, des grèves, des manifestations. Cosette avait lu un extrait de ce manifeste. Elle en avait frémi. Il était précisé que sur trente-deux millions d'habitants, la France renfermait cinq cent mille sybarites, un million d'esclaves heureux et trente millions cinq cent mille ilotes. Toujours d'après ce manifeste, la monarchie n'était capable que de déplacer le bonheur et la souffrance ; seule la république pouvait en tarir la source et rendre à chaque individu sa part de jouissances et de félicité. Mais Frédéric, se demandait Cosette, pourquoi trempe-t-il dans ce monde de troubles et de violences où l'on cite de plus en plus les noms de Louis Blanc, Barbès, Blanqui et Fourier ?

Cosette passa à l'hôtel de Châtillon, où avaient été conservés les restes de saint Vincent de Paul jusqu'en 1830 et où Catherine Labouré vit la Vierge ; elle y remit quelques vêtements aux sœurs des Filles de la Charité, puis elle prit la direction de Saint-Sulpice.

Là, après les vêpres, elle ne manquait pas de consulter monsieur Verjat sur les funestes événements qui menaçaient. C'était un homme si bon, si avisé. D'une certaine façon, par son profond respect des autres, il lui rappelait un peu son père.

— Mais qui sont ces exaltés qui déclenchent les grèves, qui ont créé une presse ouvrière et qui luttent pour la réduction des heures d'atelier ou l'augmentation des salaires ? lui avait-elle demandé un jour.

Monsieur Verjat avait répondu à sa façon :

— Tous ces gens n'ont jamais savouré en pensée les périls de leur propre extinction, madame la baronne. Moi si. Je suis un ressuscité qui ne peut plus vivre et qui vit pourtant, un mort qui n'aspire plus qu'à méditer sa vie et qui vit encore sa mort.

Parfois monsieur Verjat s'amusait à soumettre à de savantes jongleries ce qu'il appelait les invariables vicissitudes de l'existence, cela avec une dextérité amphigourique. Cosette en demeurait de longs moments perplexe. Ce jour-là, il avait quand même rectifié :

— Bref, les agitateurs dont vous me parlez, madame, et que j'ai fréquentés naguère pendant une longue période de ma vie, sont des salariés des vieux métiers. Je vous rassure, ils n'ont rien à voir avec les malandrins qui obscurcissaient mon horizon. Ce sont de braves gens, la cheville ouvrière de notre belle France, des menuisiers, des tailleurs, des typographes, des serruriers. Les autres, ceux de la lourde infanterie des usines, sont abrutis par le travail. À Paris, beaucoup d'orfèvres, de mécaniciens, de boulangers, de gantiers, de tisseurs, d'ouvriers du bâtiment font aussi partie des sociétés à tendance républicaine. Mais les vrais responsables sont les journalistes, les hommes de lettres et certains libéraux du monde politique. Ils laissent la sale besogne aux miséreux. Il en va toujours ainsi. La vulnérabilité est détestable, madame Pontmercy. Et j'en sais quelque chose.

Monsieur Verjat, dont l'âge se situait entre cinquante et cinquante-cinq ans, était d'une taille assez élevée et d'une constitution plutôt robuste. On le reconnaissait à sa sempiternelle redingote brune et à ce chapeau à large bord en feutre noir enfoncé sur les yeux. En guise de canne, il usait d'un bâton de pèlerin. Sur son passage, il laissait toujours une odeur très particulière d'orange et de vieux missel. Des étudiants en théologie du séminaire des sulpiciens, à qui il dispensait des cours de droit civil et de spiritualité, étrange panaché où se mêlaient les soliloques de saint Augustin et les chapitres du code Napoléon, l'avaient surnommé le dernier des justes. Il le savait et n'en nourrissait aucun orgueil. C'était un homme chaste et solitaire.

Au physique, monsieur Verjat montrait un air peu aimable, souvent perdu dans des pensées qui assombrissaient ses traits. Il avait une raie au milieu de ses cheveux gris parfaitement lissés sur les tempes, une barbe de capucin qui adoucissait ses expressions lorsque son visage exprimait l'autorité et le stoïcisme, le dos légèrement voûté et d'énormes mains aux doigts larges et plats. On le considérait comme l'un de ces hommes respectés qui savent encore augmenter le respect qu'ils inspirent par la froideur de leur attitude et la crainte qu'ils causent. On l'aura compris, monsieur Verjat n'était pas homme à galéjer. Tout pour lui devait avoir un sens et une signification, surtout l'éclatante absurdité du passage de l'homme sur terre.

Après les vêpres, Cosette arriva un peu en retard à son rendez-vous habituel.

Verjat, toujours très ponctuel, s'impatientait. Chapeau incliné sur le côté et canne à la main, il croquait dans une orange comme dans une pomme. Il mangeait avec une gloutonnerie incroyable. Sans respirer, sans prendre le temps de savourer ce qu'il mastiquait, comme si justement le temps lui manquait. Il brûlait d'impatience de révéler à Cosette des choses qu'il n'avait jamais révélées à personne. Depuis qu'il fréquentait la fille de Jean Valjean, il lui arrivait de croire que le bonheur existait, même s'il avait partie liée avec le chagrin.

En voyant la jeune femme arriver sur la place de l'église de sa démarche légère, il réajusta son chapeau et admira les épaules de Cosette où venait se dénouer une belle chevelure claire et brillante. Cosette le pria de l'excuser pour son retard, à quoi il répondit par une moue évasive, et ils prirent la direction du jardin du Luxembourg.

Cosette, sans plus attendre, lui fit part de ses inquiétudes face aux événements qui se profilaient à l'horizon, lourds de funestes présages. Verjat, comme d'habitude, répondit en louvoyant, précisant toutefois qu'il n'était pas convenable de parler de soi ou de s'appesantir sur une idée, et que tous les perfectionnements, en politique comme autre part, dérivaient de la douleur.

— Nous sommes responsables de ce qui nous est refusé et de ce qui nous est concédé, ajouta-t-il un peu mystérieusement.

Cosette lui parla alors de ces jeunes gens à la mode que l'on appelait les dandys et qui, par le truchement de la provocation et de l'impertinence, affirmaient leur révolte et leur liberté sur un autre terrain que la politique.

— J'en connais un très pittoresque et néfaste à la fois qui exerce une influence déplorable sur mon mari, dit-elle sur le mode de la confidence.

Verjat sourcilla légèrement. C'était la première fois que Cosette parlait de Marius. Puis, toujours en marchant, il laissa planer sa canne devant lui, tel un objet en apesanteur, en s'aidant du pouce et de l'index.

— Bah ! ces gens ne sont pas dangereux, Cosette. Leur superficialité n'étonne qu'eux-mêmes.

— Si, ils sont dangereux, monsieur Verjat. Sous prétexte d'indifférence, ils détruisent tout ce qu'ils touchent. Marius était un garçon fier et généreux, plein d'idéal et d'ardeur républicaine. Et pour imiter votre tic de langage, je sais ce dont je parle. Marius a même été blessé grièvement lors de l'émeute de juin 1832. Il n'a survécu que grâce au courage de mon père qui l'a sauvé en le portant sur ses épaules à travers le dédale des égouts parisiens. Ces événements auraient dû lui donner une force de caractère hors du commun. Au lieu de cela, devenu velléitaire et méfiant, il se détruit en détruisant ce que nous avons tenté d'édifier à deux.

Verjat jouait toujours avec sa canne. Pourtant il sentait ses jambes trembler.

— Et monsieur votre père ? parvint-il à articuler.

— Il est mort après mon mariage. Marius et moi sommes des orphelins, monsieur Verjat. Voilà pourquoi je frémis à l'idée que mon mari puise son inspiration chez un homme tel que celui auquel je faisais allusion et non chez l'homme que fut mon père.

Verjat avait sursauté. Il trébucha sur une marche et s'aida de sa canne pour ne pas chuter.

— Ça va, monsieur Verjat ?

— Ce n'est rien, Cosette. Vous savez, la volonté de déplaire chez certains individus finit toujours par se retourner contre eux.

— Pourquoi dites-vous cela ?

— Parce que tout ce qui nous arrive n'est que provisoire. Il faut apprendre à se tromper pour apprendre à se méfier.

Cosette fit une grimace de petite fille indignée.

— On voit bien que vous ne connaissez pas le marquis d'Iguerande, monsieur Verjat. Marius, qui collabore au *National*, délaisse même son travail à cause de lui.

Verjat s'immobilisa et plongea la tête dans ses mains.

— Iguerande ? Tiens, tiens, comme c'est étrange, je connais un Iguerande en Bourgogne, non loin de Parayle-Monial, un petit village en bordure de la Loire.

Puis, poursuivant son chemin, tandis que Cosette s'était pendue à son bras :

— Pour en revenir à votre mari, ne vous en faites pas, c'est sûrement un jeune homme intelligent et équilibré, attaché à ses habitudes. Eh bien, les gens d'habitude ont besoin de l'improviste, car l'improviste les conforte dans leurs habitudes. Il reviendra.

Cosette soupira légèrement et appuya une main sur son cœur pour en comprimer les pulsations.

— Dieu vous entende, monsieur Verjat. Si seulement Marius pouvait prendre exemple sur mon père. C'était un homme juste et bon.

Verjat s'arrêta de nouveau, fit face à Cosette et

posa ses grosses mains sur les épaules de la jeune femme.

— Je sais, Cosette. J'ai un ami qui a bien connu votre père.

Après s'être livré à ses exercices quotidiens d'escrime et de boxe, et en l'absence d'Amédée qui avait rendu une visite on ne peut plus impromptue à Cosette, Marius s'était rendu rue Transnonnain, chez Clémence de Lavely. Il chevauchait son alezan. Fier comme Artaban, il avait placé la tête de sa monture, réglé les étrivières au pas, ajusté les rênes au petit trot. Il se piquait désormais de bien connaître les chevaux. Tout à l'heure, à Eugène Sue, il avait affirmé non sans componction qu'il les aimait légers, bien mis, parfaitement incurvés à l'encolure, souples dans l'épaule et la hanche. Il croyait faire partie du monde très fermé des cavaliers. Il se voyait âpre, digne, intempérant, solitaire, aimant les chevaux pour leur force, leur fougue, leurs emballements et leurs levades affolées. Il avait traversé Paris en avançant dans un silence allégé, rythmé par le martèlement des fers et le clic-clac de la gourmette sur le mors. À présent qu'il avait un cheval, une position et une maîtresse, que demander de plus ?

Clémence, comme souvent, l'attendait dans le plus simple appareil. Il l'enlaça en faisant tinter exagérément ses éperons sur le sol. Elle rit, renversa la tête en arrière et l'entraîna incontinent dans sa chambre. Il la poussa sur le lit :

— Quand tu me prends dans tes bras, murmura-t-elle, je ne m'appartiens plus.

Et elle commença de divaguer sous les caresses habiles qui l'emportaient, ravie du désir qu'elle lisait dans les yeux de son amant, assez calculatrice toutefois pour éviter de ne plus s'appartenir.

Plus tard, étendue sur le lit, Clémence s'étira avant de feindre la pudeur offensée des femmes qui viennent de s'offrir. Elle se voila avec l'air d'une madone qui s'apprête à demander quelque chose.

— Mon ami, je suis tombée en arrêt devant une bague toute en or, avec un petit diamant cerné de corail. Une merveille.

— Où ?

— Chez un lapidaire de la rue Saint-Denis.

— Elle est à toi.

Clémence se découvrit et enlaça Marius.

— Comme je t'aime, mon petit baron.

Marius baisa le front de Clémence, se leva, se rhabilla et annonça qu'il se rendait de ce pas chez le lapidaire. Quand il vit l'expression de triomphe glacé sur le visage de sa maîtresse, il en fut effrayé. Il avait été dupe depuis le début. Clémence, il est vrai, possédait des armes redoutables ; ses grands yeux verts, brillants et langoureux sous des sourcils d'ébène, étaient capables de feindre la volupté ; sa bouche en cœur, rose et humide, pouvait proférer les plus brûlantes déclarations de l'amour sans que jamais ne batte son sein glacé. Marius s'était aperçu que son charme naturel – ou pas si naturel en réalité ? – formait un sablier avec sa cupidité, et que l'un se vidait pour remplir l'autre.

Le jeune homme laissa son cheval dans l'écurie d'une auberge de la rue Beaubourg et partit d'un pas lourd en direction de la rue Saint-Denis. Une fois de plus il s'en voulait. Il pensait à Cosette avec d'affreux relents de culpabilité. Clémence n'aurait jamais cette bague.

Il passa devant la boutique du lapidaire, aperçut la bague dans son écrin de soie, mais ne s'arrêta pas. Il s'était mis en tête de revoir le petit Raphaël. Une lubie soudaine.

Dans la rue, le spectacle de ces trognes hâves, blafardes, calamiteuses, rongées par la misère, révoltait Marius et l'attirait à la fois. Des commerçants hurlaient, des enfants braillaient, des poissardes s'apostrophaient. Quelques escarpes déambulaient en traînant la jambe, tête nue ou coiffés de larges casquettes de fourrure, arborant des gilets bariolés ou des vestes de velours à collet cerise. Ils souriaient en coin lorsqu'ils voyaient patrouiller des policiers avec leurs immenses bicornes.

Comme il faisait plutôt sombre et froid, Marius marchait lourdement, emmitouflé dans son manteau, le chapeau enfoncé sur les yeux. De partout lui venaient des sons inconnus, de drôles de clameurs, des mots dont il ignorait la signification.

Il accéléra l'allure. De pauvres hères, assis ou allongés sur les trottoirs boueux, pour la plupart borgnes, estropiés, affreusement contrefaits, mangés par la vermine, rognaient des bouts d'os ou des légumes tronqués. D'autres, plus chanceux, avaient droit à l'arlequin, ce ramassis de viande, de poisson et de toutes sortes de restes provenant de la desserte des estaminets ou des maisons bourgeoises. Parfois ils se querellaient avec une violence fulgurante. Et puis tout redevenait normal. Alors ces malheureux lapaient, suçaient, léchaient leur infâme fricot dans des écuelles de fortune, avachis les uns sur les autres, s'épiant du coin de l'œil, la lippe baveuse. Quelques chenapans passaient près d'eux et leur décochaient de grands coups de pied dans les côtes. Ils ne s'arrêtaient même pas, ravis d'exciter les haines et d'attiser les vindictes. Il fallait bien rire un peu.

Et tout cela montait, épaississait, pareil à un immense chaudron catapultant ses miasmes et ses scories, toute une géhenne de caméléons chafouins et de fesse-mathieux crevant de haine et de misère, anges déchus farcis de poux et d'oxyures, tous difformes et ricaneurs, prisonniers de la sale inconséquence de la vie. Ah ! ce n'étaient plus les beaux quartiers du faubourg Saint-Germain, de l'Opéra ou de la Chaussée-d'Antin ! Marius retrouvait la pauvreté telle qu'il l'avait connue en 1832 chez Courfeyrac rue de la Verrerie. Des retrouvailles terribles. Ce bain fangeux l'anéantissait. À présent, il la voyait en face, toute cette bonne misère. Elle était bien grasse, bien mijotante, fébrile de ce malheur extrême et sans remède que l'on appelle le désespoir.

À un moment donné, non loin de la rue de la Verrerie, à peu près à l'endroit où le Gail et le petit Raphaël avaient été renversés par le tilbury d'Amédée, il faillit heurter un mendiant qui tendait la main.

— La charité, mon bon monsieur.

Marius s'arrêta et fouilla ses poches. Puis il sortit sa bourse. Alors qu'il allait donner deux sous au vagabond, s'éleva un furieux coup de vent. Tellement furieux, qu'une cheminée croulante de vétusté s'affaissa sur le côté, se brisa en mille morceaux et dégringola avec un fracas épouvantable. Marius fit un tel bond en arrière qu'il perdit sa bourse et son chapeau. Il se retrouva contre un mur, les bras en croix, le manteau ouvert et déchiré. Personne n'avait été touché. Le mendiant en avait profité pour ramasser la bourse et détaler à toutes jambes.

— Au voleur ! s'écria Marius qui reprenait tout juste ses esprits.

En vain. C'était la panique, la bousculade. Une pâleur violacée se détachait des ombres de la rue. L'ouragan semblait redoubler d'intensité. Alertés par les cris, des gens se pressaient autour des débris de la cheminée, levant la tête vers les toits, posant la main sur leur couvre-chef, montrant du doigt d'autres cheminées qui menaçaient elles aussi de s'effondrer. On accourait de toutes parts. Des portières, des lingères, des artisans, des loqueteux. Au moins une cinquantaine de personnes. Et puis deux hommes qui venaient de surgir de la rue Aubry-le-Boucher. Un gros rouquin à l'air à la fois idiot et cruel, et un vieillard à chapeau de fourrure. Ils se tenaient un peu à l'écart de la foule.

— Bon Dieu, celui-là, c'est la destinée qui nous l'envoie, dit le vieillard à son compagnon.

— Et pourquoi, Dabe des greffes ?

— Jésus est à l'atelier ?

— Pour sûr.

— Tu reconnais ce pantre ?

Rouget regarda en direction de Marius, puis se

tourna vers la face hideuse du Dabe des greffes où brûlaient des yeux sombres.

— Ma foi non.

— Pas grave. Comme tu peux voir, il a subi un choc. Propose-lui donc de faire un petit tour à l'atelier pour qu'il se remette de ses émotions.

Rouget s'étonna :

— Pour ça, il y a d'autres endroits…

— Ne discute pas, coupa sèchement le Dabe des greffes. Tu l'amènes là-bas et tu lui racontes comme ça, au passage, qu'un affreux bonhomme dirige l'atelier et maltraite les enfants.

— Mais c'est moi, ça ?

— Non, imbécile, c'est Jésus. Il faut que ce soit Jésus, tu entends ? Tu en remets un peu, tu parleras de la corde, tu lui montreras le dortoir sur la mezzanine. Jésus, bien sûr, ne doit rien savoir. J'aimerais que ces deux-là descendent dans la rue pour s'aligner, si tu vois où je veux en venir.

— Oh ! je vois, Dabe des greffes, ça c'est une bonne idée. Le Jésus, il faudrait le brider.

— Pas jusque-là, rectifia le vieux. Juste une bonne fricassée, avec plein de témoins, dont toi. Et pas question de chier du poivre, hein.

— Tu peux compter sur moi, Dabe des greffes. Je savais que tu me gardais ta confiance.

Rouget se dirigea donc vers Marius, ramassa son chapeau et le lui tendit d'un air engageant. Puis il lui fit la proposition dont avait parlé le vieux. Le jeune homme, sans méfiance, suivit le rouquin.

Il pleuvait des cordes. Pendant le trajet, Rouget raconta à Marius ce que lui avait dit de raconter le Dabe des greffes. En arrivant à la porte de l'atelier, inutile d'ajouter que Marius était remonté contre le propriétaire des lieux, prêt à en découdre séance tenante.

— C'est une situation tout à fait inique, dit-il à Rouget, alors que celui-ci se battait avec son trousseau de clefs.

— Oui, vous l'avez dit, c'est vraiment unique, répondit Rouget sans comprendre.

Dans la rue, sous la pluie battante, une silhouette inquiétante avait suivi les deux hommes. Quand elle les vit entrer dans l'atelier, elle se rencogna sous une porte cochère. Puis elle héla de la main un gamin, le fils du portier d'à côté, et lui demanda d'aller chercher le brigadier Carignol.

— Pourquoi les cognes ?

— T'occupe et grouille. Il y a de la rebiffe en perspective. Tiens, prends donc ce sou.

Le gamin empocha la pièce et partit en courant.

Marius eut un haut-le-cœur en pénétrant dans l'atelier. Une odeur indescriptible. En embrassant du regard la pièce, il vit les enfants à leurs métiers, la mezzanine et son trou obscène qui permettait d'accéder aux paillasses, les caisses remplies de déchets, de débris osseux, de boucles laineuses.

Il aperçut un vieillard dans sa chaise, qui avait l'air de somnoler mais surveillait tout d'un œil féroce. On avait l'impression que son menton touchait ses genoux. Il tremblotait sous une couverture à carreaux qui laissait deviner ses mollets atrophiés et croûteux. Quand il reconnut le Rouget, il pointa l'index en direction d'un enfant qui s'était endormi à son travail.

— Celui-là, c'est le Pointeur, dit Rouget à Marius en faisant mine de ne pas avoir vu le signe que lui avait adressé son père. Une vieille saloperie de dénonciateur.

Puis il attrapa un broc sur le rebord de la fenêtre, caressa les barreaux d'un air douloureux, et sourit béatement.

— De la bonne eau de pluie, monsieur.

Il prit un bol douteux, le remplit d'eau et en proposa à Marius.

— Tenez.

Marius but l'eau fraîche à longues goulées. Puis il rendit le bol au Rouget. Son œil, à présent, furetait du côté d'une femme qui s'activait autour d'un petit four et d'une marmite crasseuse. Elle était vêtue d'une robe sans forme et d'un vieux tricot qui s'effilochait sur les côtés.

— Ne faites pas attention à elle. C'est la mère Fouillet, elle ratatouille pour nos petits travailleurs. Elle est sourde et muette.

Puis, tout à coup, un appel retentit :

— Monsieur ! Monsieur !

Marius tourna la tête et aperçut un petit garçon tout blond assis à son métier. Il sentit son cœur battre très fort. C'était Raphaël.

— Le monsieur de l'autre soir ! s'écria ce dernier en direction d'un compagnon. Celui qui m'a donné son manteau !

Un adolescent s'était levé, moqueur et déhanché, ouvrant son énorme mâchoire en avant.

— Au travail ! se surprit à beugler le Rouget qui, décidément, avait beaucoup de mal à sortir de son rôle.

Marius alla jusqu'à Raphaël. Il releva le menton de l'enfant et considéra avec une stupeur indignée sa petite figure d'une lividité morbide. Sa chevelure blonde et abondante contrastait affreusement avec son visage étiolé. Ses lèvres blafardes fendaient son visage osseux aux yeux éteints.

— Mais cet enfant a froid, dit Marius en se retournant vers le Rouget.

Conformément aux ordres du Dabe des greffes, le rouquin était sorti de l'atelier à pas de loup. À la place du Rouget se tenait un jeune homme au regard ténébreux ; il observait Marius les bras croisés. Les enfants furent tout de suite frappés par la ressemblance entre ces deux hommes. Cela tenait d'ailleurs plus à une allure générale qu'aux traits eux-mêmes.

Les deux hommes se dévisagèrent comme des adversaires sur le point de se battre.

— Vous êtes Jésus ? aboya Marius.

— On le dit.

— Vous portez mal votre nom, monsieur.

Jésus décroisa les bras et prit un air frondeur.

— On porte le nom que l'on a.

Marius lui lança un regard assassin.

— Vous devriez en changer.

— Et vous, vous devriez changer de ton. Et puis d'abord, vous allez me faire le plaisir de déguerpir au plus vite. Vous n'avez rien à faire ici.

Jésus n'avait reçu aucune consigne du Dabe des greffes. Il faut bien l'avouer, il se sentait un peu pris au dépourvu, car ce jeune homme qu'il avait reconnu pour être celui qui s'était battu avec Parfait-Amour au Clan Destin ne lui inspirait aucune antipathie particulière. Seulement que faisait-il ici ? Et cet abruti de Rouget, où était-il passé ?

— Allez, sortez d'ici, monsieur, répéta-t-il sur un ton plus doucereux.

Marius le défia encore une fois du regard.

— Monsieur, vous êtes un monstre.

Et il fondit sur lui, le poing levé, pour le frapper au visage.

Vif comme l'éclair, Jésus para le coup et tordit le bras de Marius.

La voix de Raphaël s'éleva derechef :

— Non, Jésus, il a été gentil avec nous !

— Je regimbe à le dire, mais c'est vrai ! enchérit le Gail.

Jésus ne desserra pas son étreinte.

— On verra plus tard, maugréa-t-il.

Tout en lui tordant le bras, il fit passer Marius devant et le poussa sans ménagement dans le couloir. Puis il le flanqua dehors en l'éjectant violemment.

— Allez, hors d'ici ! Et ne remettez plus les pieds dans cette maison !

Marius glissa sur le pavé, évitant la chute de justesse. Derrière Jésus, il vit les enfants pressés les uns contre les autres, à la fois goguenards et désolés. Surtout le petit Raphaël, au bord des larmes.

Tête nue sous la pluie, Marius cherchait du regard son chapeau qui avait roulé sur le pavé. Comme il criait fort, des badauds accoururent.

— Je vous tuerai ! Vous me rendrez compte de

votre attitude inqualifiable ! Au pistolet ou à l'épée ! Vous apprendrez à connaître le baron Marius Pontmercy !

Des gens se penchaient aux fenêtres, d'autres se groupaient en épi sous des parapluies. Le plus extraordinaire, c'est qu'un brigadier de gendarmerie assistait à l'algarade. Il s'appelait Carignol et ne s'était jamais distingué par son courage. Ce grand corniaud à l'air indécis fermait surtout les yeux sur certains petits commerces du Dabe des greffes, en échange de quelques pots-de-vin. Si le vieux l'avait fait quérir, c'était en connaissance de cause.

— Circulez, se bornait à dire ce pâle représentant de l'ordre. Il n'y a rien à voir.

Personne ne l'écoutait, parce que justement, il y avait quelque chose à voir. On attendait l'affrontement. On avait même noté les noms.

— Eh bien vas-y, je t'attends, finit par rétorquer Jésus qui, à l'instant même, s'en voulut de se donner en spectacle.

Puis, à l'adresse des enfants :

— Vous autres, rentrez !

Quelques pas plus loin, sous sa porte cochère, le Dabe des greffes buvait du petit-lait. Tout se mettait en place. Et au-delà de ses espérances. Rouget, à côté de lui, semblait déçu que les deux autres n'en vinssent pas aux mains.

— On se retrouvera ! lança encore Marius après avoir remis son chapeau. Je te tuerai, Jésus le scélérat !

Le Clan Destin, dans la journée, n'était guère plus engageant que la nuit. Les immeubles voisins annonçaient déjà la couleur. Les habitations étaient percées de quelques fenêtres aux châssis vermoulus et sans carreaux, les réverbères agités par la bise ressemblaient à des potences, des allées sombres menaient à des courettes privées d'air et de lumière – et ces abjectes courettes à des escaliers plus abjects encore. Il fallait agripper fermement la rambarde pour ne pas risquer la chute sur les marches glissantes. En dépit de la froidure, des enfants pieds nus et couverts de haillons jouaient dans les détritus et se couraient après jusqu'au beau milieu de la rue Aubry-le-Boucher. Là, un vent chargé d'une humidité glaciale transportant des odeurs de bois pourri et de déjections diverses se chargeait de les faire rebrousser chemin. La température de ce février 1834, il est vrai, n'était pas clémente. On avoisinait le gel. En vertu de quoi le Clan Destin offrait une sorte de refuge, si l'on pouvait qualifier ainsi ce lieu sordide et pitoyable. À l'intérieur, malgré le fourneau de la cuisine qui rougeoyait comme une forge, il faisait humide. Et le sol en terre battue, imprégné de boue et parsemé de paille, n'arrangeait rien à l'affaire.

— On se les gèle et voilà tout, n'arrêtait d'ailleurs pas de rabâcher la Béquille qui, un bonnet enfoncé sur les oreilles et un vieux châle rapiécé sur le dos, s'activait dans sa cuisine.

À cette heure, seuls deux hommes étaient attablés dans l'estaminet. Après avoir mis un gras-double sur le feu, la Béquille remplissait de cendres chaudes la chaufferette qu'elle s'apprêtait à glisser sous ses sabots. Si elle pestait contre tout et contre tous, c'est qu'il y avait une raison. Quelques minutes plus tôt, la Miauleuse était passée, coquette et parfumée, son œil de langouste à la dérive ; elle avait sermonné la Béquille, l'exhortant à tenir un peu mieux sa gargote, et même à faire des efforts sur sa vêture.

Le teint enflammé par l'outrecuidance de la mijaurée, la Béquille s'était réfugiée dans sa cuisine, prenant dans ses bras le gros chat noir à prunelles jaunes qui la quittait rarement.

— Toi, au moins, mon Démon, tu ne cherches pas à m'emmieller.

Elle adorait ce chat, le seul être qui lui témoignât encore un peu d'affection. Et la Miauleuse était repartie sans même un au revoir, considérant avec mépris les deux hommes attablés qui n'avaient pas levé la tête. Chapeautés et enveloppés dans leurs manteaux, ils avalaient une consolation, cette liqueur douce destinée à consoler les entrailles du buveur des agressions du tord-boyaux.

— Le picton, c'est pour les victimes, déclara le Dabe des greffes en essuyant la table du revers de la main.

— Le vitriol aussi, soupira l'homme en noir.

Une expression à la fois grave et convulsive envahit le visage veule et blanchâtre du Dabe des greffes.

— Le vitriol ? Pour qui ?

— Tu ne devines pas ?

— Non, je ne devine pas. Et je ne préfère pas.

— Réfléchis deux minutes, reprit l'autre. Tu ne la trouves pas gênante, cette Miauleuse ?

— La Miauleuse ? On risque de tomber.

— On ne tombera pas. Puisque tu t'es occupé avec brio de brouiller notre ami le baron Pontmercy avec cette petite gouape de Jésus, je vais te donner un coup de main pour t'approprier le Clan Destin. Il faudra jouer finement. Quand j'étais à l'armée, j'ai connu un médecin avec lequel je suis resté lié. Il a vendu son âme à Lucifer et il fait office de gérant dans une maison de plaisirs. Il me fournira sans problème une fiole d'acide sulfurique. Je te la donnerai et toi tu la donneras à la Béquille.

Il marqua une pause. Ses yeux noirs conféraient à son visage un air de fatalité jubilante et d'avidité cruelle.

— Tu la fileras à la Béquille après avoir écorché son chat, précisa-t-il dans un murmure. Tu mettras ça sur le dos de la Miauleuse, c'est ce que tu expliqueras à la Béquille. Quand tu lui proposeras le vitriol, elle sautera sur l'occasion.

— Et Parfait-Amour ?

L'homme en noir secoua la tête. Puis, d'un air de confidence :

— Quand il verra sa petite fée, il sera fou de douleur. Et là, je ne donne pas cher de la peau de la Béquille.

— Ingénieux, apprécia le Dabe des greffes en chaussant ses lunettes vertes qui lui donnaient l'avantage d'observer sans être vu. Et pour le baron ?

— C'est un gentil garçon, dit l'homme en noir d'un air suave. Il a de grandes qualités humaines et une générosité dont on ne peut plus douter.

Il savait parler des choses du cœur avec cette obstination que l'on manifeste à vouloir se faire valoir pour ce qu'on est le moins. Puis il ajouta :

— Monsieur Marius aime les honneurs. Mais moi, je l'imagine très bien dans la peau de Jésus. Ou alors le contraire, peu importe.

— Comment ça, peu importe ? Et le marquis, il est au courant ?

— Ce grand niais n'a pas besoin de tout savoir. Il lorgne sur la femme du baron. M'est avis que la charmante Cosette ne serait pas contre.

L'homme en noir termina sa liqueur, puis il se leva et sortit avec son complice.

À l'approche de la rue Saint-Martin, abrité sous un parapluie, il apostropha le Dabe des greffes sans ménagement :

— Au fait, quand tout ça sera terminé, tu pourras reprendre ton vrai nom !

Le vieux tourna la tête à gauche et à droite pour vite l'incliner d'un air servile. L'autre ne lui avait même pas proposé son parapluie.

— Tu veux dire Thénard ? miaula-t-il en se penchant exagérément, le visage exposé à la pluie.

— Quand je t'ai connu à Saint-Malo, tu te faisais appeler Thénard. Mais je ne parle pas de ce nom-là. Je pensais à l'autre, le vrai : Thénardier.

— C'est un peu tôt…

— Il est toujours trop tôt, mon ami. Je préfère t'avertir : il est trop tôt pour que tu t'intéresses de trop près à mes affaires comme il est trop tôt pour que tu dévoiles ton vrai nom.

Puis, lui offrant un coin de parapluie avant de l'escamoter aussitôt :

— Il y a ceux qui savent s'abriter et ceux qui ne savent pas, Tardier. Je crois que nous nous sommes compris.

Cosette était soucieuse. Son premier échec la hantait. Le diagnostic serait-il enfin positif ? Juste avant sa visite au médecin recommandé par Frédéric Rivolier, avec lequel elle avait rendez-vous rue Taitbout, elle se rendit à Saint-Sulpice pour rencontrer monsieur Verjat. Elle ne l'avait pas vu depuis quelques jours. L'abbé Rillet s'était fait le messager de la jeune femme.

Cosette portait une robe de crêpe émeraude garnie de camélias rouges et blancs, un mantelet assorti, un chapeau en moire de soie grise et une voilette blanche. Aux yeux de ceux qui la voyaient pour la première fois, sa beauté résidait moins dans la régularité de ses traits que dans le charme inexprimable de sa physionomie. Monsieur Verjat, lui, s'émerveillait à chaque rencontre. Lorsqu'elle arriva devant l'église, son cœur se mit à battre très fort.

— Je vous en veux, monsieur Verjat, dit aussitôt Cosette sans relever sa voilette.

Verjat cligna les yeux et s'empourpra légèrement. Cet homme dur et impavide fondait littéralement devant la jeune femme. Il ôta son chapeau à large bord, salua l'arrivante et le remit sur sa tête sans un mot. Puis, fouillant dans sa redingote, il en sortit un petit paquet qu'il tendit à Cosette.

— Ce n'est rien, juste une friandise que j'ai rapportée de Paray-le-Monial.

— Vous étiez là-bas ? s'étonna-t-elle en écartant le papier de soie.

Elle découvrit une sorte de pain doré où rosissaient ici et là quelques pralines. C'était une brioche du Brionnais. Elle en approcha son nez et s'extasia :

— Il ne fallait pas, monsieur Verjat ! Quelle délicieuse odeur de beurre et de sucre !

— C'est une spécialité de la région, dit Verjat prenant un air sévère. Pour la rendre encore meilleure, il faut la mettre cinq minutes au four.

En même temps, il observait son visage avec attendrissement. Il n'y trouvait aucun défaut.

Cosette goûta la brioche et en proposa un morceau à Verjat, qui refusa en lançant la main devant lui d'un geste brusque.

— Que faisiez-vous à Paray-le-Monial ?

Après un court silence, Verjat répondit d'une voix légèrement altérée :

— J'ai besoin de m'y rendre régulièrement. Ma vie a changé au contact de ce pays, Cosette. Et je sais ce dont je parle.

Elle ne put se retenir de sourire.

— Encore ! Vous êtes bien mystérieux, monsieur Verjat. Pourquoi dites-vous toujours cela ?

Verjat la prit par le bras et, l'emmenant en direction du jardin du Luxembourg par la rue de Tournon, montra du doigt le marchand d'oranges et de sucres d'orge. Une sorte d'indignation narquoise avait remplacé l'anxiété qui contractait ses traits. Il acheta une orange et se mit à la peler en marchant. Devant le palais du Luxembourg, où siégeait la Chambre des pairs, il répondit :

— Si je dis que je sais ce dont je parle, c'est peut-être parce que je dissimule mon immoralité sous une écorce d'austérité et de piété.

Cosette haussa les épaules en pouffant :

— Je ne vous crois pas, monsieur Verjat. Vous mentez comme vous respirez.

— Vous avez tort, Cosette. Je ne mens pas comme je respire, je mens pour respirer.

— Eh bien, vous pouvez affirmer ce que vous voulez, monsieur le menteur, moi je ne vous crois pas. Je vous dis que vous êtes bon comme l'était mon père, juste, impartial et magnanime, et que vous vous amusez, par on ne sait quelle aberration, à vous diminuer et à vous faire plus méchant que vous ne l'êtes.

Et enchaînant aussitôt :

— D'ailleurs, la dernière fois que nous nous sommes vus, vous m'avez dit qu'un de vos amis l'avait bien connu. Vous ne voulez pas m'en parler ?

— C'est si loin, Cosette. À l'époque, je n'étais pas ce que je suis maintenant. Je cherchais toujours une arrière-pensée aux sentiments les plus honnêtes. À présent, j'essaye de profiter du temps qui me reste. Je vous dis cela parce que la société à laquelle j'appartenais activement exigeait des serviteurs zélés. C'est pourquoi elle leur a retiré jusqu'à la notion même de plaisir, lui substituant des appétits frénétiques, des divertissements imbéciles qui conduisent aux égarements les plus vains.

— Vous voilà amer !

— J'essaye simplement de vous expliquer qu'un homme a le droit de se tromper et d'avoir une nouvelle chance.

Les traits plombés de Verjat dissimulaient mal son émotion. Il avala ses quartiers d'orange sans même les mâcher, s'éloigna de Cosette et vint s'accouder à la balustrade d'une terrasse. Le temps était gris et pluvieux. Cosette le rejoignit. Ils se trouvaient du côté de l'Observatoire, face au bassin. Tous deux contemplaient en silence le jardin qui se déployait devant eux.

— L'hiver est toujours un peu triste, murmura Verjat avec un sourire qu'il voulait préserver de l'ironie.

Autour de son cou était nouée une cravate grise dont les extrémités retombaient sur le collet de sa redingote. Le chapeau incliné sur le côté, il paraissait se plonger et se replonger avec une morbide délectation dans la fournaise de ses remords où il se consumait. Ses paupières à moitié closes et gonflées apparaissaient comme deux globes crémeux dans une lividité cadavérique.

— Autrefois j'avais un idéal, dit-il d'une voix caverneuse, balayant du regard le bassin aux reflets moirés : celui d'être irréprochable. C'était le cas de votre père. Je vais vous révéler dans quelles circonstances je l'ai connu : dans la tourmente des événements de juin 1832. D'une certaine façon, on peut dire qu'il m'a sauvé la vie. J'aurais dû être tué au pied de la barricade de la rue de la Chanvrerie.

Cosette avait ramené ses mains devant sa poitrine, impatiente d'en savoir plus.

— Et comment vous a-t-il sauvé la vie ?

— En m'arrachant aux griffes des jeunes insurgés qui avaient décidé de me faire fusiller.

Cosette recula d'un air indigné :

— De vous faire fusiller ? Mais pourquoi, grands dieux ?

— Ils me prenaient pour un espion.

— Et vous en étiez un ?

— En quelque sorte, oui.

Cosette eut l'air de fouiller dans sa mémoire. Elle releva sa voilette, puis, tout à coup :

— Cette histoire me rappelle un policier dont j'oublie le nom et que mon père, d'après Marius, a sauvé en le laissant filer au lieu de l'exécuter.

— On n'exécute pas un homme ainsi, dit Verjat en posant sur Cosette son regard intense.

Puis, d'un ton professoral :

— Autrefois, j'avais le respect de l'autorité et la haine de la rébellion. Pour des gens comme votre mari et ses amis, j'étais le diable incarné. J'arrivais toujours là où l'on ne m'attendait pas. Enfin, c'était me prêter une bien grande importance. Pour tout vous dire, je menais une vie austère et sérieuse. Il en va ainsi de tous les fonctionnaires qui s'assujettissent à l'État et à leur devoir. Mon emploi du temps était réglé comme du papier à musique. En vingt ans de service, je n'ai jamais douté de moi ou de la mission à accomplir. Jusqu'à ce jour où votre père m'a rendu la liberté. Le diable s'est retrouvé en enfer. En vérité, ce diable n'avait jamais connu le paradis. J'ai eu si peu de plaisirs. Je lisais, je buvais deux verres de bourgogne par jour, je m'accordais quelques prises de tabac. Vous voyez, pas de quoi fouetter un chat.

Cosette rabattit sa voilette et s'écarta de la balustrade. Elle se cambra légèrement.

— Et après ? demanda-t-elle

Verjat se redressa à son tour. Son regard lourd se posa de nouveau sur Cosette. En cet instant précis, rien n'était plus fier que le visage et la tournure de la jeune femme. Elle avait une figure pâle et fatiguée, de grands yeux d'azur, la lèvre rose et le nez retroussé, la taille souple et pleine de noblesse. Une sorte de ressentiment contre lui-même alluma dans le regard de Verjat les feux de l'obstination. Car il refusait désormais de se voiler la face. Au contact de l'abbé Rillet, des ecclésiastiques de Paray-le-Monial et maintenant de Cosette, il se piquait même d'aimer l'indépendance et la volonté. Renouer avec son passé ne lui plaisait guère, mais puisqu'il fallait en passer par là…

— J'ai revu votre père à une sortie des égouts de Paris, poursuivit-il. Il portait sur ses épaules un jeune homme avec lequel j'avais échangé quelques propos sur la barricade de la rue de la Chanvrerie. Votre mari, Cosette. Plus tard, je ne sais plus quand exactement, car tout est un peu confus dans mon esprit, nos chemins se sont encore croisés. Paris était en état de guerre, ou presque. On vous tirait dessus pour un rien, sans compter cette épidémie de choléra qui sévissait. Toujours est-il que je me suis retrouvé au bord de la Seine et que, sans doute saisi d'évanouissement, je suis tombé à l'eau. Des témoins ont assuré que j'ai coulé à pic, d'autres ont soutenu que je me suis débattu comme un beau diable. Je ne me souviens de rien. Sauf du visage de l'abbé Rillet penché sur moi. Ce saint homme, passant par là avec une charrette à bras, accompagné d'un jeune garçon à l'aide duquel il avait chargé des cadavres, m'avait repêché. Quand il a vu que j'étais encore vivant, il m'a dépouillé de mes habits trempés et les a échangés contre ceux de l'un des morts. Si j'ai balbutié quelques mots, c'est pour lui dire que je désirais ne plus rien savoir de l'homme qu'il avait sauvé de la noyade. L'abbé Rillet ne me posa aucune question. Il jeta le mort à l'eau, avec mes frusques et mes papiers, puis il fit un signe de croix et administra les derniers sacrements à ce corps qui s'enfonçait dans les eaux noires du fleuve.

— Vous êtes donc un miraculé ? demanda Cosette en prenant un air grave.

— Plutôt un ressuscité, rectifia Verjat. Mettons que je vois les choses sous un autre angle. Lors de notre première conversation, je vous ai confessé la méfiance que m'inspiraient les hérauts de la pureté. Car pendant presque deux années, j'ai pu réfléchir, méditer, remettre en cause tout ce à quoi je croyais. J'en ai tiré la conclusion que la foi exerce sur les hommes une certaine forme de terreur, d'autant plus effroyable que les purs en sont les agents. Et moi, Cosette, j'étais un pur. J'avais l'orgueil d'obéir.

Le ton de Verjat était moins ferme que d'habitude. Sa voix sèche, qui n'admettait aucune contestation, aucune opposition, semblait s'être fêlée au fur et à mesure qu'il avait dévidé l'écheveau de ses souvenirs. Son visage était tendu par une expression à la fois dure et nostalgique, ses yeux paraissaient délavés, sans couleur, d'une énergie tempérée par un nuage de tristesse. Pour épargner Cosette, il avait enjolivé sa rencontre avec Jean Valjean. Cosette devait ignorer que son père avait été un forçat en rupture de ban. Et que l'homme qui lui parlait à cet instant avait été son plus féroce ennemi. Une sorte de diable, comme il en convenait lui-même. Un policier scrupuleux, acharné pendant presque vingt ans à suivre les traces de Jean Valjean, à le pourchasser sans relâche, à pourrir sa vie, à salir sa mémoire, à le détourner de ses proches, à l'acculer dans ses derniers retranchements. Et tout cet acharnement pour quoi ?

Encore aujourd'hui, Verjat était incapable de répondre. Parfois, lorsqu'il se contemplait dans un miroir, son visage même lui faisait horreur. Un visage qui n'avait exprimé aucune mansuétude lorsque Fantine, la mère de Cosette, était morte. Un visage de marbre. En dépit de quelques changements, il avait toujours son regard obscur, sa bouche pincée qui croyait toujours avoir raison, ce nez camard aux profondes narines. Il se trouvait affreux. Jadis, il n'y pensait pas. Il était le glaive du droit et de la justice. Sa haute stature, son chapeau rabattu et sa grosse canne en avaient fait une sorte de démon austère, tenace et omnipotent, en quête du bien absolu. Il s'était résigné à son ombre. Prétendre aujourd'hui qu'il avait connu la rédemption eût été exagéré, car rien ne lui était plus étranger que ces fades notions de salut et d'immortalité. La méditation l'avait simplement aidé à prendre des distances avec lui-même. Il était devenu humain. S'il est vrai que le passé vous rattrape toujours, ce déterminisme convenait à Verjat. Peut-être nourrissait-il au fond de lui, grâce à l'influence de Cosette, le projet de s'amender et de s'expliquer une bonne fois pour toutes avec l'homme qu'il avait été et qu'il ne voulait plus être. Alors oui, il avait menti à Cosette, il mentirait encore, et il assumait pleinement les conséquences de ses mensonges. Pourquoi, dans quel but, lui aurait-il dit que l'on avait retrouvé le corps d'un noyé sous un bateau de blanchisseuses entre le Pont-au-Change et le Pont-Neuf en juin 1832 ? Et que ce corps, qui n'était pas le sien, portait ses vêtements et ses papiers, ceux d'un dénommé Javert, lequel avait été inspecteur de la Sûreté à Paris ? Pourquoi lui aurait-il présenté un numéro du *Moniteur* daté du 15 juin 1832 faisant état de sa noyade ? Javert était mort. Certes l'anagramme de son nom pouvait prêter à sourire. L'ancien policier ne s'était pas fatigué. Mais qui, deux ans après, perdrait son temps à faire le rapprochement entre un Javert décrété mort et un Verjat bien vivant ?

Cette idée saugrenue, Verjat l'avait souvent évoquée, trouvant une solution dans l'ironie. L'ironie en marche, c'était sa propre histoire. Hier policier, aujourd'hui rien du tout.

— Si nous marchions un peu ? proposa-t-il à Cosette, soudain enjoué, comme débarrassé de l'intolérable monotonie de la perplexité.

Cosette eut un geste d'affolement.

— Quelle heure est-il, monsieur Verjat ?

Celui-ci sortit un oignon de son gilet.

— Quatre heures.

— Il faut que je vous quitte, j'ai un rendez-vous important chez un médecin.

— Vous m'effrayez.

Cosette ramena son mantelet sur ses épaules et prit un air mystérieux.

— Un mal étrange, monsieur Verjat. Et je sais ce dont je parle !

Elle éclata de rire en lui adressant un signe de la main et se hâta de prendre la direction de la rue de Tournon à petits pas serrés.

D'abord décontenancé, puis hochant la tête avec un sourire pincé, Verjat la regarda dévaler les marches qui prolongeaient la balustrade avant de lui lancer :

— Quand reviendrez-vous me voir ?

— Très vite, monsieur Verjat !

Et lui d'ajouter, les mains sur les hanches, comme s'il se fût adressé à un garnement :

— S'il vous arrive quoi que ce soit, vous pouvez compter sur mon aide, Cosette !

Et pour lui-même, en maugréant quelque peu :

— Et quand on peut compter sur moi, plus rien n'est impossible. Javert n'était-il pas l'un des plus fins limiers de la police française ?

Lorsque Cosette et Frédéric Rivolier sortirent de chez le médecin, la rue Taitbout était noire de monde. On préparait les fêtes du Mardi gras. Malgré ce froid qui pinçait au visage, bon nombre d'arlequins et de colombines sillonnaient la rue, légèrement vêtus, avec des cornets et des tambourins, apostrophant les gants jaunes et les bourgeoises dans leurs landaus à capote formée de deux soufflets pliants. Cosette contemplait ce spectacle, pendue au bras de Frédéric. Celui-ci héla un fiacre :

— Rue Plumet, dit-il au cocher d'une voix ferme. Vous me déposerez place de l'Odéon.

Ils montèrent dans le fiacre, qui se mit en branle. De l'autre côté de la rue, droit sur son cheval, un homme n'avait rien perdu de la scène. Écumant de rage, il réprima l'envie d'intervenir sur-le-champ et de souffleter le compagnon de Cosette. Eux ne l'avaient pas vu. Il sortait de sa leçon d'escrime. Auparavant, il avait déjeuné au Café de Paris avec Amédée, Louis de Vergne et Eugène Sue. On avait mangé des bartavelles, ces perdrix rouges des montagnes dont la saveur rappelle les fragrances poivrées de la garrigue, et un faisan truffé Belle-Alliance, dressé sur un canapé masqué de purée de bécasses et entouré d'oranges amères, nappé d'une sauce Périgueux. Un festin.

Marius suivit le fiacre à bonne distance. Dans la voiture, Cosette faisait part à Frédéric du diagnostic du médecin.

— C'est magnifique, déclara Frédéric avec cette gentillesse communicative qui le caractérisait. Vous voyez, vous aviez tort de vous inquiéter. Je suis sûr que Marius sera enchanté de la nouvelle.

— J'aimerais vous croire, Frédéric. Mais est-ce le moment propice ? Je sens Marius de plus en plus perturbé. Une chose le tracasse, et je ne sais laquelle. Il me parle à peine. Nous nous croisons parfois dans la maison comme des étrangers. Monsieur Verjat et vous-même êtes mes seuls soutiens.

— Il faut que je lui parle.

— Ne le heurtez pas, Frédéric.

— Je ne le heurterai pas, Cosette. Je vous le promets. Il doit savoir.

Cosette eut soudain l'air épouvanté.

— Savoir quoi, Frédéric ?

Celui-ci se tourna vers elle et la toisa avec une tendresse non dissimulée. Il lui prit la main et la baisa avec une douceur contenue. Marius avait tout vu.

— Savoir qu'il a l'épouse la plus délicieuse du monde, poursuivit Frédéric.

Le fiacre s'arrêta et Frédéric en descendit. Il adressa un salut de la main à Cosette qui, penchée par-dessus la portière, le lui rendit. Et le fiacre s'éloigna.

Frédéric fit quelques pas vers la rue Dauphine. Blanqui et Barbès, exaspérés par les mesures de rétorsion du préfet de police Gisquet, devaient y tenir une réunion. Ce Gisquet menait une lutte sans répit contre la Société des droits de l'homme, infiltrant les sections, plaçant partout des espions. Une loi de janvier 1834 avait même soumis les crieurs publics à autorisation révocable. À Lyon, des grèves sporadiques d'ouvriers canuts avaient éclaté, dirigées par des mutuellistes, pour lutter contre la réduction des tarifs des travaux à façon. La réaction du gouvernement ? Six mutuellistes avaient été arrêtés pour être jugés le 9 avril. Les salaires avaient diminué pour tous les ouvriers, excepté les typographes, les métiers du livre, les charpentiers et les tailleurs de pierre. On parlait de journées de douze à quinze heures : elles étaient de dix-huit. Un quart de la population parisienne était touché par la misère. Les 8ᵉ, 9ᵉ et 12ᵉ arrondissements concentraient cinquante pour cent de pauvres. Cela ne pouvait plus durer. Thiers à l'Intérieur, Barthe à la Justice, Broglie aux Affaires étrangères et Guizot à l'Instruction publique étaient les valets du profit et de la spéculation. Le maréchal Soult, héros d'Austerlitz et président du Conseil, était le valet de Louis-Philippe. C'était la grande farandole des valets.

Frédéric pestait tout particulièrement contre Adolphe Thiers. Il trouvait que ce petit opportuniste s'en tirait à bon compte. Las de la vie de journaliste et d'opposant dont il avait rapidement épuisé toutes les satisfactions, le fondateur du *National* s'était empressé de mettre la main aux affaires. Les politiques sont toujours les mêmes. Humanistes et loyaux avant d'accéder au pouvoir, éloquents et félons lorsqu'ils y sont. Chez Thiers, la rapacité tenait à la fois d'une ambition que son intelligence justifiait et d'une impatience de posséder, de jouir et de commander, fréquente chez ceux qui, partis de rien, sont les propres artisans de leur fortune.

« N'a-t-il pas épousé mademoiselle Dosne et les 300 000 francs qu'elle lui apportait en dot ? avait rappelé Armand Marrast, le rédacteur en chef de *La Tribune*, à Frédéric. Ah ! il peut toujours se gaver de poulet Marengo au Véfour en compagnie de Sainte-Beuve et de Lamartine ! La faim du peuple n'est pas la sienne ! »

Frédéric avait retenu la leçon. Thiers était un républicain en peau de lapin. Un Marseillais myope et réactionnaire. Il n'était pas à gauche. Son parti n'était le parti de personne, mais le sien propre. Sous l'écorce du jacobin battait le cœur d'un tyran. N'avait-il pas la mauvaise habitude de traiter d'absurdes, d'insensées, de sottes, toutes les opinions qui n'étaient pas les siennes ?

Frédéric ne se privait pas de propager cette opinion. Il faisait partie des nostalgiques de la Terreur. Seulement il n'y a rien de plus facile que d'être nostalgique de quelque chose quand on ne l'a pas connu. C'est le privilège des choyés de la vie. Le fanatisme des gâtés.

En attendant, Marius guettait Frédéric. Et les idées qui circulaient dans son esprit étaient des idées de duelliste. Lorsque lui et son ami furent proches, il s'éjecta littéralement de son cheval et lui barra la route.

— Cette bonne surprise ! s'exclama Frédéric sans laisser paraître le trouble qui l'avait envahi.

Le cheval de Marius hennit à pleins naseaux et Marius cingla nerveusement ses bottes avec sa cravache.

— Une bonne surprise ? demanda-t-il d'une voix qui sonnait faux. Crois-tu vraiment ?

— J'ai rarement l'occasion de rencontrer le gentilhomme affairé et diligent que tu es devenu.

Marius poussa un éclat de rire sardonique.

— J'accepte le titre de gentilhomme que vous me prêtez, monsieur le guillotineur. L'arme du gentilhomme étant l'épée, je vous attends donc demain matin à Vincennes pour savoir si vous êtes un faquin ou un suborneur. Et voilà pour vous une bonne raison de relever le gant !

Joignant le geste à la parole, Marius voulut cravacher Frédéric au visage. Une main ferme le saisit au poignet.

— Tu es fou, mon pauvre Marius, lui dit Frédéric en le fixant droit dans les yeux.

Puis il le relâcha et ajouta :

— Passe ton chemin et laisse-moi en paix. Je ne me battrai pas avec toi.

— Ce serait trop facile ! tonna Marius en faisant un pas de côté pour empêcher Frédéric de passer.

— Je te répète que je ne me battrai pas avec toi.

— Tu es donc un lâche ?

— Si cela peut te faire plaisir.

— Je te méprise, Frédéric. Que faisais-tu avec Cosette ? Ne nie pas, je vous ai suivis depuis la rue Taitbout.

Frédéric devint très pâle. Il eut l'air de vouloir parler, mais sa voix expira sur ses lèvres. Sa pâleur augmenta et il regarda autour de lui avec surprise, comme s'il émergeait d'un cauchemar.

— Tu fais moins le faraud ! triompha Marius. Aurais-tu enfin l'ombre d'un remords ?

— Tu es mon ami, murmura enfin Frédéric. Comment peux-tu imaginer une seconde que je te trahisse ?

— Je n'imagine pas, j'ai vu.

— Tu n'as rien vu. Du moins tu as cru voir ce que tu voulais voir. La fréquentation de tes nouveaux amis ne te réussit pas.

— Figure-toi que je vois qui j'ai envie de voir !

— Eh bien, tu ferais mieux de t'occuper un peu plus de Cosette. Tu n'as pas le droit de lui briser le cœur. Un jour, elle risque de partir.

La colère de Marius baissa d'un ton. Appuyé à son cheval, les épaules hautes et les jambes désarticulées, il pencha la tête sur le côté pour donner à sa pose un cynisme désinvolte.

— Je n'ai pas le droit de lui briser le cœur, dis-tu ? Et toi, as-tu le droit de ramasser les morceaux de ce cœur brisé et de les recoller à ta façon ?

— Tu es ignoble, Marius. Si tu n'étais pas mon ami, je me chargerais de te faire ravaler tes paroles sur-le-champ.

— Oh là là ! Enfin un peu de témérité ! Seulement je suis l'offensé, Frédéric, et tu dois te soumettre à mes exigences. Je ne me bats pas comme le soudard aviné que tu es, moi. Mais sans doute un fripon de ton espèce ignore-t-il les règles de l'art.

À peine avait-il achevé ces paroles blessantes que les mains de Frédéric, d'un mouvement croisé, vinrent le saisir à la gorge.

— Tu veux les connaître, mes règles de l'art ? éructa Frédéric.

Il éloigna Marius du cheval sans prêter attention aux passants qui, interdits, assistaient à l'empoignade, et il l'attira jusqu'à une porte cochère.

— Je vais te dire, mon pauvre Marius, tu n'es

plus toi-même. Quant à ton modèle, ce paltoquet d'Amédée d'Iguerande, il a le chic pour confondre la noblesse et le grabuge, l'élégance et le litige, le style et le blasphème. Il t'a alléché avec des histoires abracadabrantes, et tu t'es laissé piéger comme un novice, au point de renier ta femme et tes vrais amis. C'est lamentable.

Il relâcha Marius qui tremblait de rage et de honte, comme s'il était sur le point d'éclater en sanglots.

— Ne me provoque plus jamais, Marius. Si tu as quelque chose à demander, demande-le à ta femme. Si j'étais toi, je me débrouillerais pour passer la soirée du Mardi gras en sa compagnie, et je congédierais cette bande de gants jaunes qui se prétendent tes amis.

Marius s'épousseta et releva fièrement la tête.

— Je n'ai pas de leçon à recevoir de toi. Ma soirée du Mardi gras est déjà réservée. Je ferai la descente de la Courtille avec Milord l'Arsouille, et, ne t'en déplaise, je terminerai la soirée au Clan Destin avec mes amis, rue Aubry-le-Boucher. Maintenant, à moi de te prévenir à mon tour : si je te revois encore une fois avec Cosette, je te tue.

Puis il retourna à son cheval, s'empara des rênes et monta en selle d'un jet de jambes.

— Au revoir, murmura Frédéric.

Il baissa la tête, la mine accablée, traversa la rue et s'enfonça dans la grisaille environnante d'un pas mal assuré. L'envie d'aller trouver cet Amédée d'Iguerande le démangeait. Et cela ne saurait tarder.

Amédée faisait les cent pas dans sa chambre sous l'œil narquois de Clémence de Lavely. Quand on évaluait l'appartement du marquis d'Iguerande, assez tape-à-l'œil de prime abord, on pouvait douter du confort matériel dont il affirmait jouir. L'immeuble n'était pas situé dans le faubourg Saint-Germain, mais dans le faubourg Saint-Antoine, au 12 de la rue de la Cerisaie, juste à côté d'un hôtel particulier qui avait appartenu au financier Zamet, un homme calculateur et cupide qui fut le confident de Catherine de Médicis avant d'être celui d'Henri III et d'Henri IV. Bref, un quartier populaire. Une faute de goût, reconnaissait lui-même Amédée. Toujours est-il qu'il habitait là et pas ailleurs, dans une petite maison de fond de cour que jouxtait une verrue sous appentis, où demeurait Louis-Désiré.

Le marquis disposait de peu d'espace pour laisser libre cours à sa folie des grandeurs. Le rez-de-chaussée était composé d'un petit salon gris qui communiquait avec une salle à manger, laquelle était séparée de la cuisine par la cage d'un escalier dont les marches, d'époque Louis XIII, mêlaient le chêne ciré à l'ocre jaune et rouge des carreaux. Tout cela sans beaucoup de lumière.

À l'étage, il y avait une chambre à coucher qui n'était que glaces et dorures, une salle de bains, une petite bibliothèque dans laquelle se trouvaient un très beau piano d'Érard, une console de Boulle authentique et deux fauteuils Louis XV, recouverts de tapisserie des Gobelins. Les rideaux et le reste de la passementerie étaient en damas vert chou à quarante sous le mètre. Pas de quoi pavoiser.

Amédée d'Iguerande, en chemise, faisait les cent pas dans sa chambre. Il s'arrêta brusquement et fit face au lit sur lequel se prélassait Clémence.

— Je veux que tu te réconcilies avec notre ami, déclara-t-il d'un air contrarié. S'il t'échappe, il m'échappe aussi.

Clémence croisa les bras. Avant de répondre, elle parcourut du regard celui qui avait été son amant autrefois, et qui, apparemment, remplissait encore cette fonction de façon sporadique. Son regard n'était pas tendre. Dans les manières empruntées d'Amédée, perçait cette vigueur particulière que communiquent la domination des choses, les certitudes et la suffisance qu'induisaient cette domination et ces certitudes. Seulement voilà, ce pauvre Amédée ne dominait plus rien, et Clémence l'en méprisait d'autant.

— Tu veux ? finit-elle par dire d'un ton acerbe. Et moi, est-ce que l'on me demande ce que je veux ? Qu'y puis-je, si ton petit baron ne m'a pas donné signe de vie depuis quelques jours ? Il a pris congé en me disant qu'il allait m'acheter une bague, et je ne les ai plus revus, ni lui ni la bague. Est-ce une façon de se conduire avec une dame ?

Amédée la toisa avec un mélange de suffisance et d'agacement hostile.

— Une dame ? Si l'on veut, railla-t-il.

Clémence se leva comme une furie.

— Avec toi, on arrive à la moyenne, marquis de contrebande ! Je ne suis peut-être pas une dame, mais toi tu n'es pas un homme !

Une gifle magistrale la réexpédia sur le lit.

— Eh bien, justement, grinça Amédée en se massant la main, puisque mon ami le baron sait se comporter au lit comme je n'ai jamais su le faire, qu'attends-tu pour aller te jeter dans ses bras ?

Puis, sur un ton plus accommodant :

— Allons, cessons de nous quereller, Clémence. Ne sommes-nous pas devenus les meilleurs amis du monde ? N'avons-nous pas un passé commun ? Un objectif commun ?

La jeune femme devint livide. Elle se mit à vouvoyer Amédée :

— De quel passé parlez-vous ? Voulez-vous que je vous rafraîchisse la mémoire ? Oh, je sais, je n'étais pas un assez beau parti pour vous, vous ne vous seriez jamais compromis en me demandant en mariage. Mais non content de m'avoir séduite, vous m'avez engrossée, marquis. Oui, bien sûr, ce langage des rues vous choque, sauf lorsqu'il est dans votre bouche. Maintenant que vous êtes épris de cette petite dinde de baronne Pontmercy, vous avez des effarouchements de pucelle. Il faut même prendre des précautions pour vous épargner, vous qui n'épargnez personne. Et cet enfant que vous m'avez subtilisé, qu'est-il devenu ? À présent, il entrerait dans sa huitième année…

Amédée nouait autour de son cou une cravate de soie fraise écrasée. Quand il entendit cette dernière phrase, ses gestes se brouillèrent et son teint prit un aspect cadavérique.

— Je te l'ai déjà dit cent fois, tu avais perdu

connaissance et l'enfant était mort-né. C'est Louis-Désiré qui s'est chargé de tout.

— Avec toi, c'est toujours Louis-Désiré qui se charge de tout, ironisa durement Clémence en prenant ses affaires et en commençant de s'habiller. Louis-Désiré, tu n'as que ce nom-là à la bouche ! C'est trop commode. Il a bon dos, monsieur Louis-Désiré Burdin !

Enfilant un gilet brodé, puis une redingote grise surpiquée, Amédée se rengorgea carrément :

— Mots cruels quand on parle d'un bossu, ma petite Clémence.

— C'est vous qui êtes cruel, Amédée. Je vous aimais et je vous aime encore. Vous m'avez détruite, et vous le savez bien. Alors ne me parlez pas de notre passé commun. Je le porte comme un fardeau, ce passé, et vous me le lancez à la figure lorsque cela vous arrange.

— Tu exagères, Clémence. Moi aussi je t'aime. En dépit d'un âge certain, tu es restée désirable et pleine de charme. Il faut en profiter, ma belle. Et j'ajouterais même, en profiter positivement.

Clémence se mordit les lèvres. Même les sanglots ne parvenaient plus à jaillir de sa poitrine. Cette jeune femme altière, trop élégante pour se montrer humiliée, éprouvait envers la vie une rancune tenace, qui n'était finalement que le prolongement de son dédain pour les hommes en général, pour Amédée et Marius en particulier. Même si elle ne disposait d'aucun soutien, d'aucune fortune personnelle, elle se jurait qu'ils ne l'emporteraient pas au paradis.

Une fois qu'elle fut prête, Amédée la raccompagna jusqu'à la porte.

— Je peux compter sur toi pour la soirée du Mardi gras ?

— Comme d'habitude, hélas.

— Tu es un ange, Clémence. Je t'aimerai toute ma vie.

À peine s'était-elle éclipsée que l'intendant d'Amédée fit son apparition. Le maître se tourna vers son valet d'une mine complice.

— Tu as tout entendu ?

Le bossu s'inclina avec déférence.

— Je ne me serais pas permis, monsieur.

Le marquis éclata de rire en se tapant dans les mains. Puis, enchaînant aussitôt :

— Bah, madame de Lavely finira bien par se calmer. Sans nous, elle n'est plus rien. Rappelle-toi, son amant d'alors était sourd, et elle ne se fit jamais à l'idée que le nouveau, en l'occurrence moi, pût entendre. N'est-ce pas positivement comique, mon bon Louis-Désiré ?

L'intendant lui décocha un sourire d'acquiescement.

— Vous m'avez soufflé le mot, monsieur le marquis. Madame de Lavely a toujours été promise à une carrière de Messaline. Si vous avez la sagesse de Claude, rien ne pourra vous arriver.

Amédée prit alors un air soucieux.

— Et toi, mon bon Louis-Désiré, tu te réserves le rôle de Narcisse ?

— Je n'osais vous le dire, monsieur.

— Alors sais-tu que Narcisse, à force de manigancer, a fini par être mis à mort ?

Amédée vit le visage de son intendant s'allonger. Il sourit et déclara :

— Tiens, puisque l'on parle de madame de

Lavely, pourquoi ne m'as-tu jamais montré l'enfant que j'ai eu avec elle ?

— Il était mort, répondit l'intendant sur un ton qui se voulait aussi sincère que pathétique. Croyez-vous que j'aurais eu l'inqualifiable audace de commettre un infanticide ?

— Certes non, même si ce sport est très à la mode par les temps qui courent. Mais les femmes sont ainsi faites. Tant qu'elles ne voient pas les choses, elles n'y croient pas. Elles manquent d'imagination. Elle sont idéalistes quand nous leur faisons la cour, et les voilà matérialistes quand elles croient que nous leur appartenons. Nous, c'est exactement le contraire. En fait, toute leur personne respire la frivolité comme la frivolité explique leur personne. C'est franchement déroutant. C'est comme cette petite Cosette, figure-toi qu'elle me résiste.

— Ce n'est que partie remise, monsieur le marquis. Et c'est un beau parti.

Un rictus tordit la bouche d'Amédée à la verticale.

— Que veux-tu dire ? Cosette n'est pas libre. C'est l'épouse du baron Pontmercy.

— Je voulais dire que c'est un beau parti pour le jeu auquel vous vous prêtez, rectifia l'intendant avec une expression paterne. Séduire la femme de son ami est une distraction qui ne manque pas de piquant. Surtout quand on guigne la fortune du mari. Et puis, vous le savez comme moi, monsieur le marquis, ce n'est pas parce que l'on paye que l'on n'a plus de devoirs, et ce n'est pas parce que l'on se fait payer que l'on n'a plus de droits.

— Allons, allons, mon bon Louis-Désiré, ne

vends pas la peau de l'ours avant de l'avoir tué. Dois-je te rappeler que j'aime madame Pontmercy comme je n'ai jamais aimé jusqu'à présent ?

Puis, prenant son chapeau, sa canne et son manteau :

— Au fait, tout est-il prêt pour cette soirée du Mardi gras ?

— Tout, monsieur le marquis.

Le soir du Mardi gras, Marius annonça à Cosette qu'il ne passerait pas la soirée avec elle. Elle le fusilla du regard. Dans l'après-midi, elle avait dit à Verjat qu'elle attendait un heureux événement.

— Pour le mois de septembre, avait-elle précisé.

Lors de sa dernière visite au médecin, accompagnée de Frédéric Rivolier, Cosette avait appris qu'elle était enceinte d'un mois. Immense soulagement. Après les alertes de choléra et le précédent échec, elle avait craint le pire.

Verjat, visiblement heureux, lui avait souhaité tout le bonheur possible. En émettant ce souhait, peut-être pensait-il à cette époque où il avait accablé de malheur la mère de Cosette. Il avait tellement semé la terreur et la désolation autour de lui. Lui qui avait eu la force de haïr, aurait à présent celle d'aimer. Se plongeant volontiers dans la lecture de Rousseau et de Diderot, il tirait de ces deux points de vue paradoxaux un plaisir où le bien général et le bonheur individuel coïncidaient, mais aussi une douleur où se heurtaient sans cesse le réel et les contraintes de la société. Il s'efforçait de ne pas être malheureux, tout en pensant le contraire.

Marius, lui, n'avait pas la sagesse de Verjat. Il s'abritait toujours derrière son cynisme. Seulement Cosette était moins résignée.

— Tout ce qu'on a vécu n'était donc que simulation et fausseté ? lui dit-elle d'un air sombre. Il faut me le dire, Marius. Et si tu veux que je parte ou que je trouve un autre homme, il faut le dire aussi.

Marius resta sans voix. Jusqu'à présent, l'apparente passivité de Cosette l'exaspérait. Il prenait sa pudeur pour de l'indifférence. Et voilà que la petite chose se rebellait. Il hésita. Dans sa poche, il serrait la pierre de cristal. Il songea confusément aux moments de bonheur mais aussi à la vision de Frédéric et de Cosette dans le même fiacre.

— J'ai promis à Amédée d'être avec lui, dit-il d'une voix tremblante.

— Et à moi, que promets-tu ? rétorqua Cosette.

Il ne sut rien répondre, en partie à cause du mystère que représentait Cosette pour lui, en partie parce qu'il lui fallait, pour expliquer ce mystère, faire un trop grand effort sur lui-même.

— À l'avenir, beaucoup de choses vont changer, finit-il par dire en pliant une lettre qu'il destinait à Amédée.

Cosette l'accompagna jusqu'à la porte du jardin, au bord des larmes mais assez forte pour se retenir et ne pas lui offrir sa faiblesse en pâture.

— Pourquoi t'obstines-tu, Marius ?

— Parce que je suis un obstiné.

— Moi aussi. Alors c'est la dernière fois que je te le dis : prends garde.

Tel un enfant puni, Marius mit son chapeau en baissant la tête. Il n'avait fait aucune allusion à Frédéric, n'avait formulé aucun reproche, s'enfermant dans ce mutisme douloureux qu'il nommait obstination, mais qui n'était que le corollaire dérisoire de son inaptitude à parler, à faire fi de son orgueil, de son prétendu amour-propre. Il est des êtres qui passent ainsi à côté de bonheurs tout simples par peur de se dévoiler ou de condescendre à ce qu'ils croient être de la faiblesse. Ils souffrent en faisant souffrir. Le désenchantement est leur chemin de prédilection.

Dans le quartier de l'Opéra, vers le côté sud du boulevard des Capucines, Marius se mêla à tous ces bouffons insignifiants qui n'étaient plus occupés que par leur désinvolture et leur légèreté. Amédée se montra volubile, Louis de Vergne sentencieux. Eugène Sue et Robert d'Androisy paradaient dans un cabriolet multicolore où un énorme cocher se carrait sur le siège à large housse frangée de crépines de soie.

Milord l'Arsouille, habillé en marquis de galères, avait convié Marius et Amédée dans son carrosse. Un magnifique carrosse dont l'attelage de six chevaux noirs suscitait l'admiration parmi les milliers de badauds massés sur les trottoirs et aux fenêtres du parcours. Tout le monde applaudissait Charles de La Battut, le grand ordonnateur de ce carnaval rutilant, debout dans son carrosse, précédé de ses piqueurs et suivi de centaines de tilburys et de landaus remplis de ses amis aux déguisements insensés.

Marius et Amédée ne s'étaient pas déguisés. L'un sombre, l'autre rayonnant, ils adressaient des bonjours magnanimes aux grisettes à chaussons de ballerines qui leur lançaient des fleurs et des dragées.

— À la Courtille ! beugla Milord l'Arsouille. À Belleville ! Et que la fête commence !

— Et à présent, que va-t-il se passer ? demanda Marius à Amédée.

— Ce qui s'est passé en 1832 et en 1833, mon cher.

— Mais encore ?

— Tout le Paris mondain s'apprête à monter à Belleville avec les gens des barrières. Voyez-vous toutes ces voitures ?

Derrière le carrosse de Milord l'Arsouille s'étirait une file ininterrompue de fiacres, cabriolets, chars à bancs, tapissières et calèches à quatre roues. Les gens qui s'y trouvaient, habillés en marquis, Turcs, Mohicans, paillasses, lansquenets, empereurs romains ou comtesses du Barry, vociféraient et jetaient des œufs à la foule en délire qui buvait et dansait le cancan.

— De la farine et des œufs ? s'étonna Marius avec une inflexion de voix d'où filtrait l'indignation.

— Et pourquoi pas, mon cher ?

— Je pense à tous ceux qui meurent de faim…

Amédée eut un geste désinvolte.

— Je ne peux que souscrire à ce que vous dites. Mais si nous n'étions pas là, vous et moi, croyez-vous que la face du monde en serait changée ? L'insolente richesse ne fait que répondre à ce que réclame l'insultante misère. Nous sommes les pions d'une fantastique supercherie qui exige d'un côté des maîtres et de l'autre des esclaves. Quitte à choisir, autant être du côté des maîtres et de l'insolence. Vous ne croyez pas ?

Marius se retourna et lança un regard assassin aux deux valets de pied poudrés, debout à l'arrière du carrosse, comme s'il les tenait pour responsables de son indignation. Il reprit sa position en maugréant.

À un moment, le carrosse fit un léger écart et La Battut trébucha sur le côté.

— Alors, lord Seymour, tu ne tiens plus sur tes jambes ? lui lança un chicard qui brandissait une bouteille.

Pour toute réponse, La Battut sauta hors du carrosse et flanqua au danseur un coup de poing qui l'envoya dinguer contre une marchande d'eau de Cologne.

Puis il remonta dans le carrosse et dit à Amédée :

— Celui-là, il ne me confondra plus jamais avec lord Seymour !

Le cortège prit la direction de Belleville et du faubourg du Temple. Le vieux village de Belleville était situé au sommet d'un plateau élevé, flanqué au nord de la butte de Chaumont et de la butte de Beauregard. Le bas de la grand-rue de Belleville, que l'on appelait aussi la Haute-Courtille, ne comprenait guère que des guinguettes.

Marius ne savait plus où orienter son regard.

C'était donc cela, ce si beau carnaval encouragé par le régime de Louis-Philippe ?

— Voir Paris sans la Courtille, c'est voir Rome sans le pape ! lui cria Amédée. Tenez, regardez un peu les guinguettes, on arrive. Voilà le Grand-Saint-Martin où l'on ne peut accéder qu'en achetant un litre de vin par personne.

Marius vit un énorme cabaret avec un comptoir ouvert sur la rue où trônait une grosse tenancière à la mine rubiconde, moustachue, campée derrière d'innombrables plats de gibelottes et de matelotes, de longes de veau, de gigots piqués d'ail, énormes et fumants, de salades et de haricots. Toute une foule de bergères titubantes et d'arlequins suspects hurlait des refrains obscènes. Partout on se cognait, on dansait, on se bousculait. Le vin coulait à flots dans les gargotes du Bœuf-Rouge et du Coq-Hardi, de l'Épée-de-Bois et du Galant-Jardinier, de la Carotte-Filandreuse et du Papa-Dénoyez.

Amédée, debout dans le carrosse, s'adressa à une petite dévergondée qui montrait ses cuisses :

— Toi, je te retiens ! Rejoins-moi au Sauvage !

Le Sauvage était la gargote à la mode où se retrouvaient à Belleville les gants jaunes et les femmes de la haute.

Au même moment, dans un fracas épouvantable de fenêtre brisée et de vitre cassée, une sorte de meunier déversa son sac de farine sur le carrosse de La Battut. Au lieu de rire et de prendre l'incident à la légère, Marius se fâcha et insulta le meunier.

— Allons, c'est la fête, dit Amédée pour le calmer.

Marius nettoya sa redingote du plat de la main et répondit d'un air furibond :

— C'est la fête pour vous, Amédée, mais pas pour moi. Quand vous apprenez que votre femme vous trompe, n'importe quelle fête devient lugubre.

Amédée se sentit rougir de confusion. Par bonheur, il avait de la farine plein le visage. Marius poursuivit :

— Et de surcroît avec celui que je considérais comme mon meilleur ami.

— Mais… mais encore ? bégaya Amédée.

— Un journaliste comme moi, un féroce républicain qui boit comme une outre et qui ne songe qu'à s'abreuver du sang de la bourgeoisie.

— Diantre ! vous m'en direz tant…

Soulagé, Amédée ouvrit la bouche et les narines pour aspirer une grande bouffée d'oxygène. Il songea immédiatement à l'homme qu'il avait vu sortir de la rue Plumet et dont Cosette lui avait parlé de façon évasive. Une incoercible fureur remplaça bientôt sa gêne. Lui aussi essuya les traces de farine sur son visage et ses vêtements. Peut-être même aiguisait-il en ce moment crucial une de ses sempiternelles moqueries, car sa bouche s'était crispée pour railler, histoire d'accabler ce pauvre Marius qui se montrait si inapte à surveiller sa femme. Il avait surtout envie de lui dire que si un homme perd une femme, c'est qu'il n'est pas capable de la garder. Mais il se retint. Il songeait à l'avenir. Clémence était dans les parages, superbe et conquérante, entre les mains de ce brave Louis-Désiré, prête à intervenir. Il avait tout prévu.

— Mon cher, dit-il alors de son ton le plus neutre, pourquoi faites-vous des choses que vous vous reprochez ensuite ? Exercez-vous à rester froid, indifférent, et assumez vos contradictions. Si nous devons être dépendant d'une chose, baron, c'est de notre égoïsme supérieur.

Marius se tourna vers Amédée, lui prit la main et la serra avec effusion.

— Vous avez raison, Amédée. Vous avez toujours raison. Et voilà pourquoi je vais vous donner cette lettre que je vous destinais de toute façon.

Il sortit la lettre de sa redingote et la tendit à Amédée. Ce dernier rougit plus fort, pensant à celle qu'il avait envoyée à Cosette. Puis il la lut. C'était très court. Au cas où il arriverait quelque chose de funeste à Marius, lui, Amédée, était chargé de s'occuper de Cosette et de gérer son patrimoine. Le tout signé et daté.

— Vous êtes fou, dit d'abord Amédée d'un air embarrassé. Pourquoi voudriez-vous qu'il vous arrivât quelque chose de funeste ?

Marius plongea son regard dans celui d'Amédée.

— Êtes-vous mon ami ?

— Vous le savez mieux que moi.

— Alors ne m'opposez pas un refus qui me plongerait dans la plus terrible des désillusions. Je tiens par-dessus tout à ce que vous conserviez cette lettre au bas de laquelle, du reste, vous pouvez voir la signature de mon notaire, maître Barrot. Et promettez-moi d'agir comme je le ferais pour vous-même.

— Je vous le promets, Marius.

Puis, alors qu'il allait ranger la lettre dans son

gilet, Amédée eut une de ces scrupuleuses attentions qui ne lui ressemblaient guère.

— C'est entendu, Marius, mais rédigez un additif à cette lettre.

— Quoi donc ?

— Qu'elle est valable pour une durée de deux années et qu'elle deviendra donc obsolète à cette échéance.

Marius eut un geste à la fois détaché et résigné.

— Je vois là toute la noblesse de votre belle âme, Amédée. Puisque vous y tenez, donnez-moi cette lettre.

Marius s'exécuta et rendit la feuille corrigée à Amédée. Surpris par cet élan de générosité qu'il s'expliquait mal, il l'enfouit dans sa redingote.

— Maintenant, j'ai une dette envers vous, baron. Je vous dois le bonheur que vous méritez. Vous allez voir, c'est une surprise.

Il se leva et adressa de grands signes de la main aux occupants de l'un des cabriolets en train de se garer. Louis de Vergne répondit à ce signe et adressa lui-même de grands gestes aux occupants d'un autre tilbury, un peu plus loin.

C'était le signal qu'attendait Louis-Désiré. Plein de cette déférence glaciale qui pouvait lui donner l'allure d'un maître, dont il avait parfois le ton et les manières, il aida Clémence de Lavely à descendre de la voiture. Elle portait un très long camail noir à capuchon qui la couvrait jusqu'aux chevilles et une sorte de loup noir à barbe de dentelle cachant son visage.

— Prenez, dit Louis-Désiré à Clémence, cela peut toujours servir.

— Qu'avez-vous encore inventé de démoniaque ? lui demanda Clémence en jaugeant le petit flacon.

— Je n'invente rien, madame de Lavely, je me sers simplement de la prodigalité de la nature. De vous à moi, une mixture tout à fait inoffensive.

Il se rapprocha de la jeune femme et, avec une componction hypocrite mêlée de mouvements de révolte contre le rôle qu'il s'était imposé, il précisa :

— Un élixir qui saura donner à l'élu de votre cœur toute l'énergie dont mérite d'être honorée votre pétillante beauté.

Clémence murmura d'une voix altérée :

— Pétillante ? Comme la façon dont vous intervîntes il y a sept ans pour me subtiliser mon enfant ?

Louis-Désiré s'offusqua :

— Madame, cet enfant était mort ! Je n'ai fait qu'accomplir mon devoir.

— Votre devoir ? Vous appelez cela un devoir ? Soustraire à la vue d'une mère son enfant, fût-il mort ?

— Encore aujourd'hui je ne regrette rien, madame, repartit l'intendant sur un ton solennel. J'ai cru bien faire en vous épargnant d'inutiles tourments. Et mon maître ne me contredira point.

Puis, avant d'accompagner Clémence jusqu'au carrosse de Milord l'Arsouille, il ajouta encore :

— J'en profite pour vous donner cet autre flacon qui contient un narcotique puissant. Parce que, entraîné par une absorption massive de l'excitant que je vous ai donné, l'utilisateur se retrouve littéralement en état de démence. Tout remède a besoin de son contraire, n'est-ce pas ? Je crois que cela vous portera chance.

Clémence feignit de s'étonner :

— Ah oui ?

Puis, d'un geste rapide, elle posa la main sur la bosse de l'intendant.

— Et là, ne croyez-vous pas que j'aurais encore plus de chance ?

Louis-Désiré eut un irrépressible haut-le-corps.

— Si fait, madame, grinça-t-il en clignant de l'œil. Mais n'en abusez pas trop. La chance ressemble parfois à un vol d'oiseau dans le dos d'un aveugle. Il faut savoir la saisir au passage, sinon elle se retourne contre vous.

— C'est une menace ?

— Je ne me le permettrais pas, madame.

Et ils se dirigèrent vers le carrosse de La Battut où les attendaient Marius et Amédée.

On ne peut pas dire que la surprise dont parlait Amédée l'enchanta. Mais Marius se trouvait dans un tel état d'abandon qu'il n'opposa aucune résistance lorsque Clémence, abaissant son loup pour le remettre en place, grimpa dans le carrosse, croisant Amédée qui en descendait.

Celui-ci s'éloigna en compagnie de son intendant. Il ne perdit pas une minute pour lui apprendre la folle mission dont l'avait investi Marius, ce qui occasionna chez le bossu un rictus de triomphe. Ils arrivèrent au Sauvage. La Battut les avait déjà précédés, flanqué de sa cour et d'une multitude de marquises dont les seins jaillissaient des corsages comme aux plus beaux temps du Directoire.

À l'intérieur du carrosse, Clémence se blottit dans les bras de Marius.

— Tu ne m'aimes plus, vilain.

Marius se défendit de l'accusation.

— J'étais occupé, j'ai eu des soucis…

— Et ma bague ?

— Elle n'était pas assez belle pour toi.

Clémence approcha ses lèvres de celles de Marius et l'embrassa passionnément.

— Je t'aime tellement, mon Marius. Tu es si différent des autres. Si nous vivions ensemble, je ferais de toi le plus heureux des hommes. Tu serais mon petit garçon.

Marius caressa Clémence sous son camail, la prit par le menton et écarta son visage du sien. Il nota que tout était fin chez elle, sauf son esprit. La conviction qu'elle avait de le rendre heureux lui semblait une insulte à sa lucidité. Il n'ignorait plus que, sous le couvert d'une physionomie doucereuse, elle avait un caractère perfide et une sécheresse de cœur que dénonçaient parfois ses ruses et ses faux enthousiasmes. Mais il pensait aussi qu'elle était malheureuse et que ce malheur expliquait en partie le manque de sincérité de ses sentiments. En outre, il ignorait tout de son passé, sauf quelques bribes, et assurément les liens qui l'avaient unie et l'unissaient encore à Amédée. Cela aurait-il vraiment changé quelque chose ? Rien n'est moins sûr. En toute connaissance de cause, quand les femmes sont partagées, les ennuis finissent ; mais quand les sentiments le sont, ils commencent. Il faut se garder de prolonger ces sentiments ardents. Ils supposent de nouveaux périls. Une trahison ? La trahison est le tribut que l'on doit payer à l'autre part de nous-même lorsque se confondent justement aimer et trahir. Mais Marius n'aimait pas Clémence et Clémence n'aimait pas Marius.

— À quoi penses-tu ? demanda Clémence.

Ses grands yeux frangés de longs cils avaient une beauté diabolique.

— À toi, mentit Marius.

Clémence retroussa les pans de son camail noir et pencha la tête d'un air virginal.

— Regarde comment je me suis habillée pour toi.

Elle était nue sous sa cape. Des bas gris maintenus par des jarretières à rubans mettaient en évidence des cuisses d'albâtre et une toison abondante. Marius sentit le désir monter en lui, d'autant que Clémence, remontant encore sa pèlerine, découvrait à présent une partie de son buste. Le jeune homme balaya du regard les environs et baisa le cou de Clémence avec une ardeur retrouvée.

— On ne va pas nous voir ? demanda Clémence tout à coup inquiète de la faveur qu'elle venait d'accorder.

Personne ne prêtait attention au carrosse et encore moins à ce qui se déroulait à l'intérieur. On buvait et on ripaillait. Clémence attira Marius vers elle tandis que ses doigts pleins de fossettes palpitaient sous l'étoffe délicate de sa chemise. Il se laissa faire avec délice, perdant la tête au contact du corps voluptueux de la jeune femme, livré à son désir dans une situation d'autant plus émoustillante qu'elle était insolite. Plus rien n'allait exister durant un bon moment.

Amédée et ses compagnons faussèrent compagnie aux troupes de La Battut après minuit sonné et poursuivirent la fête au Clan Destin, dans une toute relative intimité. La salle était comble, l'homme en noir déjà là. À croire qu'il était arrivé avec Amédée et les siens. À un moment, il s'éloigna en direction de la cuisine. Le Dabe des greffes l'y attendait.

— Il y a beaucoup trop de monde, Tardier. On ne peut décidément pas te faire confiance. Tiens, voilà ce qu'il faut pour rabattre le caquet à la Miauleuse.

Cette dernière paradait dans la salle au bras de Parfait-Amour qui, bon bougre, n'avait même pas reconnu le jeune homme qu'il avait failli étouffer quelques semaines auparavant. Lorsque Marius lui rappela cet épisode, Parfait-Amour lui tendit la main :

— Sans rancune ?

— Sans rancune, monsieur l'étrangleur.

Jésus, bien sûr, n'avait pas été convié aux festivités. Il était de garde à l'atelier. L'homme en noir s'en étonna. Il considéra son complice avec hauteur. Tardier ne faisait jamais exactement ce qu'on attendait de lui. À vrai dire, il n'aimait pas ce vieux sycophante qui parlait doucement, à mots couverts, comme s'il ne pensait et ne vivait que pour conspirer, trahir, dénoncer passionnément. Pour la peine, il ne lui dévoila rien de la lettre que Marius avait remise au marquis. À l'avenir, il ne lui communiquerait plus que le strict minimum.

— Jésus ? miaula le Dabe des greffes. Au cas où, il y a le Rouget et ses escarpes.

L'autre leva les yeux au ciel.

— Celui-là, je m'en méfie. Je ne veux pas qu'il me voie. Où en est-il, avec le petit Raphaël ?

Le Dabe des greffes eut l'air préoccupé.

— Il l'a encore battu comme plâtre. Si je n'étais pas intervenu, Jésus aurait estourbi Rouget.

Les yeux de l'homme en noir lancèrent des éclairs.

— Ton Rouget, si ça continue, il va lui arriver des ennuis. Ce Raphaël, je te l'ai déjà dit, je veux qu'on en fasse un escarpe, et un vrai. Un jour, j'en aurai peut-être besoin.

Puis il sortit de la cuisine et croisa la Béquille qui pestait encore contre la Miauleuse.

— Ne vous en faites pas, lui dit-il sur un ton conciliant, tout va finir par s'arranger. Je crois même que le Dabe des greffes a quelque chose à vous proposer.

Il continua son chemin et alla s'asseoir dans la pénombre.

À présent tout le monde dansait le chahut. Clémence, presque aussi soûle que Marius, soulevait parfois son camail noir pour lui montrer le velouté de ses cuisses. Tout à l'heure, ils étaient allés à l'étage. En haut de l'échelle de meunier, des couples s'ébattaient. Clémence s'était offerte à Marius. Il en était honteux. À côté de lui, Amédée embrassait à pleine bouche la petite grisette qu'il avait ramenée de la Courtille. Elle devait avoir quinze, seize ans. Amédée palpait sa chair provocante de santé triviale.

Marius se tourna vers Clémence. D'un air choqué, il murmura :

— Elle est si jeune…

— Quand on est souillé, on est toujours trop jeune, rétorqua Clémence d'une bouche amère.

Dans la salle, la Miauleuse virevoltait entre les tables. Elle observait tout d'un œil propriétaire. Cette belle société, cette si belle société, se disait-elle, n'était pas tellement éloignée de la sienne. Elle se jurait bien de faire du Clan Destin le rendez-vous du tout-Paris.

Rencogné dans cette obscurité qui lui convenait tant, l'homme en noir la suivait du regard. Un sourire élargissait sa bouche étroite. Cette garce serait la première sur la liste.

Tout à coup, trois hommes masqués surgirent dans le tapis-franc. Celui qui devait être leur chef fonça directement sur Amédée. Ce dernier, tout occupé à butiner sa grisette, ne vit pas le coup venir. Il fut littéralement happé de sa chaise par une poigne de fer. Son agresseur, plutôt grand et robuste, avait le visage caché par un loup de velours turquoise. Au-dessus de la nuque, une chevelure rousse et frisée. Il attira Amédée contre lui et le renvoya violemment sur la table autour de laquelle il se prélassait. La grisette, à moitié nue, s'éjecta de sa chaise et s'enfuit en direction du comptoir avec des cris de souris prise au piège. Tardier, dont le visage était apparu près d'un chambranle, adressa un coup d'œil comminatoire au Rouget et aux deux fiers-à-bras qui le secondaient. Malgré le vacarme et l'orchestre qui jouait toujours, ceux-ci se levèrent et se dirigèrent précipitamment vers les intrus. Les compagnons de l'homme au loup de velours turquoise dégainèrent des pistolets qu'ils pointèrent sur la poitrine des escarpes.

— Un pas de plus et vous ne tarderez pas à rejoindre tous les fantômes du Mardi gras, dit le grand roux d'un air menaçant.

Puis, à l'adresse d'Amédée qui, interloqué, titubait sur place d'un air de ne rien comprendre, il déclara :

— Voilà donc ce faisan de parade à l'œil gluant qui salit tout ce qu'il touche ! Comme il est laid et dérisoire !

Sans autre avertissement que deux pas en avant, il gifla à toute volée Amédée, qui n'eut même pas le temps d'esquiver. Puis, d'une voix vibrante :

— J'espère que vous me ferez l'honneur de croiser le fer avec moi, monsieur le dépravé !

En entendant cette voix, Marius rompit le cercle qui s'était formé autour d'Amédée et des intrus. Il était pâle comme un mort.

— Je ne me bats pas avec un masque, rétorqua Amédée en tirant sur les revers de sa redingote.

L'homme ôta son loup de velours et le lança sur Rouget et ses séides.

— Êtes-vous satisfait ?

— Je suis l'offensé, fit Amédée en voyant la mine catastrophée de Marius. Je choisis donc le pistolet.

— Vous avez raison, marquis. Le pistolet convient mieux à un scélérat de votre espèce.

Amédée échangea un bref regard avec Marius.

Il avait reconnu l'homme qui était sorti de la rue Plumet et qui sans doute prétendait séduire la baronne Pontmercy. Il s'adressa de nouveau à lui avec une fureur rentrée :

— Vous m'avez injurié et frappé, monsieur. Vous m'en rendrez compte demain matin à Vincennes.

Frédéric Rivolier ne sourcilla pas.

— Vos témoins ? demanda-t-il.

Amédée désigna du doigt Louis de Vergne, Robert d'Androisy et… Marius.

— Non, pas moi…

Amédée foudroya son ami du regard. Frédéric intervint à son tour :

— Le baron Marius Pontmercy accepterait-il alors d'être mon témoin auprès de ces deux messieurs qui m'accompagnent ?

Marius tourna la tête à la recherche d'un soutien et ne trouva que le visage à demi éclairé de Tardier, inquiétant et ricaneur, semblable à un spectre, qu'il ne reconnut même pas.

— Laissez-moi réfléchir, dit-il sur un ton qu'il tenta de raffermir. Messieurs Rivolier et d'Iguerande sont tous les deux mes amis, et je…

Amédée l'interrompit sèchement :

— Vous ne saurez donc jamais choisir ? Vous me décevez, monsieur.

Et Frédéric d'ajouter :

— Moi, il m'a déjà déçu.

Puis, à l'adresse d'Amédée :

— À demain donc, monsieur. Huit heures à Vincennes.

Les trois hommes sortirent à reculons et leur départ provoqua une légère clameur parmi les noceurs. Personne ne se pressa autour de Marius. Même Clémence lui opposa un silence poli lorsqu'il tendit la main vers elle. Amédée lui tourna le dos et s'éclipsa très vite en compagnie de Louis de Vergne.

— Vous devriez rentrer à pied, dit la Miauleuse à Marius en ricanant. Il n'y a rien de tel que l'air de la rue pour rafraîchir les idées !

Lorsque Marius se coiffa de son haut-de-forme et franchit le seuil du Clan Destin, Tardier se frotta les mains et murmura :

— Mais c'est formidable, tout ce qui se passe ici !

Marius ne ferma pas l'œil de la nuit. Lorsqu'il se leva au petit matin, il ouvrit les persiennes de sa chambre et plongea la tête au-dehors. Il s'étira et jeta un coup d'œil circulaire. Le soleil naissant allongeait sur les vitres du jardin d'hiver de grandes raies minces et orangées. Il inhala le doux parfum des narcisses en fleur et retourna dans la chambre consulter sa montre. Dans moins de deux heures, l'un de ses amis succomberait peut-être. Et lui n'avait toujours pas choisi. Vers trois ou quatre heures du matin, il ne savait plus, il avait failli se rendre dans la chambre de Cosette. Comment lui apprendre la nouvelle ? Il tremblait comme un enfant. Comment lui avouer qu'il devait choisir entre deux amis et que l'un allait peut-être tuer l'autre ? Et dire qu'il avait eu l'insigne maladresse de confier à Frédéric son emploi du temps de la soirée, en lui indiquant, de plus, l'adresse du Clan Destin.

Il passa une chemise blanche, enfila un gilet scarabée, puis sa redingote bleu ciel. Il consulta encore sa montre. Sa mâchoire se contracta. Il mit ses bottes Sikorski, noua une cravate bleu marine, se coiffa très vite, puis descendit l'escalier sur la pointe des pieds. Une fois dans la cuisine, il avala un verre de lait et se força à manger un morceau de lard avec une tranche de pain. D'ordinaire, il n'était pas aussi matinal. Malgré toutes ses précautions pour ne pas faire de bruit, il réveilla Cosette.

— Que fais-tu si tôt ?

Il sursauta en reconnaissant sa voix.

— Tu vois, je déjeune…

— Tu as un drôle d'air, Marius.

— Fichtre ! Et quel air ?

— L'air de quelqu'un qui cache quelque chose.

Comme il était assis, il leva les yeux vers elle. D'habitude un peu pâle, le visage de la jeune femme se nuançait des plus vives couleurs. Avec ses cheveux défaits, sa chemise de nuit en coton brodé et surpiqué, ornée de ruban de soie bleu ciel, et son grand châle de cachemire vert olive, elle était divinement belle. Ses grands yeux semblaient transpercer l'homme assis devant elle et qui la décevait de jour en jour.

— Je dois me rendre au journal, puis au bois de Vincennes, murmura Marius. Notre ami Frédéric a un duel sur les bras. Je suis son témoin.

Cosette s'affaissa, anéantie par cette nouvelle.

— Un duel ?…

— Il a eu un échange assez vif avec un gentilhomme, lequel lui a demandé réparation. C'est assez courant.

— Assez courant, dis-tu ?

Cosette prit place à côté de Marius, posa ses coudes sur la table et enfouit la tête dans ses mains. Marius avait esquissé un geste pour la prendre dans ses bras et lui dire combien il partageait sa détresse. Mais l'abattement subit de Cosette, au lieu de l'apitoyer, renforça sa jalousie et son animosité à l'encontre de Frédéric.

— Tu aimes donc notre ami au point de te mettre dans des états pareils ?

Cosette releva la tête en serrant la mâchoire. Puis elle sécha ses larmes d'une main pudique et fébrile.

— Tu ne fais pas grand cas de ton ami, dit-elle, haletante d'émotion. Je me demande ce qui t'arrive.

— Il m'arrive que je n'aime pas les trahisons.

— Qui a trahi, ici ?

Marius consulta de nouveau sa montre et, sans doute honteux d'accuser Cosette de ce dont il souffrait, il se leva précipitamment.

— Je dois y aller. Les affaires d'honneur ne peuvent pas attendre.

Cosette, sans amorcer le moindre geste pour le retenir, s'emmitoufla dans son châle.

— Tu dois toujours y aller, dit-elle d'une voix neutre. Et puis c'est étrange, tu imagines pour moi des choses qui n'existent pas, et moi je ne dois pas imaginer pour toi des choses qui existent. C'est affreux, mais je ne te crois plus.

Troublé, désemparé, blessé, exaspéré, tout à la fois, et ignorant lequel de ces sentiments le submergeait davantage, Marius, sans rien objecter, prit ses gants, sa canne et son chapeau.

Mais Cosette ne désarmait pas :

— Avant que tu partes, sache que j'ai lu dans tes yeux qui allait se battre avec Frédéric. Tu as parlé d'un gentilhomme ? Un jour peut-être, et encore, parce que cela serait trop cruel pour toi, je t'éclairerai sur celui que tu qualifies de gentilhomme. Monsieur d'Iguerande ne mérite ni cette dénomination ni cet honneur.

Marius se rebiffa.

— Je te défends d'insulter mon ami ! s'exclama-t-il en ouvrant la porte. Tu veux savoir ? Tu as deviné ? Eh bien oui, Amédée va se battre avec Frédéric. Quant à moi, puisque tu as l'air d'en douter, sache que je suis mort d'inquiétude à l'idée de ce qui risque d'arriver. Mais qu'y puis-je ? C'est Frédéric qui a défié Amédée, et non le contraire. Tu as une solution, toi ? Et encore, tu ignores le plus important. Figure-toi que l'un comme l'autre m'ont sollicité pour être leur témoin. Que ferais-tu à ma place ? Tu irais ? Tu te défilerais ?

Il franchit le seuil de la porte, enfonça rageusement son chapeau, et ajouta encore sur un ton à la fois hargneux et sardonique :

— Oui, je sais, à ma place, je suppose que tu choisirais Frédéric. Quand on se pavane aux côtés de ce monsieur qui s'enorgueillit d'être mon ami, on ne peut qu'épouser sa juste cause.

Cosette hocha tristement la tête. Jusqu'à cette heure, elle avait aimé Marius spontanément, sans raisonnement, comme quelque chose qui s'imposait à elle de façon évidente. Son amour avait éclos par enchantement, en une impulsion irréfléchie, impétueuse, inspirée, qui lui avait semblé jaillir d'elle-même et d'elle-même seulement. Pour la première fois, elle se rendait compte que cette impulsion dépendait, s'alimentait d'un élan de Marius, semblable au sien, et, quand elle le voyait si froid et indifférent, si lamentable, la crainte la prenait d'être désormais incapable de l'aimer.

— C'est la première fois que je te trouve laid, Marius.

Marius courut dans le jardin jusqu'au portail, se dirigea vers l'écurie de la Roche-Dragon et sella son cheval. Cosette ne l'avait pas habitué à ce ton. Le désespoir lui cinglait les tempes.

Les duels, c'est toujours la même histoire. Qu'il soit beau ou maussade, le temps n'a plus de couleur. Les hommes sont en noir, les alentours ressemblent aux ténèbres. L'appréhension, elle, est grise.

Ce matin, il faisait pourtant beau à Vincennes. Une belle journée pour ne pas mourir.

Les deux adversaires se trouvaient déjà sur le terrain. Marius descendit de cheval, jeta un coup d'œil aux voitures qui stationnaient près de deux énormes marronniers, et piqua droit sur Amédée et ses témoins. Un peu plus loin, tête nue et en manches de chemise, Frédéric comprit que son ami avait choisi.

— Monsieur, dit Marius à Amédée, je suis là pour vous seconder.

Le marquis eut le triomphe modeste :

— Vous m'en voyez ravi.

Marius inclina la tête et évita de croiser le regard de Frédéric. Caressant le pistolet qu'on lui avait présenté dans une boîte en acajou, il ne parut pas surpris du choix de son ami. Louis de Vergne et Robert d'Androisy étaient présents. Le premier avait du mal à masquer son émotion, le deuxième affichait un sourire mièvre et satisfait : grand, voûté, affublé d'une casquette de cheveux qu'il ramenait devant en prenant soin d'éviter les courants d'air ou les coups de vent intempestifs, il n'avait garde de laisser deviner à quiconque ses pensées. Avec ses grands yeux d'un bleu transparent et son visage de saint Sébastien criblé de flèches, il ne répondait aux questions directes que par des lieux communs ou des formules approximatives. Se réfugiant volontiers derrière la franchise et l'honnêteté, ce qui parvenait à tromper son monde, il se proclamait facilement bon vivant et rebelle, ce qui ne trompait personne. Lâche et timoré, Robert d'Androisy ne choquait jamais les intérêts des riches ou des puissants. Il ressemblait à cette société polie qui n'aimait pas s'engager sur un autre terrain que celui du peut-être. Il avait l'allure d'un preux et l'esprit d'un larron. Quand il épargnait autrui, c'était pour mieux s'épargner lui-même. Ce faux rebelle était un vrai laquais.

Marius détestait cet aristocrate fade aux manières jésuitiques et à la rhétorique rompue à tous les reniements. Et quand il vit son sourire, il regretta instantanément d'avoir choisi le camp d'Amédée.

— Pourquoi souriez-vous ainsi ? lui demanda-t-il avec une pointe d'agressivité.

L'oiseau de nuit qu'était Robert d'Androisy supportait mal la lumière du jour. Et encore plus mal les attaques directes. Son sourire se figea sur-le-champ.

— Votre hostilité me chagrine, cher baron. Je ne me réjouis de rien, croyez-moi. Je dis toujours la vérité.

Marius ricana.

— Votre vérité ressemble à ce début de calvitie que vous assumez mal et que vous tentez de dissimuler avec ce lainage de cheveux sales, monsieur. Je vous conseille d'éviter de sourire de cette façon une nouvelle fois.

— Allons, baron, dit Louis de Vergne à voix basse, voulez-vous encore nous prouver que vous êtes infréquentable ?

— Je le suis, s'entêta Marius. Et je n'aime pas le sourire de monsieur d'Androisy.

Amédée intervint à son tour :

— Qui se bat, cher Marius ? Vous ou moi ? Allons, un peu de dignité, s'il vous plaît. Ne voyez-vous pas que le parti adverse ricane et se gausse ?

Sans rien ajouter, il ôta son chapeau et sa redingote, qu'il confia à l'inévitable Louis-Désiré. Il étendit la main vers le pistolet qu'on lui présentait. Ses lèvres tremblantes, sa pâleur, sa physionomie bouleversée annonçaient l'émotion terrible de ce moment suprême.

Marius finit par se calmer et les témoins, comme il se doit, s'abouchèrent. Les recommandations d'usage furent reprécisées et l'on plaça les deux adversaires à trente pas l'un de l'autre. Il avait été admis par les deux partis que Robert d'Androisy donnerait le signal. Il devait frapper trois fois dans ses mains. Au troisième coup frappé, Amédée et Frédéric pouvaient tirer.

Légèrement de profil, les deux adversaires

s'étudièrent du regard, pistolet levé. On lisait de la haine dans les yeux d'Amédée, un détachement amusé dans ceux de Frédéric. À croire que le dandy n'était plus celui que l'on croyait. Quoi qu'il en soit, au troisième coup frappé, Amédée et Frédéric firent feu. La balle de Frédéric fut perdue, celle d'Amédée vint se loger dans la poitrine de Frédéric. Ce dernier lâcha son arme, pivota sur lui-même et tomba à genoux.

Amédée prit son pistolet par le canon et le lança en direction de Louis-Désiré. Puis, sans autre expression sur le visage que celle du devoir accompli, il s'écarta d'un air nonchalant, prit ses effets dans les bras de Louis de Vergne et marcha en direction de sa voiture. Au passage, il frôla Marius à qui il déclara d'une voix sans tain :

— Vous voilà débarrassé d'un gêneur, cher ami. Tel que je vous connais, vous n'allez pas résister à l'envie de porter secours à celui qui vous a trahi. Je vous laisse donc. En outre, je suis d'accord avec vous, je n'aime pas le sourire de monsieur d'Androisy.

Il posa la main sur l'épaule de Marius et, remettant sa redingote et son chapeau, il ajouta dans un murmure :

— Vous n'êtes pas facile à cerner, baron. Franchement, je me demande ce qui m'a pris de m'enticher de vous. Et cette fois je suis sincère. Tout cela est positivement regrettable. Nonobstant, si le cœur vous en dit, je serai à la salle d'armes cet après-midi.

Et il regagna la voiture.

Louis de Vergne, emboîtant le pas d'Amédée, adressa un regard désolé à Marius. Robert d'Androisy, après avoir rangé les pistolets dans leur boîte, passa près de Marius, la tête dans les épaules. Mais Marius l'attrapa par le bras et le fit vaciller sur ses jambes.

— Vous avez encore souri, monsieur.

L'autre prit peur.

— Mais tu es fou, Marius, arrête cette comédie…

Marius le relâcha et grommela :

— On se retrouvera.

Puis, cédant enfin à sa vraie nature, il se précipita vers Frédéric. Ses amis l'avaient allongé sur le dos.

— La blessure est très grave, dit un jeune homme, étudiant en médecine comme Frédéric. Le poumon est perforé.

Marius s'agenouilla et prit la tête de son ami entre ses bras. Frédéric ouvrit un œil et fit signe à ses amis de s'éloigner afin de les laisser seuls, Marius et lui. Un filet de sang barbouillait la commissure de ses lèvres.

— Tu seras au moins le témoin de mon trépas, fit-il à Marius en s'efforçant de sourire.

— Ne dis pas de bêtises, Frédéric. On va s'occuper de toi, tu vas t'en tirer… Ne parle plus…

Frédéric eut un sourire désabusé.

— Je sais, on raconte toujours la même chose dans ce genre de circonstance…

La vie s'échappait de sa poitrine et de sa blessure au même rythme que les battements de son cœur. On voyait l'épanchement de sang qui se manifeste si vite sous une étoffe et trahit les derniers efforts d'un être mortellement atteint.

— Marius, dit-il encore en s'agrippant aux bras de son ami, sache que je ne t'ai pas trahi…

Sa respiration devenait de plus en plus difficile et étroite. Marius voulait l'empêcher de parler, mais il poursuivit :

— Cosette souffrait d'un mal étrange… Elle avait les mêmes symptômes que ceux du choléra… Je l'ai emmenée chez un médecin de mes amis… Par bonheur, ce qu'elle croyait être un mal s'avéra être un bien… Voilà, mon ami…

L'émotion submergea Marius. Comment avait-il pu se tromper à ce point ?

— Je suis un misérable, Frédéric, dit-il d'une voix qui se fêlait. Pardonne-moi…

— Je te pardonne, mon ami…

Un terrible hoquet interrompit le blessé, suivi d'une expectoration sanglante. Marius le serra un peu plus dans ses bras et lança à l'adresse des deux autres :

— Faites quelque chose ! Appelez un médecin !

Frédéric se raidit un court instant, puis sa tête retomba sur le côté. Il rendit l'âme ainsi, sans colère pour son ami ni pour le destin, le cœur apaisé et l'esprit léger.

Ses deux compagnons se saisirent de lui, laissant Marius sans voix et malheureux, en proie une fois de plus à l'armée cruelle et intransigeante de ses doutes. Ils le portèrent ainsi jusqu'à leur voiture, et l'un d'eux, s'adressant de loin à Marius, lui déclara :

— Au cas où il trépasserait, Frédéric nous avait demandé de procéder à l'inhumation le plus vite possible. Il ne désirait aucune cérémonie. Il sera donc enterré demain à deux heures au cimetière de Bagneux. Viendrez-vous ?

— Je viendrai, répondit Marius.

Marius galopa jusqu'aux portes de Paris. Là, il prit la direction de Ménilmontant. Arrivé au cimetière du Père-Lachaise, il descendit de cheval et le confia à un garçon d'écurie. Il resta planté devant l'entrée un bon moment. L'avantage avec les cimetières, se dit-il, c'est qu'on peut avoir l'air triste sans l'être vraiment. Mais lui l'était. Et cette tristesse lui donnait la force de surmonter tous les obstacles. Peut-être était-il en mesure, par un sublime effort, de s'élever au-dessus des vains ménagements et des susceptibilités vulgaires. Il avait vingt-quatre ans, l'âge de toutes les déraisons, et il se jura de ne plus perdre son temps à se complaire dans les maux qu'il s'inventait. Si donner un sens à sa vie signifiait quelque chose, alors il s'engageait à lui en donner un, et un vrai. Il s'occuperait de Cosette, du petit Raphaël et de son métier. Terminé, les errances nocturnes et les trahisons successives en compagnie de ces pantins dérisoires appliqués à surprendre et qui ne surprenaient personne. Terminé, les velléités et les atermoiements. Terminé encore, le commerce avec ces sbires de l'infamie et leur irresponsabilité. Marius allait prendre ses distances, se borner à observer dans quel excès d'aveuglement de basses passions pouvaient entraîner certains hommes. Marius l'immoraliste allait s'acheter une morale. Trop de morts avaient jonché son chemin depuis un an. Et plus question non plus d'accuser la société ou les circonstances. Avant de changer la société, Marius devait d'abord se changer lui-même. Et reconnaître que par la faute de toutes ses erreurs passées il avait provoqué indirectement la mort de Frédéric. Frédéric le martyr. Oui, le mot n'était pas trop fort.

En pénétrant dans le cimetière, il eut l'impression d'être à la campagne. Partout autour de lui se dressaient des ormes, des ifs, des chênes, des marronniers, des acacias, des sycomores, une légion d'arbres centenaires et d'arbustes juvéniles, serrés et dominateurs, puisant leur sève dans la sève des morts. Il marchait d'un pas lent et saccadé, la canne haute, pareil à un tambour-major. Il ne se doutait pas qu'une ombre le suivait, légère et minutieuse, rasant les caveaux, les mausolées et les hortensias.

Marius sillonna les allées verdoyantes et accidentées du Père-Lachaise, songeur et accablé. Son existence n'avait été qu'un gaspillage insensé de passions, de dons et de bonnes volontés. Il était désormais certain que le respect de soi passait par le respect des autres. Avec un peu de fantaisie pour faire danser la vie. Et beaucoup de folie raisonnable.

Drôle d'endroit, ce cimetière, songea-t-il en effleurant certains tombeaux, en déchiffrant de vieilles inscriptions, en s'émerveillant d'un nom ou d'une statue. Il avançait, fouettant parfois l'air de sa canne. L'ombre le suivait toujours. Il considéra avec amusement le monument érigé à la mémoire d'Héloïse et d'Abélard. C'était d'un pompier ! Il crut qu'il allait éclater de rire. Mais ce furent des sanglots qui jaillirent de sa poitrine.

Il se frappa aussitôt le ventre avec sa canne et se rabroua à haute voix :

— Tu ne vas pas recommencer !

Il s'éloigna du monument, la tête basse et les mains dans le dos, ruminant sa rancune et son amertume. Devant le tombeau de Molière, il se souvint que ce cimetière avait été aménagé en 1804 sur l'emplacement d'un domaine de jésuites où résida le père La Chaise, confesseur de Louis XIV. Puis il gravit un petit escalier et, dans le chemin du Dragon, tomba sur un nom en lettres de feu, gravé sur une pierre tombale : Ney, maréchal de France. Marius fixa un long moment la dernière demeure de ce héros qui avait habité l'hôtel de Roure où vivait désormais le pâle et parvenu chevalier Dupartel. Il émit un soupir et, balayant du regard ce cimetière installé sur une colline comme une arche gigantesque, il prononça le nom du Brave des braves. Un nom et une vie qui ne manquaient pas d'allure. Autre chose que Thiers, Guizot ou même ce ladre de Soult qui rêvait d'installer la guerre dans les rues de Paris.

Le jeune homme poursuivit son chemin et passa près des caveaux de Gobert, Lefebvre et Murat. Encore des noms illustres sonnant la charge dans une société qui ne s'enthousiasmait plus que pour la sonnerie aux morts. Que faire de beau et de loyal dans ce monde ?

En dédiant une pensée émue à son colonel de père qui, lui aussi, eût mérité de reposer aux côtés de ces héros à l'âme tricolore, Marius estima qu'il avait trop payé pour les autres. Au propre et au figuré. Il mettait dans le même sac Clémence, Amédée et ses amis. La lettre donnée à Amédée ?

Encore une erreur de sa part. Une erreur à mettre au compte de son caractère fantasque et lunatique. Mais il vivait. Alors pourquoi lui arriverait-il quelque chose de funeste ? De toute façon, il ne couperait pas complètement les liens. Sûrement pas. Il continuerait de se rendre à la salle d'armes de lord Seymour et de se perfectionner à l'épée. Un jour, il défierait même Amédée et lui donnerait une bonne leçon. En attendant, une seule certitude : il romprait avec Clémence. Et le plus tôt possible.

Tout à coup son cœur se mit à battre très fort. Il venait d'apercevoir un vieux mur sur lequel s'égosillait un couple de fauvettes. Au pied, près d'un if taillé en pyramide, disparaissant sous les chiendents et les mousses, une pierre déjà noircie par l'air et verdie par la pluie. Seuls visibles, les premiers mots d'un texte : « Il dort… »

Ici dormait Jean Valjean. Marius devait la vie à cet homme. Le père adoptif de Cosette. Ce père dont elle ignorait le passé, et dont le cauteleux Thénardier, en venant chez Marius, avait cherché à souiller la mémoire. Rien n'avait été éventé. Cosette ne savait rien du bagne, de l'acharnement de Javert, ce policier démoniaque qui s'était suicidé le 7 juin 1832. Personne ne devait jamais rien savoir. L'ignorance est parfois une grâce.

Marius se recueillit sur cette pierre anodine abritant les restes d'un être qui ne l'avait pas été. Un juste parmi les justes. Un héros. Les individus de cette trempe n'existaient plus. Marius mesura combien il était loin de valoir cet homme et combien il était privilégié dans cet univers d'opprimés et de défavorisés. S'il existait un ciel ou un paradis, enfin un de ces lieux réservés aux justes, aux hommes de bonne volonté, aux malheureux, aux exclus, aux réprouvés, aux laissés-pour-compte, aux petites gens, aux grandes âmes et aux cœurs purs, nul doute que Jean Valjean devait s'y ébattre en toute liberté, paisible et rasséréné. Marius se surprit à formuler un vœu à l'adresse de ce Dieu qui exigeait tant et que l'on voyait si peu : « Si je dois ressembler à quelqu'un, j'aimerais que ce soit à Jean Valjean. »

Puis il tendit la main droite et murmura à voix distincte :

— Je jure, Jean Valjean, d'honorer votre mémoire, de protéger Cosette, de l'aimer tendrement et de m'employer à vivre debout dans ce monde où trop de gens passent leur temps à se coucher devant les lois de l'ignominie et du méprisable.

Il ôta son chapeau et salua respectueusement la tombe de Jean Valjean. Puis, reculant de deux pas, il se heurta à quelqu'un. Il se retourna : Cosette. Son cœur s'emballa. L'ombre qui l'avait suivi dans le cimetière n'était autre que Cosette.

— Toi ?…

La jeune femme plongea son regard dans celui de Marius. Comme elle descendait du fiacre, elle l'avait vu arriver à cheval. Pour elle aussi, le désir de venir se recueillir sur la tombe de son père avait été plus fort que tout. Cette coïncidence n'était-elle pas un signe du destin ? Rien n'était perdu, décidément.

Ils restèrent un long moment sans parler, gênés. Mais leur gêne avait la saveur de l'éblouissement. Marius songeait à tout ce temps perdu. Et à ce jour où, deux ans plus tôt, près de la barricade de la rue de la Chanvrerie, il avait pensé si fort à Cosette. Vivre sans elle, c'était impossible. Comment avait-il pu se tromper à ce point ? Une sorte d'évidence venait de s'imposer à son esprit. Cosette était sa lumière. La femme de sa vie.

Il fit un mouvement et dit :

— Frédéric est mort. On l'enterre demain à Bagneux.

Cosette hocha la tête tristement. Tout à l'heure, en épiant Marius dans les allées du Père-Lachaise, en voyant sa mine sombre, elle s'en était doutée. Il avait fallu le sacrifice de Frédéric pour les réunir à nouveau. Alors elle tendit les mains et murmura :

— Mon amour à moi.

Marius se jeta dans ses bras et la serra contre lui. Enlacés et magnifiques, ils burent leurs larmes dans un silence qui prenait tout son temps. Le bonheur avait retrouvé son refuge.

Le lendemain, on lisait dans *La Quotidienne* qu'un duel à l'issue fatale avait opposé un républicain et un carliste, ce qui était partiellement faux, et que les libéraux allaient se servir de ce malheureux événement pour semer une fois de plus le trouble dans l'opinion publique, ce qui était partiellement vrai. *Le Journal des débats* ne consacrait qu'un entrefilet à la mort de Frédéric, à l'opposé du *National* et de *La Tribune* qui commentaient en termes vengeurs l'événement. *La Caricature*, journal satirique particulièrement mordant, dans lequel s'exprimait un dessinateur talentueux du nom de Daumier, évoquait le dégoût qu'inspirait la maison d'Orléans et appelait à l'insurrection. Tout prenait comme à l'accoutumée une tournure politique. Louis Philippe était visé personnellement. Louis Blanc, de son côté, traînait dans la boue cette loi de janvier soumettant les crieurs publics à autorisation révocable, même s'il reconnaissait que ces crieurs, presque tous enrégimentés dans la Société des droits de l'homme et revêtus d'une sorte d'uniforme, étaient les « hérauts d'armes de l'émeute, les manitous ambulants de l'insurrection ». On annonçait en même temps que les ouvriers étaient sur le point de se soulever à Lyon, Saint-Étienne et Marseille, et que Mazzini se disposait à envahir le Piémont à la tête d'une armée révolutionnaire. C'était le bouquet. Mais la loi sur les crieurs n'était qu'un engagement d'avant-poste. Armand Carrel, à l'issue de l'enterrement de Frédéric, avait prévenu Marius :

— Je crains le pire, mon cher. Le gouvernement va sûrement se décider à pousser plus avant et plus à fond son offensive contre le parti révolutionnaire. Depuis l'histoire de la royauté, il n'y a que le malheur qui rende les princes intéressants. Nous allons être servis.

Il se trompait à peine. Lors des jours qui suivirent, une nouvelle loi interdisait les associations de moins de vingt personnes. La Société des droits de l'homme, qui avait contourné la loi, était directement visée.

Le parti républicain était montré du doigt. Et surtout ces jacobins qui se réclamaient de 93. Une humiliation publique. Le reste allait suivre. On ne lésinait plus. Le député Étienne Cabet, qui rédigea une passionnante *Histoire de la révolution de 1830*, fut condamné à deux ans de prison et quatre mille francs d'amende pour avoir violemment fustigé le roi dans son journal, *Le Populaire*.

Vers la fin mars, la situation s'envenima encore. Les républicains Guinard et Cavaignac citèrent dans une lettre publique « deux hommes aussi justement et universellement méprisés que messieurs Guizot et d'Argout » en les déclarant « infâmes », tandis que Carrel, dans *Le National*, publiait un article intitulé : « Comment on dégoûte une nation de l'ordre ». Pour tout dire, on attendait le verdict concernant les mutuellistes lyonnais qui avaient été arrêtés courant mars. C'était prévu pour le 9 avril. Tout le monde serait fixé.

Pendant ce temps, Marius se consacrait d'arrache-pied à son travail. Il lisait, écrivait pour *Le National*, sortait énormément. Un après-midi, il alla acheter la bague réclamée par Clémence ; il avait une idée derrière la tête.

Cosette l'accompagnait au théâtre. Un soir, ils assistèrent à la représentation d'*Angèle*, à la Comédie-Française. Au sortir du théâtre, ils tombèrent sur l'auteur. Alexandre Dumas, entouré de Raspail et Arago, paradait au bras de la blonde Marie Dorval, héroïne de la pièce. À la grande surprise de Cosette, Dumas salua Marius et l'incita à ne pas être trop sévère avec son « Angèle ». Un rire de mousquetaire ponctua sa remarque, puis il entraîna Marie Dorval dans un fiacre.

Cosette parut impressionnée.

— Tu connais Alexandre Dumas ?

Marius prit un air dégagé pour répondre :

— Bah ! Disons que c'est lui qui me connaît !

Le lendemain, 9 avril, Marius invita Cosette dans un grand restaurant parisien.

— Pour fêter notre anniversaire de mariage, même si j'ai un mois et trois semaines de retard, expliqua-t-il d'un air gêné. N'était-ce pas le 16 février 1833 ?

Il avait d'abord pensé à Véry, dans la galerie du Beaujolais, où le gros Balzac, entre quatre litres de café par jour, venait se gaver d'huîtres d'Ostende, de canard aux navets, de sole normande et de perdreaux rôtis. Pour finir, il opta pour le café Hardy, parce qu'il avait envie de faste et de viande.

— Tu n'avais pas oublié la date de notre mariage ? s'étonna Cosette, à la fois émue et troublée.

— Tu sais bien que je suis fâché avec les dates. Mais pas avec les éblouissements.

Cosette, elle, fut éblouie par ce restaurant où l'on dégustait rognons, andouillettes aux truffes et pilons de volaille en papillote, et où l'on choisissait sa grillade sur un buffet. Un maître d'hôtel piquait celle-ci avec une fourchette et la faisait griller dans une cheminée de marbre blanc. Pour le vin, Marius laissa Cosette choisir.

— Un saint-amour, dit Cosette sans prendre le temps de réfléchir.

— Dommage qu'il n'y ait pas de saint-valentin, fit remarquer Marius en souriant.

Cosette le regarda droit dans les yeux.

— Tu fais allusion à la fête du même nom ?

C'est passé, Marius. Mais j'espère que cela sera un présent perpétuel.

— Alors voilà de quoi sceller ce présent perpétuel.

Marius sortit de sa poche le cristal de roche et le montra à Cosette. Un fluide brûlant courut en elle. Puis, tandis qu'elle fermait les yeux, il lui saisit la main et glissa une bague à son annulaire. Elle fixa aussitôt son doigt et demanda :

— C'est pour moi ?

— Pour qui d'autre veux-tu que ce soit ?

Il parcourut du regard la chevelure dorée de sa femme et ses yeux transparents de clarté. Il avait trop souvent oublié de lui dire qu'il la trouvait belle. Et que sa beauté était le reflet de son âme. On n'abolit pas ses manques aussi facilement. Il se promit d'être un peu moins orgueilleux, un peu plus superstitieux, de se mettre en règle avec les coïncidences. Et surtout, de ne plus remuer son désespoir.

Cosette n'avait d'yeux que pour lui. Dans sa redingote bleu ciel de chez Staub, rehaussée d'un gilet scarabée et d'une cravate sang-de-bœuf à pois verts, elle le trouvait magnifique. Lui si réservé, il pouvait faire des gestes énormes et ronds, là où personne n'osait bouger. Pour Cosette, il était le seul vivant parmi tous ces étriqués.

— J'ai entendu parler du café Riche, dit-elle vers la fin du repas.

— Tu n'as pas assez mangé ?

— Beaucoup trop.

— À propos de ce restaurant où nous sommes et de celui que tu viens d'évoquer, Cambacérès disait qu'il fallait être riche pour aller chez Hardy et bien hardi pour aller chez Riche.

Cosette eut une moue admirative.

— Tu es trop savant pour moi, Marius.

— Et toi trop patiente.

En fin de soirée ils se rendirent boulevard du Temple au Café Turc où kiosques, tonnelles et charmilles s'élevaient dans les jardins. Soucieux de faire partager à Cosette les joies qu'il avait connues avec ses amis, mais dans des lieux qui n'étaient pas les mêmes, Marius dansa avec elle d'ébouriffants quadrilles. Pendant certaines pauses où les danseurs exécutaient une série de figures, il lui volait subrepticement un baiser. Elle renversait la tête en arrière et faisait mine de protester. Sa voix ténue se cassait à chaque fin de phrase.

Plus tard encore, ils émigrèrent aux Variétés, pour déguster une soupe à l'oignon. C'est alors qu'une joyeuse bande passa à côté d'eux. Un homme grand, blond et maniéré s'arrêta à leur hauteur. Deux grisettes aux joues roses étaient pendues à ses basques. Il se découvrit et prit un air conquérant pour déclarer :

— Cher baron, mes amis et moi-même nous plaignons de ne plus vous voir à nos côtés. Seriez-vous fâché ?

Amédée d'Iguerande claqua les talons en saluant Marius et posa un regard charmeur sur celle qui, croyait-il, avait accordé à un autre ce qui lui avait été refusé.

En reconnaissant Clémence entre Louis de Vergne et Robert d'Androisy, Marius bafouilla des excuses.

— Nous avions un enterrement, répondit Cosette d'un ton sec.

Amédée, se cambrant exagérément, lui lança un regard éploré.

— Mon Dieu, je compatis à votre douleur, madame. C'est si triste de perdre un ami dans la force de l'âge.

Marius intervint à son tour :

— Il me semble même que vous le connaissiez, marquis.

— Comment ? Vous voulez parler de ce pendard que j'ai eu l'honneur de tuer en duel ? Je suis vraiment désolé. Mais un duel est un duel, baron. Il ne s'agit plus d'exercice. Je crois que tout homme l'apprend à ses dépens.

Marius faillit bondir hors de sa chaise ; une pression de la main de Cosette l'en dissuada.

— Toujours impulsif ? ricana Amédée. Je suis à vos ordres quand vous le désirez. À la salle d'armes, bien sûr. Ne serait-il pas positivement désastreux de se battre entre amis ?

Puis, sur un ton grave :

— Quand j'ai un ami, je ne le trahis pas.

Marius dut faire un effort surhumain pour ne pas se lever et souffleter cette gravure de mode qui insultait la mémoire de l'ami disparu. Amusée, Clémence s'approcha et se pendit au bras d'Amédée dans une attitude provocatrice. Son œil fixa la bague que portait Cosette. Un sourire amer lui tordit la bouche.

— Alors, monsieur l'ambitieux, on néglige les gens qui ont la faiblesse d'avoir quelque sentiment à votre endroit ? C'est mal. On risque de vous en tenir rigueur. Ou bien tout cela est une blague. Ou peut-être encore une bague.

Et elle éclata d'un rire forcé, offrant ses lèvres à Amédée comme si elle quémandait un baiser, puis, s'échappant au dernier moment d'un geste virevoltant, elle alluma chez Marius et Cosette une gêne qui, on peut s'en douter, n'était pas la même pour l'un et pour l'autre.

— Bon, eh bien, nous vous quittons, dit Amédée. Le plaisir n'attend pas !

Louis de Vergne adressa un signe de main amical à Marius, Robert d'Androisy l'ignora, les deux grisettes passèrent sans un regard.

Marius se sentit soulagé.

— Avec ces gens-là, c'est fini, dit-il à Cosette dont les yeux, soudain enfoncés, semblaient disparaître sous un front trop grand.

— J'aimerais te croire, Marius. Mais pourquoi cette femme a-t-elle parlé de bague en examinant celle que tu m'as offerte ?

Le jeune homme rougit légèrement.

— Toutes les cocottes parlent de bague, répondit-il. La tienne ne peut qu'inciter à la convoitise.

Dehors, dans le passage des Panoramas, Amédée d'Iguerande haussait les épaules en songeant à Marius. Il était vexé. Et cette vexation lui venait de ce que, bien malgré lui, il s'apercevait à quel point il était attaché à ce jeune homme.

— Quand je pense que ce niais se figure que tout est fini, confia-t-il à Clémence.

Celle-ci, malgré son dépit, se fit presque l'avocat de Marius :

— N'avez-vous pas obtenu tout ce que vous vouliez ? Pourquoi ne pas le laisser en paix ?

Amédée passa son bras autour des épaules de son ancienne maîtresse.

— Je n'ai rien obtenu, ma chère. Tu dois l'occuper pendant que je m'occuperai de son épouse.

Clémence se dégagea de l'étreinte d'Amédée.

— Tu l'aimes donc à ce point ?

— À dire vrai, je me le demande. Mais il me la faut.

— Tu es vraiment ignoble.

— Absolument. Ignoble et persévérant. Mais ces deux qualités si contradictoires se rejoignent parfois pour se vivifier l'une l'autre.

Ce fut le 10 avril au soir que les premières nouvelles de l'insurrection lyonnaise parvinrent à Paris. L'agitation était extrême dans les sociétés révolutionnaires. On parlait de suivre l'exemple des frères de Lyon. Il y eut des rassemblements dans les rues Jean-Jacques-Rousseau et Saint-Martin. Au sein du gouvernement, la lenteur et l'incertitude prolongée des nouvelles de Lyon n'étaient pas faites pour dissiper l'angoisse de ses membres. Il fut même un moment question, entre les ministres, de se diviser : Guizot à Lyon avec le duc d'Orléans, Thiers à Paris avec le roi. Il n'en fut rien. L'armée fit le ménage. On avait appris que parmi les insurgés de Lyon, on comptait plus de révolutionnaires que d'ouvriers. La lutte était plus politique que sociale. Les revendications ne portaient pas sur les tarifs et les salaires, mais sur la république. Louis Blanc parcourait la capitale avec ses sbires et avançait le chiffre de trois cents morts. Le gouvernement répondait cent. Par la voix de ses représentants, il affirmait que la masse des combattants était formée d'aventuriers de toutes provenances et de toutes nations. L'exagération était de mise. Certains légitimistes, selon la version officielle, s'étaient même mêlés au mouvement, avec l'illusion de le faire tourner à leur profit.

Le maréchal Lobau, comte d'Empire devenu maréchal de la monarchie de Juillet, paradait à la tête d'une armée de quarante mille hommes et d'une garde nationale bien disposée. Le remuant petit Thiers donnait à toute cette agitation une impulsion de dictateur en gestation. Il supprima *La Tribune* par mesure de salut public et ordonna à la police d'opérer une rafle d'environ cent cinquante meneurs des Droits de l'homme. En même temps, *Le Moniteur* avertissait les insensés désireux de se livrer à des désordres que des forces considérables étaient préparées et que la répression serait aussi prompte que décisive. Personne n'était pris en traître. On annonçait la couleur.

Marius, lui, annonça la couleur à sa façon. Lors d'une pause à la salle d'armes, il fit part à Amédée de son intention de rompre avec Clémence.

— Je la devine assez forte pour s'en sortir et m'oublier comme elle a dû en oublier d'autres.

Amédée enleva son masque et posa son fleuret.

— Vous allez l'anéantir.

— Ma décision est irrévocable. Je n'aime pas Clémence.

Amédée se tapa sur les cuisses et s'exclama :

— Heureusement, mon cher ! Où irions-nous

si nous aimions les femmes que nous séduisons ? Il n'est nullement question d'aimer, mais de se faire aimer. Nuance ! Je me tue à vous le dire, et vous, vous passez brutalement d'une indécision à une autre.

— J'irai chez Clémence demain soir et je lui annoncerai ma décision, lâcha-t-il en relevant le front d'un air têtu. Je suis désolé.

Jouant de son fleuret et dissimulant mal son exaspération, Amédée siffla entre ses dents :

— Vous pouvez l'être. C'est comme avec votre ami Frédéric Rivolier. Un pas en avant, un pas en arrière, vous ne savez jamais ce que vous voulez. Demain, nous serons le 13. Le jour de tous les dangers.

Puis, après avoir vérifié son plastron, il simula une attaque à la face de Marius que celui-ci para d'un revers de la main.

— Sommes-nous toujours amis, baron ?

— Toujours, marquis.

L'homme en noir et le Dabe des greffes, comme souvent, se retrouvaient rue du Jour. C'était à deux pas de l'église Saint-Eustache, chez un teinturier qui servait d'intermédiaire dans le commerce de la viande de chat, où le Dabe des greffes avait ses habitudes. Les deux hommes sortirent et firent quelques pas.

— Cette fois, ils sont à notre merci, chuchota l'homme en noir. N'est-ce pas, Thénardier ?

Le vieux étira son cou de vautour, l'œil désapprobateur et néanmoins prudent.

— Ne m'appelle pas ainsi, tu sais combien je tiens à mon incognito.

L'autre feignit de ne pas avoir entendu.

— À présent il faut agir vite et frapper fort, reprit-il. Cet idiot de Marius sera rue Transnonnain demain soir. Et demain sera une belle journée d'insurrection où l'on pourra noyer le poisson dans l'eau.

— Tu veux dire le poison ? ricana le Dabe des greffes.

Il adressa un salut à une foule imaginaire, et la voussure de son dos s'augmenta de la profondeur de son salut. Il ajouta en ricanant derechef :

— La nuit, tous les chats sont gris.

L'homme en noir l'arrêta d'un geste de la main :

— Justement, à propos de chat, tu as prévu quelqu'un pour la Béquille ?

— J'y vais de ce pas, compère.

— Et Jésus ?

— Ça, c'est pour demain. Cet abruti de Rouget sera trop content de s'en occuper lui-même.

— Arrange-toi pour que Jésus soit au petit matin en bas de chez la dame qui habite rue Transnonnain.

— Dans l'état prévu ?

— Bien sûr.

— Et l'argent ?

— Tout vient à point à qui sait attendre.

Ce jour-là, à la suite de son entrevue avec l'homme en noir, le Dabe des greffes fit irruption dans l'atelier. Rouget s'en prenait encore à Raphaël. L'enfant avait roulé à terre.

— Ça suffit ! éructa le vieux. J'ai rencontré Jésus qui m'a rapporté que le Gail et Raphaël avaient bien travaillé cette nuit. Alors on économise la main-d'œuvre ! Compris, Rouget ?

Le rouquin retourna à son pupitre de contremaître sans protester. Mais en lui-même il se disait : « Profites-en bien, le vieux. Quand j'aurai pris ta place, tu viendras me manger dans la main. »

Le Dabe des greffes jeta un regard au Pointeur, avachi dans son fauteuil, l'œil mauvais et la morve au nez, les mains enfouies sous la couverture qui recouvrait ses jambes. « Celui-là, songea-t-il, il faudra bientôt s'en débarrasser. Cet encombrant pollue l'atelier et dénonce de plus en plus à tort et à travers. » Puis il fit quelques pas en direction de Raphaël et lui tendit sa canne.

— Tiens, mon petit, relève-toi.

Mais au dernier moment, il retira sa canne et l'enfant faillit tomber de nouveau. Un ricanement convulsif le secoua des pieds à la tête. Puis, à l'adresse du Gail :

— Viens un peu par là, toi.

L'adolescent à grande mâchoire se leva nonchalamment et marcha vers le vieux en se dandinant.

Le Dabe des greffes entraîna le Gail dehors et lui parla comme à une grande personne.

— Le Rouget, il est dur avec vous, n'est-ce pas ? Il vous en fait baver. Ne t'en fais pas, on l'aura. D'ailleurs, quand il y aura un problème à cause de lui, je veux que tu viennes me trouver.

On s'arrangera. Tu me raconteras à l'occasion s'il ne pioche pas un peu dans les recettes. Moi, de mon côté, je te chargerai de missions de confiance. Tiens, sais-tu au moins que je me sacrifie pour vous ? Que j'allonge pour tous ces subalternes qui me mangent la laine sur le dos ? Ils me coûtent très cher. Mais toi, je sais que tu es un bon élément. Et les bons éléments, moi, j'aime les récompenser.

Le Gail espérait une piécette ou deux. Seulement il connaissait la pingrerie du Dabe des greffes.

— Eh bien je vais te faire une fleur, poursuivit ce dernier. Tu veux te venger du Rouget ? Et gratuitement encore ?

Le Gail maugréa quelque peu. Pour le sonnant et le trébuchant, il pouvait repasser.

— C'est quoi ? demanda-t-il avec cette insolence naturelle qui donnait envie de le gifler.

— Tu connais le Clan Destin ?

— Jamais fichu les pieds.

— Eh bien je vais te donner l'occasion d'y aller, mon garçon. Le Rouget, figure-toi qu'il n'aime personne et que personne ne l'aime. Seulement il est toujours fourré au Clan Destin. Et tu sais pourquoi ?

Le Gail fit non de la tête.

— Parce que là-bas, il y a quelqu'un qu'il aime et qui l'aime en retour. Tu donnes ta langue au chat ? Eh bien, c'est précisément un greffe. Oui, un matou, un chat. Et de la pire espèce. Qui passe son temps à pioncer et à morfiler. Le genre nuisible. Mais pas difficile à estourbir, si tu me suis.

Le Gail écarquilla les yeux. Ces animaux-là, il

ne pouvait pas les voir. Un de plus ou un de moins, il s'en fichait.

— Faut le mettre dans le sac ?

— Pas celui-là, mon garçon. Il doit échapper aux casseroles. Il faudrait faire quelque chose d'esthétique. Le pendre comme à Montfaucon et le peler par le haut, tripes à l'air.

— Ça peut se faire, fit le Gail, laconique. Mais je ne comprends pas pourquoi tu me conseilles ça, Dabe des greffes, vu que tu es en cheville avec le Rouget et que tu l'as à la bonne.

— À la bonne ? Pas vraiment. Je le soupçonne aux entournures. Il prend des habitudes gourmandes. Moi, ceux que j'ai à la bonne, c'est les obéissants. Voilà tout. Au fait, tu as ce qu'il faut ?

— En fouillouse, Dabe des greffes.

Le Gail sonda sa poche et en sortit un grand couteau dont la lame rentrait dans le manche.

— Aiguisé comme un merlin, précisa-t-il en dépliant la lame.

Le Dabe des greffes apprécia le fil du couteau en connaisseur. Puis, l'œil étincelant :

— Alors ?

— Gy ! Dabe des greffes. Mais ce qui me chiffonne un peu, c'est que je ne serai pas là pour voir la fiole du Rouget.

— T'en fais pas, je te raconterai.

Lorsqu'elle trouva son chat à moitié écorché, crucifié au comptoir du Clan Destin, la Béquille tomba à genoux. Les deux seaux qu'elle portait se déversèrent sur le sol et le cri déchirant qui jaillit de sa poitrine résonna dans tout le pâté de maisons. De grosses quintes lui déchirèrent la gorge pour se terminer en sanglots spasmodiques.

— Mon Démon… Mon Démon…

À cette heure, il n'y avait personne dans la gargote. La Béquille se releva enfin, la tête dans les mains, et resta ainsi un long moment, prostrée, face au comptoir, les pieds dans l'eau. Qui avait bien pu faire cela ? Elle baissa les bras et marcha en boitant jusqu'à la cuisine. Pas âme qui vive. Alors elle prit un couteau et entreprit de déclouer la pauvre bête. Une fois la chose faite, elle plaça le cadavre de son chat dans l'un des seaux. Ses chaussons étaient trempés. Elle avait les orteils glacés. Du bout du pied, elle envoya rageusement ses pantoufles contre le mur. Puis, mécaniquement, elle retourna à la cuisine prendre une serpillière. Le désespoir la faisait trembler. Elle s'agenouilla tout doucement, comme quelqu'un qui arrive au bout de la vie, qui n'en peut plus, et elle commença d'éponger la crasse. Le sang battait à ses tempes. Elle perdit l'équilibre et s'affaissa sur le côté. Sa grosse main calleuse s'accrocha au comptoir. Elle connaissait la misère, la résignation, toute la sordide humanité s'étalant dans ce bouge immonde, et elle avait résisté, tenu bon ; mais là, pour la première fois de sa vie, elle n'avait plus envie de lutter. Elle implorait presque la mort. La carline, comme disaient les escarpes. Qui a bien pu faire cela ? se répétait-elle en elle-même. Et plus elle se la posait, cette question, plus elle s'en posait d'autres. Tout se mélangeait et s'intervertissait. Alors elle se força à frotter plus fort pour ne plus penser.

— Ben dis donc, fit une voix goguenarde, tu te coltines encore du boulot de souillon, la Béquille ?

La vieille se retourna et lança un regard suppliant au Dabe des greffes.

— On me l'a tué… On a tué mon Démon… On me l'a éventré et crucifié comme une chouette…

Elle montrait le bois du comptoir d'une main molle et tremblante.

— On a tué ton chat ?

Le vieux prit un air compatissant. Il avança vers la Béquille et lui tendit les bras pour l'aider à se relever.

— S'il n'y a que ça, je t'en offrirai un autre. Tu sais bien que ça me connaît, moi, les greffiers.

— Tu es gentil, Dabe des greffes… Mais c'était cette bête-là que j'aimais… Pas un seul chat ne remplacera mon Démon…

En touchant les mains de la Béquille, le vieux prit un air effaré.

— Dis donc, tu vas attraper le mal, toi ! s'exclama-t-il. Fais-moi le plaisir de me suivre jusqu'au fourneau.

La tête de la Béquille sur son épaule, il l'amena jusqu'à la cuisine en titubant. Ce qu'elle était lourde, bon Dieu ! Il l'installa sur un tabouret et alla chercher une bouteille d'eau-de-vie.

— Tiens, un petit coup de casse-poitrine.

La Béquille lui arracha la bouteille des mains et en but le quart en un rien de temps.

— Eh ! doucement, la Béquille, tu vas te donner une culotte ! fit le Dabe des greffes pour lui éviter l'excès de boisson.

— Il n'y avait personne..., répondit la Béquille. Tu entends, personne... Je ne vois pas qui a pu faire ça... C'était un tranquille, mon Démon... une brave bête...

Le Dabe des greffes prit un autre tabouret et s'assit en face d'elle. Il venait de remettre trois pièces de bois dans le fourneau. Puis, avançant son museau de fouine, il déclara d'un air détaché :

— Tout ce qu'on peut dire, c'est que cet ignoble forfait ne s'est pas fait par l'opération du Saint-Esprit.

Puis, tout à coup, il se donna une tape sur le front :

— Tiens, pendant que j'y pense, je passais tout à l'heure avec un des mômes de l'atelier, et j'ai vu la Miauleuse entrer ici. Mais je suppose que tu as dû la voir, ce n'est pas le genre discret.

La Béquille posa la bouteille qu'elle enfermait dans sa main et qu'elle contemplait d'un œil torve.

— La Miauleuse ? Elle est venue ici, cette verrue ?

— Puisque je te le dis.

Il consulta sa montre.

— Il y a à peu près vingt minutes.

— Il y a vingt minutes j'étais allée chercher de l'eau, dit la Béquille d'un ton plus ferme.

Le vieux prit l'air innocent de l'enfant qui vient de naître.

— Tu veux dire ?...

— Je ne veux rien dire, Dabe des greffes : je dis ! Cette pierreuse a tué mon chat.

— Oh ! là, ça me la coupe ! fit le vieux. S'attaquer à une petite bête innocente, quand même !

Je dois avouer que je suis soufflé. Tu as mon soutien, la Béquille. J'en parlerai à Parfait-Amour.

La Béquille se leva d'un bond. Elle reprit la bouteille et rebut une goulée.

— Inutile, grinça-t-elle. Parfait-Amour, laisse-le à ses rabots. La Miauleuse, cette fois, je vais m'en occuper.

Le Dabe des greffes se leva à son tour et posa la main sur l'épaule de l'ogresse.

— Écoute, moi aussi je t'aime bien, la Béquille. La Miauleuse, c'est une teigne. La dernière fois, elle t'a rossée proprement. Alors je n'aimerais pas que ça recommence. Cette maison, si elle est bien tenue, c'est grâce à toi. On ne te le dit pas assez, mais tu es la reine du ragoût. Et je pèse mes mots.

La Béquille baissa légèrement les yeux. Maintenant qu'elle tenait une coupable, et quelle coupable ! des idées de vengeance trottaient dans son esprit.

— Cette charogne, je vais la crever, maugréa-t-elle.

Alors qu'elle amorçait un mouvement vers la salle, le Dabe des greffes l'attrapa par le coude :

— Tiens, pour mettre toutes les chances de ton côté, j'y vais de ma modeste contribution.

Et il lui tendit un flacon rempli de liquide opaque en lui recommandant de le manier avec prudence.

— C'est quoi ? demanda la Béquille.

— De l'élixir de vengeance, ma jolie. Du vitriol. Une bonne giclée sur la fiole et on n'en parle plus.

La Béquille prit le flacon.

— Je te remercie, Dabe des greffes…

La Miauleuse était sur le chemin du Clan Destin. Ce matin, avant de partir, elle avait extorqué quelques francs à Parfait-Amour. Du menu fretin, certes, mais qui lui avait permis de se rendre rue Saint-Denis puis rue du Petit-Lion, dévolues à la mercerie et à la passementerie, histoire d'acheter des rideaux, des cordons, des galons et des rubans, bref, de quoi changer la physionomie du Clan Destin. Dans un deuxième temps, se disait-elle, il faudrait refaire aussi le sol et les murs. Cette idée la réjouissait. Elle imaginait bien un carrelage rouge vernissé. Pour le mobilier, l'escalier et la cuisine, on verrait plus tard. Seulement tout le monde devait y mettre du sien. Et la Béquille en priorité. « Celle-là, pensa la Miauleuse, il faut qu'elle soit en cuisine et qu'elle y reste. Moins on la verra, mieux on se portera. »

Lorsqu'elle franchit le seuil du Clan Destin, elle n'imaginait pas ce qui l'attendait.

— Il n'y a personne ? demanda-t-elle en posant ses paquets sur la première table venue.

La gargote semblait vide. La Miauleuse esquissa un sourire en songeant à cette situation qui changerait bientôt, et du tout au tout. Au reste, elle avait déjà des idées sur le nom même de l'établissement.

— Tiens, tu es là, toi ? dit-elle en apercevant la Béquille qui passait la tête hors de sa cuisine.

— Et alors, c'est interdit ?

— Non, mais ça devrait l'être. Pour que les affaires marchent, il faudrait que tu changes de dégaine.

La Béquille sortit complètement de sa cuisine, un seau à la main. L'eau-de-vie lui avait donné des forces. Son regard était brillant et sauvage.

— Ma dégaine, elle te dit bien des choses, rétorqua-t-elle en venant se caler contre le comptoir.

La Miauleuse secoua la tête d'un air d'abandonner la partie.

— Oh là là ! la Béquille, si tu veux cracher ton venin, tu tombes mal, je suis d'excellente humeur ! Comme tu peux voir, j'ai fait des achats pour donner à cette auberge une allure digne de ce nom.

La Béquille mit une main sur la hanche et jeta l'autre devant elle en balayant l'air.

— Une auberge où tu pourrais aller et venir à ta guise ? Comme cet après-midi par exemple ?

— Je viens ici quand ça me chante. Au cas où tu ne l'aurais pas compris, je suis ici chez moi.

— Chez toi ? Tiens donc !

La Béquille éclata d'un rire si terrible que la Miauleuse en éprouva une sorte de frisson.

— Et c'est ça que tu viens faire chez toi ? poursuivit la Béquille en lançant le contenu de son seau en direction de la jeune femme.

En voyant le chat sanguinolent et à moitié écorché, la Miauleuse recula d'effroi. Puis, relevant le menton et ôtant son chapeau de coquette qui lui donnait presque l'air d'une dame, elle dit une chose qu'elle n'aurait jamais dû dire :

— Et qu'est-ce que tu attends pour le faire en civet, ton greffier ?

La vieille se lança sur elle comme une furie. La Miauleuse s'écarta et rata le croc-en-jambe qu'elle lui destinait. Pour la peine, elle retrouva aussitôt la Béquille face à elle, les mains levées à hauteur d'épaules, prête à griffer.

— Tu veux que je t'aplatisse comme la dernière fois ? lui lança-t-elle.

La Béquille baissa les yeux et tâta le petit flacon dans la poche de sa blouse. Cette seconde d'inattention permit à la Miauleuse de la saisir par la crinière, de lui attraper le bras et de la mordre avec rage. Le sang jaillit sous sa dent. Puis elle fit un bond en arrière, hors de portée de son adversaire.

— Pouah ! Décidément, tu es faisandée de partout, la vioque !

La Béquille n'avait pas poussé un seul cri. Elle fonça droit devant, tête baissée, tel un bélier.

La Miauleuse écopa d'un coup de tête à la pointe du menton. Elle perdit l'équilibre et entraîna la Béquille avec elle dans sa chute. Ce fut alors une furieuse empoignade, avec des plaintes étouffées, des coups sourds et rebondissants.

La plus lourde finit par prendre le dessus. Après avoir roulé sur le côté, la Béquille leva un pied, le rabattit sur la Miauleuse et parvint à se hisser sur elle, à califourchon, l'enserrant avec ses jambes au niveau des cuisses et du bassin. La Miauleuse moulinait des bras, lacérant parfois le visage mou et bouffi de la Béquille. Mais celle-ci tenait bon. Malgré l'avalanche de coups, elle glissa la main dans sa poche, en sortit le flacon, fit sauter le bouchon avec l'ongle du pouce et, après avoir flanqué un coup de coude dans l'œil de la Miauleuse, elle en déversa le contenu sur son visage.

On entendit alors une sorte de crépitement, comme si on eût jeté de l'eau dans une bassine d'huile brûlante. Puis un hurlement terrible. La Béquille s'était écartée brusquement, poussant un éclat de rire infernal. Elle se releva, à bout de souffle, le bonnet de travers. Quand elle vit la Miauleuse tendue et cambrée, face contre terre, en proie à de terribles soubresauts, elle laissa tomber son flacon. Elle n'en croyait pas ses yeux. Elle tourna alors autour du corps supplicié en cherchant à voir le visage, la bouche écumante, la montrant du doigt avec une jubilation féroce.

— Alors, fais-nous-la voir un peu, ta jolie petite gueule !

Quand la Miauleuse tourna la tête avec une sorte de râle d'agonie, la Béquille se sentit défaillir. Ce n'était plus une figure mais un cratère visqueux qui ressemblait à un gratin de rognons et de crêtes de coq.

— Fallait pas tuer mon chat…, grommela la Béquille. Fallait pas…

Épouvantée, terrorisée par les répugnants effets de ce produit que lui avait donné le Dabe des greffes et dont elle ânonnait le nom en grognant, elle recula jusqu'au comptoir, se dandinant d'un pied sur l'autre, en proie à une irrépressible panique. Qu'allait-elle faire ? La Miauleuse n'arrêtait plus de gémir et de gémir encore. Elle pensa alors à Parfait-Amour. S'il apprenait cela, il la tuerait. L'idée d'en finir une bonne fois pour toutes lui traversa l'esprit. Finir la Miauleuse au couteau.

Pour qu'elle cesse de gémir. Pour ne pas alerter les voisins. Seulement elle était tétanisée. Incapable de faire un geste. Et les voisins, justement, ils se pressaient déjà à la porte du Clan Destin. Il y en avait même un qui avait assisté à la scène depuis pratiquement le début. Le Dabe des greffes, bien sûr. Le Dabe des greffes qui avait demandé à Rouget d'aller prévenir Parfait-Amour et qui interdisait à quiconque l'entrée de l'estaminet.

— Des histoires de famille, disait-il d'un air mielleux. Mieux vaut ne pas s'en mêler, on ne sait jamais ce qui peut arriver.

Une voix s'éleva parmi les badauds :

— Faut alerter les cognes ! On assassine quelqu'un là-dedans !

Le Dabe des greffes riposta :

— C'est ça, va chercher les cognes, ils nous emballeront tous !

Il fallait ralentir les choses. S'il y avait quelqu'un à prévenir, c'était le brigadier Carignol, ce vendu à qui il versait un peu d'argent en échange de menus services. Mais pas tout de suite.

— Pour l'instant, j'ai fait appeler le mari, trancha-t-il d'un air de ténébreuse confidence. Il va rappliquer sous peu. On verra plus clair après.

Autour de lui s'agglutinait toute la lie des faubourgs. Des voleurs à la tire, à la care, des petits voyeurs, des grands souteneurs, des misérables qui voyaient les autres encore plus misérables qu'eux-mêmes. Sans compter les irréductibles de l'indiscrétion, vidangeurs, portières, chiffonniers et vagabonds de toutes sortes. Ceux qui ne se lassent jamais du spectacle du malheur d'autrui. Ils poussaient, bousculaient, quémandaient leur pinte de mauvais sang.

— Bon, j'y vais, finit par dire le Dabe des greffes. Vous autres, restez là.

Il actionna le loquet et entra dans le bouge après avoir pris soin de refermer la porte derrière lui. Ce qu'il découvrit là lui réchauffa le cœur. Il s'avança vers la Béquille toujours prostrée près du comptoir et lança d'une voix calme :

— Mais qu'as-tu fait là, ma pauvre vieille ? Tu es folle, qu'est-ce qui t'a pris ?

La Béquille avait le regard fixe, la tête enfoncée dans le gras de ses épaules, les bras pendants.

— Fallait pas, fallait pas, répétait-elle.

La trahison du Dabe des greffes ne semblait même pas l'atteindre.

— Pour sûr qu'il ne fallait pas ! s'écria celui-ci avec une rage concentrée.

Puis, feignant une affliction profonde :

— Tu te rends compte un peu ? Qu'est-ce qu'il va dire, Parfait-Amour, hein ?

Du bout du pied, il fit légèrement pivoter la tête de la Miauleuse qui, presque évanouie, poussa un nouveau gémissement.

— Bigre ! tu l'as bien arrangée, la petite peste.

Soudain son attention fut attirée par une clameur qui venait du dehors. La porte s'ouvrit avec fracas et Parfait-Amour apparut sur le seuil de la porte, suivi de Rouget.

— Où est-elle ? grogna-t-il.

Jamais pris au dépourvu, le Dabe des greffes se tourna vers la Béquille et s'exclama d'un ton de reproche :

— Tu as presque tué cette pauvre Miauleuse !

Elle est défigurée à vie ! Comprends-tu au moins l'horreur de ton geste ?

Du coin de l'œil, il épiait Parfait-Amour. Celui-ci, déjà prévenu par Rouget, brandissait un poing vengeur en direction de sa femme. L'expression d'audace et de bonne humeur qui auréolait souvent sa large figure avait fait place à une fureur dantesque. Même s'il l'eût désiré, et l'on sait à quel point il ne le désirait pas, le Dabe des greffes n'aurait rien pu faire pour entraver cette colère dévastatrice. Aussi, lorsqu'il vit Parfait-Amour se ruer sur la vieille, ne tenta-t-il rien pour l'en empêcher.

— Non ! Non ! s'écria-t-il afin que la populace l'entendît. Ne fais pas ça, Parfait-Amour !

Puis, simultanément, il adressa un signe de main comminatoire à Rouget :

— Là, il y a du grabuge ! Va vite alerter le brigadier Carignol ! Allez, fonce !

Ayant vu avec horreur le visage de sa bien-aimée, Parfait-Amour avait disposé ses mains en collier autour du cou de la Béquille. Il serrait de toutes ses forces. Victime consentante et peut-être expiatoire, la vieille ne cherchait même pas à se débattre. Des mailles de peau floche faisaient des nœuds écarlates sous le contour de ses yeux exorbités. Peut-être même remerciait-elle son mari d'abréger ses souffrances et de la soustraire à cette vie de misère et de tracas. La Béquille était arrivée au bout de son existence. Maintenant que son chat avait disparu, elle n'aspirait plus qu'à le rejoindre. Elle crut voir un champ de fleurs. C'est tellement joli, un champ de fleurs au printemps. Ce fut la dernière vision de la Béquille.

— Voilà pour toi, vieille carne, fit Parfait-Amour en haletant.

Lorsque le Dabe des greffes vit les yeux de la Béquille se voiler, ses jambes s'affaisser et les bras de Parfait-Amour l'accompagner jusqu'au sol, il tourna la tête vers la sortie et cria :

— À l'assassin ! À l'assassin !

Un piétinement sourd se fit entendre à l'entrée de l'estaminet. La rumeur confuse qui annonçait l'arrivée des représentants de la loi retentit dans la rue, des crosses de fusil frappèrent le bois de la porte. Un commissaire de police reconnaissable à son écharpe entra dans le Clan Destin, suivi du brigadier Carignol. Les deux gendarmes qui les accompagnaient s'emparèrent aussitôt de Parfait-Amour.

— Pouvez-vous me dire ce qui s'est passé ici ? demanda le commissaire au Dabe des greffes.

— Monsieur le commissaire, répondit respectueusement celui-ci, je vous garantis l'honneur et la probité de cet homme que l'on connaît sous le sobriquet de Parfait-Amour, aubergiste de son état, et qui, lors d'un mouvement d'humeur, a étranglé sa femme.

— Vous appelez cela un mouvement d'humeur ? Et qui est cette femme allongée par terre ?

Tout en se dirigeant vers la Miauleuse, le commissaire, grave et sévère comme tous les commissaires, s'adressa à Carignol :

— Brigadier, mettez les poucettes à ce Parfait-Amour.

Puis, après s'être baissé pour constater l'état de la Miauleuse, sa figure s'allongea.

— Il faut transporter cette pauvre femme au plus vite. Comment s'appelle-t-elle ?

— Clotilde Lepetit.

— Du vitriol ?

— On ne peut rien vous cacher, monsieur le commissaire. Mais cet homme-là a mieux vu les choses que moi. N'est-ce pas, Rouget ?

Le rouquin parut désarçonné. Puis, guettant l'assentiment de son patron, il fit oui de la tête. Il expliqua confusément que la Béquille avait jeté du vitriol au visage de la jeune fille à terre et qu'il avait pris ses jambes à son cou pour aller quérir la police.

— Il ment ! s'exclama Parfait-Amour. C'est moi et pas les roussins qu'il a prévenu en premier !

— Vous, on ne vous demande rien, trancha le commissaire.

Puis, à l'adresse de Carignol :

— Le fourgon est arrivé ?

— Je crois, monsieur le commissaire. On va y mettre le prévenu.

Le Dabe des greffes intervint alors :

— C'est moi, monsieur le commissaire, qui ai demandé à Rouget de prévenir l'assassin. Je veux dire Parfait-Amour, corrigea-t-il aussitôt. En arrivant sur les lieux du drame, j'ai tenté de m'interposer, tous les témoins pourront vous le certifier, mais je n'ai rien pu faire. Vous avez vu ma constitution et celle de l'homme qui a étranglé sa femme, n'est-ce pas ? À ce moment précis Rouget, encore sollicité par moi, est allé chercher le brigadier Carignol, avec lequel j'entretiens les meilleurs rapports. Malheureusement, comme vous pouvez le constater, il était trop tard.

— Hum ! fit le commissaire, tout paraît confus. Enfin, ce qu'il me faut, à moi, ce sont des témoins. Et là j'en ai. Il appartiendra ensuite aux tribunaux de trancher. Et faites-moi confiance, en ces temps d'émeutes et de révoltes, avec tous ces soi-disant sectionnaires qui élèvent des barricades, crime passionnel ou non, la justice ne sera pas clémente. En attendant, que l'on conduise le prévenu au dépôt et que l'on s'occupe au plus vite de cette malheureuse.

Dehors, on avait vu arriver une voiture cellulaire avec des hommes en armes. Des gendarmes, des hommes de la sûreté, ainsi qu'un peloton de soldats d'infanterie. Ne signalait-on pas la présence d'une centaine d'excités dans la rue Saint-Denis ?

Alors que les gendarmes emmenaient Parfait-Amour, le commissaire s'adressa encore au Dabe des greffes :

— Vous m'avez l'air d'un brave homme. Votre témoignage m'aidera à élucider cette affaire afin d'expédier au plus vite l'assassin purger une peine de travaux forcés. Les flagrants délits, c'est vite réglé.

Le Dabe des greffes ôta son chapeau et salua cérémonieusement le commissaire.

— Vous précipitez sans doute un peu les choses, monsieur le commissaire. Ce Parfait-Amour est un excellent homme. C'est la jeune femme vitriolée qui lui a tourné la tête.

— Je ne précipite rien, monsieur. Je ne suis

que l'exécutant impartial d'une justice immanente. Comment vous appelez-vous ?

Le Dabe des greffes se recroquevilla sur lui-même et répondit avec humilité :

— Tardier, monsieur le commissaire. Je ne suis qu'un modeste commerçant qui élève des lapins pour fournir les restaurants du quartier. Et ce monsieur, là, connu sous le sobriquet de Rouget, se nomme Tricot.

— Fort bien, monsieur Tardier. Je compte sur vous et monsieur Tricot pour se tenir à la disposition de la justice. J'ai une victime et un coupable, c'est déjà ça.

Tardier, lors de sa déposition, se chargea d'enfoncer un peu plus Parfait-Amour tout en faisant mine de prendre sa défense. Cet homme ne reculait devant rien. La perspective de nuire et de s'approprier les biens d'autrui lui procurait une sorte de transe presque assimilable aux plaisirs de la luxure.

Tardier que la terre avait vu naître soixante ans plus tôt offrait un démenti catégorique aux théories de Jean-Jacques Rousseau. Cet homme qui ne mangeait rien, buvait peu, dormait à peine, était né mauvais et n'avait fait que cultiver son penchant. À part nuire et s'enrichir, rien ne l'intéressait. Il avait eu un foyer, il l'avait renié. Femme, enfants, parents, amis, bref, tout ce qui constitue l'ordinaire légitime d'un individu normalement constitué avait disparu de son existence. Il ne vivait que pour lui, que pour la lave de passions mal éteintes qui l'animait encore. Jadis il avait détroussé les cadavres sur le champ de bataille de Waterloo. À présent, il détroussait les vivants. Toujours avec les mêmes inavouables vigilances qui couvaient sous ses paupières verdâtres et chiffonnées. Et cela ne faisait que commencer.

Après sa déposition, il courut à l'atelier pour mettre au point avec Rouget la phase suivante de son plan. Au passage, il adressa au petit Raphaël un sourire chafouin qui en disait long. Il était en effet sûr que son complice, l'homme en noir, avait quelque chose à cacher concernant l'origine et la destinée de cet enfant. Quand il aurait percé ce mystère, plus rien ne l'arrêterait.

— Tiens, voilà pour toi, dit-il au Gail en lui donnant deux sous. Tu as bien œuvré, mon grand. Mais motus et bouche cousue, hein ? Que diraient les gens s'ils apprenaient que c'est toi qui as occis le chat de la Béquille ?

Le Gail, abasourdi par cette révélation, resta sans voix. Il ne ferait plus jamais confiance à ce vieux forban.

Un peu plus tard, le Dabe des greffes rejoignit l'homme en noir chez le teinturier de la rue du Jour. Il lui relata ce qui s'était passé au Clan Destin et précisa que tout était paré.

— Tout va se jouer demain, commenta l'homme en noir.

Tandis que Tardier et l'homme en noir mettaient au point les derniers détails de leur plan, le petit Raphaël songeait au passé. Reverrait-il un jour ce gentil monsieur qui lui avait donné son manteau et qui avait failli se battre avec Jésus ?

— Tu parles ! lui dit le Gail à voix basse, ton

petit chicard, il s'est volatilisé. Jésus lui a filé une sacrée foirade. Quant au manteau, c'est Rouget qui se l'est approprié. Il nous empalera toujours, ce salaud. Et le Dabe des greffes ne vaut pas mieux. Il m'a grugé avec une histoire de greffier. Faut s'y résigner, môme, cette sale turne est notre ordinaire. Et si on ne s'en va pas, ce sera notre tombeau.

Cette sale turne était l'unique refuge de Raphaël et de ses petits compagnons d'infortune. Une masure qui tenait lieu à la fois de prison et de foyer. Une seule fenêtre avec des barreaux et une porte verrouillée qui ressemblait à une porte de geôle. Et tout le monde à la même enseigne. Lever à six heures, soupe au lard sans beaucoup de lard, presque toujours froide, un quignon de pain pour la journée, un petit verre d'eau-de-vie dans l'après-midi, travail jusqu'à dix heures du soir, re-soupe au lard, mâtinée cette fois d'arlequin, autrement dit pleine de rogatons trouvés dans les alentours et jetés dans la marmite par la mère Fouillet, une ignoble ratatouille qui gonflait le ventre et provoquait des ulcères. Puis coucher à onze heures. Ceux qui traquaient les chats bénéficiaient d'un statut particulier : ils ne reprenaient le travail qu'à dix heures du matin.

— Un de ces quatre, on se tirera, répéta le Gail.

— Pour aller où ? demanda Raphaël.

— C'est là le problème, môme. Ce qui nous manque, c'est le point de chute.

Le point de chute, pour l'instant, se résumait à l'atelier. On y revenait toujours. Là, au moins, on était à l'abri. Les enfants dormaient sur des paillasses, se tenaient chaud les nuits d'hiver. Ils étaient au nombre de dix. Naturellement, ils auraient bien voulu s'amuser un peu, jouer comme des gamins de leur âge ; seulement, ils étaient tellement fatigués, tellement abrutis de travail qu'ils ne pouvaient même plus. L'effroi et le saisissement les avaient rendus souffrants. Ils toussaient, crachaient, se grattaient, se soulageaient là où ils pouvaient, souvent dans la cour fermée, parfois sur la mezzanine ou leurs paillasses. C'était immonde. Tous nouaient des écharpes trouées autour de leur cou. Et comme ils allaient pieds nus, les bronchites et les coryzas n'en étaient que plus fréquents. Au début de l'été, un des leurs était mort d'épuisement. De malnutrition ou des mauvais traitements du Rouget ? Allez savoir. Enfin, il était mort, le petit brun à tête de loup surnommé P'tit Louis. Scrofuleux, pouilleux, tout plein d'infections. Rouget avait pris une charrette à bras pour le balancer dans la Seine par une nuit sans lune. Pauvre P'tit Louis. Il avait donné à Raphaël un bout de bois taillé en forme de poupée. Raphaël y avait collé des morceaux de laine en guise d'habits. Il appelait cette pauvre poupée Lentille. Ça, c'est parce qu'il avait enfoncé deux lentilles en lieu et place des yeux. Lentille ne quittait jamais Raphaël. Le soir, il s'endormait avec elle. Quand Rouget avait emmené le corps de P'tit Louis, le Gail avait fait un semblant de feu dans une marmite en fonte, au grand dam du Pointeur. Tous les enfants étaient réunis autour de ce foyer improvisé. Raphaël qui ne se souvenait pas de grand-chose se rappelait avoir jeté une pincée de sel dans le feu.

— Pour éviter que le diable n'emporte l'âme de P'tit Louis, avait précisé le Gail.

— Pourquoi il irait avec le diable ? avait demandé Raphaël. Il était gentil, P'tit Louis.

Les autres enfants l'avaient approuvé, puis le Gail avait craché dans le feu pour l'éteindre.

— Le diable, justement, il préfère les gentils. Ils sont plus faciles à attraper. Surtout s'ils sont pauvres.

— Et le bon Dieu alors ?

— Le bon Dieu, il ne s'occupe que des riches. C'est pour ça que le paradis brille tellement.

— Moi j'aimerais bien aller au paradis, avait conclu Raphaël.

Les enfants ont parfois des marottes. Depuis que Raphaël sortait un peu plus souvent, de drôles d'idées lui trottaient dans la tête. Il avait vu des marchands de quatre-saisons, d'eau, de coco, tous ces crieurs ambulants que le préfet Gisquet considérait comme des parasites dangereux. Il rêvait d'oranges et de sucres d'orge.

— Moi, ce que j'aimerais faire, c'est vendre des trucs dans la rue.

— Un jour, on le fera, lui promettait le Gail. On s'échappera.

— Pour quoi faire ?

— Ben, pour faire ce que tu me dis, pardi !

La nuit vers onze heures, après le travail, quand ils montaient dans ce pestilentiel dortoir caparaçonné auquel on accédait par une échelle et un œil-de-bœuf, le Gail et Raphaël trouvaient parfois la force de parler, d'évoquer ces récupérateurs divers qui se nourrissaient des déchets de la rue.

— Ce qui me plaît, moi, c'est que ces

métiers-là échappent à toute réglementation, disait le Gail d'un air supérieur. On sera libres, môme.

— Tu crois ?

— Puisque je te le dis.

— Et Rouget, il me rendra mon manteau ?

— Celui que le petit chicard t'avait refilé ? N'y compte pas trop. Si l'autre vérole te l'a chapardé, ce n'est pas pour te le rendre.

— C'est un méchant, le Rouget.

— Je veux. Son daron et lui, on leur fera la peau.

Raphaël disparaissait alors sous sa couverture et serrait dans ses bras la poupée Lentille.

— Seulement tu vois, ajoutait le Gail en chuchotant, pour réussir notre coup, demain, dans un mois ou dans un an, il faut d'abord durer.

— Ça veut dire quoi, durer ?

— Ça veut dire ne pas mourir, môme.

Et ils s'endormaient comme des masses.

Cosette était inquiète. Elle en fit part à Marius :

— J'ai entendu parler de barricades et de coups de feu à la porte Saint-Denis, dans le quartier des Halles, place de la Bastille, faubourg Saint-Jacques. Tu ne peux pas remettre ce rendez-vous ?

— Je ne me rends pas dans ces quartiers, mentit Marius. Et puis j'ai sur moi ce cristal qui me tient lieu de porte-bonheur…

Il enfila son manteau et prit sa cravache. Sur le ton de la plaisanterie, il ajouta :

— Mon cheval me conduira à la vérité sans encombre, je te le promets !

Cosette se blottit dans ses bras.

— Ce serait bête de se perdre au moment où l'on se retrouve.

Cette remarque rendit Marius rêveur. Il baisa furtivement les lèvres de Cosette.

— Il n'y a que toi, dit-il d'une voix que l'émotion assourdissait.

— Si tu mens, tu me perdras pour toujours.

— Je ne mens pas. Je désire simplement être en paix avec moi-même.

Il embrassa encore la jeune femme et poussa la porte qui ouvrait sur le jardin et la rue Plumet. Il fit quelques pas et s'arrêta. En cette fin d'après-midi, le jardin avait de belles couleurs. Un petit vent glaçait un soleil pâle, et le jardin d'hiver faisait penser à un dôme mauresque dont les baies vitrées renvoyaient des croissants de lumière. Marius titilla ses bottes Sikorski du bout de sa cravache et se retourna vers Cosette. Légèrement déhanchée, s'inscrivant dans l'embrasure de la porte telle une Flore de Titien, Cosette semblait une reine descendue de son palais pour régner sur les roses et les lilas.

— Je t'aime, prononça-t-il.

Elle posa les deux mains sur son ventre. L'envie d'annoncer la grande nouvelle à Marius lui brûlait les lèvres.

— Marius ?…

— Oui ?

— Non, rien…

Marius la salua encore une fois en agitant son chapeau et se dirigea résolument vers le portail. En marchant dans la rue, il eut le vague pressentiment d'un danger. Après avoir sellé son cheval dans l'écurie de la Roche-Dragon, il songea à la mort de Frédéric et aux journées de 1832. Une fois en selle, ses sombres pensées s'évanouirent aussitôt. Il partit au petit trot.

D'emblée, en traversant le faubourg Saint-Germain, le quartier Latin et le Pont-Neuf, il fut captivé par l'ambiance de fête qui régnait partout. Des élégants parlaient du retour de Musset. Son séjour à Venise avec George Sand avait été un fiasco. Certaines mauvaises langues, à l'exemple de Mérimée, disaient que la dame de Nohant n'était pas plus douée pour faire l'amour que pour écrire en français. Aux carrefours, on jouait des vaudevilles. Des jeunes gens vantaient l'usage de l'opium sous le regard de gros bourgeois qui s'enivraient d'absinthe. On se promenait dans la rue comme si de rien n'était, on riait fort à l'entrée des auberges et des cabarets. Quelques étudiants esseulés couraient dans les rues au cri de « Vive la République ! ». Aux abords de la rue des Boucheries-Saint-Germain, qui deviendrait plus tard le boulevard Saint-Germain, Marius vit un homme en robe de bure qui agitait un bâton de pèlerin en invoquant Fourier.

— Vive Fourier ! Vive la liberté !

Rive droite, autre ambiance. Tous les magasins étaient fermés, pas une tête aux fenêtres, un silence de mort. Marius dut rebrousser chemin à trois reprises et multiplier les détours. Il y avait tantôt des soldats, tantôt des barricades. Des émeutiers retranchés dans les rues aux Ours et Geoffroy-l'Angevin le mirent en joue.

— Un espion ! Épaulez, compagnons !

Marius ne demanda pas son reste. Il éperonna et s'enfonça dans le lacis obscur des ruelles du faubourg Saint-Denis. Rue Saint-Martin, en voyant l'enseigne du Fer-Rouge, il décida d'aller à pied et de confier son cheval à l'écurie de l'auberge.

— Pour la nuit, monsieur ? lui demanda un palefrenier aux manières rustres.

Marius acquiesça :

— C'est préférable, mon brave. Je reprendrai ma monture demain dans la journée. Tenez.

Il donna de l'argent au garçon d'écurie et reprit son chemin.

Dans la rue Aubry-le-Boucher, il aperçut une barricade. Des émeutiers fumaient et juraient à qui voulait les entendre qu'ils auraient la peau de Thiers et de Bugeaud. Marius vit l'enseigne du Clan Destin. Il s'approcha. Cette fois on ne le visa pas. L'atmosphère était plutôt bon enfant.

— Que fais-tu, l'ami ? lui demanda un sectionnaire qui arborait un foulard rouge et brandissait deux pistolets.

— Je me rends rue Transnonnain.

— Alors prends garde, l'ami. Des camarades ont édifié une barricade dans cette rue, et ils sont plutôt nerveux de la gâchette. Depuis qu'ils savent que Bugeaud arrive à la tête de plusieurs milliers d'hommes de troupe, ils tirent sur tout ce qui bouge.

— Bugeaud ? s'étonna Marius. Un héros des guerres de l'Empire ?

L'autre brandit de plus belle ses pistolets.

— Ton héros n'en est pas un pour nous, l'ami. C'est un valet du gouvernement juste bon à garder la duchesse de Berry. Il va voir ce qu'il va voir. Allez, passe ton chemin, bourgeois. Et vis donc avec ton temps !

Le ton était moins cordial. Il n'était plus question d'ami, mais de bourgeois. Marius le salua et lui souhaita bonne chance.

— Vive Robespierre ! répondit l'autre sur un ton hargneux.

Marius prit le large sans se retourner. Ce sectionnaire lui conseillait de vivre avec son temps, alors que lui-même citait le nom de Robespierre. C'était cocasse. Marius repensa à Armand Carrel, qui lui avait parlé avec amertume de ces excités se réclamant de la Terreur, au pauvre petit Gavroche, qui était mort devant une barricade en juin 1832. Et à Raphaël. Que devenait-il ?

Décidément, l'Histoire repassait les plats. Quand Marius arriva rue Beaubourg, il découvrit une nouvelle barricade. Et une autre dans la rue Transnonnain. Par chance, on pouvait accéder au quatorze, où habitait Clémence. « Un jour, se jura-t-il, j'irai chercher le petit Raphaël. Et ce Jésus n'aura qu'à bien se tenir. » À force de le dire, il fallait le faire. Pourquoi pas demain ?

Ravi d'avoir pris cette décision, Marius gravit les marches deux par deux et, arrivé devant la porte de Clémence, agita la clochette. Clémence lui ouvrit sans paraître étonnée.

— Quelle bonne surprise, fit-elle d'un ton ironique. Mais entrez donc, je vous en prie. Vous connaissez le chemin, n'est-ce pas ?

Marius n'aimait pas ce ton.

— Je ne serai pas long, madame.

— Allons, baron, avec tout ce grouillement qui agite le quartier, vous n'allez pas m'annoncer que vous avez bravé les barricades seulement pour me faire l'affront de repartir à peine arrivé ? Donnez-moi donc votre chapeau et votre manteau.

Marius obtempéra et Clémence cligna les yeux avec ostentation. Cette attitude parut de bon augure au jeune homme.

— Venez vous asseoir, mon ami. Vous prendrez bien un doigt de porto ?

— Puisque vous insistez.

Marius prit place dans l'ottomane où Clémence à moitié nue avait si souvent adopté des attitudes lascives et provocatrices, jetant ses jambes par-dessus le dossier et les agitant dans le vide pour attirer le jeune homme. Il ne regrettait rien. Pourtant, avec sa robe de velours rouge décolletée garnie de rubans qui laissait apparaître la moitié de sa poitrine, Clémence n'avait jamais été aussi désirable que ce soir. Il remarqua un cil sur sa pommette et lui demanda de faire secrètement un vœu.

— Si tu devines où le cil se trouve, le vœu se réalisera.

Clémence servait le porto dans un verre de Murano. Tout à l'heure, dans ce même verre, elle avait versé un peu du narcotique donné par Louis-Désiré le soir du Mardi gras. Ce dernier, d'ailleurs, était passé la voir en début d'après-midi de sa propre initiative, sans en informer Amédée. Clémence lui ayant signifié qu'elle voulait se venger de Marius en le retenant chez elle toute la nuit, il lui avait conseillé d'utiliser la drogue avec parcimonie.

— Cela assommerait un cheval, madame. Vous ne voudriez tout de même pas attenter à la vie du baron ?

— Diantre, non, monsieur l'intendant ! Je respecterai les doses, soyez-en sûr.

Louis-Désiré avait néanmoins émis une réserve :

— Le problème, c'est qu'il risque d'être encore endormi au petit matin. C'est un narcotique très puissant.

— Alors que suggérez-vous ?

— Pour ne pas vous causer d'embarras, surtout avec ces manifestations qui risquent d'empirer, je vous propose d'envoyer des gens à moi afin de prendre en charge monsieur le baron. Ils l'aideront, le transporteront, bref, ils le remettront sur pied.

— C'est une excellente idée. Mais, au fait, l'effet de la drogue est-il immédiat ?

— Il faut attendre une petite heure, madame. Ensuite, c'est radical. Et si le baron rouvre les yeux, n'hésitez pas à lui en resservir une légère rasade.

Clémence avait retenu la leçon. Mais pour plus de sécurité, elle avait doublé la dose. Aussi, lorsqu'elle tendit le verre à Marius, fredonna-t-elle un air d'accompagnement à son humeur paisible.

— Un cil, dis-tu ?

Elle porta son index à la joue droite, enleva le cil, le fixa un long moment et souffla dessus délicatement.

— Mon vœu est fait, dit-elle en s'asseyant sur un fauteuil en face de Marius.

Sa sereine assurance le troubla quelque peu. Il porta le verre à ses lèvres et but d'un seul trait. Puis, après l'avoir posé sur le guéridon jouxtant l'ottomane :

— Ce que j'ai à te dire tient en une phrase, Clémence : notre liaison s'achève aujourd'hui. Je crois que c'est mieux pour nous deux.

Le coup d'œil que Clémence lui lança révéla un mépris si calme et si écrasant que Marius en fut décontenancé. Il croyait la jeune femme prête à fondre en larmes, à se traîner à ses pieds, ou encore à se montrer enrobante comme elle savait si bien le faire. Rien de tout cela. Elle redressa le buste et posa elle aussi son verre.

— Je pense que c'est mieux pour moi à qui tu avais promis une bague que tu as offerte à ta femme, siffla-t-elle. Tu es un petit monsieur, Marius. Je ne te reproche pas d'être comme les autres hommes, lâche et fuyant, mon Dieu non, je te reproche seulement d'être ce que tu es, simplement bête, indécis et conformiste. Tu n'arrives pas à la cheville d'Amédée. Tu veux être son ami, tu n'es que son faire-valoir. Et par-dessus tout, tu es ennuyeux.

Sans esquisser le moindre mouvement, sans laisser filtrer le moindre signe d'emportement, Marius fronça les sourcils et regarda Clémence droit dans les yeux.

— Tu ne sais pas ce que peut être l'amour, Clémence. Tu n'as jamais vécu secrètement, dans la douleur et en dehors de toi-même, cette chose incontrôlable qui embellit la vie et laisse espérer d'autres sentiments que la dérision et l'apparence. Tu es sèche. Désespérément sèche et rigide. Tu as presque trente ans et tu es déjà vieille.

Puis, sachant qu'il l'avait touchée à un endroit sensible, il ajouta :

— D'ailleurs, tu aimes tellement peu la vie que tu ne la donneras jamais.

Clémence devint toute pâle. Elle songea à cet enfant qu'elle avait eu d'Amédée, qu'on lui avait enlevé, et aux suites de cet accouchement qui l'avaient rendue stérile. Elle croisa sa jambe droite sur son genou gauche, prit son pied avec sa main, puis l'abandonna pour saisir le coussin du fauteuil et le jeter au visage de Marius.

— Oh là là ! s'exclama Marius en attrapant le projectile à deux mains.

Il se préparait à subir l'attaque de Clémence, un déferlement de coups et d'injures, se servant déjà du coussin comme d'un bouclier ; mais lorsqu'il écarta la tête pour voir Clémence, elle était cassée en deux sur son fauteuil, la tête entre les genoux, secouée de gros sanglots. Alors il posa le coussin, se leva prestement et vint s'asseoir aux pieds de celle qu'il avait blessée.

— Je suis désolé, dit-il en posant une main sur la crinière brune de la jeune femme, tu es ravissante, tu trouveras un homme qui saura te rendre heureuse, je ne raconte que des bêtises…

Clémence releva la tête. Ses larmes n'étaient pas feintes. Un horrible désespoir déformait ses traits.

— Non, tu ne dis pas de bêtises, Marius. Je suis effectivement sèche, froide et égoïste. Mais j'ai mes raisons. Il y a sept ans, j'ai eu un enfant.

Je ne l'ai même pas vu, on me l'a enlevé tout de suite. Comme j'avais perdu connaissance, on m'a annoncé plus tard qu'il était mort-né. Et maintenant je suis seule, Marius. Je ne suis plus qu'une femme facile que l'on prend et que l'on jette au gré de ses désirs.

Marius était bouleversé par ces révélations. En même temps, il se sentait la tête lourde.

— Tu n'étais pas mariée ? demanda-t-il.

— C'était bien mon malheur.

— Et le père ?

— Il s'appelait Amédée d'Iguerande.

— Amédée ? Mais… pourquoi n'avez-vous pas continué de vivre ensemble ?

— Parce qu'il ne peut pas donner à une femme ce qu'elle est en droit d'exiger. Il collectionne les conquêtes pour faire croire qu'il est un grand séducteur. Ce n'est qu'un imposteur.

— C'est surtout un monstre ! s'exclama Marius en prenant le visage de Clémence entre ses mains.

— Il n'aime personne, Marius. Il se sert de tout le monde. Il se sert de toi comme il s'est servi de moi et de ses amis. Il n'y a que ta fortune qui l'intéresse.

— Je n'ai aucune fortune.

— Il s'intéresse aussi à ta femme.

— Quoi ?

Marius lâcha Clémence et tenta de se relever. En vain. Une épouvantable torpeur engourdissait sa tête et ses membres.

— Il faut que je m'allonge…

La jeune femme l'aida à ramper jusqu'à l'ottomane. Il ne pouvait même plus se hisser sur ses jambes.

— Que m'arrive-t-il ? jeta-t-il en accompagnant sa question d'un mouvement de tête circulaire.

Tout se brouillait dans sa tête. En proie à des vertiges, il s'allongea à même le sol. Clémence, assise en tailleur, prit un coussin et lui glissa sous la tête. Elle caressa son visage. Venant du dehors, on entendait des cris et des fusillades sporadiques. Clémence ne s'en émouvait pas.

— Dors, mon petit garçon, murmura-t-elle. Dors.

II

À l'instant précis où Marius arrivait chez Clémence, Rouget s'apprêtait à quitter l'atelier en compagnie de Jésus. Le rouquin ferma la porte à double tour et posa la main sur l'épaule de Jésus. Ce dernier se méfia de l'amabilité soudaine de cette brute.

— Où m'emmènes-tu ? demanda-t-il en restant planté devant la porte. Et de quoi s'agit-il ?

— Une affaire juteuse, compagnon. On a déjà tiré la traite, tu auras ta part. En attendant, il faut s'occuper du garçon de recettes.

— Pourquoi moi ?

— Parce que le Dabe des greffes l'a ordonné, spécifia le Rouget, sûr de lui.

Jésus maugréa quelque peu. Déjà, à la demande de Tardier, il avait passé une bonne partie de la journée au Clan Destin à ranger la salle et à nettoyer la cuisine. Il en avait le visage noirci, comme passé au brou de noix.

— Ce genre d'affaire juteuse, comme tu dis, c'est réservé à Pierre-François.

Cette remarque de Jésus accrut encore l'impatience de Rouget.

— Lacenaire ? Il s'est fait coffrer, que je sache ? Tu ne vas pas passer ton temps à l'attendre, non ?

— Et c'est où ?

— Pas loin d'ici. Dans un petit appartement passage du Maire, près de la rue Transnonnain.

Jésus suivit le Rouget dans le couloir qui menait à la sortie. Il adressa un regard méprisant aux clapiers du Dabe des greffes, puis marcha d'un pas lent, comme un cheval qui freine des quatre fers.

De l'autre côté de la porte, le Gail avait tout entendu. Cette subite complicité entre les deux hommes ne présageait rien qui vaille. Il retourna vite au travail sous l'œil rapace du Pointeur. Puis, brandissant une sorte de gros peigne à laine, il sourit fielleusement et murmura :

— Profites-en, vieux cafard, tes jours sont comptés.

Pendant ce temps, Jésus et Rouget marchaient en direction de la rue Transnonnain, rasant les murs et contournant les groupes d'émeutiers et les barricades.

— Pas un seul cogne, nota Jésus.

— T'en fais pas, au moment venu, ce ne sont pas les gendarmes qui vont rappliquer, mais la troupe.

— Tout à l'heure, quand je suis sorti du Clan Destin, il y avait une barricade rue Aubry-le-Boucher. Un peu plus et j'étais bon. Ils voulaient m'enrôler, ces jeanfesses. Quand j'ai refusé, j'ai bien cru qu'ils allaient me dévisser le coco.

— T'aurais peut-être dû t'enrôler, lui glissa le Rouget.

— Pourquoi tu dis ça ?

— Comme ça…

Jésus n'aimait pas ce ton lourd de sous-entendus. Il serra dans sa poche son couteau et se sentit rassuré. Un peu plus loin, un groupe d'excités exhibaient leurs armes aux cris de « À bas les ministres ! » en courant vers une barricade. C'est alors qu'un feu de peloton retentit. Rouget et Jésus se jetèrent sur le côté.

— Bon Dieu ! rugit le Rouget, plaqué contre un mur. J'espère que tous ces sectionnaires vont être sabrés ! C'est vrai, quoi, ils tuent le métier !

À l'abri sous une porte cochère, non loin de la rue Beaubourg, ils virent passer un détachement de cavaliers. On avait l'impression que ces soldats, sabrant dans le vide et éperonnant à sang leurs chevaux, cherchaient à impressionner les fuyards qu'ils poursuivaient. Personne n'avait été atteint. Les émeutiers s'étaient retranchés derrière une barricade et les cavaliers s'immobilisèrent à cinquante pas.

— Halte-là, colonel ! cria une voix qui semblait sortir de dessous terre.

L'officier à qui s'adressait cette sommation s'inclina sur le cou de sa monture pour essayer de voir celui qui avait parlé. Plusieurs coups de feu retentirent. Le cheval de l'officier, comme soulevé de terre, alla rouler sur le pavé. Des cavaliers relevèrent aussitôt leur colonel qui avait perdu son shako. Ce dernier, tout en remettant son cheval sur pied, jetait à droite et à gauche de gros yeux effarés. Il ordonna à un de ses hommes de lui donner un mousqueton. Protégé par la croupe de son cheval, il épaula, visa et tira. Un provocateur qui s'agitait en haut de la barricade s'écroula sur un amas de débris.

— Voilà comment on tire, dans l'armée ! s'écria le colonel en accompagnant sa déclaration d'un martial mouvement de menton. Prenez-en de la graine, canailles !

— À mort ! À mort ! lui répondirent les insurgés en ouvrant le feu.

Le Rouget leva les yeux au ciel.

— Ils tirent comme des cochons. Ces imbéciles vont se faire charcuter. J'ai entendu dire que les soldats du 35e allaient se pointer avec Bugeaud à leur tête.

Puis, constatant que les cavaliers s'étaient retirés et que le terrain semblait libre, il donna un coup de coude à Jésus :

— Aboule, on y est presque.

Ils traversèrent la rue Transnonnain en courant et se précipitèrent à l'entrée d'un petit immeuble que le Rouget avait montré du doigt. Ils n'avaient essuyé aucun coup de feu.

— Entre, c'est là, dit le Rouget.

Il poussa une porte et laissa passer Jésus. Ce dernier se retourna vers le Rouget. Livide, il avait mis la main dans sa poche.

— Dis-moi, Rouget, avec tout ce remue-ménage, il ne viendra pas, ton garçon de recettes. Qu'est-ce que c'est que ce traquenard ?

Plus rapide que Jésus, Rouget avait glissé la main sous sa blouse. Il pointait un pistolet sur le ventre du jeune homme.

— T'avise pas de sortir ton surin, petit mariole.

Tourne-toi et grimpe, c'est au deuxième. Un geste de travers, et il y aura du raisiné sur les marches !

Arrivés au deuxième, les deux hommes s'arrêtèrent, Jésus devant et Rouget derrière.

— Toque deux coups à cette porte, fit ce dernier.

Du dehors parvinrent de nouveaux bruits de fusillade. Jésus tendit l'oreille.

— Grouille-toi ! aboya le Rouget en appuyant le canon de son pistolet dans les reins de Jésus.

Celui-ci se résolut à obéir, taraudé par l'intuition que sa dernière heure était venue. La porte s'ouvrit et il s'avança prudemment, prêt à bondir. Deux hommes lui faisaient face. Il reconnut Pégasse, un voleur à carouble qui fricotait avec le Dabe de greffes, et Vingt-Deux, un albinos qui avait infusé huit ans au bagne de Brest. La porte se referma et un troisième larron fit son apparition, un certain Tord-Boyaux, souteneur notoire qui marquait les filles au fer rouge. Trois escrocs de haut vol, sans compter Rouget et son pistolet : la lutte s'annonçait par trop inégale. D'autant que les trois escarpes étaient armés de gourdins.

— Venez donc, mes coquins ! s'exclama alors Jésus en dégainant son couteau. Il ne sera pas dit que Jésus se laissera égorger sans vendre chèrement sa peau !

L'albinos se rua à l'attaque avec son gourdin. Mais Jésus lui passa un croc-en-jambe avec dextérité et, d'un revers de couteau porté avec le manche à la nuque, l'envoya dans les bras de Morphée.

— Un de moins ! s'exclama-t-il.

Le Rouget, bloquant la porte, hésitait à se servir

de son arme. Mais les consignes étaient claires. Pas de blessures par balles.

— Faites-le danser ! intima-t-il aux deux autres.

Ce fut une lutte acharnée. Et Jésus, finalement persuadé qu'il avait ses chances, fit étalage de toute son habileté à manier le couteau. Ses deux adversaires, pourtant bien charpentés, en surent quelque chose. Pégasse fut touché à la jambe, Tord-Boyaux à l'œil.

— Tue ! Tue ! s'encourageaient-ils en sautillant et en moulinant à tour de bras.

Les coups de bâton qu'ils faisaient pleuvoir sur leur valeureux adversaire finirent par avoir raison de sa farouche résistance. Jésus avait mis un genou à terre. Il réussit à reculer jusque dans un angle de la pièce. Le plus furieux de ses agresseurs, Tord-Boyaux, dont l'œil crevé avait un aspect hideux, le chargea en braillant comme un goret que l'on égorge. Jésus, sans vraiment parer le coup, s'affaissa sur le côté à cet instant précis. Si bien que Tord-Boyaux, déséquilibré, vint s'empaler sur la lame luisante. Il s'effondra sans un bruit, le couteau planté dans le ventre.

Il ne restait plus que le Rouget et Pégasse. Effrayés par l'incroyable vitalité de Jésus, ils hésitaient à avancer. Voyant la jambe blessée de son comparse, Rouget ramassa le gourdin de Tord-Boyaux et le fit lentement tournoyer.

— Il a paumé son surin, ricana-t-il d'un air de vainqueur. On se le coince chacun d'un côté.

Et là, dans les ténèbres de ce galetas inhabité, il se passa quelque chose d'épouvantable. On entendit le bruit ininterrompu de coups de bâton assenés avec acharnement sur un corps humain, ponctué de craquements sinistres. Des plaintes et des éclats de rire convulsifs accompagnaient chaque coup. Puis on n'entendit plus rien.

Jésus avait eu la force de ramper jusqu'à la porte. Tout en le suivant, Rouget et Pégasse, hors d'haleine, l'avaient frappé en se relayant. À présent, ils reprenaient leur souffle.

— Il faut le finir, murmura le Rouget en haletant. Il respire encore.

— On dirait que Jésus n'a pas envie de mourir sur la croix, grinça Pégasse avec un affreux sourire, alors que le gras de sa cuisse était maculé d'une grande tache brune.

Soudain la porte s'ouvrit. Le Dabe des greffes apparut sur le seuil, son chapeau en peau de chat enfoncé sur les yeux. Il sentit une main agripper son mollet.

— Ben alors, dit-il à Jésus dont le visage n'était plus qu'une bouillie sanglante, tu n'es toujours pas mort, mon petit ?

Puis, à l'adresse de Rouget :

— Donne-moi ça, incapable.

Il s'empara du gourdin, l'éleva au-dessus de sa tête et le laissa retomber sur le visage du malheureux Jésus.

On entendit un bruit d'os fracassé. Jésus lâcha le mollet de Tardier en tressautant et, après un râle d'agonie, il rendit son dernier soupir.

— Voilà du travail comme je l'aime, observa le Dabe des greffes en lançant le bâton dans la pièce. Et les deux autres ?

— Tord-Boyaux est mort, répondit le Rouget.

— Rude gaillard, apprécia le Dabe des greffes. Et celui-là ?

— Il n'est qu'assommé.

— Remettez-le sur pied et allez enterrer Tord-Boyaux dans la cave. On a de la chance, cet immeuble est vide.

Puis, s'orientant vers la sortie :

— Demain matin à l'aube, n'oubliez pas d'être ponctuels. Vous savez ce que vous avez à faire. Et toi, Rouget, essaye d'être un peu plus présentable.

Et il déguerpit.

Clémence avait dormi une bonne partie de la nuit sans changer de position. Elle avait tenu Marius dans ses bras comme une mère tient son enfant. La folie de son acte ne l'avait même pas effleurée. Pour une fois elle possédait un petit garçon à elle, rien qu'à elle.

Le matin, vers six heures, des clameurs et des coups de feu la réveillèrent en sursaut. Elle se leva et courut à sa fenêtre. Un spectacle de désolation s'offrit à son regard. La barricade avait été démantelée, des hommes de troupe encadraient les insurgés, mains en l'air. Que s'était-il passé ? Les fusillades entendues la veille au soir provenaient du quartier Saint-Merri. On avait tiré sur l'escorte qui accompagnait Thiers et le général Bugeaud dans une reconnaissance nocturne des lieux où une poignée de sectionnaires avaient ouvert le feu. Un capitaine fut touché à mort par une balle tirée du soupirail d'un immeuble ; un auditeur au Conseil d'État tomba lui aussi.

Comme d'habitude, la lutte avait été circonscrite dans le quartier Saint-Merri, déjà ensanglanté en 1832. Interrompue la nuit, elle recommença le 14 au petit matin. On en était là.

Ce jour-là, on raconte que les soldats emportaient un officier blessé quand ils furent assaillis par des hommes sortant d'une maison qui achevèrent le lieutenant entre leurs mains. Il n'en fut rien. On raconte encore qu'un coup de feu partit d'une maison de la rue Transnonnain, tiré par un jeune homme nommé Bréfort, que son père avait enfermé dans une chambre pour l'empêcher de prendre part aux troubles. Il n'en fut rien non plus. Chaque camp a toujours une version différente des faits.

Ce qui est vrai, c'est qu'un coup de feu fut tiré en direction des soldats et que le lieutenant fut tué. Ce qui est faux, c'est que personne ne se précipita sur le lieutenant et que le pauvre Bréfort n'avait même pas un fusil à sa disposition. La réalité est beaucoup plus sombre. L'ignoble Rouget, voyant les choses se calmer, avait grimpé sur le toit du 12 de la rue Transnonnain, y accédant par le toit du 14. Il savait que pour mener à bien son projet il était indispensable que tout se déroulât dans la plus totale des confusions. Sinon on allait le repérer. N'avait-il pas déjà eu toutes les peines du monde à transporter le corps de Jésus jusqu'au 14 de la rue Transnonnain ? Ses complices, terrorisés par l'ampleur de l'émeute, se tenaient au rez-de-chaussée, dans un recoin de couloir, de l'autre côté de la rampe d'escalier, près d'une courette lugubre. Serrés l'un contre l'autre, ils tentaient tant bien que mal de dissimuler leur fardeau, priant pour que tout s'achevât dans les plus brefs délais.

Le Rouget, donc, était monté jusqu'au dernier étage de l'immeuble. Il avait pu observer les hommes de troupe, les gens à leurs fenêtres, les blessés que l'on tentait de dégager des décombres. Dans l'immeuble attenant, même si l'on se barricadait chez soi, on ne résistait pas au désir morbide de contempler le spectacle de la rue.

Le Rouget, à quatre pattes, put accéder au toit du 12 en passant d'une jacobine à l'autre. Une fois sur son perchoir, à moitié caché par une cheminée, il donna un coup de pied à une tuile de guingois. Celle-ci glissa sur la toiture et alla s'écraser par terre. Des badauds et des soldats levèrent la tête. Ils s'écartèrent du lieutenant blessé. Ils n'aperçurent qu'une ombre. Ce fut à cet instant que Rouget choisit le lieutenant comme cible. Il arma le chien de son pistolet, s'appuya contre la cheminée et tira. En bas, le lieutenant sur son brancard de fortune se cabra violemment et poussa un râle d'agonie. Ce fut la stupeur. Puis l'hallali.

— Le coup de feu est parti de cet immeuble ! hurla un soldat, fou de rage, montrant du doigt un homme à la fenêtre.

Un officier à cheval voulut s'interposer – en désespoir de cause. Ivres de vengeance, une cinquantaine de soldats s'engouffrèrent par la porte déjà enfoncée du 12 de la rue Transnonnain.

En voyant la tournure des événements, Clémence referma sa fenêtre et se rejeta en arrière, affolée. Elle fixa son regard sur Marius qui, en chien de fusil, dormait toujours. Clémence plongea la tête dans ses mains et se mit à sangloter. Et si les soldats venaient chez elle ? D'ici, elle entendait déjà le hurlement des habitants de l'immeuble voisin que l'on passait au fil de l'épée, que l'on égorgeait chez eux. Elle tomba à genoux et pria le ciel de l'épargner. Puis elle se déplaça, toujours à genoux, jusqu'à Marius et le secoua de toutes ses forces. En vain. Il n'ouvrit même pas un œil. Et s'il était mort ? Si la dose avait été trop forte ? Elle n'eut pas le réflexe de prendre le pouls de Marius ou de poser l'oreille contre son cœur. Au lieu de cela, elle lui fit enfiler son manteau, ses gants et son chapeau. Puis, d'un coup de reins, elle se mit sur ses jambes et courut jusqu'à la porte. Au bord de sombrer dans la folie, elle songea que l'intendant d'Amédée lui avait tendu un piège et que les soldats allaient débarquer chez elle d'une minute à l'autre pour l'emmener et la fusiller. N'était-elle pas responsable de la mort de Marius ?

Des bruits de pas dans l'escalier la glacèrent d'effroi. Elle se laissa glisser contre la porte et se recroquevilla sur elle-même, les genoux au menton, l'air terrifié, égaré. « Je ne bougerai pas d'ici, dussé-je mourir moi aussi », se dit-elle. Et elle enfouit une nouvelle fois la tête dans ses mains et ses genoux.

Pendant ce temps, le Rouget avait rebroussé chemin, repassant par les deux jacobines et revenant au dernier étage du 14 de la rue Transnonnain. Lorsqu'il entendit les cris de détresse des habitants du 12, toute cette clameur mêlée d'imprécations et de vociférations vengeresses, il dévala les escaliers quatre à quatre. Ce sont ses pas que Clémence avait entendus. Une fois de plus, il s'assura que personne n'aurait la mauvaise idée d'investir l'immeuble. Il ouvrit la porte cochère avec précaution, laissant filtrer un rai de lumière. La rue était noire de soldats. On s'invectivait de toutes parts.

— Arrêtez ! hurlaient des officiers à cheval. Repliez-vous ! Clairon, ordonnez la retraite !

— Ils ont tué tout le monde, se lamentait un bourgeois.

Le Rouget referma la porte et courut retrouver Pégasse et Vingt-Deux. Quand il aperçut le cadavre de Jésus, son visage vide, sans bouche, sans nez, ses cheveux mêlés d'éclats de cervelle et de caillots éparpillés, il lui décocha un coup de pied rageur.

— Alors, tu es bien avancé, hein ?

Il demanda à l'albinos de venir avec lui et à Pégasse de rester sur place. Il se colla une fausse moustache, ajusta le mouchoir qu'il venait de nouer autour de son cou, et se coiffa d'un haut-de-forme. Puis, saisi d'un doute :

— Ça va ?

— T'as l'air d'un petit crevé, lui assura Vingt-Deux.

Le Rouget et l'albinos gravirent rapidement les marches et, arrivés devant chez Clémence, prirent un air docte pour sonner à la porte.

De l'autre côté, Clémence sentit son cœur chavirer.

— Oui, fit-elle d'une voix plaintive.

— Madame de Lavely ?

— Elle-même.

— On vient chercher le jeune homme qui est chez vous.

Soulagée, Clémence se leva et ouvrit la porte. Elle n'avait même pas eu la présence d'esprit de demander à ces inconnus de la part de qui ils venaient.

— Vite, il est là, dit la jeune femme en indiquant le salon.

L'albinos chargea Marius sur son épaule et partit sans un mot. Rouget salua Clémence et lui demanda si elle avait le flacon. Elle alla le chercher et le lui remit sans un mot.

— N'oubliez pas ça, dit-elle en lui tendant la canne de Marius. À présent, partez vite, ajouta-t-elle sur un ton suppliant.

— C'est comme si c'était fait, madame.

Le Rouget referma la porte et s'empressa d'aller rejoindre ses complices. Arrivé en bas, il demanda l'heure à Vingt-Deux, qui avait déjà déposé Marius près de Jésus.

— Sept heures.

— On n'entend plus un bruit. Procédons à l'échange des pelures. Et vinaigre, bon Dieu !

Dehors, les soldats étaient en colonne par deux. Pompiers, gendarmes et curés avaient fait leur apparition. Il commençait même à arriver bon nombre de badauds. On disait que tous les habitants du 12 avaient été massacrés. On disait aussi que tout était terminé, que la troupe et la garde nationale avaient eu onze tués et quatorze blessés. Chez les insurgés, on comptait quatorze morts et une douzaine de blessés.

Lorsque le Rouget et ses complices quittèrent

l'immeuble de Clémence, prenant soin d'emprunter des directions opposées, ils avaient mis les habits de Marius à Jésus, et réciproquement. Tout cela dans la précipitation. Rouget, malgré ses aspirations à devenir un champion du crime, n'était qu'un petit factotum hargneux et sans cervelle, rongé par la rancune et l'appât du gain. Il n'avait qu'une obsession, celle de dessiner une tache de vin à l'encre sous l'œil de Marius et de lui barbouiller le visage de charbon de bois. L'illusion devait être parfaite. Pégasse, lui, avait été chargé d'échanger les pantalons, les chemises, les vestes et de passer les gants de Marius aux mains de Jésus. Vingt-Deux avait placé un gourdin entre les bras de Marius, après l'avoir imprégné du sang de Jésus. Rouget, enfin, avait fait avaler au jeune homme le reste du narcotique.

Tout était réuni pour que le subterfuge fût parfait. Sauf une chose : dans son empressement à grimer Marius, Rouget avait oublié la bague de Jésus, cet anneau d'or où figurait un serpent avec des quinquets d'émeraude.

Deux heures plus tard, la rue Transnonnain était toujours aussi encombrée. Les nouvelles allaient vite. Le gouvernement, paraît-il, avait déjà annoncé aux chambres sa double victoire de Lyon et de Paris. On disait que pairs et députés allaient se rendre en masse aux Tuileries pour porter au roi leurs félicitations. On s'apprêtait à prendre des mesures draconiennes. Les ministres, dès le lendemain, entendaient déposer deux projets de loi destinés à empêcher le retour de semblables troubles. Par l'un, ils demanderaient des crédits supplémentaires pour mettre l'armée sur un pied qui permît d'assurer l'ordre intérieur ; par l'autre, on édicterait des peines sévères contre les détenteurs d'armes de guerre. Quant aux républicains, on ne les voyait plus dans les rues. Surtout en cette matinée lugubre du 14 avril. Ils portaient la tête basse, se sentant à la fois détestés et dédaignés, odieux pour avoir fait peur et ridicules pour avoir échoué aussi misérablement. On allait s'empresser de dissoudre les sociétés secrètes et de jeter leurs chefs en prison. Quant à la publication de *La Tribune*, où avait travaillé Frédéric Rivolier, elle ne tarderait pas à être suspendue. Il fallait frapper vite et fort. Profiter de la consternation qui, mêlée d'un rejet bien légitime de toute idée révolutionnaire, occupait les esprits.

Ce matin-là, dans un recoin obscur au rez-de-chaussée du 14 de la rue Transnonnain, le portier de l'immeuble, qui demeurait dans une loge de l'autre côté de la courette et n'avait pas cru bon de se montrer au moment de la fusillade, découvrit deux corps sans vie. Il n'eut pas besoin de courir bien loin pour donner l'alerte.

— Deux morts de plus ? Et alors ? bougonna un brigadier de gendarmerie en fronçant les sourcils. Dans l'immeuble d'à côté, les morts, ce n'est pas ce qui manque !

Lorsque les gendarmes sortirent les corps qu'ils installèrent sur une carriole, on s'aperçut que l'une des deux victimes respirait encore.

— Un mort qui respire ? s'étonna le même brigadier en lissant ses moustaches. S'il respire, c'est qu'il n'est donc pas mort !

Pour ce fin observateur des faiblesses humaines, il ne faisait aucun doute que ces deux révolutionnaires avaient été touchés en voulant se réfugier dans l'immeuble. L'un avait succombé à ses blessures, l'autre y avait survécu par miracle.

— Il ne bouge pas, constata un gendarme après avoir examiné Marius. Il est comme amorphe.

Les badauds se pressaient autour de la carriole et des gendarmes. Un peu plus loin, un jeune homme coiffé d'un étrange petit chapeau, semblable à ceux que Delacroix avait rapportés du Maroc, griffonnait quelque chose sur un papier, prenant appui sur son carton à dessin. Il avait l'œil vif, le cou maigre et une barbiche de chevreau.

— C'est ce petit rapin de Daumier, commentait un jeune gandin à l'allure de carliste. Il a déjà fait six mois pour s'être moqué du roi.

Des habitants du 14 de la rue Transnonnain étaient penchés à leurs fenêtres, l'œil fixé sur les soldats et leurs officiers qui gardaient un silence profond. Ils savaient déjà que les barricades des rues Beaubourg, aux Ours, Aubry-le-Boucher, Geoffroy-l'Angevin et Transnonnain étaient tombées. Parmi eux, au deuxième étage, une jeune femme regardait la carriole d'un air effaré. À la vue du corps inerte de celui qu'elle prenait pour Marius, dont on avait recouvert le visage d'un voile blanc, elle crut perdre la tête. Hagarde, elle était incapable du moindre geste.

En bas, dans la rue, un rouquin corpulent assistait à la scène. Perdu dans la foule, affublé d'une blouse d'ouvrier et d'une casquette, car il avait pris soin de se débarrasser de ses frusques et de la moustache qu'il portait en présence de Clémence, il se fraya un chemin au milieu de tous ces bourgeois, artisans, commerçants, rôdeurs et portiers, et s'approcha du brigadier et de la carriole. Il se découvrit et pencha la tête avec toute la fausse humilité dont il était capable de faire montre.

— Monsieur le brigadier, je connais cet homme, dit-il d'une voix hésitante.

Là-haut, Clémence l'avait suivi du regard, sans reconnaître en ce Rouget-là celui qui était venu chercher Marius. Que s'était-il passé ? Elle refusait d'y penser. La seule perspective d'être inquiétée ou interrogée la mettait en transe.

Le brigadier toisa Rouget des pieds à la tête.

— Et vous, qui êtes-vous ?

— Un pauvre peigneur de laine, monsieur le brigadier. Un peigneur de laine qui n'a même pas pu rejoindre son logis cette nuit, vu que j'habite rue Aubry-le-Boucher, et que ces bandits-là, comme vous devez le savoir, y avaient mis une barricade.

— Bon, fit le brigadier, et vous dites connaître ces hommes ?

— Celui qui est évanoui travaillait avec moi. Un drôle de paroissien, croyez-moi. Il ne pensait qu'à boire et courir la gueuse. D'ailleurs regardez, il a encore entre les mains un gourdin plein de sang. Ne serait-ce pas le sang de ce malheureux ?

Rouget montra du doigt le corps sans visage. Puis il enchaîna :

— Mais le plus important n'est pas là. Figurez-vous, comme tout un chacun, que j'emploie des enfants dans mon atelier. Eh bien, ce Jésus, puisque c'est son nom, ou plutôt son surnom, car il s'appelle Alexandre Tixier, avait pris l'habitude de les rudoyer. Un jour, un jeune homme qui visitait l'atelier – parce que sans être exemplaire, monsieur le brigadier, je m'emploie à faire visiter ma petite entreprise aux étrangers pour leur montrer comment je rends le plus agréables possible les conditions de travail de ces pauvres enfants –, le jeune homme, donc, prit la défense d'un petit employé sur lequel ce Jésus tapait à bras raccourcis. Ils sont même sortis dans la rue pour s'aligner. Il y a des témoins, croyez-moi.

Comme le brigadier s'impatientait, Rouget en vint au fait :

— Eh bien, le jeune homme en question, monsieur le brigadier, n'était autre que ce monsieur dans la carriole, là, qui m'a l'air bien mort.

— Et comment le reconnaissez-vous ?

— À ses habits, monsieur le brigadier. C'est un jeune homme très bien. Je peux même vous dire comment il s'appelle.

— Ah oui ? Et comment ça ?

— Le jour où Jésus et lui se sont battus, il a crié son nom. Vous savez, par défi, comme ces petits gars de la rue lorsqu'ils veulent en découdre. Marius Pontmercy, qu'il s'appelle.

— Cet homme dit vrai, fit une voix.

Le brigadier et Rouget détournèrent le regard. Le brigadier Carignol, bien campé sur ses jambes, entouré de deux autres gendarmes, tenait les bras croisés. Dans son œil bleu filtrait plus que jamais cette désespérante suffisance qui ne le quittait pas.

Le Dabe des greffes lui avait demandé d'être présent sur les lieux.

L'autre brigadier ouvrit des yeux ronds.

— Et comment tu sais ça, toi ?

— J'étais là quand ce filou de Jésus et ce jeune homme ont failli en venir aux mains.

— Et tu n'as rien fait ?

— Il n'y avait rien à faire puisqu'il ne s'est rien passé.

L'autre brigadier se gratta la tête.

— Ce jeune homme s'appelle Marius Pontmercy, insista Carignol. Demande donc à tes hommes de le fouiller.

Le brigadier se retourna vers eux et leur intima l'ordre de fouiller le mort.

— Il y a là des papiers au nom de Marius Pontmercy, dit un gendarme avec l'accent du Lot-et-Garonne. Et même baron Pontmercy. C'est marqué sur une carte de visite.

Le brigadier effleura son bicorne.

— Mazette ! L'affaire se complique, dit-il presque à regret.

Trois pelotons d'agents de police armés de carabines et de casse-têtes arrivèrent près de l'immeuble mitoyen. Des hommes en noir conversaient devant l'emplacement du déjà trop célèbre massacre. Deux d'entre eux s'avancèrent vers les gendarmes, la canne en avant, le chapeau sur la tête. Un commissaire et un inspecteur.

— On me dit qu'il y a quelque chose de louche par ici, fit le commissaire.

— Tout à fait, dirent les deux brigadiers.

Et ces deux fleurons de la maréchaussée exposèrent les faits.

Le commissaire et l'inspecteur tentèrent alors d'interroger Marius. En vain. Victime du sommeil artificiel provoqué par le puissant narcotique, dont Rouget lui avait versé presque tout le flacon dans la bouche, ce dernier ne réagissait ni aux gifles ni aux bourrades.

— Rien à en tirer, dit l'inspecteur.

Le commissaire s'adressa alors à Rouget :

— Et comment se nomme ce gaillard ?

— Jésus, monsieur le commissaire. Ou encore Alexandre Tixier. Entre nous, je crois qu'il est un peu simple d'esprit.

— C'est évident, surenchérit Carignol en prenant une mine de circonstance.

— Eh bien, rien de tel pour les simples d'esprit que les galères ! s'exclama le commissaire avec bonne humeur.

Puis, à l'adresse de ses sbires :

— Faites le nécessaire pour prévenir la famille de ce malheureux monsieur Pontmercy.

— Il y aura un procès ? demanda le Rouget.

Le commissaire serra sa canne contre lui.

— Un procès ? Avec les événements qui viennent de se dérouler, il n'y aura de procès que pour les politiques. Celui de ce bon à rien sera vite expédié. S'il ne tenait qu'à moi…

Il bloqua sa respiration et s'abstint de dire ce qu'il avait sur le cœur. Puis il conclut :

— Ce Tixier sauvera sans doute sa tête, les simples d'esprit ont droit à des traitements de faveur. Je ne vois pas au nom de quoi. Comme moi vous avez vu le gourdin et le visage atrocement mutilé de ce monsieur Pontmercy. Ce Jésus devrait être raccourci sans préambule.

— Je suis bien d'accord avec vous, approuva Carignol en faisant battre ses paupières lourdement.

Le Rouget, lui, s'en voulut d'avoir précisé que le supposé Jésus était un simple d'esprit. Il demanda d'une voix plaintive :

— Faudra-t-il que je témoigne ?

Le commissaire avait calé le pommeau de sa canne sous son menton.

— Cela va de soi, mon brave. De toute façon, pour le dénommé Jésus, ce sera les assises. Je doute qu'en ces temps de troubles politiques l'on se penche très longtemps sur le cas de monsieur Tixier. Autant dire qu'on ne se perdra pas en atermoiements.

Rouget se retira. Un peu plus loin, il reconnut un homme coiffé d'un chapeau en peau de chat qui souriait en coin. Il piqua droit sur lui.

— Alors ? demanda le Dabe des greffes.

— Ils l'embarquent au dépôt et il va vite passer en jugement. D'après le commissaire, la cause est entendue.

Le vieux se frotta les mains.

— La veuve ?

— Pas sûr.

Le vieux s'interrompit.

— Les durs ?

À la mine réjouie du Rouget, il comprit que c'était le bagne. De quoi dresser le poil à ce petit prétentieux qui, quelques mois plus tôt, l'avait congédié comme un malpropre, tout cela parce que lui, Tardier, Thénard ou encore Thénardier, grand philanthrope devant l'Éternel, était venu lui annoncer que Jean Valjean était un assassin et un bagnard en rupture de ban.

— Il a voulu jouer les malins ? Eh bien, il va en goûter, du bagne. Et vu sa fragilité, même qu'il y restera.

Puis, guettant les allées et venues des gendarmes, il ordonna à Rouget de retourner à l'atelier.

— Je n'aime pas que mes petits restent trop longtemps tout seuls, expliqua-t-il d'une voix geignarde. D'autant que le Gail a dû chasser toute la nuit.

Quelques minutes plus tard, une voix familière le fit sursauter :

— Alors, Thénardier, on se régale du spectacle ?

— Énormément, fit le vieux en ricanant avec un bruit de chat qui siffle. Mais, bon sang, ne m'appelle pas comme ça.

L'homme en noir releva son chapeau du bout de l'index et se dressa sur la pointe des pieds. Quand il se tenait ainsi, on remarquait une bosse dans son dos. Et, pour une fois, il se montrait à visage découvert. Cet homme n'était autre que Louis-Désiré Burdin. L'intendant d'Amédée d'Iguerande.

— Mon cher Burdin, je crois que le tour est joué, prononça le Dabe des greffes.

Et les deux hommes se serrèrent la main en riant de concert.

Ils ne virent pas ce jeune dessinateur qui avait ébauché plusieurs portraits d'eux. Son crayon faisait merveille. Et par-dessus l'épaule du dessinateur, un garçon de quinze ans à la grande mâchoire n'avait rien perdu de la scène.

— Qu'est-ce que tu reluques ? lui demanda le dessinateur.

— Vos dessins. Ils sont vraiment ressemblants.

Du coin de l'œil il avait vu le Rouget s'éclipser. Il ne comprenait rien à ce qui se passait. Et l'homme allongé dans la carriole, supposé être Jésus, que les gendarmes transportaient à présent, pourquoi n'avait-il plus sa bague ?

— Si ça t'intéresse, je m'appelle Daumier, dit le jeune dessinateur avec vanité. Tu peux voir mes œuvres dans *La Caricature*.

— Merci, monsieur, répondit le Gail. Je m'en souviendrai.

Et il partit en courant, pressé d'arriver à l'atelier avant le Rouget.

Marius fut déclaré irresponsable. Un médecin dépêché par le tribunal l'avait ausculté. Cet homme chlorotique, aux cheveux collés sur le front, dont l'haleine pestilentielle évoquait un mélange d'entrailles et d'alcool, ne trouva rien de suspect. Il avait œuvré à la va-vite. En conséquence, il décréta que ce jeune homme, au moment des faits, n'était pas conscient de ses actes. Il suffisait de le voir. Prostré et absent, en proie à une terrifiante et douloureuse lutte intérieure.

Ce bâclage sauva la tête de Marius. Non seulement on en conclut qu'il était sujet à de brusques attaques convulsives avec perte de connaissance suivies d'état de prostration et de profond abattement, mais en plus qu'il ne jouissait pas de toutes ses facultés mentales. Comme par ailleurs on n'évoquait pas non plus une véritable et bonne folie, il évita l'asile. Et le procès fut vite expédié.

Le commissaire ayant procédé à l'arrestation de Marius fut appelé à la barre. Se fondant sur les éléments d'une enquête succincte, puisqu'elle reposait sur les allégations d'un peigneur de laine qui, semblait-il, employait le prévenu, et d'un brigadier de gendarmerie un peu trop sûr de lui, il corrobora le point de vue du médecin. Inutile de chercher midi à quatorze heures, il avait d'autres chats à fouetter.

— Monsieur le président, déclara-t-il de son air le plus pénétré, il est de notoriété publique que l'accusé, le dénommé Alexandre Tixier, dit Jésus, est un simple d'esprit. Mais un simple d'esprit qui frappe à mort un homme au moyen d'un gourdin – je vous rappelle que les coups portés au visage de la victime attestent d'une sauvagerie inouïe –, et dont les accointances avec un des milieux les plus interlopes ne font aucun doute, ce simple d'esprit, donc, fût-il dément, mérite d'être tenu à l'écart de la société.

Rouget, en qualité de témoin principal, déposa sous le nom d'Auguste Tricot, son véritable état civil.

— Ces deux hommes s'étaient déjà battus, monsieur le président. Il y avait eu des insultes et des menaces de part et d'autre. Les gens du quartier ayant assisté à cette algarade pourront vous le confirmer, Jésus avait comme perdu la raison. Je ne suis pas étonné de ce qui s'est passé.

Le brigadier Carignol confirma cette version des faits, qui ne fut récusée par aucun témoin, pour la bonne raison qu'il n'y en avait pas. Le seul qui eût pu être convoqué, en l'occurrence Clémence de Lavely, brillait par son absence. De toute façon, le nom de la jeune femme ne fut même pas prononcé.

Sur le banc des accusés, Marius, qui s'appelait désormais Alexandre Tixier, avait une mine de déterré. Deux gendarmes le maintenaient par les épaules. La famille ou les amis de la victime, absents des débats, ne s'étaient même pas constitués partie civile. Ce fut une parodie de procès. Tout le monde était pressé. La figure grave et sévère du procureur du roi ne semblait avoir aucune prise sur Marius. On sait pourtant combien les accusés regardent avec une espèce de terreur ces hommes étrangers aux émotions de l'humanité. Mais Marius dodelinait de la tête, abaissait les paupières sans avoir conscience du lieu où il se trouvait, ni de la raison pour laquelle il s'y trouvait. Les gendarmes, en le soutenant, le rudoyaient parfois afin qu'il ne s'assoupît pas en pleine audience.

Les jurés éprouvèrent une certaine compassion à l'égard de ce beau jeune homme qui poussait parfois des gémissements sans paraître comprendre ce qui lui arrivait. Le procureur du roi demanda une peine exemplaire : il requit les travaux forcés à perpétuité. Cet homme réputé implacable, à la fois éloquent et concis, dont la barbiche suivait le mouvement du menton lorsqu'il vitupérait, ne montra cependant pas une excessive véhémence. Il faisait simplement son métier de procureur. À l'instar du médecin, des juges, du président lui-même, de l'avocat commis d'office, il avait surtout l'air de se désintéresser du procès et de son issue. Seuls comptaient dans l'esprit de ces magistrats les grands procès à venir, ceux de cette vermine républicaine qui, une fois de plus, avait failli mettre à feu et à sang le pays.

Il va sans dire que les membres du jury s'en aperçurent. En général, ceux-ci, triés sur le volet et peu touchés par la grâce en matière de rébellion ou d'équité, se contentaient d'approuver les réquisitoires des hommes à la robe rouge et de tous ces Torquemadas du ministère public. Ceux-là ne semblaient pas enclins à suivre la désinvolte sévérité du procureur.

Quand vint le moment fatidique, tout le monde se retira. On délibéra. Rapidement.

Un huissier, paraissant au seuil de la salle des délibérations, cria alors d'une voix glapissante :

— La cour, messieurs !

Les juges prirent place au milieu du plus profond silence, et les jurés s'assirent à leur banc. Tout cela fut mené tambour battant.

— Gendarmes, dit le président, amenez l'accusé.

À ces mots, les yeux du public se fixèrent sur la porte par laquelle Marius devait entrer. La porte s'ouvrit et l'accusé parut. Livide, titubant, les yeux comme révulsés, avec des traits qui ne portaient pas la moindre trace de culpabilité, toujours soutenu par les deux gendarmes, Marius fut installé près de son avocat, un jeune homme à la calvitie naissante, émotif et laborieux, dont le visage fade ne s'était pour ainsi dire animé qu'à l'occasion d'une plaidoirie bégayante et amphigourique.

Le président demanda sur un ton sec la lecture de l'acte d'accusation rédigé par le procureur du roi. Accusation courte mais accablante. L'attention du public ne cessait de se porter sur Marius, qui envisageait l'assemblée d'une mine hagarde, inclinant la tête tantôt du côté du premier gendarme, tantôt du côté du deuxième gendarme.

Lorsque la lecture fut terminée, le président demanda ses nom et prénoms à Marius. Ce dernier, bien entendu, fut incapable de se lever et d'aligner le moindre mot. Son avocat le fit à sa place.

Au nom du roi, et d'une voix dont le timbre vibrait parfaitement, le président prononça la sentence :

— Accusé Alexandre Tixier, la Cour vous condamne à vingt ans de travaux forcés.

Aucun brouhaha ne succéda à ce verdict. Alexandre Tixier n'avait-il pas bénéficié de la clémence du jury ? Vu la gravité de son acte, il n'y avait rien à redire. Son aliénation entraînant une mesure d'internement, il serait immédiatement conduit à la prison de Bicêtre, dans l'attente d'être ferré et de prendre le départ d'une chaîne à destination de Toulon.

— Messieurs, la séance est levée, fit le président en rangeant ses dossiers, pas mécontent d'être enfin débarrassé de ce pensum.

Tout le monde se désintéressait du sort d'Alexandre Tixier. Il n'était pas le seul dans ce cas. Hier encore, on avait expédié un autre procès. Un prévenu, aubergiste de son état, ancien menuisier, avait étranglé sa femme lors d'une scène de jalousie. Un témoin à charge répondant au nom de Tardier ne l'avait pas ménagé. Indigné, fou de rage, l'accusé s'était tellement démené qu'il avait été expulsé. On avait fait évacuer la salle. L'homme avait pris vingt ans lui aussi. À croire que le hasard des événements politiques faisait mal les choses. C'est en tout cas ce que s'était dit Parfait-Amour en entendant prononcer la sentence.

Quand Amédée apprit la mort de Marius de la bouche même de Louis-Désiré, il fut consterné.

— Tu es certain de ce que tu avances ? Marius, mort ? Agressé par un fou à la sortie de l'immeuble de Clémence ?

L'intendant adopta une mine de circonstance.

— J'ai en effet le regret de vous confirmer cette terrible nouvelle, monsieur le marquis. Je l'ai appris aujourd'hui même.

Burdin avait attendu la fin du procès pour annoncer le décès du baron Pontmercy à son maître.

— Tenez, monsieur, je n'invente rien, c'est même consigné dans le journal où monsieur le baron exerçait la remarquable mais parfois ingrate activité de chroniqueur dramatique.

Amédée arracha *Le National* des mains de son intendant et lut en effet l'article consacré à la mort de Marius, signé d'Armand Carrel en personne.

— Je ne peux pas y croire, dit-il d'une voix altérée, soudain très pâle. Et Clémence ? Que s'est-il passé ? C'est impossible !

— C’est malheureusement la triste vérité, monsieur.

— Laisse-moi ! rétorqua Amédée avec un geste d’irritation.

En proie à un épouvantable abattement, il ne vit pas le regard à la fois indulgent et excédé que lui lança Louis-Désiré. « J’ai fait tout cela pour lui, songea l’intendant, et voilà comment il me traite. » Il se retira sans un mot et gagna ses appartements.

À part cette réaction pour le moins inattendue du marquis, tout avait fonctionné à merveille. Burdin était satisfait. Ce matin, il avait retrouvé Tardier rue du Jour, chez le teinturier. Ils ne s’étaient pas revus depuis l’épisode sanglant de la rue Transnonnain. Ils ne se dirent pas grand-chose. L’épilogue heureux d’un complot fiévreusement ourdi donne souvent le tournis à ceux qui en sont les bénéficiaires. Le soulagement laisse place à l’abattement. Et le criminel, qui n’est pas comme les autres hommes, ressent parfois, comme les autres hommes, le contrecoup de son acte. Une sorte d’indicible langueur s’empare de lui et le laisse pantois. C’est le sursaut de l’irrévocable.

Burdin avait fini par rompre ce silence pesant :

— Je crois que nous devons nous éviter pendant un certain temps.

— Le temps que je prenne en main la destinée du Clan Destin, avait répondu Tardier.

Cet homme-là ne perdait jamais le nord. S’il était demeuré songeur, c’est qu’il ne pensait pas que tout fonctionnerait à ce point. Il n’avait pas pu retenir un gloussement étranglé, comme s’il eût cherché à contenir un accès de fou rire.

— Nous avons réussi, Burdin !

L'intendant avait hoché la tête prudemment. Au contraire de Tardier, qui visait bas pour viser juste, il visait haut. Tardier était un exécutant, lui un stratège. Tardier intriguait, lui manœuvrait. Pas question de s'empêtrer dans des machinations dont il n'eût pu saisir le mécanisme. La volonté était son moteur. La vraie. Celle qui permet de vaincre ses passions par d'autres passions, la lâcheté par la cupidité, la trahison par l'ambition. Se contenter de peu ne signifiait rien pour cet homme à la vanité prudente. Avec la lettre de Marius, il voyait l'occasion d'enrichir son maître et, par la même occasion, de s'enrichir lui-même. Ce pouvoir qui faisait d'Amédée le légataire universel du baron Pontmercy se trouvait en de bonnes mains. Signé par le notaire de Marius, il reposait dans le coffre du notaire d'Amédée. Avec du temps et de la patience, Amédée finirait par acquérir la maison de la rue Plumet. Il épouserait Cosette et revendrait le médiocre logis dont il était l'actuel propriétaire. Ensuite, il suffirait de tout faire fructifier. C'est là que lui, Louis-Désiré Burdin, interviendrait. Il ne connaissait que trop la coupable négligence de son maître à qui il fallait un véritable intendant. Or qui mieux que lui-même s'acquitterait de cette tâche ? C'est lui qui avait élevé Amédée dès son plus jeune âge. Lui qui avait favorisé ses études, payé un précepteur, intercédé auprès d'un officier d'état-major endetté à qui il avait prêté de l'argent pour faire embrasser à Amédée la carrière des armes. Il s'était sacrifié. Oui, lui l'homme en noir. Il avait tout fait. Alors si les choses se déroulaient comme il le désirait, peut-être s'achèterait-il une conduite. Il se débarrasserait de l'amitié trop encombrante de Tardier et mettrait un terme à d'inavouables activités. Promis, juré : il ne vendrait plus d'enfants. Évidemment, cela allait à l'encontre du but qu'il s'était fixé avec Tardier de former les enfants au vol et à la rapine et de composer une bande de criminels inflexibles qui leur assureraient de formidables revenus. Tel ce petit Raphaël : il avait tout l'avenir devant lui pour devenir le nouveau Cartouche de Paris.

Le visage soudain décomposé du Dabe des greffes l'avait tiré de ses pharaoniques rêveries.

— Que t'arrive-t-il ?

— Il m'arrive que j'ai oublié de te dire une chose.

On connaît le Dabe des greffes : même si ce n'était pas le cas, il n'aurait pas pu s'empêcher de semer le doute dans l'esprit de son complice, uniquement pour le plaisir.

— Et quoi donc ? avait demandé Burdin en s'assombrissant.

— Rouget a encore fait des siennes. Il a oublié d'enlever la bague de Jésus. Il s'en est aperçu à la fin du procès, au moment de la sentence.

Burdin s'était aussitôt irrité.

— La bague ? Quelle bague ?

— Une bague en forme de serpent incrusté. Mais bon, je vois que toi-même ne l'avais pas remarqué. C'est rassurant. Cet oubli n'aura sans doute aucune incidence sur les événements à venir.

— Aucune incidence ? Espèce d'idiot, tu es inconscient ou quoi ? Et si quelqu'un lors de l'enterrement du supposé Marius Pontmercy s'aperçoit qu'il porte cette bague à son doigt, que se passera-t-il, hein, je te le demande ? Eh bien, il se passera que le supposé Marius Pontmercy ne le sera plus du tout et qu'une enquête sera ordonnée. C'est ce que tu désires ?

Le vieux était resté sans voix.

— Il faut la récupérer, avait-il conclu enfin.

— Tout à fait. Et puisque cet autre idiot de Rouget a commis cette erreur, qu'il la répare lui-même. Et au plus vite !

— Je ne te le fais pas dire, avait convenu le Dabe des greffes, qui s'était courbé un peu plus.

Inutile de préciser que les deux hommes s'étaient quittés sèchement.

Et là, dans sa chambre, Louis-Désiré repensait à son maître. Il faisait les cent pas dans sa carrée, anxieux à l'idée que le marquis pût flancher. La vision même du plancher, de son lit de camp et des deux fauteuils en étoffe de crin à raies mates et brillantes le déprimait. N'y tenant plus, il retourna voir le marquis. Amédée n'était plus dans le petit salon. Il avait dû regagner ce qu'il appelait pompeusement la salle de jeu, à l'étage. Louis-Désiré gravit les marches et trouva le marquis étendu sur un canapé.

— Je ne vous dérange pas, monsieur ?

— Qu'y a-t-il encore ?

— Je crois que vous devriez vous rendre chez la baronne Pontmercy et lui apprendre la triste nouvelle.

— Parce que tu crois qu'elle ne le sait pas !

Le ton d'Amédée était celui d'un roquet. Lui qui confondait l'élégance de ses habitudes et la délicatesse des sentiments d'autrui, était effondré. Il ne confondait plus. Le jeu était terminé. Par sa faute, un homme était mort. Un homme qu'il avait la faiblesse d'apprécier, d'estimer. Sans se l'avouer. Les gens que l'on aime disparaissent sans qu'on ait eu le temps de le leur dire. « Maudite pudeur ! se répétait Amédée. Et voilà en plus mon indifférence légendaire qui me laisse tomber ! Ventrebleu ! Que m'arrive-t-il ? » Il lui arrivait tout simplement ce qui arrive à tout homme frappé de chagrin et de stupeur. « Et moi qui croyais être différent des autres ! se disait-il encore avec une véhémence incrédule. Je l'aimais donc ? »

— Oui, tu as raison, finit-il par concéder à son intendant. Je ne lui apprendrai rien, mais je lui témoignerai au moins ce que je n'ai jamais su témoigner à quiconque.

Louis-Désiré n'aimait pas ces mots qui sentaient le repentir.

— Monsieur, je vous en prie, soyez fort.

— Laisse-moi, Louis-Désiré. Je n'ai que faire de tes conseils. Je vais me rendre chez Clémence et présenter ensuite mes condoléances à la baronne Pontmercy. Ce soir, je ne sors pas. Prépare-moi un repas frugal.

— Comme il vous plaira, monsieur.

Louis-Désiré se retira pour la deuxième fois en peu de temps, n'appréciant guère la faillibilité de son maître. Il craignait qu'elle ne s'accrût dans les temps à venir. Voilà bien un problème qu'il espérait ne jamais rencontrer et qui lui tombait dessus sans crier gare. À quoi donc avait servi toute l'éducation qu'il avait donnée à ce jeune sot ?

Amédée se rendit chez Clémence. Terrorisée, la jeune femme n'avait pas bougé de chez elle depuis la mort de Marius. Sa domestique faisait le nécessaire pour que rien ne lui manquât. Mais la jeune femme ne touchait guère à la nourriture qu'on lui préparait. Son mutisme faisait peine à voir. Atteinte d'une soif inextinguible, elle buvait des litres et des litres de thé, répétant à l'envie qu'elle souhaitait se retirer chez sa tante à la campagne. Étrangement, cette angoisse assortie d'un jeûne forcé n'avait pas altéré la fraîcheur de son enveloppe. Sa bouche restait ferme et d'un dessin fier, comme une rose qu'aucune flétrissure ne déparait. Les orgies et les tragédies n'avaient pas laissé de trace dans son regard : bien que perdu dans le vague, il exprimait toujours une douce chaleur. Ses mains étaient molles, blanches et transparentes comme les mains d'une femme qui sait attendrir sans étonner. Seuls ses ongles déchirés, qu'elle n'avait pas cessé de ronger depuis le 14 avril, trahissaient l'état d'angoisse et de dépression dans lequel elle se trouvait.

— À quelle heure est parti Marius ? lui demanda Amédée.

— Qui est Marius ? répondit Clémence sans même regarder Amédée, assise sur le fauteuil jouxtant la fenêtre, l'œil rivé sur la rue. C'est mon petit garçon ?

Bouleversé, Amédée prit le visage de Clémence entre ses mains.

— Et moi, Clémence, me reconnais-tu ?

— Bien sûr que je vous reconnais.

— Alors dis-moi dans quel état Marius a quitté ton appartement. Était-il ivre, souffrant, inquiet, que sais-je encore ? Quelqu'un est-il venu le chercher ?

— Qui est Marius ? répéta la jeune femme avec une sincérité désarmante. C'est mon petit garçon ?

— Marius était notre ami, Clémence. Notre ami et ton amant. Il aurait pu devenir ton mari.

Clémence saisit les mains d'Amédée et les écarta de son visage.

— Savez-vous pourquoi je ne me suis jamais mariée, monsieur ? Parce que j'ai toujours refusé que quelqu'un pût prétendre exercer une quelconque autorité sur moi. Si j'avais gardé mon enfant, mon petit garçon, c'eût été différent.

Elle souriait avec une hilarité grimaçante qui soudainement la rendait hideuse.

Épouvanté, Amédée se rejeta en arrière.

— Mais quel enfant, Clémence ? Quel petit garçon ? gronda-t-il en levant ses deux poings en un geste d'imprécation impuissante. Tu es devenue complètement folle, ma parole ! Combien de fois devrai-je te le répéter ? Ton enfant, notre enfant, était mort !

— Non, rétorqua Clémence avec une physionomie qui offrait un insolite mélange de sérénité gracieuse et de terrible gravité ; on me l'a enlevé l'autre matin, mon enfant. Il dormait dans mes bras et des hommes sont venus le chercher.

Amédée se calma.

— Bon, très bien, on a enlevé ton enfant. Mais qui étaient ces hommes ? Et d'où venaient-ils ?

Clémence secoua violemment la tête et se mordit la main jusqu'au sang.

— Ils m'ont enlevé mon enfant, ils m'ont enlevé mon enfant…

À bout d'arguments, et surtout désarmé devant l'attitude aussi inquiétante qu'incompréhensible de la jeune femme, Amédée la considéra avec une orgueilleuse tristesse. Il partit et murmura, une lueur d'amertume dans le regard :

— Depuis que j'ai appris à mentir, je ne crois plus personne.

Dès qu'elle apprit l'épouvantable nouvelle, Cosette fut incapable de prononcer un mot. Pleurer l'eût soulagée, mais une mystérieuse force au creux de ses entrailles pompait ses larmes avant même qu'elle les eût versées. La veille, après qu'un commissaire de police se fut présenté rue Plumet pour lui annoncer que monsieur le baron Pontmercy avait été la victime d'un accident fatal, Cosette était montée dans sa chambre sans y croire. Anéantie et désespérée, elle s'était jetée sur son lit tout habillée. Madeleine, la fidèle servante, n'avait rien pu faire pour freiner son désespoir. Peut-on freiner le désespoir de quelqu'un qui a consacré sa vie à un seul être et le perd brusquement sans même pouvoir contempler encore une fois son visage aimé ?

— Le corps de votre mari est à la morgue,

avait précisé le commissaire. Mais je préfère que vous ne le voyiez pas, madame la baronne. Son visage est terriblement mutilé.

La morgue, à cette époque, démolie puis reconstruite, se trouvait sur le côté sud du quai du Marché-Neuf, à proximité du pont Saint-Michel. Une porte cochère donnait accès à un vestibule, sur lequel ouvrait, séparée par un vitrage, une macabre salle d'exposition. D'autres pièces servaient de salle de lavage, de salle d'autopsie, de dépositoire, de bureaux et de logement. Les préposés de ce lieu sinistre, fonctionnaires jaunets aux mains lessiveuses, toujours imprégnées de l'odeur de boyaux, habitaient sur place.

— Croyez-moi, madame, je suis vraiment désolé, avait ajouté le commissaire avec une raideur tout administrative. Où se déroulera la cérémonie religieuse ?

— À l'église Saint-Sulpice, avait répondu Cosette comme privée d'air.

— Nous ferons le nécessaire pour le transfert qui, je dois vous le préciser, sera à votre charge. Tenez, j'ai trouvé cet objet dans la poche de redingote de votre mari, je me suis permis de vous l'apporter.

Et il lui avait remis le cristal de roche.

Cosette s'était enfermée dans sa chambre, recroquevillée sur son lit, la pierre dans la main. Une pierre magique, avait-elle dit à Marius. Où était la magie ?

Elle ne ferma pas l'œil de la nuit. La lampe s'éteignit quand il n'y eut plus d'huile : elle ne vit pas plus l'obscurité qu'elle n'avait vu la lumière, et le jour revint sans qu'elle vît le jour.

La douleur avait mis devant ses yeux un masque qui ne lui laissait voir que Marius.

Le matin, au bord de l'asphyxie, elle tourna dans sa chambre, articulant des paroles sans suite, puis pénétra dans ce qui avait été un moment la chambre de Marius. Elle rangea la pierre dans le haut de l'armoire. Dans un petit miroir, elle crut voir le visage de Marius. Elle courut à la fenêtre et l'ouvrit violemment. Dehors, près du petit banc, entre les deux statues, elle crut le voir encore. Et dans le jardin d'hiver avec un bouquet de fleurs à la main. Et aussi dans l'allée lorsqu'il était parti joyeusement, ce maudit soir du 13 avril. Elle hurla son nom à plusieurs reprises. Elle enjamba même la fenêtre pour se lancer dans le vide.

— Madame ! Non ! l'apostropha à temps Madeleine qui, en bas, les mains jointes, ne savait pas quoi faire pour endiguer la souffrance de sa maîtresse.

Cosette retourna dans la chambre et ouvrit l'armoire et la commode de Marius. Elle déplia ses chemises, les replia, huma ses gilets, plongea le visage dans ses redingotes. Il n'y a rien de plus terrible que l'incursion dans l'intimité d'un cher disparu. Tout ce mirage de vie vous prend à la gorge et vous terrasse sur place. Nous nous apercevons alors que nous ne sommes nous-même que par la somme de nos échecs. Terrible constat. Et c'est ainsi que, ballottés par la répugnance et l'incertitude, nous ne goûtons plus qu'aux charmes de l'agonie.

Pour Cosette, l'univers commençait et finissait avec Marius. Qu'allait-elle faire sans lui ? Ce qui lui manquait déjà, impérieusement, irrémédiablement, c'était sa présence. Ni son esprit ni son âme, mais son corps, sa chair. La vie, c'est avant tout cela : la chair. Le reste n'est qu'une aléatoire métaphysique. Qui eût osé affirmer à cette toute jeune femme au comble de l'affliction, en ce moment suprême, que le corps n'était qu'une enveloppe passagère ? Qui même eût pu parler de foi, de résurrection, de miracle de la vie éternelle ?

L'armoire et la commode étaient imprégnées de l'odeur de Marius. Un parfum de lavande. Sur les lèvres de Cosette, ne venaient plus que des blasphèmes. La colère montait à son front, chassant la détresse pour mieux l'armer de nouveau. Comment organiser son désastre au sein même de l'injustice et de la grande incertitude ? En fait, elle ne songeait plus qu'à mourir. Elle se disait : « Vite le retrouver là où il est et en finir avec cette vie qui s'ingénie à nous précipiter dans le chaos et le malheur. » Elle se disait tant de choses. Et tant de choses autour d'elle, si bénignes, si quotidiennes, la ramenaient sans cesse à l'impasse de la mort.

Son regard tomba sur les chandeliers de son père posés sur la cheminée. Les épisodes d'une vie qu'elle croyait avoir occultés lui revinrent en mémoire. C'était confus, désordonné, torrentiel. Toujours cette misère, ce désespoir.

— Marius mon amour, murmura-t-elle à un moment, sentant la confiance de l'enfant mourir en elle.

Cette joyeuse confiance qui l'avait portée dans l'existence lui était dorénavant interdite. Elle ne pourrait plus voir les choses sans mélancolie, sans honte, sans hésitation. Elle ne chantonnerait plus jamais sans remords. Elle songea alors à l'enfant qu'elle attendait. Elle le haïssait presque. Puis elle s'abîma dans ses interrogations. Où était Marius ? Pourquoi tous les objets qui lui étaient familiers n'avaient-ils pas disparu en même temps que lui ? Pourquoi la terre continuait-elle de tourner ?

Elle posa le regard sur les meubles, les rideaux et le tapis de la chambre. Elle les détestait. Eux ne pleuraient pas, ne se lamentaient pas. Elle prit le broc en porcelaine de Tournai où les tournesols et les immortelles semblaient la narguer et le lança contre le mur. Ce geste n'offrit aucun répit à sa douleur. Elle avait la poitrine brûlante. Elle suffoquait.

Un peu plus tard encore, alors qu'elle était assise sur son lit, les cheveux défaits, les mains glacées, elle orienta son regard vers la fenêtre. Le ciel était éclairé d'élancements de lumière grise. Marius n'aimait pas ce ciel qui dissimulait le soleil d'un voile épais. Son Marius à elle, son adoré, sa lumière.

— J'accepterais tout si tu me revenais..., balbutia-t-elle.

Elle avait déjà tout accepté. Ses départs précipités, ses sautes d'humeur, ses absences prolongées. Aurait-il été aussi beau s'il avait été accessible ? Elle aurait préféré vivre les brutalités d'une vie commune chaotique que manquer de lui. N'avait-elle pas guetté ses mensonges et feint de les ignorer ? Eh bien voilà, plus rien n'arriverait. Marius n'était plus. Mais elle l'aimait encore davantage de ne plus pouvoir lui dire qu'elle l'aimait.

Dans l'après-midi, elle reçut les visites de Louis de Vergne et de Henri de la Roche-Dragon. Mademoiselle Gillenormand, la tante de Marius, les mains encombrées de crucifix et de chapelets, passa elle aussi rue Plumet, toute de noir vêtue, parlant, entre deux sanglots, de fatalité et de rédemption. L'abbé Rillet et monsieur Verjat vinrent présenter leurs condoléances, cherchant ces mots qui doivent rassurer et qui ne rassurent jamais.

— Pour vivre vraiment, il faudrait passer de l'autre côté du désespoir, déclara Verjat avec gravité. Je me tiens à votre disposition, Cosette. Si vous le jugez à propos, vous pouvez venir me voir quand vous voulez.

— L'enterrement aura lieu demain, précisa l'abbé Rillet dans un murmure. La cérémonie religieuse, comme vous me l'avez fait savoir, se déroulera dans notre église. Courage, ma fille.

Du courage, il en fallut à Cosette pour affronter tous ces gens qui prenaient une mine de circonstance et récitaient leurs litanies avec un air catastrophé. Elle se tenait bien droite, le visage caché par une voilette noire, aimable, patiente, gênée à l'idée d'imposer son chagrin à autrui, griffant parfois l'air d'un geste maladroit, s'efforçant de ne plus maudire ce Dieu avec son bien, son mal, sa façon de juger, de trancher, d'immoler sans raison ses brebis. Elle se retenait pour ne pas courir jusqu'à la morgue et étreindre une dernière fois ce corps chéri qu'on lui avait dérobé. Elle entendait garder intact le souvenir du beau visage de Marius, de son sourire étincelant, de sa fierté parfois enfantine. Dieu méritait d'être chassé à jamais du cœur des hommes pour avoir laissé s'accomplir pareille injustice. Un jour, l'ami Frédéric, autre disparu, lui avait cité une phrase de Pascal : « Nous ne pouvons bien connaître Dieu qu'en connaissant nos iniquités. » Cette phrase la révoltait. Quelles iniquités ? Quel péché avait-elle commis pour mériter un tel châtiment ?

En fin d'après-midi, tandis qu'elle se reposait dans sa chambre, elle eut la désagréable surprise de voir Amédée d'Iguerande. Il se fit annoncer par Madeleine. Discret, ce qui ne lui ressemblait pas, il attendit l'accord de Cosette pour franchir le seuil de la grille.

— Faites-le monter dans ma chambre, dit Cosette.

Madeleine s'offusqua légèrement.

— Dans la chambre ?

— Ne discutez pas, Madeleine. J'ai mes raisons.

Lorsque Amédée apparut dans l'embrasure de la porte, vêtu sobrement, chapeau à la main, débarrassé de cet éternel sourire de suffisance qui figeait son visage, Cosette était assise sur le lit. Elle refusait de montrer ce que les dames de la bonne société se doivent de montrer en pareille occurrence. Elle se fichait des règles de la bienséance. Avec les autres, elle s'était pliée au protocole. Avec Amédée d'Iguerande, c'était différent. Était-il au moins assailli par les remords ? Il devait voir ce qu'il avait provoqué. Un deuil. Un désastre. Une catastrophe.

— Restez où vous êtes, monsieur d'Iguerande, et prenez tout votre temps pour contempler la chambre de l'homme qui était votre ami et que vous avez assassiné !

Et là, Cosette vit ce que sans doute personne n'avait jamais dû voir jusqu'à ce jour : un Amédée d'Iguerande fébrile, abattu, muet, impuissant, au bord des larmes, ayant laissé dehors cette froideur et cette indifférence qu'on lui imputait – à juste titre –, tentant de repousser la douleur qui l'étreignait – sincère pour une fois. Mais la douleur ne se laisse pas repousser ainsi. L'homme blessé l'emporte toujours avec lui.

— Je vous en prie, madame, finit-il par dire en triturant les bords de son chapeau, n'ajoutez pas les remords à ma détresse. J'aimais Marius comme un frère.

Les traits de Cosette exprimaient le plus violent désespoir, et la haine la plus farouche.

— Comme un frère que vous avez perverti et dont vous convoitiez la femme ? dit-elle d'une voix caverneuse.

Amédée n'avait jamais été aussi sincère de sa vie et il ne savait pas comment s'y prendre pour assurer Cosette de sa bonne foi. Son revirement l'étonnait lui-même. Où était donc l'homme que tout indifférait et qui s'interdisait de nourrir des sentiments susceptibles de rompre la glace dont il s'enveloppait comme d'une armure ? Qu'étaient devenus sa morgue, son apparence, ses sarcasmes ?

— Je l'ignorais jusqu'à présent, mais je vous le jure, j'aimais Marius comme un frère, parvint-il à articuler, toujours dans l'embrasure de la porte, horrifié par le ton de Cosette, sentant ses jambes fléchir sous lui. Et la seule chose que je convoite à présent, madame, même si je ne le mérite pas, c'est votre pardon.

Cosette eut un ricanement bref et strident.

— Une fois de plus, vous vous adonnez à votre passe-temps favori : le mensonge. Vous n'avez pas honte ?

Amédée eût voulu trouver les mots, les adjectifs lumineux, les formules fulgurantes, toute cette éloquence qui, jusqu'à présent, l'avait sorti des situations les plus périlleuses. Seulement voilà, l'ironie s'était retournée contre lui, et ce désarroi qui l'accablait le faisait souffrir mille morts. Au fond de lui était né le premier germe d'un ulcère mortel : celui de la faute. Et cet ami, sacrifié à ses manigances coupables, il lui sembla l'apercevoir dans la chambre, pâle et menaçant, donnant la main à Cosette, pâle elle aussi. Alors il y eut dans l'âme de cet homme un moment d'hésitation. Il recula d'abord d'effroi. Puis il faillit tourner les talons et fuir ce lieu dont il avait brisé l'harmonie. Il avait tellement fui. Fui la vérité, ses responsabilités, son inaptitude à aimer ou à satisfaire les femmes. Comment aimer les autres quand, tout bien considéré, on ne s'aime pas soi-même ? En songeant à cela, il sentit plus fortement ce battement sourd, inconnu jusqu'alors, lui déchirer la poitrine.

— Permettez-moi de me retirer, madame, dit-il avec un soupir douloureux.

Tandis qu'il reculait sur les talons, l'œil rivé sur cette jeune femme qui n'avait pas bougé, assise sur son lit et la tête enfouie dans les mains, il l'entendit pleurer. Il marqua un temps d'arrêt. Cosette ne pleurait pas, elle sanglotait. Et ces sanglots qui surgissaient enfin ressemblaient à un flot ininterrompu de plaintes et de gémissements poignants, hachant le corps de la jeune femme de spasmes incontrôlables et violents. Elle secouait la tête et tordait les bras de douleur. Puis elle se laissa tomber sur le lit en poussant des râles qui épouvantèrent Amédée.

— Cosette, non, je vous en prie…

Il s'avança, s'agenouilla devant le lit et prit les mains glacées de Cosette dans les siennes. Elle ne sentit rien. Madeleine, entendant les sanglots de sa maîtresse, était montée en toute hâte. Elle aperçut le marquis à genoux. En d'autres circonstances, la situation eût paru inconvenante. Elle ne l'était pas. Le marquis ressemblait à un enfant venu réconforter sa mère. Son visage défait en attestait. Lorsqu'il vit la domestique, il se releva et remit son chapeau. Il fouilla sa poche et tendit une carte de visite à Madeleine.

— S'il y a quoi que ce soit, n'hésitez pas à me déranger à n'importe quelle heure du jour ou de la nuit, souffla-t-il en dissimulant mal la désolation qui déformait ses traits.

Puis, jetant un dernier regard à Cosette toujours étendue :

— Puisse le ciel lui venir en aide.

Il faut être le dernier des sots pour commettre certains actes, et surtout pour s'agréger la complicité d'individus dont on peut supposer qu'ils vous trahiront à la moindre occasion. La réputation de Rouget dans ce domaine n'était plus à faire. De

Montreuil à Bercy en passant par Charonne et Vincennes, on connaissait ses bourdes, sa brutalité, son entêtante maladresse, cette inaptitude à écouter et à comprendre, et singulièrement cette indéfectible propension à se vanter et à tout savoir qui est souvent l'apanage des esprits faibles. Une rumeur effarée et confuse suivait toujours son passage. Mais cette tumultueuse disgrâce de l'intelligence n'effleurait jamais l'intéressé. Au contraire, il en tirait une certaine gloriole. Il ne doutait de rien.

Ce matin-là, dans le couloir qui menait à l'atelier, quand le Dabe des greffes le traita de tous les noms, le Rouget ravala sa colère. L'ingratitude de ce vieux pour qui il avait tué le révolta. Il pensa qu'il trouverait bien l'occasion de se venger. Et très vite. En attendant, il fit amende honorable.

— Tu vas te dépêcher de me récupérer cette bague, lui intima le Dabe des greffes sur un ton qui n'avait plus rien de mielleux. Comment as-tu pu oublier ce détail ? Tu veux tous nous envoyer à l'échafaud ?

Le Rouget proposa aussitôt au Gail de l'accompagner à la morgue. Il n'avait pas pu contacter Pégasse ni Vingt-Deux qui, depuis l'assassinat de Jésus, se terraient dans le faubourg Saint-Antoine.

— J'ai confiance en toi, Gail. Il faut que tu viennes avec moi quai du Marché-Neuf et que tu m'aides à détourner l'attention des emballeurs de viande froide. Tu sais pourquoi ? Eh bien, comme je t'ai à la bonne, je vais te le dire. Le Marius, il avait piqué la bague à Jésus. Et même qu'il l'a gardée. Alors Jésus, quand il reviendra des durs, il sera peut-être bien content de retrouver sa bague. Tu me suis ?

— Tu me fais confiance ? ironisa l'adolescent.

Rouget le fusilla du regard. Pour l'occasion, il avait revêtu une veste propre qui lui donnait l'air d'un paysan endimanché. Il serra les dents et répondit :

— Ça te défrise ou quoi ?

— Je m'étonne, c'est tout.

— Eh bien, ne t'étonne pas trop et fais ce que je te dirai de faire. Plus tard, on verra pour la rallonge. Si tu marches, je fermerai les yeux quand tu revendras du chat aux fricoteurs. Et je te donnerai même une nouvelle limace.

Unc fois à la morgue, Rouget se fit connaître comme le témoin principal de cette tragédie qui avait coûté la vie au baron Pontmercy. Mandaté par la famille, et détenteur d'une sorte de blanc-seing signé par les services de justice et de sécurité de la ville de Paris, il expliqua que le mort devait être présentable.

— Il l'est, lui répondit-on. Il a été lavé et ses habits ont été nettoyés. Le visage a été bandé. L'homme qui a payé cela est un certain marquis d'Iguerande.

— Fort bien, dit le Rouget. Mais j'aimerais m'en assurer.

L'homme ajusta ses lorgnons d'un geste hésitant. C'était un petit être marronnasse et propret, entouré d'un nuage de désinfectant, vêtu d'un pet-en-l'air noir qui lui donnait l'air d'un portier de prison.

— Je n'ai pas le droit, monsieur.

— Vous n'avez donc pas de cœur ? Je serai

obligé de dire à la famille que vous m'avez interdit l'accès à la salle d'exposition. Si elle juge l'aspect du mort révoltant, vous en porterez l'entière responsabilité. Le baron Pontmercy n'est pas n'importe qui.

Puis, fouillant dans sa poche à contrecœur, il en sortit quelques sous qu'il donna au fonctionnaire de la morgue.

— Bon, mais vite, hein, fit ce dernier en empochant l'argent. Normalement, vous devriez être accompagné d'un inspecteur de police.

— Je sais, mentit le Rouget. Mais que voulez-vous, confronté au plus grand malheur, on oublie parfois de s'astreindre à certaines nécessités. De toute façon, j'ai les papiers officiels, ajouta-t-il en brandissant des feuilles qui n'avaient rien à voir.

Puis, d'une mine engageante :

— Pendant que je m'acquitte de cette douloureuse mais néanmoins nécessaire précaution, mon jeune compagnon va rester avec vous. Au fait, la victime porte toujours ses gants ?

Le fonctionnaire prit un air pincé :

— Monsieur, tout est ici noté et consigné avec soin. Les employés de la société de pompes funèbres Henri de Borniol pourraient vous le confirmer.

Il montra une porte près du grand vitrage, deux préposés qui s'activaient près d'un corps dénudé, allongé sur une sorte de chariot roulant, puis il s'écria d'une voix de fausset :

— Le numéro 14 !

14, comme la date du massacre, songea le Gail qui trouvait que l'air empestait. Il suivit du regard le Rouget à travers la baie vitrée et, bien malgré lui, dut se résigner à emboîter le pas du fonctionnaire jusqu'aux bureaux.

Quand on présenta le cadavre de Marius à Rouget, il ne put s'empêcher de tressaillir. Sous les bandages, il y avait le visage de Jésus. « Et ça, moi je le sais », se dit-il en pensant au moyen de pression dont il disposait pour se venger un jour du Dabe des greffes. Il épousseta la manche de la redingote du cadavre, vérifia les plis du pantalon, réajusta la cravate.

— Il me paraît tout à fait présentable, dit-il aux deux préposés qui avaient dégagé le corps. Pouvez-vous me laisser un instant ?

Les autres poussèrent un grognement d'acquiescement. De tout cela, ils n'avaient cure.

À peine eurent-ils tourné le dos que le Rouget enleva le gant de la main gauche de Jésus. La bague s'y trouvait. Il essaya alors de la faire glisser, de tirer dessus : en vain. Il jeta un regard sur le côté, fixa un long moment la baie vitrée, et sortit un couteau de sa poche. Il s'appuya légèrement sur la table et, à la manière d'un boucher qui coupe une queue de bœuf, il trancha le doigt au niveau de la première phalange. Puis il enfouit le doigt dans sa poche et remit le gant à Jésus.

— Bon voyage en enfer, murmura-t-il en s'éloignant.

Il est parfois des gestes qui déconcertent. Le jour de l'enterrement, Cosette en eut un. Une faiblesse qu'elle s'octroya au moment où l'on allait clouer le cercueil. C'était avant la cérémonie funèbre. Il pleuvait à verse. Ce qu'elle n'avait pas osé ces jours passés, elle le fit en cet instant précis. Elle se dirigea vers ce corps sans visage et saisit la main gauche de celui qu'elle prenait pour Marius. Cette main froide et raide, couverte d'un gant, elle désirait encore la tenir dans la sienne. L'extrémité d'un doigt, on le sait, est d'une exceptionnelle sensibilité ; aussi, lorsque Cosette voulut caresser l'alliance au doigt gauche de son mari, ne trouva-t-elle qu'une gangue de cuir vide et floche. Elle lâcha cette main en sursautant. Une multitude d'idées confuses lui traversèrent l'esprit. Elle trébucha sous le coup de l'effroi. Puis elle se ressaisit. Pourquoi Marius n'avait-il plus d'annulaire ? Son agresseur, non content de le défigurer, lui avait aussi tranché le doigt ?

Cosette chercha le regard de Verjat : elle ne trouva que celui d'Amédée d'Iguerande qui n'avait toujours pas récupéré ses grands airs. Il avait pris à sa charge l'intégralité des funérailles, ne s'en prévalant à aucun moment, regardant d'un air hébété la pluie qui s'écrasait sur le sol. Son intendant, lui, était absent.

Cosette s'éloigna du cercueil. S'appuyant sur le bras de Verjat, elle oublia ce qui était arrivé à Marius. L'important n'était pas là. Il était mort. Il n'y avait plus rien à dire.

Tandis que le glas de Saint-Sulpice résonnait dans la tête des participants comme un avertissement du ciel, on se rendit au cimetière du Père-Lachaise. Cosette tenait à ce que Marius reposât au côté de son père.

— Les deux êtres que j'ai le plus aimés au monde, avait-elle dit à l'abbé Rillet.

D'Armand Carrel à Amédée d'Iguerande en passant par Eugène Sue, Louis de Vergne ou Verjat, chacun admira le courage et l'abnégation dont fit preuve la jeune veuve. Même s'ils n'avaient pas été tristes, même s'ils s'étaient rendus à cet enterrement avec la mine de circonstance qu'exige ce genre de cérémonie, simplement pour être là et se montrer, comme Robert d'Androisy, ils ne pouvaient pas ne pas être bouleversés par Cosette. Les paradoxes accentuent parfois la réalité. L'insolente beauté de la baronne Pontmercy rendait encore plus insoutenable le drame affreux qui la touchait de plein fouet. Mais elle n'avait pas versé une larme. Dans son regard, il y avait le regard de Jean Valjean. La force et la dignité.

Quand l'abbé Rillet prononça son oraison funèbre, monsieur Verjat, placé à la droite de Cosette, prit sa main dans la sienne, comme on prend la main d'une enfant, pour la relâcher presque aussitôt. Là, elle faillit fondre en larmes. Ce geste raviva sa mémoire. Onze ans plus tôt, un homme lui avait tendu la main lorsqu'elle rapportait l'eau de la source du bois, du côté de Chelles, à la sortie de Montfermeil. Nous étions en 1823. L'hiver était froid, il faisait nuit. Cosette allait pieds nus. Elle avait huit ans. Si elle avait refoulé ce souvenir, c'est parce qu'il choquait peut-être sa conscience sociale, ou parce qu'il la forçait à réfléchir et à repenser sa vision des choses et des hommes. En plus, elle avait la paupière noire d'un coup de poing que lui avait donné la Thénardier. Le seau était lourd, l'homme avait saisi l'anse pour le soulever vigoureusement. Cosette n'avait pas oublié le contact de cette main énorme et puissante. On n'oublie pas ce genre de chose. Elle s'en voulut de l'avoir occulté ou remisé dans un coin de sa mémoire. Et aujourd'hui, par son geste inattendu, Verjat en avait réveillé le souvenir. Cosette était émue au point de ne plus pouvoir bouger. Cet homme à l'allure d'oiseau de nuit, qui semblait si dur et inflexible, lui rappelait l'inconnu de cette nuit de 1823. Comment ne pas faire le rapprochement avec son père, l'incomparable Jean Valjean ?

Verjat demeura impassible. Il sentait la gêne de Cosette. Tout se bousculait dans sa tête. Ce survivant ne croyait plus en grand-chose et la négation de l'esprit avait favorisé en lui une infinie mélancolie. Mais comme le mélancolique n'est jamais un désespéré, Verjat restait avant tout lucide, de cette lucidité qui lui rendait intolérable la passion de certains pour eux-mêmes et admirable la passion des autres pour leur prochain. Aussi admirait-il le cran et la vaillance stoïque de cette jeune femme qui n'avait même pas vingt ans. Elle était bien la fille de Jean Valjean. Dans l'utopie de chaque jour, illustrée par le caquetage et le sautillement de la majorité de ses congénères, il pensait que l'ironie constituait l'antidote idéal aux convictions les plus médiocres.

Il faudrait dédaigner de répondre à ses doutes, disait-il souvent.

Avec Cosette, il s'abstiendrait de ce dédain.

En arrivant au cimetière, tandis qu'il ouvrait un parapluie pour protéger Cosette, il déclara d'un air sombre :

— Vous avez raison de vous révolter, Cosette.

La révolte est la preuve que vous vivez encore. Ne changez jamais. Et je sais ce dont je parle.

Cosette le remercia d'un filet de voix et s'emmitoufla dans le châle noir qui lui allait à ravir. Paradoxalement, parce que ce n'était ni le lieu ni le moment pour émettre un tel jugement, les couleurs sombres dont elle était parée mettaient en valeur sa beauté de madone éplorée. Verjat, conscient de cet état de choses, faisait paravent. Il la protégeait des autres, de leurs regards, de leur vulgarité. Il se sentait investi désormais d'une grande mission. Il avait une dette. Une dette envers Jean Valjean, une dette envers Cosette. Il devait réapprendre à ne plus être mort. Lui qui avait passé une partie de sa vie à traquer les criminels, à tout sacrifier pour la loi, pour l'État, pour la justice, pour sa fonction, évitant d'étudier les caractères ou de trouver des circonstances atténuantes à quiconque – car un policier qui fait du sentiment n'est plus un policier –, voilà qu'il se sentait prêt à montrer de la compassion, de la miséricorde, et même à décortiquer sans a priori les rouages de l'âme humaine. Et avec méthode. Il ne lui avait pas fallu beaucoup de temps pour se rendre compte que Cosette avait une intelligence éveillée, beaucoup de curiosité, une sentimentalité débordante et parfois une naïve crédulité. Mais pour l'heure, il était surtout question de mort.

À l'instant où Verjat vit la pierre tombale de celui qu'il avait poursuivi sans relâche des années durant, son morne visage s'illumina. Nul n'aurait pu dire si cette illumination révélait la conviction orgueilleuse d'un bourreau inféodé à une époque convulsive, ou celle d'une victime dupée par le système auquel il croyait et se référait. Mais en lui-même, Verjat savait très bien ce qu'il ressentait.

— L'erreur, murmura-t-il. Rien que l'erreur. Il faudrait que tous les hommes au moins une fois dans leur vie frôlent la mort, et assez tôt pour comprendre leur erreur.

On porta le cercueil pour l'amener au-dessus d'un trou béant. Au fond on apercevait de l'eau, de la boue, un marécage graisseux. La dernière demeure de Marius. Cosette ne put retenir ses larmes à la vue des fleurs lancées sur le cercueil et des pelletées de terre au bruit flasque et caverneux. Cosette avait eu deux hommes dans sa vie, son père et Marius, et on lui enlevait le second après lui avoir enlevé le premier. Cette récurrence la révoltait. Un profond dégoût de la vie la submergea. Et pourtant il fallait continuer. Mais dans l'esprit de cette jeune femme qui devenait vieille d'un seul coup, il n'était plus question de vivre. Il était tout juste question de durer. Jusqu'à quand ?

Victime d'un sommeil artificiel provoqué par le narcotique qui, comme chacun sait, l'avait plongé dans un état d'apathie et d'engourdissement incoercible, Marius avait sans le savoir échappé de peu à la mort. Entre son arrestation et son procès, il resta quatre jours en cet état. La dose administrée par le Rouget avait failli être fatale. Le jeune homme s'éveilla le lendemain de son incarcération avec l'impression d'avoir dormi pendant des années. Et quand il vit l'endroit où il se trouvait, ses vêtements incongrus, une sorte d'uniforme gris et puant, il se frotta les yeux. Que faisait-il dans ce cabanon avec d'autres pauvres bougres qui souriaient en coin ?

— Tu es à Bicêtre, mon gars.

— C'est quoi, Bicêtre ?

— Tu te fiches de moi ou quoi ? rétorqua l'autre qui était assis, adossé à un mur pisseux, dégoulinant de saleté. Tu es en prison, mon gars. On attend la chaîne.

— La chaîne ? Quelle chaîne ?

— Eh ! Tu le fais exprès ? Écoute plutôt.

On entendait rouler et grincer du fond des cachots de drôles de préparatifs qui faisaient énormément de bruit ; dans ce galetas immonde, le vacarme résonnait de façon sourde et inquiétante. C'était tout simple. Dans la grande cour, on déchargeait des fers dont le bruit sinistre parvenait jusqu'aux oreilles des prisonniers. Il y avait des voix, des altercations, le pas lourd des guichetiers qui allaient et venaient autour des geôles.

— Mais que fais-je ici ? demanda Marius en tambourinant à la porte.

L'homme qui lui avait répondu tout à l'heure le toisa sévèrement. Il avait les cheveux gris, une cicatrice sur la joue droite, une angoissante figure d'étrangleur, un corps abondant et calamiteux, des mains brèves, pourpres, effrayantes.

— T'es bon pour les galères, mon gars. Voilà où tu es. Ça te suffit, comme réponse ?

La panique s'empara aussitôt de Marius.

— Les galères ? Mais c'est impossible ! À

cause de quoi ? De quoi m'accuse-t-on ? Je suis innocent ! Vous entendez ? Innocent !

Un éclat de rire général accueillit ses paroles. Les innocents, ici, il y en avait à foison. Marius se précipita de nouveau contre la porte et tambourina de plus belle. Un gardien déverrouilla la porte. Derrière lui se tenaient des soldats en armes, un sous-officier, puis un homme en civil qui, d'après les réflexions des prisonniers, devait être un inspecteur des prisons.

— Monsieur, je suis innocent, dit Marius.

— Arrière ! éructa le gardien en brandissant une sorte de casse-tête.

Comme Marius cherchait par tous les moyens à entreprendre l'inspecteur, le gardien lui envoya un coup de trique dans les reins.

— Je suis innocent ! hurla-t-il en se ratatinant.

L'inspecteur baissa le nez et, à travers ses lunettes rondes, regarda Marius par en dessous.

— Oui, je sais, dit-il d'une voix très douce, vous êtes tous innocents.

Puis il demanda aux autres comment ils étaient nourris et quelles réclamations ils avaient à faire. Tout le monde répondit d'une seule voix que la nourriture était détestable et qu'ils réclamaient leur liberté. L'inspecteur leur demanda alors s'ils n'avaient pas autre chose à lui dire. Ils secouèrent la tête. Quel autre bien que la liberté pouvaient réclamer des prisonniers ?

L'inspecteur se tourna vers les soldats et leur lança en souriant :

— Qui voit un prisonnier en entend mille. C'est toujours le même refrain. Ils sont innocents, mal nourris, victimes d'une erreur judiciaire. Je me demande bien pourquoi on nous demande de faire ces tournées inutiles.

Marius s'avança encore une fois en titubant.

— Monsieur, dit-il à l'inspecteur, je vous répète que je suis innocent.

— Qui est ce drôle ? demanda l'inspecteur au sous officier qui portait sous le bras une sorte de registre.

— Un aliéné, monsieur l'inspecteur. Numéro vingt-quatre. Un certain Alexandre Tixier. Arrêté pour meurtre, jugé en deux temps trois mouvements, condamné à vingt ans.

L'inspecteur s'adressa alors à Marius :

— Vous êtes innocent de quoi ?

— Mais je ne m'appelle pas Alexandre Tixier !

Si l'inspecteur avait prononcé le nom de Jésus, simple sobriquet ne figurant pas sur le rapport, Marius aurait peut-être entrevu le début d'une exploration de ses problèmes. Mais ce surnom ne fut pas prononcé. Le jeune homme bondit alors en avant, les mains jointes.

— Halte-là !

Les soldats avaient croisé aussitôt les baïonnettes, pensant que ce Tixier s'élançait vers l'inspecteur avec de mauvaises intentions. Ce dernier pouffa de rire.

— Une fois fou tout à fait, monsieur Tixier ne souffrira plus, dit-il sur le ton de la dérision. Le climat de l'arsenal de Toulon lui sera sûrement profitable.

Marius, se voyant présenté comme dément – et il ignorait pour quelle raison, attendu que ses derniers souvenirs englobaient vaguement la vision de l'appartement de Clémence, Clémence elle-même et l'absorption d'un verre de porto, mais certainement pas l'assassinat d'un homme, fût-il son ennemi –, fit un pas en arrière. Réunissant dans son regard tout ce que le cœur de l'homme peut contenir d'humilité et d'effarement face à l'injustice, et s'exprimant avec une sorte d'éloquence pieuse qui étonna les soldats et le sous-officier, il tenta d'émouvoir l'inspecteur.

Celui-ci écouta le discours de Marius jusqu'au bout. « Finalement, se disait le jeune homme, ce monsieur se montre plein d'humanité et tout à fait digne des fonctions philanthropiques qu'il remplit. » Mais l'inspecteur, avec un de ces sourires d'où filtrait l'absence d'émotion, déclara aux argousins :

— Voyez-vous, messieurs, cet homme a reculé devant les baïonnettes. Or un fou ne recule devant rien. Je puis l'affirmer, car j'ai fait sur ce sujet de bien curieuses observations à Charenton.

— Il ne serait pas mieux à l'asile ? demanda le sous-officier.

— Et pour quelle raison, grand Dieu ? riposta l'inspecteur.

Puis, s'adressant à Marius :

— En résumé, que demandez-vous ?

— Mais je demande la justice, monsieur ! Je demande mon nom, mes habits, mes droits ! Je demande enfin que l'on me donne des juges et que mon procès soit instruit !

L'inspecteur, par acquit de conscience, consulta lui-même le registre. Ce fou n'avait pas l'air si fou que cela. En parcourant le compte rendu concernant Alexandre Tixier, son signe distinctif qui consistait en une tache de vin placé sous l'œil gauche et que l'accusé ne pouvait pas nier avoir sous cet œil, il dut se rendre à l'évidence.

— Monsieur, vous avez raison, je vais revoir tout cela.

En même temps il adressa un coup d'œil complice aux soldats, l'air de dire : donnons-lui raison, il finira par se fatiguer. Après avoir rassuré une nouvelle fois Marius, il sortit, fit refermer la porte et conseilla à l'adjudant de service de garder un œil sur ce Tixier.

— C'est un aliéné, je ne le juge pas forcément dangereux mais il peut avoir des réactions imprévisibles. C'est précisé et souligné dans le rapport.

— Après le ferrement, on en reparlera ! claironna l'adjudant.

Dans la cour de la prison régnait une activité à la fois hideuse et poignante. Bien que les détenus fussent encore enfermés et gardés à vue dans les cabanons, les portes s'ouvraient et se refermaient à chaque instant avec force fracas. On se préparait justement à ferrer les prisonniers. Le temps était gris. Il devait être onze heures du matin.

— Bon, on va voir la marchandise, dit un homme en uniforme bleu.

Il s'agissait du capitaine de la chaîne, officier de marine, suivi d'un lieutenant au teint pâle. Lorsque la porte de la cellule s'ouvrit à nouveau, le cœur de Marius se mit à battre furieusement. Allait-on enfin le relâcher, reconnaître l'erreur regrettable, et même lui présenter des excuses ?

Il n'en fut rien. Les deux officiers venaient simplement s'assurer si parmi ces bannis de la société il ne se trouvait pas d'anciennes connaissances, en d'autres termes des chevaux de retour ou des forçats évadés.

— Je suis Marius Pontmercy.

Le capitaine à qui Marius s'était adressé leva les yeux de son registre et toisa le jeune homme au teint cadavérique dont les jambes semblaient se dérober sous lui.

— Et moi le roi, grinça-t-il.

Puis, à l'adresse des gardiens :

— Faites-moi descendre tout ça !

On amena les condamnés dans la cour dite des fers, et le médecin de la prison, un petit monsieur aux gestes saccadés et à la loucherie prononcée, les passa en revue succinctement, afin de vérifier s'ils étaient tous en état de supporter les fatigues de la route.

En dépit de son état d'extrême faiblesse, Marius commençait de bouillir. La simple fréquentation de cette racaille le révoltait. Où étaient donc sa femme, ses amis, ses gilets de cachemire et ses pantalons cuisse-de-nymphe ? Il se persuada que ce cauchemar n'allait pas tarder à finir. Les lourdeurs administratives étant ce qu'elles sont – les papiers à vérifier, à signer, à contresigner, les ordres à donner, la levée d'écrou –, cela prendrait sans doute du temps. Marius se résigna à obéir. Il fallait patienter.

— Déshabillez-vous ! hurla une voix.

Une voix qui sentait la hargne, la rancune, l'abus de tabac et le mauvais vin. Chaque condamné quitta alors la livrée de la prison pour revêtir ses propres habits, c'est-à-dire ceux qu'il portait au moment de son arrestation, et jusqu'au moment de sa condamnation.

— Ce n'est pas à moi, fit remarquer Marius en balayant d'un revers de main méprisant les hardes qu'on lui présentait.

— Toi, tu te tais et tu obéis ! repartit un gardien.

Puis, distillant un mauvais sourire, il dégaina une sorte de long couteau et se mit à lacérer les effets de Marius.

— Mais…

— Mais quoi ? le coupa le gardien. Avec une pelure en lambeaux, tu feras moins le rapin ! Allez, au trot !

Il attrapa Marius sous le menton et le dévisagea avec impertinence.

— En plus de ça, maugréa-t-il, je n'aime pas les fripons qui ont une tache de vin sous l'œil. C'est la marque du rabouin. Oui, du diable !

Et il relâcha Marius d'un geste brusque.

Quelle tache ? Le jeune homme s'exécuta sans protester. En lui alternaient de furieux emportements et des langueurs qui lui arrachaient des larmes. Que diantre faisait-il ici ? Quel colporteur d'idées basses avait enténébré ainsi sa vie ? Avait-il seulement la force de hurler, de se rebeller, de se soustraire à cette monstrueuse machine qui était en marche et dont seul un miracle pouvait enrayer le terrible processus ?

— T'en fais pas, lui glissa un prisonnier, le coup des affaires bousillées, c'est une précaution. Des fois qu'on s'évaderait, qu'ils disent. Tu parles !

Ces préliminaires achevés, les prisonniers furent présentés aux argousins. De sales têtes. Plus acrimonieux les uns que les autres. Pour la plupart des Auvergnats, des porteurs d'eau ou des charbonniers, qui exerçaient leur profession dans l'intervalle de ces voyages. Au milieu de ces argousins qui tantôt s'exprimaient avec des airs de bourreaux, tantôt avec des inflexions de voix semblant annoncer une décision funeste, se trouvait une grande caisse en bois contenant des fers. Et puis une enclume. Et puis des marteaux.

— Comme des animaux, soupira un vieil homme à côté de Marius, juste vêtu d'un sarrau et d'un pantalon de toile grisâtre. On nous traite comme des animaux.

— Parce que vous vous êtes comportés comme tels ! aboya un garde qui l'avait entendu.

Marius sentit une succession de frissons parcourir son corps. On allait donc le ferrer pour le mener au bagne ? Comme une bête ?

— Mais je suis innocent ! s'écria-t-il avec l'énergie du désespoir.

Puis, inclinant la tête sur le côté, prenant l'allure extatique et décharnée d'un Christ du Greco, le regard tourné vers le ciel, il joignit les mains et implora ce Dieu dont on parlait et qui se manifestait si peu.

Devant lui, les argousins s'étaient mis à l'œuvre. Cela dépassait tout ce qu'il avait entendu à propos du ferrement. Bien sûr il pensa à Jean Valjean. Devait-il à son tour emprunter ce chemin de pénitences pour connaître un jour la rédemption ? Mais quelle rédemption ? Et quel péché avait-il commis pour que le mot rédemption lui-même fût évoqué ?

« Je n'ai même pas volé un pain », songea-t-il en secouant désespérément la tête.

— À toi !

On faisait approcher les condamnés placés par rang de taille et on les accouplait au moyen d'une chaîne de six pieds, réunie aussitôt au cordon qui entourait un groupe de vingt-six prisonniers. Chacun de ces vingt-six malheureux tenait à cette chaîne par ce qu'on appelait la cravate, un triangle de fer s'ouvrant d'un côté par un bouton-charnière, et se ferrant de l'autre par un clou rivé à froid.

Lorsque ce fut son tour, Marius se retrouva à genoux, la tête sur le côté. On lui colla ce collier autour du cou. Il n'eut garde de bouger, car au moindre mouvement, au lieu de porter sur l'enclume, les coups de marteau lui eussent brisé le crâne. Comme un chien, se dit-il en se relevant et en serrant les poings avec rage.

— Au suivant !

Le ferrement se prolongea jusqu'aux alentours de cinq heures. Le vieil homme qui avait déjà abordé Marius l'apostropha en ces termes :

— Fini d'arpenter le terrain, mon petit chien. Fini les boutons d'or et les meules de foin. On a les cadènes aux poignets et la honte à la bouille. Là-bas, au pré, à Toulon, tu auras de la couleur et on te fauchera les douilles. Tu seras fagot, bonne bille. C'est la mort civile.

Marius secoua la tête d'un air de ne pas y croire. Il ne s'était même pas rendu compte qu'en parlant le vieux avait fait des vers. Brisé, abattu, effondré, anéanti, il suivait le troupeau et se demandait dans quelle extraordinaire absurdité il se trouvait embarqué, se heurtant au silence cynique des uns, à l'ironie grossière des autres, à la monumentale indifférence de tous. Devant cette abomination en marche, les bourreaux d'un côté, les victimes de l'autre, ceux qui croyaient au ciel et ceux qui n'y croyaient plus, l'impitoyable et le pitoyable, en somme une sorte d'identité dévastatrice qui le dépassait et s'apparentait à une effroyable et renversante résignation, atroce progéniture d'un pouvoir manichéen à la fois invisible et omniprésent, il ressentait une indescriptible nausée. Jean Valjean avait-il éprouvé la même chose, le même sentiment de révolte, d'injustice, de haine fulgurante ? Oui, une haine titanesque, météorique, universelle. Une haine de qui, de quoi, il l'ignorait lui-même. En tout cas une haine bien grasse, bien juteuse, n'attendant plus que d'autres tourments pour s'enrichir d'autres haines et éclater quelque part, un jour. Il faut avoir connu l'humiliation pour éprouver cela. Il faut avoir connu les privations, l'insulte, l'opprobre, les coups, le goût âcre et faisandé de la misère. Et cette engeance disparate et puante rappelait tout à coup à Marius cette saleté que l'on nomme l'humanité, à laquelle il avait voulu échapper, et où on l'avait replongé sans lui demander son avis.

Il se serait bien passé de l'effet pernicieux de cette mémoire involontaire. Tout à coup il revoyait sa chambre d'étudiant, la crasse, les déjections, le salpêtre aux murs, la masure Gorbeau, la gueule fouinarde et fuyante de Jondrette alias Thénardier, le choléra à Paris… Les odeurs revenaient en trombe. Les mêmes qu'ici. Quand on l'observe de loin, la misère, elle a presque quelque chose de pittoresque. Elle a même valeur de référence. On se l'échange à coups de mots rebelles dans les salons galants. On s'apitoie pour la galerie. Les intellectuels s'adonnent au jeu de paume, les socialistes se gobergent dans les larmes. C'est si bon d'avoir les pieds au chaud en évoquant ceux qui ont froid. Ce relent de démagogie empeste la fausse pitié. Et quand ce n'est pas par cet abject discours que l'on endort, trompe, exploite les masses laborieuses, c'est le jeu des chaises musicales. On a vu dans cette époque flétrie un nombre insensé d'anciens pauvres devenir de nouveaux riches. Et il n'est pas de ces vulgaires repentis qui ne trouvent grâce à leurs propres yeux qu'en devenant après coup les principaux fossoyeurs d'une cause pourtant si bien servie. Ce monde, pensa Marius, n'était qu'un gigantesque serpent qui se mordait la queue. Un cercle encore plus vicié que vicieux.

Après le ferrement, les argousins se retirèrent. Il ne resta plus dans la cour que les condamnés autorisés à recevoir la visite de leurs parents. Marius vit la scène de loin. Au moment de partir pour le pays de l'infamie, il surprit le regard de ces malheureux condamnés à des peines légères se reporter, avec une dernière et suprême tendresse, vers les souvenirs sacrés de la famille qu'ils n'avaient jamais tant regrettés. Pour celui-là c'était une mère, pour cet autre une femme, pour ce dernier un enfant. Il surprit un garçon qui devait avoir dix-huit ans à peine. Devant l'étrange insouciance qui émanait de toute sa personne, on avait peine à croire que c'était un condamné.

Tout à coup un imperceptible tressaillement contracta le visage de Marius. Son œil se tourna vers l'entrée. Près de la grille une pauvre vieille femme se tenait debout et tremblante, indécise, troublée, vêtue d'habits de deuil. Marius songea qu'il n'aurait même pas cette chance. Il ne l'avait d'ailleurs jamais eue. Sa mère était morte lorsqu'il avait cinq ans, un peu après Waterloo. Et cette pauvre vieille femme, cette mère blessée, il la vit faire le tour de la cour à petits pas, comme honteuse de se trouver là, pour enfin s'arrêter à hauteur du jeune garçon. Un cri s'échappa de ses lèvres. Elle comprima les bras sur son cœur et serra son garçon contre sa poitrine. Elle n'avait pas remarqué, semble-t-il, les fers qui l'étreignaient, les haillons qu'il portait — ou elle ne voulait pas le remarquer. Elle ne voyait que lui, lui seul, lui qu'elle couvrait de baisers, de caresses, de larmes. Marius, d'où il se trouvait, retenu avec ceux qui n'avaient pas droit aux visiteurs, comprenant par là combien sa peine était lourde, éprouva de la compassion pour cette femme. Pressentant que la vie lui prenait un innocent et que le bagne lui rendrait un criminel endurci, elle remit à son enfant une petite médaille de la Sainte Vierge. C'était sa seule richesse. Voilà où elle était, toute cette sale misère. Et nulle part ailleurs.

Marius détourna le regard de cette femme et de ce garçon qui le bouleversaient, pensant à ce qu'il aurait pu avoir lui aussi et qu'il n'avait pas. Il jeta un coup d'œil sur ses compagnons d'infortune. Dans un coin obscur, le plus reculé de la cour, ils s'abandonnaient à tous les écarts d'une gaieté licencieuse. Libres d'eux-mêmes, ils vociféraient d'horribles plaisanteries et s'exerçaient à provoquer par des gestes abominables le rire bestial de leurs camarades.

— Et pour dormir ? demanda Marius au vieil homme qui le précédait et qui parlait en rimes.

— Tu te figurais un pieu et une petite largue de première main ? graillonna le vieux. On va pioncer sur le pavé, mon gars. Tu auras une soupe, du picton et demain à six heures tu entendras : « Les partants pour Toulon, en diligence ! » On s'entassera alors dans ces prétendues diligences et on partira. Dehors, à la sortie de Bicêtre, tu verras ceux qui assistent à notre départ. Ils seront bien contents de nous voir partir. Attends-toi à trente jours de voyage. Je connais, je l'ai déjà fait. Si tu veux, tu pourras marcher. Le cordon marchant, ça permet des suppléments. Une ration d'eau-de-vie le matin et un demi-litre de vin en plus. Dans la diligence, on a deux livres de pain par jour, deux onces de fromage et un demi-litre de vin. Et puis après, bien après, ce sera Toulon, mon gars.

Et là, mettant une main sur le cœur et l'autre sur la tête, un peu comme Rouget de Lisle entonnant *La Marseillaise*, il ajouta sur un ton déclamatoire :

Ce sera la chiourme et l'arsenal,
La bastonnade et le mitard,
Avant les fleurs et la cavale,
Le rire, un bout d'lard !

Marius accusa un nouveau coup au moral. Ce poète grotesque et rigolard lui donnait envie de hurler. Une boule sèche dans la gorge l'en empêcha.

Plus tard, quand la nuit tomba, alors qu'il était assis au milieu des criminels ivres et bruyants, confondu avec des êtres dégradés foulant déjà aux pieds tout ce que respecte la société qui les repousse, certain qu'on l'avait trompé, abandonné, trahi, et que sa charte se résumait désormais à la longueur de sa chaîne, il enfouit le visage dans ses mains et pleura en silence. Il songeait déjà à s'évader. Le lieutenant de la chaîne ne lui avait-il pas dit qu'il en avait pris pour vingt ans ? Il songeait encore à se venger. D'Amédée, de Clémence, de Jésus. De la France entière. Et Cosette, sa Cosette, sa merveilleuse Cosette, qu'était-elle devenue ? L'idée de la perdre à jamais le terrassa. Près de lui, tout à coup, le vieux poète entama une chanson. C'était le chant des galériens. Et cent voix bientôt reprirent en chœur le refrain :

La chaîne,
ça nous gêne
mais c'est égal,
ça n'fait pas de mal.

Le vieux, en adressant un clin d'œil à Marius, poursuivit :

Nos habits sont écarlates
nous portons au lieu d'chapeaux
des bonnets et point d'cravates
ça fait brosse pour les jabots.
Nous aurions tort de nous plaindre,
nous sommes des enfants gâtés

et c'est crainte de nous perdre
que l'on nous tient enchaînés...

Pendant toute la soirée, les échos de Bicêtre répétèrent les refrains de cette poésie sauvage. Puis le silence se fit peu à peu. Chacun chercha, dans un repos factice, le courage qu'il lui faudrait le lendemain pour commencer un voyage dont le terme, marqué d'avance, était un lieu d'opprobre et d'infamie.

Marius, lui, ne trouva pas le sommeil. Il ne cessa de penser à Jean Valjean et à l'homme droit et généreux qu'il était devenu après le bagne. Lui n'avait pas cette grandeur d'âme. Avant même d'y être, au bagne, il n'éprouvait qu'un mélange de rancune, d'hébétude et d'injustice. Que s'était-il passé pendant ces longues journées dont il ne conservait aucun souvenir ? L'avait-on drogué, assommé, envoûté ? Clémence l'avait-elle attiré dans un traquenard ? Ou encore Amédée ?

S'il en sortait un jour, il se montrerait impitoyable.

Pendant ces trente jours de voyage, Marius se fit une idée de ce qu'il allait endurer. Il faut avoir vécu et souffert au milieu de ce troupeau, avoir conspiré comme lui, avoir vu couler les larmes et saigner les chairs sous le bâton, pour se rendre compte que ce monde de damnés est horrible, épouvantable, le plus épouvantable et le plus horrible qui puisse exister. Pour Marius, il n'y avait plus de coupables ni de victimes, mais un long sanglot en marche. Un interminable Golgotha.

Le vieil homme dont il avait fait la connaissance à Bicêtre mourut d'épuisement à Chalon. Ce fou qui aimait les rimes avait choisi d'aller à pied avec le cordon marchant, dans le seul but d'avoir des rations supplémentaires. Il l'avait eue, sa ration.

Toujours à Chalon, alors que les condamnés embarquaient sur de longues barges pour traverser la Saône, une forte tête qui avait été condamnée pour avoir éventré et pendu aux ailes d'un moulin une jeune fille se refusant à lui parvint à scier son collier et à se jeter dans le fleuve. Il coula à pic.

Simula-t-il la noyade pour réapparaître plus loin et réussir à se sauver ? Personne ne le sut. Toujours est-il que le chef de la chaîne, furieux de cette évasion, menaça de massacrer lui-même à coups de sabre ceux qui diraient n'avoir rien vu. Les occupants de la barge, dont Marius, en furent quittes pour des coups de bâton.

— Faut le comprendre, expliqua un prisonnier à Marius. Chaque évadé lui coûte trois cents francs.

À Lyon, les prisonniers furent l'objet d'une fouille. Des centaines de personnes avaient accouru de la ville et des faubourgs. On voulait se repaître du spectacle.

Les argousins se livrèrent à une inspection minutieuse. Tachés, mal rasés, sordides, affublés d'uniformes gris-bleu, avec des épaulettes rouges et des bandoulières jaunes, ces sbires maniaient la trique avec plaisir. Certains d'entre eux possédaient des fouets de poste qu'ils faisaient claquer à intervalles réguliers. Pendant que les uns exploraient les effets des prisonniers, les autres faisaient des recherches sur les corps, fouillant dans les cheveux, dans les oreilles et la bouche. Autre part aussi… Atterrante humiliation. Et en public. Sous les rires et les quolibets. Marius s'y résigna sans la moindre protestation. Son corps réduit à un morceau de viande le remplit de honte. Lui si grand, il se fit petit. Aucun de ses compagnons de chaîne, fussent-ils des égorgeurs, ne se rebella. Sauf un. Le jeune garçon que Marius avait vu avec sa vieille mère.

— Mon crime ne mérite pas cela !

— Tu veux la bastonnade avant même d'être

sur place ? hurla le chef de la chaîne. À genoux ! Exécution !

Comme le jeune homme refusait d'obéir, on le fit mettre à quatre pattes. Un argousin le frappa sur la nuque et les reins. Puis il lui abaissa violemment son pantalon et fouilla sa partie la plus intime avec son casse-tête.

— Tu ne cacherais pas là une lime ou un ressort de montre ? C'est dans le cul que vous les cachez tous !

Comme il n'y avait rien, il le frappa une nouvelle fois sur les mollets.

— Tu as de la chance, garçon !

Après quoi il passa à un autre condamné, la trique sous le bras, l'œil goguenard.

Le jeune homme, en sanglotant, remonta d'une main fébrile ses pantalons. Son autre main battait l'air, impuissante, comme pour tenter d'effacer ce qui s'était passé. Marius prit cette main dans la sienne. Le jeune garçon inclina la tête sur le côté et leva les yeux vers cet homme compatissant.

— Je suis innocent..., bredouilla-t-il en tentant de se remettre sur pied.

— Moi aussi.

— Merci, murmura le jeune homme.

— Comment t'appelles-tu ?

— Julien. Julien Leroy. Condamné à cinq ans de travaux forcés pour avoir volé un pain.

Le visage de Marius s'assombrit. Autrefois, pour le même larcin, Jean Valjean avait écopé de la même peine. C'était trente-huit ans plus tôt. Aujourd'hui, en 1834, les choses n'avaient pas changé.

— Moi, c'est Marius. Condamné à vingt ans pour un crime que je n'ai pas commis.

Julien Leroy montra ses chaînes et hocha la tête :

— J'espère que nous deviendrons amis.

— J'espère aussi.

Et chacun reprit sa place.

Après Lyon, Tarascon. Deux jours de repos sous un soleil de plomb. Et toujours le spectacle de cette marée humaine couverte de fers, ce bruit perpétuel de chaînes s'entrechoquant. Après Tarascon, la chaîne arriva dans une bourgade située à un quart de lieue de Toulon.

— Castigneau ! beugla un adjudant.

Aussitôt arrivés, les futurs forçats furent entourés, pressés, harcelés. Des centaines d'hommes, de femmes et d'enfants, au courant des usages, étaient venus leur proposer des gâteaux, des saucissons, du tabac. Rien n'était gratuit. Ceux qui n'avaient pas d'argent payaient avec un paletot ou un chapeau. C'étaient des cris, des hourras, des jurons, des apostrophes à rendre l'ouïe à un sourd. À un moment, parmi tous ces malheureux qui troquaient des habits en lambeaux contre deux pommes, un fromage ou un bout de poulet, Marius crut reconnaître quelqu'un. Un homme frisé comme un trouvère dont le torse puissant faisait penser à celui d'un Hercule. Mais il le perdit de vue. Au reste, qui pouvait-il connaître parmi ces assassins ?

— Et toi, tu ne prends rien ? lui demanda un condamné.

Marius haussa les épaules et répondit :

— Je garde mes vêtements.

— Tes vêtements ? À Toulon on va te les enlever, tes vêtements. Et on te donnera ta livrée.

Alors Marius se débarrassa de ses frusques en échange d'une livre de pain et d'une portion de pâté. Il avala le tout sur place. Puis il attendit les ordres.

Vers une heure, les prisonniers arrivèrent dans l'antichambre du palais. Des forçats avaient ainsi surnommé le bâtiment. C'était à côté de l'arsenal, près du bagne. Les prisonniers y pratiquaient leur toilette.

Un groupe d'hommes vint à la rencontre de la chaîne. Marius les observa. Parmi eux, il y avait le commissaire du bagne, un commissaire de marine et une foule d'employés supérieurs.

On procéda à l'appel. Marius répondit présent lorsque le nom d'Alexandre Tixier fut prononcé. Mais à contrecœur. À l'un de ces hommes, il demanderait bientôt une explication. Et peut-être même des comptes.

Une fois l'appel terminé, les argousins débarrassèrent les prisonniers de leurs cravates. Un énorme soupir de soulagement sembla jaillir de toutes ces poitrines. Joie de courte durée. Car aussitôt des forçats à qui leur bonne conduite avait valu cet emploi rivèrent un anneau provisoire aux jambes des condamnés. Après quoi on les dépouilla des vestiges d'habillement qui leur restaient pour leur faire prendre un bain dans la mer pendant que leurs hardes brûlaient au milieu d'un ardent brasier.

Puis les adjudants s'assurèrent que chaque homme portait encore la manille qui lui avait été mise au moment où on l'avait débarrassé de la grande chaîne. Et l'on procéda à un nouvel appel. Marius passa la main sur sa barbe et son torse. Quel aspect avait-il ? Il avait mis plus de quinze jours à éliminer les effets du soporifique. Et il n'avait toujours rien compris.

Après ce bain de mer, il se sentit ragaillardi. Les rayons de soleil sur sa peau salée lui faisaient du bien. Il tourna le regard vers l'horizon et se demanda si tout cela était bien réel. Allait-il sortir de ce cauchemar ? Quelqu'un prendrait-il enfin la peine de l'écouter ? Le commissaire du bagne ? Les officiers de marine ?

Il inspira une grande bouffée d'air en secouant la tête. Ici, visiblement, le devoir d'écoute semblait réservé aux condamnés. Comment pouvait-il en être autrement ?

— Allez, plus vite que ça !

Les argousins sommèrent les prisonniers de prendre place dans une embarcation. Le chargement effectué, on les dirigea sur le bagne. Le trajet fut vite accompli. Au moment d'accoster, Marius observa tout cet ensemble flottant dans lequel les rayons du soleil allumaient des reflets d'or. C'était donc cela, le bagne ? Un port avec ses marins, ses navires, ses quais, son agitation, son arsenal, ses bâtiments blancs en longueur, ses toits pointus, et là-bas, au loin, des montagnes qui se profilaient à l'horizon ? Marius n'avait jamais vu de port. Il leva la tête. Des oiseaux dans l'azur du ciel, pareils à des duvets blancs, décrivaient de grands cercles en poussant des cris stridents. Des cris qui se répercutaient à l'infini pour se transformer en rires et en gloussements.

Un autre rire attira l'attention de Marius, humain celui-ci, tout de suite suivi d'un commentaire :

— Là-dedans, camarade, ils sont au moins quatre mille à trimer. Et bientôt, ça va être notre tour.

Marius ne posa même pas le regard sur l'homme qui avait parlé. Il se sentit de nouveau abattu. Sa bouche était maçonnée d'une épaisse salive. En voyant le quai de l'arsenal, il lui sembla entendre un rossignol rouler une chamade dans les ormeaux. Voilà qu'il commençait à délirer. Il songea alors à Paris, aux fêtes qu'il avait connues, au faubourg Saint-Germain, à son bon ami Amédée d'Iguerande... Celui-là, il lui ferait payer au centuple ce qu'il avait enduré jusqu'à aujourd'hui et allait sans doute endurer dans un avenir auquel il préférait ne pas penser. Et Cosette ? Pouvait-on au moins écrire dans ce bagne ?

— Débarquement ! cria une voix d'argousin. Et au pas de gymnastique, tas de feignants !

Les prisonniers furent placés en ordre sur le quai de l'arsenal. On vérifia leurs difformités, leurs blessures, leurs marques, enfin tous les signes distinctifs qui pouvaient apparaître sur les différentes parties de leur corps. Chez Marius, on trouva une tache de vin sous l'œil gauche. Instinctivement il posa l'index sur cette tache qu'on lui trouvait et sentit une légère protubérance. Comme il n'avait pas eu le loisir de se mirer dans une glace depuis son arrestation, il se demandait quelle physionomie il pouvait avoir. Qui lui avait fait cette marque ? Clémence ? Amédée ? Il sentit la rage l'envahir. Et redoubler, tandis qu'il se revoyait dans le carrosse de La Battut, lors du Mardi gras, remettant à Amédée cette lettre qui lui donnait tout pouvoir sur ses biens et sur… Cosette. C'était donc cela ? Frédéric n'avait pas menti ? Amédée s'était débarrassé du mari pour mettre la main sur l'épouse et le capital ?

« Vous n'êtes pas des leurs, mon cher. »

Cette phrase de La Battut résonnait désormais à ses oreilles comme une prophétie funeste. Un jet de haine lui brûla la gorge. S'il n'obtenait pas gain de cause, si on ne revoyait pas son procès, alors il prendrait le large. Oui, il deviendrait lui aussi un fugitif, un repris de justice, un homme mis au ban de la société. Comme Jean Valjean naguère. Et cette idée, bizarrement, le rasséréna.

Après les préliminaires signalétiques, on délivra à chaque forçat le costume de la division à laquelle il allait appartenir. Il y avait trois divisions : une première avec ses salles d'épreuves ; une deuxième avec ses salles ordinaires ; une troisième avec ses salles de récidivistes et d'indociles. Marius appartenait à la troisième. On lui rasa la tête et on lui remit une casaque rouge, un bonnet de la même couleur, un pantalon jaune, une paire de souliers et deux chemises.

— Toi, je t'ai à l'œil ! aboya un garde-chiourme à l'adresse de Marius en lui montrant la crosse de son fusil.

Le commissaire du bagne, un certain Raynaud, procéda encore à l'appel. Au fur et à mesure que chaque condamné répondait, il lui était délivré une plaque en fer-blanc désignant son numéro d'ordre, qu'il devait sans cesse porter attachée au bonnet.

Marius reçut le numéro 9430. Ce numéro avait été celui de Jean Valjean. Une coïncidence qu'ignorait Marius.

— Au ferrement ! cria une voix.

Tandis que Marius prenait la direction du local où l'on devait l'enchaîner, quelqu'un l'apostropha par son prénom. On le reconnaissait donc ? Une lueur d'espoir illumina ses traits. Il se hissa sur la pointe des pieds et prit appui sur les épaules de ses compagnons. Lorsqu'il vit le visage juvénile de Julien, il fronça les sourcils.

— Tu es tout en rouge ? lui demanda Julien.

— Tu vois bien.

— Moi je suis à la première division. Regarde, j'ai un bonnet jaune. Dans cinq ans, tout sera terminé.

— Oui, dans cinq ans… À bientôt, Julien.

C'est alors qu'une douleur aiguë lui scia les reins. Il se retourna et reconnut l'argousin qui l'avait déjà menacé.

— Silence dans les rangs ! Compris, numéro 9430 ?

Marius n'était pas Marius, il n'était plus Alexandre Tixier, il n'était que le numéro 9430.

Quand il pénétra dans la salle sombre à l'odeur de sueur et de moisi, il crut défaillir. Le cauchemar n'en finissait pas. Il y avait des bruits de chaînes, des ombres grimaçantes, un sol souillé d'excréments et de matières grumeleuses. Puis, au centre de la salle, une pièce de bois longue environ de trois mètres sur laquelle étaient fixées des enclumes. Marius comprit la raison de ces déjections répandues sur le sol. Pris de panique, des prisonniers se relâchaient sans pouvoir se retenir.

Lorsque son tour arriva, Marius tremblait de tous ses membres. Il venait d'entendre le hurlement désespéré d'un prisonnier à qui on avait brisé la jambe.

— Il a bougé, tentait de se justifier un forçat avec un marteau à la main, il a bougé…

— Conduisez-le à l'hôpital ! hurla un adjudant.

Puis, à l'adresse de Marius :

— À ton tour, toi ! Et ne t'avise surtout pas de bouger, tu as vu ce qui arrive à ceux qui font les malins !

Marius se coucha à plat ventre sur la pièce de bois en pliant les genoux. Il porta son pied en l'air de manière que la jambe occupât une position parfaitement d'aplomb. Un autre forçat la maintenait pendant que le sbire chargé du ferrage posait la manille et la rive. Cette opération demandait beaucoup d'assurance dans les coups de marteau, car le sbire, frappant de toutes ses forces, risquait s'il manquait son coup de casser la jambe du forçat.

Au moment de la frappe, Marius serra les dents. De côté, il vit l'adjudant l'observer. Un stupide contentement éclatait dans l'attitude souveraine de cet homme qui ne supportait aucun pli à son devoir ni à son uniforme. Sitôt le ferrement exécuté, la difformité du triomphe s'épanouit sur le front brun et étroit de l'adjudant. Ses yeux clignèrent, sa mâchoire se serra. C'était tout le déploiement expressif que pouvait donner cette figure insensible et satisfaite.

— Tu as compris ? demanda l'adjudant avec cette inébranlable certitude d'incarner la justice, la lumière et la vérité divines dans leur fonction terrestre.

— J'ai compris, murmura Marius qui suait à grosses gouttes.

— J'ai compris, mon adjudant ! rectifia le butor en mettant les mains derrière le dos.

— J'ai compris, mon adjudant, répéta Marius avec docilité.

— Reste comme ça, ce n'est pas encore fini ! beugla encore celui-ci en adressant un signe à ceux qui ferraient les prisonniers.

On passa alors entre la manille et la peau de Marius une certaine quantité de linge, nommée patarasse, afin de prévenir le risque de mâchure. Malgré cette précaution, très peu de forçats sortaient de cette épreuve sans ressentir une douleur plus ou moins grande, provoquée par le poids de la manille et par celui de la chaîne qui pesaient ensemble quatre livres et demie. De plus, chaque condamné était pourvu d'une ceinture en cuir à laquelle s'adaptait un crochet en fer. Ce crochet supportait, à la moitié, sa chaîne qui se trouvait ainsi relevée le long de la jambe, depuis la manille jusqu'à la hanche.

— Le 9430 avec le 9431 ! aboya l'adjudant.

Le 9431 était l'individu que Marius avait aperçu sur la plage de Castigneau et dont le visage, semblait-il, lui rappelait quelqu'un. Prudent, il se garda bien de parler ou de lancer un regard appuyé à cet homme aux larges épaules, rasé comme lui, casaque rouge et bonnet assorti, dont les yeux lançaient des éclairs. Ce fut encore l'adjudant qui s'écria :

— Et pas un mot !

L'accouplement se fit à l'aide d'un anneau de jonction qui mariait la chaîne de Marius avec celle de son compagnon. La manille ne représentait pas grand-chose. Mais la chaîne, c'était tout différent. Il fallait en partager le poids avec un autre galérien pour s'en rendre compte. Et quel galérien ! Peut-être un assassin, un violeur, un tueur d'enfants, un vicieux aux passions inavouables.

À cette idée, un frisson d'angoisse parcourut Marius. En même temps, il était curieux de connaître cet homme. Où diable l'avait-il vu ?

Pendant deux jours, le compagnon de chaînc de Marius ne lui adressa pas la parole.

— Comment t'appelles-tu ? avait demandé Marius à plusieurs reprises.

L'autre n'avait rien répondu.

Ils étaient dans une cellule située sur le quai de l'hôpital de marine, près de la caserne des gardes-chiourme, au rez-de-chaussée d'un bâtiment appelé les cellules du bagne. Le numéro 9431 restait près de la petite fenêtre fermée par un vantail, le regard dans le vague. Il se contentait d'avaler sa ration de vin, sa soupe et sa viande sans un mot. Marius finit par le croire muet.

Le troisième jour – dernier jour de repos accordé par l'administration pénitentiaire aux prisonniers pour se remettre des fatigues de leur pénible voyage –, le commissaire Raynaud vint adresser une mercuriale aux nouveaux arrivés. Assisté des commis de marine, il leur expliqua le règlement à suivre. Il avait le ton sec et la voix haut perchée. Il promit une récompense à ceux dont la conduite mériterait des égards, de sévères punitions aux autres.

— C'est comme ça et pas autrement.

Alors qu'il allait tourner les talons, Marius leva le doigt dans sa direction.

— Monsieur le commissaire, puis-je me permettre de vous présenter mes doléances ?

Le commissaire le considéra avec un intérêt goguenard. Cet homme dont le tour des yeux était cerné par de nombreuses lignes fines comme si elles eussent été tracées au rasoir avait un regard froid, inhumain, presque couvert d'un glacis. Sa bouche, qui fléchissait sur la droite, semblait indiquer l'autorité, la raison, la chose jugée, la conscience légale, l'irrévocable. Le commissaire Raynaud aimait l'ordre et était prêt à faire tomber la foudre pour le protéger. À peine lisait-il la défaite dans le regard d'un galérien qu'on lisait la victoire dans le sien. Cet archange féroce à la redingote fermée jusqu'au menton entretenait en lui ce sentiment frénétique et flamboyant qui l'avait intronisé vengeur de la société. Il prêtait main-forte à l'absolu, et l'absolu, dans sa main, devenait une épée sociale et rédemptrice qui anéantissait tout ce qui se montrait relatif.

— Que puis-je faire pour vous, numéro 9430 ? demanda-t-il après avoir lu le numéro de Marius sur son bonnet.

— Je ne suis pas celui que vous croyez, monsieur le commissaire. Mon nom est Marius Pontmercy, et je ne comprends pas pourquoi on m'a affublé du nom de monsieur Alexandre Tixier.

Le visage du commissaire Raynaud s'éclaira d'un rayonnement ironique et macabre.

— Vous n'êtes pas celui que vous êtes ? Votre numéro ne vous convient donc pas, numéro 9430 ? Sachez que la vertu a un seul vice, l'erreur ; mais ici, l'erreur est le vice de vos prétendues vertus. Autre chose, numéro 9430 ?

Marius devint très pâle.

— Non, monsieur le commissaire.

— Parfait, dit celui-ci en faisant signe à un commis de s'approcher et de lui montrer un gros registre.

Rien ne fut plus poignant pour Marius que d'entendre ce verdict. S'appuyant froidement sur la probité et la conviction, il démontrait ce que le bon pouvait engendrer de mauvais ici-bas. Il n'y avait donc rien à faire ? Jamais les fers qu'il portait depuis seulement trois jours ne lui avaient semblé plus lourds qu'en cet instant funeste.

Le commissaire consulta le registre.

— Avez-vous exercé un métier ? demanda-t-il en le toisant d'un regard froid et perçant.

Marius resta sans voix. C'est alors que son compagnon lui donna un coup de coude et lui murmura à l'oreille :

— Dis que tu as été menuisier.

Marius, surpris d'entendre enfin le son de la voix de cet homme, demeura ébahi et silencieux. Comme le commissaire demandait au commis d'inscrire une croix à l'endroit du numéro 9430 sur le registre matricule du bagne, Marius se décida enfin à répondre :

— Menuisier, monsieur le commissaire.

Ce dernier leva son nez pointu et dévisagea de nouveau Marius d'une mine altérée.

— Ce n'est pas trop tôt, finit-il par lâcher avec une voix de crécelle. Inscrivez menuisier pour le 9430.

Marius regarda alors son compagnon, tourné obstinément vers le commissaire. Tout à coup il se sentit mieux. Ses traits ne portaient plus l'empreinte de cette émotion profonde qui refoule le sang au cœur et décolore le front et les joues.

— Et vous, numéro 9431 ? demanda le commissaire.

— Menuisier, répondit le compagnon de Marius.

Dans la cellule, le numéro 9431 tendit la main au jeune homme et dit d'une voix rauque :

— Je serre la main de qui ? Celle de Jésus ou du baron Pontmercy ?

D'abord interloqué, Marius reconnut enfin celui qui lui faisait face.

— Parfait-Amour ? Le patron du Clan Destin ?

— Dans le mille. Et toi ?

Si Parfait-Amour posait cette question incongrue, c'est qu'il n'avait pas vu de bague au doigt du jeune homme. Celle qui figurait un serpent avec des quinquets d'émeraude. Tous les effets personnels étant confisqués, toutes les têtes étant rasées, tous les uniformes étant les mêmes, on pouvait confondre. De toute façon, Parfait-Amour avait aussi mal connu Jésus que Marius. Une bagarre ne rend pas plus physionomiste. Une bague non plus. Et puis, au bagne, tout le monde a la même tête.

— Marius Pontmercy, répondit Marius.

— Je m'en doutais. Mais alors pourquoi ce nom ? Que s'est-il passé ?

— Je n'en sais rien. Je me suis retrouvé un beau matin à Bicêtre la tête lourde, sans mémoire, au milieu de malheureux, avec une condamnation de vingt ans.

— Et ton procès ?

— Aucun souvenir.

— On t'avait drogué ?

— Plutôt deux fois qu'une.

Parfait-Amour afficha une mine désabusée.

— Moi aussi j'ai pris vingt ans. Dans un accès de fureur, j'ai tué ma femme. Tu sais, celle qu'on appelait la Béquille. J'ai quand même morfillé le truque.

— Pardon ?

— Faudra que tu apprennes à rouscailler bigorne ici. Oui, à parler l'argot. Je voulais dire que j'ai évité perpétuité en avouant mon crime. Comme c'était passionnel, j'ai bénéficié de la clémence du jury.

— C'est aussi ce qu'on m'a dit à Bicêtre, fit Marius en caressant la chaîne qui le liait à Parfait-Amour. On a conclu que j'étais un simple d'esprit.

— Et tu ne te souviens vraiment pas du procès ?

— De rien.

— Il faut reconnaître qu'ils ont précipité les choses. Avec ces histoires de révolution, on a bâclé les procès de droit commun. En une semaine, ils en ont envoyé quelques-uns au pré. Le sursis, c'est toujours pour les riches. Mais pas pour les simples d'esprit !

Et Parfait-Amour de rire avec insolence, ravi comme un enfant, le doigt pointé sur Marius. Puis, aussitôt :

— Et il a tué qui, le simple d'esprit, pour se retrouver frégate ?

— Je me suis tué moi-même, répondit Marius quelque peu irrité par le rire de cet homme qui, jusqu'à présent, n'avait pas pipé mot.

— C'est-à-dire ?

— C'est-à-dire qu'on m'accuse d'avoir tué Marius Pontmercy le jour où tous les habitants d'un immeuble de la rue Transnonnain se sont fait légalement massacrer par la troupe. Voilà la justice. Et mon nom est à présent Alexandre Tixier.

— Je ne connais pas, fit Parfait-Amour qui ignorait la réelle identité de Jésus.

Il esquissa un geste d'indifférence. Son regard suivait le soleil assez bas sur l'horizon.

— Là-bas, c'est la liberté, murmura-t-il.

Puis, à haute voix :

— Tu as dû te faire berner par Rouget et le Dabe des greffes.

Marius parut étonné.

— Je n'ai jamais vu ces gens.

— Au Clan Destin ?

— Jamais.

— Les deux soirs où tu es venu, ils étaient là. À croire qu'ils te connaissent, eux. La preuve, Jésus était un de leurs amis. À ton avis, qu'est-ce que tu fais ici ? Tu ne vois vraiment pas qui est le Rouget ? Un gros rouquin à tête d'hypocrite ?

— Peut-être, fit Marius en réfléchissant. Mais ce Jésus, en revanche, je le revois très bien. J'ai même failli me battre avec lui. Il martyrisait des enfants dans un atelier.

Parfait-Amour secoua négativement la tête.

— Là, tu te trompes, mon gars. Celui qui cognait sur les mômes, c'était Rouget. Jésus prenait au contraire leur défense. À un moment, il tournait autour de la Miauleuse. Je lui aurais bien brisé les reins. Mais c'était un brave gars. Je te dis, moi, que tout a été organisé de main de maître par le Dabe des greffes et son ami l'homme en noir. Un boulendos. Ils complotaient ensemble.

— Un boulendos ?

— Un bossu habillé comme un notaire, avec des belles manières de fripon. Encore que je reconnaîtrais sa dégaine mais pas sa figure. Il se dissimulait toujours, ne s'exposait jamais en pleine lumière.

Marius prit appui contre le mur de la cellule, chancelant.

— Qu'est-ce qui t'arrive ? lui demanda Parfait-Amour.

— Rien…

Tout devenait de plus en plus embrouillé dans l'esprit du jeune homme. Tous ces noms, ces souvenirs… Et puis l'étincelle… Le bossu… « Louis-Désiré, bien sûr, pensa-t-il. Complice de son maître pour voler mon nom, mon honneur, ma femme. Ce bon Louis-Désiré… »

Il se déplaça avec précaution, sujet à un énorme vertige.

— Et ce Dabe des greffes, demanda-t-il d'une voix sourde, qui est-ce ?

— Celui qui dirige tout. Il doit déjà avoir repris les rênes du Clan Destin, j'en mets ma main au feu.

— Mais que fait-il ?

— Je ne sais pas au juste. En tout cas, avec son commerce d'enfants et de viande de chat, il a fait fortune en six mois. Si tu l'avais vu, tu ne l'aurais pas oublié. Un être vil, mielleux, menteur, flagorneur, sale comme un peigne, méchant comme un cent de clous. Une tête de fouine et un cou de vautour. Des petits yeux fielleux, un affreux collier de barbe grisâtre, des ongles crochus. Lui, il se l'est faite, sa sale fiole. Il ne peut pas accuser ses parents. Si tu lui tends la main, tu ne sais jamais s'il va te la rendre. Le Rouget et lui ont témoigné contre moi lors du procès. Sans jamais me regarder. Le chacal et l'arpagar. Deux charognes de la pire espèce.

Marius regarda autour de lui, plongea l'œil sur le lit de camp, où le condamné était attaché le soir au ramas, puis sur la petite table et le baquet où débordait de l'étoupe. Et puis sur Parfait-Amour. Il avait envie d'extravaguer, de dire n'importe quoi, de se lancer contre les parois de cette hideuse cellule et de se taper la tête contre les murs. Il y avait bien une issue, non ? Il n'allait quand même pas rester vingt ans dans cet enfer pour une faute qu'il n'avait pas commise !

— Un jour, je sortirai, dit-il d'un ton résolu. Je ne veux pas rester ici.

— Moi non plus, mon gars. Mais on va bien être obligés.

Deux mois passèrent. Pour Marius, deux siècles. Parfait-Amour et lui avaient échappé à certaines corvées. Au curage des ports, au transport des boues, au lestage et délestage à la remorque des bâtiments, au débarquement de bois de mâture et de construction, à leur empilage et à leur déblaiement, au transport des pièces charpentées pour la construction des navires. Avaient-ils vraiment gagné au change ? En un sens, oui. Quand ils voyaient certains de leurs camarades manœuvrer les grumes, ces pièces de bois avec leur écorce non encore équarrics, ils remerciaient le ciel de ne pas être à leur place.

Toulon, au fond, était une énorme entreprise de bâtiment. La plus grande de France en son genre. Et la plus rentable. Certes, il y avait les forçats qui s'occupaient du halage des vaisseaux, vidaient et nettoyaient les bassins de radoub ou de carénage. Mais il y avait aussi les autres. Les esclaves de l'État. Quand ils n'étaient pas domestiques chez les officiers du port, ils étaient employés comme carriers, maçons, briquetiers, chaufourniers. On les voyait partir le matin en chantant. Une vraie marée humaine. Le soir, au retour, ils ne tenaient plus sur leurs jambes. Ces esclaves pharaoniques avaient travaillé à la construction de hangars dans la presqu'île de Saint-Mandrier, assaini les marais du Mourillon, maçonné le bassin de Castigneau, consolidé la darse Vauban. Des travaux à n'en pas finir.

— Tout ce qui se construit à Toulon et ses alentours, c'est notre œuvre, disaient certains forçats. Et à dire vrai, on préfère encore les travaux forcés à la réclusion. Ici, au moins, on peut causer et rire tout notre soûl. On travaille dur, mais on voit des gens. On est presque des travailleurs libres.

Marius et Parfait-Amour, eux, travaillaient dans un atelier comme scieurs de long. Cet atelier se trouvait entre la passe d'entrée de la vieille darse et le quai du Grand-Rang. Le scieur de long est un scieur de bois de charpente qui scie les troncs dans le sens de la longueur. Un travail épuisant. Le soir, Marius et Parfait-Amour ne sentaient plus leurs bras. Ils n'avaient même plus la force de penser.

Depuis son arrivée au bagne, Marius avait écrit dix lettres à Cosette. Aucune réponse ne lui était parvenue. Il ne savait plus quoi penser. À la pause, vers midi, il regardait ce vaste chantier étiré jusqu'aux montagnes. Il faisait si chaud. De temps à autre, un étincellement s'allumait sur la crête d'un faîtage, sur la bordure vernie de l'hôpital de marine, sur les drisses d'un brick ou d'une frégate. De courtes nappes de chaleur couvraient d'un ressac anguleux et brûlant tout l'emplacement du port. En fin d'après-midi, le vent faisait cliqueter l'étendue des toitures. Du coup, un peu de fraîcheur s'installait. Là-bas, vers la liberté, les lointaines collines avaient l'air de pétrir les couleurs en une sorte de lave rouge et mordorée. On entendait bruire les grands bois. Des odeurs suspectes se soulevaient mollement. Cela devenait écœurant.

Tous les matins à cinq heures, après le coup de sifflet, il fallait recommencer. La Grande Fatigue.

Scier du bois douze à treize heures par jour. Avec un arrêt à onze heures et demie pour reprendre à une heure et arrêter le soir à huit heures. À ce rythme-là, Marius deviendrait vite une force de la nature.

— Un costaud comme moi ! plaisantait Parfait-Amour. Tu verras, plus personne ne te cherchera querelle.

Le plus dur, c'était pour dormir. Marius ne s'y habituait pas. Parfait-Amour et lui ne se trouvaient pas vers la partie du quai de l'Arsenal qui aboutit à la Chaîne-Vieille. Ils n'étaient pas dans la salle des éprouvés, qui était un peu le purgatoire du bagne, alors que la salle des indociles en était l'enfer. Comme son nom l'indiquait, la salle des indociles, située dans la cour intérieure, non loin du bazar, au rez-de-chaussée et au-dessous des bureaux du commissaire des chiourmes, renfermait les natures les plus indomptables du bagne. Un coin à éviter.

— Au moins il doit y faire sec, disait Marius d'un air buté.

— Peut-être, mais c'est là qu'il y a la bastonnade, répliquait Parfait-Amour. Tu songes encore à t'évader, toi ?

— Pourquoi, encore ? J'y songe tout simplement.

— Eh bien, bonne chance, mon gars. Dans toutes les salles il y a un vestibule. Et dans ce vestibule, d'où l'on aperçoit les lits à travers les barreaux de la porte donnant accès à la salle des condamnés, il y a des gardes-chiourme. Il y en a partout. Armés jusqu'aux dents. Au moindre trouble, à la moindre manifestation de révolte, ils ont ordre de faire feu. Tu le sais, ça ?

— Je le sais.

— Alors tu es fou.

— Qui ne tente rien n'a rien. Et puis j'en ai assez du numéro un.

Marius et Parfait-Amour avaient été affectés au bagne flottant numéro 1. À Toulon, où l'on comptait quatre mille forçats, il y avait trois salles à terre et quatre bagnes flottants. Le bagne flottant numéro 1 était épouvantable. Ses flancs peints en noir et ses sabords garnis de barreaux de fer lui donnaient un air lugubre. Toutes les tares y étaient réunies. La promiscuité, la crasse, la puanteur. Pas moins de huit cents forçats dormaient dans ce vieux bateau penché et vermoulu. Certains vomissaient et se soulageaient sur place. L'odeur, mélange d'urine et de bois pourri, assorti d'un remugle perpétuel d'humidité laissant ici et là d'indescriptibles viscosités, prenait à la gorge et finissait par donner des nausées. On peut imaginer l'enthousiasme du forçat en voyant arriver la soupe de fèves et de haricots. Certains revendaient leur ration pour deux fois rien. Impossible d'avaler quoi que ce soit. Mais quand on ne mangeait pas sa ration quotidienne de soupe, sa livre et demie de pain et son vin, on finissait par dépérir. Et quand on se faisait piquer à revendre sa ration, on était bon pour la bastonnade.

Le bagne flottant numéro 1 était amarré près de la salle des indociles. Un jour, après avoir menacé un adjudant de la chiourme de lui casser la tête, un dénommé Papety reçut cinquante coups de garcette. Au quarantième coup, on n'entendit plus ses plaintes. Il crachait le sang à pleine bouche. On le transporta en toute hâte à l'hôpital. Le ventre et les poumons perforés en plusieurs endroits, il succomba dans la nuit. À l'autopsie, les médecins trouvèrent les muscles de la partie postérieure du tronc, de la nuque jusqu'aux fesses, réduits en bouillie noirâtre.

Un vieux forçat avait prévenu Marius et Parfait-Amour :

— Le bourreau est un vrai tortionnaire. Il s'appelle Le Bitteux. Il fait ça pour une ration de vin en plus et une prime de quelques centimes.

— C'est un fagot ?

— Comme vous et moi. Mais qui bénéficie d'un traitement de faveur. Il aime le sang. Vous avez dû le voir du côté du bazar ou de la Petite Fatigue. Il est grand, borgne, d'une force prodigieuse. La prochaine fois, je vous le montrerai.

Au bagne flottant, on accédait par un large escalier en bois qui se trouvait à l'arrière. Arrivé au dernier échelon on pénétrait, en se baissant, dans un carré où se tenait un poste de gardes-chiourme dont les carabines chargées étaient rangées sur un râtelier attenant au plat-bord du navire. D'un côté le poste des adjudants, de l'autre les casiers et la cuisine des condamnés.

— Là, Sapristi, il nous a toujours à l'œil.

Sapristi, c'était l'adjudant qui avait ferré Marius. Un homme d'une cinquantaine d'années, teigneux et lent d'esprit, rougeaud de face, avec un uniforme toujours taché.

— Toi, 9430, disait-il à Marius, tu ne perds rien pour attendre. Les simples d'esprit, je les dresse, moi. Un pet de travers, et tu plonges, sapristi !

Depuis qu'il avait eu vent d'un juron en vogue en ce milieu de l'année 1834, il en faisait un usage illimité. D'où son sobriquet. Tout le monde le détestait, y compris les autres surveillants. Seulement il avait l'autorité pour lui. Et l'autorité, dans une administration, c'est ce qui compte.

— Avec moi, vous êtes là pour avoir la tremblante ! menaçait-il lorsque les forçats pénétraient dans la batterie après le travail.

Quand il tenait de tels propos, montrant par là que l'argot était sa langue d'adoption, il fallait comprendre qu'il se sentait de taille à mater toute cette chienlit.

— Et à huit heures, dès lors que j'ai donné mon coup de sifflet, je ne veux pas un bruit ! Le premier qui jaspine, il plonge !

Dans le ponton des prisonniers, il n'y avait pas de lits de camp. Les hommes couchaient sur le plancher nu du navire, attachés au ramas boulonné et plombé à tribord comme à bâbord. Quand ils étaient couchés avec leurs casaques écarlates, on eût dit un équipage de matelots massacrés, dont le sang avait rougi la batterie.

Les journées passaient ainsi, monotones et répétitives, toujours sous ce soleil d'acier, où d'épaisses colonnes de mouches fumaient comme de la poussière de cendres. Sur le port, un grand nombre de forçats travaillaient à la construction des bâtiments. Les uns sciaient du bois, comme Marius et Parfait-Amour, d'autres portaient de grosses charpentes sur leurs épaules, comme

Julien et son compagnon de chaîne. Un jour, Marius apostropha le jeune homme :

— Comment vas-tu, l'ami ?

Le jeune garçon baissa la tête, le visage tout mâchuré de sueur séchée et la casaque déchirée par les échardes. Pressé par son compagnon, un homme petit et chauve au visage de momie, dont le nez recourbé en bec d'aigle laissait voir une partie de la cloison nasale, il donna quand même un petit coup de tête, comme ça, presque à la dérobade, pour signifier à Marius qu'il l'avait bien entendu. En vérité, il se sentait souillé et avili. Pourquoi ?

Marius apprit quelques jours plus tard que Julien subissait les violences de son compagnon de chaîne. Il en sut même un peu plus par un autre condamné qui travaillait à l'attelage avec diables et chariots.

— Le Bonnet, c'est un dangereux. Il a des vices inavouables. Quand il ne rosse pas ton ami, il lui inflige quelques douceurs. Dans son genre, c'est un caressant. Pour le remercier, il lui pique même son jeu de brêmes, si tu vois un peu.

— Sa ration ?

— Tout juste.

— Et ce Bonnet, en plus, qui a violé des garçonnets dans le civil, est copain comme cochon avec Le Bitteux.

— Le boye ?

— Oui, le flagelleur du bagne. Comme tu vois, c'est plutôt compliqué.

— Merci, camarade.

Marius s'en remit à Parfait-Amour :

— Il faut faire quelque chose.

— Quoi ?

— Julien a tout juste dix-huit ans, c'est presque un enfant.

Parfait-Amour eut l'air embêté.

— Méfie-toi, Marius. Les argousins risquent de nous tomber sur le paletot. Et surtout Sapristi.

Les jours suivants, Marius ne revit pas Julien. Il s'était habitué au spectacle qu'offrait le port. Il reconnaissait à présent les condamnés à vie qui, formant des attelages de six à huit hommes, pareils à des bêtes de somme, traînaient des voitures fortement chargées. Et toujours ce bruit de chaînes. Mille pensées se succédaient alors dans l'esprit de Marius. En voyant ces hommes dans un tel état d'abaissement, en se voyant lui-même, il regardait comme un rêve chimérique l'idée de rendre ces criminels meilleurs. Mais lui, qu'avait-il fait pour mériter ce châtiment ? Il détournait le regard de cette marée humaine, de ces fourmis, de ces insectes qui portaient des grosses charpentes, qui sciaient du bois, allaient et venaient entre les ateliers, entraient et sortaient des bâtiments de guerre, et il se mettait au travail avec acharnement.

— Toi, tu es increvable, lui disait alors Parfait-Amour, admiratif. Mais n'oublie pas qu'on est là pour vingt ans. Inutile de faire du zèle.

— Je ne fais pas de zèle. Je me dis seulement qu'on pourrait échapper à la Grande Fatigue et se retrouver nous aussi dans les ateliers. Tu es bien menuisier, non ? Tu as bien une spécialité ?

— Les escaliers.

— Eh bien, voilà, il faut en parler à Raynaud.

Il paraît que le vice-amiral cherche un artisan pour lui fabriquer des escaliers.

— Tu en es sûr ?

À partir de ce jour, Parfait-Amour devint intarissable. Il dispensa à Marius des cours sans fin sur l'intérêt des contre-marches, sur les escaliers à limons droits et égaux, sur ceux à limons inégaux et inclinés. À Paris, dans son atelier du faubourg Saint-Antoine, il avait commencé des escaliers à plusieurs rampes avec paliers aux encoignures.

— À cause de Rouget et du Dabe des greffes, je n'ai pas pu les terminer. Mais moi, je te fais ça en cinq sec. Sans compter les rampes égales et parallèles, les marches tournant en limaçon. Tu sais, c'est beau un escalier. C'est comme si tu montais au ciel. Quand tu assembles les limons, ça tient du miracle. Les mains font des choses incroyables. Ce sont des artisans dociles. Quand on aura fini notre temps, je te montrerai.

— Tu auras soixante-cinq ans…

— Ce n'est pas grave, je suis fort. Je tiendrai le coup et je pourrai faire encore plein de choses en sortant. Avec des projets, on ne crève jamais.

— Toi peut-être. Pas moi. Je n'ai pas envie de moisir ici. Et la Miauleuse ?

Parfait-Amour avait joint les mains.

— Je ne sais pas ce qu'elle est devenue… Quand on m'a arrêté, son visage ressemblait à des cerises écrasées dans un confiturier… À l'heure qu'il est, elle est peut-être morte…

Sa main avait fouetté l'air en signe d'impuissance ; de grosses larmes avaient roulé sur ses joues.

— Nous, les pauvres, nous sommes le désespoir. Que nous reste-t-il quand il n'y a même plus la futilité ?

Le soir, allongé sur le plancher du bagne flottant numéro 1, Marius pensait parfois à la futilité. Il passait par tous les degrés du malheur que subissent les prisonniers oubliés dans une prison. Il n'y avait rien de futile là-dedans. Il en venait même à douter de son innocence. Ayant remisé son orgueil, simple prolongement de l'espoir, il s'adonnait à la prière. Mais la prière est parfois un assemblage monotone de sons. Ce qui revenait toujours, c'était la douleur. Et là, tout à coup, il se refusait à demander à Dieu de lui pardonner ses offenses comme il aurait dû les pardonner à ceux qui l'avaient offensé, car il ne pardonnait rien. La rage succédait à l'ascétisme. Il lançait des blasphèmes qui effrayaient Parfait-Amour, et il vouait au supplice les hommes qui lui avaient réservé ce sort. Même l'évocation de Jean Valjean ne pouvait l'apaiser. Il était jeune, ardent, farouchement attaché à l'idée du bonheur. Or il sentait la mort planer autour de lui. À force de se persuader que le calme était la mort, il se mit à caresser des projets de suicide.

Dans un premier temps, il jeta la nourriture qu'on lui servait. Quelques coups de garcette l'en dissuadèrent. Tout lui répugnait. Parfait-Amour lui donnait un peu de son pain, le forçait à boire du vin, lui rappelait son serment au début de son incarcération.

— Tu ne veux plus te venger, Marius ? « Un jour, je sortirai. » C'est ce que tu disais, non ?

Bien qu'affaibli, Marius n'avait plus qu'une

idée en tête : la liberté. Une idée qui occupait constamment son esprit. Qui le rongeait comme un cancer.

Comme les quatre mille forçats de Toulon, Marius se montra d'abord craintif, soumis, empressé d'accomplir ses devoirs. Devant la surveillance dont il reconnaissait l'ahurissante perversité, sa faiblesse augmenta. Toute résistance à la volonté de la loi était vite réprimée. Mais il s'acclimatait. Et au bout de trois mois, il succomba au commerce contagieux des conseils perfides et de la rébellion à outrance. Même s'il cédait au désespoir la nuit sur son ponton, il n'en montrait rien dans la journée. Ses bonnes dispositions du début s'étaient transmuées peu à peu en projets sombres et hardis. Parfait-Amour s'inquiétait. La nature de Marius avait profondément changé.

Un jour, après le son de la cloche annonçant la fin de la journée de travail et alors qu'ils étaient occupés à scier un tronc de chêne en long, Marius et Parfait-Amour aperçurent Julien et Bonnet venant dans leur direction. Ils portaient un lot de planches en traînant les pieds.

— Tiens, le voilà celui-là, murmura Marius en interrompant son ouvrage. Avance un peu par là, Parfait-Amour.

— Qu'est-ce que tu vas faire ? Pas de bêtises, hein ?

— Ne discute pas. Ce Bonnet, je vais lui rendre la monnaie de sa pièce. Décale-toi, bon sang !

Le problème, avec les chaînes, concernait le déplacement. Et le danger, surtout aux abords du port lui-même, ce n'était pas les corvées, qui n'excédaient jamais la force d'un homme, mais la maladresse et la possibilité de tomber sous le fardeau, qui s'ajoutait aux ordres du garde-chiourme et à la nécessité d'accommoder ses faits et gestes à ceux de son compagnon de chaîne.

— Qu'est-ce que vous faites ? hurla un argousin en voyant Marius et Parfait-Amour se mettre en travers du chemin de Julien et de Bonnet.

— J'ai une crampe, fit Marius en s'agenouillant.

L'argousin n'insista pas car Julien et Bonnet, sur le point d'arriver avec leurs planches empilées sur les épaules, avaient largement la place de passer.

Le jeune garçon frôla Marius.

— Ça va ? lui demanda Marius.

Julien ne répondit pas. Il était dans un état lamentable. Le visage enflé et le corps tordu.

Lorsque Bonnet passa à côté de Marius, celui-ci, toujours agenouillé, tendit brusquement la jambe. Bonnet trébucha, s'effondra et entraîna le malheureux Julien dans sa chute. Les planches culbutèrent dans un fracas épouvantable.

Vif comme l'éclair, Marius attrapa une planche et, prenant soin de tirer sur la chaîne qui l'entravait, il la fit tournoyer au-dessus de sa tête et la précipita sur le visage de Bonnet. Ce dernier, déjà à genoux à la suite de sa chute, poussa un cri épouvantable. Il y eut un bruit d'os brisé.

— À la garde ! s'écria l'argousin.

Sur un coup de sifflet strident, six soldats accoururent. Ils maîtrisèrent Marius en un clin d'œil.

— Ne recommence plus jamais ! braillait ce

dernier à l'adresse de Bonnet, la figure en sang. Plus jamais !

Sapristi, présent lui aussi, ne put que constater les dégâts. Bonnet avait le nez cassé et Julien, en tombant, s'était brisé la jambe. L'adjudant se tourna vers Marius et lui dit :

— Toi, tu vas plonger !

Marius fit la connaissance du bourreau. Il s'en serait bien passé. Mais le règlement était très clair : « Tout condamné qui aura limé ses fers ou employé un moyen quelconque pour s'évader, sur lequel il sera trouvé des travestissements, qui volera une somme au-dessus de cinq francs, qui s'enivrera, qui jouera à des jeux de hasard, qui fumera dans le port ou dans les localités, vendra ou dégradera ses hardes, qui écrira sans permission, sur lequel il sera trouvé une somme au-dessus de dix francs, qui battra un camarade, qui refusera de travailler, sera puni de bastonnade. »

Avant de subir sa peine, Marius fut conduit devant le commissaire du bagne. Retranché derrière son bureau, Raynaud promenait son visage de rat sur une kyrielle de papiers. Quand Marius arriva, il ne leva pas la tête.

— C'est ce que vous attendiez, 9430 ? demanda-t-il sur un ton à la fois grinçant et sévère.

— Je me nomme Marius Pontmercy, monsieur le commissaire.

— J'entends, 9430. Mais vous n'avez pas

répondu à ma question. C'est ce que vous attendiez ?

— Je suis venu en aide à un jeune garçon victime des sévices de son compagnon de chaîne. Pourquoi, monsieur le commissaire, accouple-t-on de simples voleurs avec des criminels endurcis ? Pour les corrompre eux aussi ?

Raynaud se leva avec un geste étriqué.

— Vous voulez peut-être prendre ma place, 9430 ? Pardon, j'oubliais… Marius Pontmercy !… C'est bien cela ?… Non, mais est-ce que vous ne vous ficheriez pas de moi, 9430 ? La garcette va vous faire ravaler votre arrogance !

Puis, après avoir relu un passage concernant le dossier d'Alexandre Tixier, il montra du doigt le haut de la joue gauche de Marius :

— Et votre tache de vin ?

— Je n'ai jamais eu de tache, monsieur le commissaire.

— Que me chantez-vous là, 9430 ?

— La vérité, monsieur le commissaire. Je n'ai jamais eu de tache de vin sous l'œil gauche et je ne me suis jamais appelé Alexandre Tixier. Je vous le répète, mon nom est Marius Pontmercy. Je suis la victime d'une erreur judiciaire.

Raynaud croisa les bras et prit un air faussement songeur.

— Cette tache de vin disparue n'est pas réglementaire, 9430. Décidément, vous me posez beaucoup de problèmes. Vous me demandiez pourquoi on accouple de simples voleurs avec des criminels endurcis ?

Il adressa un signe de main comminatoire aux

gardes-chiourme qui encadraient Marius, avant de préciser avec cynisme :

— Numéro 9430, vous aurez l'occasion de méditer sur cette question au contact de monsieur Le Bitteux. Un forçat reste un forçat. Peu importe son crime. S'il est au bagne, c'est qu'il l'a mérité. Et pour vous, cela sera quarante coups de corde.

Puis, à l'adresse de Sapristi :

— Quarante coups aussi pour ce Bonnet. Les délits contre la moralité sur lesquels vous devez exercer une surveillance aussi active que nécessaire pour les mœurs du bagne doivent être réprimés sévèrement. Et qu'il s'estime heureux de ne pas être exposé sur un tonneau. Vous n'aviez donc rien remarqué ?

Sapristi, toujours enclin à vitupérer, se montra tout miel avec le commissaire. Ce genre d'homme, que l'on nomme fonctionnaire et qui constitue une race à part où la servilité, l'aveuglement et la bêtise ont souvent partie liée, ne se sent satisfait que lorsqu'il satisfait sa hiérarchie. Il en faut, dit-on. Mais plus il y en a, plus il en faut.

Marius fut mené illico au rez-de-chaussée. Il reconnut la salle où on l'avait ferré. Face à lui, les mains sur les hanches, se tenait le fameux Le Bitteux. Un homme grand, borgne, large d'épaules, au regard ombragé de sourcils épais. Il avait l'aspect d'une bête fauve. Ce cyclope, disait-on, n'avait jamais éprouvé le besoin d'éveiller une sympathie quelconque autour de lui ; il lui suffisait d'inspirer la crainte. Au premier patient qu'on lui avait remis, dès qu'il avait commencé à appliquer sur le corps nu de la victime les premiers coups de garcette, ses poumons s'étaient dilatés et son unique œil avait perdu son atonie. Une incommensurable satisfaction s'était répandue sur ses traits. Le métier de bourreau était sa vocation. C'est cet homme-là qui allait s'occuper de Marius.

— Déshabillez-le, dit-il calmement aux deux forçats qui le secondaient, des mouchards de la salle, que l'on appelait aussi les divertissants. Tu vas voir, 9430, avec moi la sotonnade va couler à balouf.

Marius comprit que la bastonnade serait infligée très fort. Et le borgne lui montra la corde goudronnée.

Encadrant Sapristi, deux gardes-chiourme assistaient à la punition. Moustache broussailleuse, anneau à l'oreille, uniforme bleu à boutonnage croisé, baudrier blanc de rigueur, armés d'un fusil et d'un sabre.

— Ne le perdez pas de vue, dit l'adjudant.

Marius fut dépouillé de sa casaque et de son pantalon. En voyant le torse imberbe du jeune homme, ses muscles longs et déliés, Le Bitteux fit claquer sa langue à plusieurs reprises. Un sourire cruel et gourmand déforma sa bouche dédaigneuse. À ses pieds se trouvait une énorme pièce de bois où l'on faisait s'agenouiller le condamné. Cette prosternation avait quelque chose de terriblement humiliant.

— Allez, fit Le Bitteux à l'adresse des deux divertissants, maintenez-moi ce mignon, on va l'esquinter un peu.

Le plus drôle, c'est que ce bourreau, en l'occurrence le bras séculier de la Justice, avait lui-même assassiné son beau-père dans son lit de vingt-six coups de couteau. Vingt ans déjà. Depuis ce temps, Le Bitteux administrait les châtiments avec un appétit carnassier. Il s'exaltait tellement à la vue du sang qu'il fallait mettre près de lui au moins deux agents, afin qu'il ne prolongeât pas le supplice du patient au-delà des limites fixées par le jugement.

— De la bonne faiseuse pour ce tordu, ça lui sera douceur ! exulta Sapristi. Vas-y, le boye !

Et Le Bitteux leva sa ralingue et commença à frapper.

Tout le temps que fut appliqué le châtiment, aucun son ne sortit de la bouche de Marius. Le Bitteux lui-même fut impressionné. Pourtant, à partir du trentième coup, il avait frappé à tour dc bras et sans aucun ménagement. Les gardes s'étaient interposés. Les forçats qui tenaient les bras et les jambes de Marius avaient du mal à cacher leur admiration. C'est à peine s'ils avaient senti une crispation plus soutenue pendant les dix derniers coups.

Lorsque tout fut fini, on s'aperçut que Marius avait percé le bois du billot avec ses dents.

— Ça, c'est un homme, fit remarquer Le Bitteux à l'adjudant.

Sapristi hocha la tête de façon évasive, il n'en avait cure.

On répandit de l'eau vinaigrée sur le dos de Marius. Ses épaules n'étaient plus qu'une plaie ouverte. Après le vinaigre, on lui flanqua une couche de sel. Grâce à ce mélange, paraît-il, les meurtrissures ne subsistaient pas. En tout cas, Marius perdit connaissance. Il se réveilla sur un brancard. On le conduisait à l'hôpital de marine. Là, dans la cour, il aperçut Bonnet, pansement sur le nez, chaînes aux poignets, encadré de deux gardes. Bon à son tour pour la bastonnade.

Lorsque Bonnet vit Marius, il déclara à mi-voix :

— Toi, tu es mort.

En dépit de ses accointances avec Le Bitteux, Bonnet ne fut pas épargné. On le ramena lui aussi sur un brancard. Il n'en nourrit qu'une haine plus tenace à l'encontre de Marius.

Marius, justement, apprit que Parfait-Amour avait été déplacé. Il travaillait à présent à l'atelier de menuiserie. Il se murmurait que le commissaire Raynaud, pour faire plaisir au vice-amiral Jacob, avait été à l'origine de cette affectation. Parfait-Amour devait construire un escalier à jour elliptique dans une cage rectangulaire. L'escalier permettrait au vice-amiral d'accéder à une sorte d'observatoire, car cet excellent homme se plaisait à l'observation des astres.

À l'hôpital, Marius connut une sorte de répit. Son voisin immédiat n'était autre que Julien. Bien sûr il était enchaîné à son lit, mais il pouvait parler, se reposer, manger un peu mieux. Et même écrire. C'était la vingtième lettre qu'il envoyait à Cosette. Et toujours pas de réponse. Si Cosette ne répondait pas, se disait-il, c'est qu'on devait trier son courrier, le détourner ou encore le subtiliser. Il en était sûr. De sorte que ses idées, vagues et presque insaisissables, reprirent leur place sur cet échiquier merveilleux où parfois une case de plus suffit à rétablir la supériorité de l'homme que l'on est sur la bête que l'on était en passe de devenir. Malgré son dos douloureux, il allait mieux. L'espoir revenait.

Divisée en trois compartiments, la grande salle commune de l'hôpital renfermait à son extrémité une chapelle, dans laquelle un aumônier de marine célébrait la messe chaque matin. Les détenus recevaient ainsi de ce digne ecclésiastique, un abbé alerte et rondouillard du nom de Félicien, les secours spirituels qui les consolaient dans leurs affections. Ils rêvaient du pardon suprême. Hormis la bienveillance de ce curé surnommé le ratichon, Marius et les autres malades étaient l'objet de mille attentions. Les médecins et les chirurgiens les cajolaient. Et davantage encore les bonnes sœurs.

La plus charmante d'entre elles se nommait sœur Agnès. Sous sa coiffe de lin elle voilait mal une beauté que plus d'une des reines du monde lui eût enviée. On la reconnaissait à son odeur. Elle sentait le musc et le thym. Des malades racontaient qu'elle avait traversé un paradis de soleil et de fougères. Généralement, ces dignes femmes obéissent à une vocation naturelle et irrésistible. Elles sont dévouées. Mais souvent ces pauvres créatures vont se réfugier au pied des autels pour trouver un réconfort. Les couvents comme les hôpitaux ont recueilli plus d'une fois ces victimes de la vie. C'était le cas de sœur Agnès. On ne connaissait pas son secret. Mais on savait qu'il y en avait un.

— Vous ne devriez pas molester votre prochain, dit un jour sœur Agnès à Marius quand elle apprit la raison pour laquelle il avait subi la bastonnade.

— C'était pour venir en aide à Julien, rétorqua Marius en montrant le lit de son jeune ami.

Et là, dans le regard de sœur Agnès, il n'aurait pas su pourquoi, il sentit s'installer le trouble. Du reste, chaque fois que sœur Agnès orientait son regard sur Julien, ses pommettes rosissaient légèrement. L'air venait à lui manquer. Elle appuyait une main sur son front qui, d'abord pâle, devenait rouge et bouillant.

En la voyant ainsi, humble et résignée, Marius fut saisi d'un profond sentiment de pitié. Il se demandait quel mystère cachaient cette humilité et cette résignation. Quand sœur Agnès en avait fini avec Julien, elle s'occupait de Marius. Elle oignait son dos avec une crème apaisante, vérifiait les croûtes, surveillait la cicatrisation. Elle s'attardait souvent. Elle aimait rester près de Julien.

— Tu aimes bien sœur Agnès ? demanda un soir Marius à Julien.

— Elle est la beauté, Marius… La beauté qui nous sauve…

Marius comprit que son jeune ami nourrissait un sentiment à l'endroit de sœur Agnès. Un sentiment qui élevait le cœur et purifiait l'âme, une sorte d'exaltation sublime qui éloignait de la terre et rapprochait de Dieu. L'amour. Un amour d'autant plus flamboyant qu'il avait éclos sous des murs suintant le crime. Mais un amour impossible. Complètement fou.

Un jour, avec quelque chose de heurté dans l'expression, sœur Agnès se trahit en se confiant à Marius. Elle était en train de lui enduire le dos.

— Vous savez, mon fils, les travaux à Toulon ne sont pas si pénibles. Les uns s'occupent des charpentes et transportent les matériaux, les autres conduisent les canots des officiers du port et nettoient les rues de l'arsenal et de la ville. Au fond, il n'y a rien de fatigant dans ces travaux. L'expression « travaux forcés » est donc inexacte. J'ai du reste entendu des condamnés assurer qu'ils préféraient le séjour au bagne à celui des maisons de réclusion. Pour vous, c'est presque une chance. En ménageant ses efforts, n'importe qui peut se débrouiller. Et puis cinq ans, ce n'est pas si long.

Cinq ans, c'était la peine infligée à Julien. Un sourire désolé passa sur les lèvres de Marius.

— Moi, je suis là pour vingt ans, ma sœur. Inutile de compter sur moi pour produire un effort. Désolé.

Sœur Agnès cessa brusquement de masser le dos de Marius. Elle en laissa tomber le flacon de baume. Un trouble profond l'avait envahie. Confus, Marius se pencha et étendit la main pour ramasser le flacon.

— Pardonnez-moi, dit-il en lui remettant le baume, j'aime Julien comme un frère. J'ai parfois le défaut de m'identifier à lui.

Sœur Agnès baissa les yeux comme s'il se fût agi d'un sacrilège.

— Moi aussi, j'aime bien Julien.

Puis, sur un ton douloureux :

— Mais je crois que vous vous êtes remis de vos blessures, Alexandre. Vous allez pouvoir regagner le bagne.

— Je ne m'appelle pas Alexandre, ma sœur.

— Oui, je sais, vous mentez comme tous les

autres. Julien m'a dit que vous vous appeliez Marius et que vous étiez innocent du crime dont on vous accusait. Mais Julien est un vrai innocent, lui. Il est si jeune. Il me faut donc le protéger.

Et puis là, bras croisés et visage rigide, elle dispensa un étrange cours à Marius :

— Prenez un homme dans les conditions ordinaires de la vie, ayant à ses côtés sa femme, ses enfants, gagnant son salaire dans les affaires. Que voyez-vous qui soit digne d'intérêt ou de remarque ? Absolument rien. L'existence de cet homme est prévue. Il mourra comme il a vécu, calme, modeste, insouciant, laissant derrière lui moins de trace que le sillage fugitif d'un bateau. Tandis que le criminel, c'est une tout autre affaire. Avec lui, les conditions de la vie sont interverties. Vous avez une âme qui désire, qui convoite, que l'ambition dévore, que les passions font tressaillir et palpiter. À celui-là le cœur bat, la tête brûle, le sang bouillonne. La vie lui a fait des promesses et il veut qu'elle les tienne. Si elle ne les tient pas, il sombre. Il se venge alors de la société et des autres hommes. Tout lui est bon. Il ment, il triche, il simule. J'en ai vu des gens comme vous qui se prétendaient innocents et qui usaient d'arguments fallacieux pour s'allier une confiance imméritée. Prétendre convertir tous ces scélérats et les ramener par la morale à des sentiments de probité et d'honneur serait une duperie. Leur élément est le crime. Leur joie consiste à grossir ceux qu'ils ont commis. Et leur consolation est d'en commettre encore.

Marius secoua la tête avec une épouvantable expression d'agonie morale. Comment sœur Agnès pouvait-elle se tromper à ce point sur son compte ? Il tourna la tête et regarda en direction de Julien. Le jeune homme le fuyait lui aussi. Que lui avait donc raconté sœur Agnès ?

— Alors vous croyez que mon chemin est hérissé d'imprécations et tapissé du sang d'autrui ?

Sœur Agnès le toisa d'un drôle d'air, et dans ce drôle d'air, Marius crut lire la honte d'être soupçonnée d'entretenir une liaison avec Julien. Il eut envie de lui dire qu'il s'en réjouissait plutôt et ne chercherait au grand jamais à porter atteinte à cette complicité qui semblait les unir. Surtout, il ne voulait pas retourner au bagne numéro 1. Si le secours divin ne venait pas à son aide, tout était fini, et chaque effort qu'il ferait l'enfoncerait un peu plus dans la déperdition de tout. La destinée lui montrait un gouffre béant, et au fond de ce gouffre, il y avait le néant.

— Vous n'avez donc pas pitié ? murmura-t-il alors en se redressant sur son oreiller.

Sœur Agnès avait déjà rangé toute la trousse de médicaments. Elle leva vers le ciel un regard d'une ineffable éloquence :

— Si, j'ai pitié. La religion m'en fait un devoir et je ne veux pas vous nuire à ce point, en vous rejetant dans cet affreux bagne d'où vous êtes parvenu à sortir. Mais je vous préviens que votre conduite future me dictera mes résolutions. Vous n'aurez à vous en prendre qu'à vous-même si des mesures de rétorsion sont décidées contre vous.

— Je vous en sais gré, ma sœur.

— J'espère bien, Alexandre. Et n'exercez plus votre mauvaise influence sur Julien.

La nuit même de cet entretien, tandis que les gardes-chiourme somnolaient et que de retentissants ronflements faisaient trembler les vitres et les lits en fer, Marius eut du mal à trouver le sommeil. Sur le bagne flottant numéro 1, il s'était habitué à guetter le manège des rats qui venaient flairer les pieds des détenus sous la couverture. Il les comptait comme on compte les moutons. Et puis il finissait par s'endormir.

Là, dans la grande salle de l'hôpital de marine, pas de rats. Juste le début et la fin de tout. Et la mort qui rôdait doucement.

À un moment, il entendit un froissement léger d'étoffe. Il souleva la tête. Une frêle silhouette sinuait à ras des lits métalliques. Alors il enfonça la tête dans son oreiller et ferma les yeux en écoutant les pas. Une odeur de musc et de thym parvint jusqu'à lui. Il sut que c'était sœur Agnès.

Une voix murmura :

— Il dort.

Dans l'obscurité, le moindre bruit inhabituel prend d'insolites sonorités. Marius entendit presque distinctement ce que se dirent Julien et sœur Agnès.

— Mon amour, tu es revenu me chercher, disait sœur Agnès. Nous devons le faire.

— Tu crois vraiment ?

— C'est la main de Dieu qui se tend vers nous. Tout est logique. J'ai pris le voile quand tu es parti, je le rends quand tu reviens. La beauté est notre univers, Alphonse.

Pourquoi sœur Agnès appelait-elle Julien « Alphonse » ? Marius tourna doucement la tête et ouvrit les yeux. La main de Julien était dans celle de sœur Agnès.

— Quand, mon amour ? reprit sœur Agnès.

— Demain, répondit Julien d'un ton hésitant.

— Non, plutôt après-demain. À cause de l'autre.

— Soit.

Sœur Agnès baisa les lèvres de Julien, puis s'éloigna à petits pas pressés dans le couloir de la salle.

Après-demain quoi ? se demanda Marius. Et l'autre, qui était-ce ?

Il n'en sut pas davantage. Dès le lendemain, il fut ramené au bagne flottant.

Marius se retrouva accouplé avec un voleur de poules nommé Victor. Il avait été baptisé Cul-d'Ail par les autres, attendu qu'il sentait mauvais et n'était pas très dégourdi. Ce Cul-d'Ail avait une grosse figure flasque, tombante et jaune comme une décoction de réglisse.

— Qu'est-ce que tu as fait, toi ? demanda-t-il à Marius sur le chantier de sciage.

— J'ai tué un homme. Et à te dire vrai, j'ai envie d'en tuer d'autres. C'est comme une envie sauvage qui s'emparerait de moi.

Cul-d'Ail considéra Marius avec un respect nuancé de crainte.

— Et ça te prend à quel moment, ces envies sauvages ?

— Quand on me contrarie.

L'autre émit un soupir de soulagement ostentatoire qui fit trembloter sa grosse et flasque figure.

— Avec moi, tu peux être tranquille, je ne suis pas du genre contrariant.

— Tant mieux.

— Je ne suis qu'un pauvre voleur, je n'ai que cinq ans à tirer.

— Tant mieux, répéta encore Marius, la mine sombre. Parce que si tu me cherches, tu me trouveras. Et si tu as le malheur de me coquer, je te surine à coup sûr. Compris ?

— Compris, répondit Cul-d'Ail qui avait le sentiment d'avoir affaire à un dur.

Et il jura de se tenir à carreau.

Même anéanti, dominé par une angoisse convulsive qui dégénérait, bien conscient que tout le monde trahissait tout le monde, Marius ne se laissa pas submerger par son amertume. L'idée de se faire passer pour un homme sans foi ni loi lui plaisait. Il voyait là le moyen de ne pas être importuné par les autres. Au reste, le fait d'avoir corrigé Bonnet et d'être passé à la bastonnade lui conférait un tout nouveau prestige. Ce matin, lors de son arrivée dans le bagne flottant numéro 1, des durs à cuire tels que le Scionneur, le Roubleur et Tronche-en-biais lui avaient adressé une tape amicale dans le dos.

— T'en es un, Tixier. Félicitations.

Certains l'applaudirent. Jusqu'aux gardes-chiourme qui, de l'aveu même de Sapristi, n'ignoraient pas que le numéro 9430 n'avait pas laissé échapper une plainte sous les coups de garcette du redoutable Le Bitteux. On ne le blaguait plus. C'était l'embellie.

Le soir même, pourtant, Marius se livra à d'amères réflexions. Il retrouvait le plancher humide du bagne, les odeurs de moisi, les rats. Son esprit était comme une vapeur, incapable de se condenser autour d'une pensée. Allait-il devenir à son tour une bête féroce ? Un tueur attaché à ses prérogatives et à son maigre espace vital ?

Une trompeuse impression de repos lui agita les sens. Était-ce une de ces passions imputrescibles dont parlaient si bien les écrivains de l'école romantique ?

Il ricana. Tout le bagne semblait se débattre dans l'inhumaine condition de son trépas. Cette pieuvre endormie remuait comme un moribond. Marius se tourna et se retourna sur ce plancher puant dont le remugle imprégnait sa bouche, ses mains et ses vêtements. Et cette chaîne qui cliquetait comme celle de la camarde !... Ah ! cette saleté de chaîne !

Il leva légèrement la tête et parcourut du regard tous ces corps allongés sur le ponton. Il pensa à des morceaux de viande alignés et couverts de mouches. Il les honnissait, tous ces corps qui le jouxtaient, qui ressemblaient au sien, des numéros uniformes agités de frissons, de convulsions, de tremblements, de gémissements. Il réprima une envie de vomir. Ces gourganes, comme on disait, il ne pouvait plus les avaler. Saloperies de fèves. Saloperie de soupe. Et l'autre, là, ce gros porc de Cul-d'Ail qui ronflait à ses côtés comme un sonneur, bavant, marmottant, tremblotant de toute sa lippe, sorte de concubin à tête de gargouille, de complice d'une intimité qu'il abhorrait. Quelle misère ! Quelle mortification !

Tout à coup, il songea à Parfait-Amour. Qu'était-il devenu ? Et puis à Julien et sœur Agnès.

Il s'aperçut alors que ses pensées tournaient en rond. N'était-ce pas le but recherché par l'administration du bagne, par le commissaire Raynaud et ses sbires, afin d'annihiler la moindre velléité de résistance chez le détenu ?

« Je ne céderai pas, se promit Marius. Ni au vice ni au renoncement. » Il essaya de trouver de la force au souvenir de Jean Valjean. À tout ce que cet homme avait enduré et à toute l'énergie bienfaisante qu'il avait su tirer, durant de si longues années, de ce monde de trépassés. Dix-neuf ans ! Serait-il capable, lui, de passer dix-neuf ans dans cet enfer ? Comment Jean Valjean avait-il supporté cela ?

Un bruit attira son attention. Ou plutôt une rumeur. Une plainte de muscles qui se détendaient, de ventres qui se débondaient, de mâchoires qui claquaient. Il la reconnaissait, cette symphonie atroce. Elle allait et venait entre les parois du bagne. Comme un menuet de la tripe. Et il eut même le sentiment que c'était Jean Valjean qui la percevait, cette mort en petits morceaux. Comme toute une misère en suspension. Et il se sentit presque fort.

Le lendemain, l'habitude. Coup de sifflet et son de cloche. Canons braqués sur des spectres rouges et blancs. Toute une chiourme malodorante s'échelonnant en file indienne pendant des heures.

La fourmilière des damnés. Et puis le travail, la scie, la découpe, la manutention, le menuet des chaînes, ces pièces de bois qui n'en finissaient pas d'aller et venir. Des malheureux couverts de fer et remuant de lourds fardeaux. Le tout orchestré par la crasse et le saumâtre. Et par une armée d'argousins à sales trognes, toujours la menace à la bouche.

Ce matin, Marius s'était baigné. Il avait même pu se raser. Au bagne, on se rasait deux fois par semaine et on se lavait dans la mer deux fois par mois. On imagine les odeurs qui en résultaient. L'ambiance surchauffée dans une cale pourrie qui ressemblait à un cul-de-basse-fosse. Les jus aigrelets imbibant en permanence le corps des condamnés. Comme on ne changeait de linge qu'une fois par semaine, les chemises et les pantalons finissaient par se cartonner et par tenir debout tout seuls. Et la chaleur n'arrangeait rien. Là-bas, vers la mer et les Pyrénées, les collines étaient tellement blanches qu'il n'y avait plus d'horizon. Ce qui parvenait à noircir un peu le panorama, c'étaient les mouches. Elles bourdonnaient sans cesse autour des forçats au travail. Des galettes entières.

Pour le travail, justement, Cul-d'Ail n'était pas aussi adroit que Parfait-Amour. Ce gros flasque finissait toujours par riper ou sauter sa coupe.

— Je fatigue, disait-il. C'est le cœur.

Marius s'en était rendu compte pendant la journée précédente. Il devait rectifier le tir, rétablir la lame, retrouver le bon fil.

Puis là, vers deux heures, Cul-d'Ail observa

une pause. Le garde-chiourme avait le dos tourné, il fumait sa pipe.

— Dis donc, Marius, tu es au courant ?

— Au courant de quoi ?

— Pour Julien et sœur Agnès…

Marius pâlit. Son regard ressemblait à un coup de semonce. L'autre, dont les lèvres tremblaient, montra toutes les marques de la terreur la plus lamentable.

— Tu ne m'en veux pas, hein ? demanda-t-il en faisant un drôle de bruit avec sa bouche, comme s'il avait aspiré une soupe trop chaude.

— Vas-y.

— Eh bien, on a retrouvé les corps de Julien et de sœur Agnès dans la chapelle. Il semblerait que c'est le ratichon qui les a trouvés ce matin. Morts comme des héros antiques, qu'il a précisé au commissaire et aux adjudants. Ils se sont ouvert les veines avec un scalpel. Ils se sont assis l'un à côté de l'autre, et ils sont morts comme ça, main dans la main. Tu le connaissais bien, le Julien ?

— Un peu.

Le gros homme poursuivit :

— D'après le garde-chiourme à qui j'achète du tabac, la sœur et le Julien ont laissé une sorte de testament. On n'a pas bien compris. La sœur écrivait avoir retrouvé son amoureux mort cinq ans plus tôt d'une noyade. Selon certains c'est des diableries. T'y crois, toi, aux diableries ?

Marius pensait à Julien et à sa mère à Bicêtre. Elle ne serrera plus son petit contre son cœur, la pauvre vieille. Elle mourra sans doute de chagrin, de vieillesse ou de misère. De toute façon, on oubliera jusqu'à la mémoire de cette pauvre vieille et de son petit garçon. Tout cela pour un pain.

Marius regarda alors Cul-d'Ail droit dans les yeux :

— Bien sûr que j'y crois. J'ai passé un pacte avec le diable, moi. Plus je lui fournis d'âmes à tourmenter, plus j'ai de chances de gagner l'immortalité.

Cul-d'Ail toussota légèrement.

— Bon, on reprend le travail ?

— Je t'attendais.

Pendant la semaine qui s'écoula, Marius n'adressa pratiquement plus la parole à Cul-d'Ail ou à un autre forçat. À l'annonce de la mort de Julien, sa tête s'était embrasée. Il maudissait cette pauvre folle de sœur Agnès. Il maudissait tout le monde. En même temps, aussi paradoxal que cela paraisse, il entretenait son corps. Il faisait des tractions, des assouplissements, des exercices de force. « Je tiens ma destinée entre mes mains », se disait-il.

À la fin de la semaine, Cul-d'Ail fit montre d'insolence à l'égard de Sapristi.

— Tu sens le tabac, lui fit remarquer l'adjudant, l'index pointé sur sa figure.

— Ça ne te regarde pas, rétorqua Cul-d'Ail.

— Huit jours de cachot ! gronda Sapristi. Tu as oublié le règlement ? Je vais te faire passer le goût du tabac, moi ! Et qui est ton fournisseur ?

— Si on te le demande, tu diras que tu n'en sais rien.

Marius était sidéré.

Sapristi frappa alors du poing sur une planche.

— Huit jours de plus !

Puis, à l'adresse des gardes-chiourme :

— Déferrez-moi cette grosse loche et flanquez-le au trou ! Il aura même droit à un rapport ! Et si je trouve le jean-foutre qui lui mange un morceau de treffe, gare à lui, sapristi !

Quand on sépara Cul-d'Ail de Marius, le gros homme glissa à l'oreille de son jeune compagnon :

— Tu vois, moi aussi je peux leur tenir tête.

Puis, à la dérobade, il lui donna un ressort de montre :

— Avec ça, tu pourras cavaler. Pour moi, c'est fini. Le cœur, mon pauvre Marius. Je le sens.

On se trompe sur les gens, pensa Marius une semaine plus tard lorsqu'il apprit que Cul-d'Ail était mort au cachot à la suite d'un arrêt du cœur. Son corps, comme celui de Julien, fut déposé à l'amphithéâtre de la marine. Il servirait aux études d'anatomie en chirurgie. Il fallait bien que les corps servent à quelque chose.

À la suite de ce nouveau coup du sort, Marius fut placé à la salle des indociles.

— Le numéro 9430 a une mauvaise influence sur les autres condamnés, expliqua Sapristi au commissaire Raynaud.

— Ce simple d'esprit commence à me fatiguer, dit Raynaud. On va le mater.

En attendant, adieu le bagne flottant numéro 1 et ses puanteurs. Marius s'en félicitait plutôt.

— C'est aussi pour te protéger de Bonnet, lui expliqua un garde-chiourme du nom de Moreau.

Ils ne veulent pas d'un meurtre. Ce Bonnet, il dit à tout le monde qu'il te fera la peau.

— Qu'il essaye un peu.

— Fais quand même gaffe, 9430.

— Merci, Moreau.

La salle des indociles, que Marius connaissait pour y avoir tâté de la garcette, se trouvait dans la cour intérieure du bagne, non loin du bazar. Le bazar, c'était cette salle voûtée éclairée dans toute sa hauteur par une cloison à vitrage, où travaillaient les éprouvés. Le paradis du bagne. Les éprouvés étaient des privilégiés. Les petits vernis de la chiourme. Inutile de préciser que Marius caressait le projet d'atterrir le plus tôt possible dans ce havre de paix. Les forçats y confectionnaient différents articles de fantaisie. Des pantoufles, des sacs, des cabas en tissu d'aloès, des ronds de serviette en perles, des pipes ornées de figurines, des petits navires en bois avec leur voile, des objets en coco sculptés à l'aide d'outils improvisés, soit avec un clou, soit avec un mauvais couteau. Et puis des boîtes en paille de différentes couleurs, des petits meubles, des corbeilles faites avec des papiers de nuances diverses roulés et collés les uns contre les autres. Les vitrines renfermaient ces objets qui, paraît-il, pouvaient être vendus à des visiteurs. Certains bagnards en recueillaient seuls le prix. L'ingéniosité de quelques-uns de ces réprouvés trouvait là matière à s'exprimer.

Dans la salle des indociles, les fenêtres extérieures étaient fermées par des vantaux et les cellules plongées dans l'obscurité. Sur le côté de l'entrée, une grille de fer permettait aux gardes de tout surveiller. Marius, comme les autres, était attaché au ramas du lit de camp par une double chaîne. Il ne pouvait se promener que dans l'espace laissé par la longueur de la chaîne. Deux fois rien. En plus, pas de compagnon de chaîne. Interdiction totale de parler. Mais Marius ne s'en plaignait pas. « Au moins j'ai un lit », se disait-il.

Le dimanche matin, messe obligatoire pour tout le monde. Ce dimanche-là, après l'office célébré par l'abbé Félicien, Marius marchait à côté de l'adjudant qui le reconduisait à la salle des indociles. Cet adjudant boitait légèrement. Il s'appelait Lestrade. Tout à coup, sur le côté, Marius vit un homme venir dans leur direction. Son pas était vif, et sa main droite repliée sur la manche de sa casaque, de manière à dissimuler un objet. « Sûrement une lame », songea Marius. Il reconnut Bonnet.

— Attention ! hurla-t-il afin d'attirer l'attention de l'adjudant sur le danger encouru, ce qui en même temps lui sauva la vie.

Bonnet, écumant de rage, chercha à frapper l'adjudant. Marius s'interposa. Malgré ses chaînes, il para les coups avec son bras. Comme il était plus vif que Bonnet, il le terrassa en un clin d'œil.

— Les tartouffes pour ce dément ! Les menottes !

À l'appel de l'adjudant, des gardes-chiourme surgirent aussitôt. Ils menottèrent Bonnet et le portèrent au cachot.

Marius était ruisselant de sang. Il avait eu l'avant-bras percé par le couteau de Bonnet. L'adjudant Lestrade saignait lui aussi.

— Je te dois la vie, dit-il à Marius.

Et il donna immédiatement les ordres pour que tous les soins lui fussent prodigués.

— Non, c'est moi qui vous remercie, mon adjudant, rétorqua Marius très noblement.

Il s'inclina devant lui, jugeant que Lestrade représentait peut-être une planche de salut.

— Ce n'est qu'une égratignure, ajouta-t-il. Et je suis fort aise d'avoir reçu ce coup à votre place.

L'adjudant donna une bourrade à Marius :

— J'aime les gars de ta trempe. Tu agis en soldat. Il y a quelques années, j'ai servi sous les ordres de l'amiral Villeneuve, battu à Trafalgar. Comme tu peux voir, cette bataille m'a laissé un souvenir à la jambe. Mais sache-le, je maniais bien le sabre. Si tu es d'accord, je te donnerai quelques leçons. Je connais certaines bottes. En sortant d'ici, ça pourra toujours te servir. Ce sera ma façon d'être quitte.

Puis, en mettant la main devant sa bouche :

— Mais en secret, hein ? Personne ne doit savoir.

Pour Bonnet, tout se passa très vite. Le règlement était clair : « Tout condamné qui frappera un agent, qui tuera son camarade, se révoltera ou occasionnera une révolte sera puni de mort. »

Le tribunal spécial se réunit sans délai et la sentence attendue tomba comme un couperet : Bonnet serait exécuté dans deux jours à midi.

La nuit qui précéda l'exécution, vers trois heures du matin, le sifflet des argousins retentit dans la salle des indociles. Une escouade fut désignée pour dresser la guillotine. Marius en fit partie.

Ses compagnons et lui s'alignèrent en silence. Aucun de ces hommes ne témoigna un signe de dégoût pour la tâche à accomplir.

Une heure plus tard, la cour du bagne vit s'élever à la lueur des torches les bois de justice. À quelques pas, un homme suivait les derniers préparatifs. C'était Le Bitteux. Cet homme à part, entouré du mépris de tous et que menaçait incessament la haine de ceux qu'il avait frappés ou qu'il pouvait être appelé à châtier, cet homme souriait. Il regardait se profiler sa sinistre fiancée, la guillotine, et il souriait. Il allait infliger la mort à un ami, et il souriait !

— Avec moi, Bonnet ne souffrira pas, se vanta-t-il assez fort auprès d'un adjudant pour que les détenus l'entendent.

— Mille galères, murmura un forçat à l'adresse de Marius, celui-là, un de ces quatre, il faudra le saigner.

Des argousins se précipitèrent sur lui et une grêle de coups s'abattit sur ses épaules.

— Toi, le 2048, ce sera bientôt ton tour, lui dit Le Bitteux. Et ce jour-là, je te couperai la tête à la scie.

Puis, à l'adresse de Marius qui fixait un dernier clou sur le plancher à l'aide d'un marteau :

— Toi, tu y passeras aussi, 9430.

Marius leva la tête et fixa le visage de ce cyclope monstrueux et sanguinaire qui se targuait de répondre trop bien, pour qu'il les refusât, aux appétits de son abjecte nature. Il eut envie de le tuer.

Lorsque le tréteau fut prêt, Le Bitteux alla chercher le couteau fatal, aiguisé par ses soins pendant une bonne partie de la nuit. On ajusta le couperet et on apporta une botte de paille. Il fallait essayer la machine. Le Bitteux pressa un ressort et le couteau en tombant coupa la botte en deux.

— J'aime ça, marmonna-t-il.

Et, inclinant deux fois la tête, il mima aux forçats avec sa main le mouvement de la lame sur sa nuque. Le tout ponctué par un grand éclat de rire.

Le jour parut. On éteignit les torches et on ramena les détenus dans leur salle. Seul Le Bitteux demeura sur son tréteau, énorme et triomphant, donnant à chaque chose le coup d'œil du maître.

Vers dix heures, un bataillon d'infanterie de marine vint occuper un des côtés de la vaste cour. Des pièces de canon furent amenées par une compagnie d'artilleurs. L'échafaud dressait ses deux bras rouges vers le ciel. Le triangle d'acier jetait de sinistres éclairs. Tout était prêt.

À midi, les portes du bagne s'ouvrirent et les forçats se ruèrent comme un troupeau de fauves dans la cour. Une place leur était réservée pour ce spectacle. Ils devaient en prendre de la graine.

Il y avait aussi des habitants de Toulon. N'était-ce pas la fête ?

Sur l'ordre des gardes-chiourme, les forçats se découvrirent et s'agenouillèrent. D'une main ils relevèrent les maillons de leur chaîne, de l'autre ils tinrent leur bonnet de laine. Il y eut un roulement de tambour. Marius, au premier rang, vit arriver Bonnet entouré de Sapristi et de quatre soldats. Derrière ce groupe, des pénitents venus de la ville portaient une bière. Ils étaient cachés par des cagoules grises. Le calme de Bonnet stupéfia Marius. Il ne regardait même pas ses anciens compagnons. Avec son crâne chauve et ses oreilles pointues, il avait l'air d'une momie.

Au moment où il gravissait les premières marches de l'échafaud, un aide du bourreau lui dit que l'abbé Félicien désirait lui parler. Bonnet fit la grimace. L'abbé Félicien s'avança tout de même, crucifix en avant. Bonnet cracha sur le crucifix et frappa du pied l'ecclésiastique.

— Du vent ! Laissez-moi mon courage !

En prononçant ces paroles, il se rua sur Le Bitteux qu'il écarta d'un coup d'épaule. Puis il fit des efforts désespérés pour rompre ses liens. Le Bitteux et ses aides poussèrent l'abbé et ceinturèrent Bonnet.

— Vive la mort ! hurla ce dernier à l'adresse des forçats. Plutôt le châtiment suprême que l'esclavage !

Un cri composé de quatre mille cris s'échappa du sein de la foule. Marius ne put s'empêcher d'éprouver de l'admiration pour ce Bonnet. Des soldats se précipitèrent au pied de l'échafaud et les canons furent pointés sur les forçats. Au premier signe de révolte, le commissaire Raynaud n'hésiterait pas à donner l'ordre de tirer.

Bonnet, profitant de la stupeur qu'il venait de causer, s'était élancé vers l'échafaud.

— Vive la mort ! hurla-t-il derechef.

Haletant, égaré, presque en transe, il se jeta à genoux sur l'espèce de bascule attenant à la planche sur laquelle on attachait le condamné. Puis, élevant les yeux au ciel, il arrêta son regard sur le couperet fatal et s'écria :

— Vous y viendrez aussi ! On ne tue pas les morts !

Puis il se releva d'un mouvement convulsif et se plaça de lui-même dans la planche à bascule. Le Bitteux, presque effrayé, l'y attacha avec les sangles et les courroies destinées à cet usage.

Le commissaire Raynaud, agacé par toute cette mascarade, eut un geste d'impatience. Il lut la sentence de condamnation à mort qui avait été prononcée par la cour martiale, et conclut :

— Que le bourreau accomplisse son office.

Bonnet regarda une dernière fois le ciel, puis la planche s'abaissa, le couteau de la guillotine tomba, rapide comme un éclair, et tout fut terminé.

Marius avait suivi la scène sans ciller. C'était la première fois qu'il assistait à une exécution. Comment pouvait-on prendre plaisir à ce genre de spectacle ? En plus, lorsque le couperet tomba, il reçut une giclée de sang sur la moitié du visage. Il vomit immédiatement. Deux de ses voisins l'imitèrent. Du sang, il y en avait partout. Les argousins intervinrent aussitôt, trique à la main. Et puis là, sur la gauche, un autre forçat étendit la main et la trempa dans le sang. Il la porta à sa bouche et lança d'une voix tonitruante :

— Buvez-en, ça vous donnera de la tripe ! Corpus Christi !

— Sacrilège ! s'écrièrent le commissaire et ses commis.

Le blasphémateur fut appréhendé et rossé sur place. Quatre argousins firent tomber sur sa tête et ses épaules une avalanche de coups. Pour les autres forçats, les fantassins de l'infanterie de marine intervinrent à leur tour. Ce fut la bousculade. Tous ces prisonniers les uns derrière les autres avaient l'air d'un énorme et monstrueux scolopendre. On leur flanquait les fusils dans les reins.

— Retour dans les salles ! Et au trot !

Et toujours avec ce bruit de chaînes, de vertigineuses secousses. Marius était souillé de sang, de vomi. Il suivit le mouvement. Décidément, l'indignation ne suffisait pas toujours dans ce monde pour obtenir gain de cause. En courant, il leva les yeux et s'aperçut que le ciel n'avait pas changé de couleur. Un homme venait de mourir et il restait blanc de craie. Et Dieu, là-dedans ? À croire que tout cela ne s'arrêterait jamais. Seulement Marius, lui, n'imiterait pas Bonnet. Il se battrait. Il ne resterait pas vingt ans à Toulon. Sûrement pas.

Cela dura plusieurs semaines. Presque une éternité. L'idée germa dans sa tête quand un gardien lui apporta une grande quantité d'étoupe destinée à préparer du filage.

— Tu ne crois quand même pas que tu vas te tourner les pouces, 9430 ! Voilà du boulot et du bon !

Marius ne perdit pas de temps. Dans sa cellule, chaîne au pied, il réussit à démonter la barre transversale du lit de camp. Avec sa barre, il perça un trou à côté du soupirail de la cellule. Il réussit à faire tomber le plâtre du mur et à desceller plusieurs grosses pierres. Ce travail exigeait du temps, de la minutie et surtout une grande prudence. Les coups répétés dans la muraille auraient pu éveiller l'attention des gardiens. Heureusement, à cet endroit du bagne, il y avait beaucoup de bruit. Cliquetis, poulies couinantes, coups de marteau. Les factionnaires du quai ne pouvaient rien entendre. Et ils n'entendirent rien. De toute façon, Marius avait amorti les coups en nouant sa casaque au bout de la barre.

Il rangea les pierres et le plâtre sous son lit. Sa casaque servait à tout nettoyer. Même si ce trou n'était pas bien gros, le jeune homme devait faire attention pendant les visites ou à l'heure des repas. Sa casaque, là encore, fit des merveilles.

Et puis il s'attaqua pendant dix jours et dix nuits à sa chaîne avec le ressort de montre donné par Cul-d'Ail. Une lime microscopique pour un travail qui le fut tout autant. Et pas jusqu'au bout de la chaîne, pour ne pas éveiller l'attention des gardiens. Le bruit de chaîne, au bagne, c'est une garantie. Un indicatif sonore.

Il fallut dissimuler le trou. Marius trouva un moyen ingénieux. Avec l'étoupe détrempée, il colla et réajusta certaines parties du mur démoli. Il utilisa aussi de la mie de pain mâchée qui diminua d'autant sa ration journalière. La faim le tenaillait. Mais il tint bon. Et pour cacher l'étoupe et la mie, il se servit de la poussière de plâtre. Il confectionna une sorte d'enduit avec cette poussière et son urine. L'illusion était parfaite.

Favorisé par l'obscurité de sa cellule, il parvint à dissimuler son travail aux yeux des gardes-chiourme. Ceux-ci venaient toujours de l'extérieur et l'unique fenêtre était fermée par un vantail. Quand ils arrivaient dans la cellule, ils avaient l'impression de se retrouver dans une cave. Ils ne voyaient rien.

Lorsque le mur fut complètement percé, Marius se montra assez habile pour récupérer les pierres de l'autre côté du mur. Aucun gravat n'était tombé sur le quai. Il était temps de se décider.

Un soir, il brisa le petit morceau de chaîne. Il enleva son pantalon et y cacha les pierres les plus grosses. Puis il mit le baquet de sa cellule – le mobilier se composait d'un lit de camp, d'une petite table et d'un baquet – sous sa casaque. Il emplit les manches de ce vêtement avec du plâtre et de la poussière, fixa son bonnet rouge sur un bidon dans lequel on lui apportait sa nourriture, et plaça deux pierres pour figurer deux pieds en dehors du pantalon. Son costume ainsi disposé représentait assez bien un homme endormi le dos à la porte. Les vieilles ruses sont parfois les meilleures.

En regardant son œuvre, il songea à la liberté. Cette pensée l'enivra. Le cœur battant, il attendit que la nuit fût tombée. À l'heure de la ronde, il se cacha du côté gauche de la porte. Les plantons ne virent rien. Le subterfuge avait marché. Marius, juste vêtu d'un caleçon et d'une chemise, poussa un soupir de soulagement. Heureusement que les gardes-chiourme n'avaient pas eu la mauvaise idée de pénétrer dans la cellule. Un simple coup d'œil leur avait suffi.

Sur ces entrefaites, Marius décolla les morceaux d'étoupe et de mie de pain un à un. Quand tout fut enlevé, il regarda le trou sans y croire. Il tâta ses bras en se demandant comment il avait pu faire cela. Un frisson de plaisir lui traversa le corps. Puis il s'approcha. Un vrai trou de souris. « Mais j'y passerai, se dit-il, dussé-je m'arracher toute la peau du corps. »

Il se hissa dans le trou et y engagea son corps, tête en avant. Après beaucoup d'efforts pénibles, sa main et son avant-bras pendirent hors du mur. Marius étouffait. C'était tellement étroit. Un air saumâtre lui chatouilla les narines. Il le trouva délicieux. Puis il reprit sa progression rampante.

Enfin il put glisser la tête dehors et jeter un coup d'œil. Personne aux alentours. Sa position était dangereuse et peu tenable. D'un côté il avait à craindre qu'une pierre en tombant n'attirât sur lui l'attention d'un planton, de l'autre il risquait de se tuer en tombant tête en avant. À première vue, il y avait huit pieds jusqu'au sol. Presque trois mètres. Mais dans ces cas-là, on ne se pose pas trop de questions. Un espoir immense stimulait Marius. Il voulait en finir avec le bagne. Recouvrer la liberté.

Il avait bien calculé son coup. Cet endroit du quai, il le connaissait par cœur. Il en avait étudié chaque recoin. Le long du mur de l'hôpital, à environ un pied deux pouces d'intervalle, il existait des barres de bois scellées dans le mur. On s'en servait pour faire sécher les fauberts.

Température clémente. Presque trop douce. Tout à l'heure, quand les argousins avaient fait leur tournée, Marius avait tendu l'oreille. Ces ivrognes invétérés avaient parlé d'orage. La lune, semblable à une grosse boule placide et rieuse, éclairait le quai. Non, pas d'orage en vue, se dit Marius. La lumière du quai se confondait avec la couleur de la muraille. Il jeta un nouveau regard circulaire. Personne. Alors il laissa glisser le haut de son corps en avant et, par un mouvement rapide et violent, ainsi qu'on fait au gymnase, il saisit des deux mains une traverse de bois et s'y suspendit comme à un trapèze. Il se balança deux ou trois fois. Puis, après avoir retrouvé l'équilibre, il lâcha la traverse et se laissa tomber à terre.

Réception parfaite, sans un bruit. Sa condition physique y était pour quelque chose. Il resta un long moment à quatre pattes, les bras enroulés comme un singe, prêt à bondir. Puis, quand il se fut assuré qu'aucune sentinelle ne se trouvait là, il rampa jusqu'au bord du quai, où il s'arrêta. Une odeur de vase le prit à la gorge. Il contempla la ville, de l'autre côté du bras de mer, avec ses boutiques étincelantes.

Toujours allongé, il examina les embarcations autour de lui. Tout doucement il se laissa glisser dans l'eau noire en se tenant à l'amarre d'une tartane chargée de planches et de poutres. L'eau était fraîche. Arrivé près du petit navire paré de son grand mât et de son beaupré, il en fit glisser une planche. Il se voyait déjà à Toulon, enfin délivré de cet affreux cauchemar, en route pour Paris. Paris… Sa vue se brouilla une seconde. Surtout ne pas vendre la peau de l'ours avant de l'avoir tué.

Il se plaça sur la planche, à califourchon, le menton collé à ce frêle soutien. Ses mains lui servirent de pagaies. Il se dirigea ainsi vers la panne, long morceau de bois flottant indiquant la limite du port militaire dans le port marchand. Il franchit ce nouvel obstacle en passant sous la panne avec sa planche, et se trouva enfin au milieu du port. Là, il prit la direction des navires marchands amarrés dans le fond de la vieille darse, où la mer semblait captive. Il prit soin de ne pas être repéré par les embarcations militaires qui allaient encore, à cette heure, rejoindre leur navire. Il obliqua vers une petite bâtisse nommée la Pile, qui se trouvait au milieu de l'eau et servait de logement au gardien des vaisseaux des équipages de la flotte.

Exténué par cette traversée pendant laquelle l'eau malpropre avait pénétré dans sa gorge, il atteignit le bord de la petite enclave en soufflant comme un phoque. Il commença à se hisser. Puis, soudain, il aperçut le gardien. Ce dernier arpentait le quai en fumant la pipe. Marius plongea aussitôt sous sa planche. Comme il savait à peine nager, il se cramponna au morceau de bois, la tête sous l'eau. Il crut qu'il allait se noyer. Par bonheur il reprit son souffle, battant mollement des pieds comme le lui avait appris naguère son grand-père Gillenormand. Et il pria.

Le temps passa, interminable, pendant lequel, sans un bruit, il dériva jusqu'au quai marchand. Lorsqu'il se hissa sur le bord, s'aidant d'une chaîne, il tremblait de tous ses membres. La peau, à l'intérieur de sa main, était plissée comme du lait caillé. Il arrivait à peine à mettre un pied devant l'autre. Si seulement il avait eu une lime pour se débarrasser de ce reliquat de chaîne !

Sur le quai il trouva une sorte de drap servant à rapiécer les voilures des tartanes. Une odeur de poisson pourri s'en dégageait. À l'aide d'une bitte d'amarrage, il réussit à le déchirer en son milieu. Il l'enfila comme un poncho. Cela lui fit comme une sorte de soutane. Puis il noua un cordage autour de son ventre. Et il partit ainsi à l'aventure, pieds nus et hésitant, en rasant les murs.

Il marcha ainsi pendant une bonne heure, sans savoir où il se dirigeait, s'éloignant de la ville et de ses lumières, constatant soudain qu'il était en rase campagne. Tout à coup son sang se figea. Un coup de canon avait retenti. On signalait déjà son évasion. Il regarda autour de lui et s'appuya contre un arbre. Il se sentit de nouveau en proie au découragement. Il ne savait même pas qu'il était près d'un village appelé La Valette. Il ne savait rien.

Il s'assit au pied de l'arbre et s'assoupit un court instant. Comme sa gorge le brûlait, il arracha une mousse et la porta à sa bouche. Il la lécha avec avidité, en mastiqua une partie et la recracha avec d'horribles quintes. Son estomac criait famine. À force d'avoir gardé une partie de son pain pour le transformer en enduit, il s'était à peine nourri pendant ces quinze derniers jours.

Le tonnerre claqua, sec comme un coup de trique. Les argousins ne s'étaient pas trompés. L'orage s'annonçait. Marius se releva et ne vit plus une seule étoile dans le ciel. Le tonnerre, voilà peut-être son salut. Les paysans des alentours ne confondraient-ils pas le coup de canon et les coups de tonnerre ?

Dès lors, on n'entendit plus qu'eux. La pluie

commença par n'être qu'une fine mousseline tiède. Marius renversa la tête en arrière et ouvrit la bouche pour laisser la pluie humecter sa gorge. Il devait trouver un refuge et des vêtements. La pluie tombait désormais à blocs si lourds et si épais qu'elle faisait retentir sourdement la terre. Marius se mit à courir comme un dératé. Il allait droit devant lui, ivre de liberté, sautant par-dessus des pierres et des buissons, croyant déjouer les ruses d'un ennemi imaginaire qui l'avait pris en chasse.

— Je suis libre ! hurlait-il sous la pluie qui redoublait d'intensité. Je suis libre !

À un moment, il trébucha contre une souche et s'étala de tout son long, face contre le sol. La violence de l'orage détrempait déjà le sol. Ce furent bientôt des cataractes. Marius sentit la tiède viscosité de la terre lui tartiner le visage. Il se plaqua voluptueusement contre l'argile, le visage enfoncé dans un édredon de mousses et de feuilles pourries. Puis il se releva et éclata de rire. Et il courut de nouveau, bondissant tel un démon, gesticulant dans la lumière argentée des éclairs.

Soudain il aperçut des lueurs. Une maison. Des filets de pêche. Il s'avança prudemment. Les coups de marteau du tonnerre continuaient de retentir sur l'enclume de la terre. Spectacle apocalyptique. Marius s'immobilisa. Le vent, tourbillonnant au sommet des cyprès et des sycomores, lui envoyait des gifles d'eau tiède. Il se sentait revivre. Il avança et vint se placer devant l'entrée de la maison. Il gratta à la porte avec aplomb.

Un vieil homme apparut sur le seuil de la porte. En voyant Marius, il réprima un geste d'effroi.

— Je me suis égaré, dit Marius avec humilité. Des brigands m'ont dépouillé de mes vêtements et je me suis fait surprendre par l'orage.

Le vieil homme regarda le crâne rasé de Marius, ses pieds nus, son visage couvert de boue et de brindilles. Il hocha la tête :

— Viens donc te mettre à l'abri.

L'intérieur de la maison se composait d'une seule pièce dont les murs étaient passés à la chaux. Il y avait trois bougies et la lumière rougeoyante d'un feu où crépitaient des sarments de vigne. Cela empestait le poisson séché.

— La mère, donne donc un bol de soupe à ce malheureux, dit le vieux à une femme qui cousait sur un fauteuil près de la cheminée et dont les pieds ne touchaient pas terre.

Coiffée d'un petit bonnet blanc et chaussée de sabots, la vieille s'exécuta immédiatement. Marius s'assit à table. En s'asseyant, il se prit les pieds dans son poncho, ce qui laissa apparaître sa cheville avec le bracelet et l'anneau de chaîne.

— Reureu ! Reureu ! rugit une voix qui le fit sursauter.

Il vit alors une espèce de déficient au fond de la pièce, assis sur un tas de bois, qui se tordait les doigts.

— Heureux, précisa le vieux en faisant signe à Marius de ne pas faire attention. Mon fils pense que tu es heureux.

Et puis il coula un regard entendu à la cheville de Marius. Il s'en doutait. Tout à l'heure, il lui avait bien semblé entendre un coup de canon. En cinquante ans d'existence misérable dans ce trou à rats, il savait encore faire la différence entre un coup de canon et un coup de tonnerre.

Dans le fond de la pièce, assis sur son tas de bois, le dadais se tordait toujours les doigts en fixant le feu.

— Le fils, viens par là, dit le vieux.

Il lui chuchota quelque chose à l'oreille et lui envoya une claque derrière la tête.

— Un problème ? s'inquiéta aussitôt Marius.

Le vieux le rassura :

— Je lui ai demandé d'aller chercher un morceau de lard dans la remise. Pour le long voyage qui t'attend, ce ne sera pas de trop. Je ne suis qu'un pauvre pêcheur, mais je fais sécher de la viande. Quand j'attrape des dorades ou des vives dans mes filets, je les échange parfois contre du bœuf ou du porc. Il faut bien vivre. En attendant, avale donc cette soupe. C'est bien chaud et ça te changera de l'ordinaire.

— L'ordinaire ?

— Allons, ne joue pas au plus malin avec moi. Je vois ta tête, j'ai vu ta cheville. Tu n'as rien à craindre. Les bagnards, moi, je les aide. C'est la solidarité du malheur. Allez, mange.

Marius ne se fit pas prier. La vieille venait de lui apporter un grand bol de soupe à l'oignon. Il trempa les lèvres dedans avec avidité.

Tout fut avalé en un rien de temps. Le vieux ne cessa pas de parler. Avec sa grosse moustache blanche et ses grosses mains rongées par le sel, il avait une bonne tête. Il raconta à Marius combien il avait sauvé de fugitifs et comment il s'y prenait. C'était passionnant. Et surtout rassurant.

La vieille disparut encore et revint avec un morceau de fromage et du lait de chèvre. Marius avait l'impression d'un festin. Dehors, la pluie s'était calmée. Soudain, on entendit du bruit.

— Voilà le fils, dit le vieux.

La porte s'ouvrit avec fracas et un homme coiffé d'un haut-de-forme tromblonné apparut, un pistolet au poing. Derrière lui, deux gendarmes armés de mousquetons. Et derrière, le simple d'esprit qui roulait des yeux et se tordait les doigts en tirant la langue. Le regard incrédule de Marius croisa celui du vieux pêcheur.

— Désolé, mon garçon. Cinquante francs, c'est une somme.

L'homme au chapeau tromblonné était le commissaire de La Valette. Il félicita le vieil homme :

— Vous avez bien gagné vos cinquante francs, père Marion. C'est le cinquième cette année, non ?

— Le sixième, monsieur le commissaire.

Celui-ci s'esclaffa.

— Chez vous, au fond, c'est le dernier poste du bagne ! Il faut dire que malgré leur tête rasée et leur chaîne au pied, ces bougres-là croient toujours qu'ils vont nous échapper. Ils sont vraiment idiots. Enfin, bravo à vous ! Vous avez l'œil.

Puis, à l'adresse de Marius :

— Tu en avais pour combien ?

— Vingt ans.

— Tu en prendras trois de plus. C'est la ration. Sans compter les cinquante coups de garcette qui vont avec. Tu vois, mon gars, on ne s'échappe pas de Toulon.

Il s'adressa alors aux deux gendarmes :

— Attachez-moi cette canaille et emmenez-le dans le fourgon.

Marius eut envie de hurler. Mais aucun son ne sortit de sa poitrine. On lui mit les poucettes et on le flanqua dans la voiture. Puis, de loin, il entendit distinctement :

— Reureu ! Reureu !

Cosette ne risquait pas de recevoir les lettres de Marius. Louis-Désiré envoyait tous les matins un sbire à lui rue Plumet, depuis bientôt trois mois, intercepter le courrier de la baronne Pontmercy. Le sbire faisait consciencieusement le tri et rapportait à l'intendant ce qu'il devait lui rapporter. Louis-Désiré se doutait bien que Marius, envoyé au bagne pour un forfait qu'il n'avait pas commis, écrirait tout de suite abondamment à sa femme ; puis l'entêtement du condamné céderait la place au découragement. N'en va-t-il pas ainsi de tous les condamnés ? Lorsque l'on est abandonné de tous et incarcéré loin des siens, il arrive un moment où le renoncement devient plus fort que tout autre sentiment. Marius avait écrit au préfet de la région, au ministre de la Justice : personne ne lui avait répondu. Pour avoir côtoyé certains forçats, Louis-Désiré connaissait leur psychologie. Le temps travaillait pour lui. Pour cette raison, il exhortait son maître à faire usage de la fameuse lettre et à s'approprier ainsi les biens du baron Pontmercy.

Ce matin-là, il insista plus que d'habitude. Marius était supposé mort depuis trois mois. Il était temps d'agir.

— Et que fais-tu de Cosette ? lui répondit Amédée. Tu crois que je peux arriver chez elle comme ça, en brandissant sous son nez cette lettre, pour lui annoncer que je suis le nouveau propriétaire ? Tu n'as donc pas de cœur ?

Alternant la feinte et l'esquive, Louis-Désiré tenta de le circonvenir en le culpabilisant.

— Si, j'ai du cœur, monsieur le marquis. Et puisque vous en parlez, croyez-vous généreux de votre part de laisser se morfondre la baronne et, finalement, de reculer sans cesse pour mieux sauter ? Car enfin, elle vous appartient bel et bien, cette lettre. C'est un pouvoir. Et vous avez fait le serment à votre ami le baron – paix à son âme – de vous occuper de ses affaires. Rendez donc visite à madame la baronne et témoignez-lui votre compassion, sinon votre attachement.

— Je me suis rendu deux fois rue Plumet, deux fois elle a refusé de me recevoir.

— Il faut insister. Faites-lui livrer des fleurs.

— Son jardin est rempli de fleurs.

Louis-Désiré eut un geste d'exaspération.

— Je ne vous reconnais plus, monsieur le marquis. Vous étiez entreprenant, vous voilà réservé. L'absence, fût-elle empreinte de pudeur et de délicatesse, n'est pas le bon remède. Même vos amis Louis de Vergne et Robert d'Androisy se plaignent de ne plus vous voir. Qu'avez-vous fait de votre si beau détachement ? Vous avez toujours prétendu ne pas aimer et surtout refusé d'être aimé ; à présent que vous aimez, vous continuez de vouloir ne pas être aimé. C'est une incohérence qui porte préjudice à tout le monde.

— Tu veux dire à toi ?

— À vous, monsieur le marquis. Moi, mon avenir est derrière moi. Je ne suis qu'un humble et dévoué serviteur qui ne pense qu'au bonheur de son maître. Le reste m'indiffère. Et je ne vous le cache pas, je suis profondément chagriné de vous voir dans cet état.

— Que veux-tu que j'y fasse ? rétorqua Amédée avec humeur. J'ai la tête chaude et le cœur froid.

— Vous vous trompez, monsieur le marquis. Je crois que c'est plutôt le contraire. Ce changement de température, inédit chez vous, a sans doute occasionné ce que l'on pourrait appeler un rhume de l'âme. Vous avez changé ? Pourquoi pas. Croyez bien que je le déplore. Pour ne pas souffrir, il ne faut pas aimer. Mais puisque vous avez changé, assumez pleinement ce changement. Sans aller jusqu'à déclarer votre flamme à madame la baronne, car il va de soi que le moment serait mal choisi, entourez-la de votre amitié et de votre sollicitude. Tout être meurtri a besoin d'un ami dans des circonstances tragiques. Soyez simplement cet ami.

— Tu as peut-être raison. Mais laisse-moi. D'ailleurs, monsieur de Vergne doit passer me voir.

L'intendant se retira la mort dans l'âme.

Amédée fit les cent pas. Il cautionnait ce que disait Louis-Désiré, mais il n'en pensait pas moins. Il se découvrait faible, et cette faiblesse le révoltait. Il n'avait plus confiance en lui-même.

Tout semblait lui échapper. Sa conversation, naguère si brillante, était devenue aussi plate que les trottoirs de ce boulevard de Gand où il aimait tant parader. Au reste, il ne paradait plus : il flânait. Les idées de tout le monde semblaient se croiser dans son cœur, avec un peu plus d'ironie, un peu d'affectation et beaucoup d'amertume. Son ambition dévorante n'était plus qu'un souvenir. Pourquoi avait-il laissé assassiner Marius ?

Il alluma un cigare et se servit un verre de rhum. « J'aimais Marius comme un frère et je ne le savais pas », se dit-il en s'asseyant. Puis il se releva. Il songea à ces temps trop rapidement envolés revêtant une fraîcheur et un charme irrésistibles. Il ne pensa même pas à ses succès féminins. Seul Marius comptait. Il avait la nostalgie de son sourire. D'une certaine naïveté.

Il se servit un autre verre. Tout à l'heure, Louis serait là. Mais Louis l'agaçait. Il le trouvait trop tendre, trop empressé. Robert d'Androisy ? Ce fat avait exaspéré Marius et l'exaspérait à son tour. Clémence ? Elle s'était retirée dans le Poitou. En outre, il n'avait rien pu obtenir d'elle. Elle souhaitait se reposer. « Qu'elle se repose et qu'elle aille au diable », se dit-il en vidant son verre d'un trait. Ses autres amis ? Des ombres. D'insignifiants compagnons de beuverie toujours prompts à profiter pour mieux s'éclipser. La Battut ? Disparu. Eugène Sue ? Il passait son temps à Versailles pour se consacrer à une étude sur la mer. Les sibylles de service ? Olympe était partie pour Bologne avec Rossini, Marie d'Agoult vivait le parfait amour avec Liszt. Il ne restait plus que les petites délurées habituelles. Les gourgandines.

Amédée se demanda ce qu'il allait devenir. Il n'était pas le seul. On se demandait tant de choses en cet été 1834. Lamartine avait été aspiré par la politique, devenant le député de son christianisme libéral et social, La Fayette était mort, le duc de Broglie avait démissionné du gouvernement. Paris s'amusait moins. Quant aux élections de la Chambre des députés du 21 juin, elles avaient été un échec cuisant pour le parti républicain. En matière d'actualité littéraire, on parlait de Dumas, Balzac et Musset. Toujours les mêmes.

La sonnette retentit. Amédée alla ouvrir. Louis de Vergne entra et enleva son haut-de-forme.

— Un verre ? lui proposa Amédée.

— Vous buvez trop, mon ami.

— Occupe-toi de ta santé et non de la mienne, rétorqua Amédée en se servant un troisième verre.

Louis de Vergne parla de Dumas. Il avait provoqué en duel un journaliste du nom de Maurice Alhoy, et, à cette occasion, s'était réconcilié avec Victor Hugo, lequel vivait une belle passion avec l'actrice Juliette Drouet. Amédée leva les yeux au ciel. Il se fichait de ces ragots. Il se jurait de bientôt se mettre à l'absinthe et à l'opium. « Tout essayer car tout est permis », se disait-il.

— Le gros Balzac est criblé de dettes, poursuivit Louis. Il annonce à tout le monde qu'il va s'atteler à la rédaction d'un livre intitulé *Le Père Goriot*. Le roman devrait paraître en feuilleton dans *La Revue de Paris* avant la fin de l'année. Ce Falstaff polygraphe et drogué au café est vraiment infatigable.

— Et tu crois que ça m'intéresse ?

Louis considéra Amédée d'un air accablé. Il se

rendait au moins deux fois par semaine chez lui pour l'entretenir de tous ces potins qui faisaient le bonheur d'une minorité aussi peu agissante que médisante. Il l'ennuyait.

À l'instar de Louis-Désiré tout à l'heure, il l'attaqua de front :

— Tu restes prostré chez toi, tu ne sors plus, tu fuis tes amis. Qu'avons-nous fait pour mériter pareille disgrâce ?

— Rien, justement. Vous êtes des riens. Nous sommes tous des riens.

— Tu penses toujours à Marius ?

— Il me manque.

— Eh bien, sache que si notre malheureux ami était encore parmi nous, il condamnerait ton comportement.

— Je ne te permets pas de dire ça.

— Eh bien, moi je me permets ! fit Louis en élevant la voix. Ton silence à l'égard de son épouse est inqualifiable. Qu'attends-tu pour aller la réconforter ?

— Le dégel, grinça Amédée.

— Très drôle, repartit Louis. Tu me déçois, Amédée. Nous sommes des riens ? C'est surtout toi le rien du tout. Le détachement est une chose, la lâcheté en est une autre.

Il récupéra son chapeau et partit en claquant la porte.

Amédée éclata de rire et lança son verre contre la porte d'entrée. Puis il se laissa tomber dans son fauteuil et se prit la tête à deux mains. Il pensa un moment finir le rhum. Et puis non. On le poussait à aller voir Cosette ? Eh bien, il irait. Une dernière tentative. Simplement pour parler de Marius.

Cosette ne sortait plus de sa maison. C'est à peine si elle voyait monsieur Verjat et l'abbé Rillet. Quand l'un ou l'autre se rendait rue Plumet – car Cosette n'allait plus à Saint-Sulpice –, elle le recevait en coup de vent. De même Armand Carrel ou Henri de la Roche-Dragon. C'est Madeleine qui les recevait et discutait avec eux. Elle jouait les maîtresses de maison. Et si Cosette s'occupait encore de ses bonnes œuvres, c'était en souvenir de son père. Plus rien ne l'intéressait, plus rien ne la concernait. La mort de Marius était la sienne. Elle s'enfermait dans sa chambre et ne répondait pas quand on lui adressait la parole. Elle était même devenue hargneuse.

Cette réclusion inquiétait Madeleine. La fidèle servante ne savait plus quoi faire pour changer les idées de sa maîtresse. Parfois elle s'affolait des réactions imprévisibles de celle-ci. La plupart du temps, Cosette faisait des rangements dans les tiroirs de sa chambre, jouant avec le fil de fer de son bouquet de mariage et des rubans de satin. Elle écoutait, dans un hébétement attentif, le vent qui agitait les feuilles des arbres contre les parois du jardin d'hiver. Elle cherchait sans cesse sa pierre de cristal, elle la perdait et la retrouvait. Certains jours, elle bavardait avec une abondance fébrile, puis, tout à coup, à ces exaltations soudaines succédaient des torpeurs pendant lesquelles elle restait sans parler, sans bouger. Elle faisait souvent l'aller et retour entre la chambre de Marius et la sienne. Sans aucune raison, et au grand désespoir de Madeleine, elle se mettait à courir dans tous les sens. Elle revenait dans la chambre de Marius et répandait sur ses bras de l'eau de lavande.

— Le parfum de Marius ! s'exclamait-elle joyeusement.

D'autres fois, Madeleine l'entendait pester contre la maison.

— Je la hais, je la hais ! s'écriait-elle convulsivement.

Madeleine assistait Cosette du mieux qu'elle pouvait. Mais que faire contre le malheur quand le malheur a décidé d'élire domicile chez vous et d'y faire bombance ?

Cosette exécrait l'injustice de Dieu. Elle le disait haut et fort. Elle s'appuyait la tête aux murs pour pleurer et maudissait l'enfant qu'elle attendait. Seule la contemplation des chandeliers de son père paraissait l'apaiser. Illusion de courte durée. Parce que, d'après Madeleine qui s'en était confiée à Verjat, Cosette s'était mise à exprimer des opinions contradictoires. Elle blâmait ce qu'elle approuvait auparavant et approuvait ce qu'elle blâmait dans le même temps.

— Elle ne s'occupe plus de son jardin, monsieur Verjat. Elle envie les existences tumultueuses, les nuits insolentes et les éperdunents de toutes sortes.

— Patience, disait Verjat. Laissez-la cuver son chagrin. C'est le produit rare d'un combat intérieur et d'une apathie extérieure. Quand on est désespéré, on a tendance à idéaliser l'abjection. Et je sais ce dont je parle.

Alors tout le monde patientait.

Avec le retour de l'été et de cette chaleur qui montait comme dans un four dont on a fermé la porte, Cosette restait collée à la fenêtre de sa chambre. Lorsqu'elle étendait le regard vers le banc de pierre et les deux statues, elle voyait toujours Marius, là, comme une sentinelle en faction, avec sa redingote bleu ciel qu'il aimait tant, ses gants jaunes et son gilet scarabée. Elle poussait un long soupir. Puis elle s'éventait avec un vieil exemplaire de *La Tribune*, car elle avait des battements de cœur. Son teint était pâle. Ses cheveux avaient terni. Au bord des larmes, elle descendait à la cuisine, buvait du lait pur et plusieurs tasses de café noir.

Un soir, après avoir jeté un regard au banc du jardin, elle fut prise d'une frénésie destructrice. Elle se rendit au jardin d'hiver et prit une pioche.

— Madame, où allez-vous ? demanda Madeleine.

— Cela ne te regarde pas !

Et Cosette brisa les deux statues en leur assenant des coups furieux et désordonnés.

— Et tu laisseras les morceaux par terre ! hurla-t-elle à l'adresse de Madeleine, les cheveux défaits et l'écume au bord des lèvres.

Madeleine se garda bien d'enfreindre cet ordre. Sa maîtresse lui faisait peur.

Toutes les journées de Cosette se ressemblaient. Le matin, elle traînait au lit ; le soir, elle ne se couchait pas. L'insomnie veillait sur ses détresses et les empêchait de dépérir. Pour les courses, elle demandait à Madeleine d'acheter des mets auxquels elle touchait à peine. Elle était vite repue, encore plus vite écœurée. Il montait de son âme comme des bouffées d'affadissement. La vie l'infestait.

Dans la journée, passant d'un souvenir à l'autre, elle se demandait inlassablement : « Et maintenant, que vais-je faire ? »

Ce mélange à vif d'amertume, de pessimisme et d'imprécations n'était rien d'autre qu'une révolte. Un mouvement qui partait dans tous les sens et se traduisait par des sautes d'humeur et des raisonnements sans queue ni tête. L'autre jour, elle avait coupé toutes les fleurs du jardin d'hiver. Dans la foulée, elle avait brisé les vitres en y lançant des pierres. Et son rire s'était répercuté dans toute la maison.

Elle si soigneuse et délicate, elle restait à présent des heures entières sans s'habiller, affublée d'une vieille robe noire sur laquelle elle enfilait un gilet. Bas de laine et godillots de jardin ne la quittaient plus. Un matin, elle avait scandalisé Madeleine en portant un pantalon et une redingote qui avaient appartenu à Marius.

— Eh bien quoi, ma bonne Madeleine ? Qu'y a-t-il ? Ne sais-tu pas que George Sand porte elle aussi des pantalons et s'habille en homme ? Elle fume même le cigare.

Alors elle fumait le cigare et toussait pendant des heures.

Une autre fois, ce fut terrifiant. Tandis que Madeleine s'adonnait à des travaux de couture, elle avait surgi nue dans la cuisine, chaussée de bottes et une canne dans la main. Elle brisa un broc et un sucrier.

— Je ne peux plus supporter cette maison ! s'écria-t-elle avant de fondre en larmes.

C'était une litanie de tous les jours. Mais plus elle le répétait, plus elle restait cloîtrée. Elle s'asseyait sur une chaise et contemplait durant des heures la bague offerte par Marius à l'occasion de leur anniversaire de mariage. Serti dans sa monture d'or et de corail, le diamant reflétait une belle lumière. Mais la lumière, la vraie, où se trouvait-elle ?

Amédée, ce jour-là, ne fut pas congédié par la baronne Pontmercy. Il eut même la surprise d'être bien reçu et il n'en tira aucune gloriole. Comme il faisait doux, Cosette lui proposa de prendre le thé devant le petit perron de la maison. La veille, elle avait jeté la bague de Marius dans le jardin. Elle avait fait un effort pour s'habiller. Elle portait une robe d'après-midi rose dont la pèlerine s'étalait en ailes sur les bras. « Toi, se dit-elle en voyant le marquis, tu paieras au centuple ce que tu as fait. » Et elle s'installa à côté de lui.

— Vos roses sont magnifiques, dit-elle, la prunelle fixe et les dents serrées.

Amédée, au contraire de Cosette, n'avait pas soigné sa mise comme il en avait l'habitude autrefois. Vêtu d'un costume noir au gilet assorti, une cravate bordeaux enroulée deux fois autour du cou, il avait l'allure d'un jeune homme de bonne famille. Avant son arrivée, il avait fait livrer une vingtaine de roses à Cosette.

— Apporte-les sur la table, demanda Cosette à Madeleine.

Madeleine s'exécuta et Cosette brandit un sécateur en souriant. Elle coupa dix roses à leur base, qu'elle lança dans le jardin.

— J'en ai coupé la moitié car je ne suis moi-même plus qu'une moitié.

Le marquis ne broncha pas. Tout à l'heure, quand il avait vu Cosette sur le perron, il avait écarté les bras d'un air de dire : « Vous êtes dans mon cœur comme une madone sur un piédestal. » Il n'avait évidemment pas bronché. À présent, il était tétanisé.

— Votre jardin est vraiment bien tenu, fit-il d'un ton hésitant.

— Vous trouvez ? C'est que vous ne voyez rien, marquis. Allez donc jeter un coup d'œil aux statues près du petit banc et au jardin d'hiver. D'ailleurs non. Je crois que c'est en effet votre spécificité : vous ne voyez rien !

Et elle éclata d'un rire forcé et sardonique.

Amédée était prêt à n'importe quoi pour ne plus entendre les sarcasmes de Cosette.

— Vous savez, quand les choses sont belles et limpides, on se demande si un jour elles ont pu ne pas l'être…

Il s'interrompit brusquement. Cosette le considérait de haut. Alors il toussota et se décida à jouer franc-jeu :

— Écoutez, je vous comprends, Cosette. Vous me détestez et vous avez raison. Mais je voulais simplement vous voir pour vous témoigner mon amitié et celle qui me lie à jamais à Marius. Voilà.

Là-dessus, il fit un geste pour se lever.

— Non, restez, fit Cosette en tendant la main.

La dernière phrase d'Amédée l'avait surprise, car elle croyait qu'il prononcerait son prénom et non pas celui de Marius.

— Restez, répéta-t-elle sur un ton moins acerbe. Buvez au moins votre thé.

Puis elle eut un geste las. Madeleine, à qui elle avait demandé de ne pas s'éloigner, s'affairait dans le jardin. La terre, rousse comme de la poudre de tabac, entourait les buissons. Les feuilles ne bougeaient pas. Les iris alternaient avec le fouillis des arbres, fauve ou doré, selon l'opulence et l'exposition des feuillages. Une brassée de giroflées s'étalait sur les vieux murs, les gueules-de-loup roses bâillaient dans les fentes des pierres. Il y avait dans l'herbe haute des pâquerettes et des boutons-d'or. Des papillons blancs voletaient entre les arbres.

D'un rapide coup d'œil, Amédée étudia ce jardin dont il avait l'âpre sentiment d'avoir brisé l'âme et l'harmonie. Comme son œil errait du côté du petit banc, Cosette lui confessa que ce coin était le sien et celui de Marius.

— Seulement les objets ne sont pas toujours fidèles, ajouta-t-elle la gorge serrée. Quand vous aimez un endroit lié au souvenir d'une personne, vous supposez qu'il changera quand la personne ne sera plus là et qu'il deviendra triste lui aussi. Eh bien, on se trompe. Les endroits ou les objets se moquent de tout. Ils n'ont aucune vie. Ils vous ressemblent un peu, marquis : ils sont d'une insupportable frivolité.

Amédée tourna son regard vers Cosette. Il prit sa tasse et but un peu de thé. Il ne relèverait pas cette énième nasarde.

— J'ai changé. Vous croyez peut-être que je tente de vous abuser ou de vous apitoyer ? Eh bien, vous vous trompez. J'ai changé, que vous le croyiez ou non.

— On ne change pas comme cela, marquis. Vous parlez de chagrin ? Vous ignorez jusqu'au sens de ce mot. Moi, je ne sais pas ce qui me retient d'en finir avec cette vie qui n'a plus aucun sens.

— Il ne faut pas dire cela, Cosette. Ne plus vivre ? Pourquoi se priver du plaisir de se moquer de la vie ?

— Non, vous n'avez pas changé ! Vous parlez encore de moquerie. On le voit bien, vous ne connaissez pas le découragement.

— Si, je le connais. La perte de l'ami que fut Marius m'a découragé de tout le reste. Je n'ai même plus le superficiel pour me défendre.

— C'est que vous êtes sec et que vous l'avez toujours été.

— Je crois surtout que la débâcle doit rester une affaire intime.

Cosette fixa Amédée avec attention. Elle le détestait toujours autant mais le trouvait sincère. Elle but sa tasse de thé et tourna la tête vers son jardin d'hiver. Près des buissons, elle entendit un petit battement d'ailes, puis le cri désagréable d'une pie qui jasait. La pie s'envola.

— La vie est une voleuse, dit-elle en suivant

du regard la pie qui alla se poser dans le grand chêne. Comme cet oiseau. À présent, je n'ai plus envie de rien. Mon existence ressemble à une déroute.

Amédée se leva et secoua la tête en baissant les yeux.

— Croyez-en ma longue et désespérante expérience, c'est toujours la déroute pour celui ou celle qui poursuit un but contraire à sa nature.

— C'est vous qui dites cela ?

Cosette semblait décontenancée. Qu'était devenu le fier petit dilettante sûr de lui, de son charme, de ses propos extravagants et de son esprit qui ne l'était point ?

— Vous partez, marquis ? se surprit-elle à demander.

Amédée prit son chapeau et sa cravache.

— L'amitié doit être légère, Cosette. Je ne dois pas abuser de votre temps. Par mon égoïsme, ma grossièreté et mon indifférence, j'ai provoqué la disparition de votre ami Frédéric Rivolier, que j'ai tué en duel, et la mort de Marius, que j'ai sans doute favorisée, même si, Dieu m'en est témoin, je ne la désirais vraiment pas. Ma négligence est impardonnable. Voilà surtout ce que je tenais à vous affirmer.

Cosette ne fit aucun commentaire. Elle raccompagna Amédée jusqu'au portail. Là, avant que le marquis ne s'en aille, elle posa la main sur son bras et déclara :

— Veuillez m'excuser pour tout à l'heure. Le désespoir est souvent aveugle.

Amédée salua Cosette et répondit d'une voix étranglée :

— C'est moi qui étais aveugle, madame la baronne.

Il mit son chapeau et enfourcha son cheval. Au moment où il allait partir, Cosette ajouta encore :

— Vous finirez peut-être par être le bienvenu ici.

Cosette et Amédée se revirent toutes les semaines. Amédée aimait toujours Cosette, mais il n'en laissait rien percevoir. Pour l'égayer, il exagérait une bonne humeur qu'il n'avait plus, lui narrant quelques anecdotes sur ce Paris mondain qu'il fréquentait moins. Au point d'agacer parfois Cosette qui abhorrait le caractère fat de cette société. Mais elle lui pardonnait plus facilement aujourd'hui ce qu'elle considérait hier comme une indélicatesse.

— Et même comme un manque d'intelligence, précisait-elle.

Amédée en convenait. Il lui arrivait encore de se sentir assez cynique pour se permettre d'être insolent. Cosette le traitait alors sans ménagement. Elle se méfiait de ce jeune coq qui s'employait un peu trop à se comporter en ami. Il courbait l'échine aussitôt. Elle l'imaginait bien dans le rôle de souffre-douleur.

On les rencontra dans les jardins de Tivoli, à la terrasse de Tortoni, dans les salons du Café de Paris. Cosette réapprenait à rire et Amédée à ne plus pérorer. Elle se montrait douce, attentive, amicale ; il était modeste, discret, généreux. La douleur, bien sûr, nichait toujours en eux. Mais de cette angoisse qui détruit l'âme, ils ne se prévalaient jamais. Ils évitaient de punir les autres d'être plus heureux qu'eux. Cosette découvrait qu'Amédée, en s'interdisant d'être profond, ne se laissait pas submerger par ses propres tares. Et lui découvrait que Cosette, en se défiant du sarcasme, existait autrement que par le soupir et l'incurable.

Un soir, il remarqua que le ventre de Cosette s'arrondissait. Il n'en dit rien. Mais il en fut oppressé.

Les jours suivants, ils se promenèrent sur le boulevard de Gand, au Palais-Royal et aux Champs-Élysées. Amédée plaisanta avec grâce sur tout ce qui touchait la mode. Il pouvait être irrésistible. Surtout lorsqu'il se moquait de lui. Lorsqu'il s'essayait à dominer sa vanité, Cosette voyait bien qu'il faisait des efforts méritoires. Elle se disait que ce martyr du bon sens était enfin mû par des sentiments authentiques. Elle le détestait un peu moins. N'avait-il pas droit lui aussi à la rédemption ?

Un jour, rue Plumet, Amédée tomba sur un homme de haute taille qui discutait avec Cosette sur le perron. Il avait le regard obscur, la bouche pincée, une barbe poivre et sel. Il était vêtu d'une redingote brune et coiffé d'un chapeau rabattu. Cet homme, il l'avait déjà vu aux obsèques de Marius. Il exhalait une odeur d'orange et de vieux missel.

Cosette présenta monsieur Verjat à Amédée et Amédée fut impressionné par cet individu grisonnant dont le regard faisait l'effet d'une vrille.

Verjat, tout le temps de l'entretien, resta debout. Il sentait que son regard indisposait le jeune homme. Il en abusa.

À un moment, Cosette s'absenta un court instant, laissant les deux hommes seuls.

— Ainsi vous êtes d'Iguerande ? demanda Verjat avec ce rien de soupçon qui sous-tendait souvent ses questions.

— Marquis d'Iguerande, rectifia Amédée avec un sourire gêné.

— Iguerande est le nom d'un village en Bourgogne, monsieur le marquis.

— Je l'ignorais.

— Tiens, tiens.

— Pourquoi dites-vous « tiens, tiens » ?

— Comme ça. Vous étiez donc très attaché au baron Pontmercy ?

— Comme un frère, monsieur.

— Tiens, tiens.

Amédée se rembrunit.

— Pourquoi dites-vous encore « tiens, tiens » ?

— J'ai encore dit « tiens, tiens » ? Je suis vraiment désolé, monsieur le marquis. Je ne me rends plus compte quand je dis « tiens, tiens ». Mais dites-moi, quel estaminet fréquentiez-vous avec assiduité, monsieur le baron et vous-même ?

Amédée s'étonna :

— Nous en fréquentions plusieurs, monsieur. Mais quelle importance ?

— Aucune.

— Ce que je peux vous dire, c'est que l'homme qui a tué ce pauvre Marius était présent un soir dans l'estaminet que nous avons eu le tort de fréquenter. Plutôt une gargote, au demeurant. Un de ces bouges sinistres où l'on vient pour s'encanailler. Et croyez bien que je le regrette. Cet endroit s'appelait le Clan Destin et se trouvait rue Aubry-le-Boucher. Pour ne rien vous cacher, je n'y remettrai jamais les pieds.

— Vous rappelez-vous cet homme ?

— Vaguement. Dans mon souvenir, il avait la même tournure que Marius. Il devait être un pilier du Clan Destin.

Cosette réapparut et il ne fut plus question ni de l'homme ni du Clan Destin. Au reste, Verjat prit congé de Cosette et de son hôte.

— Je dois vous laisser, monsieur le marquis, dit-il à Amédée. Mais nous nous reverrons. Et vous savez pourquoi ? Parce que tout ce qui nous importune nous permet d'être nous-même ! ajouta-t-il en riant, un peu mystérieusement.

Mal à l'aise, Amédée s'aperçut que lorsque Verjat riait, il se faisait autour de son nez un plissement épaté comme sur un mufle de dogue. Cet homme lui donnait l'impression d'être prêt à mordre. Il s'efforça de sourire.

Une fois que Verjat se fut éclipsé, il demanda à Cosette :

— N'est-il pas étrange, ce bonhomme ?

— Et pourquoi donc ?

— Il m'a posé des questions à la manière d'un inspecteur de police.

— Monsieur Verjat, de la police ? Vous voulez rire !

L'air de Paris exhalait des parfums de tilleul. Plus personne ne cherchait à faire la révolution. Amédée et Cosette se voyaient l'après-midi. Un jour, Amédée proposa à Cosette de dîner avec lui. Il redoutait d'essuyer un refus.

— Au Véfour, précisa-t-il.

Cosette ne refusa pas.

En arrivant près des colonnades du Palais-Royal, ils rencontrèrent Balzac, Thiers et Musset. Amédée les salua poliment. Cosette eut la fugace impression d'être avec Marius. Elle s'en voulut aussitôt. Elle mâchonna sa mélancolie, cette présomption du regret qui n'en finit jamais.

Dans ce restaurant aux banquettes de velours rouge fréquenté naguère par Bonaparte et Murat, Cosette et Amédée furent installés non loin de Sainte-Beuve et de Lamartine. Comme eux, avec qui ils échangèrent des propos anodins sur la pluie et le beau temps, ils dînèrent d'une terrine de caneton et d'un poulet Marengo. Le côte-rôtie avait du fruit, la conversation de l'esprit.

— Paris va mal et ses restaurants sont pleins à craquer, nota Amédée avec ironie. Ma chère Cosette, regardez un peu les gens qui nous entourent. Monsieur Daumier pourrait y puiser une belle inspiration. Devenir comme tous ces renfrognés à peau luisante me ferait presque envisager la mort avec sérénité.

— Ne recommencez pas, Amédée. Ces gens ne sont-ils pas à l'image de ceux que vous recherchiez ?

Les femmes, grasses et replètes, arboraient des coiffures collées sur le front et tordues à la nuque, d'où émergeaient, en couronnes ou en rameaux, du jasmin et des bleuets. Toutes exhibaient des tenues aux couleurs vives avec des colliers de perles et des diamants qui frissonnaient aux corsages et scintillaient aux poitrines. Les hommes s'attelaient à des conversations pleines de mots qu'ils ne comprenaient pas toujours mais dont ils tiraient un certain orgueil. Grattant avec préciosité leurs longs favoris tombant sur des cols rabattus, ils s'essuyaient les lèvres dans des mouchoirs brodés de lettres d'or. Les vieux se donnaient l'air jeune, les jeunes étaient déjà vieux. Dans leurs regards souverains flottaient la quiétude des vanités assouvies, la domination facile des femmes soumises. Coude arrondi et bouche en cul-de-poule, ils avaient tous le teint de la richesse, ce teint d'impudence qu'impliquent le pouvoir et la brutalité. Ce monde ressemblait à l'époque. Il était ennuyeux.

— Un monde auquel je n'appartiendrai jamais, dit Cosette à Amédée sur un ton moqueur. Mon pauvre ami, quand je pense que vous en avez été à la fois l'animateur et la bête curieuse !

— Et je le regrette, murmura le marquis.

Bras croisés, il observait Cosette. Les petits rayons bleus et safranés dans les yeux de la jeune femme s'irradiaient autour des pupilles. Il humait l'odeur de citron et de thé vert qui embaumait et lustrait sa chevelure blonde. « D'une certaine façon, pensa-t-il, je me suis damné à cause de cette femme-là. J'ai trahi mes amis et abandonné mes compagnons. Que me reste-t-il ? Même pas son affection. Juste un peu de mansuétude. Et beaucoup de mépris. »

Dans son visage émacié, jadis si poupin, ses yeux bridés sur les pommettes, en raison du sang qui battait sous sa peau blanche, exprimaient le trouble. Le bourreau de tant de cœurs de femmes de la grande société était la victime d'une petite fille blonde. Mais son orgueil lui enjoignait de ne rien tenter. Plutôt souffrir mille morts que de quémander la moindre faveur. Il était condamné à l'admirer en silence. À s'enliser en douceur.

Au moment de quitter la table, alors qu'Amédée était déjà debout, Cosette ne se leva pas tout de suite. Elle inclina la tête sur le côté d'un air gêné. Amédée vit entre ses lèvres le bout nacré de ses dents blanches.

— Attendez un peu, dit Cosette.

Amédée se ravisa et posa son chapeau sur la table.

— Il faut que je vous avoue une chose, marquis. Mais tout d'abord, êtes-vous bien mon ami ?

— Que mon cœur s'arrête de battre immédiatement si je ne le suis pas, répliqua le jeune homme à la fois ému et intrigué.

Révolté par la conjuration de ce monde hostile aux instincts les plus nobles et aux sympathies les plus pures, il songea un moment que Cosette allait lui dire qu'ils étaient deux pauvres âmes désespérées ayant l'occasion de se réunir, qui sait, de s'aimer, tout simplement parce que la fatalité l'exigeait.

Les phrases prononcées par Cosette ne furent pas tout à fait celles qu'il attendait, même si dans l'esprit d'Amédée, elles y ressemblaient.

— Je ne peux plus supporter de vivre dans la maison de la rue Plumet, déclara-t-elle d'une voix chancelante. Elle me rappelle trop Marius. Mais le pire, c'est que je me cogne tous les jours à quelque chose que j'ai repoussé jusqu'à présent et qui a fini par avoir raison de moi : la vérité.

Celle qui est la revanche du mort sur le vivant. Je ne reverrai plus Marius, voilà tout. Ce n'est pas un mauvais rêve, c'est seulement la vérité. Aussi, pour avoir hérité d'un peu de la force de mon père, je ne veux pas imaginer jusqu'où je pourrais déchoir.

— Et que comptez-vous faire ? demanda Amédée avec inquiétude.

— Déménager au plus vite. Il n'est plus question pour moi d'entretenir mon désespoir. Le souvenir de cette maison de la rue Plumet et les douces sensations qu'elle procurait, faites d'attentes et de désirs, tourbillonnent désormais dans ma tête, semblables à des grains de sable sous un coup de vent. J'étouffe. Ces grains de sable sont mes souvenirs. Ma décision est irrévocable.

— J'ai compris, dit Amédée en pensant à la lettre de Marius. Je m'occupe de tout. Avez-vous un désir particulier ?

— Je vous fais confiance. Ces dernières semaines, vous m'avez montré que vous étiez devenu un ami cher.

Elle le regarda. L'idée de se venger d'Amédée ne l'avait pas quittée. Elle jouerait avec lui comme il avait joué avec Marius.

Le visage du marquis s'illumina. Il ne croyait pas en la justice, mais sa hantise de l'irréparable venait de baisser d'un cran.

Une fois hors du restaurant, Cosette ajouta encore, et avec un sourire légèrement ironique :

— Plus tard je vous confierai un autre secret, Amédée.

— Moi aussi, répondit-il.

Et il la raccompagna dans son tilbury.

Dire que Javert avait radicalement changé depuis son suicide raté qu'il comparait à un fiasco réussi eût été abusif. Un policier reste un policier. Il a besoin de guetter, de fureter, d'enquêter, d'aller fouiner là où personne ne va fouiner. Il était toujours tenace et obstiné, même si cette obstination était à présent dirigée contre les idées qu'il avait abandonnées. Ses convictions, fondées ou non, avaient besoin d'une certaine forme de fanatisme. C'était le fonds de commerce de son âme. Presque son essence.

Et son âme était soucieuse. Il se demandait si la jeune femme n'était pas en train de tomber sous la coupe de ce marquis d'Iguerande. À ce paltoquet il trouvait trop de grâce, trop d'humour. « Moi, se disait-il, je n'ai jamais eu de grâce et d'humour. Je suis toujours parti en croisade contre les vacillations d'un monde finissant. À présent, c'est ce monde finissant qui me fait vaciller. Comment avoir de la grâce et de l'humour face à tout ça ? »

Aussi, pour moins vaciller, se décida-t-il à enquêter sur le Clan Destin et les origines de ce petit marquis. Et de façon rigoureuse. Parce que Verjat était un rationnel. Il n'était que de le voir ranger ses livres, épousseter ses objets familiers, plier son linge, cirer ses souliers à l'œuf, brosser son chapeau, manger sa soupe ou même éplucher son orange pour en être persuadé. Ce ponctuel avait la folie du scrupule.

C'est donc ce Verjat-là, accoutré en homme du

peuple, qui se rendit un certain soir rue Aubry-le-Boucher.

Arrivé au début de la rue, il sortit de sa poche un bandeau noir. Il enleva sa casquette pour le nouer en travers de son visage. Il avait l'air d'un flibustier. Puis il remit sa casquette et chercha du regard l'enseigne du Clan Destin. Il ne la vit pas. Il y avait de beaux attelages au carrefour de la rue Saint-Martin et de la rue Aubry-le-Boucher. Un cabriolet, deux tilburys et même un joli phaéton aux roues noires. Plus loin, vers la rue Saint-Denis, quelques couples d'élégants déambulaient dans la rue éclairée par la lueur blafarde des réverbères. Il est vrai que la température estivale inclinait à la promenade. Les ruelles inspiraient presque confiance. On se sentait en sécurité.

Verjat parut songeur. Il se rappelait ce même quartier deux ans plus tôt. Les émeutes du faubourg Saint-Antoine… La barricade de la rue de la Chanvrerie… Enjolras le condamnant à mort, lui Javert, inspecteur de police pris pour un espion… Et puis l'intervention de Jean Valjean, pistolet en main, revendiquant l'honneur d'exécuter lui-même Javert… Jean Valjean avait tiré de son gousset un couteau…

« Un surin ! s'était écrié Javert. Tu as raison. Cela te convient mieux… »

Jean Valjean avait alors coupé la martingale que Javert avait au cou, les cordes qu'il avait aux poignets, puis, se baissant, la ficelle qu'il avait aux pieds…

« Vous êtes libre, Javert. »

Et Jean Valjean avait déchargé le pistolet en l'air…

Verjat inspira profondément. Tout venait de là. Du doute. Jean Valjean, qui aurait pu se venger de lui, l'avait laissé s'échapper. Aux yeux des insurgés et des républicains, il avait même fait semblant de l'exécuter. Pourquoi ? Verjat n'avait pas su. Mais le doute s'était immiscé en lui. Il n'avait plus de certitude. Il n'avait plus que des impressions. Et de la gratitude.

Il sillonna la rue Aubry-le-Boucher de long en large. Nulle trace du Clan Destin. Il refit le chemin dans le sens inverse. Son attention fut attirée par une pancarte fleurie se balançant à une potence en fer forgé où figurait le nom de Chat-Malin. C'était une auberge. Avec une clientèle triée sur le volet.

Verjat s'approcha d'une des fenêtres et y glissa l'œil. L'intérieur, avec ses tommettes hexagonales et vernissées, était de style rustique : un comptoir en bois, un vaisselier avec des flacons à pharmacie, deux bonnetières encadrant une cheminée dont le feu n'avait pas été allumé. Les gens dînaient sur des tables de ferme éclairées par des chandelles. Les murs passés à la chaux étaient couverts d'instruments agricoles. Les serveuses paraissaient charmantes. Verjat fut surpris. Cet endroit n'avait rien du bouge décrit par le marquis d'Iguerande. Il voulut en avoir le cœur net.

Il poussa la porte de l'auberge et entra. Son odorat fut tout de suite alerté par une odeur de réduction de vin rouge et d'échalotes. La salle était pleine. Nulle présence d'escarpes ou d'individus peu recommandables. Tout sentait le propre et le neuf.

— Monsieur désire quelque chose ?

Verjat n'avait pas vu un homme se diriger vers lui, grand et maigre, pris dans un costume noir impeccablement coupé. Son comportement donnait à penser qu'il était le gérant des lieux. Peut-être même le propriétaire.

— Auriez-vous une place ?

En voyant le cache-œil et la blouse de Verjat, l'homme émit un gloussement caustique.

— C'est complet, l'ami.

Son ton déplut à Verjat. D'autant que l'individu, visage émacié et menton en pointe, le dévisageait d'un air critique. Ses traits plombés respiraient l'impudeur. Dans son regard à la fois perçant et désinvolte, flottait la quiétude des choses quotidiennement assouvies. Et aussi une lueur satanique.

— Il y a eu un changement de propriétaire ? demanda Verjat, notant au passage que cet homme au visage de serpent portait de longs cheveux gris réunis en un obsolète catogan.

— Effectivement, répondit l'autre sur un ton glacial. Et je suis au regret de vous dire que nous n'accueillons plus les gens de votre condition dans cet établissement.

— Cette auberge n'est donc plus le Clan Destin ?

L'autre prit un air supérieur.

— Tu n'as pas lu l'écriteau dehors ? Tu n'as qu'un œil et tu vois mal, l'ami. Ici, c'est le Chat-Malin.

— Et qui en est le propriétaire ?

— Tu es bien curieux, répondit l'homme en tordant la bouche. Allez, l'ami, retourne d'où tu viens, sinon je fais appel à mes gens.

Et il lui fit signe de prendre la porte.

Verjat vit devant la cuisine un gros rouquin à gilet doré et un marmiton armé d'une sorte de casse-tête. Il n'insista pas. L'homme le raccompagna jusqu'à la porte avec les civilités et les précautions qu'exigeait désormais ce genre d'endroit.

— Ici, c'est une auberge pour gens bien comme il faut, dit-il en ouvrant la porte. Va te faire pendre ailleurs, le borgne.

— Je suis désolé, grommela Verjat. J'ai dû me tromper. Je ne reviendrai plus, monsieur.

Une fois dehors, il se promit de revenir au Chat-Malin dès que possible.

Il se présenta au restaurant le surlendemain, en redingote noire et cravate bleu ciel, sur son trente et un. Le meilleur accueil lui fut réservé. Il s'installa à une table et commanda des champignons farcis, un lapin chasseur et un pichet de bourgogne. Le patron fut des plus amène. Ne poussant pas la convivialité jusqu'à entamer la conversation avec ce nouveau client, il n'en déclina pas moins les spécialités de la carte avec la maestria d'un maître queux.

— Nous faisons une cuisine scientifique, monsieur. J'ai été moi-même homme de science et la cuisine doit beaucoup à la chimie. J'ai tout simplement du nez.

À la fin du repas, Verjat était satisfait de ce qu'il avait mangé et le fit savoir à celui-là même qui l'avait mis à la porte deux jours plus tôt.

— Je reviendrai chez vous, monsieur le scientifique. Votre table est excellente. Monsieur comment au fait, que je puisse recommander votre table à des amis ?

L'homme s'approcha de Verjat et parut intrigué par son odeur, où il décelait comme un remugle d'orange et de vieux missel qui lui rappelait le borgne de l'autre soir. « Sans doute une coïncidence », songea-t-il. Puis il s'inclina et dit en veloutant son regard :

— Je m'appelle Gérard, monsieur. Comme l'artiste qui a peint le maréchal Murat, comme le maréchal de France qui vient d'être nommé président du Conseil.

Verjat paya l'addition et se leva.

— Eh bien, monsieur Gérard, vous me reverrez au Chat-Malin.

L'homme eut une moue satisfaite. Sa bouche fléchit légèrement sur la droite, indiquant le vice et le mensonge.

— Nos clients deviennent tous des habitués, se rengorgea-t-il avec une lueur inquiétante dans le regard.

Il était d'autant plus inquiétant, ce regard, qu'il avait l'air souple et indolent, soucieux de ne pas laisser voir l'épouvantable parti pris qu'il devait avoir sur les gens et les choses.

— Et qui ai-je eu l'honneur de recevoir ce soir ? demanda Gérard en raccompagnant Verjat jusqu'à la porte.

— Monsieur Moreau, mentit Verjat.

— Eh bien, à bientôt, monsieur Moreau.

Et Verjat sortit en hochant la tête, pas mécontent d'emprunter ce nom, comme Jean Valjean avait emprunté le nom de Madeleine à Montreuil-sur-Mer. N'était-il pas en train de le copier ?

Verjat dîna presque tous les soirs au Chat-Malin. Il mangeait toujours la même chose et n'éprouvait guère le besoin de se risquer à un autre plat. Gérard se montrait très poli avec cet homme grisonnant dont la raie au milieu le faisait sourire. Monsieur Moreau était devenu un habitué. Comme il arrivait et repartait toujours aux mêmes heures, l'homme roux à gilet doré aperçu le premier soir lui adressait à présent la parole. Bonjour, au revoir. Rien de plus. Verjat se demandait quel était son rôle.

— C'est le responsable du service et de la sécurité, lui expliqua Gérard. Le quartier est tellement malfamé, monsieur Moreau. De par son emplacement, cet établissement est cocasse et pittoresque. Mais vous avez remarqué la qualité de ma clientèle. Je dois assurer à tous ces gens un minimum de sécurité. On ne sait jamais. Tenez, l'autre soir, j'ai dû refuser l'accès du restaurant à un de ces bandits qui pullulent dans le quartier. Un borgne. Un borgne qui sentait l'orange, monsieur Moreau. Un peu comme vous. Amusant, n'est-ce pas ?

— Ah ! vous l'avez remarqué ? répondit Verjat sans se troubler. Monsieur Gérard, permettez-moi de vous dire que vous êtes vraiment un nez. Vous auriez fait fortune dans la parfumerie.

— J'y ai pensé, monsieur Moreau.

Gérard était rassuré, Verjat était prévenu.

L'homme roux se faisait appeler Tricot. Il s'intéressait de plus en plus à Verjat. Une sorte d'amitié naquit entre eux. Leurs discussions, d'abord cursives, limitées à la bienséance et au bon fonctionnement du service, finirent par s'étoffer. Ils blaguaient souvent à propos de l'argent et de ceux qui en possédaient. Ce sujet passionnait Tricot. Verjat s'aperçut à quel point il était obtus dans ses jugements et limité dans son intelligence. Mais il était bavard. Et comme Verjat voulait en savoir plus sur la façon dont le Clan Destin s'était miraculeusement transformé en Chat-Malin, il flattait Tricot dans le sens du poil. Tantôt il le complimentait sur la façon dont était organisé le service, tantôt il le félicitait sur la qualité de la clientèle. Et toujours en revenant à l'argent.

— Les serveuses, c'est moi qui les choisis, répondait Tricot. Quant aux clients, ce sont eux qui m'ont choisi. Je fais cracher les riches.

À l'entendre, il était à l'origine de tout. À la longue, inutile de dire que Gérard voyait d'un mauvais œil cette connivence qui se nouait sur des opinions similaires et des emplois contradictoires. Mais qu'y pouvait-il ?

Au bout d'un mois, Verjat eut sa place réservée, son casier et sa serviette. Il s'installait au pied d'une échelle de meunier qui croulait désormais sous les gerbes de foin disposées artistiquement, mêlées de fleurs séchées et d'épis de blé. Cette échelle menait autrefois au dortoir du Clan Destin, aujourd'hui condamné. C'était au fond de la salle, à l'abri des regards indiscrets.

Tricot venait tous les soirs prendre un digestif à la table de Verjat. Il n'aurait pas pu s'expliquer pourquoi, mais il était fasciné par cet homme austère, tout son contraire. Il appréciait ces rares moments de détente passés à bavarder avec lui. Quant à Verjat, il poursuivait son opération de charme avec ostentation. Ne lui avait-il pas déclaré qu'il ferait un excellent patron et qu'il détenait des qualités humaines que Gérard, sans en être vraiment dépourvu, était loin d'égaler ?

— Vous croyez ?

— Si je ne le pensais pas, je ne vous le dirais pas.

L'engouement de Tricot pour Verjat était tel qu'il tenait à le servir en personne, même s'il ignorait tout de ses activités présentes ou passées. Sur ce point, les deux hommes se trouvaient sur un pied d'égalité. Ils ignoraient pratiquement tout l'un de l'autre. Seule différence : Verjat impressionnait Tricot. Et pas l'inverse.

Un soir, alors que le restaurant était plein, Tricot se dirigea vers la table de Verjat plus tôt qu'à l'accoutumée. Les bougies des candélabres allongeaient des flammes sur les cloches argentées des plats. Les cristaux à facettes, recouverts d'une buée rose, se renvoyaient de pâles rayons. Une ambiance propice aux confidences. Avec cet allongement de perspective que les souvenirs donnent aux objets, Verjat sentit que le moment était venu. Il allait poser quelques questions à Tricot.

— Vous volez le travail de la charmante Proserpine, plaisanta-t-il quand Tricot lui apporta son lapin chasseur.

Proserpine était l'une des serveuses. Celles-ci, vêtues de rouge et coiffées d'un mouchoir blanc noué en marmotte, étaient au nombre de trois. Comme les sorcières de Macbeth. Légèrement ensuquées, bien qu'efficaces et diligentes, elles avaient la particularité d'être peu loquaces, à l'exception de Proserpine, une rousse au nez long et pointu, dont l'œil vert et le décolleté vertigineux troublaient plus d'un de ces beaux messieurs du Chat-Malin.

— Je ne vole rien, répliqua Tricot avec l'air faussement enjôleur du vrai renfrogné. Ce genre de fille sait arrondir ce qui lui sert de salaire.

— La charmante serait-elle coquine ? demanda Verjat en conviant Tricot à s'asseoir.

— Plutôt ! Une vraie cambrouse, comme on dit. C'est Gérard qui l'a choisie. S'il n'en tenait qu'à moi, je remettrais de l'ordre là-dedans.

— Bah ! fit Verjat en surveillant son interlocuteur, c'est tout simplement un héritage du précédent établissement.

— Vous avez connu le Clan Destin ?

— Un peu, mentit Verjat.

Tricot tapa du poing sur la table. Puis, après avoir jeté un coup d'œil à droite et à gauche, il coupa à voix basse :

— Je me disais bien que votre visage ne m'était pas inconnu. Vous avez donc connu la grande époque ?

— Une époque un peu sombre.

Tricot mit les coudes sur la table et approcha son visage de celui de Verjat.

— Bon, allez, on se dit tu. D'accord, Moreau ?

— D'accord.

Puis, d'un air de conspirateur :

— Tu en étais donc ?

— Oui, mais il ne faut pas le répéter. Maintenant je présente bien. On me donnerait le bon Dieu sans confession.

— Et tu affurais quoi ?

— Les durailles.

— Les diamants ? Bigre ! Et t'emmanches encore les affaires ?

— De loin. Regarde plutôt.

Et Verjat sortit son cache-œil de sa poche et s'en barra le visage d'un geste rapide et précis.

— Le borgne de l'autre soir ? C'était donc toi ?

— Eh oui, répondit Verjat en voyant que Tricot se sentait tout à coup en confiance, en compagnonnage d'histoires louches et de manigances de toutes sortes. Mais je ne travaille plus que par à-coups, précisa-t-il. J'ai pris de la bouteille.

— Moi, lança Tricot, je n'ai jamais trop travaillé sur le grand trimar, vois-tu. Pas question d'être réduit à la dure extrémité de goupiner ou de refroidir.

Comme Tricot était trop bête pour bien mentir, Verjat en déduisit que tout ce qu'il prétendait n'avoir pas fait, c'est-à-dire voler et tuer, il l'avait fait. Son antipathie s'en trouva renforcée.

— Et toi, poursuivit-il, ton linge est lavé ?

— Si j'en ai assez ? fit Tricot en s'esclaffant presque. Disons plutôt que je suis comme toi, que j'ai une bonne façade et que je fais trimer les autres.

— Tu es donc un marlou ?

— Tu l'as dit, un vrai malin. Il n'est pas encore né le premier roussin qui m'enflaquera. J'ai de la surface, crois-moi. Mais tiens, à propos de diamants, je vais t'en avouer une bonne. Figure-toi que mon associé, une vieille fripouille par ailleurs, avare comme pas permis, a trouvé un drôle de moyen pour mettre ses pierres en sécurité.

C'est un môme que je fais travailler qui me l'a rapporté.

— Tu fais travailler des enfants ?

Tricot fronça les sourcils.

— Tu as quelque chose contre ?

Verjat se mordit les lèvres.

— Parbleu, non ! Et puis tu sais, ce que j'en pense, moi… Tu n'es pas obligé de tout me répéter. Mais sache-le, je te considère comme un ami.

— Moi aussi, se rengorgea Tricot.

Il se décontracta aussitôt. Pour une fois qu'il avait un ami, il était fier.

— Raconte un peu ton histoire, lui demanda alors Verjat. Je suis sûr que ça doit être passionnant.

Tricot le considéra avec condescendance. Les idiots de son genre, il suffit de les mettre en confiance, de ne pas trop les exposer à la controverse, et ils deviennent intarissables. À l'instar de l'alcoolique, le coquin recherche des complices. C'était le cas de Tricot. Il avait besoin de briller.

— Eh bien, le vieux a chargé les pierres dans un fusil de chasse et les a tirées dans le mur de sa soupente. Une couche de chaux par-dessus et voilà le travail. Ni vu ni connu !

— Extraordinaire, fit Verjat d'un air évasif. Mais le goût de l'extraordinaire est parfois le caractère de la médiocrité.

— Pourquoi dis-tu cela ? demanda Tricot en retirant ses coudes de la table.

— Ce n'est pas moi qui ai dit cela, c'est Diderot.

— Qui est-ce, ce Diderot ?

— Celui qui a dit cela. Et ce Diderot pourrait

même nous aider à trouver un moyen de récupérer ces pierres.

— N'y pense surtout pas.

— Si, justement. Il n'est pas très malin, ton associé. La preuve, tu es au courant.

— C'est vrai, ça. Je n'y avais pas pensé. Il faudrait étudier le problème.

— Je suis bien d'accord.

Tout à coup, le regard de Verjat se figea en direction du comptoir. Un homme vêtu d'un manteau à pèlerine et coiffé d'un chapeau de fourrure discutait avec Gérard. Quand Verjat avait vu un visage, il ne l'oubliait jamais. Et le visage qu'il voyait là-bas, doté d'un front inégal, raviné, creusé, ridé, d'un nez aigu comme un bec, et de petits yeux pétillants et fureteurs, ce visage plein de veulerie et de dissimulation, c'était celui de Thénardier. Ne l'avait-il pas arrêté par le passé ? Il le revoyait encore dans la masure Gorbeau, boulevard de l'Hôpital, avec ses six complices. Au moment de lui mettre la main au collet, l'autre s'était rebellé. Il avait même sorti un pistolet et tiré sur lui. Coup raté. Des sergents de ville armés de casse-tête et de gourdins avaient alors garrotté les bandits qui tous avaient été coffrés. Et la Thénardier en prime. Javert, ce jour-là, avait sans le savoir raté Jean Valjean qui, prisonnier de Jondrette alias Thénardier, s'était échappé par une lucarne. L'échelle de corde tremblait encore quand Javert s'était approché. Il se souvenait de ses paroles :

« Diable ! Ce devait être le meilleur. »

Et il avait emmené toute la bande à la Force. La prison de la Force se trouvait alors rue Culture-

Sainte-Catherine, aujourd'hui rue de Sévigné. Thénardier devait s'en évader avec la complicité de son fils Gavroche.

Verjat dévisagea longuement Thénardier. « Comme on se retrouve », songea-t-il sans s'émouvoir. Puis il baissa la tête quand Gérard le montra du doigt. Thénardier devait le regarder. Il réfléchit. Il pensait à Marius et à Cosette, à tout ce qui s'était déroulé au Clan Destin et qui avait été passé sous silence. Thénardier devait être dans le coup. Il était certain de tenir une piste. C'est à peine s'il écoutait Tricot. Et lorsqu'il leva les yeux, Thénardier avait disparu.

— Tu disais ? demanda-t-il alors à Tricot.

— Je disais qu'on va former une sacrée équipe, toi et moi. Au fait, je t'autorise à m'appeler Rouget.

— Eh bien soit, Rouget. Tope là ! Trinquons à notre association.

Les deux hommes levèrent leur verre et firent cul sec. Puis Rouget déclara à voix basse :

— Et si on échoue ?

— L'élégance, mon cher Rouget, consiste parfois à déguiser ses victoires en défaites.

— Décidément, toi tu m'épates ! Allez, je te laisse, on a besoin de moi au comptoir. Je vois Gérard qui s'impatiente. L'autre soir, il m'a reproché de trop te coller. Si seulement il se doutait ! On se revoit quand ?

— Peut-être demain, répondit Verjat qui entendait laisser planer le mystère autour de lui.

— De toute façon, tu sais où me trouver.

— Je sais, marmonna Verjat.

Et sur son visage en forme de tête de mort se peignirent l'approbation et la satisfaction.

Quand Amédée annonça à son intendant que la baronne Pontmercy l'avait chargé de vendre la rue Plumet et de trouver un autre logement, celui-ci eut un sourire comblé. L'idée qu'Amédée avait enfin fait usage de la lettre s'ancra en lui.

— Je félicite monsieur le marquis pour son sens de la persuasion. Et si monsieur le marquis m'y autorise, je me ferai un plaisir de l'aider dans ses investigations et de dénicher l'endroit idoine qui conviendra à madame la baronne.

— Et à moi-même, ajouta Amédée.

Les traits de l'intendant se figèrent.

— Plaît-il, monsieur le marquis ?

— J'ai l'intention de mettre en vente la rue Plumet ainsi que notre misérable hôtel de la rue de la Cerisaie, mon bon Louis-Désiré.

— Monsieur le marquis veut-il entendre par là qu'il va convoler en justes noces avec madame la baronne ?

— Tout doux, mon ami. Il n'est nullement question pour moi de proposer un contrat de ce genre à Cosette, et elle ne l'accepterait d'ailleurs pas. Elle est devenue une excellente amie. Dois-je te rappeler que Marius est mort il y a tout juste quelques mois et qu'il me faut observer une certaine réserve ?

L'intendant songea immédiatement à la lettre. Cet imbécile de marquis ne s'en était pas servi. Il avait dû jouer les grands seigneurs.

— Je n'en doute pas, répondit-il en se tortillant. Mais alors de quoi s'agit-il ?

— Je n'ai pas encore appris à Cosette l'existence de la lettre que m'a remise Marius. Au vrai, j'y répugne. J'ai même pensé à la détruire.

Les narines de Louis-Désiré se dilatèrent. Amédée venait de lui décocher un trait meurtrier.

— N'y pensez plus, monsieur le marquis, dit-il aussitôt, à la fois pressant et exaspéré. Détruire cette lettre reviendrait à détruire madame la baronne. Nourrissez-vous le noir dessein de la voir dépérir et de la forcer à négliger ce dont elle n'est pas en mesure de s'acquitter ? Tous ces problèmes d'argent sont assommants pour une jeune femme. La femme est faite pour dépenser l'argent, non pour le gérer. Ajouter cette charge à celle déjà douloureuse de la disparition de son mari serait criminel.

— Tu as peut-être raison, admit Amédée quelque peu agacé par les trop bons conseils de son intendant.

Feignant une peine profonde, il effleura la bosse de Louis-Désiré en murmurant :

— J'espère qu'elle me portera bonheur.

— J'espère aussi, grinça l'intendant.

Amédée fit alors quelques pas dans ce rez-de-chaussée où les satins et les dentelles n'avaient plus l'éclat de jadis et se retourna en levant les mains au ciel.

— Ici, je ne regretterai rien ! lança-t-il sans savoir où Louis-Désiré voulait en venir, croyant naïvement qu'il était tout simplement attaché aux murs et à ses habitudes.

Non, il ne regretterait pas la fréquentation de

cet hôtel particulier. De particulier, il n'avait que le nom. Il ne regretterait pas la petite bibliothèque qui menait à un fumoir, le salon de jeu où trônait le piano Érard dont il ne se servait pas, et que Liszt lui-même, un certain soir, n'avait pas daigné effleurer de ses augustes mains. Il ne regretterait pas non plus sa chambre avec glaces et dorures, si désuète dans sa disposition et sa décoration, encombrée de ce lit poussiéreux où il n'avait honoré que des gourgandines, à l'exception peut-être de Clémence.

— Non, aucun regret ! s'exclama-t-il en pensant que Cosette détesterait sûrement cet endroit confiné et synonyme pour lui d'une époque révolue. Au diable les habitudes et les conformismes, mon bon Louis-Désiré !

Amédée repensa à Clémence. Il ne la regrettait pas non plus, mais en prenant congé de cette maison, il avait l'impression de quitter ce qui le rattachait encore à elle. Pauvre Clémence. Pas de nom, pas de fortune. Il avait toujours été incapable de la satisfaire. Il l'avait même poussée dans les bras de Marius. C'était pourtant la seule femme qui l'avait vraiment aimé. Et lui, qu'avait-il fait ? Il l'avait répudiée. Et l'enfant ? Il ne s'était jamais tellement soucié du problème. Il avait laissé faire Louis-Désiré. Toujours Louis-Désiré.

« Tout bien considéré, se dit-il, Clémence avait du charme. Et cette légère mélancolie causée par les déceptions inévitables de la vie n'en était que plus aimable. Si nous avions eu cet enfant, nous n'en serions peut-être pas là. »

À la vue du visage de marbre de son intendant,

il éprouva une certaine colère. « Il s'est toujours pris pour mon père, rumina-t-il. Il est la cause de mes échecs. Il a toujours souhaité que je sois comme il souhaitait que je sois. Je le déteste. »

Et pourtant, l'instant d'avant, il se félicitait encore des conseils avisés du même Louis-Désiré. Mais qui s'était occupé de l'enfant mort-né de Clémence, de l'organisation des soirées au Clan Destin, de cette maison et de bien d'autres choses ? Louis-Désiré n'était-il pas l'ordonnateur de tous les drames ?

Alors il leva les mains sur lui en un geste d'imprécation terrible :

— Je ne veux plus que vous vous occupiez de mes affaires personnelles ! Vous entendez ? Je ne suis plus un enfant ! Si mon père était encore de ce monde, il se ferait un plaisir de vous le dire lui-même ! Je maudis ce jour où il s'est fait tuer à la bataille d'Essling !

Louis-Désiré baissa respectueusement la tête. Mais ce camouflet le blessa profondément dans son amour-propre. Il le devait à Cosette. Il écumait de rage. Cette péronnelle, il s'en occuperait bientôt. Elle disparaîtrait à son tour. Tout comme son prétentieux de mari. Il recula de deux pas et considéra son maître d'un drôle de regard. La physionomie d'Amédée était toujours hautaine, son agitation incessante et sa manie de railler incoercible. Mais l'homme de proie était devenu sa propre victime. Le fort était devenu faible. Cette métamorphose indignait Louis-Désiré. Cosette devait payer les pots cassés. Et dans les plus brefs délais.

Tout alla très vite. La maison de la rue Plumet fut vendue à un banquier de la Chaussée-d'Antin. Il l'habita deux mois, avant de la mettre en location. L'hôtel particulier de la rue de la Cerisaie, lui, tomba entre les mains d'un gros boutiquier de la rue des Deux-Portes. En cette période de flottement politique où deux mille républicains avaient été arrêtés, où quatre mille témoins étaient à entendre, où dix-sept mille pièces remplissaient le dossier de l'insurrection avortée d'avril, où *La Tribune* venait de reparaître, plus violente que jamais, exigeant l'amnistie pour les détenus, où le Tiers Parti était représenté par des journaux aux polémiques incertaines, tels *Le Constitutionnel, Le Temps, L'Impartial, Le Courrier français*, c'était le flottement. La mollesse et l'incertitude. Afin de pallier cette monotonie que certains imputaient à un régime réduit, pour se maintenir, aux plus tristes expédients, les riches achetaient des maisons. Comme ça. Pour le plaisir d'acheter. Ils spéculaient et revendaient. Les pauvres, comme d'habitude, faisaient les frais de cette gabegie. C'est bien simple, l'impéritie et l'imprévoyance triomphaient, aussi démesurées que l'étendue de ce désert dont on faisait grand cas en Algérie. Il y avait cent fois plus de faisans et d'usuriers que sous la Restauration, durant laquelle, pourtant, on ne comptait plus les arrogants petits tyrans d'une fonction que l'on n'hésitait plus à qualifier d'impudique.

Louis-Philippe, lui, roi d'une bourgeoisie séparée du peuple, roi de ces dynasties financières –

les Schneider, Wendel, Perier, Rothschild –, se bornait à tancer l'idéal républicain.

C'était un homme plutôt sympathique, ce monarque épaulé par les duettistes Thiers et Guizot. Mais tellement bourgeois avec son bonnet de coton en forme d'éteignoir et ses grands projets indécents… Tout le monde s'accordait à le dire. Pas la grande bourgeoisie dynastique qui avait remplacé l'ancienne aristocratie. Non, évidemment, pas celle-là. Mais la petite. Celle des commerçants et des professions libérales. La rageuse. Celle dont l'impôt n'était pas assez élevé pour qu'elle fît partie des électeurs et encore moins des éligibles. Celle qui constituait une force politique aspirant à un rôle. La phalange des républicains. Les descendants de ceux qui avaient guillotiné le père de Guizot.

« Ce sinistre protestant est hanté par l'horreur du désordre, écrivait d'ailleurs *La Tribune*. Louis-Philippe et lui, c'est l'ennui assuré. »

La prospérité économique, cependant, était de retour. Avec trois cent vingt députés qui soutenaient le gouvernement, contre moins d'une centaine d'opposants, l'automne 1834 allait sentir à la fois la feuille morte, l'instabilité ministérielle et la victoire de la société capitaliste. Le contraire de l'Empire. Le triomphe des médiocres.

On s'en doute, Amédée d'Iguerande, contrairement à son intendant qui spéculait beaucoup, et dans les domaines les moins reluisants, n'était absolument pas touché par cette mollesse ambiante que son ardente indifférence n'avait cessé de déjouer. Ce libertaire détestait la gauche comme la droite. L'aristocratie le décevait, la bourgeoisie le dégoûtait, le peuple l'indifférait. Il détestait Soult, cette illustre épée qui n'était qu'un illustre fourreau, de Broglie, cette vieille ganache pommadée qui raisonnait à hauteur de ses bas de soie, Cavaignac, ce Fouquier-Tinville miniature qui rêvait de perdre toutes les têtes. Il détestait encore plus l'idée d'en parler. Il détestait tout.

Il trouva un vieil hôtel rue Saint-Fiacre, avec balustrades et fenêtres à meneaux, sur trois étages. Ni très fastueuse ni très jolie, la demeure avait le mérite de ne pas coûter trop cher et d'être située non loin de l'Opéra et du faubourg Saint-Denis. Lorsqu'il fit part de cette acquisition à Cosette, celle-ci manifesta d'abord de l'indifférence. Puis elle eut une réaction de rejet. C'était bien normal. Le marquis lui proposait ni plus ni moins d'habiter sous le même toit que lui. À cette différence près que les trois niveaux étaient indépendants, desservis par un grand escalier de pierre.

— Chacun chez soi, précisa Amédée. Vous au second, moi au premier. Ou le contraire si vous le désirez. Et le dernier étage pour mon intendant et votre servante.

Après quelques jours d'hésitation, Cosette se rangea à cette décision. De toute façon, l'achat était conclu, les actes notariés enregistrés. Elle n'en avisa même pas ses amis. D'un même mouvement, elle demanda à Amédée de vendre les meubles achetés par Marius. La commode en palissandre et les chaises Louis XIII comme la table de tric-trac et le cartel Louis XV. Elle conserverait seulement ce qui lui venait de son père, à savoir la commode en laque de Coromandel, les tapisseries d'Aubusson, le lit à baldaquin.

Et bien sûr les deux chandeliers. Amédée chargea son intendant de cette vente. En cheville avec certains marchands du faubourg Saint-Antoine, il en tira un maximum de profit.

Dans la maison de la rue Plumet, ou plus précisément dans le jardin, le petit banc resta à sa place et les débris des deux statues ne furent pas ramassés. Le jour du départ, Cosette n'y jeta pas le moindre regard. En voyant son visage dans un miroir, elle s'étonna qu'il fût si lisse. Elle décrocha la glace et la jeta à terre d'un geste rageur. Jamais elle n'avait eu les yeux si grands, si bleus, ni d'une telle profondeur. Madeleine ne manqua pas de le noter et d'en rendre responsable l'influence d'Amédée.

— Ne dis plus jamais ça ! la menaça Cosette.

D'aucuns eussent même pu croire que quelque chose d'encore plus subtil la transfigurait. Il n'en était rien. Ses traits démentaient ce qu'elle ressentait comme une déchirure. Voilà pourquoi elle avait brisé le miroir avec rage. Son visage trop pur l'irritait.

En abandonnant la rue Plumet, une seule chose réchauffait encore son cœur : la perspective d'avoir son enfant. Après l'avoir détesté, comme si ce fœtus eût été responsable de la mort de Marius, elle le désirait ardemment. Si c'était une fille, elle l'appellerait Fantine ; si c'était un garçon, Jean.

Dans l'appartement de la rue Saint-Fiacre, Cosette plaça les chandeliers de son père sur la cheminée de marbre noir, élément dominant du salon aux moulures tristes et solennelles. En s'installant dans sa chambre, elle pensait à Marius. À ses vêtements qui avaient été donnés aux Filles de la Charité, rue du Bac. À ses effets personnels vendus au plus offrant. C'est ça, la mort. La disparition de tout. Elle n'avait conservé que la pierre de cristal. Le goût des reliques la heurtait.

Les premiers jours, Amédée se fit discret. Il ne venait jamais au deuxième. Il craignait de s'exposer aux remontrances de Cosette, à sa mélancolie, à sa rancune. Le déménagement s'était effectué dans la précipitation. Un jour, malgré tout, il prit son courage à deux mains et se présenta chez la baronne Pontmercy avec la lettre de Marius. Il n'en menait pas large.

— C'est le secret dont je voulais vous faire part, dit-il sur un ton hésitant, tendant la lettre à Cosette.

Elle était occupée à coudre des coussinets pour sa chambre à coucher. Amédée remarqua ses ongles blancs, aussi polis que des ivoires, taillés en amande. Au spectacle de ces mains longues et pâles, œuvrant à la façon d'ouvrières dociles, il tressaillit légèrement. « Tout est donc parfait chez cette jeune femme », songea-t-il. Et ces mains, ces belles mains aux fines phalanges qui embaumaient le citron et le thé vert, il ne les baiserait sans doute jamais.

Il trembla en voyant le regard de Cosette parcourir la lettre avec hardiesse. Puis ce regard, peu à peu, se transforma en un pathétique ahurissement. Les traits de la jeune femme se décomposèrent. Elle rendit la lettre à Amédée. Puis, reprenant son ouvrage comme si de rien n'était, elle se piqua le doigt, poussa un petit cri et porta ce doigt à sa bouche pour le sucer. Cette vision troubla tant Amédée qu'il vacilla sur ses jambes. Interdit, la lettre à la main, il restait incapable de prononcer un mot.

— Je suis donc à votre merci ? demanda Cosette sans même regarder le jeune homme.

— Vous n'y pensez pas ! s'exclama-t-il avec un hoquet. Cette lettre est à vous si vous le désirez. J'ai tous les papiers du notaire concernant la vente de votre maison, ils sont également à vous. Ne m'avez-vous pas demandé de m'occuper de cette vente ? Je m'en suis chargé alors que vous ignoriez l'existence de cette lettre.

— C'est vrai, admit la jeune femme en relevant fièrement le front. Mais votre secret n'était pas très agréable à entendre. Ou plutôt à lire, rectifia-t-elle en pointant le regard sur la lettre qu'Amédée tenait toujours en main.

— De toute façon, vous avez vu que cette lettre sera caduque au bout de deux ans. Je me permets de vous préciser que j'avais insisté auprès de Marius pour qu'il apposât cette précision au bas de la lettre.

— Il était donc si désespéré ?

— De trop vous aimer, Cosette.

— Je ne vous crois pas.

— C'est pourtant la vérité, mentit Amédée en repliant la lettre et en l'enfermant dans son enveloppe. Mais on a peur souvent de n'être pas à la hauteur d'un grand amour. On incrimine son sort pour mieux s'en accommoder. Il vous aimait à la folie, Cosette.

— Vous êtes bien grave, dit-elle en s'amusant de l'embarras du jeune homme. Êtes-vous sûr de ne pas parler de vous ? ajouta-t-elle avec perfidie.

— Absolument pas. Marius croyait que vous accordiez vos faveurs à Frédéric Rivolier.

Cosette foudroya Amédée du regard.

— Frédéric n'était pas mon amant, si c'est ce que vous voulez savoir ! C'était un ami !

Amédée s'empourpra légèrement. Cette histoire l'avait toujours tracassé. En tuant Frédéric en duel, il n'avait pas trouvé le repos. Les remords l'assaillaient. Sa jalousie avait été stupide. Il s'en voulait d'avoir offensé Marius, puis Cosette. Aujourd'hui, en affirmant l'amour de Marius pour Cosette, il se faisait mal avec insistance, comme pour se punir de s'être trompé.

Cosette sourit avec une mine de chipie et piqua son aiguille dans une boule de soie. Malgré sa sympathie pour Amédée, elle continuerait de le malmener comme il avait malmené tout le monde. Elle se découvrait même des dons de comédienne.

— Gardez cette lettre, vous en ferez meilleur usage que moi, reprit-elle en affectant un ton résigné. Vous avez ma confiance, Amédée.

Le marquis s'inclina légèrement :

— Vous m'en voyez fort honoré, Cosette. Mais ne dites plus que vous êtes à ma merci. Une victime est un être à rebours qui a le même passé que le diable. Ne soyons pas des victimes. Nous connaissions tous les deux une joie de vivre. Avec la mort de Marius, ne la transformons pas en joie de mourir. Nous ne sommes pas des ennemis, Cosette. En tout cas, de mon côté, nous ne le sommes plus.

Cosette se leva et se dirigea vers la fenêtre qui plongeait sur une cour un peu sombre. Au rez-de-chaussée, une écurie débouchait sur une cour pavée ornée d'une petite fontaine toute simple et d'un arbre, un orme, encadré de géraniums.

— C'est un peu triste ici, dit-elle en grattant la vitre.

Elle était de profil. Son ventre s'était encore arrondi, il l'avait remarqué.

— Tous les endroits sont tristes pour les âmes seules, murmura Amédée. Nous devons nous changer les idées. Permettez-moi de vous convier ce soir au restaurant.

La jeune femme revint près de lui en le frôlant. Elle prit une mine accablée et déclara :

— Vous avez peut-être raison : il faut se changer les idées.

Le Dabe des greffes passait deux fois par semaine au Chat-Malin. Il ne s'y éternisait jamais. Il vérifiait les comptes, s'entretenait avec Gérard, donnait ses ordres à Rouget.

Un soir, un homme s'approcha de lui. Il était frisé, pommadé, la taille prise, des hanches de femme, une fleur à la boutonnière et un casse-tête dépassant de la poche. Le Dabe des greffes se tenait contre le comptoir. L'homme le héla. Le vieux fit semblant de ne pas le reconnaître. L'homme l'attrapa au collet.

— Tu ne reconnais pas Lacenaire ? Si tu joues à ce jeu avec moi, je t'étripe, lui glissa-t-il à l'oreille. Je sors de prison et je n'ai pas beaucoup de temps. Où est Jésus ?

Le Dabe des greffes prit un air catastrophé :

— Comment, tu n'es pas au courant ? Il en a pris pour vingt ans. Il est à Toulon.

Lacenaire se rembrunit. Après ses récents échecs auprès de Vigouroux, le patron du *Bon Sens*, et de Scribe, l'auteur de *Bertrand et Raton*, qui sonnaient le glas de ses velléités littéraires, il en avait assez. Il relâcha le vieux et lança :

— C'est ennuyeux, j'ai besoin de me refaire.

— Et moi je suis endetté, répondit le Dabe des greffes d'un geste empreint de fatalité. Mais j'ai une autre idée. Viens par là.

Sous le regard soupçonneux de Gérard, il entraîna Lacenaire à l'entrée de la cuisine. Il lui commanda une limonade et annonça :

— Une affaire pur beurre. Il s'agit des garçons de recettes. Tu tires une fausse traite sur un personnage fictif qui loue un appartement, et quand le garçon de recettes se présente, tu l'estourbis et tu empoches le magot sans risque de te faire enfourailler. On m'a rapporté que les sociétés Pillet-Will et Rougement de Lowenberg avaient des fonds. Du nanan pour toi.

Lacenaire hocha la tête silencieusement, son mouchoir à la main, comme pour se délecter de cette volupté de l'amertume dont il s'était fait le héraut. Il but son verre et le jeta à terre. Une serveuse se précipita pour ramasser les débris : il ne lui accorda pas un regard.

— Parfait. On va s'en occuper. Mais je te laisse deux mois. On se retrouve à L'Ogre de Barbarie, rue aux Fers. À cinq heures précises. Ne m'oblige pas à venir te chercher dans ton auberge. Et d'ici là, il faudra me proposer autre chose. Du solide.

— Tu peux me faire confiance, miaula le Dabe des greffes en l'accompagnant jusqu'à la porte.

Il avait gagné du temps. Mais dans deux mois, il faudrait se débarrasser de ce gêneur. Et définitivement.

À sept heures, au Café de Paris, des gens parfumés de laurier et de vanille se consumaient doucement dans des discussions sans intérêt. Il était question de gentlemen-riders, de douillettes de soie puce, des équipages du prince de Wagram, des réunions du Champ-de-Mars, du Jockey Club, de la garde-robe de lord Seymour, des soirées de Tivoli au cours desquelles lord Bury venait de remporter une poule de vingt mille francs au tir aux pigeons, de la présence des trois jeunes fils du roi à l'hippodrome de Chantilly, du palais style Renaissance que monsieur de Rothschild s'était fait construire rue Laffitte.

Cosette et Amédée s'intallèrent au milieu de la salle. Ils pouvaient tout voir, tout entendre. Certaines élégantes arboraient des foulards damassés, des poults-de-soie semés de petits bouquets, des jupes de mousseline blanche se balançant en cloches, des corsages froncés à la taille. D'autres couvraient leurs épaules de mantelets en soie noire garnis de dentelle qui rehaussaient la taille et le cou. Tous ces plus ou moins jeunes visages s'abritaient sous des chapeaux envahis de rubans, de longues plumes et d'épis de blé. Les hommes portaient l'habit à la française à boutons d'or, très fashionables, des fracs noirs arrondis sur la hanche, des redingotes vert thé ou pomme de chêne. L'insignifiance en tenue de soirée.

À une table, Eugène Sue et Balzac ; à une autre, Alexandre Dumas et Victor Hugo. Amédée salua Eugène Sue, qui buvait beaucoup de punch, et montra à Cosette l'auteur d'*Hernani*, qui écoutait Dumas lui parler de ses dettes, de ses maîtresses et de sa nouvelle pièce. Un peu plus loin encore, on apercevait messieurs Véron et Romieu qui commentaient les dernières représentations de l'Opéra.

— Tout cela est positivement dérisoire, dit Amédée. En remettant les pieds dans son ancien territoire de prédilection, il retrouvait ses tics de langage.

— Positivement, vous en êtes bien certain ? ironisa Cosette.

— Je suis incorrigible, s'exclama Amédée en papillonnant comme une jeune fille.

Puis, se reprenant aussitôt :

— Nous venions souvent ici, Marius et moi. Après nos exercices à la salle d'armes, qui se trouve juste au-dessus, nous prenions une orangeade ou un thé fumé. Savez-vous qu'être admis au Café de Paris donne un brevet de parisianisme ?

— Non, je ne le savais pas. Vous m'en voyez positivement ébahie, marquis.

— Vous vous moquez de moi, Cosette.

— Vous croyez ?

Amédée sourit. Il aimait se faire taquiner par Cosette. Mais Cosette ne s'en souciait guère. Elle voulait seulement voir les endroits écumés par Marius et charmer Amédée par son apparente gaieté. Lui jouait de ce qu'il avait toujours méprisé, la félicité, une certaine plénitude de l'âme, les mots moqueurs et complices.

Il commanda du jurançon et deux foies gras truffés. Puis des bartavelles sur piédestal, duquel personne, plaisanta-t-il, n'eût songé à faire descendre ces perdrix rouges louangées par Cyrano de Bergerac, César Nostradamus, et par Grimod de la Reynière, qui estimait qu'on ne devait les déguster qu'à genoux.

— Vous auriez dû être maître queux, railla Cosette.

Relevant le nez et le sourcil avec un mélange de supériorité et de vanité, Amédée expliqua comment il fallait procéder pour accommoder les perdrix. Il tenait la recette de la propriétaire des lieux, la marquise de Hertford, mère de lord Seymour. Cette vieille bique avare et hargneuse avait décidé que le Café de Paris fermerait tous les soirs à dix heures.

La description de ces bartavelles rôties au beurre, fourrées au foie gras, à la truffe et au cognac, le tout mouillé de deux cuillerées de crème fraîche et d'un demi-verre de madère, ne passionna guère Cosette. Elle entendit Amédée, car elle était polie, mais l'écouta à peine, car sa politesse avait des limites.

À la fin du repas, la voix fade d'Amédée susurrait toujours, comme un filet d'eau qui coule régulièrement. Avec Cosette, il ne savait pas comment s'y prendre. Une expression belliqueuse se lisait sur le visage de la jeune femme. Cette opulence la dégoûtait. Le langage déclamatoire de ces gens l'horripilait, leurs attitudes théâtrales l'exaspéraient.

Elle aurait voulu gifler Amédée, cracher au visage de ces petits prétentieux indifférents à la misère et à la pauvreté. Et dire que Marius avait perdu son temps dans cet endroit plein de vacuité !

Elle faillit se lever et partir. La mine suppliante

d'Amédée l'en dissuada. Pauvre garçon. Jamais elle n'avait eu tant d'estime pour elle-même et tant de mépris pour lui et ses pareils. Ce petit monde la consternait.

Tout à coup, elle lui coupa la parole :

— Cet après-midi, vous m'avez dévoilé votre secret. À mon tour de vous dévoiler le mien.

Elle eut un sourire équivoque. Un engourdissement funeste cloua Amédée à sa chaise. Pour devancer Cosette, il lui fit signe de ne plus parler, et sortit une grosse enveloppe de sa poche.

— Vous allez me trouver grossier, mais je voulais que les choses soient réglées. Il n'y a que des billets de mille francs. C'est la vente de la rue Plumet et des meubles.

— Le moment n'est pas très bien choisi.

— Je sais. Mais je sens que vous ne me faites pas entièrement confiance.

— Vous avez tort, répondit la jeune femme en s'emparant de l'enveloppe. Je vous fais tellement confiance que je tenais à vous apprendre que je suis enceinte. L'enfant que je porte est celui de Marius.

Amédée blêmit. Ses lèvres frémirent et son œil fureta sur un horizon qui lui semblait entièrement vide. Certes, il avait vu Cosette s'arrondir. Mais il avait refusé de regarder la vérité en face.

— Je m'en réjouis, parvint-il à articuler. Et pour quand attendez-vous cet heureux événement ?

— Vers la fin septembre.

— Eh bien nous ferons en sorte que tout se passe dans les meilleures conditions. Si vous n'y voyez pas d'inconvénient, je sollicite de votre part l'honneur et la permission d'être le parrain de l'enfant de Marius.

— Accordé, fit Cosette en s'amusant du trouble du jeune homme.

Ce dernier cachait son jeu. Mais cette nouvelle, qui s'ajoutait au désappointement de son insuccès, exacerbait son orgueil outragé. Il se leva, paya l'addition et revint chercher Cosette. Puis il marcha rapidement vers la sortie, sans saluer personne. Pâle, frémissant, il mit son chapeau et proposa à Cosette d'aller au Café Turc.

— C'est boulevard du Temple. Avec mon tilbury, nous nous y rendrons très vite.

— Je connais, dit Cosette en penchant la tête sur le côté. J'y suis allée avec Marius.

Une fois sur place, ils s'installèrent près d'un kiosque. Le Café Turc était devenu le quartier général d'Amédée. Cosette s'émerveilla du décor oriental, des fez, des narguilés et autres chibouques accrochés au mur. Amédée ironisa à propos de Delacroix qui se sentait ici comme chez lui, parmi les tonnelles et les charmilles. Un orchestre jouait des quadrilles. Amédée fustigea pêle-mêle ce pays qui ne cessait de battre sa coulpe, ces idées qui se nourrissaient seulement de renoncement et de compromis, ces gens qui disaient ce qu'il fallait dire au moment convenu en prenant soin de ne pas prononcer un mot plus haut que l'autre. Il avait déjà bu trois rhums.

— Je soignerai ma solitude en me rendant odieux, annonça-t-il.

— C'est déjà fait, badina Cosette.

Il voulut prendre la main de la jeune femme.

— Ah non ! fit-elle en s'esquivant violemment.

Amédée en fut mortifié. Il souhaitait seulement baiser la main de Cosette et la remercier de l'avoir accompagné ce soir. Il s'engagea dans une explication de sa conduite passée, commença de s'excuser en termes vagues, faute de pouvoir inventer mieux.

— La solitude est devenue mon bourreau, Cosette…

Et sa solitude à elle, qu'en faisait-il ?

Il détourna les yeux et commanda un nouveau rhum. Deux hommes s'arrêtèrent à son niveau et le congratulèrent chaleureusement. C'étaient Louis de Vergne et Robert d'Androisy. Deux grisettes les accompagnaient, pleines de mines et de simagrées, les épaules couvertes de mantelets retenus sur la nuque par des épingles gothiques à médaillon.

— Il revient donc à la vie ! s'exclama l'un, assez cordialement pour qu'Amédée ne s'en offusquât point.

— On dirait même qu'il a rattrapé le temps perdu, ajouta l'autre, assez gauloisement pour qu'Amédée en prît ombrage.

Et il adressa un clin d'œil à Cosette. À sa décharge, il faut dire que celle-ci, par provocation, lui avait lancé un regard appuyé, presque enjôleur. Semer la discorde chez les corrupteurs de Marius la réjouissait.

— Pardon ? grasseya Amédée.

Il n'avait pas oublié l'hostilité de Marius à l'encontre de Robert d'Androisy. Ce grand dénaturé avait fait preuve d'une insupportable grossièreté. Et là, en présence de Cosette, il eut le sentiment d'être lui-même Marius.

— Pardon ? répéta-t-il en arrêtant son regard sur son ancien compagnon d'orgie.

— Robert plaisante, intervint aussitôt Louis pour calmer les esprits.

Mais Amédée ne l'entendait pas de cette oreille.

— Robert ne plaisante pas car Robert ignore la plaisanterie.

Là-dessus, il se leva et gifla d'Androisy à toute volée.

— Demain matin huit heures à Boulogne, monsieur. Je vous laisse le choix des armes.

L'autre, stupéfait, se tenait la joue. Il était réputé pour ne pas être un foudre de guerre, mais il lui était difficile de reculer en présence de tant de témoins. Cosette fit semblant de s'interposer, mais Amédée l'arrêta d'un geste impérieux.

— Ce monsieur a bafoué votre honneur, je me battrai donc pour cet honneur.

Cosette sentit qu'elle était allée trop loin. Elle connaissait trop les désastres des duels. Discrètement, elle supplia Amédée de renoncer à cette folie.

— Sûrement pas, ma chère.

Robert d'Androisy, au lieu de faire amende honorable, ironisa dans un sens qui rendait la rencontre inévitable. Il n'avait voulu insulter personne ; il voulait seulement jouer. Mais certains jeux se retournent contre leur auteur.

— En vous battant pour cet honneur, vous vous battrez sans doute pour ce qui vous manque le plus ! s'exclama-t-il en martelant ses mots.

Amédée lança la main en direction de la sortie et, hors de lui, s'écria :

— Disparais de ma vue, pourceau ! Ce qui te

manque, à toi, serait trop long à énumérer ! De toute façon, là où je vais t'envoyer, tu n'en auras nul besoin !

Il se rassit avec fracas et n'adressa plus un regard à ses anciens amis. Ceux-ci s'éclipsèrent instantanément, penauds et médusés, suivis des deux grisettes qui n'en finissaient plus de faire des mines.

Après un long silence, pendant lequel Amédée but encore deux rhums, Cosette jusque-là prostrée déclara enfin :

— Que voulez-vous prouver, Amédée ? Que je risque encore de perdre un ami ?

— Je ne suis pas un ami pour vous. Vous me méprisez et vous me l'avez encore prouvé. De toute façon, s'il m'arrive quoi que ce soit, il vous restera votre enfant pour vous consoler. Je n'ai plus rien à ajouter.

Les jeunes gens rentrèrent rue Saint-Fiacre, et rejoignirent leurs appartements respectifs sans autres propos que ceux qui émaillent les politesses d'usage.

Le lendemain, à l'heure convenue, les deux adversaires se trouvaient sur le terrain. Louis tenta une nouvelle médiation : elle se solda par un échec. Les témoins d'Amédée étaient son intendant et Eugène Sue lui-même pour, le cas échéant, mettre en pratique ses talents de chirurgien. Ceux de Robert d'Androisy étaient Louis de Vergne et un gratte-papier de *La Quotidienne*. Tout se passait en famille. À défaut de s'étriper sur les champs de bataille, ces désœuvrés trouvaient un exutoire à leur besoin d'héroïsme.

Placés à trente pas l'un de l'autre, les duellistes devaient tirer lorsque le mouchoir de Louis de Vergne atteindrait le sol. Pour l'instant, Louis le tenait dans sa main tendue. Robert et Amédée se mirent en joue. Puis ils relevèrent le chien.

— Mon ami ! s'écria Robert d'Androisy qui tremblait sur ses jambes.

— Il n'y a plus d'ami qui tienne ! rétorqua Amédée.

Et Robert tira avant le signal.

Sa balle se logea dans l'épaule gauche d'Amédée. Celui-ci s'affaissa sur le côté. Louis-Désiré se précipita vers lui en se lamentant comme une vieille femme.

— Vous êtes blessé, monsieur le marquis, vous êtes blessé…

Amédée le repoussa un peu rudement. À Eugène Sue qui se penchait déjà sur sa blessure, il réserva le même traitement.

— Le combat n'est pas terminé ! protesta-t-il en se relevant. Et en plus monsieur d'Androisy a tiré avant le signal. Je reconnais bien là sa pleutrerie.

Louis de Vergne confirma d'une voix brisée que le duel devait se poursuivre. Suant, tremblant, Robert d'Androisy parvenait à peine à se tenir sur ses jambes.

— Vous êtes comme votre ami Marius, bégaya-t-il à l'adresse d'Amédée, vous êtes fou…

Chancelant, l'épaule fracassée, le teint blême, Amédée ajusta son adversaire. Et il tira. Sa balle atteignit Robert en plein front. Celui-ci chuta les bras en croix, foudroyé net.

— Marius est vengé, murmura Amédée.

Puis il se laissa tomber dans les bras d'Eugène.

— Dieu soit loué, grommela Louis-Désiré dans son coin.

L'intendant était livide. En pensant que la dernière heure du marquis était arrivée, il avait cru arrivée la sienne. Louis de Vergne, lui, ne savait plus à quel saint se vouer. Il avait le sentiment d'avoir perdu deux amis.

On ramena Amédée rue Saint-Fiacre, où Eugène se chargea d'extraire la balle de son épaule et de le panser.

Lorsque le marquis rouvrit les yeux, Cosette était penchée sur lui.

— Alors, vous êtes content ? Laissez-moi veiller sur vous.

Amédée se sentit soudain au comble du bonheur. En même temps, il craignait les revirements de Cosette. Elle ne l'avait jamais épargné.

— J'ai soif, murmura-t-il.

— Un verre d'eau ? proposa Eugène.

— Non, une orange.

Cosette demanda à Madeleine d'aller chercher une orange. Et tout à coup, à cause de cette orange, elle songea à Verjat. Elle ne lui avait même pas adressé signe de vie. Elle resta perdue de stupeur, n'ayant plus conscience d'elle-même que par le battement de ses artères. « Ingrate que je suis, se dit-elle. Même si je me venge d'Amédée et de tous ses amis qui m'ont volé Marius, ce n'est pas ainsi que je trouverai en moi mon propre modèle. Que va penser monsieur Verjat de mon indifférence ? »

Verjat n'en pensait rien, pour la bonne raison qu'il était occupé à tisser d'étroits liens d'amitié avec Rouget. Et il y parvenait au-delà de ses espérances. Rouget l'avait convié à visiter l'atelier.

— Tu vas voir, là, c'est moi le patron.

Verjat fit la connaissance du Pointeur, de madame Fouillet, du Gail, de Raphaël et des autres enfants. La vision de ces êtres maladifs et décharnés le révolta. Mais il ne fit aucun commentaire. Son scepticisme l'avait rompu à toutes les déchéances, à toutes les répugnances. Nonobstant, la fielleuse vanité de Rouget lui apparut encore plus insupportable que d'habitude, non moins que son arrogance venimeuse et faussement maîtrisée. Verjat avait traqué et puni beaucoup d'hommes de cet acabit. Des égorgeurs, des violeurs, des assassins sans foi ni loi. Il les méprisait. Il avait même estimé que certains ne méritaient pas de vivre. À présent il n'estimait plus rien. Son instinct s'était substitué à sa raison. Plus rien ne l'étonnait.

— Tu vois, Moreau, un jour tout cela sera vraiment à moi, lui affirma Rouget. Et je compte sur toi pour y arriver. On se partagera le gâteau.

Ils sortirent de l'atelier et Rouget lui montra l'escalier qui menait à la tanière du Dabe des greffes.

— Le Dabe des greffes, c'est le vieux que j'ai aperçu l'autre jour au Chat-Malin ? demanda Verjat en feignant de ne pas être au courant. Ton associé ?

— Tu l'as vu ?

— Il est passé en coup de vent.

— Il passe toujours en coup de vent. Ce Dabe des greffes, ou plutôt ce Tardier, je le hais.

Verjat réprima un sourire. Thénardier, décidément, avait passé sa vie à changer de nom.

— C'est là-haut, au dernier.

Verjat se mit à gravir les marches. L'autre le suivit en geignant, fort peu rassuré.

Une fois devant la porte, Verjat se baissa pour examiner la serrure. Il glissa une sorte de fil de fer dans le trou, puis releva la tête d'un air satisfait.

— C'est bon, chuchota-t-il.

Les sourcils relevés, la lippe dédaigneuse, il regarda Rouget avec une expression terrible. Il ressemblait à un spectre.

— Très… très bien, bégaya le rouquin en baissant les yeux avec l'attitude d'un serf devant son seigneur.

Puis ils redescendirent les escaliers. Une fois dans la rue, Rouget évoqua les diamants :

— Il doit y en avoir pour beaucoup d'argent. Le Gail me l'a assuré.

— C'est ce garçon avec une grosse mâchoire ?

— Tout juste. Le Dabe des greffes a eu tort de lui faire confiance. Il vient me manger dans la main. On a plein de petits secrets entre nous.

— Ah oui ?

— En ce moment, le vieux a des petits soucis. Et ces petits soucis sont liés aux petits secrets dont je te parle. Il avait une sorte de lieutenant surnommé Jésus. Ce Jésus a avalé sa fourchette. Pas accidentellement, tu peux me croire. Il y a deux mois, l'ami de Jésus est venu demander des comptes au vieux. Or cet ami, il se nomme Lacenaire. Un vrai scorpion.

— Tiens, tiens.

— Pourquoi dis-tu « tiens, tiens » ?

— Comme ça… Quand les loups s'entre-dévorent, il faut en profiter.

— C'est aussi mon avis, fit le Rouget avec un large sourire.

Les deux hommes se séparèrent à l'angle de la rue Saint-Martin. Ils se reverraient le soir même au Chat-Malin.

En fin d'après-midi, tandis qu'il conversait avec l'abbé Rillet dans la sacristie de Saint-Sulpice, Verjat aperçut Cosette. Elle était derrière l'autel. Il abandonna le bon père et se dirigea vers la jeune femme.

— Eh bien, Cosette, fit-il sur un ton faussement outragé, où étiez-vous donc passée ?

La jeune femme prit un air coupable.

— Je suis une ingrate, monsieur Verjat. J'ai abandonné la rue Plumet pour m'installer rue Saint-Fiacre. Et je ne vous ai même pas tenu au courant.

— Bah, je ne vous en veux pas, j'ai eu moi-même beaucoup d'affaires à régler.

Ils sortirent et firent quelques pas sur la place. De l'autre côté de la rue, un homme en blouse ne les quittait pas des yeux. Verjat le repéra aussitôt.

Il entraîna Cosette vers la fontaine et lui demanda de s'asseoir sur la bordure de pierre. Étonnée, elle obtempéra. Comme le couple avait disparu derrière la fontaine, l'homme s'y dirigea en pressant le pas et tomba nez à nez avec Verjat.

— Tu cherches quelque chose ? lui demanda ce dernier d'un air menaçant.

Il le prit par le bras et l'attira un peu plus loin. Cosette était restée sur la bordure de pierre.

— J'ai dû me tromper…

— Je préfère, lança Verjat en le lâchant. File, et que je ne te voie plus.

L'homme ne se le fit pas dire deux fois. L'expression dure et sauvage de Verjat l'avait terrifié. Il rentra la tête dans les épaules et s'éloigna, les mains dans les poches.

Verjat retourna chercher Cosette.

— Qui était-ce ? lui demanda-t-elle.

— Une erreur.

Une erreur qu'il devait sans doute à Rouget ou à Gérard, songea-t-il. Cela se compliquait. Il prit Cosette par la main et marcha avec elle jusqu'à la rue Servandoni. Elle parla de son nouveau domicile, il l'écouta à peine. Il avait l'esprit ailleurs.

Cosette omit de préciser qu'elle avait emménagé dans le même hôtel particulier qu'Amédée, n'évoquant ni le duel ni la blessure du marquis. Verjat crut bon de ne pas préciser qu'il enquêtait sur les lieux fréquentés par Marius. Pour la première fois ils se cachaient quelque chose.

Ils mangèrent une orange à l'entrée de la rue Garancière, et prirent congé l'un de l'autre sur le parvis de l'église, après s'être promis de se revoir très vite. Verjat devait se préparer pour son dîner, Cosette retourner au chevet d'Amédée.

— Vous ne me dissimulez rien, monsieur Verjat ?

— Rien, Cosette. Et vous ?

— Rien, monsieur Verjat.

Le Dabe des greffes, assis dans un estaminet de la rue Saint-Denis, buvait une limonade. Cet homme qui vivait en perpétuelle combustion aux dépens de son corps se faisait du souci à cause de Rouget. Il se doutait bien que ce factotum luxuriant de bêtise attendait la première occasion pour le trahir et s'approprier ce qui lui appartenait. Rouget avait été témoin de trop de choses. Il avait tué Jésus et récupéré sa bague. Et surtout, depuis quelque temps, il posait des questions indiscrètes sur la façon dont lui, Tardier, son patron, avait transformé le Clan Destin en Chat-Malin et vendu le local de la rue Greneta. Il semblait s'intéresser d'un peu trop près à cette double opération dont Tardier avait tiré des bénéfices changés aussitôt en diamants par l'entremise d'un receleur nommé Chardon. Et que penser de ses initiatives à l'atelier pour imposer aux enfants des cadences de travail à la limite de l'infernal, s'octroyant ainsi quelques ristournes dans le commerce des chats, de la laine et du tannage des peaux ?

Le Dabe des greffes termina sa limonade, paya, se leva et sortit. À l'atelier, il avait noté que les comptes étaient fantaisistes. Certaines retenues manquaient. Encore Rouget. Toujours Rouget qui se montrait de plus en plus gourmand. Le projet de supprimer cet encombrant commençait de trotter dans son esprit.

En marchant, il songea aussi au Gail. Ce n'était pas une bonne idée d'avoir sollicité son aide pour cacher les diamants dans le mur, même si cela lui permettait de tester sa fidélité. Et si ce jeune idiot avait déjà mis le Rouget au courant ? Et si le Rouget et lui s'entendaient sur son dos ?

Il marcha un long moment à travers le dédale des ruelles obscures, agitant sa canne et parlant tout seul. C'est alors qu'il surprit une échauffourée. Elle opposait trois hommes. Deux petits gros et un grand. Ce dernier, vêtu de gris et coiffé d'un bonnet en loutre, avait l'air d'une araignée. Son nez était busqué et ses oreilles en chou-fleur. Une cicatrice grise lui dessinait une sorte de cordon autour du front. Il avait un regard vide, presque blanc. Le Dabe des greffes estima qu'un tel homme devait être dangereux. Il se cacha derrière une persienne et observa la scène.

D'un bref mouvement de la main, l'homme au bonnet de loutre fit signe aux deux autres d'avancer. Ceux-ci étaient armés de couteaux.

Tout se déroula à une vitesse incroyable. On entendit deux sifflements, des gargouillis, puis un bruit de chute. L'homme au bonnet de loutre resta seul debout. Une serpette étincelait dans sa main. L'un des deux autres était déjà mort, le deuxième tressautait à ses pieds, à genoux, la gorge en sang. Il le considérait avec un sourire en coin. Le voir souffrir semblait l'allécher. Il porta la serpette à ses lèvres et la lécha d'un mouvement voluptueux.

Puis, d'un geste fulgurant, il en planta la pointe dans le crâne du malheureux. Celui-ci se cabra et retomba sur le côté, immobile. L'homme au bonnet de loutre retira sa serpette. Un jet noir et bouillonnant jaillit du crâne.

Le Dabe des greffes ravala sa salive. « Voilà l'homme qu'il me faut », songea-t-il. Et il sortit de sa cachette.

— Eh, l'ami !

L'homme au bonnet de loutre braqua son regard sur le vieux. D'un geste de défi, les jambes bien écartées, il joua à faire passer sa serpette d'une main à l'autre.

— Tu me cherches ? demanda-t-il d'une voix rocailleuse.

— Tout doux, l'ami. Ton style me plaît. Ça te dirait de gagner de l'argent, beaucoup d'argent ?

— Ça dépend pour quoi.

— Pour me protéger.

Il sortit deux pièces d'or et les envoya à l'homme qui les attrapa au vol.

— Tu m'intéresses, dit-il en rangeant sa serpette.

Sa voix semblait émerger des ténèbres. Puis, voyant le regard admiratif que le Dabe des greffes posait sur lui :

— On m'appelle le Loupeur. Je suis comme les loups, je vagabonde, je rôde. Mais je ne loupe jamais rien. Et surtout jamais personne.

— On est fait pour s'entendre, Loupeur. Moi, c'est Tardier, ou encore le Dabe des greffes. Et j'ai justement deux ou trois minables à ne pas louper.

Le Dabe des greffes installa le Loupeur dans l'immeuble de l'atelier, où il lui trouva une petite pièce sombre et crasseuse. L'autre ne dit rien. Le confort le laissait indifférent. Mais l'effet qu'il produisit quand le Dabe des greffes le présenta à l'atelier fut terrifiant. Sur Rouget surtout. Le Dabe des greffes sentit que les choses allaient changer. Il l'annonça sans préliminaires :

— Le Loupeur est là pour contrôler le travail et vous surveiller. Depuis un bout de temps, j'ai l'impression qu'il y a du relâchement. Et le relâchement, il n'aime pas ça, le Loupeur. Pas vrai ?

— Tout à fait, fit l'autre de sa voix d'outre-tombe.

Et son regard se tourna vers Rouget. Un regard vitreux, absent, qui accentuait l'aspect inquiétant de son nez busqué, de sa cicatrice, de ses grandes mains osseuses, de ses habits noirs ; bref, de tout son être. Rouget ne put s'empêcher de tressaillir. Cet oiseau de malheur le faisait penser à un fantôme. À un revenant.

Le Dabe des greffes tapota l'épaule du rouquin. Il lui expliqua que le Loupeur était l'homme de la situation et qu'il dresserait les enfants pour en faire des escarpes de haute lignée.

— Tu n'as rien à y redire ?

— Rien..., bafouilla le Rouget. C'est une excellente idée...

Dans l'atelier, pas un bruit. Les enfants n'osaient pas regarder le Loupeur. Ils commençaient à regretter le Rouget.

Les manigances des uns et des autres s'en trouvèrent annulées. Chacun était en attente de ce que l'autre allait faire. Rouget se garda bien de se plaindre au Dabe des greffes. Et encore moins au Loupeur. Il avait la fierté du dégoût.

Pour l'heure, c'est le rendez-vous avec Lacenaire qui inquiétait le Dabe des greffes. Les deux mois s'étaient écoulés. Il devait s'y rendre.

Il arriva à L'Ogre de Barbarie et s'installa au fond de la salle. L'endroit était peuplé de mendiants et d'assassins. À côté de lui, deux ivrognes se disputaient une vieille édentée. Une odeur d'égout se mêlait aux relents de graille et d'alcool, rappelant que les alentours regorgeaient de maisons aux fosses d'aisances s'étageant les unes sur les autres. La fange à l'état pur.

Lacenaire fit irruption à cinq heures précises, flanqué d'un trapu à la face camuse, vêtu d'une blouse marron et coiffé d'une large casquette. L'homme s'appelait Avril. Il avait de drôles d'égards pour Lacenaire. Celui-ci, tiré à quatre épingles, le corps grêle et l'allure aristocratique, rasé de frais, les cheveux bouclés avec attention, élégant avec sa cravate de soie noire et ses manchettes, s'assit en face du Dabe des greffes. Et Avril à côté de lui. Lacenaire posa son chapeau sur ses genoux et déclara :

— Je disais tout à l'heure à Avril que le mensonge est l'arme des forts. Qu'en penses-tu, Dabe des greffes ?

— Je n'en pense rien, répondit celui-ci en

jetant un regard à Avril qui posait la main sur la cuisse de son ami.

— Cela ne m'étonne pas. Je me demande ce que tu as fait de Jésus. Prie le Seigneur pour que je n'apprenne rien de compromettant à ton sujet. Sinon…

Il écarta les pans de sa redingote et laissa apparaître le manche d'un stylet qui brillait à sa ceinture.

— Pour les garçons de recettes, poursuivit-il, on ne t'a pas attendu. Mais on s'est fait renarder. Oui, trahir. Tu n'aurais pas mangé le morceau, au moins ?

— Ça se pourrait, il a un vilain blair de délateur, dit Avril avec un accent faubourien prononcé.

C'est alors qu'il attrapa le nez du Dabe des greffes et le tordit lentement de droite à gauche avec une mine hilare. Puis il le relâcha brusquement et poursuivit :

— On a les toiles qui se touchent, Dabe des greffes.

— En d'autres termes, on est à sec, précisa Lacenaire en proposant son mouchoir au vieux. Mais je suppose que tu avais compris.

— Merci, couina le vieux en refusant le mouchoir. Tu me chagrines, Lacenaire. Parce que moi, j'ai pensé à toi. Et pas de la façon que tu imagines. Une affaire dans tes cordes. Il s'agit d'un affreux de la pire espèce, d'un fourguât plein aux as qui canule tout le monde. Un pleureur du nom de Chardon. Tu le connais ?

— Tu parles ! s'exclama Lacenaire. Qui ne

connaît pas Chardon ! Je l'ai rencontré à Bicêtre en 1830, cette vieille tante !

— Tant mieux, fit le Dabe des greffes en massant les ailes de son nez d'une mine contrite. Figure-toi que Chardon attend une subvention de la reine pour fonder une maison hospitalière destinée aux hommes. Pas moins de dix mille francs. À part ça, son atelier regorge d'argenterie, de tableaux de valeur et même de pierres précieuses.

— Il vit toujours avec sa vieille mère ?

— Toujours. Passage du Cheval-Rouge.

— Il faudrait faire ça vers la mi-décembre. Qu'est-ce que t'en penses, Avril ?

— Les vieux, quand il fait froid, ils sont plus fragiles, dit celui-ci en titillant le menton du Dabe des greffes.

Ce dernier acquiesça servilement. Puis, l'air de ne pas y toucher, il évoqua le rôle éventuel d'un troisième complice. Il pensait évidemment à Rouget.

— C'est gentil de ta part, le vioque, mais nous, on travaille en seulâbres, repartit Avril avec insolence.

Le Dabe des greffes accusa le coup. Ces deux-là, décidément, il n'y avait rien à en tirer.

— Et comment saurai-je que vous avez réussi ? demanda-t-il d'une petite voix flûtée.

Lacenaire se leva, imité par Avril. Puis il se pencha sur le Dabe des greffes et lui cingla le visage avec son mouchoir.

— Tu ne sauras rien, vieux cloporte. On te contactera si ça nous chante. Pour moi, tu es indigne de vivre et de penser. Ce que j'ambitionne, c'est l'ivresse des sommets, le dilettantisme du destin, la renommée fatale. Tu comprends ça, désolant minable ? Tes calculs me sont étrangers comme m'est étrangère ta façon de te vêtir, de boire, de parler. Tu es un porc, Dabe des greffes. Et les porcs, on les saigne.

Lorsque Burdin avait su que Cosette était sur le point de mettre au monde un enfant, il avait cru tous ses beaux rêves voués à partir en fumée. Il avait appris la nouvelle de la bouche même de Madeleine. Il fulminait. Surtout contre son maître qui, à peine remis de sa blessure, s'apitoyait lamentablement sur son sort. Où était donc le Casanova hautain et cynique de naguère ?

Dès lors qu'il eut la certitude que Cosette était bien enceinte et qu'elle accoucherait sous peu, Amédée se cloîtra chez lui. Il refusa de suivre les conseils de Louis-Désiré et repoussa Louis de Vergne. Puis il se remit à sortir. On le vit dans les cabarets louches, les maisons de tolérance, les bouges du boulevard du Temple. Il redevenait ce qu'il était avant. La morgue en moins, le regret en plus.

Cosette l'apprit. Mais la déchéance d'Amédée ne la touchait pas. Parfois elle s'en réjouissait, ainsi quand elle avait été à son chevet, elle avait secrètement goûté le plaisir de le voir blessé, diminué, sans défense. Sa douleur atténuait la sienne. Et progressivement il lui était venu, à l'égard des choses, des gens, des saveurs, de l'avenir et d'elle-même, une indifférence suprême qui n'avait rien de feint ou d'artificiel, très proche de la chute ou de l'état de grâce, un manque de cohésion où vagabondaient ses affectations, son égoïsme, ses cauchemars, sa quête de l'absurde. En fait, elle ne pensait plus qu'à une chose : son enfant.

Amédée s'en rendit compte. La froideur de Cosette le désespérait. Il se consola auprès de Louis, l'ami fidèle, peut-être trop fidèle, qui n'avait jamais cessé de l'aimer et de le solliciter. Ils ressortirent ensemble et burent jusqu'à plus soif. Jamais le nom de Robert d'Androisy n'effleura leurs lèvres. Amédée braillait comme un reître, choisissait les filles les plus laides, se battait comme un chiffonnier.

Un soir, il avoua à Louis que le mensonge, ce mensonge dans lequel il s'était vautré, littéralement nourri, était un crépuscule illusoire mettant en valeur certains de nos manques.

— Cosette ne sera jamais mienne. Et à présent je n'ai plus que la vérité, mon pauvre Louis.

Ce à quoi Louis de Vergne, épris de cet ami qu'il tentait d'enlever à un purgatoire consenti, répondit que le mensonge expliquait parfois mieux ce qui se passait dans l'âme que la vérité.

— Alors continuons de mentir ! s'exclama Amédée. N'est-ce pas la plus belle façon de s'expliquer ?

Cosette accoucha d'un beau bébé mâle de six livres, tout de suite baptisé Jean. Amédée, qui avait presque espéré que cet enfant mourût à la naissance, se retira chez lui. Il s'était occupé de faire venir un médecin et une sage-femme, remplissant de fleurs la chambre de Cosette. Ses débauches connaissaient le répit. Mais pas son chagrin. Il ne put retenir ses larmes : tout se liguait contre lui.

Louis-Désiré, témoin involontaire de cette douleur qu'il assimilait à de la décrépitude, se rongeait les sangs. Cet homme froid et calculateur, d'un cynisme que sa difformité physique accentuait encore, qu'aucun scrupule ne venait tarauder, un de ces hommes pour qui la loyauté et la droiture sont le poison des hommes en quête de réussite, eh bien, cet homme-là faillit céder au découragement. Aussi décida-t-il de réagir. Et dans les plus brefs délais.

Le lendemain de la naissance de Jean Pontmercy, il se rendit chez le Dabe des greffes.

— Tu es fou, je t'ai dit de ne jamais venir ici ! explosa ce dernier avant de se précipiter dans la cage d'escalier, de tourner en rond et de vérifier si personne n'avait vu ou suivi Burdin. Il descendit même un étage. Puis un second. Il remuait la tête dans tous les sens, grommelant que tout devait rester caché. N'avait à ses yeux de valeur et de vérité que ce que l'on dissimulait profondément, d'où la force des sentiments vils. Il ne se sentait en sécurité que dans la rue, perdu dans la foule, anonyme, car tout s'y affaiblissait, s'y dégradait, à commencer par l'identité ou le statut social. La foule, c'est l'uniforme de l'individu, disait-il.

Et puis il y avait ses diamants.

— Bon Dieu de bon Dieu ! éructa-t-il encore.

Burdin s'était assis à l'unique table de la pièce et attendait son retour. Autour de lui, le capharnaüm l'horrifia. C'était gris, sale, mansardé, bas de plafond. Toutes sortes d'objets s'entassaient les uns sur les autres. Le mobilier était vieux et manchot. La table, couverte d'une toile cirée grasse et incolore, où la poussière se combinait avec l'huile d'un vieux quinquet d'Argand, où des restes racornis de nourriture avaient de quoi vous couper l'appétit à jamais, était entourée de trois chaises estropiées et de petits paillassons en sparterie. Rien sur les murs. Pas de tableaux ni de gravures. Juste ce mur avec un bel enduit blanc qui tranchait sur le reste.

Burdin baissa le nez. Par terre, c'était un bizarre mélange de carreaux tordus et de bois carbonisé. Sur un guéridon, il aperçut une sorte de boîte à secret, aux multiples tiroirs emboîtés. Et un chat empaillé. Il fit la grimace. Dans tous les coins de la pièce, des cartons, des caisses, des paquets pourris et crevés, renfermant des choses encore plus pourries, encore plus crevées. Il se pinça le nez. Ce galetas puait l'hospice.

— Je suis désolé, dit-il quand le Dabe des greffes revint et referma la porte derrière lui.

— Tu peux l'être ! Tu fais tout à l'encontre de ce que nous avions convenu.

— Désolé, il y a urgence. Cette Cosette Pontmercy me cause trop de soucis.

Le Dabe des greffes le sonda du regard. Puis, en tapant du poing sur la table :

— Voyons ! on ne peut pas faire disparaître tout le monde, Burdin. Calme-toi un peu ! De la pondération, mon cher. Du renoncement ! Le renoncement, crois-moi, confère un pouvoir infini.

— Tu me la bailles belle, Thénardier ! Le

renoncement ? Que fais-tu donc de ton atelier, du Chat-Malin, de tes projets d'extension, des richesses que tu dois dissimuler dans ta tanière ?

Le masque du Dabe des greffes s'allongea. Sa bouche incurvée disait l'importance de l'obstacle auquel sa ruse se heurtait.

— Et qu'est-ce que tu préconises ? reprit-il en s'adoucissant… Refroidir la baronne ?

C'est toujours une bonne tactique en coquinerie que de faire dire à quelqu'un ce que l'on pense soi-même.

— Pas jusque-là, répondit Burdin en feignant de s'indigner. Mais mon maître dilapide le peu d'argent que nous nous sommes donné le mal de gagner, parce que cette perruche, non seulement se refuse à lui, mais en plus vient de mettre au monde un marmot.

— Un rejeton du bagnard ?

— Tout juste. Si tu trouves une solution, je demande à Gérard de quitter le Chat-Malin. Tu restes seul en selle et je te laisse ma part de bénéfice. J'y vais même de mes économies pour t'aider à financer l'achat d'un autre cabaret à l'emplacement de ton choix.

Une larme de salive perla à la commissure des lèvres du Dabe des greffes.

— Tu m'intéresses, camarade. Le momaque, ce n'est pas un problème. Un petit plongeon dans la Seine, et on n'en parle plus. Pour l'alouette, c'est plus compliqué.

— Comment ça, plus compliqué ? fit Burdin avec une mine de dégoût.

— J'ai Lacenaire sur le paletot, celui-là même qui m'avait refilé Jésus. Il faut que je m'en débarrasse. Et je suppose que ce n'est pas toi qui vas le faire à ma place.

Agacé, Burdin se leva et marcha dans la pièce de long en large.

— Et puis cette Cosette voit d'autres hommes, marmonna-t-il. Gérard m'a rapporté qu'on l'avait aperçue à Saint-Sulpice avec un drôle de paroissien. Un certain Moreau…

Il s'arrêta près de la boîte à secret et passa la main dessus. Un tiroir s'ouvrit. Apparut un anneau d'or où figurait un serpent avec des quinquets d'émeraude.

— La bague de Jésus ? fit-il en pointant un index accusateur sur la bague.

— Que veux-tu, j'aime les reliques, concéda le Dabe des greffes. Celle-ci a de la valeur, il faudrait que je la propose à un receleur.

Burdin, la mâchoire crispée, marcha jusqu'à la porte. À cause de son avarice, cette vieille canaille de Thénardier n'était même pas capable de prendre les plus élémentaires précautions.

— Bon, pas avant la fin de l'année ?

— Plutôt même au début de l'autre, corrigea le Dabe des greffes en se levant à son tour et en apportant son chapeau à Burdin dans un geste d'obséquieuse sollicitude.

Burdin le prit et, en ouvrant la porte, dit d'un ton cassant :

— Eh bien, ce sera à toi de jouer.

Puis, sur la pointe des pieds, après avoir jeté un coup d'œil dans la cage d'escalier, il s'éclipsa.

— C'est ça, ce sera à moi de jouer, marmonna le Dabe des greffes.

Et il alla refermer sa boîte à secret.

Début décembre, le Dabe des greffes prévint le brigadier Carignol qu'il risquait de se passer quelque chose de fumant du côté de la porte Saint-Martin.

— Plus exactement impasse du Cheval-Rouge. Dans mon atelier, on sait tout. Tiens-toi prêt à venir le 13 au soir.

Par erreur, le gendarme comprit qu'il devrait d'abord se présenter à l'atelier.

Le Dabe des greffes se rendit chez Chardon pour lui conseiller de se tenir sur ses gardes aux alentours du 13. Il avait eu vent d'un mauvais coup. Le receleur le remercia mais lui assura qu'il ne craignait personne.

— Chez moi, il n'y a rien à voler. Sauf ma vertu ! Toi, en revanche, n'oublie pas que tu me dois de l'argent.

Le vieux toisa l'être gras et efféminé aux lèvres juteuses et murmura :

— C'est comme si c'était fait, grosse loche.

Et il repartit le cœur léger. « Ce chiffre 13 me portera bonheur », se dit-il en espérant que Lacenaire et Chardon y laisseraient la peau, et cet Avril de malheur par-dessus le marché.

Les semaines passèrent. Le Dabe des greffes ne tenait plus en place. Pour le moindre trajet, il se faisait toujours accompagner du Loupeur qui, du coup, surveillait un peu moins l'atelier et les fourberies de Rouget. Ce jour-là, le Dabe des greffes se trouvait dans l'île de la Cité, en quête d'un nouveau local pour, disait-il, élargir son champ d'action. Il s'arrêta devant un rez-de-chaussée à la façade décrépie. C'était rue des Ursins.

— Tu vois, dit-il au Loupeur, tu n'as pas connu le Clan Destin, mais moi qui t'en parle, je t'assure que je regrette cet estaminet. Au moins il y avait de la vie, du mouvement, de bons gros trafics comme on les aime. À présent tout est lisse et poli. Le beau monde est ennuyeux. Je dois avouer que je me tâte.

— Pour acheter une autre gargote ?

— Oh là là ! Comme tu y vas, toi ! Je n'ai pas les moyens, je n'ai jamais eu les moyens. Mais je m'endette. Et celui qui ne paye pas ses dettes s'enrichit.

Et les deux hommes pénétrèrent dans le local à la façade décrépie.

Au même moment, Rouget retrouvait Verjat devant le Chat-Malin. Il avait laissé la surveillance de l'atelier à la seule autorité du Gail et du Pointeur. Le temps était maussade.

Verjat portait une blouse et un cache-œil. Chacun d'un côté de la chaussée, les deux hommes prirent la direction de la rue de la Verrerie. Rue Saint-Martin, ils se retrouvèrent côte à côte.

— J'ai pris mes renseignements, dit Rouget à voix basse. Le Dabe des greffes est à la Cité. Le champ est libre. On débride la lourde et on se sert.

Verjat portait sur l'épaule un sac dans lequel se trouvaient son chapeau et sa redingote. Deux précautions valaient mieux qu'une. Il émit une réserve :

— Je te préviens, s'il y a un coup dur, je ne surine pas, moi. Ma seule arme, c'est de rossignoler.

— Je l'entendais bien comme ça. Si j'ai un lingriot, c'est pour gratter le mur. J'affure les durailles, rien de plus. On dispose d'une petite heure pour œuvrer. Après, on décanille.

— Et si le Dabe des greffes te demande où tu étais ?

— Je lui dirai que je suis allé plus tôt que prévu au Chat-Malin. De toute façon j'ai demandé au Gail de venir m'y chercher à sept heures. Pour le reste, je m'arrangerai avec Gérard.

Tout en marchant les mains derrière le dos, Verjat fit part à Rouget de la méfiance que lui inspirait Gérard. Ils arrivaient en vue de l'atelier. Rouget s'arrêta près de la petite porte cochère et lança un regard appuyé des deux côtés de la rue.

— Tu as le don de double vue, toi, murmura-t-il. Le Gérard, il a la gérance d'un bocson. Paraîtrait même qu'il fait des messes noires.

— Des messes noires ?

— C'est Proserpine qui me l'a dit. Tu sais, la belle serveuse rousse qui t'aguichait. Un soir, elle voulait me bander les yeux et m'emmener voir leur saleté. J'ai refusé. Tu parles, ça se termine en orgie avec des rupins. Le Gérard, autrefois, il tâtait un peu de la médecine. Alors il lui en est resté le mauvais côté : celui des philtres magiques et des onguents démoniaques.

Rouget poussa la porte et posa l'index sur ses lèvres.

— Bon, à partir de maintenant, on ne fait plus d'impair. Tu as bien ta lampe ?

— Je l'ai.

— Alors on y va.

Arrivé à l'étage du Dabe des greffes, Rouget

sentit ses veines battre à son front. En bas, il venait d'entendre un bruit de pas. Il pencha la tête et sortit son couteau. Son sang se glaça lorsqu'il aperçut un bicorne. C'était Carignol.

— Qu'est-ce qu'il fiche là, ce pourri de cogne ? susurra-t-il en serrant son couteau.

Mais le brigadier laissa ses hommes dehors et ne gravit pas les marches de l'escalier. À la surprise de Rouget, il prit le chemin de l'atelier. Encore un coup du Dabe des greffes ?

Rouget se tourna vers Verjat. La mine imperturbable de ce dernier l'impressionna.

— Dis donc, tu ne trembles pas, toi.

— Et pourquoi tremblerais-je ?

Il sortit son rossignol et se mit à l'ouvrage. La porte fut ouverte en un tournemain. Verjat alluma sa lampe à huile : les deux hommes pénétrèrent dans l'appartement.

— C'est encore plus dégoûtant que je me le figurais, murmura Rouget.

Il se précipita vers le mur indiqué par le Gail et commença à piocher fébrilement.

Verjat inspectait les lieux. Il retournait les objets pour les remettre aussitôt à leur place. Aucun papier compromettant à l'horizon. De toute façon, au milieu de ce désordre insensé, autant chercher une aiguille dans une botte de foin. En faisant osciller sa lampe, il tomba sur la boîte à secret. Tardier l'avait changée de place. Elle n'était plus sur le guéridon, mais sous une pile de cartons. Verjat en effleura le dessus. Un tiroir s'ouvrit, la bague apparut. Verjat s'en saisit et la montra à Rouget qui, piochant le plâtre en mouvements frénétiques et saccadés, venait lui aussi de tomber sur une pierre. Sertie dans son berceau blanc, semblable à un œil de verre.

— Regarde, fit Rouget en la dégageant de son écrin plâtreux avec la pointe de son couteau et en la prenant entre le pouce et l'index pour la présenter à la lumière de la lampe. Notre fortune est assurée.

— Garde-la pour toi, dit Verjat d'un ton glacial. Mais ça, c'est quoi ?

Rouget plissa les yeux en examinant la bague.

— Ça, ce n'est rien du tout. Cette bague appartenait à Jésus, une gouape qui n'est plus de ce monde. On l'a renvoyé en enfer.

Il était tellement avide qu'il ne prenait plus aucune précaution.

— C'est quand même une émeraude, fit Verjat en affectant une certaine indifférence.

— Eh bien, elle est à toi si ça te chante.

Et puis Rouget consulta sa montre.

— Il faut faire vinaigre, on n'a plus qu'une demi-heure. Fouine encore un peu, je suis sûr que ce vieux scélérat doit planquer du jonc ou de la mitraille. Il se méfie des banques.

Rouget suait comme un bœuf. Dans l'obscurité, à la lueur de sa lampe, avec sa trogne cramoisie et ses yeux exorbités, il avait l'air d'un forgeron. Il sautillait d'un pied sur l'autre, comme si une hystérie soudaine s'était emparée de lui. Verjat hocha la tête et mit la bague dans sa poche. Pour son enquête, il venait de faire un grand pas en avant.

Les enfants travaillaient sous l'œil féroce du Pointeur. Il n'y avait personne dans l'atelier pour donner de la voix. Ni le Rouget, ni le Loupeur. Aussi le doigt levé du vieil infirme avait-il quelque chose de dérisoire. Il était tellement habitué à dénoncer, cet infâme grabataire, que c'était devenu comme une sorte de tic. Un réflexe instantané. Il n'avait même pas l'air d'en tirer un plaisir quelconque. Toutes ses facultés restantes semblaient au service de ses rancunes. Celles-ci avaient survécu à l'effritement de sa mémoire. Et même de sa raison. Il se vengeait de ce qu'il était.

Ce légume au visage grillagé de rides à qui l'on donnait sa pitance comme à un animal de cirque, récompensé de ses prestations par un bouillon de poulet avec un jaune d'œuf battu ou un quignon de pain, n'était qu'un nuisible. Avec son crâne plat à la peau molle et tachetée, il ne parlait pas, ne cillait pas, ne bougeait pas. C'était même à se demander s'il pensait quelque chose. Deux fois par semaine, des enfants désignés par le Rouget faisaient sa toilette. En dépit du pot fixé sous sa chaise, c'était toujours une punition. Il fallait nettoyer les déjections de ce vieux débris, bourré de croûtes, d'escarres, de pustules. Il sursautait avec des bruits visqueux lorsque les enfants le pinçaient au passage. Mais on le craignait. On craint toujours ce qui ne bouge pas. Comme un crocodile. Une bête marécageuse.

Puisque le Rouget et le Loupeur étaient absents, on ne s'activait pas trop. Raphaël somnolait sur son ouvrage, le Gail sifflotait en caressant son peigne aux grandes dents de bois effilées. Les autres travaillaient sans un regard pour le Pointeur. Le

Rouget n'avait pas pris soin de placer des lampes aux points stratégiques. Tout le monde était un peu dans la pénombre. La mère Fouillet rangeait le fricot et récurait ses casseroles. On voyait à peine le Pointeur, recroquevillé comme un paquet de linge, faisant parfois grincer sa chaise lorsqu'il tendait l'index et bougeait les jambes. On ne devinait qu'une ombre. C'était encore pire.

— Tu dors, môme ? demanda le Gail à Raphaël.

Aucune réponse. Le petit blond savait se tenir. Donner l'impression de travailler tout en volant quelques instants de sommeil ne lui était plus inconnu. Chacun des enfants était d'ailleurs rompu à ce simulacre. En général, le système fonctionnait. La nuit venue, il fallait s'approcher d'eux très près pour voir s'ils ne tiraient pas au flanc. Comme il y avait des équipes tournantes – ceux qui allaient à la chasse aux chats et ceux qui restaient sur place –, certains faisaient le guet. Pour donner l'alerte, il s'en trouvait toujours un qui toussotait ou se raclait la gorge. On s'organisait comme on pouvait. Il fallait éviter les coups.

Le Gail jeta un regard sur le côté. Raphaël dormait. Il ne chercha pas à le réveiller. Quelques minutes plus tôt, Carignol était passé. Il avait déambulé dans l'atelier comme un somnambule. Puis, brusquement, il s'était donné une tape sur le front :

— Bon Dieu, il faut que j'aille impasse du Cheval-Rouge !

Et il était parti. Le Gail n'avait rien compris. Mais c'est à ce moment précis qu'il avait décidé d'agir. D'autant que la mère Fouillet était sortie avec ses casseroles.

Habitué à la nuit, il embrassa du regard l'atelier. À cette heure-là, il y avait toujours un moment de flottement. Après la soupe, pour se donner du cœur à l'ouvrage, les enfants avaient bu du vin mélangé avec de l'eau-de-vie et des miettes de pain. Résultat, ils somnolaient. Certains dormaient carrément. Le Gail s'en félicita. Il se pencha et ramassa une sorte de petit maillet qui servait à dégripper les métiers. Coinçant le peigne entre ses dents, il marcha en canard jusqu'à la chaise du Pointeur. Un rai de lumière déposait un étrier blanchâtre sur les chaussons de ce dernier. Le Gail s'arrêta. C'était l'idéal.

Il se posta derrière le Pointeur, prit son peigne et le lui plaça au-dessus de la tête. Il se redressa tout doucement en fixant le crâne avec dégoût. C'était gris, tacheté, plein de gouttes et de replis. Le Pointeur dut sentir une présence autour de lui, car il leva l'index à deux reprises. On avait l'impression qu'il battait la mesure.

— Je vais te jouer une autre musique, moi, murmura le Gail en levant son maillet. Pour tout le sang et le pèze que tu nous as coûtés, je vais te défoncer la coloquinte. Chose promise, chose due.

Il laissa tomber le maillet de toutes ses forces. Le peigne s'enfonça dans le crâne comme dans un gâteau avarié. Quelque chose gicla en faisant un bruit mou et visqueux. Le Gail frappa encore une fois, puis une deuxième, de manière que les dents du peigne disparaissent tout à fait. Le vieux vibrait sur sa chaise. Il tremblait, tressautait, s'allongeait en transe. Un séisme à lui tout seul.

Le Gail se remit à genoux derrière le fauteuil et s'essuya le visage avec un vieux chiffon. Du sang l'avait aspergé. Puis il attendit. Cette vieille carne allait finir par rendre l'âme, non ? Eh bien, pas du tout. Son index pointait de plus belle, allait, venait, crochetait et griffait l'air. Par bonheur, il ne pouvait pas crier ou se lever. Il glapissait quand même. Comme un rat pris au piège.

Le Gail se pencha alors sur le côté et lança un regard appuyé vers la sortie. Puis dans l'atelier. Rien. Personne. Seulement il fallait en finir. Le vieux agonisait.

Le Gail se releva et colla sa bouche à l'oreille du Pointeur :

— Tu vas crever comme un cloporte… Je vais te faire une belle raie au milieu…

Et, d'un geste brusque, il arracha le peigne du crâne du vieux. Celui-ci sursauta affreusement. Un bond terrible. Les pieds de la chaise se soulevèrent et retombèrent avec fracas. Pas suffisamment pour réveiller les enfants. Du coin de l'œil, le Gail s'assura quand même que la mère Fouillet n'était pas revenue. Alors il tendit la main et attrapa un sac rempli de têtes de chats. Il enfouit la tête du vieux dedans et noua une ficelle autour de son cou. Il l'étrangla carrément. Puis il lui assena encore trois coups de maillet. On entendit un gros craquement. La tête du Pointeur ? Les gueules de chats ?

Aucune importance. Le Gail reprit son souffle. Il nettoya le peigne et le maillet. Puis il retourna à sa place. Là-bas, dans le coin, il vit la mère

Fouillet qui fourgonnait dans sa ferraille. « Au poil », se dit-il. Puis, à l'adresse de Raphaël :

— Tu dors, môme ?

L'enfant s'ébroua comme un petit chien.

— Non, Gail, je travaille.

— Bien, môme. Continue.

Au même moment, Lacenaire et Avril s'attaquaient à Chardon à coups de carrelet. Le carrelet, c'est une sorte de lime à plusieurs pans. Une vraie boucherie. Tandis qu'Avril achevait le receleur au merlin, Lacenaire se rendit dans la pièce d'à côté. La mère Chardon somnolait dans son lit. Sourde comme un pot, elle n'avait rien entendu. Lacenaire l'attrapa par les cheveux et la frappa plusieurs fois au visage. Puis il l'étouffa en basculant le matelas par-dessus elle. Aucun son ne sortit de sa vieille carcasse. Elle y passa vite. Tout cela pour quoi ? Cinq cents francs, de l'argenterie, un gilet rose. Triste butin.

— On décanille, fit Avril en se flanquant un sac sur le dos.

Les deux hommes quittèrent le passage du Cheval-Rouge et palabrèrent un long moment dans la rue Saint-Antoine. Il faisait sombre. Une lumière pisseuse. Avril avait envie de se rendre au Chat-Malin et de régler son compte au Dabe des greffes.

— Il a certainement averti le fourgue. Tu as bien vu, il n'y avait presque rien. De là à ce qu'il nous ait dénoncés aux roussins !

Lacenaire se tâtait. Des idées de vengeance s'entrechoquaient dans son esprit. Il aurait dû se méfier de ce vieil aspic.

— Tu as raison, on va lui faire la peau. On ne connaît pas son adresse, mais en travaillant le gérant du Chat-Malin au couteau, on sera renseignés. Tu as gardé le merlin ?

— Non, mais j'ai mon surin. Enchanteur lui aussi, crois-moi.

Ils n'avaient pas fait la moitié du parcours qu'ils tombèrent sur un groupe de gendarmes. Carignol était à leur tête, torse bombé et épaulettes relevées. L'imbécile pavoisait. Comme Lannes à Marengo.

— Qu'est-ce que je te disais ! s'exclama Avril en s'arrêtant pile. C'est pour qui, là, les marchands de lacets ? Nous voilà jolis garçons.

Les deux hommes rebroussèrent chemin. Ils s'enfoncèrent dans une ruelle et détalèrent en direction de la porte Saint-Martin. Là, ils s'arrêtèrent.

— Tu as une idée ? demanda Avril, essoufflé.

— Vu notre état, on serait bien avisés d'aller faire un tour aux Bains turcs. Regarde ça, on est couverts de raisiné. Il faut se nettoyer le harnais. Après, tu iras vendre l'argenterie sous le manteau et je t'attendrai à l'Épi-Scié, notre café habituel.

— Et le Dabe des greffes ?

— Qu'il aille au diable. Les pandores finiront bien par l'agrafer.

Lorsque le Dabe des greffes revint rue Aubry-le-Boucher, il envoya le Loupeur à l'atelier et monta chez lui. À cette heure, Rouget devait être au Chat-Malin. Il fallait de la discipline.

Arrivé devant sa porte, le Dabe des greffes glissa la clé dans la serrure et tourna. Rien ne laissait supposer l'effraction. Verjat avait parfaitement refermé la porte. Mais quand le vieux alluma sa lampe, il sentit son cœur chavirer. Le mur était lardé de coups de couteau.

Il pensa immédiatement à Rouget. Puis au Gail. L'adolescent avait dû baver. Éclairant le mur avec sa lampe, il tâta chaque anfractuosité d'une main fébrile. Là-dedans, il en avait dissimulé pour une fortune. Six petits diamants. À voir les trois trous cernés d'entonnoirs plâtreux, on ne lui en avait pris que trois. Trois de trop. Un terrible vide l'envahit, le sentiment obscur que tout s'effondrait autour de lui. Comme si on lui avait arraché le cœur. Il s'assit lourdement. Son visage de poisson mort n'exprimait plus qu'une âpreté immonde mêlée d'une démence muette. Il ruminait sa vengeance. Puis il enleva son chapeau, le remit, serra sa canne, orienta encore une fois sa lampe vers le mur. Il suffoqua presque. Des larmes étoilèrent son regard.

— Mes diamants, soupira-t-il, anéanti.

Puis, tout à coup, avec une vitalité insoupçonnable, il se releva d'un bond et fonça vers la porte. Il la fit claquer derrière lui et dévala les escaliers pour se rendre à l'atelier. Là, il n'imaginait pas non plus ce qui l'attendait.

— Ces deux-là, ils sont morts, grommela-t-il en pensant au Rouget et au Gail.

Lorsque Rouget et Verjat eurent terminé leur besogne, ils se rendirent au Chat-Malin. Un baluchon sur l'épaule, Verjat avait remis son chapeau et sa redingote. Il était de nouveau monsieur Moreau. Devant le restaurant, Rouget eut la mauvaise surprise de croiser Vingt-Deux, l'albinos qui l'avait aidé à tuer Jésus.

— Ça va ? demanda ce dernier, posant un regard appuyé sur le bourgeois qui accompagnait Rouget.

— Ça va.

On en était resté là.

— Qui est-ce ? demanda Verjat.

— L'homme qui a assassiné Jésus, répondit Rouget. Celui dont tu as pris la bague.

— Tiens, tiens.

Le Rouget regarda Verjat d'un air supérieur. Non seulement il venait d'empocher trois diamants, mais en plus il se disculpait d'un meurtre à bon compte. Et il croyait son plan imparable. N'avait-il pas demandé au Gail de venir le chercher à sept heures au Chat-Malin ?

— L'alibi parfait, certifia-t-il à Verjat. Pour ne pas éveiller les soupçons, reste dîner ce soir. On se revoit demain à l'heure habituelle.

Il but un verre de bourgogne et échangea quelque mots avec Gérard, qui regardait Verjat d'une drôle de façon. Il trouvait que ce monsieur Moreau, pour un bourgeois, s'était comporté de façon un peu expéditive avec l'espion qu'il avait lancé sur ses talons.

Le Gail fut ponctuel. À peine dans l'auberge, il fonça vers la table de Verjat et de Rouget. Avec une humilité qui ne lui ressemblait guère, il ôta sa casquette et baissa la tête d'un air affligé.

— Eh bien, Gail, je ne te reconnais plus ! fit le Rouget sur un ton de matamore. Que se passe-t-il ?

L'adolescent avait lui aussi calculé son plan. Mais on ne manquerait pas de faire certains rapprochements.

— C'est… c'est le Pointeur, bégaya-t-il. On ne sait pas bien ce qui s'est passé… Il faisait noir… La mère Fouillet nettoyait ses casseroles… Et puis Carignol est passé… À ce moment-là, je le confesse, on somnolait un peu… En tout cas, quand on a repris le travail, on a vu le Pointeur sur sa chaise… Il avait avalé son bulletin.

— Mort ?…

D'abord privé d'air, le Rouget étouffa un juron. Il attrapa le Gail par le col et le menaça du poing :

— Si c'est toi !…

Verjat lui attrapa la main et la lui tordit légèrement. Le Rouget lâcha l'adolescent. Il fusilla du regard Verjat. Là-bas, près du comptoir, Gérard n'avait rien perdu de la scène.

— Et alors ! lui lança rageusement le Rouget. Tu veux mon portrait ?

Puis il se leva en renversant sa chaise. Tous les regards des clients étaient braqués sur lui.

— J'y vais, marmonna-t-il.

Il salua à peine Verjat et s'en alla précipitamment. Verjat écourta son dîner. À Gérard qui lui demandait ce qui se passait, il répondit qu'un malheur était arrivé. Rien de plus. À cause du vol, c'était préférable. Puis il prit son balluchon et sortit avec le Gail.

— Vous êtes un ami du Rouget ? lui demanda celui-ci avec une expression de défi dans le regard.

— Une relation, mon garçon. Disons que je lui rends service.

Là-dessus, il mit la main dans sa poche et en sortit la bague de Jésus.

— Tiens, tu vois cette bague, eh bien, le Rouget m'a demandé de la vendre au plus offrant.

Le Gail avança sa grande mâchoire d'un air stupéfait. Il entraîna Verjat dans la lueur d'un réverbère et le pria de lui montrer encore une fois la bague.

— Mais c'est celle de Jésus !

— Qui est-ce, ce Jésus ?

— Celui qui nous protégeait de Rouget. Il paraît qu'il est allé faucher au pré pour vingt ans.

— Et il serait parti au bagne sans sa bague ?

— Certainement pas.

— Alors on la lui a volée ?

— Je ne peux pas le croire.

— Et pourquoi ne croirais-tu pas une chose pareille ? insista Verjat.

— Parce que c'était un homme, Jésus. Un vrai. Il n'avait pas son pareil pour filer une pâtée au Rouget quand ce bousineur nous cherchait noise. Personne ne se serait risqué à lui grincher sa bague. Je commence à croire qu'on l'a dégommé. À moins que ce ne soit le rabouin lui-même.

Verjat se remit à marcher, une main derrière le dos, l'autre portant le balluchon, la canne coincée sous l'avant-bras.

— Le diable, il n'existe pas, mon garçon. On l'a inventé pour nous faire croire que Dieu existait. C'est une question de circonstance.

L'adolescent regarda bizarrement cet homme à la voix grave et aux gestes lourds, qui, il ne s'expliquait pas pourquoi, lui inspirait confiance.

— Eh bien, le diable, rétorqua-t-il avec véhémence, ça pourrait bien être le Dabe des greffes et le boulendos !

— Le bossu ? s'étonna Verjat.

Rouget lui avait déjà parlé d'un bossu.

— Le matin du massacre de la rue Transnonnain, je les ai vus ensemble, poursuivit le Gail. Ils paraissaient bien intéressés par les corps de Jésus et du coquet qui avait filé sa balayeuse à Raphaël.

— Son manteau ?

— Comme je vous le dis, fit le Gail en fronçant les sourcils. C'est même Rouget qui se l'est approprié.

— Et comment s'appelait-il, ce coquet ?

— Marius. Il ressemblait drôlement à Jésus. Un jour, ils ont failli s'aligner. Même que le Rouget et moi on est allés à la morgue pour récupérer quelque chose.

— Quoi ?

— Le Rouget ne m'a pas dit.

— Et si c'était ça ? fit Verjat en montrant la bague.

— Mais à la morgue, c'était le cadavre de ce Marius, pas celui de Jésus ! protesta le Gail.

— Et si on t'avait menti ?

L'adolescent s'arrêta à son tour et fixa Verjat avec intensité. Ce bonhomme semait le trouble dans son esprit. Et Verjat fit oui de la tête sans rien dire.

— Tu sais, moi je serais à ta place, je ne ferais pas confiance au Rouget.

— Je ne lui fais pas confiance ! protesta le Gail. Et puis d'abord, je ne vous connais pas ! Qu'est-ce que ça veut dire, toutes ces questions !

Verjat l'apaisa d'un geste. Ce qui l'intriguait, c'était cette visite à la morgue et la présence de Tardier et du bossu rue Transnonnain, précisément là où avait été retrouvé le corps de Marius, et où le supposé Jésus avait été appréhendé en état de catalepsie.

— Du calme, fit-il au Gail. Je ne suis pas ton ennemi. Échangeons plutôt nos informations.

Il posa son balluchon et se gratta la joue avec le pommeau de sa canne.

— Tout cela est bien beau, reprit-il, mais il n'y a aucune preuve de ce que tu avances.

— Je ne mens pas ! dit le Gail en se retroussant comme un dindon. Tenez, il y avait une sorte de journaliste sur les lieux du drame. Un dessinateur. Il a même croqué la scène sur son carnet. Il s'appelait Daumier. Je le sais, parce qu'il m'a dit son nom.

Verjat reprit son balluchon et adressa un petit coup de canne à l'adolescent. Un jour, au mois de mai, il était tombé en arrêt sur de grandes planches hors série dont le recueil s'appelait « Association mensuelle lithographique ». Un dessin était intitulé « La rue Transnonnain ». Signé Daumier, il avait fait grand bruit dans Landerneau. Un certain Philipon publiait ce recueil. Propriétaire par ailleurs de *La Caricature*, il avait passé quelques mois dans la prison de Sainte-Pélagie. Verjat avait été frappé par le réalisme terrible du dessin. Un homme gisait contre un lit. La puissance de ses courtes jambes plébéiennes, dont la chemise de nuit couvrait à peine le haut, ne l'avait pas sauvé du coup de baïonnette qui l'avait expédié. Son poids ventru d'honnête homme assassiné broyait un petit enfant mort qui saignait de la tête. La tragique impudeur de ce cadavre en chemise avait marqué les esprits, aussi bien à droite qu'à gauche, au même titre que le tableau de Delacroix, *La Liberté guidant le peuple*, quelques années plus tôt.

— Je te remercie, fit Verjat en donnant une pièce au Gail. Fais attention à toi et rentre vite à l'atelier.

Lorsque le Gail pénétra dans l'atelier, le Dabe des greffes lui jeta un regard noir. Il l'entraîna à l'écart et lui demanda s'il n'avait rien ébruité de leur petit secret. Le Gail demanda lequel. Le visage du vieux devint chafouin et pointu.

— Tu sais très bien de quoi je parle !

— Le mur ? Nib de nib, Dabe des greffes. Juré-craché. Par contre, Carignol est passé à l'atelier. Il est même resté un long moment à traîner ses guêtres, au point que je n'ai plus fait attention à lui.

Le Dabe des greffes détourna la tête et se moucha dans ses doigts. Puis, lourd de sous-entendus :

— Tiens, avise donc le Rouget. En voyant son

père, il a renardé près des gueules de chats. Là non plus, tu n'as rien vu ?

— On pionçait tous un peu.

— Tout ça me semble bien bizarre, Gail. Les cognes aboulent ici, le Pointeur est refroidi, et tout le monde pionce. Et tu voudrais que j'avale ça ?

— Si j'avais quelque chose à me reprocher, je ne serais pas revenu ce soir, lança le Gail d'un air bravache.

Le vieux hocha silencieusement la tête.

— Un point pour toi, Gail. Mais attention, si Rouget apprenait que tu as tué son daron, il serait colère. Et là, je ne pourrais plus rien pour toi.

Le Gail leva la tête et toisa effrontément le Dabe des greffes.

— Eh bien, Rouget, justement, il s'est éclipsé un moment pour aller au Chat-Malin.

L'œil du vieux s'alluma.

— À quel moment ?

— Un peu avant l'heure habituelle.

— Très bien, Gail. Je vois que je peux compter sur toi.

Le Dabe des greffes n'avait rien révélé de ce qui s'était passé chez lui. Mais il était sûr que le Gail mentait.

— Et quand je suis allé au Chat-Malin, le Rouget parlait avec un autre homme, plutôt vieux et plutôt louche, ajouta le Gail sur un ton hésitant.

Le Dabe des greffes eut un sourire mauvais. L'embarras de l'adolescent lui laissait penser qu'il était prêt à dénoncer n'importe qui pour sauver sa peau. Il héla alors le Loupeur :

— Va donc voir ce qui se passe dans le quartier, j'aimerais avoir des nouvelles de notre ami le brigadier.

Une heure plus tard, tandis que Rouget considérait le Gail d'un œil furieux, le Loupeur revint avec des nouvelles toutes fraîches.

— Rouget, dit alors le Dabe des greffes, occupe-toi du Pointeur. Fais-toi aider par le Gail, précisa-t-il avec un sourire narquois. Fichez-le dans la Seine, il nourrira les poissons.

Une fois que le Gail et le Rouget furent partis, le Dabe des greffes écouta le Loupeur. Ce dernier venait de passer au Chat-Malin, où Gérard avait confirmé que le Rouget était venu en fin d'après-midi, sans préciser l'heure. Il avait aussi récolté des informations d'un concierge de la rue Saint-Martin : Chardon et sa mère avaient été assassinés par des malfaiteurs dont on ignorait l'identité.

Le Dabe des greffes poussa un soupir de soulagement. Une bonne nouvelle en effaçait une mauvaise. Il était débarrassé de Lacenaire et d'Avril pour un moment. Quant à Rouget et au Gail, ils ne perdaient rien pour attendre. Leur sort se réglerait au début de l'année. Avec l'achat de ce nouveau local dans l'île de la Cité, l'appui de Burdin et les manières expéditives du Loupeur, il allait assainir son environnement immédiat. Et de façon radicale.

Verjat ne changea rien à ses habitudes. Dans les jours qui suivirent, il continua de dîner au Chat-Malin comme si de rien n'était. Il fallait éviter d'éveiller les soupçons, de se jeter dans la gueule du loup. Alors il espaça ses visites. D'autant que Rouget se montrait distant, nerveux, inquiet. Il y avait de quoi. Tardier l'avait placé sous la surveillance du Loupeur. Verjat s'en rendit compte. Un jour, il crut qu'on le suivait encore jusqu'à Saint-Sulpice. Il ne vint plus au restaurant qu'une fois par semaine.

Un matin, il se rendit chez l'éditeur Philipon. La maison d'édition lithographique Aubert se situait dans le passage Véro-Dodat. Quand il poussa la porte de la boutique, il tomba sur un homme ventru et dégarni, chaussé de petites lunettes rondes, qui ressemblait à un notaire.

— Monsieur Philipon ?

— Non, son associé. Qui le demande ?

L'homme avait une tête de tortue. Verjat répondit qu'il s'intéressait à Daumier. C'est alors qu'une sorte de ludion fit son apparition, en manches de chemise, les mains tachées d'encre, avec une cravate rouge et un bonnet de lansquenet. Il transportait un rouleau de papier.

— Je cherche monsieur Daumier, dit Verjat.

— Et moi je suis Philipon ! Vous cherchez la gouape ? Le rapin à barbiche de chevreau ?

Verjat leva les yeux au ciel. Il s'était toujours tenu à l'écart des hurluberlus en tous genres, météoriques et bavards, qui répondaient aux questions par d'autres questions.

— Vous voulez me le voler ? reprit Philipon. La République ne se vole pas, monsieur !

Il déroula les feuilles de papier et les étala sur une table de montage. D'une pichenette, il les mit bien planes.

— C'est quoi ça, monsieur ? demanda-t-il d'un ton jubilatoire.

— Des poires ?

— Oui, des poires ! J'ai découvert, cher monsieur, que le visage du roi, large aux bajoues, étroit de front et surmonté d'un toupet frisé, présentait le contour d'une poire. Voyez-vous un peu le parti caricatural que l'on peut tirer de cette ressemblance entre notre monarque et le fruit, symbole de la sottise ?

— Vous vous exposerez surtout à des poursuites.

— Poursuivre un artiste pour avoir dessiné un fruit ? dit Philipon en écartant les bras. Et puis quoi encore ? Cela ridiculiserait les juges, cher monsieur !

Verjat s'impatienta.

— Et monsieur Daumier ?

— Quoi, monsieur Daumier ?

— Je suis un admirateur de son œuvre et j'aimerais le rencontrer.

— Pour me le voler ?

— Monsieur, vous déraisonnez. Je vous répète que j'aimerais rencontrer monsieur Daumier pour lui témoigner toute mon admiration. N'est-ce pas assez clair ?

Philipon consulta du regard son associé. La démarche de cet inconnu lui paraissait sincère.

— J'ai cru que vous étiez un policier, lui avoua-t-il tout en roulant ses papiers.

Verjat émit un ricanement qui mit en valeur son mufle de dogue. Philipon précisa :

— Monsieur Daumier habite 12, quai de

l'Hôtel-de-Ville. Dites-lui que je l'attends de pied ferme. La poire, monsieur !

Une heure plus tard, Verjat était chez Daumier. Le jeune homme partageait son logis avec ses parents. La bouche dédaigneuse et le nez pointu, il accueillit fraîchement Verjat.

— D'habitude, je ne reçois jamais chez moi.

— C'est monsieur Philipon qui m'envoie. Il a même un projet pour vous.

Verjat se présenta sous le nom de Moreau, puis flatta l'artiste avec la réserve qui sied à un homme de qualité, et la ferveur que nécessite un tel exercice. Daumier, conquis par cet admirateur d'une autre génération, accepta de lui ouvrir son atelier. Il devint même très loquace. Tout le passionnait et l'indignait. Il sortait ses dessins, jonglait avec, montrait des figurines en terre cuite. Rien que des grosses têtes à petits corps.

— Tenez, voilà Guizot et Bailliot, commenta-t-il en ricanant, fier de lui. L'ennuyeux et le fat ! Après ma lithographie sur la cour du roi Pétaud qui me valut six mois de prison, j'attaque encore ! La gloire des Trois Glorieuses ! J'en ai fait quarante-cinq en tout et Philipon doit les exposer dans sa vitrine !

— Je vois, fit Verjat qui ne voyait rien et qui attendait que le jeune homme lui présente son carnet à dessins. C'est extraordinaire. Mais ma préférence va au dessin. Je me suis laissé dire que vous excelliez dans cette discipline, que dis-je, dans cet art. Du reste, monsieur Philipon m'a chargé de vous rappeler qu'il vous attendait pour la poire.

— La poire ?

Daumier éclata de rire. Avec sa blouse grise et sa grosse cravate à pois roses, il avait l'air d'un enfant farceur. Il alla farfouiller dans un vaste buffet, puis revint avec un carton à dessins.

— Régalez-vous, monsieur ! s'exclama-t-il avec tout l'aplomb de sa jeunesse.

Il posa le carton sur une planche soutenue par deux tréteaux, défit le cordon et ouvrit le tout. Verjat s'approcha. L'œil gourmand, il feuilleta les épreuves et parcourut les esquisses. Des dessins et des aquarelles brocardaient Louis-Philippe, les gendarmes, le parti prêtre, le pouvoir, l'ordre, la morale. Tout ce qui avait vertébré Verjat. Il tomba enfin sur ce qui l'intéressait.

— Remarquable.

Il avait ce ton destiné à faire croire à n'importe qui qu'il n'était pas n'importe quoi.

Daumier se rengorgea. Verjat étudia le dossier de plus près. Il y avait des ébauches, des portraits, du mouvement, des soldats, la foule, des victimes. Et même le Dabe des greffes, reconnaissable à son chapeau en peau de chat. À côté de lui, un homme en noir. Tous deux grimaçaient. Ils semblaient ramassés sur eux-mêmes et exultant en même temps. « L'homme en noir, pensa Verjat, doit être ce bossu dont m'ont parlé Rouget et le Gail. » Pourquoi ces deux scélérats se trouvaient-ils sur les lieux du drame ?

— Tiens, tiens, fit-il en notant un détail qui attira son attention.

On voyait un homme couché en travers d'une charrette, le visage fracassé et la main pendante. Verjat posa l'index sur la main et se tourna vers Daumier :

— Vous avez bien dessiné une bague ?

— En effet, reconnut Daumier. J'ai été frappé par la bague que portait cet homme. Il est vrai qu'elle était voyante !

— En effet, fit Verjat, très voyante. Même un peu trop.

L'homme défiguré était forcément Jésus. Et on avait voulu le faire passer pour Marius. Quant à la bague, les assassins avaient dû oublier de l'ôter du doigt de Jésus. La preuve : Thénardier avait envoyé Rouget et le Gail la récupérer à la morgue.

Verjat remercia Daumier pour son accueil et lui promit qu'il reviendrait très vite pour faire admirer son œuvre à d'autres amateurs.

— Monsieur, ce n'est pas un musée, plaisanta Daumier avec une coquetterie d'artiste.

— Non, c'est vrai, admit Verjat. Contrairement à un musée, c'est tout à fait vivant, et même très révélateur d'une certaine vérité !

Et il s'en alla ravi, si tant est que cet homme austère pût l'être.

Grâce à Parfait-Amour avec lequel il travaillait pour le compte du vice-amiral Jacob depuis septembre, Marius apprit le traçage, le hachurage, les coupes d'onglet, le rabotage, le râpage, le perçage, l'entaillage, les mortaises au bédane, le ponçage, le clouage, le collage, le vissage, l'assemblage. La menuiserie n'avait plus de secret pour lui. Il savait scier, pratiquer l'entaille triangulaire, celle à mi-bois et en milieu de pièce. Le rebelle s'était assagi. À tel point qu'il avait été déferré et affecté à la salle des éprouvés. Un paradis en regard du bagne flottant numéro 1. Les forçats n'y étaient admis qu'après un certain temps. Tout dépendait de leur bonne conduite. Et de leur soumission.

— Le vice-amiral est intervenu en ta faveur, avait dit Parfait-Amour à Marius. Je lui ai affirmé que tu m'étais indispensable. Il tient tellement à son escalier qu'il est prêt à tout.

Marius disposait d'un petit matelas d'étoupe et d'une couverture. Délivré de l'accouplement, il ne portait qu'une simple chaîne retenue à la jambe par un maillon. La nuit, toutes les chaînes étaient réunies et fermées avec une clef dans le ramas, longue barre de fer scellée par des pitons plombés, de distance en distance, dans les planches du lit de camp. Marius ne s'en plaignait pas. Non seulement il avait échappé à l'autorité de l'adjudant Sapristi et de ses ivrognes d'argousins, mais en plus il se trouvait à côté de Parfait-Amour.

— Comme ça je t'ai à l'œil, plaisantait ce dernier. On n'est pas bien, ici ?

Chaque dimanche, on remplaçait la soupe de fèves et de haricots par une ration de bœuf et de légumes verts. Le luxe. En plus, l'entourage n'était plus le même. Les condamnés étaient pour beaucoup des artisans. Cuisiniers, serruriers, charpentiers, perruquiers, écrivains de la chiourme. Une société qui changeait des habituels gibiers de potence. Mais il y avait une contrepartie. Un certain espace de cette salle était réservé à des condamnés incurables. Ceux auxquels des infirmités naturelles rendaient tout travail impossible. Nains, manchots, aveugles, bossus, culs-de-jatte. Marius, par exemple, avait un boiteux à sa gauche. Un Sétois surnommé Triple-Patte. Dans le civil, ce sexagénaire avait été serrurier à Marseille. Seulement l'habitude de passer de l'autre côté des portes était devenue chez lui un vice. Il en avait pris pour quinze ans. Et encore cinq pour récidive. Et puis trois pour tentative d'évasion. Il travaillait au bazar. Un commerce juteux.

— Méfie-toi de ce lascar, lui disait Parfait-Amour, il me rappelle le Dabe des greffes. Toujours des combines dans la tête. L'important, c'est notre confort. Avec ton évasion ratée, n'oublie pas que tu en as pris pour trois ans de plus.

— Je n'oublie pas.

Quand ils travaillaient dans l'atelier de menuiserie, les deux hommes parlaient beaucoup. Parfait-Amour se félicitait des bonnes résolutions de Marius. Du moins le croyait-il, car le jeune homme n'avait pas renoncé à ses projets d'évasion. Et précisément avec Triple-Patte. Mais il attendait le moment propice. Il prenait des notes. L'autre jour, un coup de canon avait retenti. Un prisonnier s'était évadé. Libre le matin, repris le lendemain même. Marius retenait les erreurs à ne pas commettre. Piquignot, c'était le nom de l'évadé, n'avait rien trouvé de mieux que de se déguiser en prêtre. Une idée pas mauvaise en soi. La preuve, condamné à vingt ans pour avoir tué le mari de sa maîtresse à coups de marteau (il avait d'ailleurs deux lettres flétrissantes sur l'épaule, marquées au fer rouge, car, condamné en 1830, il avait subi cette infamie avant que la pratique n'en fût abolie en 1832), Piquignot avait réussi à passer toutes les portes sans se faire appréhender. Les sentinelles n'y avaient vu que du feu. Il s'était fait passer pour l'aumônier du bagne. Même le gardien-guichetier ne l'avait pas arrêté. Mais le danger n'était pas là. Et Marius le savait.

Le danger, c'était dehors. Marius n'avait pas oublié le brave pêcheur et son débile de fils. À Toulon, lorsque le canon d'alarme se fait entendre, c'est l'hallali. Les paysans sortent de leur tanière, quittent leurs travaux, s'arment de bâtons et de fusils. Ils se mettent à la recherche du fugitif avec une ardeur d'autant plus grande qu'il y a une prime pour celui qui ramène un forçat évadé.

— Cinquante francs si c'est à la ville, cent si c'est à l'extérieur, avait dit Triple-Patte.

Bref, le zèle des paysans s'exerce dès que le canon tonne. Marcher au son du canon prend là toute sa signification. Le bon paysan se transmue en une sorte de bête féroce qui prépare la battue. C'est la chasse à l'homme. Une chasse sans trêve ni fin. Elle n'a d'analogie qu'avec celle qui se pratique dans les États d'Amérique contre les esclaves fugitifs. Mais lui, le forçat évadé, qu'espère-t-il ? N'est-il pas le daguet acculé, le cheval de retour que l'on va livrer aux équarrisseurs, la victime immolée sur l'autel du dieu argent ? Rien à espérer. Aucune pitié, aucune miséricorde. Son visage entièrement rasé, ses cheveux coupés en brosse et son teint bistre suffisent à l'œil exercé des paysans. À peine évadé, il est cuit.

C'est ce qui était arrivé à Piquignot. Il avait mis sa confiance dans un paysan à bonne tête et aux yeux rieurs. Celui-ci lui avait indiqué une cachette. Résultat, Piquignot s'était retrouvé enfermé dans un cercle de dix paysans armés de fourches et de triques, à la tête duquel se trouvait le paysan en question, encore plus véhément et acrimonieux que ses compagnons. Piquignot avait reçu une raclée mémorable. Lorsqu'il était revenu au bagne, escorté par un caporal et un garde-chiourme, on le croyait mort. On l'avait quand même mis au cachot. Le lendemain, il avait comparu devant la cour martiale. Aucune pitié là non plus. Accouplement, prolongation de peine de trois ans, plus cinquante coups de bâton, dont on remit l'exécution à quelques jours, afin de le laisser se guérir de ceux qu'il avait reçus la veille. Un régime de faveur.

Marius médita longuement sur l'épilogue de cette évasion ratée. Quelques mois auparavant, il avait connu la même mésaventure. La prochaine fois, il mettrait toutes les chances de son côté.

— Quand tu es dehors, avertit Triple-Patte, il y a les gendarmes, les soldats et les paysans. Mais il y a aussi les deux frères Erzbet.

— Qui sont les frères Erzbet ?

— Des bohémiens d'origine hongroise. Des chasseurs de primes.

Marius secoua la tête avec indifférence. Nous étions en mars, il prévoyait de s'évader en avril. Pas question d'échouer, frères Erzbet ou non.

Marius et Parfait-Amour bénéficiaient d'un régime spécial. Œuvrant directement sous l'autorité du vice-amiral Jacob – un vieil homme amène et rêveur, passionné d'astrologie, qui attendait avec impatience l'achèvement de son escalier pour aller observer les étoiles au sommet de son bureau –, ils disposaient d'un placard chacun pour ranger leurs effets. Y étaient surtout rangés vrilles, râpes, marteaux, maillets, vilebrequins, colles, clous, vis, tournevis, trusquins, ciseaux, pointes à tracer, mètres pliants, équerres, sauterelles, compas, cales à poncer, doucines, guillaumes, scies, guimbardes et riflards. Mais Marius, sans prévenir Parfait-Amour, s'était confectionné un plan. Les forçats l'appelaient la planque ou le bastringue. C'était une sorte d'étui cylindrique en ivoire ou en métal contenant tout ce dont on avait besoin après s'être évadé. Il mesurait de quinze à vingt centimètres de long. Pour le dissimuler, les détenus se l'enfonçaient dans la partie la plus intime de leur personne. Parfois les gardes purgeaient un forçat soupçonné de cacher un plan. Ils l'isolaient dans une cellule, les mains attachées derrière le dos, le battaient et l'humiliaient. Marius se souvenait d'un forçat qui avait scié ses fers avec un ressort de montre qu'on lui avait fait parvenir dans un pain. Lui aussi avait un plan. Il s'évada et fut repris deux jours après.

— Tu vois, disait Parfait-Amour, tout cela ne sert à rien. Ils se font tous reprendre. C'est ce que tu veux ?

— Tu as raison, répondait Marius, désormais assuré que Parfait-Amour ne l'accompagnerait pas.

Et Parfait-Amour d'argumenter :

— On n'a pas la belle vie ici ? Le quart-d'ail n'est-il pas aux oignons avec nous ?

Le quart-d'ail, c'était le commissaire Raynaud. Tous les commissaires, qu'ils fussent du bagne ou de la police, étaient surnommés ainsi en raison de l'ancienne robe noire dont ils étaient affublés.

— Oui, bien sûr, admettait Marius. Tu es mon ami et on n'a pas à se plaindre. Mais le souvenir de Cosette est entêtant, presque maladif. Tu ne penses jamais à la Miauleuse ?

Chaque fois que Marius évoquait la Miauleuse, Parfait-Amour se verrouillait. Il s'arrêtait de travailler et ne répondait plus que par monosyllabes.

Il s'asseyait par terre et passait la main sur son front. Ses jambes lui paraissaient trop faibles pour le soutenir, sa tête trop lourde pour être soutenue. Il avait des vertiges. Comme l'argousin chargé de les surveiller se tenait à l'écart de l'atelier, il en profitait pour observer de longs moments de pause. Un jour, avec une rage contenue, il finit par répondre à Marius :

— La Miauleuse, je ne la reverrai jamais. Quant à ton amitié, elle s'achèvera le jour où tu franchiras la porte de ce bagne.

— Tu as tort, s'indigna Marius. Tu es fort mais tu n'as pas un sou de jugeote !

Le ton monta et les deux hommes faillirent en venir aux mains. Ils se retrouvèrent face à face, prêts à bondir. Puis, secouant la tête, ils tombèrent dans les bras l'un de l'autre.

— Nous sommes comme les deux doigts d'une même main, dit alors Marius.

Sa main droite s'éleva et alla percuter celle de Parfait-Amour. L'enlacement dura un long moment. Ce fut comme une sorte de défi amical. Puis Parfait-Amour rompit ce lien :

— Tu es riche, Marius. Tu le resteras toujours. Moi, je ne suis qu'un traîne-misère… Ici au bagne ou libre, il n'y a rien de changé. Je reste un prisonnier de la pauvreté. Alors chacun à sa place, voilà ce que je dis, moi. Tu te souviens quand tu es venu au Clan Destin avec tes amis pour la première fois ? Tout est résumé là. Nous, quand on va voir ce qui se passe chez vous, on n'a qu'une envie, c'est de prendre votre place. Vous, quand vous venez voir ce qui se passe chez nous, vous n'avez plus qu'une envie, c'est de faire semblant de prendre notre place. Vous êtes au spectacle. Vous jouez à vous encanailler, mais vous savez que vous retrouverez votre confort, vos domestiques et votre belle maison. Les riches n'ont rien à voir avec les pauvres. Ils s'amusent à nos dépens en croyant qu'ils en sont. Seulement la misère n'est pas un spectacle. C'est une douleur. Un mal qui te prend partout et qui te rend plus coupable encore. Nous, il ne nous reste plus que l'humilité. Tu veux que je te dise ? Eh bien, l'humilité, c'est la vanité des petites gens. Alors il faut nous laisser entre nous. Parce que toi et tes pareils, si vous cherchez à vous l'approprier, comme ça, pour faire les malins, pour la salir, alors elle se retournera contre vous, l'humilité. Et là, ce sera la révolution. Le cataclysme. Encore pire qu'en 89. C'est ce que vous voulez ? Nous, on hait. Vous, vous méprisez. La haine, Marius, c'est plus fort que le mépris. Plus noble.

Marius ne répondit rien. Sa main se posa seulement sur l'épaule de Parfait-Amour. Et tandis que celui-ci s'asseyait par terre, la tête plongée dans les mains, il reprit le travail. Et tout en sciant et en rabotant, il repensa aux paroles de Milord l'Arsouille : « Vous n'êtes pas des leurs, mon ami. »

Son regard s'assombrit. S'il n'appartenait pas au clan des gens aisés, ni à celui des gens comme Parfait-Amour, à quel clan appartenait-il ? Et la haine, cette haine dont parlait Parfait-Amour, ne la ressentait-il pas lui aussi au plus profond de son être ? Bien sûr, il avait fini par l'apprivoiser, par la dompter. Mais elle couvait en lui tel un animal féroce. Et même si l'exemple de Jean Valjean lui enjoignait de prodiguer le bien et de ne pas s'épuiser en inutiles colères, il rêvait de vengeance et d'apocalypse. Certain d'avoir été le jouet d'une terrible machination, il n'aspirait plus qu'à s'enfuir de ce bagne et régler ses comptes. Alors ce que disait Parfait-Amour, il n'en avait cure. Tous les deux étaient dans la même galère. Inutile de s'irriter en vaines aigreurs.

Il regarda Parfait-Amour et s'appliqua à polir le dos d'une marche. Cette année de bagne l'avait enrichi. Physiquement, il se sentait fort ; moralement, encore plus. À présent, il pouvait dire qu'il ne connaissait rien de plus triste qu'une vie sans risque. Ni un défaut plus grave que cette sorte d'avarice qui est l'avarice de soi-même. Marius l'indécis n'existait plus. Il était sorti victorieux des plus rudes fatigues, l'énergie et la volonté suppléaient à la force musculaire, sa pâleur avait fait place à de franches couleurs. Un nouveau Marius était né. D'aucuns allaient l'apprendre à leurs dépens.

Le jeune homme tendit la main à Parfait-Amour pour l'aider à se mettre debout.

— Tu as sans doute raison, dit-il en voyant la mine épanouie de son compagnon. Mais je suis comme toi, je ne sais pas mépriser.

— Tu ne m'en veux pas ?

— Pourquoi t'en voudrais-je ? Tu es mon ami et tu le resteras.

Et leurs mains s'assemblèrent de nouveau, semblables à un nœud de prières.

Le matériel d'évasion de Marius était constitué de choses très simples. Le jeune homme, depuis six mois, s'était rasé les poils du pubis. Il les avait collés avec de l'étoupe noircie pour se confectionner une paire de moustaches et de favoris. Dans l'atelier, il avait réussi à subtiliser un morceau de miroir, un tiers-point et quatre pièces de 1 franc liées ensemble avec du fil blanc. Dehors, il était indispensable d'avoir un aspect normal, un peu d'argent et des vêtements.

Pour les vêtements, Marius s'était emparé d'une chemise de matelot et d'une veste de ville appartenant à l'adjudant Lestrade, le sous-officier à qui Marius avait sauvé la vie. Marius n'avait pas besoin de trop d'objets. Un autre exemple, celui de Carline, le dissuada de s'embarrasser d'un arsenal qui pouvait se révéler mortel. Carline avait caché son plan dans la partie la plus intime de son corps. Le plan était immense, si bien que Carline marchait avec difficulté. Dans ce plan, il y avait une enveloppe de crépine, un étui en fer battu, un tube de fer, une vis en fer trempé, un écrou, une clé à dévisser, une mèche en fût de vrille, une lime prismatique, un morceau de graisse et une scie en acier fondu. Un jour, Carline tomba évanoui. Il s'était perforé les intestins. Il mourut dans d'atroces souffrances. Lors de l'autopsie, quand le docteur Chadoutaud ouvrit les entrailles de Carline, il en resta sans voix. Les autres forçats ne furent pas moins terrifiés.

— S'enfoncer un truc pareil dans le fondement, il y a de quoi crever, confia Triple-Patte à Marius. Moi, j'ai un autre moyen. Et beaucoup plus radical.

— C'est quoi ?

— Tu le sauras un jour, rétorqua le vieux d'un air mystérieux.

On le disait riche comme Crésus. Au bazar, il commerçait avec les visiteurs. Puisque c'était toléré, il recueillait seul le prix des pipes en coco ornées de sculptures, des boîtes en paille et des cabas en tissu d'aloès qu'il fabriquait.

— Ce vieux, il est malin comme un singe, disait Parfait-Amour. Il doit gagner au moins vingt francs par mois. Où les planque-t-il, toutes ces pièces ?

Seul Triple-Patte le savait.

Une nuit, Marius le vit se tordre sur son lit. Des douleurs sourdes lui jetaient aux yeux des poignées de plâtre plus blanches que le ciel. Il serrait les dents.

— Tu veux que j'appelle les argousins ?

— Sûrement pas, murmura Triple-Patte. Si on m'amène à l'hôpital, le docteur Chadoutaud me mettra en observation et je ne pourrai plus m'évader. Tu ne feras pas le mouton, hein ?

— Tu plaisantes, non ?

— Je sais que je peux te faire confiance. Alors écoute-moi bien, si on parvient à se cramper et qu'il m'arrive quoi que ce soit, je veux que tu me fasses une promesse.

— Laquelle ?

— Celle de récupérer mon magot.

— Et comment ?

— Je te le dirai en temps utile.

— Il n'est pas dit qu'on s'évadera ensemble, fit remarquer Marius.

— On a besoin l'un de l'autre, camarade. J'ai

un plan de Toulon, une carte maritime, et je sais naviguer. Tu l'as oublié ?

— Non.

— Alors n'oublie pas non plus ce que je viens de te demander. Je compte sur toi pour me défendre. Tu manies toujours l'épée et le sabre avec Lestrade ?

— Toujours.

Triple-Patte faisait allusion aux leçons d'escrime que Lestrade donnait à Marius. L'adjudant s'était pris d'affection pour ce garçon qui lui avait sauvé la vie et qui lui rappelait son fils tué au siège de Trocadéro en 1823.

— Lève ta garde ! répétait inlassablement Lestrade à Marius lorsqu'ils croisaient le fer.

Les exercices avaient lieu derrière l'atelier de menuiserie, dans un entrepôt à cordages. Pendant ce temps, Parfait-Amour travaillait tout en faisant le guet.

Marius levait donc sa garde, se fendait et touchait presque à chaque assaut. Il avait plus appris en trois mois avec l'ancien sous-officier d'Empire qu'en six mois à la salle d'armes de lord Seymour.

— Ce que je t'enseigne, c'est l'escrime de guerre. Quand on se bat, on ne fait pas des manières. On se bat pour tuer.

Avant le cours, il disait toujours :

— Pas trop de bruit. Si on nous surprend ici, ce pisse-verglas de Raynaud se fera un plaisir de me radier. Et toi, tu seras de nouveau bon pour la bastonnade et le bagne flottant numéro 1.

Lestrade était un homme de taille moyenne aux cheveux poivre et sel et à la moustache en forme de chapeau de gendarme. Malgré sa blessure à Trafalgar qui lui faisait traîner la patte, il avait participé aux dernières campagnes de l'Empire. Waterloo était son titre de gloire. Il n'en avait pourtant tiré aucun avantage. Au contraire. Il fut chassé de ce régiment d'infanterie de marine qu'il affectionnait tant. Ensuite, pendant huit ans, il se dévoua à la carrière de son fils unique. Celui-ci devint lieutenant au régiment des hussards du Jura en 1822. Bien sûr, il arborait la cocarde blanche. Mais quelle allure, quelle prestance ! Ce fils chéri faisait le bonheur et l'admiration de son père. Seulement la félicité n'est pas faite pour les humbles. À l'issue de l'expédition française en Espagne menée par le duc d'Angoulême, au cours de laquelle le roi Ferdinand VII devait retrouver son trône, le lieutenant Lestrade fut tué à Cadix. Le vieux Lestrade ne s'en remit jamais. Un jour, il sollicita une entrevue auprès du maréchal Oudinot. Le duc de Reggio le reçut. L'ancien sergent de Waterloo, promu au rang d'adjudant, voulait reprendre du service. L'armée était sa seule famille. Son seul recours.

« Je n'ai rien d'autre à vous offrir que Brest ou Toulon, lui répondit le maréchal. Vu votre infirmité, vous comprendrez bien que je ne peux pas vous envoyer en Grèce ou à Madagascar.

— Je ne suis pas un garde-chiourme, monsieur le maréchal.

— C'est à prendre ou à laisser, mon ami. »

Lestrade avait pris. Cette besogne de geôlier le rebutait, mais c'était ça ou rien. Là-bas, à Toulon, il repensa à son fils dans son bel uniforme bleu et rouge. Puis à la marine, avec ses rêves de grand large et de cormorans. Sans jamais s'apitoyer sur son sort.

Au tout début des leçons d'escrime, Marius lui fit observer que son père aussi était à Waterloo :

— Il était officier de cuirassiers. Colonel et baron d'Empire.

Lestrade lissa sa grosse moustache d'un air songeur.

— Je n'ai jamais connu de colonel Tixier.

— On ne peut pas connaître les noms de trois cent mille hommes, rétorqua Marius en souriant. De toute façon, je ne m'appelle pas Tixier. Mon vrai nom est Pontmercy. Le numéro 9430 n'est pas Alexandre Tixier mais Marius Pontmercy.

Lestrade se gratta l'oreille. Pontmercy, Pontmercy, ce nom lui disait quelque chose. Blessé par un horseguard, il était resté inanimé sur le champ de bataille. Les brancardiers le crurent mort.

— Je te raconte tous ces souvenirs, mais ça fait quand même vingt ans…

Sa mémoire lui jouait des tours. Cependant, il se rappelait un sergent qu'il avait vu rôder dans le coin et qui se vantait d'avoir sauvé la vie d'un colonel.

— Thénardier ?

— Oui, Thénardier ! s'exclama Lestrade, médusé. Comment diantre sais-tu son nom ?

— C'est l'homme qui a sauvé mon père.

Lestrade se rembrunit.

— Au risque de te décevoir, mon garçon, et si ton nom est bien Pontmercy comme tu le prétends, ce Thénardier n'a pas sauvé ton père. Je l'ai appris plus tard lorsque j'ai été rapatrié avec les blessés. Thénardier était détrousseur de cadavres. Au moment où il a cherché à voler ton père, celui-ci a repris connaissance. Voilà comment un charognard est devenu un héros.

— Vous m'étonnez à peine, dit Marius en se remémorant le visage veule et fuyant de l'homme qui était venu chez lui à Paris pour dénoncer Jean Valjean et quémander de l'argent. D'une certaine façon, c'est plus conforme à l'idée que je me faisais de ce misérable. C'est même une bonne nouvelle.

Pourquoi, tu es au bagne à cause de cet individu ?

— Pas du tout. J'ai été la victime d'une erreur judiciaire. Je sais, vous allez rire, c'est ce que prétendent tous les condamnés. Mais c'est la triste vérité. Quant à l'individu dont nous parlions, et que j'ai eu la malchance de côtoyer, il doit être quelque part aux Amériques, négrier, pirate ou contrebandier, encore que ces deux dernières activités exigent une certaine forme de courage. Celui-là était un pleutre. Et ce que vous venez de me raconter le confirme.

En attendant, les deux hommes se mirent en garde. La leçon d'escrime se transmuait parfois en leçon de vie. Ils engageaient, attaquaient, battaient du pied. Le bruit des lames était vif et joyeux. Les deux hommes rompaient et voltaient tels des danseurs. Les coups d'estoc étaient portés avec ardeur. Après un assaut et un revers, Marius toucha Lestrade à l'épaule. Un coup de côté, une brusque esquive par retrait du corps, et il toucha de nouveau à la tête. Il salua Lestrade et s'inclina. Il savait à présent se battre au sabre. Lestrade lui avait même enseigné des bottes secrètes.

— Tu es presque invulnérable, dit d'ailleurs celui-ci en reprenant son souffle. Mais ces bottes sont à utiliser en cas de situation extrême, précisa-t-il.

Marius tiqua quelque peu. Il esquissa un coup fourré et fit siffler sa lame dans l'air. Il n'osait pas contredire le vieux soldat, mais au fond de lui-même, il se disait : à quoi bon ? Avait-on vraiment besoin d'hommes qui maniaient bien le sabre à une époque où il était de bon ton de bien manier la compromission ? Quelles places l'honneur et la fidélité pouvaient-elles occuper dans la France de Louis-Philippe, des notables et de l'argent ?

Marius ne se pardonnait pas d'être né trop tard. À Paris, quand Louis de Vergne lui avait parlé de son ami Henri Beyle, ancien officier de dragons dans les armées impériales, il l'avait fait rêver. Il avait souhaité rencontrer cet homme qui avait signé du nom de Stendhal ce beau livre intitulé *Le Rouge et le Noir*. C'était mal tombé. Stendhal était reparti pour l'Italie, effectuant une partie du voyage avec Musset et George Sand. Rendez-vous raté.

Marius se disait néanmoins que beaucoup de jeunes gens devaient penser comme lui. Condamnés à un repos forcé par les souverains de ce monde, livrés aux cuistres de toute espèce, à l'ennui et à l'inaction, ils étaient nombreux à n'avoir plus le choix qu'entre le libertinage et un conformisme aux grands mots privés de sens. Un peu comme Amédée et Robert d'Androisy. Ces deux-là, justement, Marius se les réservait. Et à la loyale.

— Ne te mets pas ces idées en tête, lui notifia Lestrade. Aucun homme n'échappe à la justice divine. Tout serait absurde et injuste s'il n'y avait pas un Dieu au-dessus de nous. Moi, avec tout le mal que j'ai connu, j'ai choisi de faire le bien.

Il leva son sabre, et après une feinte et un battement, attaqua en tapant du talon. Marius recula. Il para et se couvrit. La main de Lestrade était encore lourde. Ses coups faisaient tinter les lames de façon sonore.

— Raté, mon adjudant ! Mais puisque vous parlez de Dieu, je trouve que par son absence ici-bas il est plus un modèle d'indifférence qu'un modèle d'amour. Tout ce qu'il sait faire, c'est châtier. Alors, mon Dieu à moi, c'est celui de Voltaire et de Babeuf ! Le bon Dieu à barbe fleurie qui loge ses amis dans le ventre des baleines, demande au père de tuer son fils, meurt les bras en croix et la bouche en cœur, et ressuscite trois jours après pour monter au ciel, je vous le laisse ! Pourquoi ces miracles qui s'accomplissaient autrefois et ne s'accomplissent plus aujourd'hui, pourquoi y aurait-il deux poids et deux mesures ?

La pointe du sabre de Lestrade lui siffla aux oreilles. Il recula encore et grimpa sur un sac.

— Quelle énergie, mon adjudant ! Mais vous ne m'empêcherez pas de poursuivre, ajouta-t-il en acceptant un corps à corps pour mieux repousser Lestrade. Deux poids, deux mesures ! Nous sommes l'objet depuis des siècles et des siècles de la crapuleuse et jésuitique manipulation des gens d'Église. Au diable les tartufes ! Et pourquoi pas, mon adjudant ? Pourquoi ne pas être Caligula et saint Jean de la Croix à la fois, saint Vincent de Paul et Attila, Gilles de Rais et Jeanne d'Arc, Sardanapale et Aristote, puisque de toute façon, les uns et les autres, bons ou mauvais, juges ou suppliciés, meurent au même tarif, sans espoir de récompense ou crainte de punition ?

— On n'en sait bigre rien, numéro 9430 !

Marius s'emporta :

— Ne m'appelez plus numéro 9430 ! Ni Alexandre Tixier ! Je m'appelle Marius !

Cette fois, c'est Lestrade qui prit le dessus. Il attaqua en flèche et porta sa botte. La pointe de son sabre s'arrêta sur la gorge de Marius.

— Soit, Marius, fit-il en souriant.

Le jeune homme eut un geste de dépit. Il remit son arme à Lestrade et fit les cent pas.

— Ne jamais s'emporter, dit l'adjudant en rangeant les armes dans leur fourreau. Tout se réglera lors du Jugement dernier.

Marius haussa les épaules. Le Jugement dernier ? Il l'eût souhaité séance tenante, le Jugement dernier. Vite l'apocalypse, vite la fin du monde afin qu'on se retrouve tous, les séparés et les déchirés. Vite pour étreindre ce père qu'il avait si mal aimé, cette mère qu'il avait si peu connue, sa Cosette qui lui manquait tant. Seulement il connaissait l'histoire. Nul besoin d'avoir étudié Hegel ou Fourier. En y réfléchissant bien, depuis que le monde était monde, qu'attendait-il, ce Jugement dernier, pour nous exaucer enfin, pour que l'on s'arrête de naître et de mourir sur terre ? Les corps ressuscités, intacts comme le promettaient les curés ? Les parents de Marius, son grand-père Gillenormand, le père adoptif de Cosette, tous ensemble ? Avec tous ces martyrisés, ces décapités, ces écartelés, ces brûlés, ces défigurés ? Tous dans leur enveloppe d'origine ? Avec tous ces enfants assassinés, ces bébés mort-nés, ces prématurés, ces déficients, ces bourreaux, ces victimes ? Adam et Ève, les préhistoriques, les Grecs, les Gaulois, les Romains, les armées de tous les empires et de toutes les civilisations ? Des siècles et des siècles d'hommes ? Tous dans le même sac ? Des milliards et des milliards ? Dans les airs, dans les cieux, au paradis ? Où donc ?

Depuis un an, Marius se les était posées et reposées, toutes ces questions. Avec le néant pour seule réponse. Il en était même venu à détester certains lieux parce qu'ils rappelaient le souvenir de disparus. Jean Valjean, monsieur Gillenormand, Courfeyrac, Enjolras, Gavroche, Éponine, Frédéric Rivolier… On devrait toujours haïr les lieux, se disait-il. Et Dieu par-dessus le marché. Les lieux sont des orbites vides d'yeux qui ont trop vu. L'idéal serait de ne pas voir, de ne pas se souvenir. Etre comme une pierre ou un roc. Là, tranquille, en plein vent, sous les assauts d'une mer immémoriale.

— C'est là où tu te trompes, lui dit Lestrade.

Marius braqua sur lui un regard sombre :

— Parce que vous croyez que vous les retrouverez, vous, vos morts ? Vos compagnons d'armes déchiquetés et votre fils tué à Trocadéro ?

Lestrade ploya les jambes et cacha les sabres

dans un grand sac. Puis il sautilla sur place en agitant les bras au rythme d'une danse imaginaire.

— Moi, je vis ! s'écria-t-il. Et tous mes morts sont dans mon cœur, Marius. Toi tu raisonnes, moi je sais encore m'étonner.

Durant les trois mois qui suivirent, les discussions entre Marius et Lestrade ne furent pas aussi vives. Les deux hommes commençaient par l'escrime, puis l'adjudant rangeait les sabres, allumait sa pipe et s'asseyait sur une pile de cordage. Il invitait alors Marius à l'imiter, le dévisageant avec des yeux qui flamboyaient à travers leurs épais sourcils. Le jeune homme attendait le signal. Lestrade dirigeait les débats.

Il était souvent question de marine, de justice, de vie quotidienne. Les deux hommes parlaient ainsi pendant une bonne demi-heure. À quatre heures, il y avait la distribution du biscuit de mer. Après quoi Marius rejoignait Parfait-Amour pour terminer la fabrication de l'escalier.

— Vous êtes trop passif, reprochait parfois Marius à Lestrade.

— Et toi trop fougueux.

Les deux hommes étaient tombés d'accord néanmoins sur une chose : la haine est une impasse, la dépense d'énergie qu'elle nécessite, inutile.

Quand Marius reprenait le rabot ou le bédane, il repensait à sa conversation avec Lestrade. C'était sa toilette quotidienne. La misère était le grand sujet. Il la voyait à présent d'un autre œil.

Grâce à Lestrade, il pouvait l'étudier et la disséquer. Il faisait même corps avec elle. Et autrement que par coquetterie révolutionnaire.

— Toulon m'aura au moins servi à quelque chose, disait-il.

En voyant la misère de ce peuple des abîmes, il voyait la sienne ; en entendant ses hurlements de rage, il entendait les siens ; en sondant ses plaies, il sondait les siennes ; en comprenant ses douleurs amères et ses désespoirs, il comprenait les siens. Ce n'était plus du romantisme ou une de ces petites souffrances d'écrivaillon poitrinaire, mais du vécu. Du fer et du sang. Il apprenait enfin à se connaître.

— C'est drôle, tu parles de Toulon comme si c'était à l'imparfait, lui faisait remarquer Lestrade.

— Ah bon ?

Un jour, à l'issue d'une leçon d'escrime mouvementée, Lestrade le fixa du regard :

— Toi, je crois qu'il y a encore une idée qui te démange.

— Ah oui ?

— Oui.

— Et laquelle ? fit Marius d'un air gêné.

— Celle de t'évader.

— Vous lisez mal dans les pensées, mon adjudant.

— Regarde-moi bien dans les yeux et répète ce que tu viens de dire.

Marius, qui s'apprêtait à lui rendre le sabre, demeura immobile, l'arme à la main. Puis tout son corps se détendit. Il se mit en garde et brava du regard Lestrade.

— Vous lisez bien dans mes pensées, mon adjudant !

Et par un geste cent fois répété, il lança le sabre en l'air, le récupéra par la pointe et le tendit à son maître.

— Je m'en doutais, fit ce dernier en prenant le sabre. Il me manque une veste et je sais que c'est toi qui me l'as prise. Garde-la. Je n'ai pas oublié ce que tu m'as raconté au sujet du complot dont tu as été la victime. Je n'ai pas oublié non plus que tu as juré de te venger. Sache que je te comprends et que je t'aime bien, Marius. Mais si les soldats tirent sur toi, je ne pourrai rien faire.

Marius fit un pas en avant.

— Moi aussi je vous aime bien, mon adjudant. Mais si vous étiez la victime d'une erreur judiciaire, que feriez-vous à ma place ?

— Sans doute la même chose que toi. Si tu réussis, peut-être obtiendras-tu réparation de ce que tu as subi. Je te le souhaite de tout mon cœur. Moi, vois-tu, je n'ai pas été la victime d'une erreur judiciaire. Mais d'une erreur de la vie.

Le vieux soldat s'avança vers Marius et le pressa contre son cœur.

— Tu me rappelles mon fils, Marius.

Une larme coula sur sa joue.

— Et c'est prévu pour quand ?

Puis, hochant la tête nerveusement, il rectifia aussitôt :

— Non, ne me dis rien… Si tu es repris, je te connais, tu irais imaginer je ne sais quoi. Et d'une certaine façon, j'aimerais que tu sois repris. Alors restons-en là.

Marius n'insista pas.

— Demain à la même heure ? demanda-t-il en ouvrant la porte conduisant à l'atelier.

— Bien sûr, dit le vieux soldat un peu tristement.

Et il quitta la remise en boitillant, dans son uniforme froissé, les épaules basses. Pour la première fois, Marius lui trouva une allure de vieillard.

L'escalier du vice-amiral Jacob fut terminé un peu plus tôt que prévu. Comme Marius comptait s'évader pour la Saint-Philippe, cela contraria ses plans. Il en fit part à Triple-Patte :

— Maintenant que je ne suis plus dans l'atelier, jc me demande comment faire.

— On n'est pas à un jour près, rétorqua l'infirme. On trouvera une autre date. À nous de nous débrouiller.

Marius enrageait. Les évasions étant signalées par des coups de canon, il pensait, non sans raison, que les gens, lors de la Saint-Philippe n'y prêteraient aucune attention. Ne tirait-on pas vingt et un coups de canon en l'honneur du roi Louis-Philippe ?

— Et à partir du bazar ? suggéra-t-il.

— Trop risqué. Il y a toujours un peloton de gripards armés jusqu'aux dents.

Sur son lit, Parfait-Amour faisait semblant de ne rien entendre. Il avait l'air atterré. Il n'avait saisi que des bribes de conversation, mais le mot évasion lui était revenu aux oreilles. Et cela lui avait suffi. Il est vrai qu'à sept heures et demie, et jusqu'à huit heures, où était donné le signal de l'extinction des feux, la salle Saint-François ressemblait à une taverne. On mangeait et buvait. Pendant ce temps, les gardes-chiourme circulaient dans les travées.

Soudain, un coup de sifflet. Silence immédiat. Le commissaire Raynaud, engoncé dans son petit costume noir, fit irruption dans la salle par l'allée centrale. Mains derrière le dos, il se lança dans une brève allocution. Les autorités avaient besoin d'une vingtaine d'artisans dans les chantiers de Saint-Mandrier pendant deux semaines.

Marius et Parfait-Amour furent désignés d'office. Triple-Patte fut du voyage pour ses connaissances en serrurerie, ainsi que dix-sept autres, ouvriers soigneux et recommandables à tous égards. Les éprouvés n'étaient-ils pas des forçats à qui on pouvait se fier ?

Il ne faut jamais se fier à quiconque. Et surtout pas à un forçat. Dès le lendemain, Marius les vit d'encore plus près, tous ces hommes avec lesquels il allait partager de longues heures de travail et quelques moments d'intimité. Ils ricanaient en coin. Leurs traits paraissaient fondre dans la pâleur mouvante de leurs rictus. Il y en avait deux surtout, terrifiants, et d'autant plus terrifiants qu'ils ne ménageaient pas leurs courbettes à l'égard des gardes-chiourme et des adjudants. Le premier s'appelait Sartier, il zézayait, avait le crâne lisse et de petits yeux aux cils collés qui brillaient d'un éclat dur et métallique. La couleur de sa peau tirait sur le vert et son nez écrasé ressemblait à celui d'un lézard. Cet ancien receveur des contributions directes, condamné à vingt ans de fer pour crime de bigamie et de complicité de faux, avait atterri à la salle des éprouvés pour bonne conduite. Il était à Toulon depuis dix ans déjà. Il détestait Triple-Patte parce que Triple-Patte travaillait au bazar et gagnait beaucoup d'argent. Il supportait mal qu'un homme de sa condition fût affecté à une tâche rémunérée, alors que lui-même, fort de son passé de fonctionnaire, employé ici à des travaux de comptage, ne touchait pas un liard.

Si Sartier jouait les téméraires, sans en avoir le caractère ni le physique, c'est qu'il s'était acoquiné avec son voisin de lit, une sorte d'ours massif et blanc comme une larve, dont la bouche tordue rappelait celle de Rouget. Sartier représentait pour ce voisin un savant et un bon camarade qui lui parlait de son passé de receveur avec des mots onctueux et lui donnait une part de sa soupe et de son vin. Il n'en fallait pas plus à Lemoine, dit « Pleut-Dedans », pour vouer un véritable culte à l'ancien fonctionnaire.

Lemoine avait hérité de ce sobriquet peu flatteur à cause de ses narines. Ou plutôt deux trous énormes, comparables à ceux d'un taureau, orientés vers le haut. Ses yeux gris étincelaient de férocité et sa tête, grosse et plate, paraissait enfoncée entre deux larges épaules. Il ne mesurait guère plus de cinq pieds, mais ses jambes arquées et puissantes, au même titre que ses bras longs et musculeux, annonçaient une force peu commune. Charpentier de son état, Pleut-Dedans avait été condamné à quinze ans de bagne pour avoir fracassé la tête de sa mère entre ses mains. Il avait toujours plaidé non coupable, expliquant qu'il avait simplement voulu masser le crâne de sa génitrice qui, affirmait-il, souffrait de bourdonnements. S'il avait échappé à l'échafaud, c'était grâce à son avocat qui s'était pourvu en cassation et avait obtenu gain de cause. Il pouvait le remercier. Mais Lemoine ne remerciait personne.

Bref, Marius se méfiait de ces deux lascars. Au bout d'un an de bagne, il n'ignorait plus qu'en évoluant dans le lacis de leurs vices enfouis et de leurs ajustements insensés, les hommes pouvaient se révéler imprévisibles et cruels, indignes et rancuniers. Il n'ignorait pas davantage, en dépit des conseils de Lestrade, que la tolérance engendrait parfois plus de maux que l'intolérance.

Le travail à Saint-Mandrier n'était pas trop pénible. Il suffisait de remettre en état un hangar des services administratifs de la marine. Pour accéder à cette presqu'île rattachée à la terre ferme par une étroite langue de terre nommée les Sablettes, il fallait prendre deux embarcations et passer devant le fort Bregaillon, qui se trouve à quelque distance de La Seyne-sur-Mer. Saint-Mandrier était montagneuse et boisée. Elle mesurait à peu près quatre lieues de circonférence.

La première semaine se passa sans encombre. En cette fin avril, une bise légère et parfumée imprégnait l'atmosphère. Le soir, quand les forçats quittaient la presqu'île, cela embaumait le mimosa. Toute la rade était saturée d'une clarté pourpre et sourde. D'instant en instant, une ombre rose s'étendait sur ce paysage où Marius, immobile au milieu de ses camarades et des gardes-chiourme, scrutait les dernières survivances de la lumière sur les vallons lointains au bord desquels il imaginait, sans parvenir à le distinguer, le moutonnement des pins parasols. Il trouvait cette région superbe. Mais sans doute eût-il souhaité l'apprécier dans d'autres circonstances.

Pendant la journée, avec ce printemps naissant et son panaché de senteurs poivrées et lavandées, on voyait des monticules feutrés de chardons et de bleuets pillés par des tourbillons d'oiseaux. La mer, tantôt verte, tantôt turquoise, jouait à cache-cache avec des collines au-dessus desquelles apparaissaient les contreforts violets de montagnes couvertes de buis.

— J'espère qu'on y arrivera, disait Triple-Patte à Marius. Je sens déjà lc doux parfum des frondaisons se mêlant à celles des moissons. La liberté, Alexandre !

Pour Triple-Patte, Marius était Alexandre Tixier ou encore le numéro 9430. Le jeune homme ne lui avait pas dévoilé sa véritable identité. Seuls étaient au courant Parfait-Amour et Lestrade.

Le soir du 27 avril, Parfait-Amour ayant encore surpris une conversation entre Marius et Triple-Patte, l'inquiétude modifia la physionomie habituellement joyeuse et cordiale de cet homme solide, bien planté sur ses jambes, à l'aise dans son corps et sa situation. Il n'en souffla mot à Marius. Mais le lendemain matin, avec l'autorisation d'un adjudant, il repassa à l'atelier de menuiserie. Marius se demanda ce qu'il allait y faire.

À Saint-Mandrier, tout se déroula normalement.

On fixa une double porte, on changea des gâches et des pênes de serrures, on remplaça quelques solives. Du travail pour tout le monde. Et même pour Sartier et Pleut-Dedans, qui ne ménagèrent pas leurs efforts.

Des ouvriers alsaciens se mêlèrent aux forçats en fin de matinée. Un maître-d'œuvre, appelé le patron, et l'adjudant Sapristi les conduisaient.

— Qu'est-ce qu'il fiche ici, celui-là ? marmonna Marius.

— Il s'occupe de la discipline, répondit Sartier.

À l'heure du déjeuner, les gardes-chiourme entamaient une sieste au soleil. Les embarcations n'étaient pas surveillées. C'était demain ou jamais.

La veille au soir, quand Parfait-Amour avait surpris la conversation de Marius et de Triple-Patte, ce dernier affirmait qu'il avait de bonnes notions de navigation. Originaire de Sète, il connaissait les vents et les courants.

— Pour le 29 avril, j'espère un bon petit mistral.

— Il n'y a pas que toi, avait répondu Marius.

Les dieux exaucèrent les deux hommes. Le 29 avril, un vent violent soufflait du nord-ouest vers la mer. En partant pour le chantier de Saint-Mandrier, Marius portait la veste de Lestrade sous sa blouse. Comme il était moins surveillé que les détenus de la Grande Fatigue, il n'avait pas eu besoin de dissimuler son plan dans la partie la plus intime de sa personne. Il l'avait ficelé autour de sa cuisse. Triple-Patte, lui, l'avait caché dans sa canne.

Après avoir accosté sur la plage de Saint-Mandrier, tout le monde se mit à l'ouvrage. Marius et Parfait-Amour travaillaient ensemble. Ils devaient terminer la porte du hangar.

— Tu me donneras un peu de ton pain ? demanda Marius.

— Seulement si tu es sage, répondit celui-ci en souriant.

Marius observa cet ami cher qu'il s'apprêtait à quitter. Il ressentait une sorte de pitié, ce remords qui n'ose pas dire son nom. Il se sentait coupable. Parfait-Amour ne lui avait-il pas sauvé la mise en lui apprenant la menuiserie ? S'il n'avait pas été là, toujours plein de lui-même, de sa propension à donner, intervenant en sa faveur auprès du commissaire Raynaud et du vice-amiral Jacob, Marius moisirait au cachot. Ou à la salle des indociles. Seulement voilà, pour ne plus affronter la réalité en face, pour rompre avec ses malheurs passés, Parfait-Amour ne voulait pas entendre parler d'évasion. Le bagne lui offrait une protection sociale satisfaisante. On l'avait pris en charge, il s'y plaisait. Certains êtres sont ainsi. Dupé par la Miauleuse, par Rouget et Tardier, il ne nourrissait même pas d'idée de vengeance. Ce soupe-au-lait ignorait la rancune. Et comme il n'espérait plus rien de la vie, il appelait tranquillité ce que tout homme appelait résignation.

Marius connaissait Parfait-Amour. Il n'avait pas cherché à le circonvenir.

« Toute tentative d'évasion est vouée à l'échec »,

lui avait souvent répété Parfait-Amour, avant même que Marius eût abordé le sujet.

Marius était donc triste. En quittant Parfait-Amour et Lestrade, il quittait ses deux seuls amis du bagne. « Les liens sacrés de la vraie amitié se forment dans la misère et l'adversité, se disait-il désormais. Et sûrement pas dans les endroits les plus en vue ou les mieux fréquentés. » À présent, il lui fallait rompre ces liens. Une difficulté d'une affreuse simplicité.

Vers midi, intervint la pause. Le hangar était terminé. Le patron félicita les forçats, les Alsaciens et même Sapristi. Tout le monde mangea son pain et but son vin. Sauf Parfait-Amour qui, assis à côté de Marius, regardait la mer d'une mine songeuse.

— Tu ne manges pas ? lui demanda Marius.

— Pas pour le moment.

D'ici une demi-heure, au moment de la sieste des gardes-chiourme, le jeune homme avait prévu d'abandonner le chantier, de fausser compagnie à Sapristi et de voler une des deux embarcations après avoir brisé la coque de l'autre. L'une disposait de tout son gréement. Il n'y avait plus qu'à hisser la voile et profiter du vent. Marius et Triple-Patte avaient tout prévu. Sauf l'imprévisible.

Voici ce qu'il advint. Lors de la reprise du travail, dix forçats, trois gardes-chiourme, tous les ouvriers alsaciens et le patron se trouvaient à l'intérieur du hangar. L'adjudant se tenait près d'un bateau, titubant et somnolent, tandis qu'un garde-chiourme, allongé sur la plage, ronflait comme un sonneur. Ils étaient une dizaine à ne pas être à l'intérieur du hangar, dont Triple-Patte,

Parfait-Amour et Marius. Sans oublier Pleut-Dedans et Sartier. Ce dernier, du reste, apprécié et respecté par les autorités, referma la porte du hangar et dit en zézayant :

— Voyons voir si ça fonctionne.

La serrure fonctionnait si bien qu'il verrouilla la double porte et ne la rouvrit pas. Puis, s'adressant aussitôt aux neuf autres forçats :

— Ceux qui choisissent la terre ferme, c'est par là, vers les Sablettes. Ceux qui choisissent la mer, suivez-moi.

Trois forçats s'élancèrent en direction des bois et des montagnes, tels quels, sans habits ni vivres, avec la certitude éphémère de pouvoir en réchapper et d'accomplir, eux, ce que leurs prédécesseurs n'avaient jamais réussi. La perspective d'être libre, pour un bagnard, est une ivresse qui fait long feu. Elle est désordonnée, irréfléchie, instinctive : courir, et après on verra.

— Pour moi, c'est tout vu, dit Sartier en suivant du regard les fuyards. Ils seront repris ce soir même.

Il ne se trompait pas. Le soir même, lors d'une battue organisée par l'infanterie de marine et les paysans, les trois forçats furent repris. Ces malheureux s'étaient cachés dans des buissons, sous des tas de branches sèches. C'était ignorer la méticulosité des soldats qui, armés de fusils à baïonnette, frappaient le tronc des arbres et les broussailles près desquels ils passaient. Vers six heures du soir, un cri de douleur se fit entendre, puis un second, puis un troisième. Ces trois malchanceux, doublement malchanceux car ils n'avaient qu'une peine courte, en furent quittes pour la bastonnade et un supplément de trois ans.

Mais revenons à Sartier. Alors que le patron et les gardes-chiourme commençaient de tambouriner contre la porte close, il fit signe aux six autres de le suivre. Lorsque le groupe arriva à proximité des deux embarcations, l'adjudant était assis face à la mer, une pipe à la main. Son subalterne dormait toujours.

— À toi de jouer, Pleut-Dedans.

Le colosse fondit sur le garde-chiourme et l'étrangla en deux temps trois mouvements.

— Ah non, pas ça ! se rebiffa Parfait-Amour qui posa son pain et leva les mains au ciel. On va avoir droit à la veuve !

— Tais-toi ! répliqua Sartier en le fustigeant du regard. C'est lui qui avait le fusil, il était normal qu'on l'assomme.

— Il ne l'a pas assommé, il l'a tué !

— Tais-toi, je te dis !

Sartier s'empara du fusil du garde-chiourme et le pointa sur Sapristi. Émergeant tout à coup de sa léthargie, celui-ci se leva en oscillant et mit du temps à se rendre compte de ce qui se tramait.

— Mais... mais..., bégaya-t-il en mettant la main à la garde.

— C'est ça, fit Sartier en le mettant en joue, donne ton arme à mon ami et ne t'avise surtout pas de gueuler.

L'adjudant était tellement ivre qu'il eut du mal à sortir le sabre de son fourreau. Il s'emmêla les pieds et tomba sur son séant. Pleut-Dedans attrapa le sabre en pouffant.

— Pouah ! s'exclama-t-il en se pinçant le nez, il a foiré sous lui, cet infect !

Il tordit le bras de Sapristi et glissa le sabre sous son cou pour lui trancher la gorge.

— Non ! s'écria Triple-Patte en se précipitant sur eux les bras levés.

Le colosse se contenta de tendre le sabre et Triple-Patte vint s'empaler sur l'arme.

— Toi, on t'avait dit qu'on t'aurait, lâcha Sartier en dissimulant mal le trouble qui s'emparait de lui.

Au même instant, et sans que Pleut-Dedans eût pu prévoir l'attaque, Marius et Parfait-Amour se ruèrent sur lui. Ils lui arrachèrent des mains le sabre et le plaquèrent au sol. Pleut-Dedans se retrouva sur le ventre. Parfait-Amour lui enfonça son genou dans le dos et, d'un mouvement fulgurant, lui saisit la tête sous le menton en lui faisant faire un demi-tour. Pleut-Dedans retomba le nez dans le sable, la nuque brisée.

— Tu es témoin ? dit Parfait-Amour à l'adjudant. Tu as vu, on t'a sauvé la vie…

— Tout à fait…, balbutia Sapristi. Les autorités maritimes tiendront compte de votre intervention, 9430 et 9431…

— Rien du tout ! éructa Sartier qui, cédant à la panique, se sentait seul et démuni. Reculez !

Parfait-Amour en avait profité pour enlever la veste d'uniforme du garde-chiourme et la nouer autour de son ventre, sous sa casaque. Marius, sabre à la main, était penché sur Triple-Patte et l'aidait à panser sa blessure. Le vieil homme gémissait doucement. Il avait été embroché au-dessus du cœur.

— On va te sortir de là, murmura Marius. Tu saignes beaucoup, mais c'est superficiel.

Puis il leva les yeux et considéra Sartier avec animosité. À cause de cet imbécile, on courait à la catastrophe. L'idée de finir sur l'échafaud le fit chanceler. Il ne reverrait plus jamais Cosette, ni sa maison de la rue Plumet. Comme Bonnet, on allait lui trancher le cou. Le vider de son sang.

— Tu veux notre perte ? C'est ça ?

Sartier éluda la question. Avec la pointe de son fusil, il montra l'un des deux bateaux.

— Toi et tes crétins de copains, montez dans cette chaloupe et disparaissez de ma vue !

Puis il se retourna brusquement et assena un coup de crosse à la tempe de l'adjudant Sapristi, qui s'affaissa sur le côté, sans une plainte.

Marius et Parfait-Amour traînèrent Triple-Patte jusqu'à l'embarcation désignée par Sartier. Ils y grimpèrent sans protester. Parfait-Amour, au passage, ramassa son pain et le shako du garde-chiourme. Marius allongea Triple-Patte à l'avant de l'embarcation et se saisit des avirons. Il adressa un clin d'œil au vieil homme. Ce qu'il venait de voir prouvait que c'était le bon bateau. La grand-voile était roulée sur le côté, glissée sous les dames de nage.

— Souquons ferme ! s'exclama Marius.

L'embarcation s'éloigna vite du rivage.

— Bon voyage en enfer ! leur lança Sartier.

Puis il poussa les deux autres forçats dans le deuxième bateau et déclara :

— Voilà un bel appât. Les argousins et les soldats de la marine royale vont fondre sur eux comme des mouches. Laissons-les partir. On aura bientôt tout notre temps pour longer la côte jusqu'au cap Sicié et accoster un peu plus loin.

Une fois au large, Parfait-Amour cessa de ramer. Là-bas à tribord, il venait d'apercevoir une frégate de la marine. Il dénoua la veste d'uniforme subtilisée au garde et la tendit à Marius.

— Enfile ça et vite.

Marius endossa l'uniforme et se coiffa du shako. Triple-Patte s'était occupé du reste, parvenant à s'agenouiller et à mettre en place le gréement.

— Il y a au moins force quatre, murmura-t-il. Hissez la voile, mes amis.

Marius et Parfait-Amour obtempérèrent. La voile se gonfla aussitôt et Triple-Patte prit la barre, l'œil fixé sur la frégate qui se rapprochait. Parfait-Amour s'empara de son pain.

— Tu crois que c'est le moment de manger ? lui demanda Marius.

— Ça dépend de l'appétit de chacun, ironisa Parfait-Amour.

Il fendit le pain sur toute sa longueur et l'ouvrit comme pour se faire une énorme tartine. Hilare, il en sortit une lunette de vue dérobée au vice-amiral Jacob, un petit bonnet et une casaque de matelot. Il ôta la sienne et la jeta à la mer.

— Mais tu projetais de t'évader ! s'exclama Marius sur un ton de reproche.

— Noue ton col et prends un air de marin au lieu de dire des sottises, lança Parfait-Amour en s'habillant. Là-bas, sur la frégate, tu peux être sûr qu'ils vont nous bigler sous peu.

— Eh bien, ils ne seront pas les seuls, répondit Marius en s'emparant de la longue-vue.

Il regarda d'abord en direction de la frégate, puis derrière lui, vers la presqu'île de Saint-Mandrier. Le bateau de Sartier ressemblait à un frêle esquif. Il y avait de la houle, un vent de plus en plus violent et le ciel se couvrait.

— C'est tout bon, fit mine d'exulter Triple-Patte qui, cramponné à la barre, se tordait de douleur. Si on continue de filer à cette allure, on sera vite à Porquerolles. Là, il faudra songer à revenir à terre… Quand j'étais à Marseille, j'ai pêché dans le coin… Jusqu'au Lavandou… Si on pouvait débarquer près de Cavalaire, ce serait l'idéal… Après, on s'évapore dans le massif des Maures et c'est gagné… N'oublie pas, Marius, j'ai une carte…

Le débit du vieil homme était de plus en plus haché. Et son visage, pareil à celui d'un spectre, grimaçait sous les embruns.

— Ça va, Triple-Patte ?

— Il faudra bien…

Marius et Parfait-Amour échangèrent un regard sombre.

— Quand je pense que vous vouliez vous échapper sans moi, dit alors Parfait-Amour. Vous croyez que je n'avais pas compris vos cachotteries ? Et ça parlait à voix basse, et ça prenait des airs de comploteurs, et ça se figurait que ce vieux Parfait-Amour était trop opaque pour comprendre ce que vous tramiez ! Ah ! voilà donc toute cette belle amitié dont tu me causais, Marius !

— Mais, j'étais certain que…

Le jeune homme s'interrompit. Dans l'oculaire de la longue-vue, il voyait à présent le visage des officiers sur le pont arrière de la frégate. Le trois-mâts fendait les flots dans leur direction. D'abord, il crut rêver. Un sous-officier l'observait lui aussi avec sa longue-vue. Et ce sous-officier n'était autre que Lestrade ! Que faisait-il sur ce navire ?

Marius ôta son shako et l'agita tout en gardant l'œil collé à la lunette. Il voyait à présent très distinctement le visage raviné de son valeureux maître d'armes. Celui-ci agita la main et se tourna vers les officiers. A priori, l'alerte n'avait toujours pas été donnée. Lestrade ôta son chapeau à son tour et adressa à Marius de grands signes qui semblaient signifier : « Bonne chance, fils. »

La frégate vira légèrement de bord et s'orienta vers la pointe de Saint-Mandrier. Autrement dit, en direction du bateau de Sartier.

Marius abaissa sa longue-vue et remit son shako. Au même instant, il perdit l'équilibre et se rattrapa au mât. Un terrible coup de vent. Puis il sourit tristement et croisa le regard de Triple-Patte.

— On va essuyer un grain, avertit celui-ci.

Marius n'en avait cure. Il pensait à Lestrade et à son bon sourire. L'adjudant venait de lui sauver la vie. Ils étaient quittes. La voie était libre. Pour combien de temps encore ?

Au petit matin, sous une pluie battante, Marius et ses compagnons étaient aux abords de Cavalaire. À l'instant même où ils gagnaient une calanque discrète, ils entendirent vingt et un coups de canon. Un tir sourd et lointain, presque joyeux, comme une sorte de salut à leur toute nouvelle liberté.

— Tu vois, tu as fini par l'avoir, ta Saint-Philippe, déclara Parfait-Amour à Marius.

Mais Triple-Patte avait manœuvré le bateau jusqu'à l'extrême limite de ses forces. Il était au plus mal. Le sabre, finalement, avait dû lui perforer le poumon, car il crachait du sang. Marius et Parfait-Amour le transportèrent jusqu'à un petit bois. Puis ils revinrent sur leurs pas. Ils entrèrent dans l'eau jusqu'à la taille et, après avoir chargé le sabre et leurs effets, ils trouèrent la coque, bordèrent la voile et dirigèrent le bateau vers le large. Comme le vent n'était pas tombé, l'embarcation fila très vite. Ils la regardèrent un court instant et rejoignirent Triple-Patte. Parfait-Amour le chargea sur ses épaules et ils prirent la direction du massif des Maures.

— On le portera à tour de rôle, dit Marius en consultant la carte d'état-major de Triple-Patte.

Ils évitèrent ainsi toutes les localités. Le pain de Parfait-Amour était fini depuis longtemps et leurs estomacs criaient famine. Vers la mi-journée, ils firent une halte. Le silence était extraordinaire. Ils avaient traversé des bois de chênes et de petits pins. La pluie n'avait pas facilité leur progression. La rocaille luisait et glissait, les arbres étaient parfaitement immobiles, sans le moindre frémissement. Ce qui les étonnait et les inquiétait en même temps, c'était l'absence d'oiseaux. Ils s'étaient arrêtés près d'un ruisseau sinueux et sans couleur, bordé de galets et d'herbes hautes.

— Il faut tenir, dit Marius à Triple-Patte.

Le vieil homme avait perdu beaucoup de sang et la vie s'échappait de son corps tout doucement. C'était à peine s'il pouvait distinguer, au-dessus des bois, les collines couleur d'os.

Vers la fin de la journée, la pluie cessa de tomber. Le soleil fit même une timide apparition. Brusquement, au sommet d'un petit sentier, Parfait-Amour éternua. Comme il portait Triple-Patte, son expiration brusque et violente provoqua un terrible sursaut chez le vieil homme. Sa blessure se rouvrit. Ce fut atroce. Parfait-Amour l'allongea sur le sol car il commençait de hurler. Impuissants, Marius et Parfait-Amour l'écoutèrent, le cœur battant.

— Il est impossible que cette blessure provoque autant de souffrance, dit Parfait-Amour.

— Alors c'est quoi ? demanda Marius.

Triple-Patte arrachait des tiges à pleines mains tout en rampant. Il donnait des coups de tête dans le tronc d'un chêne-liège. Ses pieds creusaient, piochaient le sentier comme s'il voulait rentrer sous terre. Marius retourna le vieil homme et constata avec effroi que son ventre était maculé de sang. Mais l'horrible, c'étaient les cris. Marius n'avait jamais imaginé que d'une gorge et d'une poitrine humaines il pût sortir des sons aussi rauques et stridents. Triple-Patte hoquetait, suffoquait, crachait du sang. Il déchira sa casaque avec ses ongles et happa littéralement la main de Marius.

— J'en ai trop bouffé…, murmura-t-il. N'oublie pas mon plan, là, dans ma canne… Fais attention aux gitans, ils vont bientôt vous gaffer… On en parlait au bagne… les Erzbet, deux frères d'origine hongroise… spécialisés dans la capture des forçats évadés… Cruels et sanguinaires…

Et puis ce fut encore une tornade de soupirs, de râles et de clameurs désespérées. D'immenses cernes creusaient le regard de Triple-Patte, qui ne voyait plus rien. Parfait-Amour épongeait son visage en sueur, mais il délirait, extravaguait :

— C'est fini, je ne pourrai plus jamais crocheter les portes…

Soudain sa main se crispa sur l'avant-bras de Marius. Il voulait lui dire quelque chose à l'oreille. Marius écouta. Ayant entendu, il se rejeta en arrière.

— Mais… mais, c'est épouvantable, bredouilla-t-il, je ne pourrai jamais…

— Jure ! s'écria Triple-Patte en tordant la main de Marius dans un dernier élan de force.

— C'est juré…

Et Triple-Patte expira après avoir craché un abondant jet de sang.

— Qu'a-t-il dit ? demanda Parfait-Amour.

— Quelque chose d'abominable.

— Mais encore ?

Marius lui murmura quelque chose à l'oreille.

— Et tu as juré ? fit Parfait-Amour en pâlissant.

— J'ai commis cette erreur.

Dans le plan de Triple-Patte, Marius trouva une lame. Il avait bien réfléchi aux gestes qu'il devrait faire. Il en éprouvait le plus grand dégoût. Mais il avait juré. Il prit le cadavre de Triple-Patte par les pieds et le traîna près d'un amandier. Là, il le dévêtit. Devant ce corps qui ressemblait à une volaille désossée, un goût amer envahit sa bouche.

C'est laid, la mort. Tellement ordinaire. Tellement rien du tout. Puis sa main attrapa la lame en tremblant. Il ferma les yeux, posa l'instrument sur le nombril de Triple-Patte et poussa de toutes ses forces. En crevant la peau, il entendit un bruit mou et caverneux. Il eut un haut-le-cœur. Un jet de bile jaillit de sa bouche. Mais il avait juré. Alors il poussa la lame et ouvrit le ventre jusqu'au sternum…

Parfait-Amour préférait ne pas assister à l'opération. Debout à l'écart, il contemplait le ciel et cette teinte de satin brillant que lui donnait le soleil écrasé. Il regrettait sa tranquillité. Et ces gitans dont avait parlé Triple-Patte, étaient-ils déjà sur leurs talons ? Il réprima un geste de désespoir. Lui qui n'était pas narcissique, ignorant le sens même de ce mot, il possédait farouchement l'instinct de conservation. Pourquoi s'était-il embarqué dans cette galère ? Dans son atelier, au bagne, il serait plus heureux à polir le bois et caresser des queues d'aronde parmi des odeurs de merisier fraîchement varlopé. Il préféra ne plus y penser. Ce qui était fait était fait. Et puis le spectacle de ces hautes chênaies scintillant dans le soleil le fascinait. Il n'avait jamais rien vu de tel.

Lorsqu'il se retourna, Marius lui faisait face. Le jeune homme était d'une pâleur cadavérique. Ses mains rougeoyaient de sang jusqu'au coude. Il s'appuya contre un arbre et se mit à vomir avec une extrême abondance. Il avait incisé la peau, dégagé les viscères, plongé ses mains dans les entrailles encore chaudes et fumantes de son compagnon d'évasion. Et puis il avait trouvé cinquante sous rouges entièrement oxydés et dix pièces d'or. Comment Triple-Patte avait-il pu supporter aussi longtemps toute cette ferraille dans ses tripes ?

— Eh bien justement, il ne pouvait plus, dit Parfait-Amour en posant la main sur l'épaule de Marius. Il nous a offert un terrifiant cadeau. Et tu as été fidèle à ta parole.

— Et son âme ? demanda Marius en s'essuyant la bouche d'un revers de manche.

— Elle est déjà au ciel, prononça Parfait-Amour.

— Tu y crois toi, au ciel ?

— Comme tout le monde.

Les deux hommes enterrèrent leur compagnon au pied d'un bouquet de chardons bleus. En guise de croix, ils plantèrent sa canne dans le sol mou et argileux.

Après avoir étanché leur soif à une source d'où l'eau jaillissait limpide et glaciale, et dans laquelle ils cueillirent du cresson sauvage, ils reprirent leur chemin en direction de Collobrières. À la nuit tombée, ils trouvèrent une petite grotte où ils purent souffler et se sécher. Là, ils firent l'inventaire de ce dont ils disposaient. Dans l'étui cylindrique de la canne de Triple-Patte, il y avait un briquet, de l'étoupe et un petit flacon d'alcool qui leur permit d'allumer un feu et de brûler leur habits de forçats. Avec l'uniforme et le baudrier du garde-chiourme, ils se fabriquèrent des mocassins. Marius, qui portait la veste de Lestrade, une veste de velours agrémentée de gros boutons de cuivre, détacha le tube fixé à sa jambe et en sortit une chemise, un morceau de miroir, la fausse moustache, la perruque, les favoris, quatre pièces d'un franc et le tiers-point. Ils avaient toute la nuit devant eux. Dans une pierre creuse, ils concassèrent des fèves qu'ils mélangèrent à de l'eau. Puis ils ajoutèrent le cresson et firent chauffer. Plus qu'une soupe, ce fut une tisane, chaude cependant. Ils mangèrent aussi des racines de persil. Plus tard, à l'aide du tiers-point, ils limèrent leurs fers. Ces fers infamant qui ne les avaient pas quittés depuis un an.

Il y eut d'abord une aube blanche. Puis un soleil pourpre, griffant le paysage d'une lumière étincelante. Des oiseaux criaient dans la crevasse d'une falaise. Debout à l'entrée de la grotte, le torse nu et les yeux à demi clos, Marius aspira avec de grands soupirs la fraîcheur du vent. Il écarta les bras et remua les doigts pour mieux sentir cette caresse sur son corps. Des espoirs de renaissance le transportaient. Il passa les mains sur les marques de ses mollets à la place où les fers avaient si longtemps porté. Il resta béant, la tête droite, les prunelles fixes. Et puis le soleil attira de nouveau son attention. Il était si bas qu'on le voyait toucher la cime de arbres. Il engloutissait même la pointe des pins qui semblait coupée aux ciseaux.

Parfait-Amour parut à son tour, la mine chiffonnée.

— Je me sens un autre homme, déclara-t-il en s'étirant paresseusement.

Marius et lui n'avaient plus la même tête.

L'étoupe avait fait des merveilles. Et avec la glu, le collage était garanti.

— Tu as été bien inspiré de prendre ce morceau de miroir, ajouta Parfait-Amour. Il n'y a pas à dire, là-dedans, il y en a !

Et il éclata de rire avant de préciser aussitôt :

— Mes leçons ont fini par porter leurs fruits !

Marius secoua la tête en riant à son tour. Il avait des favoris, une moustache et des cheveux. Lui aussi se sentait un autre homme. Pourtant, il n'avait pas fermé l'œil de la nuit. Des visions de cauchemar l'avaient assailli. Il avait rêvé qu'il rentrait à Paris, que Cosette ne le reconnaissait pas, le dénonçait à la police et qu'il retournait au bagne.

Il étouffa un bâillement et reprit d'un ton décidé :

— Le prochain village, nous ne le contournerons pas. Il nous faut des vivres. Dans cette tenue et avec l'argent de Triple-Patte, on pourra acheter ce que l'on veut.

En guise de petit déjeuner, il proposa à Parfait-Amour des baies et des racines de pissenlit. L'hercule fit la grimace et cracha par terre.

— J'ai les dents comme des baïonnettes ! Et je ne veux pas retourner au bagne !

Marius s'étonna :

— Tu ne veux pas y retourner ? Je croyais que tu voulais pourtant y rester… Je te rassure, moi non plus je ne veux pas y retourner. Seulement on doit se nourrir. On a beaucoup de marche à faire.

Et les deux hommes se remirent en route.

L'eau ne manquait pas. Avec cette chaleur, Marius et Parfait-Amour buvaient beaucoup. D'autant qu'il leur fallut gravir des monticules couverts de châtaigniers, descendre dans des combes grises où leurs pas soulevaient des flocons de cendres, suivre le serpentement de vallons aux parois de chaux vive, longer des escarpements chauffés à blanc, escalader des coteaux dans l'ombre fraîche, passer à la lisière d'oliveraies et de champs de lavande qui soufflaient une haleine de feu.

En fin d'après-midi, ils s'arrêtèrent à proximité d'une sorte de petit étang.

— Si le plan est exact, nous ne sommes plus qu'à quelques lieues d'un village appelé Besse, annonça Marius.

— On aurait mieux fait de suivre la côte, bougonna Parfait-Amour. J'ai faim, moi.

— Pour se faire prendre ? Sûrement pas. Moi aussi j'ai faim.

À l'instant où il disait ces mots, Marius aperçut une sorte de grosse corde qui se déroulait paresseusement au soleil, émaillée d'écailles luisantes.

— Regarde.

— Quoi ?

— Un serpent.

— Et alors ?

Marius s'avança sur la pointe des pieds et dégaina son sabre. Quand il fut à proximité du reptile, il lui assena un revers avec la garde. Tel était son désir de ne pas rater son coup qu'il le rata justement. L'animal, étourdi, tenta de se faufiler sous une pierre. Mais Marius plongea et l'attrapa par la queue.

— C'est froid ! s'exclama-t-il en se relevant et en courant jusqu'à un arbre.

Il fit tournoyer le serpent et lui fracassa la tête contre le tronc.

Parfait-Amour, interloqué, avait assisté à la scène sans bouger. La répulsion que lui inspiraient les serpents était insurmontable.

— Que comptes-tu faire avec cette chose ? demanda-t-il quand Marius marcha en sa direction, le serpent sur l'épaule.

— Le dépouiller et le manger.

Parfait-Amour en perdit sa perruque d'étoupe.

— Mais c'est le diable, Marius ! Ça rampe !

— En 1832, quand j'étais sur les barricades, j'ai connu un gars du Jura qui avait mangé du serpent. D'après lui, la couleuvre a un goût d'anguille.

Deux heures plus tard, alors que la nuit tombait et que l'on distinguait quelques lueurs vacillantes dans la plaine, les deux hommes trouvèrent un nouvel abri pour la nuit. Une sorte de cabanon à moitié en ruine, dont un pan de mur s'enfonçait dans la terre. Quand ils s'en approchèrent, une nuée de corbeaux en sortit et les enveloppa d'un froissement d'ailes. Ils poussèrent la porte et entrèrent. Là, ils manquèrent d'être renversés par l'assaut d'un chien énorme. Celui-ci fit volte-face et se mit à grogner.

Parfait-Amour aperçut alors ce que l'animal convoitait. Un cadavre de brebis, écrasée tel un gros fromage blanc, dont le ventre bouillonnait de boyaux. Marius sortit son sabre.

— Non, dit Parfait-Amour.

Du bout du pied, il lança la charogne au chien qui, enfermé dans le cabanon, avait dû la disputer aux corbeaux. L'animal couina et remua la queue. Il saisit la charogne dans sa gueule et la traîna dehors.

— Une brebis égarée, plaisanta Marius.

— Ne te moque pas de la religion, Marius. Il y a un Dieu pour tout le monde, même pour les animaux.

Marius haussa les épaules. Puis, rassemblant quelques pierres en cercle, il improvisa un gril avec les branches d'un arbre vert et alluma un feu. Il prit la lame, incisa le cou du serpent et le pela comme une limande avant de le détailler en tronçons dont il fit des brochettes. Puis il demanda à Parfait-Amour d'aller cueillir du thym et du romarin. Sa débrouillardise l'étonnait lui-même. À Paris, il avait lu des ouvrages de Daniel Defoe et de Fenimore Cooper. Et si lui aussi se révélait un Robinson mâtiné de Mohican ? Cette idée le fit sourire. Il avait surtout faim.

La chair de la couleuvre était fade, blanche et filandreuse. Mais l'odeur de viande grillée attira Parfait-Amour comme un aimant. D'autant que Marius avait flambé la viande avec l'eau-de-vie de Triple-Patte.

— Sans la peau, en petits morceaux agrémentés de thym et de romarin, et surtout avec l'alcool, c'est presque mangeable, reconnut Parfait-Amour.

— Tiens, on a un nouveau compagnon, nota

Marius en voyant le chien sur le pas de la porte, queue basse et langue pendante.

Il démembra une brochette et lança quelques morceaux de viande à l'animal.

Les deux hommes échangèrent un regard complice. Demain serait un autre jour.

Marius et Parfait-Amour se présentèrent aux portes du village en fin de matinée. Le chien ne les avait pas quittés. Les deux hommes se consultèrent du regard. Un sourire les illumina. Ils retrouvaient la civilisation. Et peut-être les ennuis.

Lorsqu'ils achetèrent du pain chez le boulanger, du sel et du lard séché chez l'épicier, des gourdes et deux ceintures chez le sellier, on ne leur fit aucune remarque. Personne ne les accosta ni ne leur demanda d'où ils venaient. On était habitué aux bergers, aux vagabonds de la montagne, à ces hommes farouches qui imitaient le cri des oiseaux et s'occupaient de commerces louches.

Ils repartirent vers midi, soucieux de leur démarche, car la démarche des forçats les trahit souvent. Un peu lourde, empesée, comme entravée par des chaînes. À la sortie du village, ils virent les nuages s'amonceler au bord de l'horizon. Ils n'ignoraient plus que les journées étaient chaudes et les nuits glaciales. Un gros nuage rouge comme un coquelicot s'était attardé au-dessus d'eux.

— Mauvais présage, marmonna Parfait-Amour.

— Que dis-tu ? s'irrita Marius. Nous avons des

vivres, des armes et même un chien. Que demander de plus ?

— On ne devrait pas rester sur cette route, insista Parfait-Amour.

Plutôt qu'une route, c'était un chemin de terre bordé de cyprès. Marius s'entêta. Selon lui, il n'y avait rien à craindre. Plus loin, en direction de Brignoles, ils tombèrent sur deux cavaliers. L'un semblait aussi grand et maigre que l'autre paraissait petit et replet. On eût dit don Quichotte et Sancho Pança. D'autant qu'une mule les suivait. Parfait-Amour les croisa sans lever la tête. Dans le monde des escarpes, on ne dévisage pas. Surtout si la mine est inquiétante. Marius, lui, ne put s'empêcher de leur lancer un regard appuyé. Et ce qu'il lut dans leurs yeux le mit mal à l'aise. Il n'aurait su dire pourquoi.

Quelques minutes plus tard, Marius et Parfait-Amour se retournèrent. Aucune trace des cavaliers. Ils forcèrent l'allure. Ils traversèrent ainsi un petit village, un hameau, puis une bourgade. La lumière les aveuglait parfois. Ils avaient mangé la moitié d'un pain et quatre tranches de lard chacun. Devant eux, les frontons des collines se dressaient comme des pyramides. Les champs s'étendaient à perte de vue.

Ils ne s'arrêtèrent même pas pour boire. Dans leurs gourdes neuves, l'eau avait un goût de cuir.

— On aurait dû y mettre du vinaigre, observa Parfait-Amour en caressant le chien qui ne les quittait plus.

— Il faut tenir ce rythme, répondit Marius.

— Quel rythme ?

— Huit à dix lieues par jour.

— On ne tiendra pas. Je n'ai pas fait la retraite de Russie, moi.

Marius leva les yeux au ciel. Ce matin, sur la carte de Triple-Patte, posant l'index au hasard, il était tombé sur le mont Ventoux. Avant de regagner Paris, il fallait rester caché au moins deux mois. D'abord pour retrouver une apparence humaine, ensuite pour bien calculer son coup. Marius avait donc décidé de s'installer au plus vite dans ce coin du Vaucluse.

— Où va-t-on ? demanda alors Parfait-Amour.

— Vers le nord.

— C'est vague, ça. Je suis épuisé. Pourquoi ne prend-on pas plus de temps ? Toi, naturellement, tu es jeune. Le bagne t'a même rendu plus fort, plus vigoureux, plus endurant. Moi, je suis vieux. En me traitant ainsi, tu commets une erreur.

Marius ne s'arrêta même pas pour répondre. Mais son ton fut sans concession :

— C'est toi, l'erreur. Et le propre de l'erreur, c'est de se prendre pour la vérité. Tu te comportes comme je me comportais autrefois. Un pas en avant, un pas en arrière. Une fois tu prétends qu'il ne faut pas traverser les villages, une autre tu veux tous les traverser et t'y attarder. Tu as le vertige du paradoxe, Parfait-Amour. Nous sommes des fagots en rupture de ban. Si on nous capture, on repique pour trois ans. Et avec un régime particulier. Cachot, double chaîne, salle des indociles. Pour le plus grand plaisir de Raynaud. C'est ce que tu veux ?

Parfait-Amour bougonna et rentra la tête dans les épaules. Marius parlait trop bien pour lui. Il ne comprenait pas toujours ses propos.

Ils firent une halte dans un petit bois en pente douce. Comme Parfait-Amour avait les pieds en sang, la halte fut définitive.

— Soit, on campera ici, admit Marius à regret. Mais je ne nous trouve pas assez à l'abri. On va s'installer dans cette clairière, derrière ce tronc d'arbre.

Parfait-Amour se laissa tomber sur un nid de mousse et s'exclama :

— Regarde ça, il nous faudrait d'autres souliers !

— Fais un feu derrière le tronc, je vais aller jeter un coup d'œil aux alentours.

Le chien suivit Marius en remuant la queue. Après avoir ôté ses ersatz de mocassins, Parfait-Amour massa ses pieds douloureux, un peu soulagé.

Marius s'absenta au moins deux bonnes heures. L'homme des villes se révéla être un homme des bois. À cause de ses escapades à la campagne avec son grand-père Gillenormand ? En tout cas, il fut efficace. En repérant des nids dans les arbres, il récolta une douzaine d'œufs. Un peu plus loin, au moment de remplir sa gourde dans l'eau vive d'un ruisseau, il surprit le festin d'une trentaine d'écrevisses. De grosses pattes rouges qui dévoraient le cadavre d'un geai. En les appâtant avec ses doigts, il en attrapa une vingtaine. « Entre les œufs, le lard et les écrevisses, on va faire bombance », se dit-il avec bonne humeur. Et il rebroussa chemin.

Tandis qu'il passait sous un toit de verdure hérissé de barbelures amande et de guirlandes brunâtres, il se remémora son dîner chez Hardy et sa soirée aux Bains turcs avec Cosette. Qu'était-elle devenue ? Fréquentait-elle ce faux frère d'Amédée ? S'était-elle donnée à lui ? Et Louis-Désiré, avait-il vraiment partie liée avec le Rouget et ce Dabe des greffes comme le prétendait Parfait-Amour ?

« Tout se réglera à Paris, songea Marius qui, même s'il se le répétait souvent, ne se montrerait jamais aussi magnanime que Jean Valjean. Lui avait volé un pain. Moi, on a voulu me voler la vie. De plus, il y a des coupables. »

Une fois justice rendue il emmènerait Cosette aux Amériques. Et le petit Raphaël par la même occasion. Et Parfait-Amour s'il le désirait. Alors qu'il remuait ces pensées, se félicitant de nourrir des projets d'envergure, il lui sembla entendre le hennissement d'un cheval. Et puis des jurons dans une langue inconnue. Il s'arrêta. Le chien grogna.

— Chut, murmura Marius en caressant l'animal.

La clairière était toute proche. Le jeune homme se mit à quatre pattes et avança à ras du sol et des herbes sèches. Un point lumineux attira son attention : le feu allumé par Parfait-Amour.

Lorsqu'il fut à la lisière de la clairière, son sang se figea. Les deux cavaliers croisés en fin de matinée sur la route étaient là. Leurs chevaux et la mule broutaient l'herbe un peu plus loin. Malgré la lumière déclinante, on distinguait leurs traits. Ils n'étaient pas très jeunes. Quarante, quarante-cinq ans. Le plus grand, dont les cheveux noirs tombaient sur les épaules, avait le visage dévoré par la petite vérole. Ses gestes étaient lents et précis. Il faisait rougir une sorte de sabre dans les braises. Marius en voulut à Parfait-Amour. Si seulement il avait allumé le feu derrière le tronc d'arbre !

Parfait-Amour était assis contre le tronc, les mains liées devant lui. Des mucosités blanches coulaient de ses narines. Il avait la langue au bord des dents et la face bleuâtre. Le deuxième cavalier, rougeaud et porcin, lui fouettait le visage à intervalles réguliers avec une sorte de badine.

— Alors, tu ne sais pas où est ton complice ? Tu ne veux pas le dire ?

Puis, à l'adresse du grand maigre :

— Mon cher Laszlo, je crois que ce forçat n'est pas bavard. Mais il ne connaît pas les frères Erzbet. On sait délier les langues, nous.

Parfait-Amour ne leur adressa pas un regard. Marius, lui, nota qu'ils étaient vêtus de la façon la plus fantaisiste qui fût. Vestes de peau, guêtres de grenadier, baudriers et bonnets de fourrure. Sabres, coutelas et pistolets encombraient leurs ceintures. C'étaient donc ça, les frères Erzbet ? Ceux dont avait parlé Triple-Patte ? Des bohémiens d'origine hongroise ?

— Je crois que tu as raison, Vlad, dit le grand maigre en jetant un regard circulaire. On va raconter une petite histoire à notre ami. Après l'avoir entendue, je crois qu'il sera beaucoup plus bavard !

Et il éclata d'un rire féroce en brandissant le sabre dont la lame était presque entièrement rougie par le feu.

Puis, le corps déhanché, il fit quelques pas et montra du doigt la mule.

— Cet animal est une carne, dit-il d'une voix

douce et enjôleuse. Alors je vais le tuer. On va lui ouvrir le ventre et lui retirer les entrailles. Toi, le forçat, on va te déshabiller et te fourrer dans ce ventre chaud et puant. On remettra les viscères de la mule et on recousera le tout.

— Non, le corrigea le petit gros ; en français, on dit « on recoudra ».

Le grand maigre eut un sourire lugubre.

— Je n'aime pas le français, Vlad. Et je n'aime pas les Français. À Waterloo, avec Blücher, on les a taillés en pièces.

Puis, de nouveau à l'adresse de Parfait-Amour :

— Et tu sais où tu auras la tête, petit Français ? Dans le trou du cul de la mule ! Dans la merde ! Et tu étoufferas tout doucement !

Puis il se précipita sur Parfait-Amour et demanda à son frère de lui mettre les bras à l'horizontale. Il tourna le dos, fit tournoyer son sabre avec désinvolture et poursuivit :

— Tu es gaucher ou droitier ?

— Droitier… bredouilla Parfait-Amour.

— Alors tu n'as pas besoin de la main gauche !

Et il trancha la main de Parfait-Amour qui, incrédule, contempla un long moment son moignon d'où le sang giclait à gros bouillons.

Là-dessus, le petit gros attrapa Parfait-Amour par le bras et lui plongea son moignon dans la braise. S'ensuivirent un crépitement sinistre et une odeur de cochon brûlé. Le cri qui jaillit de la poitrine de Parfait-Amour dut faire fuir tous les animaux du bois. Sauf le chien. Malgré Marius, il sauta sur le petit gros, babines retroussées.

L'attaque fut si prompte, si soudaine que le Hongrois n'eut pas le temps de prendre son mousqueton. Les crocs du chien se plantèrent dans sa cuisse. À la suite du chien, Marius s'expulsa de sa cachette et se rua sur le grand maigre en hurlant comme un démon.

— Tu étais donc à Waterloo ? vociféra-t-il en tournant autour du grand maigre. Alors recommande ton âme à Dieu, tu vas y retourner !

Le sabre n'a rien à voir avec le fleuret. Sa science requiert des qualités de guerrier. Il tranche, sectionne, déchire. Cette arme méprise les sautillements. Le sabre est noble. Grâce à l'adjudant Lestrade, Marius avait accédé à cette noblesse. Il fit vite comprendre à son adversaire qu'il n'était pas un amateur.

Lc grand maigre s'en rendit compte immédiatement. En dépit de sa garde de tierce, il parait mal les assauts. La frappe du jeune homme était lourde et précise. Le Hongrois recula. Et tout en reculant, il cherchait du regard son cheval.

Tout à coup, on entendit un cri déchirant. Le petit gros venait d'égorger le chien. Mais Parfait-Amour, puisant dans ses réserves, se jeta sur le Hongrois et le poignarda avec son propre couteau.

Cela redoubla l'ardeur de Marius. Son sabre s'abattit sur l'épaule droite du Hongrois. Celui-ci lâcha son arme et mit un genou à terre.

— Tu te moquais tout à l'heure ? dit alors Marius en posant la pointe de son sabre sur sa gorge. Sache que celui qui n'a pas encore traversé la rivière ne doit pas se moquer de celui qui se noie. Tu vas périr, Hongrois.

Ce dernier, à genoux, étreignait son bras qui pendait, presque séparé de l'épaule. Son regard ne distillait plus cette souveraine vanité qui se pare de mille dégoûts. Ses lèvres frémissaient, ses narines palpitaient.

— Petit Français, disais-tu ? reprit Marius. Et toi, petit Hongrois, sais-tu que mon père fut fauché à Waterloo ? Et si c'était toi qui l'avais frappé ?

Le Hongrois remua la tête, effrayé. Cet homme est fou, pensa-t-il. Pendant ce temps, Parfait-Amour se taillait un pansement dans la chemise du mort. Il enveloppa son moignon et prit le chien dans ses bras.

— Ils l'ont tué…, murmura-t-il avec des sanglots dans la voix.

— Dis-moi, fit Marius en s'adressant au Hongrois, tu as raconté une belle histoire à mon ami. À cause de toi, il n'a plus de main gauche. Les individus de ton espèce sont une calamité. Moi, j'ai été envoyé au bagne par erreur. J'ai appartenu au peuple des abîmes. Auparavant, je n'avais jamais fait ce que je vais faire. D'une certaine façon, je pensais que le règne de Dieu sur terre était proche. Entends-tu ?

— Si vous me laissez la vie, je plaiderai en votre faveur…, balbutia le Hongrois.

— En ma faveur ? exulta Marius. Depuis deux ans des gens plaident en ma faveur ! Tu vois le résultat ? Et pourtant je n'ai jamais convoité le bien d'autrui. Je crois que ce n'est pas ton cas. Et je crois que ce n'est pas le cas des hommes en général. Je suis devenu une bête féroce, Hongrois. Dès qu'un homme sait parler, il sait mentir. Toi, tu mens !

— Non, fit le Hongrois d'un air implorant.

Les traits de l'homme au visage grêlé se décomposèrent. Pris de panique, il tenta de déséquilibrer Marius et de lui ravir son arme. Mais Marius lui décocha un coup de pied et entailla son poignet.

— Tu vas mourir comme un héros grec ! siffla-t-il en sautillant sur place. Autrefois, dans mon beau milieu, j'ai rencontré des nostalgiques de la tragédie grecque. Et toi, tu as la tête de l'emploi !

Et il courut jusqu'à la mule.

— Non ! hurla Parfait-Amour. Laisse-le !

Mais Marius n'entendait rien. Le jeune dandy qui avait hanté la salle d'armes de lord Seymour était bel et bien mort. Il se glissa sous la mule et enfonça son sabre dans ses flancs jusqu'à la garde. La pauvre bête se cabra, rua et finit par tomber sur le côté. Une lueur démoniaque déformait les traits de Marius. Il acheva sa besogne en éventrant la mule encore vivante. Ensuite, rouge de sang des pieds à la tête, il revint chercher le Hongrois et le traîna jusqu'à la mule en le tirant par les cheveux.

— Ne fais pas ça ! s'écria encore Parfait-Amour.

— Aucun témoin derrière nous ! rugit Marius.

Il poussa le Hongrois dans le ventre de la mule et lui fourra le visage dans l'anus. En dépit de l'odeur pestilentielle, il prit une lanière et entreprit de recoudre le ventre de l'animal. Le Hongrois se débattait comme un diable. Marius le frappa au ventre, à la tête, sur sa blessure. Il était comme dément. Tout à coup, une détonation retentit. Parfait-Amour, armé d'un pistolet, venait de brûler la cervelle du Hongrois. Alors Marius se laissa tomber face contre terre et, avec des imprécations mêlées de sanglots, s'écria :

— Mon Dieu, pourquoi m'as-tu abandonné ?

Ce matin-là, le Dabe des greffes remontait la rue Saint-Denis avec le Loupeur. Il venait d'apprendre que Lacenaire, après avoir fui à Dijon, Beaune, Genève et Lyon, où il avait adopté le nom de Jacob Levy pour escroquer un effet de commerce, avait été arrêté.

— Tout se sait dans le monde des escarpes, lui déclara le Loupeur. Chez nous on bave, on donne, on dénonce ! Une lettre ? Inutile. Pas de lazagne pour la racaille !

— Peste ! Comme je te suis, mon frère ! Dans le crime, l'honneur est un vain mot. Et tant mieux ! Et où l'ont-ils bridé, ce faux mariole ?

— À la prison de Dijon.

D'après un informateur du Loupeur, Lacenaire passait son temps à composer des vers. Il attendait d'être transféré à Paris.

— Écoute plutôt, dit le Loupeur en sortant un papier de sa poche. Ça s'appelle « Le Larron » ou « Pétition ».

D'une voix rocailleuse qui sonnait faux, il entonna :

Sire, de grâce, écoutez-moi :
Je viens de sortir des galères...
Je suis voleur, vous êtes roi,
Agissons ensemble en bons frères.
Les gens de bien me font horreur :
J'ai le cœur dur et l'âme vile,
Je suis sans pitié, sans honneur ;
Ah ! faites-moi sergent de ville !

Au bout du quatrième couplet qui voyait le larron briguer la place du roi après avoir été successivement sergent, préfet et ministre, le Dabe des greffes haussa les épaules. Se vantant autrefois d'avoir quelque connaissance littéraire, surtout à Montfermeil, au Sergent-de-Waterloo, lorsqu'il aimait à citer Voltaire et saint Augustin, il jugea le texte très médiocre.

Quoi qu'il en soit, le Loupeur poursuivit son exposé. Lors de sa comparution devant le juge, Lacenaire avait revendiqué des crimes qui faisaient paraître bien pâles les inculpations de chapardages et escroqueries pour lesquelles on voulait le condamner. Le juge, sidéré, avait renvoyé son inculpé à l'instruction.

— Et là, tu sais quoi, Dabe des greffes ? Eh bien, il a mangé le morceau ! « Le double crime des Chardon, c'est moi », qu'il a dit !

— Je savais bien que ce parfumé ne tournait pas rond, déclara le vieux d'une mine réjouie. Les bavards intarissables, c'est promis à l'abbaye du Monte-à-Regret. De vrais suicidés de la guillotine !

Puis, à l'adresse de son lieutenant :

— Bon, je te laisse à l'atelier. Moi, je vais aux Marmousets, dans l'île de la Cité.

Durant les premiers mois de cette nouvelle année, le Dabe des greffes que nous appellerons désormais de son vrai nom, Thénardier, avait acheté un local dans l'île de la Cité, destiné à devenir un de ces cabarets malfamés qu'il affectionnait tant. Il se trouvait rue des Ursins, près de la rue des Marmousets, juste à côté de Notre-Dame. Thénardier prisait ces lieux d'industries peu soigneuses où s'exerçaient des activités inavouables à l'ombre de la Croix. C'était comme une protection divine. Il aimait ce lacis de petites rues obscures cerclées d'une lueur pisseuse se reflétant jusqu'aux faîtages, ce quartier semblable à une léproserie où la prostitution et la racaille avaient depuis longtemps établi leur quartier général, où des ritournelles plaintives émergeaient d'entre les pavés ou d'une porte entrebâillée. L'ambiance du Chat-Malin ne lui convenant pas, il regrettait le temps du Clan Destin. Cet homme ne s'égayait que dans la tourbe et le purin. Son esprit pétri de calomnies et d'intrigues ne pouvait se satisfaire de l'étalage et de l'opulence. Il supportait mal ces gens qui s'adonnaient sans frein à la plus frénétique des dépenses. Avare pour lui, il l'était pour les autres. Toute dilapidation l'écœurait. Et il avait réponse à tout.

La richesse ? Un mystère. L'idéal ? Une chose inutile. La jouissance ? Un mot obscène. La pitié ? Quelle horreur. La gloire ? Une colonne de fumée.

Le doute ? Pire que la négation. Seule l'intrigue avait grâce à ses yeux. Elle triomphait de toutes les valeurs qu'il méprisait. Voilà pourquoi ce chien retournait à son vomi. Et avec une indescriptible jubilation, féroce et contrefait, avide et mystérieux, tenant en estime ce peuple des bas-fonds qui se gauchissait, s'amoindrissait, dépérissait, disparaissait sous la glaise de ses tourments. Alors oui, il chérissait mille fois cette irréversible débauche de souffrance, d'indigence, de hurlements pathétiques et récurrents ! Tout ce qui volait le pain de l'avenir, la soupe de la semaine ou les hardes des pauvres avait pour lui une connotation d'éclat.

« Les pauvres devraient m'élever une statue pour tout le mal que j'aurais pu leur faire et que je ne leur ai pas fait », aimait-il à répéter d'un air bon enfant.

Mais les pauvres l'ignoraient, car ce médiocre restait justement médiocre. Contrairement aux héros d'une certaine imagerie populaire, il rêvait de détrousser les pauvres pour enrichir les riches. La puissance du sacrifice, qui est la noblesse même de l'homme, lui était inconnue. La solitude et l'avarice représentaient la verve de sa vie. Il avait tout, jusqu'au sexe, dans le cerveau. Même Satan n'aurait pu devenir son compagnon. Avec tout être, qu'il fût surnaturel ou non, il n'avait qu'une phobie : celle de partager. Or, l'homme mérite-t-il vraiment son nom d'homme quand il ne partage pas ?

Thénardier ne se posait pas la question. Il ne se l'était jamais posée. Mal remis du vol de ses diamants, il avait extrait ceux qui restaient pour les ranger en lieu sûr. Il soupçonnait tout le monde. Surtout le Gail et Rouget. Mais également Carignol. Et s'il n'avait pas eu en lui cette spectaculaire dose de prudente duplicité, peut-être aurait-il couru dans tous les sens avec des cris d'Harpagon.

Mais avouer son malheur serait revenu à avouer ses possessions et un avare, au regard d'autrui, se doit d'être pauvre. Il ne possède rien, il est la victime des autres, même s'il est avant tout sa propre victime. Son vice est sa souffrance. Il vit pour trembler.

Thénardier tremblait donc. Il voyait des profiteurs, des malhonnêtes partout. Pour parer à toute éventualité, il s'était attaché les services de Pégasse et de Vingt-Deux, les deux gredins qui avaient aidé Rouget à assassiner Jésus. Simplement pour semer la zizanie entre Rouget et ses complices. Et afin d'éviter un creusement d'argent qui lui eût une fois de plus crevé le cœur, il promut les deux escarpes au rang de gérants de sa nouvelle gargote.

— Aux Deux-Marmousets, c'est vous les patrons. Mais attention ! Notre-Dame veille sur vous. De l'enfer au paradis, il n'y a qu'un pas, c'est le cas de le dire. Les bénéfices pour moi, les petits arrangements pour vous. Pour le pot-en-bouille, on se débrouillera.

Thénardier avait rendez-vous avec Burdin dans l'île de la Cité, devant son nouvel estaminet. L'autre jour, le bossu semblait aux abois. Ce qui se passait rue Saint-Fiacre le bouleversait. Le Dabe des greffes s'en était aperçu. L'angoissante détresse de son complice, on s'en doute, n'était pas de nature à l'émouvoir. Au contraire. Il s'attendait à ce que Burdin lui demande un service, ce qui lui permettrait de reprendre les choses en main. Cet homme aimait tout diriger par une sorte de magnétisme invisible et continuel. L'air de ne pas y toucher. Pour le plaisir.

Dans le jour naissant, il avait entrevu Burdin. D'habitude, comme pour signifier son importance, l'intendant arrivait en retard. Ce matin, il était en avance.

Thénardier s'immobilisa au coin de la rue Chanoinesse. Il savourait cet instant avec délice. Pour faire durer le plaisir, il sifflota et s'appuya sur sa canne. Des ouvriers déambulaient dans les rues telles des ombres flottantes, sortes de miséricordes à la recherche de leurs stalles, ressemblant à ces figures grotesques sculptées sur les chenets. Si hâves et décharnés qu'ils fussent, ils trouvaient encore la force de mettre un pied devant l'autre. Leur résignation ressemblait à la mort. Thénardier, intérieurement, les accabla de jurons destinés à les renvoyer dans leurs limbes. Un rire nerveux le secoua des pieds à la tête. Et puis il fit un pas en avant. Histoire de se découvrir et de héler ce « cher » Burdin.

— Déjà là, mon bon ?

Du bout de sa canne, il montra sa nouvelle acquisition.

— Je me fiche de tes affaires, dit aussitôt le bossu avec sa mine de bilieux. Tu m'avais promis que…

L'autre l'interrompit par un sourire imprévu qui rajeunit son visage.

— Tu veux parler de Cosette et du momaque ?

— Tout à fait.

— Cela ne peut se faire comme ça, d'un coup de baguette magique. Que m'offres-tu en échange ?

Burdin l'interrogea du regard.

— Le Chat-Malin pour toi tout seul.

— C'est insuffisant, Burdin. Et les biens de Marius ? Cette fois, il s'agit de faire disparaître une femme et un enfant. Les enfants, c'est plutôt ta spécialité. Quant à cette femme, je peux m'en occuper, mais pas question de la supprimer.

— Qui t'a demandé de la supprimer ?

Thénardier émit une cascade de toussotements où se mêlaient des raclements de gorge et des ricanements hachés.

— Je te connais, Burdin. À moi le sale travail, à toi les bonnes choses. Tu ne veux pas te salir les mains et je te comprends. Mais si le sort de cette petite Cosette te préoccupe tant, pourquoi ne t'en occupes-tu pas tout seul ? Eh bien, je vais te le dire, moi. Parce qu'il y a un beau petit magot à la clé !

Les deux hommes marchaient en direction de Notre-Dame sans se regarder. Burdin réprima une moue de répulsion en sentant son complice s'incliner exagérément et expectorer ces sécrétions qui l'encombraient. Il maudit ce vieillard répugnant d'avoir toujours des particules collées aux commissures des lèvres, des postillons crémeux qui giclaient de sa bouche comme s'il venait de festoyer et de se remplir la panse. Il le répugnait. C'est d'ailleurs assez étrange, cette aversion que des répugnants éprouvent pour d'autres répugnants. Pourtant Thénardier ne mangeait pas et ne buvait pas. On ne lui connaissait aucun vice, aucune maladie. Ce janséniste de l'exécrable était tout simplement répugnant. Burdin se reprocha d'avoir tendu la main à cet homme à Saint-Malo. Il aurait dû le laisser croupir dans sa fange. Il le trouvait trop encombrant, trop gourmand.

Nonobstant, au lieu de le prendre de haut, il consentit à sa demande :

— Tu as raison, Thénardier, il y aura quelque chose pour toi. Quelque chose de costaud. Que veux-tu, en ce moment, nous sommes tous sur des charbons ardents.

— Et comment faut-il procéder ?

— Je te laisse juge. D'ici le mois de juillet, il faudrait que les choses soient réglées.

— L'enfant ?

— Je m'en occupe. Quant à Cosette, je ne sais pas pourquoi, mais je l'imagine bien dans ton nouvel établissement.

— C'est une idée, répondit le vieux en coulant un regard suspect vers des gens massés devant la cathédrale. Justement, je cherchais quelqu'un pour la jaffe.

Puis il leva les yeux au ciel. Le vent que l'aurore avait soulevé était vif et précipitait la manœuvre des nuages. Pareils à un rideau de théâtre, ils s'abaissèrent sur le soleil. Notre-Dame obscurcie parut plus lourde, plus solennelle, au-dessus de la mer de tuiles qui s'ouvrait sur l'île de la Cité et, plus loin, sur l'île Saint-Louis. Par instants, le soleil échauffait les couleurs des tuiles rousses, dorées, quelques-unes verdies, les plus nombreuses voûtées, rondes et ondulantes, les autres plates et rectangulaires, selon qu'elles étaient romaines ou germaniques.

Les deux hommes passèrent devant le parvis en rentrant la tête dans les épaules. Burdin, qui avait assez de souplesse pour tempérer son projet initial, ne résista toutefois pas à la tentation de piquer au vif son complice.

— Les hommes, dit-il, sont un peu comme les tuiles de ces maisons. Il y a ceux qui sont droits et ceux qui s'incurvent.

Thénardier hocha la tête d'un air bonhomme :

— Mais ceux qui sont droits peuvent s'incurver et ceux qui sont recourbés peuvent se redresser, mon cher Burdin.

Il ricana en pensant à la bosse de l'intendant. Puis, en fronçant les sourcils :

— De toute façon, où vois-tu des hommes droits, toi ? Tu as de l'ambition, j'en ai aussi. La tienne est démesurée, la mienne est raisonnable. La seule chose que nous avons en commun, c'est elle justement. Seulement plus elle nous brûle, plus elle doit rester secrète, mon bon.

Le visage sombre du bossu devint railleur.

— La seule chose que nous avons en commun ? Comme tu y vas, Thénardier ! L'un comme l'autre, et c'est pour ça que nous sommes liés, nous avons du sang sur les mains.

Et il écarta les bras en montrant ses paumes. L'autre, épouvanté, s'arrêta.

— Ne parle pas si fort, Burdin. Dans ce quartier, tous les murs ont des oreilles.

— Quand ? dit alors Burdin sur un ton impérieux.

Thénardier parut agacé par le ton supérieur

qu'affectait cet homme que, d'une certaine façon, il tenait à sa merci. Laconique, il répondit :

— Je ne veux pas précipiter les choses, continua-t-il avec humour. Et puisque tu es si impatient, sache que je suis inquiet. On m'a fourliné chez moi.

— Volé ?

— Comme je te le dis. La bague de Jésus a disparu. Il me semble que Rouget n'est pas étranger à ce crime.

Burdin réprima une envie de s'esclaffer en entendant ce dernier mot.

— Eh bien, débarrasse-t-en. Si tu veux, je peux même en parler à Gérard. Il doit bien disposer d'un peu d'arsenic dans ses réserves.

Thénardier fit la grimace. Ce Gérard, il entendait le tenir à l'écart de ses affaires. Il était employé, point final.

— Pas pour le moment, j'ai encore besoin de Rouget. Mais ce qui me chiffonne, c'est son complice. Un homme à l'imposante stature et au chapeau rabattu sur les yeux. Il pourrait s'agir d'un coqueur ou d'un roussin.

— Qu'est-ce que tu me bonis là ? Tu prêtes un peu trop d'intelligence à ton Rouget, fit Burdin en consultant sa montre. Il est trop bête pour devenir le complice d'un délateur ou d'un policier.

— En tout cas je t'aurai prévenu, insista Thénardier. Si tu vois cet homme, tâche de le mettre hors d'état de nuire. Moi, je n'ai pas envie de tirer vingt longes.

Burdin héla un fiacre et lâcha d'une lippe dédaigneuse :

— Ça, c'est ton travail, Thénardier. On se revoit dans un mois.

— C'est ça, dans un mois, fit le vieux en inclinant plusieurs fois la tête, plein de courbettes et de componction.

Après que Burdin fut monté dans le fiacre, il retourna sur ses pas et passa près d'une taverne d'où s'échappaient des odeurs de quiche et de pâté de lièvre. Il se boucha le nez. Dans la rue des Ursins, il y avait un attroupement. Deux hommes se battaient, cernés par des femmes hurlantes et déchaînées qui les encourageaient à s'étriper.

— Saigne-le ! criait une grosse portière au fichu bariolé.

— Brise-lui la nuque ! repartait une autre, plus jeune, dont la chevelure de jais étincelait au soleil.

D'autres spectateurs avaient formé un cercle autour des deux combattants. Ils entamaient des paris. De cette foule hideuse se dégageait une rumeur qui, par instants, s'enflait, chargée en huées ou en vivats, ou s'apaisait au contraire jusqu'au silence d'où surgissait tantôt la voix de la mégère, tantôt celle de la jeune femme brune. Thénardier s'approcha. Là, par une fenêtre entrouverte, il aperçut un perroquet enchaîné à son perchoir et deux enfants qui se disputaient un quignon de pain en s'envoyant des coups de pied. « Bon Dieu, que c'est bon toute cette ambiance, se confia-t-il à lui-même. Elle est tellement humaine. » Puis, en accrochant son regard sur la mégère et la jeune femme brune, il tressaillit d'abord, ricana ensuite. Ces deux souillons lui rappelaient la Béquille et la Miauleuse. L'une était morte, l'autre ne valait guère mieux. Un irrépressible fou rire s'empara de lui. Bientôt, ce serait au tour de Cosette.

« Ton bon papa Thénardier va te préparer un avenir aux oignons, ma petite Cosette, murmura-t-il. Ce sera comme à Montfermeil quand tu avais huit ans. Je vais te faire gambiller, l'alouette. Le sergent de Waterloo sera fidèle au rendez-vous. La garde ne meurt jamais et se rend toujours ! »

Et, après avoir vu les deux hommes qui roulaient par terre, il partit en direction du faubourg Saint-Denis, à pied, parce que le fiacre, cela coûtait trop cher.

Verjat était assis en face de Cosette, les bras croisés. Tout à l'heure, à peine arrivé, il s'était penché sur le berceau du petit Jean, un berceau d'osier aux rubans de soie bleue, placé près de la fenêtre qui donnait sur la cour intérieure.

— Tout le portrait de son père, avait-il marmonné en se souvenant du jeune homme à qui il avait donné deux pistolets pour donner l'alarme à l'époque où Thénardier alias Jondrette complotait dans la masure Gorbeau.

C'était la première fois qu'il se rendait à la nouvelle adresse de Cosette. Comme leurs rendez-vous à Saint-Sulpice et au jardin du Luxembourg s'étaient espacés, il avait fait le déplacement. Il trouvait l'endroit un peu triste. Cosette ne l'était pas moins. Il avait apporté des oranges dans un panier rempli de sucres d'orge. Cosette l'avait embrassé sur les deux joues pour le remercier.

— Il ne fallait pas, monsieur Verjat. Vous m'avez tellement manqué.

— Vous aussi, Cosette.

Il ne dévoila rien à la jeune femme de ses activités. Il avançait tout doucement dans son enquête, sûr de lui, avec cette pugnacité qu'on lui connaissait autrefois. En ratant son suicide, il estimait avoir réussi sa conversion. Une drôle d'amertume lui faisait penser qu'il était devenu un retraité de la douleur. Mais dans cette retraite consentie qui lui donnait enfin l'occasion de réparer ses erreurs, ou en tout cas de payer ses dettes, il s'investissait à fond. Ce parvenu de la remise en cause avait trouvé dans son échec passé une vertu actuelle. Il ferait toute la lumière sur l'affaire Pontmercy. Foi de Javert.

— Et monsieur d'Iguerande se porte bien ?

Cosette remua tristement la tête.

— Je ne le vois pour ainsi dire plus, répondit-elle. On m'a dit qu'il avait repris ses anciennes activités.

— Mais encore ?

Cosette était parfois désorientée par la façon abrupte dont Verjat posait les questions. N'avait-il pas le ton dur et cassant de l'homme habitué à se faire obéir ?

— Il boit beaucoup, répondit Cosette sans parvenir à cacher le plaisir mitigé que lui inspirait la déchéance d'Amédée. Je crois qu'il est malheureux.

— Parce qu'il vous aime ?

Cosette se rétracta violemment.

— Je ne peux pas lui offrir ce qu'il demande et qu'il n'a d'ailleurs jamais osé formuler devant moi. En outre, il s'est révélé un ami précieux. Mais je suis assez partagée sur la marche à suivre. Je n'ai rien oublié, monsieur Verjat. Je n'ai pas oublié sa part de responsabilité dans la disparition de Marius. Et, d'une certaine façon, le voir ainsi me procure une étrange satisfaction. L'autre jour, alors que je le croisais dans les escaliers, il s'est montré le plus charmant des hommes. Il s'est préoccupé de la santé de Jean sans afféterie et de la mienne avec délicatesse. Puis, lorsque nous nous sommes séparés, il a murmuré la chose suivante : « Rien ne vaut l'extase de la capitulation. »

Verjat considéra la jeune femme avec une bienveillance distraite. D'un geste aimable et rond, plus épiscopal qu'impérieux, il répondit avec humour :

— C'est l'aveu de bon nombre de soldats.

— Il a effectivement servi en Algérie.

— Si peu. Ne vous laissez pas attendrir par son désarroi.

Verjat décroisa les bras et fit osciller son index avec un air lourd de sous-entendus. Puis il ajouta :

— Je ne mets certes pas en doute la sincérité des sentiments de monsieur d'Iguerande, mais vous avez affaire à un capricieux qui ne parvient pas à satisfaire son caprice. Voilà tout. Votre sentiment embarrassé mais comblé à la vue de son avilissement, s'il est quelque peu excessif, n'en demeure pas moins légitime. Vous devez vous protéger, Cosette. Et je sais ce dont je parle.

Cosette sourit avec tendresse. Le tic de langage de Verjat l'amusait.

— Il n'est pas en mon pouvoir de vous apporter le bonheur, poursuivit-il, mais je vous offre la consolation. Daignerez-vous l'accepter comme venant d'un ami ?

— Même si je le cache, même si la présence de mon fils m'est un bonheur de tout instant, je suis en effet malheureuse, monsieur Verjat. Et je rêve de me venger de cette injustice par tous les moyens. Mais souffre-t-on moins en faisant souffrir les autres ?

— Vous faites allusion au marquis ? demanda Verjat avec une véhémence contenue.

— À lui et à d'autres.

— Si monsieur d'Iguerande est un noble cœur, il doit comprendre que tout homme, aussi frivole et dévoyé soit-il, doit un tribut à l'existence. En vivant à vos côtés, il ne pourrait s'accoutumer à vos douleurs. Il deviendrait haineux par impuissance. N'est-il pas encore un peu jeune ?

— Son cœur est celui d'un homme vieilli prématurément.

Verjat leva les yeux au ciel et s'exclama :

— Chacun son fardeau ! J'ai le mien, vous avez le vôtre. Il en va ainsi de chaque être humain. Monsieur d'Iguerande manque de modestie. Or on ne peut l'atteindre qu'à la faveur de grands moments de lassitude et d'épuisement, ce qui revient à dire qu'un homme de l'énergie de monsieur d'Iguerande n'est jamais modeste. Il deviendra fort en luttant. Une adversité doit se changer en fortune. Vous en êtes le parfait exemple, Cosette. Et je sais que vous allez réussir à reconstituer votre avenir.

Cosette secoua la tête avec lassitude.

— Vous avez trop confiance en moi, monsieur Verjat.

— Parce que vous avez des antécédents.

— Que voulez-vous dire ?

— Votre père.

— Il n'est malheureusement plus là. L'autre jour, dans un moment d'abattement, j'ai pensé à lui et cela m'a fait du bien. S'il était en vie, j'ai fait le calcul, il aurait soixante-huit ans.

— Et Javert cinquante-six.

Cosette sursauta :

— Javert ? Pourquoi prononcez-vous ce nom ?

— C'était un ami de votre père, rectifia Verjat qui avait pensé tout haut. Il avait le même âge que moi.

— Mais pourquoi vous comparez-vous toujours à mon père lorsque j'évoque son souvenir ?

— Je vous l'ai déjà dit, je l'ai bien connu.

Cosette esquissa un sourire malicieux, faisant osciller son index à la manière d'un maître d'école :

— Votre explication ne me satisfait pas.

— Un jour vous saurez, trancha Verjat. Promettez-moi seulement, vis-à-vis de monsieur d'Iguerande, de ne pas être la victime de votre bonté et de votre compassion.

— Je vous le promets, monsieur Verjat. Mais ne vous faites pas trop de souci pour moi. Vous me connaissez mal, je sais me défendre.

Verjat croisa les jambes d'un air rassuré. Il contempla ses grosses mains et lissa ses tempes grises. Il était rassuré mais Amédée d'Iguerande était comme tous les hommes : au plus vif d'un échec, et au moment où la honte menaçait de le terrasser, il pouvait être emporté soudainement par une frénésie d'orgueil et accomplir quelque chose de néfaste pour Cosette. Il ne souhaitait pas qu'elle coure ce risque. D'autant qu'il avait désormais la quasi-certitude que le corps de l'homme enterré au Père-Lachaise sous l'identité du baron Pontmercy n'était pas celui de Marius. Mais il ne voulait pas donner de fausse joie à Cosette. Et là, tout à fait incidemment, passant encore une fois du coq à l'âne, il demanda à la jeune femme :

— Au fait, le baron Pontmercy avait-il pour habitude de porter des bijoux ?

Cosette écarquilla les yeux. Tant de choses s'étaient brisées en elle et autour d'elle, qu'elle n'avait plus du tout le goût des coquetteries ou de la futilité. Avec l'ongle de son pouce, elle caressa son alliance. La question de Verjat lui parut déplacée.

— Pas à ma connaissance, finit-elle par répondre sur un ton heurté.

— Ne m'en veuillez pas, s'empressa aussitôt Verjat en décroisant les jambes et en se levant.

Il mit les mains en éventail devant lui et fit signe à Cosette d'attendre. Puis il glissa la main dans l'une des poches de sa redingote d'un geste lent et méticuleux. Il fixa Cosette du regard et sortit brusquement de sa poche l'anneau d'or où figurait un serpent avec des quinquets d'émeraude.

— Cette bague ne vous dit rien ?

— Absolument rien, fit Cosette en redressant fièrement la tête.

Cette bague, se figurait-elle, avait peut-être appartenu à une femme fréquentée par Marius, pourquoi pas cette créature brune rencontrée un soir au Café Turc, insolente et exubérante, qu'il semblait si bien connaître. Verjat, sous le prétexte de démêler une affaire qui ne le regardait en rien, ne faisait qu'attiser son chagrin.

— Pourquoi êtes-vous si cruel ? Je commence à croire Amédée, vous vous comportez comme un inspecteur de police…

— Il a dit ça ?

Verjat fit exécuter une lente rotation à son visage engoncé dans une cravate noire et râpée, puis, après avoir rangé la bague, il ouvrit les bras et marcha vers Cosette.

— Mon enfant, se surprit-il à dire, qu'allez-vous imaginer ?

Cosette se leva à son tour et, refoulant ses pleurs, se réfugia dans les bras de son protecteur. Le visage blême, les yeux rougis par les insomnies que lui causaient tous ces maux et ces cauchemars, ainsi que le petit Jean qui se réveillait trois fois par nuit, elle s'écria d'un air éperdu :

— Mais comment vivre quand on ne croit plus en rien !

Par le passé, Verjat avait été le responsable de mille tourments. Il avait souvent considéré ses victimes avec le sentiment du devoir accompli. Là, il se sentait complètement démuni.

— Vous vivrez, il le faut, murmura-t-il à l'oreille de la jeune femme, humant avec délice son parfum de citron et de thé vert.

Il la serra un court instant dans ses bras puis, honteux d'avoir pu la blesser, il précisa :

— Faites-moi confiance, Cosette.

— Cela ne me rendra pas Marius.

— Je sais, répondit Verjat avec ce calme parfait dont se recouvrent, comme d'un bouclier, les âmes résignées. Au fait, ajouta-t-il en prenant sa canne et son chapeau, vous n'avez besoin de rien ?

— Madeleine et Louis-Désiré s'occupent très bien de moi.

— Louis-Désiré ?

— C'est l'intendant de monsieur d'Iguerande.

— Eh bien tant mieux, Cosette. Vous êtes en de bonnes mains. Cela me soulage d'un poids, car je vais m'absenter pendant une longue période.

Cosette marcha jusqu'au berceau et posa la main sur l'arrondi en osier.

— Alors voilà, bredouilla-t-elle, non content de me faire de la peine, vous allez m'abandonner.

— Je serai là dans deux mois au plus tard.

Nous étions en mars, Verjat espérait être de retour fin mai. Mais s'il obtenait d'autres informations, son absence serait sans doute plus longue.

Cosette le raccompagna à la porte. Elle inclina la tête sur le côté et tendit la main.

— Adieu, souffla-t-elle.

— Adieu, Cosette.

Dans les escaliers il croisa un homme tout de noir vêtu qui se tenait de telle façon que l'on ne pouvait pas soupçonner l'infirmité dont il souffrait. Cette bosse dans le dos, fort peu apparente au demeurant, eût sans doute éveillé l'attention de Verjat. À l'inverse, Burdin se trouvait en présence de l'homme décrit par Tardier, ce Moreau qui entretenait des liens avec Rouget et qui représentait une menace. Les deux hommes se saluèrent poliment. Le hasard ne fait pas toujours bien les choses.

Un soir, aux Bains turcs, après avoir bu du rhum et de l'absinthe, Amédée et Louis entamèrent la conversation avec une femme rousse. Elle portait un masque lie-de-vin et une robe qui laissait apparaître la framboise de ses seins. Elle riait fort et clamait à tout bout de champ son adoration pour le prince des lumières. Vers une heure du matin, elle proposa aux deux hommes de les entraîner dans un endroit insolite. Ils acceptèrent. L'ivresse les faisait tituber. Ils prirent un fiacre et, par jeu, consentirent à se bander les yeux.

L'inconnue, qui s'appelait Proserpine, les emmena rue Colbert, dans une maison de prostitution baptisée le Diable-Blanc. C'était un hôtel particulier fréquenté par une clientèle très huppée. Juste à côté, se trouvait l'hôtel de Nevers. La marquise de Lambert, sous le nom de Anne-Thérèse de Courcelles, y avait tenu un salon littéraire de 1710 à 1733.

Proserpine fit traverser à Louis et à Amédée une grande salle enfumée où planaient des odeurs de musc et de macérations intimes. Des clients discutaient en buvant du champagne et en fumant le cigare. Proserpine guida les deux hommes dans un escalier. Ils descendirent les marches prudemment. Après quoi on leur ôta leur bandeau et on leur fit passer des masques aux expressions grotesques. Le décor grand-guignolesque les fit sourire.

Ils pénétrèrent dans une crypte rouge et noire où s'égaillaient une cinquantaine de personnes, hommes et femmes mêlés, tous debout et masqués. Des flambeaux aux murs éclairaient la salle. Quatre filles vêtues de jupettes et de cothurnes allumaient des cierges. Il y avait des banquettes, des coussins de pourpre et des tapis d'écarlate. Au milieu de la crypte, des piédestaux de cuivre portaient de grosses boules de verre. Entre deux colonnes corinthiennes, on apercevait un autel sur lequel était allongée une jeune fille. Elle était nue. Derrière elle, un personnage affublé d'une robe noire frappée d'une croix rouge avec la tête en bas et d'un masque rubis et mordoré paré de cornes noires brandissait un calice brunâtre. C'était une messe noire.

Louis voulut partir, Amédée insista pour rester. Le grand maître prononça des incantations. La jeune fille était en transe. Des flammes oblongues tremblaient sur les colonnes et les draperies des parois.

Les dernières paroles du grand maître furent accueillies par des grognements et des gesticulations. Un vertige de stupre tourbillonna sur l'assemblée.

Guidés par Proserpine, Amédée et Louis allèrent s'asseoir. Amédée avala trois verres de rhum. Proserpine l'encourageait à boire.

Plus tard, un couple prit place à leurs côtés. Une nymphette borgne et un homme charbonneux. Elle s'appelait Nina et lui Giuseppe.

Couronnée de feuilles d'acanthe, Proserpine joua les entremetteuses. Ils se soûlèrent tous ensemble en braillant des insanités.

Effrayé par la tournure des événements, Louis se leva et invita Amédée à le suivre. Ce dernier refusa.

— Tu ne veux pas t'amuser avec nous ? intervint le dénommé Giuseppe.

Il avait des yeux de braise, un torse velu et l'accent du soleil.

— On ne refuse rien à Giuseppe Fieschi ! s'écria-t-il en tapant sur les genoux de sa muse borgne.

Louis recula.

— Que fais-tu de Cosette ? murmura-t-il à l'adresse d'Amédée.

— Tais-toi ! éructa Amédée en se redressant.

Puis, pointant un index vengeur sur son ami :

— Va-t'en !

Louis hocha la tête. Il se dirigea vers le fond de la crypte et pointa son regard vers l'autel. Le grand maître avait vu la scène. Il escamota un court instant son masque. Apparurent des cheveux gris réunis par un catogan, un regard perçant et désinvolte à la fois. C'était Gérard. Le gérant de l'ancien Clan Destin.

Il remit son masque et distribua des ordres à deux nègres qui le secondaient.

Ceux-ci s'emparèrent de Louis. Des êtres de cauchemar tournèrent autour de lui en faisant des bonds de cabri. Louis se débattait à peine. Des femmes le couvrirent de crachats et d'obscénités. Les nègres lui bandèrent les yeux. Puis on le fit tourner comme une toupie. Amédée et Giuseppe riaient à gorge déployée. Pour finir, on l'entraîna dans des escaliers et on le jeta dehors.

— Et pas un mot sur ce que tu as vu ici, sinon tu es un homme mort ! lui lança-t-on.

Une fois dans la rue, il se promit de revenir et de se venger. Puis il repensa à Amédée. Dans quel abîme se précipitait son ami qui, sans doute conscient de ses manques, se mettait à confondre la peur et l'ennui ?

Le procès des insurgés d'avril 1834 allait débuter. Le duc de Broglie était alors président du Conseil. L'opposition avait tout fait pour entraver ou intimider la Cour des pairs. Celle-ci n'en mena pas moins à bien l'instruction de cet immense procès. Le public était anxieux, les journaux ne cachaient pas leur préoccupation. Parmi les accusés, on retrouvait un singulier assemblage où se côtoyaient Cavaignac, Raspail, Ledru-Rollin, Auguste Comte, Armand Carrel, Armand Barbès et Auguste Blanqui.

En somme, on faisait le procès du parti républicain.

Tout le monde avait entendu parler de Barbès et de Blanqui. Même Verjat, par le biais de l'abbé Rillet qui, on s'en doute, ne les tenait pas en haute estime.

— Ils veulent tout répartir, monsieur Verjat ! Les biens de l'Église aussi ! Tout cela n'est-il pas une vaste farce ?

— C'en est une, mon père.

— Vous ne le dites pas pour me faire plaisir, au moins ?

— Pourquoi le ferais-je ?

— Parce que je connais vos idées parfois un peu progressistes en la matière. Vos étudiants m'en ont fait part. Or je dis, moi, que tuer la richesse, ce n'est pas la répartir.

— Qui vous dit le contraire ?

— Mais vous, monsieur Verjat !

— J'ai simplement avancé qu'en supprimant la misère, on mettrait un terme à l'exploitation injuste du faible par le fort. N'est-ce pas un sentiment chrétien ?

— Si fait, mon ami. Je n'ai jamais été le partisan des jouissances à quelques-uns et des privations aux autres. Mais n'y a-t-il pas des limites à respecter ? Vous n'allez pas me faire croire que vous nourrissez quelque sympathie pour ces jacobins de Barbès et de Blanqui ?

— J'ai de la sympathie pour tout ce qui tend à démocratiser la propriété sans l'abolir, et de l'antipathie pour les affairistes ou les sectaires, pour monsieur Thiers et monsieur de Broglie, et pour les autres qui prônent le partage à outrance en faisant fi de l'émulation, répondit Verjat. J'ai à présent le goût de l'équitable, ce qui, je ne vous le cache pas, appartient peut-être à l'utopie. Il n'empêche que l'on peut rêver d'un enseignement gratuit et obligatoire pour tous les enfants, d'une France intellectuelle qui ne se couperait pas de la France manuelle, d'un monde politique soucieux de concilier ce qui reste du vieux monde avec ce qui est né de l'idéal révolutionnaire. Oui, j'ai maintenant de la sympathie pour ce qui m'inspirait autrefois de l'antipathie. Le monde ne serait-il pas meilleur, mon père, si chaque citoyen avait accès à la propriété ?

Verjat avait prononcé cette dernière phrase en articulant avec un soin méticuleux, comme un étranger qui, s'exprimant dans une langue qui n'est pas la sienne, surveille la construction de ses propos. Dans le presbytère, le bon visage de l'abbé Rillet s'épanouit.

— Mais alors vous n'êtes donc plus anarchiste ? dit-il en prolongeant son sourire d'une tape amicale dans le dos de Verjat.

Il l'entraîna hors du presbytère, fit quelques pas avec lui jusqu'à l'église et poursuivit :

— Vous voulez que je vous réponde pour le libre accès à la propriété ? Eh bien, évidemment que monsieur Thiers étonne les masses par ses promesses et son libéralisme verbal. Et puis il les stupéfie plus encore par ses contradictions, sa soif du pouvoir, ses ordres de répression, ses manquements à la parole donnée. Évidemment que la monarchie s'immobilise dans une routine, et que les financiers et les agioteurs encouragés par Guizot et de Broglie poursuivent impunément leur entreprise de rapine. Évidemment, pour finir, que je suis contre la misère et pour le bonheur de tout le monde. Mais Notre Seigneur Jésus était-il riche et propriétaire ?

Verjat sourit à son tour et s'arrêta en levant les bras au ciel :

— Jésus, c'était Jésus, mon père !

Les deux hommes étaient à présent dans le chœur de Saint-Sulpice. Quelques fidèles agenouillés avaient suivi malgré eux leur conversation. Certains semblaient sidérés. Parmi les autres, cet homme que Verjat avait déjà chassé en présence de Cosette se leva en ricanant. Il fit un signe de croix et secoua la tête. « Il n'y a vraiment rien à craindre de la part de ce crapaud de bénitier », semblait-il se dire.

Cet homme s'appelait Grandet. Ancien chaudronnier, indicateur de police, puis voleur à la tire, il espionnait pour le compte de Gérard et de Burdin. On lui avait demandé de s'intéresser à ce monsieur Moreau, il s'était exécuté ; on lui avait demandé de le surveiller dans son cadre de vie, il l'avait surveillé. Et là, franchement, il ne voyait rien à redire. Gérard en serait informé. Que pouvait-on craindre d'un vieux radoteur quelque peu cul-bénit ?

Tandis que Grandet quittait l'église, l'abbé Rillet reprit :

— Eh bien voilà, c'est ce que je pensais, vous êtes gagné par les idées révolutionnaires de ces gens que l'on nomme déjà socialistes. Vos étudiants avaient vu juste.

Le visage de Verjat s'épanouit.

— Mes étudiants ? Ils ne savent pas qui je suis, ni ce que je pense. Et vous, mon père ? Motus et bouche cousue ?

Puis, se rembrunissant aussitôt :

— À ce propos, je dois vous faire part de mon intention de m'absenter. Je ne pourrai donc pas assurer les quelques cours que je dispense à ces jeunes gens. Pour ne rien vous cacher, la baronne Pontmercy a besoin de mes services. Et moi, en retour, j'aurais peut-être besoin des vôtres.

— Vous savez bien que vous pouvez compter sur moi, mon fils. Rien de révolutionnaire, au moins ?

— Peut-être pire, répondit Verjat avec une moue dont la solennité avait alourdi la lèvre inférieure. Et je sais ce dont je parle.

Verjat était un homme méticuleux. Une bague était en sa possession et il voulait être certain qu'elle appartenait bien au mort qu'on avait voulu faire passer pour Marius.

Un soir, il se rendit au Chat-Malin. Il n'y était pas venu depuis longtemps. Gérard le regarda d'un air soupçonneux et moqueur à la fois. Ce Moreau, selon son indicateur qui l'avait suivi jusqu'à Saint-Sulpice, n'était qu'un paisible bourgeois, médiocre et bigot.

— Asseyez-vous, mon cher monsieur Moreau ! Que diriez-vous de pets-de-nonne à la sauce blanche pour commencer et de religieuses au café pour finir ?

Et il émit un insolent gloussement. Verjat lui adressa un signe de tête, s'installa et préféra l'ignorer.

Rouget, lui, se montra des plus distants. Il avait peur. Ce sentiment, chez cet homme habitué à le susciter chez les autres, le rendait à la fois craintif et matamore, paniqué et vaniteux. À un moment, avec la bénédiction de Gérard, il vint s'asseoir à la table de Verjat. Les deux hommes burent un verre de bourgogne, puis parlèrent de la pluie et du beau temps.

— Pourrais-tu me dire deux mots sur ce fameux Jésus ? demanda tout à coup Verjat.

Le rouquin sursauta. Il faillit quitter la table et fuir la compagnie de cet homme qui l'impressionnait hautement.

— Il travaillait autrefois avec nous, finit-il par

répondre d'une voix mal assurée. Il a pris vingt ans pour meurtre… Mais pourquoi me poses-tu cette question ?

Sa panique soudaine augmenta encore du fait que Verjat avait la bague de Jésus et qu'il était trop tard pour la récupérer. À moins… Non, ce Moreau était trop dangereux. Avec ses habits de bourgeois et sa tête de mort, il devait avoir des accointances un peu partout. Alors il réitéra sa question en haussant le ton :

— Pourquoi, Moreau ?

— Du calme, Rouget. Je te pose cette question pour ne pas avoir d'ennuis. Beaucoup de gens rôdent autour de nous. Je n'aimerais pas que ton Dabe des greffes apprenne que nous lui avons rendu une petite visite de courtoisie. Qu'en penses-tu ?

Lui aussi avait élevé la voix.

Du coup, Rouget agita la tête à droite et à gauche, ne sachant plus où se mettre. Il mit l'index sur sa bouche et susurra :

— Chut ! pas si fort, Moreau… Le Dabe des greffes est mouillé dans tout un tas d'histoires louches… Tiens, rien qu'ici, puisque tu as connu l'enseigne du Clan Destin, il y a eu un meurtre…

— Un meurtre ?

— Celui de l'ogresse… Elle s'appelait la Béquille… Son mari, qui l'a étranglée dans un accès de folie, a pris vingt ans lui aussi… Il avait une maîtresse, la Miauleuse, cause de tout ce rébecca, qui serait paraît-il à l'hôpital de la Salpêtrière…

— La Miauleuse ? Tiens, tiens.

— Pourquoi dis-tu « tiens, tiens » ?

— Comme ça. La Miauleuse, donc ?

Rouget de plus en plus nerveux, de plus en plus affolé, cita le vrai nom de la Miauleuse :

— Clotilde Lepetit…

Comme Verjat se doutait que le Rouget n'avouerait jamais que la bague appartenait à un homme qu'il avait tué, il s'apprêta à partir. L'autre, trop content, n'espérait qu'une chose : que Verjat ne remît plus jamais les pieds ici.

— Et les diamants ? demanda tout à coup Verjat d'un air narquois, debout, les mains appuyées sur la table.

— Ils ne me quittent jamais, ils sont toujours dans ma poche…

— Ce n'est pas prudent, Rouget. Je sens qu'il va t'arriver des bricoles. On se revoit demain ?

— Si tu veux…

Lorsque Verjat partit, Rouget s'empressa de dire à Gérard que cet homme lui inspirait la plus grande méfiance. Maintenant qu'il le connaissait mieux, il le soupçonnait d'être à la solde de la police.

— Un coqueur, un roussin en civil, qui sait….

— Tu crois vraiment ? demanda Gérard en passant une main osseuse sur son catogan. Je croyais que c'était ton ami ?

— Je l'ai vu rôder près de l'atelier… Il est même venu me voir pour me poser de drôles de questions sur le Dabe des greffes… J'avais confiance en lui… Il est trop curieux.

— D'après mes informations, ce Moreau n'est qu'un péquin qui donne des cours et va à la messe.

— T'y fie pas, nom de Dieu !

Rouget tremblait de tous ses membres. Il

bégayait, pâlissait, perdait pied. L'autre ne manqua pas de le noter.

— Il revient demain ?

— C'est ce qu'il a dit…

Verjat revint en effet le lendemain. Mais il ne franchit pas le seuil du Chat-Malin. Grimé, méconnaissable avec sa grande barbe noire et son chapeau-tromblon, il colla le visage contre les carreaux de l'auberge. Lorsqu'il reconnut Gérard et le Rouget puis, à côté d'eux, un autre personnage à l'allure inquiétante, tout de gris vêtu, qui n'était autre que le Loupeur, il esquissa un sourire. Il ne s'était pas trompé. Rouget était une belle canaille. Alors il partit en se jurant de ne plus reparaître dans cette auberge. Mais le Rouget s'en mordrait vite les doigts.

Il faisait un soleil éclatant quand Verjat se présenta à l'entrée de la Salpêtrière, boulevard de l'Hôpital. Autrefois, alors jeune policier inexpérimenté, il s'était rendu dans cet établissement où l'on enfermait les folles. On lui avait raconté des choses innommables. Les folles réputées incurables étaient enchaînées dans les basses-loges, infects cabanons en sous-sol envahis par l'eau et les rats. Le corps passé dans un anneau scellé au mur, elles vivaient comme des bêtes au milieu de leurs immondices. On leur passait leur pitance et leur paille au travers des barreaux de leurs grilles et c'est aussi au travers de ces barreaux que l'on manœuvrait le râteau lorsque l'on faisait leur litière. Ces malheureuses pour la plupart étaient des pauvres, classées par catégories : les aliénées, les invalides, les valides, les vieilles et les jeunes. Aujourd'hui ces catégories subsistaient. Mais pas les locaux. Depuis que l'architecte Viel de Saint-Maur avait construit quatre bâtiments entourant une cour carrée, ombragée de beaux marronniers, au centre de laquelle se trouvait une fontaine, les conditions s'étaient améliorées. On comptait quatre mille pensionnaires.

— Je préférerais encore le bagne ! s'écria une malade que deux bonnes sœurs amenaient à la visite médicale. Surtout pas l'enfermement !

Verjat secoua la tête en signe d'acquiescement. Cette femme n'avait pas complètement tort. La vie était moins terrible au bagne que dans les maisons d'arrêt. À Brest, à Toulon et à Rochefort, on respirait. En prison, on asphyxiait doucement.

— Serait-il possible de voir mademoiselle Clotilde Lepetit ? demanda-t-il d'un ton rogue à une bonne sœur et à un gardien.

Cet homme en imposait. Il n'avait pourtant pas la tenue d'un inspecteur ou d'un commissaire. On ne lui demanda pas qui il était, pourquoi il voulait voir Clotilde Lepetit ; on l'introduisit d'emblée dans la chambrée où reposait la jeune femme.

— Vous êtes policier ? finit par lui demander la sœur devant la porte.

— En effet, mentit Verjat. Cela se voit autant que ça ?

— Peut-être à cause de votre regard, mon fils.

— Le passé peut se métamorphoser, mais pas le regard, ma sœur.

La sœur ébaucha un geste vague, presque désolé, et précisa :

— Ne la brusquez pas trop, mademoiselle Lepetit a subi un choc énorme. Elle ne parle pas beaucoup. Lorsque vous verrez son visage, vous comprendrez.

La jeune femme était assise sur son lit, de dos. Une fenêtre à barreaux filtrait une lumière pâle. Dans la salle, on entendait des gémissements. Quand elle sentit cette odeur d'orange et de vieux missel, Clotilde Lepetit devina une présence étrangère. Elle tourna la tête de trois quarts, sur la droite. Ce profil était lisse, soyeux, presque beau. Les cheveux étaient attachés par un ruban rouge. La jeune femme portait un châle sur les épaules et une chemise de nuit en coton gris.

— N'avancez plus, dit celle que l'on appelait autrefois la Miauleuse.

— Je ne bouge plus.

— Que voulez-vous ?

Le ton de la Miauleuse était calme et empreint de lassitude. Verjat aperçut un chapelet dans sa main droite. Puis, au chevet de sa couche, un reliquaire.

— Vous parler et vous montrer un objet, répondit-il.

Il tendit la main et exposa à la vue de la jeune femme la bague de Jésus. Elle la regarda du coin de l'œil, sans bouger la tête.

— Et alors ? dit-elle.

— Alors j'aimerais savoir à qui elle appartient.

— À l'un des sbires de l'homme qui est la cause de mon infortune. Il s'appelait Jésus. Un soir, il a même essayé de me séduire. Croyez-vous à présent qu'il ferait la même tentative ?

Elle se retourna complètement. Ce que vit Verjat le glaça d'effroi. Durant ses pérégrinations de policier, il en avait vu de toutes sortes, de toutes les couleurs, de toutes les horreurs. Seulement là, la moitié du visage de Clotilde Lepetit n'était plus qu'un cratère où les chairs flétries avaient cicatrisé en creusant des trous, des renflements et des boursouflures. Ce qui avait été plaies vives et ulcéreuses n'était plus que suintement et rugosités cutanées. L'œil, la pommette et la paupière ne relevaient plus que du souvenir. Un morceau de lèvre supérieure avait disparu, mangé par l'acide, laissant apparaître trois dents. On eût dit un bec-de-lièvre. La narine, rongée elle aussi, dont l'aile ressemblait à la surface d'une marmelade faisant des bulles, palpitait de façon obscène sur ce bec.

Verjat inspira un grand coup.

— Justice sera faite, murmura-t-il en remettant la bague dans sa poche.

— Vous croyez en la justice, vous ? Qui me rendra mon visage ? Vous ? Le Dabe des greffes ? Quelqu'un d'autre ?

— Vous accusez le Dabe des greffes ?

La jeune femme avait repris sa posture précédente. D'un geste raide, malhabile, elle prit un petit pot sur sa table et appliqua sur son visage une crème jaune et grasse qui, commenta-t-elle d'un ton rauque et sarcastique, devait éviter toute desquamation. Après avoir posé une compresse de gaze sur la moitié gauche de son visage, elle répondit enfin à Verjat :

— La mort serait un supplice trop doux pour le Dabe des greffes. Quand j'étais étendue sur le sol du Clan Destin, à demi inconsciente, je l'ai entendu parler. D'abord à la Béquille, ensuite à

Parfait-Amour. J'ai alors compris qu'il avait tout manigancé. Parfait-Amour est-il au bagne ?

— Il l'est.

— Vous voyez bien. Et je suis sûre que le Dabe des greffes est le nouveau patron du Clan Destin.

— Il l'est en effet.

La Miauleuse eut un sourire amer.

— De toute façon, lâcha-t-elle, son nom n'apparaît nulle part. Il est rusé et matois.

Puis, avec un geste de lassitude :

— Seulement tout cela ne me concerne plus. Mon esprit est autre part. Voilà.

Verjat contempla un court instant cette femme qui baisait son chapelet. Son âme autrefois courbatue d'orgueil se reposait à présent dans l'humilité chrétienne. Avant de partir, l'ancien policier déclara :

— Un jour, j'aurai peut-être besoin de votre témoignage. On a envoyé un innocent au bagne. Il s'appelle Marius Pontmercy.

— Le jeune baron qui cherchait à me conter fleurette ? fit la Miauleuse. Oui, je me souviens de lui… Le Dabe des greffes voulait le plumer. Le premier soir où il est venu au Clan Destin, il s'est battu avec Parfait-Amour à cause de moi… Ces souvenirs me semblent si loin.

— Je vous tirerai de là, dit alors Verjat avec fermeté.

La Miauleuse balaya l'air de sa main et la laissa retomber mollement.

— C'est de la pitié ou de la compassion ? Cela ne changera rien, mon bon monsieur. Merci tout de même.

Verjat n'entendait rien laisser au hasard. Il avait tellement, par le passé, enfermé de gens sans preuves irréfutables de leur culpabilité qu'il voulait être certain de ce qu'il pressentait. Les témoignages du Gail, de Rouget et de la Miauleuse ne lui suffisaient pas. Il demanda donc à l'abbé Rillet d'obtenir la permission d'exhumer le corps du baron Pontmercy.

— Mais sous quel prétexte ? objecta le saint homme.

— Sous le prétexte que le corps du baron Pontmercy n'est pas le sien.

— Vous êtes sûr de ce que vous avancez ?

— Presque.

— Ce presque ne me plaît pas.

Verjat insista.

— Vous me faites faire de drôles de choses, monsieur Verjat.

— Elles ne sont pas drôles du tout, mon père. Si le corps enterré n'est pas celui du baron Pontmercy, cela signifie que le baron Pontmercy n'est autre que l'homme condamné aux galères qui purge en ce moment même une peine de vingt ans.

Verjat résuma la situation à l'abbé Rillet. L'origine de la bague selon des témoins, son voyage pour le moins étrange, et comment elle était entrée en sa possession.

— Eh bien essayons, mon ami. Je connais le commissaire du quartier, qui comme moi est un ami du préfet, il me délivrera sans problème ce permis d'exhumer. Et Cosette ?

— Si vous la voyez, pas un mot sur cette affaire. Je veux lui réserver une surprise. Et si ce n'en est pas une, il faut lui éviter une cruelle désillusion. Elle lui serait fatale. Notre démarche doit rester officieuse. Si tout cela aboutit, je me rendrai moi-même à Toulon.

— Sans l'accord de madame la baronne, je n'aurai pas la permission d'exhumer.

— Invoquez une nécessité supérieure. Rien ne doit entraver la recherche de la justice.

— Vous en avez de bonnes, vous.

— Je connais la loi, mon père.

— Vous auriez dû être policier, mon fils.

Une semaine plus tard, l'autorisation se trouvait sur le bureau de l'abbé Rillet. On procéda à l'exhumation le lendemain même. Verjat, par prudence, s'était muni d'un faux stipulant que Cosette donnait son accord pour cette opération. Il n'en eut pas besoin. L'abbé avait bien fait les choses. Ses bonnes relations avec le préfet de police, monsieur Gisquet, y étaient pour beaucoup.

Un officier de police et un médecin légiste examinèrent le corps. L'odeur était épouvantable.

— Le gant, enlevez-lui son gant, dit l'abbé au médecin en appliquant un mouchoir sur son nez.

Le cadavre avait bel et bien un doigt en moins. Plus précisément l'annulaire gauche.

— On a le sentiment que ce doigt a été coupé au couteau, fit observer le médecin.

L'abbé se tourna vers Verjat ; ils échangèrent un regard complice.

— C'est tout ? demanda le médecin.

— C'est tout, confirma l'abbé.

Verjat jubilait. Tout commençait à se mettre en ordre : la présence de Tardier et du bossu sur les lieux du crime, les témoignages du Gail et de Daumier, la bague récupérée après coup pour effacer cet indice gênant, le trouble du Rouget en parlant de Jésus.

— Vous êtes satisfait ? demanda l'abbé Rillet à Verjat une fois de retour à Saint-Sulpice.

— J'ai des raisons de l'être, mon père. Mais voyez-vous, j'émets une réserve.

— Laquelle ?

— Elle concerne la personnalité du marquis d'Iguerande. S'il était coupable de cette machination, ce que j'ai cru un moment, il aurait pris possession des biens du baron. D'autant qu'il a une lettre signée de Marius qui le lui permettrait. Or il ne l'a pas fait. Au contraire. Il s'est occupé de Cosette comme un frère. C'est là que le bât blesse.

— Le doigt coupé n'est-il pas une preuve suffisante ?

— À mes yeux, elle l'est. Aux yeux de la justice, elle ne l'est pas. Cette histoire abracadabrante de doigt coupé et de bague ne prouve rien. Elle ne tiendrait pas devant le procureur du roi ou tout autre magistrat. C'est pour cette raison que je vais aller à Toulon en passant par Parayle-Monial.

Un voile d'incompréhension passa devant le regard de l'abbé Rillet.

— Paray-le-Monial ?

— Il y a une localité du nom d'Iguerande à

quelques lieues de Paray-le-Monial. Et à ma connaissance, il n'y a pas de marquis d'Iguerande depuis le Moyen Âge. Je n'ai aucun mérite à savoir. Grâce à vous, j'ai séjourné assez longtemps dans la région.

Puis, marquant un temps d'arrêt :

— Encore un détail, mon père. Une fois à Toulon, je me présenterai au commissaire du bagne sous le nom de Rillet. Y voyez-vous un inconvénient ?

— Mais par tous les saints, vous êtes pire que Vidocq, ma parole ! Qui ai-je donc repêché dans la Seine le 7 juin 1832 ?

— Moi, mon père.

— Qui, moi ?

— Vous ne le savez pas ?

L'abbé Rillet s'empourpra légèrement. Verjat lui prit la main et dit d'un ton sibyllin :

— Je vais répondre à votre place, mon père : un ange de l'enfer devenu par vos bons soins un ange du ciel.

Le Brionnais est une région du sud de la Bourgogne où viennent se recueillir les rumeurs du monde chrétien.

Ouverte et sillonnée par le trafic de la Loire, un peu dans l'ombre bienfaisante de Cluny, riche de ses influences italiennes et orientales, la seigneurie du Brionnais peut s'enorgueillir de sa vingtaine d'églises aux chapiteaux historiés et aux tympans sculptés. Verjat les connaissait toutes. D'Iguerande à Anzy-le-Duc en passant par Saint-

Julien-de-Jonzy et Semur-en-Brionnais, où naquit l'un des plus grands abbés de Cluny, Hugues de Semur, il les avait toutes admirées et visitées. Il s'y était recueilli, cherchant dans la pierre ce que les hommes cherchent et trouvent rarement : la ferveur. Ces églises avaient contribué à métamorphoser son caractère. Il y avait appris le doute, l'humilité, la compassion. Seul Dieu avait manqué au rendez-vous.

— Un jour, cela changera, lui avait dit l'abbé Rillet en lui prêtant une soutane, un chapeau et une cape. En attendant, j'ai une lettre de recommandation du maréchal Oudinot en personne. Avant de reprendre un commandement en Algérie, il m'a accordé ce service. Elle vous permettra d'avoir vos entrées au bagne. Et sous mon identité en plus ! Allez, bon voyage à Paray !

À Paray-le-Monial, beaucoup de gens connaissaient Verjat. Il avait vécu à l'Hôtel-Dieu, passant le plus clair de son temps à méditer sur la destinée de Marguerite-Marie Alacoque, sainte femme née en 1647 aux alentours de Paray, qui fit le don absolu de sa vie au Christ. Il avait eu de longues discussions avec la mère supérieure du monastère de la Visitation, sœur Angélique, et avec le père Hippolyte, que lui avait recommandé l'abbé Rillet, supérieur des jésuites de la petite Maison de Paray-le-Monial. On l'avait vu arpenter des chemins en basse altitude pour tout à coup s'arrêter et, dans le coffrage de ses mains, tel un géomètre ou un peintre, contempler le paysage. Lui qui ne connaissait ni les Flandres ni la Toscane, il avait comparé ce pays aux tableaux des primitifs flamands et siennois. Il aimait ces vallons miniatures, ces bois lilliputiens, ces sentiers bordés de haies d'où l'on découvrait les monts du Beaujolais et le Massif central, ces détails qui mettaient en évidence des autels de verdure, des baies superposées, des fenêtres d'azur. La délicatesse architecturale des pierres émergeant de l'ombre l'avait fasciné. Dans le Brionnais, il avait découvert l'art de la vie. Une main tendue à la spiritualité. La splendeur de l'humilité.

— Pour un peu, j'aurais presque pu croire que Dieu se trouve en chacun de nous, avait-il confié à l'abbé Rillet pour le taquiner.

L'abbé Rillet avait levé les yeux au ciel. L'humour grinçant de son protégé ne le touchait plus.

Bref, de Montceaux-l'Étoile à Varenne-l'Arconce, de Perrecy-les-Forges à Marcigny, Verjat ne s'était jamais lassé de voir et de revoir ces tympans finement ouvragés, ces linteaux aux arabesques aériennes et ces voûtes en berceau brisé. Il avait glané ici et là quelques bonheurs ignorés, s'aventurant entre des rideaux de feuillages et des montagnes de ronces, pour s'installer à la lisière d'un champ ou sur le banc d'un village, et respirer le calme retrouvé. C'était ainsi qu'il avait découvert Iguerande.

C'est le père Hippolyte qui le mit en relation avec le maire d'Iguerande, un certain monsieur Corneloup. Ils se virent d'abord à Paray même, près de la basilique construite sur le modèle de Cluny, en bordure de la Bourbince. Verjat n'eut aucun mal à faire admettre au maire l'objet de sa demande. Ce dernier lui permit de consulter le registre d'état civil dès le lendemain.

— Mais ce que je peux vous dire, c'est qu'il n'existe aucun marquis d'Iguerande à ma connaissance.

Verjat faillit renoncer. Les villages du nom d'Iguerande, il y en avait peut-être plusieurs en France. Il lui faudrait alors retourner à Paris et s'adresser au cadastre. Mais la proposition de monsieur Corneloup était tellement sincère qu'il ne refusa pas. Pour chercher quoi ? Il se le demandait lui-même.

Il œuvra pendant trois jours. Il éplucha le registre d'état civil, examina les actes, tourna et retourna les noms dans tous les sens. En pure perte.

Le troisième jour, monsieur Corneloup lui demanda s'il était satisfait de ses recherches.

— Je n'ai rien trouvé, monsieur le maire.

— Avez-vous au moins un prénom ?

— Amédée.

— Il serait né quand ?

Verjat songea à Marius. Il répondit donc 1809, 1810. Il n'y avait aucun prénom correspondant à ces dates.

— Il y a beaucoup de Burdin sur ce registre, fit remarquer Verjat.

— C'est un nom très répandu en Saône-et-Loire, répondit monsieur Corneloup.

Et subitement, en parcourant cette liste interminable de Burdin, un prénom sauta aux yeux de Verjat.

— Je lis Louis-Désiré, c'est bien cela ?

Le maire confirma. Mais il n'avait jamais entendu parler de cet homme, né en 1778.

— S'il est encore vivant, il n'a jamais reparu

à Iguerande. Mais peut-être a-t-il disparu lors des campagnes de l'Empire.

— Peut-être, fit Verjat en pâlissant.

Verjat n'avait pas oublié ce prénom cité par Cosette elle-même. Une coïncidence ? Entre le nom d'Iguerande et le prénom de Louis-Désiré, cela en faisait une de plus. À un moment, Verjat envisagea son retour à Paris. Il crut que Cosette courait un danger. Mais il se raisonna. Quel danger ? Puisque Madeleine et Louis-Désiré prenaient grand soin d'elle.

Il ne changea donc rien à son programme. Depuis presque dix jours il était dans le Brionnais, il partirait donc dès demain pour Toulon. Avant son départ, il invita à dîner monsieur Corneloup et le père Hippolyte. Le maire, rouge et apoplectique, avait un solide coup de fourchette. Il appréciait tout particulièrement les escargots, les écrevisses à la nage et la viande du Charolais. Lorsque Verjat évoqua son voyage, il lui apprit l'existence d'une diligence faisant le trajet entre Lyon et Toulon.

— Si vous êtes pressé, je crois même qu'il y a la malle-poste. Là où l'on met soixante heures en diligence pour parcourir la distance entre Lyon et Toulon, qui représente à peu près quatre-vingt-dix lieues, vous mettrez trente-deux heures en malle-poste.

Après l'île flottante, Verjat remercia le maire de son aide et de ses précieux renseignements. Puis, après avoir adressé un regard amical au père Hippolyte, il ajouta :

— Puis-je encore vous demander un service ?

— Ce que vous voulez.

— En revenant de Toulon, je passerai de nouveau vous voir. Pourriez-vous faire une petite enquête au sujet de ce Louis-Désiré Burdin ?

— Je ne vous garantis rien, mon bon monsieur. Mais j'essaierai. Qui sait, il y a peut-être encore des vieux qui ont connu votre homme.

Trois jours plus tard, Verjat était à Lyon. Il prit la route de Toulon un matin à neuf heures. La journée fut agréable. Le mouvement de la voiture donnait à l'esprit de la gaieté et de l'insolite. Le soir venu, ce fut une tout autre histoire.

Une nuit en malle-poste n'est pas une sinécure. Verjat l'apprit à ses dépens. Il y a les voisins qui jacassent et vous observent, qui mangent quand il ne le faut pas, qui ne mangent pas quand il le faudrait. Impossible de s'assoupir. Un bébé dans les bras de sa mère avait hurlé une bonne partie de la nuit. Ajoutez à cela les grelots des chevaux, les lanternes allumées de la voiture qui zigzaguent, la route avec les bosses et les fondrières, et vous aurez un aperçu de ce genre de voyage. En prime, il y a le tangage et le roulis. On n'est plus dans une voiture, mais dans un tourbillon. Un cyclone à quatre roues. Chaque secousse se multiplie par elle-même à hauteur des essieux. Le caillou devient un rocher, la tête une enclume sur laquelle on frappe à répétition. En somme, une épouvantable forge en compagnie de Vulcain. Un gouffre de fureur.

Verjat avait peu dormi. Rien n'est comparable aux rêves d'un sommeil cahoté. On dort et l'on ne dort pas, on est tout à la fois dans la chimère et la réalité. Verjat avait rêvé de Cosette, d'Amédée d'Iguerande et même de l'homme qu'il avait croisé dans les escaliers de l'immeuble de Cosette. Une récurrence étrange et brûlante. Un peu comme une nuit de fièvre.

Verjat arriva en fin de journée, moulu et courbatu. Sa tête était pleine de grelots, son corps semblait trépider tout seul. L'air marin le revigora. Comme il était trop tard pour se rendre au bagne, il chercha une auberge pour la nuit. Il en trouva une non loin de l'église Sainte-Marie-Majeure : l'Auberge du Siège. Comme son nom l'indiquait, elle racontait sur ses panneaux muraux la façon héroïque dont le jeune Bonaparte avait battu et chassé les Anglais en 1793. Le menu était méditerranéen. Loin d'être un gros mangeur, Verjat se contenta d'une douzaine d'huîtres de Bouzigues et d'une assiette de tomates et d'oignons crus. Il s'autorisa une prise de tabac et un verre de vin dont le cépage de syrah lui fit tourner la tête. Il essuya sa nappe du revers de la main et commanda une infusion de tilleul. Puis, sanglé dans sa redingote marron, il alla se coucher sous le regard éberlué de l'aubergiste, un bavard au regard lavande et à la faconde inépuisable, qui se demandait si cet homme grave et austère tenait plus du policier ou de l'ecclésiastique. Verjat n'était guère engageant. On ne voyait pas ses yeux sous ses sourcils, on ne voyait pas son front sous son chapeau, on ne voyait pas son menton dans sa cravate. On ne voyait que ses grandes mains, larges et calleuses, faites pour prendre et appréhender.

L'aubergiste eut la réponse le lendemain. Verjat qui avait payé son repas à l'avance et retenu sa chambre pour une autre nuit sous le nom de Rillet, apparut en début de matinée, rasé de frais et la tête dans les épaules, vêtu d'une soutane et coiffé d'un petit chapeau de curé. Le missel entre les mains, un scapulaire d'étoffe verte où saignait un cœur rouge sur l'avant-bras ainsi qu'une grande cape noire, il hocha la tête en direction de l'aubergiste, qui lui rendit son salut.

— Avez-vous bien dormi, mon père ?

— Comme un ange, répondit Verjat d'un ton glacial, l'œil braqué sur l'aubergiste.

Celui-ci toussota légèrement. Verjat avala un verre de lait et une brioche au sucre. Il ne s'assit même pas. Puis, l'œil toujours aussi inquisiteur, il demanda :

— Pourriez-vous m'indiquer le meilleur chemin pour me rendre au bagne ?

L'aubergiste rentra la tête en signe de soumission et, plein de circonlocutions, indiqua le chemin le plus court à cet homme d'Église qui l'impressionnait.

— Merci, mon fils. Rien de tel qu'une bonne promenade matinale pour se dégourdir les jambes.

Et, après avoir toisé une dernière fois l'aubergiste qui n'en pouvait plus de s'incliner, il partit avec sa canne.

Muni des papiers de l'abbé Rillet et d'une lettre de recommandation du maréchal Oudinot, Verjat se présenta au premier poste de garde du bagne.

Un planton l'accompagna jusqu'aux quartiers du vice-amiral Jacob. En marchant dans l'arsenal, quand il vit l'habit rouge des forçats travaillant près du port et des hangars, il tressaillit. Et encore plus en entendant les bruits de chaîne. En 1803, il avait été garde-chiourme à Toulon. C'est ainsi qu'il avait vu pour la première fois Jean Valjean. Un homme doué d'une force herculéenne, émondeur de son état, condamné à cinq ans pour avoir volé un pain. Mû par la haine et le ressentiment, Jean Valjean avait tenté à plusieurs reprises de s'évader. Il avait fini par rester dix-neuf ans au bagne.

— La haine, ça permet de survivre, murmura Verjat en hochant la tête. Mais moi, j'ai trop survécu.

Tout était un peu confus dans son esprit, son enfance, son père galérien, sa mère dans la misère à Toulon. Il haïssait la misère. Cette confusion expliquait peut-être pourquoi il avait été si intraitable avec la misère et les miséreux. En premier lieu avec Fantine, la mère de Cosette. Puis avec Jean Valjean lui-même. « Je ne méritais pas de vivre », songea-t-il. Tout en marchant, il hocha de nouveau la tête. Il heurta un forçat et s'excusa presque. Il se souvenait du numéro de Jean Valjean : 24601. Et lorsqu'il avait arrêté Jean Valjean sous le nom de Madeleine, alors maire de Montreuil-sur-Mer, l'ancien forçat avait de nouveau été condamné au bagne. Travaux forcés à perpétuité. Verjat se cacha les yeux. C'était en juillet 1823. Jean Valjean portait alors le numéro 9430. Il n'était pas resté longtemps à Toulon. Quatre mois plus tard, après avoir sauvé la vie d'un matelot de l'*Orion*, un vaisseau de guerre mouillé près de l'arsenal, il profitait de l'occasion pour s'évader. On le crut noyé. Verjat s'en souvenait très bien. Sous son vrai nom, celui de Javert, il était revenu à Toulon au début de l'année 1824. Il souhaitait en savoir un peu plus sur cette disparition.

— L'amiral s'est absenté, mon père !

Le planton venait de sortir Verjat de ses rêveries. Il claqua des talons et secoua négativement la tête. Le vice-amiral Jacob n'était pas là. Cela valait peut-être mieux. Satisfait du travail de Parfait-Amour et de Marius, il avait poussé les hauts cris en apprenant leur évasion. Lui parler de Marius n'aurait pas été opportun.

Un lieutenant de vaisseau conduisit Verjat chez le major-général de la marine. Celui-ci n'interrogea même pas le prêtre sur la raison qui l'amenait ici. Le nom d'Oudinot lui suffisait.

— Le duc de Reggio est un grand homme ! Vous le connaissez donc ?

— J'ai cet honneur.

— Comme je vous envie !

Ce fervent fonctionnaire, très à cheval sur les principes, délivra à Verjat une permission de circuler dans le bagne.

— Accompagné par le soldat Derpriel et le lieutenant Tarot ici présents ! précisa-t-il de sa grosse voix. Et si vous avez besoin de renseignements supplémentaires, vous pourrez vous adresser au commissaire Raynaud.

Les soldats escortèrent donc Verjat jusqu'au bureau du commissaire Raynaud.

Assis derrière son bureau, le commissaire

réserva au prêtre un accueil glacial. Il le convia à prendre place en face de lui.

— Puis-je savoir l'objet de votre visite, mon père ? Une étude sur la vie spirituelle des forçats ? Je vous rassure tout de suite, la messe est obligatoire une fois par semaine et mes lascars font leur prière chaque soir avant le coucher.

— Vous faites les questions et les réponses, mon fils, dit Verjat en se frottant lentement les mains. Non, il s'agit d'une affaire plus douloureuse. La condamnation d'un innocent à une peine qu'il ne méritait pas.

Le commissaire égrena un petit rire narquois. Derrière lui se trouvait une bibliothèque en acajou aux rayonnages encombrés des objets les plus divers. Le regard de Verjat s'attarda ainsi sur un sextant, des fers de forçat, un sabre de marine, une paire de pistolets Louis XV, des livres sur l'histoire de la marine, un nœud de cabestan, puis deux bonnets avec leur plaque et leur numéro.

— Mon père, déclara alors Raynaud sur un ton haut perché, je ne crois pas aux erreurs judiciaires, si c'est ce que vous voulez dire. Il n'y a pas d'innocents, il n'y a que des coupables. Un fonctionnaire ne peut et ne doit pas se tromper. Quant au magistrat, il n'a jamais tort.

Au moment même où il prononçait ces paroles définitives, son vis-à-vis concentrait son regard sur un bonnet qui portait le numéro 9430. Verjat devint livide. Pourquoi conservait-on le numéro de Jean Valjean ?

Le commissaire se retourna doucement. Il avait les mains jointes et le ventre sorti. Il chercha du regard ce qui attirait l'attention de son interlocuteur.

— Vous regardez ces bonnets, mon père ? Ce ne sont pas des trophées. Je les ai mis là pour me rappeler à ma honte. Depuis que je suis ici, dix ans déjà, il n'y a eu que deux évasions réussies. Ces bonnets en témoignent.

Verjat fit un calcul rapide. Cela ne pouvait pas être le bonnet de Jean Valjean.

— Monsieur le commissaire, reprit-il en consultant un papier qu'il avait sorti de sa poche, je suis là pour vous parler d'un certain… Alexandre Tixier.

Le commissaire sursauta sur sa chaise.

— Qu'ai-je dit ? demanda Verjat.

— Poursuivez, mon père.

— J'ai de bonnes raisons de croire que l'homme condamné sous l'identité d'Alexandre Tixier n'est pas Alexandre Tixier, mais…

— Marius Pontmercy, l'interrompit le commissaire.

— Comment le savez-vous ?… balbutia Verjat.

— Ce Tixier n'a pas cessé en effet de clamer son innocence et de revendiquer ce nom de Marius Pontmercy qui n'a jamais figuré sur les registres. Mais je me suis renseigné. Le baron Pontmercy est mort et enterré. Le numéro 9430 est une canaille de la pire espèce, mon père. En arrivant à Toulon, il avait une tache de vin sous l'œil gauche. Par la suite, il ne l'avait plus.

Verjat s'assombrit de nouveau. Le commissaire avait bien dit le numéro 9430 ? Son œil se posa de nouveau sur le bonnet exposé.

— Vous voulez dire…

— Que votre innocent s'est évadé ? Parfaitement, mon père. Le jour de la Saint-Philippe. Il y a presque un mois aujourd'hui. Or un innocent qui s'évade n'est plus innocent. Encore moins lorsqu'il y a eu mort d'homme.

Les traits de Verjat se décomposèrent.

— Mort d'homme ?

— Un soldat tué et un adjudant molesté, mon père. Bien sûr, l'adjudant a tenté de disculper Tixier et son complice. Mais je n'y crois pas. Les évadés, à l'origine, étaient au nombre de cinq. Nous en avons déjà repris trois. Ils ont été exécutés aussi sec. Je ne lésine pas, moi.

— Mais qui était le meurtrier ?

— D'après l'adjudant, un certain Sartier. Mais tout cela importe peu. Votre innocent est recherché, mon père. Et croyez-moi, nous le reprendrons. Quand je me mets en chasse, je ne lâche jamais ma proie. D'autres renseignements ?

— Non, monsieur le commissaire. C'est vous qui avez raison.

Face à la froide détermination de Raynaud, Verjat avait cédé. Cet homme lui rappelait ce qu'il avait été naguère. Un prédateur sans état d'âme.

Satisfait d'avoir eu le dernier mot, Raynaud se montra amène et généreux avec cet homme d'Église qui ne se réfugiait pas derrière la componction et la ferme certitude de détenir la vérité. Il lui proposa de visiter le bagne.

— Vous constaterez par vous-même les bons traitements réservés à nos pensionnaires. Vous pourrez ainsi témoigner à Paris et au ministère que Toulon soigne ses détenus.

Il fit appeler un adjudant qui boitait et, avec un sourire lui tordant la bouche de bas en haut, souhaita une bonne promenade à Verjat.

— Et puisque vous connaissez le duc de Reggio, n'oubliez pas de lui rapporter ce que vous aurez vu. Toulon n'est pas l'enfer, mon père !

Et il éclata d'un rire à la fois convulsif et sardonique.

Abattu, Verjat partit avec l'adjudant pour visiter l'arsenal et les différents ateliers du bagne. Au sortir de la salle des indociles, le sous-officier de chiourme se présenta :

— Adjudant Lestrade pour vous servir, mon père.

Le lendemain, Verjat reprit la route de Lyon. Grâce à Lestrade, il avait eu confirmation de ce qu'il pensait : Alexandre Tixier était bien Marius Pontmercy. Et le brave Lestrade lui précisa, contrairement au commissaire, que Marius n'était en rien responsable de la mort de l'argousin le jour de l'évasion.

— Je le sais, parce que j'étais sur le bateau qui a intercepté Sartier et ses complices. Pour sauver sa peau, Sartier a chargé Marius. Manque de chance pour lui, ses amis ont dit que Pleut-Dedans et lui étaient les assassins. Ils ont été raccourcis.

— Si vous l'appelez Marius, c'est qu'il s'était confié à vous ? lui avait demandé Verjat.

— Il m'a sauvé la vie, mon père. Nous sommes devenus des amis. Je lui donnais des leçons d'escrime et je le considérais un peu comme un fils. Votre démarche me conforte dans le sentiment qu'il m'inspirait.

— Vous avez favorisé son évasion ?

— Quand je l'ai vu sur cette chaloupe avec ce Parfait-Amour, un fort brave homme au demeurant, j'ai hésité une seconde. Et puis voilà. C'était un jour de grande tempête. Nous nous sommes aperçus à travers nos longues-vues respectives, et il m'a adressé de grands signes. J'ai dit à l'officier qu'il s'agissait d'une chaloupe de la marine avec un sous-officier à bord. Et Marius a pu prendre le large. Depuis, aucune nouvelle. Vous voyez, je n'ai pas favorisé son évasion. J'ai laissé faire.

— Dieu vous en saura gré, mon fils.

Au poste de garde, alors que Verjat allait sortir du bagne, Lestrade l'avait détaillé des pieds à la tête. Il lui avait demandé s'il avait toujours été prêtre.

— Pourquoi cette question, mon fils ?

— Lorsque j'ai pris mes fonctions à Toulon à la fin de la guerre d'Espagne, après ce siège de Trocadéro qui coûta la vie à mon fils, je me rappelle avoir vu un inspecteur de police venu tout exprès à Toulon pour enquêter sur la disparition d'un forçat. Ce dernier, au péril de sa vie, avait sauvé un matelot. Son nom m'échappe. En revanche, je n'ai pas oublié le nom de l'inspecteur. Il s'appelait Javert. Il avait interrogé tous les gardes-chiourme. Et même moi. Je me souviens de son regard perçant, de son col boutonné, de sa grosse canne. Je n'avais jamais rencontré d'homme aussi froid et méticuleux. À l'exception du commissaire Raynaud, peut-être. Et bizarrement, mon père, je vous en demande pardon à l'avance, à cause de votre démarche, de votre sourire, que sais-je, vous me rappelez l'inspecteur Javert.

Verjat avait déjà passé le poste de garde. Il s'était tourné vers Lestrade et lui avait répondu dans une sorte de demi-aveu :

— Chacun a droit à la rédemption, mon fils.

Puis, en agitant sa canne d'un air résigné :

— Le plus troublant, c'est que le numéro matricule du disparu de 1823 était le même que celui de Marius Pontmercy !

— Mais…

— Au revoir, adjudant Lestrade.

Tout ce temps perdu. C'cst cc que pensait Verjat en arrivant à Paray-le-Monial. Ces voyages à répétition l'avaient éreinté. Il décida de rester une semaine dans le chef-lieu de canton de la Saône-et-Loire. D'abord pour attendre monsieur Corneloup qui s'était absenté deux jours pour aller à Roanne ; ensuite pour réfléchir sur la marche à suivre. Une fois à Paris, il avertirait Cosette. Dans la foulée, avec l'aide de l'abbé Rillet, il irait plaider la cause de Marius. N'avait-il pas de nouvelles pièces à verser au dossier ? Pourtant, elles ne constituaient pas des preuves. Seulement des indices. Il était bien placé pour le savoir. Une bague, une tache de vin et quelques témoignages ne suffisaient pas à annuler le jugement. Non, ce qu'il fallait, c'était la présence de Marius lui-même. Il devait se constituer prisonnier. Or il semblait évident que le jeune homme ne tarderait pas à regagner Paris. Et là, Verjat se ferait fort de le circonvenir. Après, il n'y aurait plus qu'à convoquer Rouget et Thénardier. Il pensa, quitte à employer la manière forte, reprendre contact le plus vite possible avec Rouget pour lui tirer les vers du nez.

En attendant, il se reposa. Il songea à Marius. Connaissant la psychologie des forçats en général et des évadés en particulier, il se doutait que Marius et Parfait-Amour resteraient cachés un bon moment avant de réapparaître au grand jour. Au moins deux mois. Ne fallait-il pas retrouver une apparence humaine ? Verjat avait donc le temps. Cette certitude le rassérénait.

Un soir, il revit monsieur Corneloup. Celui-ci revenait avec de bonnes nouvelles. Il brillait comme un lumignon.

— J'ai trouvé quelqu'un qui a connu votre Louis-Désiré Burdin. Un ancien soldat de l'infanterie. Il habite à Marcigny.

— Quand peut-on le voir ?

— À votre convenance. Dès demain si vous le désirez.

Verjat fut ponctuel au rendez-vous. C'était à la sortie de Marcigny, près de la Loire, en direction de Melay. Une petite maison avec un four à pain. Une femme avec un bonnet et une seule dent accueillit Verjat et monsieur Corneloup. Il fallut boire un verre de gnôle.

— C'est toujours ça qu'auront pas les Prussiens, bon Diou !

L'homme qui venait de parler était assis sur une chaise à bascule, une couverture sur les jambes, dans une pièce sombre qui sentait la suie et le saucisson. Il s'appelait Germain Lagoutte. Moustache grise, nez rouge, yeux crémeux, calot bleu sur la tête, légion d'honneur épinglée sur son gilet de peau, pipe au bec.

— Caporal au 3e de ligne à Wagram ! souligna-t-il en brandissant sa pipe.

La division du général Morand, dont il faisait partie, s'était emparée de la tour et du plateau de Neusiedel, décidant ainsi du sort de la bataille. C'était en 1809. Pour le caporal Lagoutte, l'épopée napoléonienne s'était achevée en Autriche. À l'instar du major Daumesnil, commandant le régiment des chasseurs à cheval de la Garde impériale, il avait été atteint par un boulet à la jambe. Résultat : l'amputation.

— J'ai été envoyé à Lobau, sur le Danube, où il y avait plein de blessés d'Essling, une bataille avant Wagram. Une île commandée par Masséna. Une de ces îles, bon Diou ! Babel, le Cèdre-Rouge, un de ces bordels, ma foi ! Une cité industrielle et militaire avec des rues éclairées, des canaux bordés d'ateliers, des maisons de jeux, des cabarets, des filles de joie, des fours où l'on faisait du pain avec de la farine de Hongrie, des milliers de bœufs parqués au milieu de l'île. Ça, on y mangeait ben, ma foi ! Nous étions des centaines et des centaines de blessés. Opérés à la va-vite dans des cantonnements de fortune. C'est là qu'on me l'a coupée, cette satanée jambe. Faut dire qu'elle y tenait plus que par un petit morceau d'os et des ficelles de ligaments. Eh ben c'est là-bas que j'ai fait la connaissance du Burdin !

— Qu'y faisait-il ? lui demanda Verjat.

— Il était plus ou moins infirmier, attaché au

service d'un chirurgien nommé Gérard. J'ai pas oublié ce nom, parce que c'était aussi celui d'un général. À présent maréchal, excusez du peu ! Quant au Burdin, celui-là non plus je l'ai pas oublié. Pensez donc ! Burdin et Lagoutte, c'est des noms d'ici, bon Diou ! En somme un pays !

Le front de Verjat se couvrit soudain d'une sueur froide. Gérard n'était-il pas le nom de ce pisse-froid qui gérait le Chat-Malin, l'ancien Clan Destin ?

— Et comment avez-vous connu ce Burdin ? demanda-t-il d'une voix altérée.

— À l'hôpital de campagne. Il s'occupait des grands blessés. Il opérait avec le docteur Gérard. Comme par hasard, entre leurs mains, ils y faisaient pas long feu, les moribonds ! Ça non, bon Diou ! M'est avis qu'ils devaient même les y achever. Et je suis presque sûr aussi qu'ils les volaient. Une enquête a été ouverte, mais on n'y a jamais prouvé. Ils ont dû se faire une fortune, ces deux arcandiers. Tout était bon pour eux. Sous couvert d'humanité, ils y revendaient de la viande de bœuf aux patriotes tyroliens, aux blessés autrichiens, à toute une clique d'estropiés et de défigurés. Ils organisaient même une sorte de bordel roulant avec des Bavaroises. Il y en a une, blonde et peinturlurée, qui était toujours avec le Burdin. Une sacrée bon Diou de punaise ! Au cantonnement, elle se tapait tous les artilleurs ! Lui, le Burdin, il touchait les sous. Il l'avait engrossée depuis belle lurette. Après, le Gérard et le Burdin, je les ai plus revus.

— Et vous ne savez pas ce qu'ils sont devenus ?

— Ma foi non. J'ai été rapatrié. Mais plus tard, après Wagram et quelques escarmouches, un hussard du général Manulaz, amputé lui aussi, m'a raconté que le chirurgien et son âme damnée avaient traîné leurs guêtres sur le champ de bataille. De là à ce qu'ils y aient détroussé les morts et les blessés, y a pas loin… On saura jamais. À Wagram, il y avait au moins cinquante mille hommes tués ou blessés. Et autant de montres, de bagues, de pièces de monnaie et d'objets de valeur, si vous voyez ce que je veux dire. Vous imaginez le butin ? Les pillards et les charognards, en général, on les fusillait. Eux, bon Diou, ils appartenaient au service de santé. Ils étaient couverts, ces fumiers.

— Et la fille ? demanda Verjat.

— Laquelle ?

— La Bavaroise, voyons ! s'impatienta l'ancien inspecteur de la sûreté.

— On m'a dit qu'elle avait avalé son bulletin. Mais peut-être aussi qu'elle est restée avec le Burdin en Autriche. Et peut-être même qu'ils ont un ch'tit et qu'ils sont pleins aux as. Allez savoir.

Verjat se tourna alors vers monsieur Corneloup avec une expression laissant filtrer un soupçon d'inquiétude.

— Je vous remercie, monsieur le maire. Les renseignements de ce brave soldat m'ont été précieux.

Puis, au moment de prendre congé du caporal Germain Lagoutte, Verjat se pencha sur lui et demanda :

— Au fait, il n'avait rien de particulier, ce Burdin ?

— Quoi donc ?

— Je ne sais pas, moi. Était-il petit, de grande taille, gros, maigre, que sais-je encore ?

— Vous savez, je le voyais pas beaucoup, le Burdin. C'était un fuyant. En plus, il y était toujours recouvert d'une grande capote. Les filles de joie, elles, en tout cas, elles y aimaient sa compagnie. Avec le Gérard et lui, elles se faisaient de drôles de parties fines, bon Diou ! Il se murmurait qu'il était monté comme un mulet, le Burdin ! Alors vous savez ce qu'on disait à l'infirmerie ?

Le vieux Lagoutte prit un air graveleux. Il leva ses deux mains et les plaça en boule derrière son dos.

— Eh ben on disait qu'il y dissimulait une bosse, bon Diou ! C'est drôle, non ?

Verjat grinça des dents et murmura :

— En effet…

Une fois de retour à Paris, Verjat précipita les choses. Il se rendit au Chat-Malin. Ou plutôt dans les environs. Quand il vit Rouget s'y pointer à l'heure habituelle, il lui sauta pratiquement sur le râble. L'autre se rejeta en arrière. Il tremblait carrément.

— Toi ici ?…

Comme Verjat le savait cupide et pas très malin, il chercha à l'appâter avec de belles promesses. Et les belles promesses, pour Rouget, c'était de l'argent.

— Un bon petit pactole, si tu vois ce que je veux dire.

— Pour faire fructifier mes durailles ?…

— Je veux. On en reparlera.

Et il s'éclipsa.

Bien entendu, il ne se serait pas risqué à franchir la porte de l'auberge. Il ne tenait pas à voir Gérard. Les révélations du caporal Lagoutte et les confidences de Rouget sur les activités démoniaques de l'homme à la queue de cheval coïncidaient. Mais il s'en occuperait plus tard.

Attifé en escarpe, avec une redingote déchirée, une casquette de travers et son cache-œil, il resta embusqué près d'un réverbère. Tard dans la nuit, lorsqu'il vit le rouquin sortir du Chat-Malin, il lui sauta encore dessus.

— T'es encore là ?… bredouilla le Rouget d'un air de ne pas y croire.

Verjat devina que ce rustaud avait déjà dû le dénoncer à Gérard. Aussi décida-t-il de jouer à quitte ou double.

— Je sais qui est le bossu, l'attaqua-t-il en l'entraînant par le bras. Ne te retourne pas. Il s'appelle Burdin, c'est l'intendant d'Amédée d'Iguerande. Au cas où tu l'ignorerais, le Dabe des greffes et lui ont décidé de te faire porter le chapeau de la vilaine histoire dans laquelle tu as trempé. Si on veut les faire tomber, il faut que tu me promettes de marcher avec moi.

Le rouquin bredouilla encore plus.

— Comment ça ?… Je n'ai rien fait, moi !…

— Tu as toujours les diamants, non ?

— Ils ne quittent pas ma fouille…

— C'est risqué. Imagine que le Dabe des greffes apprenne…

— Quoi ?…

— Tu es un témoin encombrant, Rouget. Burdin et le Dabe des greffes sont gourmands. Une fois qu'ils auront mis la main sur les biens de celui qui a été envoyé au bagne injustement, ils te régleront ton compte. En revanche, si tu viens avec moi, tu en réchapperas. Et ta fortune sera faite.

— Pour quoi faire ?

— Pour rencontrer le marquis d'Iguerande et lui dire ce que tu sais.

Rouget, tout en marchant d'un air hébété, ne parvenait pas à faire fonctionner ce qui lui tenait lieu de cervelle. Il hésitait. Il avait peur. Puis il finit par accepter.

— Rendez-vous dans une semaine, lui lança Verjat. À huit heures rue Montmartre, près de l'hôtel d'Uzès.

— Entendu.

Verjat bifurqua sur la droite et disparut dans l'obscurité.

Rouget s'immobilisa et regarda autour de lui. Verjat s'était arrêté un peu plus loin et l'observait. Le rouquin rebroussa alors chemin et retourna au Chat-Malin. Verjat le suivit à distance. Il le vit parler à Gérard avec des gestes évocateurs. Et il repartit.

Verjat lisait le journal dans le presbytère. Le procès des républicains battait son plein et le peintre Gros s'était suicidé dans la Seine. Ce dernier événement ébranla l'ancien policier, et l'on comprend pourquoi. « Lui, au moins, il a réussi », dit-il en grimaçant.

— Que marmonnez-vous, mon fils ?

Verjat leva les yeux vers l'abbé Rillet et le considéra un moment. Il lui avait livré le résultat de ses investigations, mais partiellement, car cet homme se réservait toujours une porte de sortie.

— Il y a une semaine, j'ai eu la visite d'un brigadier de gendarmerie, lui dit l'abbé. Il en avait après vous. Il sait que vous habitez rue Garancière. Grâce à Dieu, il ignore votre nom. Il m'a parlé d'un certain monsieur Moreau. Dans quel guêpier vous êtes-vous fourré, mon fils ?

Verjat se mordit les lèvres. Il pensa à Carignol, ce gendarme vendu dont lui avait parlé Rouget. Il n'empêche. On l'avait suivi, lui l'ancien inspecteur Javert. Qui ? Les sbires de Thénardier ? Cet homme qu'il avait chassé alors qu'il était en compagnie de Cosette près de la fontaine Saint-Sulpice ? Il était fou de rage. « Je dois vieillir », se dit-il. En même temps, tout ce manège le confortait dans ce qu'il pensait. Il ne s'était pas trompé. Il fallait agir vite. Car cette fois, Cosette courait un réel danger.

Verjat hésitait. Il pensait se rendre rue Saint-Fiacre pour apprendre à Cosette que Marius était en vie. Mais surveillé comme il l'était, il se méfiait. Il se résolut donc à déménager de la rue Garancière. Ce fut fait l'après-midi même. Pour ne pas être reconnu, il se déguisa en curé. Dans la foulée, il demanda l'hospitalité à l'abbé Rillet. Celui-ci, ne pouvant le prendre dans le presbytère, l'installa dans une pièce secrète attenant à la sacristie. On y accédait par l'intérieur d'un placard, en actionnant un système de poulie.

— Une cachette qui existe depuis la Révolution, mon fils. Un de mes prédécesseurs a ainsi échappé à l'échafaud.

La nuit venue, Verjat prévint l'abbé qu'il allait faire un tour dehors.

— Déguisé une fois de plus ?

— Tout juste, mon père.

— Je vous en conjure, faites attention à vous. Depuis cette exhumation du Père-Lachaise, je redoute le pire. Pour ma part, vous pouvez me faire confiance, j'accomplirai les démarches qui s'imposent. La vérité doit éclater. S'il le faut, j'en référerai au préfet de police, monsieur Gisquet lui-même.

— Ne tentez rien pour l'instant, mon père. Dès ce soir, j'en saurai plus.

Verjat était sûr de son coup. Il avait donné rendez-vous à Rouget dans une semaine, mais il prendrait tout le monde de vitesse. Il se rendrait cette nuit même chez Amédée et Cosette. D'une pierre deux coups, se disait-il. Et ce cauchemar prendrait fin.

Thénardier n'avait pas chômé non plus. Grâce aux informations de Rouget, il avait fait suivre Verjat par un homme de Gérard. Toujours Grandet. Puis il avait prévenu Carignol. Le gendarme avait vu Verjat entrer rue Garancière et se rendre à l'église.

— Ce Moreau a l'air d'un honnête bourgeois,

rapporta le brigadier à Thénardier. Seul problème, son nom ne figure pas dans le répertoire de l'immeuble.

— Un honnête bourgeois un peu trop bavard, miaula Thénardier. Il cherche à nous faire chanter.

Il se demandait si Rouget n'essayait pas de l'entraîner sur une fausse piste. Il consulta Gérard. Celui-ci lui révéla alors le rendez-vous de Rouget.

— C'est lui-même qui me l'a appris, certifia le gérant du Chat-Malin. S'il nous trahissait, il n'agirait pas de la sorte. C'est prévu dans une semaine.

— On sera à ce rendez-vous, dit Thénardier. Merci du renseignement. Mais pour le reste, je vais voir avec Burdin.

Thénardier et Burdin, comme d'habitude, se retrouvèrent chez le teinturier de la rue du Jour.

— Alors ? demanda l'intendant.

— Je suis presque sûr que Rouget et ce Moreau sont venus mettre le nez dans nos affaires. Un peu trop même, ajouta-t-il en pensant à ses diamants. Cette fois, on va s'en débarrasser. Tous les témoins gênants d'un coup. Rouget va se charger du Gail et le Loupeur de Rouget et de Moreau. Et ce n'est pas tout.

Il expliqua à Burdin qu'il était temps de passer à l'offensive. Puisque Gérard avait à sa disposition des petites potions miracles, il était temps de s'en servir.

— Je veux parler du môme et de mademoiselle Cosette.

— Ensemble ?

— Non, on va les séparer. Vingt-Deux et

Pégasse se feront un plaisir de venir chercher la belle au bois dormant.

Burdin gloussa.

— Pour l'enfant, je m'en occupe. Je connais la destination idéale pour ce genre de petit bâtard. Tu as quelqu'un ?

— Le Loupeur me semble tout désigné.

— Et tout ça quand ?

Thénardier eut un petit sourire désolé. Puisqu'il venait d'apprendre que Moreau s'était vanté auprès de Rouget de tout savoir à propos de Jésus et du baron Pontmercy, il ne voulait pas prendre de risque.

— Il a menacé de tout raconter au marquis.

— Tout quoi ?

— Tout ce qui nous concerne. À mon avis, ce Moreau veut nous soutirer de l'argent. Agissons donc demain. Débrouille-toi pour éloigner le marquis et la servante de Cosette. Laisse la porte ouverte pour que nos amis puissent passer à l'action. Une heure plus tard, disons vers neuf heures, le Loupeur viendra chercher l'enfant.

Et le jour dont parlait Thénardier, c'était précisément le jour choisi par Verjat pour se rendre chez Cosette.

Habillé en prêtre, Verjat n'oublia pas sa canne. On ne sait jamais. Il portait aussi un chapeau noir et une grande cape qui le rendaient méconnaissable.

Vers neuf heures, il cheminait rue Saint-Fiacre. Une voiture stationnait à l'angle de la rue des Jeûneurs. À la suite d'une averse, le pavé était encore glissant. Sur les toits environnants, un brouillard, lourd et opaque, donnait l'impression d'être à Londres. Les quelques fumées qui s'échappaient des cheminées de la rue Montmartre, épaisses et blanchâtres, se disloquaient très vite sous les assauts d'un vent tourbillonnant.

Verjat considéra la voiture d'un air méfiant. Il rasa les murs et se présenta devant l'immeuble de Cosette. Puis il poussa la porte sans faire de bruit. Il faisait sombre et humide. Soudain, il crut entendre des pleurs. Il s'arrêta net. Ces pleurs semblaient se rapprocher. Il recula doucement jusqu'à la porte cochère. Songeant à la voiture dehors, il préféra rester là et se cacher dans une sorte de niche, derrière un petit arbre dans son pot. Il vit alors passer un homme à casquette qui tenait un enfant dans ses bras. Cet homme avait un visage de cauchemar. Tout de travers, accentué par un grand nez busqué.

Au moment où l'homme tira la porte à lui, Verjat serra sa canne, prêt à bondir. Et puis non. Il risquait d'atteindre le bébé. Ce bébé qui n'était autre que celui de Cosette.

L'homme franchit la porte et Verjat, du bout de sa canne, l'empêcha de se refermer. Il laissa sa canne ainsi et se précipita à l'étage de Cosette. Avec le drame qui se tramait, cet homme usé paraissait avoir retrouvé ses jambes de vingt ans. La porte de l'appartement n'était pas fermée. Verjat entra. C'était vide. Ni Cosette ni Madeleine. Essoufflé, s'empêtrant dans sa soutane, il redescendit aussi vite. Il rouvrit la porte cochère et récupéra sa canne. Le plus urgent à présent était de suivre cet homme. Et, le cas échéant, de le neutraliser.

Une fois dehors, il vit la voiture manœuvrer. Il courut après et, au moment où le cocher faisait claquer son fouet, il réussit à se hisser sur le garde-boue arrière.

Le trajet dura une éternité. À l'époque, le secteur du Châtelet comprenait un extraordinaire écheveau de ruelles, d'impasses, de venelles et de passages aux noms bigarrés. La voiture bringuebalait, oscillait à droite, obliquait à gauche. Cramponné, recroquevillé, plaqué contre le coffre arrière, Verjat reconnut la rue des Mauvaises-Paroles et celle de la Vieille-Lanterne. Puis le Pont-Neuf. La rive gauche. Verjat faillit lâcher prise. Surtout quand la voiture, à l'instar d'un gigantesque tape-cul, cahotait sur les cassis et les dos d'âne. Mais il tint bon. Un long moment encore s'écoula. Et puis la voiture s'arrêta. Verjat se laissa tomber et roula par terre. Il se releva aussitôt pour aller se cacher derrière un arbre. De là, il surveilla la voiture. L'homme en descendit avec l'enfant dans les bras. La voiture fit demi-tour et alla se poster à l'autre bout de la rue.

Un frisson parcourut l'échine de Verjat. Il connaissait Paris comme sa poche. Or cette rue, c'était la rue d'Enfer. Et dans la rue d'Enfer, il y avait le tour à enfants. Installé dans le mur de l'hospice des Enfants trouvés et des orphelins, ce tour était une espèce d'armoire en bois que l'on faisait pivoter et qui permettait d'abandonner son enfant. Beaucoup de pauvres malheureuses s'y étaient rendues la mort dans l'âme et s'y rendaient encore. Cet ingénieux système d'origine italienne avait été généralisé en France par un décret napoléonien. Il garantissait le secret de l'abandon et limitait les risques d'infanticide. Mais il privait définitivement l'enfant de tout état civil, car il était pratiquement impossible de jamais retrouver les parents.

Verjat se décida à intervenir. Après avoir déposé l'enfant et fait tourner le tour, c'était trop tard. Quelqu'un le récupérait à l'intérieur de l'hospice et c'en était fini. À moins de s'annoncer et de faire retentir la cloche. On pouvait alors s'attendre à tout un tas de tracasseries administratives.

Verjat emboîta les pas de l'homme sur la pointe des pieds. Celui-ci s'arrêta devant le tour, ouvrit l'armoire et y plaça l'enfant tout emmailloté. Puis, avant d'actionner le système du tour, il jeta un regard derrière lui. Quand il vit le prêtre à deux pas de lui, il eut un haut-le-corps.

— Ce n'est pas prudent, mon père, de sortir à ces heures-là, dit-il d'une voix qui chaloupait.

Et il mit la main sur le manche de sa serpette.

Dans cette obscurité jaune et mouillée, on ne distinguait pas grand-chose.

— Je ne voulais pas vous faire peur, murmura Verjat. Seulement vous prévenir que votre ami Rouget est en possession de diamants qui ne lui appartiennent pas.

Le Loupeur mit du temps à comprendre ce qui arrivait. Bénéficiant de l'effet de surprise, Verjat fut prompt à l'attaque. Sa canne s'abattit avec un bruit sec sur le poignet du Loupeur. Et aussitôt après, d'un mouvement fulgurant, elle le cueillit à la pointe du menton. Il s'effondra sans une plainte. Du bout du pied, Verjat écarta la veste de l'homme et avisa une lame recourbée qui luisait. Drôle d'arme, pensa-t-il.

C'est alors qu'un appel retentit :

— Eh ! Loupeur, ça marche ?

Verjat vit le cocher. Alors il se saisit de l'enfant, l'enveloppa dans sa cape et courut dans la direction opposée à la voiture.

À l'instant même où il s'enfuyait, la porte de l'hospice s'ouvrait. Une bonne sœur apparut. Elle joignit les mains en voyant le Loupeur à terre et s'exclama :

— Mon Dieu !

Le Loupeur se frotta le menton et se releva en titubant.

— Ma sœur, dit-il en montrant la silhouette qui courait au loin, cet homme a enlevé un enfant. Il voulait s'en débarrasser et j'ai cherché à l'en empêcher. Il m'a assommé. J'aurai sans doute besoin de votre témoignage.

— Vous l'aurez, mon fils. Vous ne voulez pas vous reposer ?

— Non, une voiture m'attend. À très bientôt, ma sœur.

Et il se dirigea à longues enjambées vers la voiture, furieux d'avoir été possédé, honteux à l'idée d'annoncer cette mauvaise nouvelle au Dabe des greffes.

Impression réalisée sur Presse Offset par

BRODARD & TAUPIN

GROUPE CPI

15272 – La Flèche (Sarthe), le 29-10-2002
Dépôt légal : novembre 2002

POCKET – 12, avenue d'Italie - 75627 Paris cedex 13
Tél. : 01.44.16.05.00

Imprimé en France